D0234361

COLLECTION FOLIO

John Dos Passos

# L'an premier du siècle

(1919)

*Traduit de l'anglais*
*par Yves Malartic*

Gallimard

*Titre original :*

NINETEEN NINETEEN

Né en 1896, à Chicago, John Dos Passos y commença ses études qu'il poursuivit tant aux États-Unis qu'à l'étranger et termina à l'université Harvard, en 1917, avec « mention honorable ». Il s'embarqua pour l'Espagne, sous prétexte d'y étudier l'architecture. Mais, aussitôt arrivé en Europe, le voilà qui conduit des ambulances mises au service de l'armée française par le Comité Norton-Harjes.

Les souvenirs de cette époque lui fournirent la matière de son premier ouvrage : *One Man's Initiation* (L'Initiation d'un homme) — 1920 —, biographie romancée d'un conducteur d'ambulances.

En 1921, dans *Three Soldiers* (Trois Soldats), il étudie l'influence de la guerre sur trois jeunes hommes.

Dès lors, sa biographie se confond presque avec sa bibliographie.

1922 voit paraître un essai sur l'art et la culture espagnole : *Rossinante to the Road Again* (Rossinante reprend la route) ; et un recueil de poèmes : *A Pushcart at the Curb* (Une voiture à bras au bord du trottoir).

En 1923, son troisième roman *Streets of the Night* (Les Rues de la Nuit) fut loué unanimement par la critique en raison de ses qualités esthétiques et littéraires. L'auteur y décrit les tourments d'un jeune homme qui s'efforce d'échapper aux grossières conventions de ce monde.

En 1926, avec *Manhattan Transfer,* Dos Passos atteint à la maturité tant au point de vue de la technique littéraire qu'en ce qui concerne sa conception du monde. Ce livre extraordinaire, ni roman ni recueil de nouvelles, peint, en une centaine de récits, tableaux et épisodes disparates, l'intense fourmillement de la vie new-yorkaise.

Son ouvrage suivant, un journal de voyage : *Orient-Express,* — 1927 — dénote un intérêt croissant pour les problèmes sociaux. Dès lors, Dos Passos n'est plus seulement un écrivain, mais aussi un militant. Il intervient notamment dans l'affaire Sacco-Vanzetti. Le militant de 1927-1939 et l'ambulancier de 1917-1918 sont identiques. On discerne chez l'un comme chez l'autre les mêmes traits caractéristiques : amour de l'aventure, esprit chevaleresque, lucidité aiguë et souvent teintée d'amertume.

*

C'est en 1930 que Dos Passos publie *42nd. Parallel,* premier volume de son œuvre maîtresse : *U.S.A.* Le second : *1919,* paraît en 1932, et le troisième : *Big Money* (La Grosse Galette), en 1936. La trilogie ne fut réunie en un seul volume que deux ans plus tard.

De même que Balzac dans *La Comédie humaine,* Zola dans *Les Rougon-Maquart,* Galsworthy dans *la Forsythe Saga,* Jules Romains dans *Les Hommes de Bonne Volonté,* Dos Passos, dans *U.S.A.,* s'efforce de peindre la société de son temps ou, plus exactement, de romancer la vie des U.S.A. tout entiers durant les trois premières décennies de notre siècle et selon un procédé très personnel.

Pas d'intrigue, pas de littérature, mais des biographies de personnages quelconques issus de toutes les classes sociales et dont les existences convergent, divergent, courent parallèlement ou s'entrecroisent en un réseau aussi capricieux que dans la réalité.

Entre les chapitres essentiels l'auteur introduit des textes de trois sortes :

*LES ACTUALITÉS :* choix de titres, de manchettes, de slogans, de chansons populaires, d'entrefilets qui évoquent l'atmosphère générale de l'époque au cours de laquelle se déroule chaque épisode et constituent une sorte de fond sonore.

Des biographies de *GROS BONNETS ET FORTES TÊTES,* c'est-à-dire d'Américains éminents ou célèbres à un titre quelconque et dont les aventures offrent un contraste cocasse ou une similitude ahurissante avec celles des personnages du roman.

Enfin, dans les passages intitulés *L'ŒIL DE LA CAMÉRA*, l'auteur évoque ses souvenirs personnels sur les événements et les problèmes de chaque épisode. Ces pages que les critiques considèrent comme des essais de style impressionniste paraissent plutôt être des notes prises à la hâte et que l'auteur publie telles qu'il les retrouve des années plus tard dans ses vieux calepins de reporter.

Dans *U.S.A.*, Dos Passos montre comment une civilisation basée sur l'intérêt matériel et l'exploitation des besoins ou des passions humaines, dégrade les caractères, avilit les énergies, corrompt les valeurs morales et n'offre à chaque individu que le choix entre trois attitudes : s'acharner à satisfaire des ambitions futiles, s'abîmer dans une rancœur stérile ou se révolter.

*

On retrouve cette même opinion dans un second journal de voyage publié en 1934 : *Three Plays* (Trois Pièces) et dans *In All Countries* (Partout sur la terre). L'auteur y traite de sujets divers tels que l'assassinat de Sacco et de Vanzetti, l'évolution du communisme en Russie et la révolution agraire mexicaine. Des extraits de ces derniers ouvrages et les articles que lui inspira la guerre civile espagnole furent rassemblés en un seul volume sous le titre de *Journeys between wars* (Voyages entre des guerres) — 1938.

*Adventures of a Young Man* (Les Aventures d'un jeune homme) publié en 1939 dénote à la fois un retour à une technique littéraire plus conventionnelle, et de nouvelles inquiétudes politiques. En effet, dans ce livre Dos Passos raconte l'histoire d'un jeune communiste trahi par son parti parce que, tout en restant fidèle à son idéal, il refuse de suivre aveuglément les directives de ses chefs.

En 1941, poursuivant son évolution, John Dos Passos analyse les fondements de la démocratie dans *The Ground we stand on* (Le Sol sur lequel nous vivons). Mais ce revirement n'est pas un reniement. John Dos Passos reste pareil à lui-même, sa bonne foi n'a pas diminué ; de même qu'il défendait en 1927 Sacco et Vanzetti, assassinés par les pharisiens de Boston, il défend à cette époque les militants révolutionnaires assassinés, un peu partout dans le monde et jusqu'en Amérique, par des tueurs qui ne sont plus toujours à la solde du capitalisme.

Les articles qu'il publia de 41 à 45 comme correspondant de guerre parurent en deux recueils : *State of the Nation* (Bilan d'une Nation) et *Tour of Duty* (Service Commandé).

C'est dans la revue *Nouvel Age*, dirigée par Henry Poulaille, que parurent les premières traductions de Dos Passos. Il s'agissait d'extraits de *Trois Soldats* traduits par Victor Llona.

Par la suite ses principaux ouvrages furent traduits et publiés chez divers éditeurs et dans l'ordre suivant, de 1925 à 1948 :

*L'Initiation d'un homme.*
*Manhattan Transfer* (trad. : M.-E. Coindreau).
*Quarante-deuxième parallèle* (trad. : N. Guterman).
*Sur toute la terre* (trad. : Albine Soisy et May Windett).
*1919* (première traduction : Maurice Rémon).
*La Grosse Galette* (trad. : M.-E. Coindreau).
*Bilan d'une Nation* (trad. : Jean Castet).
*Service commandé* (trad. : Yves Malartic).
*Trois soldats* (trad. : R.-N. Raimbault).
*L'An premier du siècle (1919)* (nouvelle traduction par Yves Malartic).
*Terre élue* (trad. : Yves Malartic).
*Milieu de siècle* (trad. : Yves Malartic et Jean Rosenthal).

John Dos Passos est décédé en 1970.

« ... Les U.S.A., c'est une tranche de continent, quelques gros trusts, des confédérations syndicales, un code relié en basane, des stations d'émissions radiophoniques, des salles de cinéma, des tableaux noirs sur lesquels les petits télégraphistes de la Western Union inscrivent les cours de la Bourse, des bibliothèques pleines de vieux journaux et de bouquins culottés en marge desquels le lecteur note son indignation. Les U.S.A., c'est le plus grand bassin fluvial du monde, encaissé entre deux chaînes de montagnes. C'est une bande de politiciens à grande gueule et au portefeuille trop bien bourré. C'est aussi le cimetière d'Arlington où reposent des morts en uniforme. U.S.A., ce sont les trois dernières lettres écrites sur l'enveloppe d'une lettre qu'on envoie au pays.

« Mais c'est surtout la vie, les pensées, les préoccupations et les conversations de ses habitants. »

## ACTUALITÉS XX

*Oh ! les fantassins les fantassins*
*La poussière des routes collée à leurs oreilles*

LES ARMÉES
S'ENTRECHOQUENT A VERDUN
AU COURS
DE LA PLUS GRANDE BATAILLE
DE L'HISTOIRE

150 000 HOMMES ET FEMMES DÉFILENT

mais une autre question se pose, et des plus importantes. Aujourd'hui, la bourse de New York est le seul marché de valeurs mobilières, qui soit resté libre dans le monde. Si elle conserve cette liberté, il est certain qu'elle deviendra peut-être le plus grand centre boursier du

LA FLOTTE BRITANNIQUE
A LA CONQUÊTE
DE LA CORNE D'OR

*Les cavaliers, les artilleurs*
*Et ces sacrés gars du génie*

*Ne vaudront pas les fantassins*
*Même en onze mille ans*

A GALLIPOLI LES TURCS FUIENT
DEVANT LES TOMMIES

quand les anciens combattants reviendront chez eux, que penseront-ils des Américains qui jacassent au sujet d'un vague ordre nouveau tout en se dorant la peau au soleil sur nos plages et en pataugeant les pieds dans l'eau ? Ces folies rappelleront, à ceux qui ont vécu la guerre, l'immense et nouveau no man's land européen, tout fumant de meurtres, de passions, de rapines et embrasé par les flammes de la révolution

LES GARÇONS DE CAFÉ EN GRÈVE
APPELLENT LES FEMMES A LEUR AIDE

*Oh ! le chêne, le frêne et le saule pleureur*
*Et verte pousse l'herbe en Amérique du nord*

en plus de cette situation prépondérante, la bourse de New York verra affluer d'importantes masses de devises étrangères destinées à maintenir un solde favorable dans ce pays

*Quand je pense aux drapeaux qui flottent sur nos navires, la seule touche de couleur, la seule chose dans leur structure massive, qui remue, comme si elle avait une âme, il me semble voir des raies alternées de parchemin sur lesquelles seraient inscrits les droits de la liberté et de la justice et des raies de sang versé pour la cause de ces droits, et puis, dans le coin, le bleu qui promet un bonheur serein à tous les pays prêts à combattre pour ces principes.*

*Oh, nous clouerons le drapeau étoilé au sommet du mât*
*Et nous rempilerons tous dans les c.. de cochon*

Joë Williams endossa un complet d'occasion, ramassa un gros pavé, l'enveloppa dans son uniforme qu'il jeta dans l'eau croupie du port. Il regarda autour de lui : personne en vue. Il se sentit mal à l'aise en constatant qu'il n'avait pas sa boîte. Il retourna à la baraque et y retrouva son trésor : un coffret à cigares qui avait contenu autrefois des *Flor de Mayo* achetés un soir de bringue à Guantanamo. Dans la boîte, sous le double couvercle de papier dentelé et doré, il y avait une photo représentant sa sœur Janey, le jour où elle avait passé son diplôme de fin d'études, un instantané d'Alec en motocyclette, d'autres photos représentaient : l'équipe de base-ball dont il était capitaine à l'école supérieure — et tous les copains avaient signé dessus — ; le remorqueur de papa, *La Mary-B.-Sullivan,* prise du cap de Virginie, avec un voilier toutes voiles carguées, et qu'il remorquait — celle-là était d'un rose fané parce qu'elle était vieille — ; un nu : celui d'une fille, appelée Antoinette, et qu'il avait connue à Villefranche ; enfin, il y avait encore des lames de rasoir, une carte postale représentant Joë lui-même avec deux autres types paradant en costume blanc sous une arcade mauresque à Malaga, des timbres étrangers, un paquet de cigarettes — des *Veuves Joyeuses* — et dix petits coquillages roses et rouges qu'il avait ramassés sur la plage de Santiago. La boîte sous le bras, engoncé dans ses vêtements civils, il s'en alla vers le phare et regarda un convoi de navires descendre en bon ordre le Rio de la Plata. Il faisait sombre. Les minces croiseurs disparurent bientôt derrière les nuages de fumée qui se mêlaient au brouillard.

Joë les abandonna à leur sort, et contempla un vieux rafiot rouillé qui remontait la rivière si lourdement chargé que chaque vague passait par-dessus la proue y laissant des paquets d'algues vertes et luisantes. Le drapeau blanc et bleu de la Grèce flottait à la poupe et le petit pavillon jaune de la quarantaine était en berne à l'avant.

Un homme s'approcha de Joë et lui parla en espagnol. Vêtu de bleus, costaud et souriant, il fumait un cigare. Pris de panique irraisonnée Joë répondit : « *No savvy*[1] » rapidement en sabir d'Amérique et s'éclipsa entre deux entrepôts pour regagner les petites rues parallèles au bassin.

Toutes les maisons se ressemblaient beaucoup trop, et il parvint difficilement à retrouver celle de Maria qu'il reconnut, enfin, à un violon mécanique posé devant la fenêtre. Il entra dans le bar empuanti d'anis, et resta longtemps au comptoir, la main sur un verre de bière mal lavé. Il regardait la rue à travers le rideau de ficelle qui pendait devant la porte. Il craignait de voir passer l'uniforme blanc aux buffleteries jaunes de la police maritime.

Derrière le bar, un jeune homme à la peau jaune, au nez tordu s'appuyait au mur, les yeux perdus dans le vague. Joë l'appela d'un coup de menton. Le jeune homme s'approcha, se pencha au-dessus du comptoir et tendit une oreille confidentielle ; il s'arc-boutait sur une main, et de l'autre, il frottait la toile cirée du comptoir avec un chiffon. Les mouches, qui s'étaient groupées en cercle pour danser la ronde sur la circonférence humide laissée par le verre de bière, s'envolèrent toutes à la fois quand le jeune homme s'approcha. « Ecoute, murmura Joë, dis à Maria que je veux la voir. » Le jeune homme leva deux doigts et dit : « *Dos pesos*[2]. » Joë sursauta : « Diable non ! répondit-il, je veux seulement lui parler. »

Maria apparut dans l'embrasure de la porte derrière le comptoir et salua de la tête. C'était une femme pâle aux grands yeux très écartés et soulignés de cernes bleus. Sous la robe rose froissée, serrée à la taille, Joë devinait les

1. *No savvy :* Je ne sais pas, je ne comprends pas.
2. Deux pesos.

bourrelets de chair qui jaillissaient du corset. Ils s'assirent seuls devant une table dans une petite salle. Joë commanda deux verres de bière en criant vers la porte.

« Que veux-tu, fils de mon âme ? » demanda Maria en mêlant l'anglais mal prononcé à des expressions de son pays. « Tu connais Doc Sidner ? » demanda Joë dans le même jargon. « Sûr, moi connais tous Yankees. Que veux-tu ? Pas parti avec gros bateau ?

— Pas parti avec gros bateau... battu avec gros salaud, enfant de putain. Compris ?

— Tché ! » s'exclama Maria dont la poitrine frémissait comme de la gélatine quand elle riait. Elle mit sa grosse main derrière la nuque de Joë et l'attira vers elle. « Pauv'bébé... poche œil ?...

— Oui, m'a poché l'œil, répondit Joë en se dégageant. Sous-off. J'lai mis K. O. Compris ?... Marine finie pour moi après ça... Doc dit tu connais type qui fabrique faux certificats... matelot breveté, compris ? Moi dans la marine marchande maintenant, Maria. »

Joë but la bière.

Elle secouait la tête en répétant : « Tché ! Pauv'bébé... Tché !... » Puis, la voix mouillée de larmes, elle demanda « Combien dollars t'as ? » Joë répondit : « Vingt. »

— Lui veut *cincuenta.*

— Alors je suis foutu pour de bon », soupira Joë. Maria se leva, vint derrière la chaise de Joë, lui passa un bras autour du cou, se pencha sur lui avec un petit rire et dit : « Attends minute... je pense... compris ?... » Sa grosse poitrine pesait sur le cou et les épaules de Joë, ce qui lui donnait des démangeaisons ; le matin, à jeun, elle le dégoûtait. « Fallait-il que je sois saoul l'autre soir, pour aller avec une femme pareille », songea-t-il. Mais il n'en laissa rien paraître. Soudain, elle se redressa et cria d'une voix aigre de perroquet : « Paquito !... *ben acá* [1] !... »

Un bonhomme sale à la face et au cou rouges, à la tête

1. Paquito !... viens ici.

en forme de poire entra. Il s'entretint en espagnol avec Maria par-dessus la tête de Joë. Enfin, elle tapota la joue de ce dernier et déclara : « Ça va, Paquito sait où l'habite... peut-être vingt ça va, compris ? »

Joë se leva, Paquito dénoua la loque crasseuse qui lui servait de tablier, et alluma une cigarette. « Compris : papiers truqués pour marine ? » demanda Joë en venant se placer bien en face du bonhomme qui hocha la tête en disant : « D'accord. » Joë serra Maria dans ses bras, lui pinça la hanche : « T'es une bonne fille, Maria », dit-il. Elle les suivit en souriant jusqu'à la porte du bar.

Sur le seuil, Joë s'arrêta, regarda à droite et à gauche en fronçant les sourcils : pas d'uniforme en vue. Au bout de la rue, une grue pêchait à la ligne au-dessus des entrepôts en construction. Paquito et Joë montèrent dans un tramway, s'assirent côte à côte et roulèrent un long moment sans rien dire. Joë, les mains pendantes entre les cuisses regardait par terre. Enfin, Paquito lui donna un coup de coude. Ils descendirent du tramway dans un faubourg miteux où les maisons récemment construites en mauvais aggloméré semblaient déjà tomber en ruines. Paquito sonna à une porte qui ressemblait à toutes les autres. Un homme aux paupières rouges et aux dents longues comme celles d'un cheval entrebaîlla la porte. Paquito se pencha vers lui et tous deux parlèrent en espagnol. Joë attendait, faisant porter le poids de son corps tantôt sur une jambe tantôt sur l'autre. De temps en temps, les deux hommes jetaient vers lui un coup d'œil rapide, et Joë devinait qu'ils évaluaient ce qu'ils pourraient tirer de lui.

Enfin, agacé, Joë allait pousser la porte pour entrer de force quand l'homme aux dents de cheval lui dit avec un fort accent londonien : « Donne cinq pesos à ce gars-là pour son dérangement. On s'arrangera entre hommes pour le reste. » Joë sortit tout ce qu'il possédait de monnaie et le donna à Paquito qui disparut.

L'Anglais introduisit Joë dans un vestibule fleurant la végétaline, le chou et la lessive. Puis, il posa sa main sur l'épaule de Joë, et lui souffla un fort relent de whisky dans les narines en demandant : « Alors, qu'est-ce que tu peux dépenser? » Joë recula et répondit : « Vingt dollars américains. J'ai pas un radis de plus. » L'Angliche secoua la tête d'un air dégoûté et murmura enfin : « Vingt dollars. C'est pas lourd. Enfin, on peut toujours essayer. Fais voir la couleur. » Joë déboucla sa ceinture, fit sauter quelques points de couture avec son canif et en retira deux billets américains de couleur orange pliés en long. Il les défroissa soigneusement, fit mine de les tendre à l'Anglais, se ravisa, les mit dans sa poche et dit en souriant : « Et fais voir les papiers, toi. »

Les yeux cerclés de rouge parurent s'emplir de larmes; l'Angliche expliqua que les hommes devaient s'entraider les uns les autres et montrer plus de reconnaissance quand un de leurs semblables risquait la prison pour éviter des ennuis à son prochain. Puis, il demanda à Joë son nom, son âge, son lieu de naissance, depuis combien de temps il naviguait et d'autres détails, et, sans plus d'explication, il s'enferma à clé dans une pièce voisine.

Joë resta dans le vestibule. Une horloge faisait retentir son tic tac quelque part dans la maison. Son mouvement semblait ralentir de plus en plus. Enfin, Joë entendit la clé tourner dans la serrure et l'Angliche apparut avec deux feuilles de papier à la main. « J'espère que tu te rends compte de ce que je fais pour toi », dit-il. Joë prit les feuillets et les étudia, en plissant le front; ça paraissait bien foutu. L'Angliche tendit un troisième papier : une procuration autorisant une certaine agence maritime à mettre opposition sur le salaire de Joë jusqu'à concurrence de dix livres anglaises. « Hé, là! s'écria Joë, ça fait soixante-dix dollars que je douille! » L'Anglais lui dit de réfléchir : lui-même ne courait-il pas de gros risques... et puis les temps étaient durs... d'ailleurs c'était à prendre ou à laisser. Joë le suivit dans la petite pièce jonchée de paperasses, se pencha sur le bureau et signa la procuration.

Alors, l'Anglais devint affable. Il partit avec Joë, monta dans un tramway, le conduisit jusqu'à la rue de Rivadavia dans un bureau exigu situé derrière les entrepôts. Il le présenta à un certain Monsieur McGregor, Ecossais à la gueule bilieuse qui faisait les cent pas dans ce bureau en se rongeant les ongles. « V'là un jeune homme très bien, pour vous, McGregor », dit le faussaire.

McGregor se tourna vers Joë et demanda : « Américain ?

— Oui.

— Vous ne vous attendez pas à être payé comme sur les bateaux américains, j'espère ? »

L'Angliche s'approcha de McGregor, lui chuchota quelque chose à l'oreille en lui tendant les papiers maquillés au nom de Joë. L'Ecossais parut satisfait, il prit le coude de Joë entre le pouce et l'index, l'attira vers le bureau en disant : « Ça va, signez sur le livre, là, à la dernière ligne. » Joë signa, tendit les vingt dollars à l'Anglais, ce qui le laissait sans un sou. « Eh bé, alors, au revoir, M'sieur », dit le faussaire, en tendant la main. Joë hésita un moment à la prendre et bredouilla « au revoir » sans trop de bonne grâce.

« Allez chercher votre sac, dit McGregor, d'une voix rauque, et soyez de retour ici dans une heure. » Joë répondit en montrant sa boîte à cigares : « C'est tout ce que je possède, j'suis à la côte. » McGregor détourna la tête, et lui dit : « Alors attendez dehors. Tout à l'heure je vous conduirai sur *L'Argyle.* » Joë sortit, fit les cent pas devant un entrepôt. Merde ! il en avait assez de Buenos-Aires. Dégoûté, il s'assit sur une caisse marquée *TIBBETT et TIBBETT Quincaillerie émaillée, BLACKPOOL.* Il se demanda si Monsieur McGregor était patron ou maître d'équipage de *L'Argyle.* Mais il ne s'en inquiéta pas outre mesure. Il pensait surtout à quitter Buenos-Aires au plus vite.

## L'ŒIL DE LA CAMÉRA 28

*quand arriva le télégramme disant qu'elle se mourait (les roues des tramways grinçaient sur les rails comme les bâtons de craie sur les ardoises de toutes les écoles) en se promenant autour de Fresh Pond l'odeur de l'eau stagnante et des chatons de saules pleureurs emportés par le vent âpre le grincement des roues de tramway et le bruit des camions brinquebalant à travers les faubourgs de Boston      la douleur n'est pas un uniforme il faut se secouer et boire du vin en soupant au* Lenox *avant d'attraper le* Federal[1]

J'en ai assez des violettes
Emportez-les toutes

*quand le télégramme arriva disant qu'elle mourait la vitre craqua comme grincent les crayons sur les ardoises (vous est-il déjà arrivé de ne pas dormir pendant une semaine entière au mois d'Avril ?)      et Il m'accueillit sous la verrière grise      mes yeux brûlés par des encres vermillon bronze et vert de chrome qui jaillissaient des collines agitées par la brise Ses moustaches étaient blanches la flétrissure des joues d'un vieillard      Elle est partie Jean la douleur n'est pas un uniforme et le      dans le salon      l'odeur cireuse des lis dans le salon      (Lui et moi nous devons enterrer l'uniforme de la douleur)*

*puis l'odeur de la rivière les berges luisantes du Potomac les petites vagues crêtées d'argent à Indian Head.*

*il y avait des oiseaux moqueurs dans le cimetière et le printemps fumant au bord des routes d'avril suffit à secouer le monde*

1. Train qui mène à Washington. (*N. du T.*)

*quand le câble arriva disant qu'Il était mort je marchais à travers les rues bouillantes de Madrid à cinq heures de l'après-midi les cubes d'aguardiente de vin rouge et les becs de gaz verts étincelaient dans le coucher du soleil rose et ocretuile yeux lèvres joues rouges colonne brune de la gorge grimpai dans le train de nuit à la gare* del Norte *sans savoir pourquoi*

J'en ai assez des violettes
Emportez-les toutes

*les débris irisants de glace les bustes soigneusement copiés les détails architecturaux la grammaire des styles*

*ce fut la fin de ce livre et je quittai les poètes d'Oxford dans la petite chambre brillante qui sentait l'huile d'olive rance de la* Pension Boston Ahora Maintenant Now Vita Nuova

*mais nous*

*qui avions entendu la belle voix de Copey lisant dans les livres élégamment reliés et respiré profondément (respirez profondément un deux trois quatre) des lis en cire et l'odeur des violettes de Parme artificielles sous la voûte d'éther et qui déjeunions à la bibliothèque où se trouvait le buste d'Octave*

*Il était mort maintenant au bureau du télégraphe*

*sur les bancs de bois tressautant et se cognant dans le train qui filait à travers la nuit se hissant hors de l'ère des chariots à bœufs pour respirer l'Atlantique sur un bateau asthmatique (la jeune femme Suisse au visage ovale et son mari étaient mes amis) elle avait les yeux un peu exorbités, disait* zut alors *d'une voix un peu rogomme et elle nous souriait pour réchauffer notre tristesse comme on jette un poisson aux lions de mer*

*quand le fonctionnaire du service d'immigration vérifia son passeport il ne put l'interner à Ellis Island car elle était morte de la grippe espagnole*

*en train de laver ces fenêtres*

*K. P.*[1]

*en train de nettoyer des bougies de moteur avec un couteau de poche*

*déserteur*

*en train d'écraser des roses* American Beauty *sur le lit de cette prostituée (dans la nuit brumeuse jaillissaient comme une flamme les proclamations de la Ligue des Droits de l'Homme) l'odeur d'amande des forts explosifs envoyant des éclats chantants à travers la douce, l'écœurante grandiloquence des morts en train de pourrir*

*j'espérais que demain serait le premier jour du premier mois de la première année*

## GROS BONNETS ET FORTES TÊTES 10

*JOHN*[2] *REED*

John Reed

était le fils d'un notable de Portland Oregon connu dans tous les Etats-Unis.

1. Corvée de patates.

2. L'auteur appelle Reed, Jack ; il paraît cependant préférable de conserver à Reed le prénom sous lequel il a été connu en France par son ouvrage, *Les Dix jours qui ébranlèrent le Monde,* reportage

C'était un petit gars qui promettait
aussi l'envoya-t-on faire ses études dans l'Est
puis à Harvard.

A Harvard on cultivait l' « A » large, les fréquentations utiles pour plus tard, et la bonne prose anglaise... A Harvard on parviendrait à éduquer un hérisson — sinon il faut désespérer du hérisson

et les Lowell n'y parlent qu'aux Cabots et les Cabots...

et les livres de poésie d'Oxford.

Reed était un jeune homme qui promettait, il n'était ni juif ni socialiste et ne venait pas de Roxbury : costaud et gourmand, il était avide de tout ; on doit aimer beaucoup de choses dans sa vie.

Reed était un homme, il aimait les hommes, il aimait les femmes, il aimait manger et écrire et les nuits de brouillard et la boisson et les nuits de brouillard et la natation et le foot-ball et la poésie, il aimait aussi acclamer ses camarades lors des compétitions sportives et faire des discours à la fête du lierre, on l'admettait dans les clubs d'étudiants (pas dans les clubs les plus sélects parce qu'il n'avait pas le sang assez bleu)

il aimait aussi entendre Copey lire *L'Homme qui voulait être roi,* la chute des feuilles en automne, *L'Urne Funéraire,* la bonne prose anglaise les lampes qui s'allument sous les ormes à l'autre bout de la cour au crépuscule

et les voix étouffées dans les salles de conférences,

les feuilles qui tombent à l'automne, les ormes, le Discobole, les briques des vieux bâtiments, les portiques commémoratifs, les sucreries, les surveillants et les professeurs braillant d'aigres refrains avec les étudiants

refrains : la machine grinça, les surveillants s'agitèrent

---

sur la Révolution d'Octobre publié d'abord par le CDLP du Parti Communiste et dont l'influence fut considérable. De ce même livre, le P. C. fit paraître deux autres éditions successives aux ESI. *(N. du T.)*

sous leurs bonnets carrés les roues tournèrent jusqu'à ce que vînt le Jour de sa Classe, et Reed se lança dans le monde :

Washington Square ! le mot « conventionnel » devient une injure ;

Villon cherche un gîte pour la nuit dans le quartier italien : Sullivan Street, Bleecker, Carmine ; on sait maintenant que Robert Louis Stevenson était chaud de la pince,

quant aux Elizabéthains

au diable les Elizabéthains !

Embarquez sur un transport de bestiaux et parcourez le monde, ayez des aventures et le soir au coin du feu vous raconterez de drôles d'histoires ; un homme doit aimer... le pouls qui s'accélère, le sentiment qu'aujourd'hui est un jour du monde, les soirées brumeuses, des pas sur le trottoir, des taxis qui roulent, des yeux de femme... bien des choses dans sa vie.

Avalez l'Europe avec une pincée de raifort, gobez Paris comme une huître ; mais il y a plus de choses à voir que n'en dit le livre de poésie anglaise d'Oxford. Linc Steffens parlait de la République Coopérative.

La révolution parlait d'une voix aussi mélodieuse que celle de Copey, Diogène Steffens parcourait l'Ouest avec Marx comme lanterne à la recherche d'un homme, Socrate Steffens répétait : « pourquoi pas la révolution ? »

John Reed aurait voulu vivre dans une tour d'ivoire et écrire des vers ;

mais il rencontrait sans cesse des clochards, des ouvriers, des êtres frustes ; il aimait chômeurs et malchanceux, « pourquoi pas la révolution » ?

Devant tant de misère, il n'avait plus le goût de travailler ;

n'avait-il pas appris par cœur à l'école la DÉCLARATION D'INDÉPENDANCE ? Reed était un homme de l'Ouest pour qui les mots ont un sens ; quand il bavardait avec un de ses camarades, appuyé au bar du Harvard Club, il pensait ce qu'il disait et il y croyait depuis la plante de ses pieds jusqu'à sa chevelure mal peignée (il n'avait pas le sang assez bleu pour *Le Dutch Treat Club* ni même pour les hétérodoxes New-Yorkais du *Bohémia*).

LA VIE, LA LIBERTÉ ET LA RECHERCHE DU BONHEUR [1] ; on ne trouvait pas grand-chose de cela autour des filatures de soie quand

en 1913,

il alla à Paterson faire un reportage sur la grève : les ouvriers du textile défilant en cortège, rossés par les flics ; les grévistes en prison ; sans même s'en rendre compte, le voilà lui-même parmi les grévistes, défilant dans les rues, matraqué par les flics et jeté en prison ;

le patron du journal offrit une caution pour le faire mettre en liberté provisoire, il refusa préférant rester en prison avec les grévistes qui lui en apprendraient plus.

Il en apprit assez pour organiser à Madison Square Garden une manifestation de solidarité en faveur des grévistes de Paterson.

Il apprit aussi à espérer en une société nouvelle d'où la malchance serait bannie,

la révolution ?... Pourquoi pas ?

Le Metropolitan Magazine l'envoya au Mexique

interviewer Pancho Villa.

Pancho Villa, les montagnes squelettiques où ne poussent que de gigantesques cactus candélabres, les trains blindés et les orchestres jouant sur les places des villages pour des filles brunes aux écharpes bleues, lui apprirent à écrire.

1. « Le droit à la vie, la liberté et la recherche du bonheur », formule contenue dans la Déclaration d'Indépendance.

et le sang qui coule dans la poussière et les balles qui sifflent

dans les nuits immenses du désert, et les *péones* bruns à la voix douce crevant de faim et faisant le coup de feu pour la liberté pour la terre, pour de l'eau, pour des écoles.

Le Mexique lui apprit à écrire.

Reed était un homme de l'Ouest et pour lui les mots avaient un sens.

Le souffle de la guerre éteignit toutes les lanternes de Diogène ; les braves gens commencèrent à se rassembler et à demander des mitrailleuses. John Reed fut le dernier correspondant de guerre qui eut assez de classe pour passer outre à la censure, il osait risquer sa peau pour le seul plaisir d'écrire une histoire.

John Reed était le meilleur écrivain américain de son temps, et si quelqu'un avait voulu se renseigner exactement sur la guerre il lui aurait suffi de lire les articles de John Reed.

Sur le front allemand,

la retraite serbe, Salonique, roulant la police secrète derrière les frontières du chancelant empire des Tsar ;

il échoua en prison à Cholm.

On ne le laissa pas entrer en France parce qu'un soir, disait-on, blaguant avec des artilleurs boches, il avait tiré la ficelle d'un canon pointé droit vers le cœur de la France... blague de gosse, mais blague sans malice car peu lui importait qui tirait le canon et dans quelle direction. Reed était avec tous les gars que les canons écrasaient.

avec les Allemands, les Français, les Russes, les Bulgares, les sept petits tailleurs du ghetto de Salonique,

et, en 1917,

il était avec les soldats et les paysans

en octobre à Pétrograd : Smolny,

LES DIX JOURS QUI ÉBRANLÈRENT LE MONDE ;

plus de Pancho Villa, de Mexique pittoresque, plus de blagues au Club de Harvard ni de projets de drames grecs en vers, plus d'histoires de correspondant de guerre du bon vieux temps,

il n'était plus question de rire

c'était la farouche réalité.

Délégué,

de retour aux Etats-Unis, il est inculpé, le procès du journal *Masses*, le procès des Syndicalistes, Wilson remplit les prisons. Faux-Passeports, discours, documents secrets, il traverse les cordons sanitaires de la Croix-Rouge et se cache dans les soutes des bateaux ; en Finlande on l'emprisonne, on lui vole tous ses papiers, il n'aura plus l'occasion d'écrire des vers ni de bavarder amicalement avec les gens qu'il rencontrera. Maintenant l'étudiant au franc sourire s'explique devant un juge.

Tous les anciens copains du Harvard Club sont dans les services de renseignements et s'efforcent de modeler le monde selon les desseins du consortium bancaire Morgan-Baker-Stillman ; et ce vieux clochard qui sirote son café dans une boîte de conserves est un espion de l'Etat-Major.

Il n'est plus question de se moquer du monde, les mitrailleuses tirent et les villes brûlent,

partout règnent la famine, les poux, les punaises, le choléra et le typhus

pas de charpie pour les pansements, pas de chloroforme ni d'éther, la gangrène tue les blessés par milliers derrière le cordon sanitaire de la Croix-Rouge et des espions.

Les fenêtres de Smolny rougeoient comme la gueule d'un four Bessemer,

on ne dort pas à l'Institut Smolny, Smolny est un

laminoir géant qui vingt-quatre heures par jour lamine hommes, nations, espérances, millénaires, impulsions, craintes

matière première
sur laquelle reposera
une société nouvelle.

Un homme doit faire bien des choses dans sa vie.

Reed était un homme de l'Ouest et pour lui les mots voulaient dire ce qu'ils voulaient dire.

Il se jeta tout entier corps et biens dans Smolny,
dictature du prolétariat ;
U.R.S.S.
la première République des Travailleurs
fut établie et subsiste.

Reed écrivit, fut chargé de mission (il y avait des espions partout), travailla à en crever.
attrapa le typhus
et mourut à Moscou.

### *JOË WILLIAMS*

Vingt-cinq jours de mer sur le vapeur *Argyle ;* port d'attache : Glasgow ; commandant : capitaine Thomson ; chargement : cuirs et peaux ; travail : piquage de la rouille, peinture au minium sur des plaques de tôle brûlantes. Joë Williams, grillé par le soleil, peinturlura la cheminée d'un crépuscule à l'autre, pendant que le bateau roulait et tanguait sur les longs rouleaux d'une mer qui semblait crasseuse. Dans le poste d'équipage puant, les punaises le dévorèrent. Il mangea de répugnantes pâtées, des pommes de terre pleines d'yeux et des fayots pleins d'asticots, sur une table constellée de cafards écrasés. Mais, chaque matin, conformément au règlement de la marine marchande britannique, il se tapa un petit verre de jus de citron. Puis, dans la brume bleue, apparut l'île de la Trinité entourée de pluie.

La Boca ! le navire pénétra dans une zone de pluie ; l'île

se couvrit de fougères aux grands feuillages vert-de-Paris et qui devinrent noires au crépuscule. Avant d'avoir amarré *L'Argyle* au quai de Port-of-Spain, tout l'équipage était trempé jusqu'aux os par la pluie et la sueur. Monsieur McGregor, allant et venant, la face violette sous son suroît, etouffait de chaleur, en perdait la voix et rauquait ses ordres d'un air malveillant. Enfin, le rideau de pluie se leva, le soleil apparut et tout se mit à fumer. Ecœurés par la chaleur, les matelots grognaient parce qu'il était question d'aller charger de l'asphalte au Lac de Goudron.

Le lendemain, rien ne se produisit, sinon que les cuirs empestèrent tous les environs quand on ouvrit les écoutilles. L'équipage étendit vêtements et literie pour les faire sécher sous les rayons torrides du soleil. Mais les ondées se succédaient si rapidement que le linge se retrempait avant d'être complètement sec. Pendant ces courts instants de pluie, impossible de se mettre à l'abri. L'eau traversait la toile étendue au-dessus du pont. Quand le tour de garde de Joë fut terminé, il hésita à débarquer parce qu'il n'avait pas un sou ; on n'avait pas distribué la paye. Enfin, il alla s'asseoir sous un palmier, dans un parc assez proche du port. Il se mit à pleuvoir et Joë plongea sous un auvent devant un bar. A l'intérieur, tournaient des ventilateurs électriques et, quand la porte s'ouvrait, des odeurs de citron, de rhum, de whisky et de glace venaient lui chatouiller les narines. Il avait soif mais se trouvait vraiment sans un fifrelin. La pluie pendait devant l'auvent comme un rideau de perles.

Un jeune homme, vêtu de blanc et coiffé d'un panama, qui avait l'air d'un Américain, regarda Joë à plusieurs reprises. Quand leurs regards se croisèrent, l'inconnu sourit et demanda : « Etes-vous Am-m-m-m-éricain ? » il bégayait un peu. « C'est bien ce que je suis », répondit Joë.

Au bout d'un instant de silence l'homme tendit la main en disant : « Bienvenue dans notre ville. » Cette main était douce et potelée, Joë la trouva un peu visqueuse.

« Vous habitez ici ? » demanda-t-il. L'inconnu éclata de rire. Ses yeux bleus et ses lèvres charnues lui donnaient l'air bienveillant. « Foutre non !... s'écria-t-il. J'étais venu ici pour deux jours seulement au cours d'une croisière dans la Mer des Antilles. J'aurais m-m-mieux fait de garder mon argent et de rester chez moi. Je voulais aller en Europe, mais c'est p-p-p-pas possible à cause de la guerre.

— Ah oui. On ne parle que de ça sur mon citronnadier [1].

— Mais pourquoi diable m'a-t-on amené dans ce trou, et maintenant voilà que notre bateau est en panne. On ne prendra pas la mer avant deux jours.

— Ce doit être le *Monterey ?*

— Oui. Un affreux bateau. Pas un passager, rien que des femmes. Je suis content de trouver un type à qui je puisse parler. Dans ce pays il n'y a que des nègres.

— Oui, et de toutes les couleurs. Curieux hein ?...

— Dites donc, cette pluie va durer encore longtemps. Entrons boire un coup. »

Joë le regarda d'un air soupçonneux, réfléchit et dit : « D'accord, mais je vous avertis tout de suite : je ne peux pas payer ma tournée... Je suis à plat et ces salauds d'Ecossais ne veulent pas nous verser une avance sur notre paye.

— Vous êtes marin n'est-ce pas ? demanda l'inconnu lorsqu'ils arrivèrent devant le comptoir.

— Oui, je travaille sur un bateau... si c'est ça être marin.

— Qu'est-ce que vous prenez ?... Ils font des fameux punch-de-plantation ici. Vous y avez goûté ?

1. Ce règlement de la marine britannique dont il est parlé plus haut et qui est destiné à prévenir le scorbut parait étonner les Américains. Ils surnomment les Anglais « Limeys » ce qui ne pourrait guère se traduire que par avaleurs de citron, citronniers, et les bateaux anglais Limejuicers, juteurs-de-citron ou citronnadiers. *(N. du T.)*

— Je prendrai de la bière. D'habitude je bois de la bière. »

Le barman, au visage ridé, souriait d'un air désolé, pareil à un très vieux singe. Il posa les verres sur le comptoir avec beaucoup de soin comme s'il avait craint de les casser. La bière était fraîche et bonne dans le grand verre embué. Joë but d'un trait et demanda : « Vous ne connaîtriez pas le résultat des derniers matches de base-ball ? La dernière fois que j'ai vu un journal je crois que les gars de Chicago étaient sur la bonne voie. »

L'inconnu souleva son panama, s'essuya le front. Il avait des cheveux noirs frisés. Il considérait Joë sans rien dire, comme s'il hésitait à prendre une décision. Enfin, il bafouilla : « Je m'appelle Wa-Wa-Wa... Warner Jones.

— Moi, sur *L'Argyle* on m'appelle Yank et dans la marine militaire on m'appelait Slim (svelte).

— Ah, vous étiez dans la marine ? J'en avais bien l'impression, Slim.

— Sans blague ? »

Ce Jones fit remplir les verres de nouveau. Joë regretta d'avoir été trop bavard, puis il réfléchit : de toute façon, on ne l'arrêterait pas pour désertion sur le territoire britannique. Il revint à son dada : « Alors vous ne connaissez pas le résultat des derniers matches de base-ball. La finale approche.

— J'ai des journaux à l'hôtel... Voulez-vous venir les lire ?

— Bien sûr. »

La pluie avait cessé et le pavé était déjà sec quand ils sortirent du bar.

« Et si on faisait un tour dans l'île ? demanda ce Monsieur Jones. Il paraît qu'on y voit des singes sauvages et toutes sortes de trucs. Venez avec moi, j'en ai marre de me balader tout seul. »

Joë réfléchit et bredouilla : « J'suis bien mal fringué.

— Oh, qu'est-ce que ça fait ? On n'est pas sur la Cinquième Avenue. Venez donc. »

L'homme qui disait s'appeler Jones héla un taxi Ford bien astiqué conduit par un jeune Chinois qui portait des lunettes et qui, vêtu d'un complet bleu marine, avait l'air d'un étudiant. Parlant anglais avec un accent d'Angleterre, il leur proposa une promenade jusqu'à la Lagune Bleue. Ils allaient démarrer quand ce Monsieur Jones s'écria « Attendez une minute », courut vers le bar et revint aussitôt avec une bouteille de punch.

Il n'arrêta pas de parler tant qu'ils roulèrent le long des rues devant des bungalows anglais et des bâtiments publics en briques. Il n'arrêta pas de parler non plus quand ils se trouvèrent sur la route traversant un bois aux arbres presque bleus qui fumaient tant que Joë leva la tête pour voir s'ils ne se trouvaient pas dans une serre. Monsieur Jones racontait qu'il aimait l'aventure, les voyages et qu'il aurait souhaité d'être libre pour s'embarquer au hasard et vagabonder à travers le monde. Il disait aussi que ce devait être merveilleux de ne dépendre que de soi, de ses muscles, de sa sueur, comme Joë lui-même. Joë l'approuvait en marmonnant de temps en temps « Oui... oui ». Mais ce Monsieur Jones n'écoutait même pas les réponses et continuait à expliquer que malheureusement il n'était pas libre, il prenait soin de sa mère, c'était une grande responsabilité par moments, il craignait d'en devenir fou, à tel point qu'il avait consulté un médecin. Ce dernier lui avait conseillé de partir en croisière, mais sur le bateau la nourriture n'était pas bonne, il la digérait mal, et puis les passagères étaient des vieilles femmes qui voulaient lui coller leurs filles en mariage. Ça le rendait nerveux de voir des femmes lui courir après comme ça. Le pire c'était de ne pas avoir un ami à qui parler, dire n'importe quoi, tout ce qui passe par la tête. Il aurait été bien plus heureux s'il avait eu un bon copain, assez beau gars, un type qui serait sorti de son trou, qui ne serait pas trop niais, qui comprendrait la vie et qui apprécierait les belles choses, enfin, un gars comme Joë, tout simplement. Sa mère était terriblement jalouse, elle se méfiait de ses amis intimes.

Quand elle s'apercevait de ses fréquentations, elle tombait malade ou bien elle lui coupait les vivres parce qu'elle voulait le garder accroché à ses jupes, mais il en avait marre, ça le rendait malade, et dorénavant, il n'en ferait plus qu'à sa tête, nom de Dieu ! D'ailleurs, il n'avait pas besoin d'avouer à sa mère tout ce qu'il faisait.

Tout en parlant ainsi, il offrait des cigarettes à Joë et tendait son étui au Chinois qui répondait en souriant : « Non, merci beaucoup, Monsieur, j'ai fait vœu de ne plus fumer. » Quand le flacon de punch fut vide, le Monsieur qui prétendait s'appeler Jones, perdant peut-être l'équilibre, se mit à pencher vers Joë. Puis le Chinois arrêta la voiture auprès d'un petit sentier qu'il leur montra du doigt en disant : « Si vous voulez voir la Lagune Bleue, il vous faut suivre ce chemin pendant sept minutes, Messieurs. C'est la principale attraction de l'île. » Joë sauta hors de la voiture pour aller uriner contre un gros arbre au feuillage rouge et velouté. L'homme qui disait s'appeler Jones s'approcha, en fit autant et bredouilla une longue phrase expliquant qu'ils avaient les mêmes idées et les mêmes besoins, donc les mêmes sentiments. Joë répondit « Oui... oui », et alla demander au Chinois où ils pourraient voir des singes sauvages.

« La Lagune Bleue, dit le Chinois, est un de leurs repaires favoris. » Il sortit de l'auto et alla de-ci de-là levant vers le feuillage les perles noires de ses yeux. Soudain, il tendit le doigt. Quelque chose de noir s'agitait dans les arbres. Un ricanement aigu retentit, et trois singes, voltigeant de branche en branche, s'enfuïrent, s'accrochant à l'une par le bras, à l'autre par la queue. Une mère portait son petit accroché devant elle, ce qui amusa Joë. C'était la première fois qu'il voyait des singes sauvages. Il s'engagea sur le sentier en marchant si vite que ce Monsieur Jones eut du mal à le suivre. Joë voulait encore voir des singes.

Au bout de quelques minutes, il entendit le bruit d'une chute d'eau qui lui rappela Great Falls et Rock Creek, et il en fut tout attendri. La cascade tombait dans une lagune entourée d'arbres géants. « Bon Dieu ! j'ai envie de plonger, dit-il.

— Mais il y a peut-être des serpents, Slim.

— Les serpents n'attaquent jamais ceux qui les laissent tranquilles. »

Mais en approchant de la lagune, ils virent que des gens pique-niquaient sur la berge : des jeunes filles en robes bleues ou rose clair, deux ou trois hommes en blanc, groupés sous de grands parasols à rayures. Deux domestiques hindous allaient et venaient pour leur apporter la vaisselle qu'ils prenaient dans un grand panier d'osier. On entendait tout ce monde parler anglais avec l'accent particulier aux Britanniques.

« Zut, on ne peut pas nager ici et ils ont dû faire fuir les singes, chuchota Joë.

— Si nous nous mêlions à la fête... Je vous présenterais comme si vous étiez mon petit frère. J'ai une lettre de recommandation pour un certain Colonel Quelquechose, mais jusqu'ici j'avais trop le cafard pour aller le voir. Ces gens-là le connaissent sans doute.

— Quelle idée ! J'ai pas envie d'aller péter avec ces Anglais », s'exclama Joë qui retourna vers le sentier. Chemin faisant il ne vit plus un seul singe. Lorsqu'il arriva à la voiture, de grosses gouttes de pluie se mirent à tomber.

« Ça va gâcher leur pique-nique », ricana Joë.

Ce Monsieur Jones qui arrivait tout en sueur répondit : « Oh, vous êtes un bon marcheur, Slim ! » et il tapa l'épaule de Joë qui monta dans le taxi en disant « On va se faire arroser.

— Où allons-nous Messieurs ? demanda le Chinois.

— Il vaut mieux rentrer en ville avant que le grain ne devienne trop fort », répondit ce Monsieur Jones.

Ils n'avaient pas encore parcouru huit cents mètres quand la pluie tomba si dru que le Chinois n'y voyait plus clair. Heureusement, un abri couvert de tôle ondulée se dressait au bord de la route et il put y garer la voiture. Ce

Monsieur Jones se remit à parler, le bruit de la pluie sur le toit de tôle ondulée était si assourdissant qu'il hurlait pour se faire entendre. « Vous avez dû en voir de drôles avec la vie que vous menez », disait-il.

Joë descendit de la voiture et s'approcha de la route. Juste au bord du rideau de pluie, le brouillard qui montait du pavé lui rafraîchit la figure. Ce Monsieur Jones s'approcha et lui tendit son étui à cigarettes. « Vous étiez bien, dans la marine ? » Joë prit la cigarette, l'alluma et répondit : « Non pas trop bien.

— J'ai fréquenté beaucoup de marins... Y'a tout de même des bons moments, quand vous descendez à terre et que vous faites la noce... »

Joë expliqua que la paye ne permettait guère de faire la noce. D'ailleurs il s'intéressait plutôt aux sports.

« Mais, Slim, je croyais que les marins quand ils débarquaient dans un port quelconque où personne ne les connaît en faisaient de drôles.

— Quelques-uns essaient de faire les marioles, mais en général ils n'ont pas assez de galette pour aller bien loin.

— On pourrait faire la noce à Port-of-Spain tous les deux, Slim, qu'est-ce que vous en dites ? »

Joë secoua la tête et répondit : « Non, il faut que je retourne à mon bateau. »

Le bruit de la pluie sur le toit devint tellement assourdissant que Joë n'entendit plus ce que lui disait son compagnon. Puis, tout à coup, la pluie cessa.

« Enfin, vous venez bien à mon hôtel, Slim, nous boirons un verre ou deux. Personne ne me connaît ici. Je peux agir à ma guise.

— J'aimerais bien voir les pages sportives des journaux si vous en avez..

— Mais bien sûr. »

La voiture les ramena vers la ville sur les routes luisantes comme des canaux. Le soleil reparut et tout se mit à bouillir dans des grands nuages de vapeur bleue. L'après-midi touchait à sa fin. Hindous en turban, Chinois habillés à l'européenne, Anglais rougeauds vêtus de blanc, Nègres de toutes couleurs allant du café au lait jusqu'au cirage noir circulaient en tous sens.

Dans le vestibule de l'hôtel, Joë se trouva mal à l'aise à cause de son bleu de chauffe. Il se rappela aussi qu'il était mal rasé. En montant les escaliers, ce Monsieur qui prétendait s'appeler Jones le prit par le cou. Sa chambre, basse de plafond, avait des fenêtres étroites aux volets fermés. On y sentait une forte odeur de rhum. « J'ai chaud, et je suis en nage, dit-il, je vais prendre une douche. Mais d'abord, je vais faire monter des gin-fizz... Vous ne voulez pas retirer vos vêtements et vous mettre à l'aise ? Par un temps pareil on a du mal à supporter sa peau.

— Non, mon bleu sent trop mauvais, dit Joë qui ajouta : Alors, vous les avez, ces journaux ? »

Pendant que Jones prenait une douche dans la salle de bains, un domestique hindou apporta les boissons sur un plateau que Joë prit de ses mains. L'attitude de cet Hindou aux yeux fuyants déplut à Joë. Il eut envie de cogner sur ce saligaud couleur de tabac, mais ce Monsieur Jones sortait de la salle de bains, le visage rayonnant de fraîcheur et vêtu d'un peignoir soyeux.

« Asseyez-vous, Slim, nous allons boire un coup et bavarder. » Ce disant, il se frotta le front comme s'il avait mal à la tête, se peigna vaguement avec ses doigts et s'assit dans un fauteuil. Joë se posa de biais sur une chaise à l'autre bout de la chambre. Déjà, Jones reprenait ses bavardages : « Oh, mon Dieu, si je devais rester huit jours à Port-d'Espagne j'en mourrais et vous qui travaillez sous un tel climat, je me demande comment vous pouvez y tenir. Vous devez être singulièrement costaud. »

Joë ne pensait qu'aux journaux, mais il n'avait pas le temps de placer un mot. L'autre n'arrêtait pas : il aurait voulu être costaud lui aussi, parcourir le monde, rencontrer des tas de gens, faire la noce dans tous les ports, voir des paysages, ce devait être drôle tous ces gars qui couchaient ensemble dans les postes d'équipage pendant des jours et des jours, et puis quelquefois la mer était mauvaise, hein? Et puis après on passait la nuit à se soûler, on allait à plusieurs avec la même fille. « Ah, si j'avais vécu comme ça, je ne me serais pas fait de bile, je n'aurais pas craint de perdre ma réputation. Je n'aurais pas eu à me méfier des maîtres-chanteurs. Il suffit de ne pas dépasser les limites pour ne pas aller en tôle, hein? Ah Slim, j'aimerais partir avec vous et mener cette vie-là.

— Oui », répondit Joë.

Ce Monsieur qui disait s'appeler Jones, sonna et demanda qu'on lui monte deux autres gin-fizz. Quand l'Hindou fut sorti, Joë demanda les journaux.

« Hélas, mon cher Slim, répondit l'autre, j'ai cherché partout, on a dû les jeter.

— Alors, il serait temps que je retourne sur mon citronnadier. » Il avait déjà posé la main sur la poignée de la porte quand ce Monsieur Jones courut vers lui, le saisit par le bras et dit : « Non, vous ne partirez pas. Vous m'avez promis de faire la fête avec moi. Vous êtes si chic type... vous ne regretterez rien... Vous ne pouvez pas me quitter après m'avoir... enfin, vous savez, je suis dans tous mes états, quoi... ça ne vous arrive jamais? Je serai chic, vous savez. Je vous donnerai cinquante dollars. »

Joë secoua la tête, se dégagea. L'autre se raccrocha. Joë se débattit, le repoussa, ouvrit la porte, dégringola quatre à quatre les escaliers de marbre blanc et dans la rue continua à courir.

Il faisait presque nuit; Joë suait, jurait et sacrait à mi-voix. Tout le dégoûtait; et, surtout, il aurait bien voulu feuilleter quelques journaux du pays.

Il se promena sans but dans le petit parc où il s'était assis l'après-midi, puis il se dirigea vers les quais. Autant retourner à bord. En passant devant les petits caboulots l'odeur de friture lui donna envie de manger. Il entra dans une de ces gargotes et ressortit aussitôt en se rappelant qu'il n'avait pas un sou en poche. La musique d'un piano mécanique l'attira ; il se trouvait dans les rues chaudes de la ville. De jeunes négresses, des métisses de Chinois, des Hindoues, quelques grosses Allemandes et des Françaises fanées se tenaient devant la porte de leurs baraques en bois ; une très jolie petite mulâtresse tendit la main et lui toucha l'épaule. Il s'arrêta pour lui parler, mais quand il dit qu'il n'avait pas d'argent, elle éclata de rire et gazouilla : « Allez-vous-en loin de moi Monsieurlhomme-sanslesou... pas de place ici pour un homme sans le sou. »

A bord, il chercha le cuisinier pour lui mendier un casse-croûte, ne le trouva pas, et se contenta d'un morceau de pain qui traînait sur la table de la cambuse. Le poste d'équipage était aussi chaud qu'un four. Joë se déshabilla, enfila un autre bleu de chauffe et remonta sur le pont où il se mit à faire les cent pas à côté de l'homme de garde : un jeune gars de Douvres au visage rose que tout le monde appelait La Globule. La Globule avait entendu le Vieux et Monsieur McGregor discuter dans la cabine. Il savait qu'on lèverait l'ancre le lendemain pour aller chercher des citrons à Sainte-Lucie. Et après, en route pour le bon vieux pays ! Le petit Anglais se réjouissait à l'avance de revoir les collines de chez lui et de quitter ce sale rafiot. Joë répondit qu'il s'en foutait pas mal parce que son pays était Washington D.C. « J'en ai marre de cette vie. Il faut que je trouve un boulot qui me permette de gagner ma croûte. Si j'avais des ronds dans ma poche, le premier salaud de touriste venu n'essaierait pas de m'acheter. » Et Joë raconta à La Globule ce qui lui était arrivé avec cet homme qui disait s'appeler Jones. L'Anglais éclata de rire si fort qu'il se cassa en deux. « Cinquante dollars, ça fait dix livres ! Je lui aurais peut-être fait son affaire à ce prix-là ! » s'exclama-t-il.

Pas le moindre souffle d'air. Les moustiques s'acharnaient sur les bras et le cou nus de Joë. Une brume douce et chaude montait de l'eau qui stagnait le long des quais, estompant les lumières de la ville. La Globule et Joë marchèrent un moment sans rien dire.

« Mais qu'est-ce qu'il voulait ce gars-là, Yank ? » reprit La Globule en gloussant un petit rire. « Qu'il aille au diable, répondit Joë, je vais changer de métier. Quoi qu'il arrive, partout, c'est toujours le matelot qui attrape le bout merdeux du bâton. Pas vrai, La Globule ?

— Le salaud... dix livres ! Mais il aurait dû avoir honte... Mais c'était un pervers ! un amoral ! un corrupteur ! Tu devrais retourner à son hôtel avec une paire de copains et le faire chanter. A Douvres il y a plus d'un salaud qu'on fait chanter pour en avoir fait moins que celui-là. Ils viennent en vacances et font du plat aux garçons de cabine... Oui, moi je le ferais chanter, Yank. »

Joë ne répondit pas, et au bout d'un moment il soupira : « Seigneur ! et quand j'étais gosse je voulais vivre sous les Tropiques !

— C'est pas les Tropiques ici, c'est l'entrée puante des enfers. »

Ils marchèrent encore de long en large. Puis, Joë alla s'appuyer au bastingage, les yeux perdus sur l'obscurité grasse. Sales moustiques ! Il cracha sa chique dans l'eau qui répondit : « floc ». Enfin, il descendit dans le poste d'équipage, rampa vers sa couchette, se couvrit la tête avec sa couverture et resta là, étendu, le corps trempé de sueur. « Nom de Dieu ! J'aurais bien voulu savoir où en sont les éliminatoires de base-ball. »

Le lendemain on charbonna et le surlendemain, Joë peignit la cabine des officiers pendant que *L'Argyle* sortait de la Boca entre deux îles couvertes de fougères vertes. Il était furieux parce que malgré ses papiers de matelot breveté on le traitait comme un simple manœuvre. De plus on l'emmenait en Angleterre. Et que ferait-il là-bas ? Ses copains lui disaient qu'on le mettrait peut-être en camp de concentration parce qu'il était étranger et qu'il n'avait pas de passeport ; c'était la guerre ; il y avait des espions partout. Mais, l'odeur salée de la brise marine le consolait ; et quand il passait la tête par l'écoutille, il apercevait les vagues bleues de l'océan au lieu des bassins stagnants de La Trinité : des centaines de poissons volants accompagnaient le bateau.

Le port de Sainte-Lucie était propre et bien clos, sur les deux promontoires qui le protégeaient on voyait des petites maisons aux toits rouges sous des cocotiers. On ne chargea pas des citrons mais des bananes. Il fallut passer une journée entière à démolir les cloisons de la cale et à y installer des portiques pour pendre les régimes de bananes. Vers le soir, *L'Argyle* alla s'amarrer au Quai des Bananes. On fixa deux passerelles et une petite grue pour descendre doucement les régimes dans la cale. Sur le quai, des négresses riaient, gloussaient, poussaient des cris à l'adresse de l'équipage et de gros nègres oisifs se promenaient. Ce furent des femmes qui assurèrent le chargement. Elles montaient par l'une des passerelles, portant sur la tête un gros régime de bananes vertes. Il y avait des vieilles grand-mères toutes noires et des jolies petites mulâtresses ; la sueur coulait, brillante sur leurs visages à la lumière des projecteurs et on voyait ballotter leurs poitrines sous leurs vêtements en lambeaux. Dès qu'une femme atteignait le pont, deux gros nègres s'emparaient de la charge avec précaution et le contremaître lui remettait un petit bulletin. Aussitôt, elle redescendait par l'autre passerelle. Hormis ceux qui manœuvraient la petite grue sur le pont, les hommes d'équipage n'avaient rien à faire. Ils regardaient les femmes d'un air gauche, leurs yeux se détournaient devant un sourire trop franc, une poitrine trop appétissante ou une paire de hanches aux balancements trop suggestifs. Ils regardaient les femmes en se grattant la tête, s'appuyant tantôt sur un pied, tantôt sur l'autre. La nuit était très sombre, l'odeur que dégageaient les bananes et la sueur des femmes leur emplissaient les narines. De temps en temps, une bouffée de fraîcheur parvenait d'un tas de caisses de citrons amoncelées sur le quai voisin.

Joë remarqua que La Globule lui faisait des signes, et il

le suivit dans l'ombre. Collant ses lèvres à l'oreille de Joë La Globule murmura : « Y'a des sacrés bat poules ici Yank, viens. » De la proue, ils se laissèrent glisser le long d'un câble jusqu'aux quais. Ils s'écorchèrent les mains. La Globule se cracha dans les paumes et les frotta l'une contre l'autre. Joë fit de même. Puis ils plongèrent dans l'obscurité d'un entrepôt qui contenait du guano et puait comme un champ d'épandage. Ils le traversèrent et ressortirent par une petite porte qui ouvrait sur la nuit noire et leurs pieds enfoncèrent dans le sable. Ils entendirent des voix de femmes, et des petits rires. La Globule disparut. Joë sentit une épaule nue de femme sous sa main. « Donne d'abord un shilling », dit une voix douce comme celle de toutes les femmes des Antilles mais avec un fort accent londonien. Joë répondit assez brutalement : « Bien sûr, Beauté, bien sûr, je te le donnerai. »

Quand ses yeux s'habituèrent à l'obscurité, il vit qu'ils n'étaient pas seuls. Autour de lui, d'autres couples chuchotaient, riaient ou haletaient. De plus loin, du bateau arrivaient le bruit intermittent de la grue et les éclats de voix des porteuses.

La femme exigeait de l'argent. « Allons, gars blanc, tiens ta promesse. » La Globule se reboutonnait auprès de Joë. « Nous revenons dans un instant, les filles », dit-il.

Et Joë ajouta : « Oui, bien sûr, nous avons laissé notre poignon à bord. »

Ils traversèrent l'entrepôt au pas de course et les filles se jetèrent à leurs trousses. Heureusement quelqu'un avait laissé pendre une échelle de corde le long de la coque et ils arrivèrent sur le pont tout essoufflés et riants. Les femmes couraient de long en large sur le quai en jurant et en poussant des cris furieux, comme des chats sauvages. « Au revoir, Mesdames ! » s'écria La Globule penché au bastingage en faisant un grand salut avec sa casquette. Puis il saisit Joë par le bras et l'attira vers la grue. Joë murmura : « Dis donc, La Globule, la tienne était si vieille qu'elle aurait pu être ta grand-mère.

— Grand-mère ! T'as du culot, c'est moi qui ai eu la plus jolie.

— Mon œil ! Elle avait bien soixante ans.

— Tu mens, salaud, moi j'ai eu la plus jolie », répéta La Globule en s'éloignant furieux.

La lune rouge se hissa au-dessus des collines dentelées. A la lueur des phares, les régimes de bananes que portaient les femmes à la queue leu leu ressemblaient à un long serpent. Soudain, Joë se sentit fatigué et dégoûté. Il descendit et se lava bien soigneusement à l'eau et au savon avant de se glisser dans sa couchette. Autour de lui, ses camarades aux accents anglais ou écossais parlaient des gonzesses de l'entrepôt ; et combien ils en avaient eues, et combien de fois avec chacune, et que ce n'était pas pareil en Argentine, ni à Durban, ni à Singapour, mais qu'au fond ça revenait toujours au même. Le chargement dura toute la nuit.

A midi, *L'Argyle* mit le cap sur Liverpool et le capitaine fit pousser les feux pour arriver plus vite. Tout l'équipage ne parlait que du pays. Ils mangèrent des bananes à volonté. Chaque jour, le subrécargue remontait de la cale les régimes trop mûrs et les pendait dans la cambuse. Tout le monde caquetait au sujet des sous-marins. On se plaignait parce que le bateau n'était pas armé. Le Vieux et Monsieur McGregor s'intéressaient plus aux bananes qu'aux corsaires. A chaque instant ils soulevaient les bâches étendues au-dessus des écoutilles pour voir si les bananes ne mûrissaient pas trop vite. On entendait des ventilateurs ronfler dans les cales. Au bout de quelques jours, l'équipage dégoûté tempêta contre ces bananes.

Au-delà des Tropiques, *L'Argyle* dut affronter un fort vent du nord pendant quatre jours, et le temps resta mauvais jusqu'à la fin du voyage. Hormis les quatre heures pendant lesquelles il tenait la barre, Joë n'avait pas grand-chose à faire. Dans le poste d'équipage, on se plaignait parce que le navire n'était pas désinfecté : après tout c'était facile de tuer les punaises et les cafards ; et puis, un canon à l'avant aurait permis de se défendre : les sous-marins n'étaient pas invulnérables en fin de compte ; on aurait mieux fait de rejoindre un convoi : ça diminuait les risques. Enfin, le bruit courut que des sous-marins allemands croisaient entre la côte portugaise et les Açores. Tout le monde devint nerveux, même le Vieux. On se mit à engueuler Joë parce que les Américains restaient neutres. Quelquefois il en discutait avec La Globule et un vieux matelot de Glasgow qui s'appelait Haig. Joë disait qu'il se demandait pourquoi les Etats-Unis se mêleraient de cette affaire, et un jour la discussion faillit dégénérer en bagarre.

Quand ils atteignirent les Sorlingues, le radio dit qu'il était entré en contact avec un convoi et qu'un contre-torpilleur s'en détachait pour les escorter, eux tout seuls ! à travers la mer d'Irlande et ne les quitterait pas avant qu'ils soient entrés sains et saufs dans la Mersey. Les Anglais venaient de gagner une grande bataille à Mons. Le Vieux, ravi, fit distribuer du rhum et tout le monde se réjouit sauf Joë qui s'inquiétait : que lui arriverait-il quand il se trouverait en Angleterre sans passeport ? Et il grelottait parce qu'il n'avait pas de vêtements chauds.

Le soir même, un contre-torpilleur surgit brusquement dans le crépuscule brumeux. Il semblait haut comme une église sur les vagues blanches que faisait rejaillir sa proue. Sur le pont de *L'Argyle*, on eut peur : n'était-ce pas un Boche ? Mais, l'Union Jack fut hissé au sommet d'un mât, alors *L'Argyle* ralentit et manœuvra pour naviguer bien de front avec le bateau de guerre. L'équipage se rassembla sur le pont et poussa trois hourrah. Quelques-uns voulaient chanter le *God Save the King*, mais un officier apparut sur la dunette du destroyer, et, gueulant dans un porte-voix, se mit à injurier le Vieux, lui demandant pourquoi, b... de Dieu d'enfer ! il ne naviguait pas en zigzag et s'il ne savait pas foutument bien qu'il était b... de Dieusement interdit de faire du bruit sur un cargo en temps de guerre.

La cloche du bord avait sonné huit coups quand Joë et

La Globule, leur quart terminé, s'en allaient vers l'avant en riant. Ils rencontrèrent Monsieur McGregor qui marchait à pas de loup la gueule enluminée. Il s'arrêta pile devant Joë et lui demanda ce qui le faisait rire. Joë étonné ne répondit pas. Monsieur McGregor le considéra avec malveillance et, parlant lentement, dit que Joë n'était probablement pas un Américain, mais un sale espion. Il conclut en ordonnant à Joë de venir le retrouver le lendemain dans la soute. Joë répondit qu'on l'avait embauché comme matelot breveté et que personne n'avait le droit de le faire travailler comme soutier. « Voilà trente ans que je suis sur mer, et je n'ai jamais frappé un homme. Mais si vous dites un mot de plus, je vous casserai la gueule. Nom de Dieu ! » dit McGregor. Joë était furieux, mais il resta immobile les poings serrés. Pendant quelques secondes, Monsieur McGregor, aussi rouge qu'un dindon, fixa Joë sans rien dire. Les deux hommes de garde passèrent auprès d'eux. « Conduisez cet homme à fond de cale, et mettez-le aux fers. C'est un espion... Pas de résistance, tenez-vous tranquille, sinon ce sera encore pire. »

Joë acheva la nuit dans une sorte de placard qui sentait le bois pourri. Il avait les fers aux pieds. Le lendemain matin, le maître d'équipage le relâcha et le conduisit assez gentiment à la cambuse, lui fit donner du porridge mais lui recommanda de ne pas paraître sur le pont. « On va sûrement te remettre à la police des étrangers ou au contre-espionnage, un truc comme ça, dès qu'on sera arrivé à Liverpool », dit-il.

En revenant de la cuisine, Joë, les chevilles endolories par les fers qu'il avait portés toute la nuit, remarqua que le navire était déjà entré dans la Mersey. La matinée était belle, le soleil luisait. Tout autour de *L'Argyle*, des navires à voile à vapeur, à moteur sortaient ou entraient dans l'estuaire ; quelques-uns étaient à l'ancre ; des petits patrouilleurs, des vedettes croisaient en tous sens d'un navire à l'autre. De temps en temps, une traînée de fumée obscurcissait le ciel ou bien un vieux voilier projetait son ombre sur le pont de *L'Argyle*. Le cuisinier lui avait donné du porridge et une cruche de thé amer à peine tiède.

Joë retourna dans le poste d'équipage et se glissa dans sa couchette. Ses camarades le regardèrent fixement sans lui parler. Quand il s'adressa à La Globule couché immédiatement au-dessous de lui, ce dernier ne répondit pas. Alors, Joë se sentit très malheureux. L'attitude de ses compagnons, et surtout celle du petit gars de Douvres, le peinaient plus qu'une nuit aux fers. Il se tourna vers la cloison, se couvrit la tête avec sa couverture et s'endormit.

Quelqu'un le secoua pour le réveiller. « Allons, mon bonhomme, suivez-moi », dit un grand flic anglais coiffé d'un casque bleu à jugulaire vernie. « Oui, une seconde, dit Joë. J'aimerais bien faire ma toilette. » Le flic secoua la tête. « Pas de bruit, pas d'histoires, suivez-moi tout de suite, et vous ne vous en porterez que mieux », répondit-il.

Joë enfonça sa casquette jusqu'aux sourcils, prit sa boîte de cigares sous le matelas et suivit le flic qui montait sur le pont. *L'Argyle* était déjà amarré à quai. Ainsi, sans dire au revoir à personne, sans avoir touché sa paye, il s'engagea sur la passerelle, suivi par le flic qui lui serrait le biceps. Le long d'un quai aux pavés inégaux, ils s'avancèrent vers un panier à salade. Un petit groupe de badauds aux visages luisants et rouges dans le brouillard, assez piteusement vêtus de noir, se rassembla. « Regardez le sale Boche ! » dit un homme. Une femme siffla. D'autres firent « Hou, hou ! » et quelques-uns miaulèrent ou crachèrent comme des chats. Mais déjà la porte du panier à salade se refermait sur Joë. La voiture démarra lentement sur une rue mal pavée. Bientôt Joë sentit qu'elle accélérait.

Assez satisfait d'être tout seul, Joë s'accroupit dans l'ombre et essaya de réfléchir. Mais il avait froid aux pieds et aux mains, et se crispait pour ne pas grelotter. Il aurait souhaité d'être mieux habillé. Une chemise et un pantalon taché de peinture ainsi qu'une paire de chaussons voilà tout ce qu'il possédait hormis le contenu de sa boîte à cigares. Soudain la voiture s'arrêta. Deux flics lui ordonnèrent de descendre et le poussèrent le long d'un couloir jusqu'à une petite pièce dans laquelle un inspecteur de police était assis derrière un bureau au vernis jaunâtre. Il avait la tête très allongée comme seuls les Anglais peuvent l'avoir. L'inspecteur se leva brusquement et marcha vers Joë les poings serrés comme s'il allait le frapper. Puis il dit quelque chose en une langue que Joë crut être de l'allemand. Mais Joë secoua la tête et sourit en disant « *No savvy* ». Ça lui semblait drôle.

L'inspecteur retourna à son bureau, s'assit et demanda : « Qu'est-ce qu'il y a dans cette boîte ? » Puis s'adressant avec mépris aux deux flics : « Vous devriez fouiller ces pouilleux avant de me les amener. »

Un des flics rafla la boîte à cigares sous le bras de Joë, l'ouvrit et parut soulagé en constatant qu'elle ne contenait pas une bombe. Il la vida sur la table. « Vous prétendez être Américain ? » glapit l'inspecteur. « Oui, je suis Américain », répondit Joë. « Alors, pourquoi diable venez-vous en Angleterre en temps de guerre ? » Joë crut pouvoir s'expliquer : « Je ne voulais pas venir...

— Ta gueule ! » répondit l'inspecteur. Puis il fit signe aux flics de s'en aller et leur dit : « Envoyez-moi le caporal Eakins.

— Bien, Monsieur », répondirent les deux flics à l'unisson et très respectueusement.

Dès qu'ils se trouvèrent seuls, l'inspecteur revint vers Joë les poings serrés : « Mieux vaudrait te mettre à table, mon gars. Nous savons à quoi nous en tenir sur ton compte. »

Joë serrait les mâchoires pour empêcher ses dents de claquer. Il avait froid et peur. « J'étais sur le sable, à B. A., comprenez-vous... je me suis embarqué sur le premier bateau venu. Vous pensez bien que si j'avais pu faire autrement j'aurais pas cherché d'embauche sur un citronnadier », répondit Joë furieux et aussitôt il se sentit plus à l'aise.

L'inspecteur tapota son bureau du bout de son crayon et dit : « Cette insolence te nuira, mon garçon. Mieux vaudrait tenir ta langue. » Puis il regarda l'une après l'autre les photographies, les timbres, les coupures de journaux qui étaient tombées de la boîte à cigares. Deux hommes en uniforme kaki entrèrent. L'inspecteur leur ordonna : « Mettez-le à poil et fouillez-le. »

Joë regarda les nouveaux venus sans comprendre. On aurait pu les prendre pour des infirmiers. « Soyez docile, dit l'un d'eux, nous préférons procéder sans violence. » Joë retira sa chemise. Ça lui déplut ; il rougit, honteux de ne pas avoir de tricot. « Bien, ... le pantalon, maintenant », insista l'infirmier. Joë obéit et se trouva tout nu, les pieds dans ses chaussons pendant que les deux hommes en kaki fouillaient ses vêtements. L'une des poches ne contenait que des rognures, de la poussière, des débris. Dans l'autre ils trouvèrent une boîte de tabac, entamée, une chique, et un petit canif dont une lame était brisée. Celui qui examinait la ceinture montra l'endroit où elle était recousue. Il prit le canif pour couper les fils. Tous deux se penchaient attentivement vers ce mystère. Joë sourit : « C'était ma cachette, j'y mettais mes billets de banque », dit-il. Ils ne desserrèrent pas les dents.

« Ouvrez la bouche », dit un des hommes en kaki en saisissant le menton de Joë. « Inspecteur, doit-on lui arracher les plombages ? Il en a deux ou trois au fond de la bouche. » L'homme assis derrière le bureau secoua la tête en signe de dénégation. L'un des deux autres sortit et revint aussitôt avec un gant de caoutchouc huilé : « Penchez-vous », ordonna l'autre en saisissant la tête de Joë pour l'obliger à s'incliner. Cependant, l'homme au gant lui enfonçait un doigt dans le rectum. « Hé, nom de Dieu ! souffla Joë entre les dents.

— Ça va, mon gars, c'est tout pour le moment, dit celui qui le tenait, en lui relâchant la tête. Excusez-nous, mais c'est le règlement. »

Celui des deux qui était caporal s'avança vers le bureau

et se mit au garde-à-vous. « Tout va bien, Monsieur. Rien d'intéressant sur la personne du prisonnier. »

Joë souffrait du froid et ne pouvait plus empêcher ses dents de claquer.

« Vous ne pourriez pas regarder dans ses chaussons ? » grogna l'inspecteur.

Joë leur donna ses chaussons, à contrecœur ; il était fort mécontent parce qu'il avait les pieds sales, mais que faire d'autre ? Le caporal les réduisit en lambeaux avec son canif. Puis les deux soldats se mirent au garde-à-vous. « Très bien, Monsieur, rien à signaler. Dois-je apporter une couverture au prisonnier, Monsieur ? Il semble avoir froid. »

L'inspecteur refusa d'un coup de tête et fit signe à Joë d'approcher. « Alors, êtes-vous décidé à répondre sincèrement et à nous éviter du travail inutile ? Vous ne risquez rien de pire que le camp de concentration pour la durée des hostilités... mais si vous nous embêtez, je ne sais pas jusqu'où ça ira. Rappelez-vous que nous sommes en état de guerre, et que nous appliquerons la législation prévue pour la Défense du Royaume... Comment vous appelez-vous ? »

Joë lui indiqua son nom, son lieu de naissance, le nom de son père, celui de sa mère, le nom des bateaux sur lesquels il avait navigué. Tout à coup, l'inspecteur lui posa une question en allemand, Joë secoua la tête. « Hé, pourquoi voulez-vous que je sache l'allemand ?

— Fermez-là... D'ailleurs, nous sommes au courant de tout. »

L'un des soldats demanda timidement : « On lui rend ses affaires ?

— Il n'en aura plus jamais besoin s'il fait le mariole. »

Enfin, le caporal tira de sa poche un trousseau de clés, ouvrit une épaisse porte de bois au fond de la pièce. Ils poussèrent Joë dans une petite cellule sans fenêtres et dont tout le mobilier se réduisait à un banc. Joë s'assit en grelottant dans l'obscurité.

« Eh bien, te voilà dans le trou du cul du diable, Joë Williams ! » se dit-il à haute voix. Puis, pour se réchauffer, il se frotta bras et jambes, mais ses pieds devenaient exsangues.

Au bout d'un moment, il entendit la clé tourner dans la serrure ; un des hommes en kaki lui jeta une couverture, puis referma la porte sans lui donner l'occasion de prononcer le moindre mot. Joë se recroquevilla dans sa couverture sur le petit banc et essaya de dormir. Tout à coup, il se réveilla en proie à un cauchemar. Il avait froid. Il sauta à bas du banc. Il faisait absolument noir dans la cellule et Joë s'imagina qu'il était devenu aveugle. Enfin, il se rappela tout ce qui s'était passé depuis que *L'Argyle* avait doublé le phare des Sorlingues. Une boule de glace lui pesait sur l'estomac. Il marcha quelque temps se heurtant tantôt à un mur, tantôt à l'autre, puis il s'enroula dans la couverture qui était fort convenable et sentait le désinfectant. Enfin il s'endormit.

Quand il se réveilla de nouveau, Joë avait faim et besoin d'uriner. Il tâtonna partout autour de lui et finit par trouver un seau émaillé sous le banc. Il s'en servit et se sentit mieux. C'était un vrai seau hygiénique avec un couvercle et Joë s'en réjouit. Il chercha un moyen de passer le temps et fouilla dans ses souvenirs, essayant de reconstituer les bons moments qu'il avait passés à Georgetown avec Alec et Janey ; il se rappela la bande de copains qui fréquentaient le bar Mulvaney ; les soirs où il prenait le ferry-boat *Charles-Macalister* dans l'espoir de faire des touches parmi les passagères. Puis, il essaya de récapituler les titres de tous les bons films qu'il avait vus, les titres de tous les bons livres qu'il avait lus et de recompter le nombre de points marqués par chaque gars de son équipe de baseball. Il en était arrivé à reconstituer les matches dans lesquels il avait joué quand il était à l'école supérieure, lorsque la clé grinça dans la serrure. Le caporal qui l'avait fouillé ouvrit la porte et lui rendit sa chemise et son pantalon. « Vous pouvez vous laver, si vous voulez, dit-il.

Et tâchez de vous faire beau. Je dois vous conduire au capitaine Cooper-Trahsk.

— Vous ne pourriez pas me donner quelque chose à manger, ou au moins un peu d'eau. Je crève de faim et de soif », dit Joë en clignant des yeux car la lumière l'éblouissait. Il enfila ses vêtements. « Dites, combien de temps suis-je resté dans cette cellule ?

— Allons, venez, répondit le caporal. Je ne répondrai pas à vos questions avant que vous ayez vu le capitaine Cooper-Trahsk.

— Et mes chaussons ?

— Attention, soyez poli, contentez-vous de répondre quand on vous interroge... Ça vaudra mieux pour vous... Venez. »

Il suivit le même couloir que lorsqu'il était entré. Cette fois de nombreux tommies en uniforme se trouvaient là. Ils regardèrent ses pieds sans rien dire. Au lavabo, il trouva un broc de cuivre plein d'eau froide et un cube de savon. D'abord Joë but. Il avait le vertige et ses genoux tremblaient. Après s'être lavé les mains et la figure, il se sentit mieux. Pour s'essuyer il dut se contenter d'une serviette à rouleau assez sale : « Dites, j' pourrais pas me raser ?

— Non, non, allez, venez, il est temps, répondit le caporal sévèrement.

— Mais j'ai des lames Gillette dans ma boîte... »

Le caporal ne lui répondit pas et le regarda d'un air malveillant. Joë haussa les épaules et suivit son gardien jusqu'à une pièce bien meublée ; un épais tapis rouge et marron s'étalait sur le plancher ; derrière un bureau d'acajou, trônait un vieil homme aux cheveux blancs, au visage rouge comme un roastbeef et qui portait de nombreux insignes sur son uniforme. Le caporal claqua les talons, salua et se congela au garde-à-vous.

Le vieil homme leva la tête, regarda Joë d'un air paternel. « Ah... c'est ça... », dit-il. « Amenez-le plus près de moi, caporal, regardons-le de près... Eh bien, caporal, il est en mauvais état, eh ? Un vrai mendigot... Vous devriez lui donner des souliers et des chaussettes.

— Certainement, Monsieur », répondit le caporal avec aigreur, et il se remit au garde-à-vous.

« Repos, caporal, repos », dit le vieil homme ajustant ses lunettes pour feuilleter un tas de papiers posés sur son bureau. « C'est... heu... heu... Zentner... se prétend Américain, hein ?

— Non, Monsieur, il s'agit de Williams.

— Ah, oui, en effet... Joë Williams, matelot. » Il considéra Joë d'un air sévère et demanda : « C'est bien votre nom, mon gars ?

— Oui, M'sieu.

— Alors ?... pourquoi essayez-vous de débarquer chez nous en temps de guerre sans être muni d'un passeport ou de la moindre pièce d'identité ? »

Joë lui expliqua qu'il avait un certificat de matelot breveté américain et qu'il s'était trouvé sur le sable à B. A. ... Buenos-Aires.

« Mais, pourquoi vous trouviez-vous... heu, heu... dans cette situation... heu... en Argentine ?...

— Eh bien, voilà, Monsieur, j'étais sur un navire de la Mallory Line. Mon bateau est parti sans moi. J'avais pas mal bu, j'avais fait la noce, Monsieur. Le capitaine a fait appareiller avant l'heure prévue, je suis resté sur le sable...

— Ah ah, matelot ! On a tiré une bordée... hein, c'est ça ? » s'écria le vieil homme en levant la main et en riant. Puis, tout à coup, il fronça les sourcils et demanda : « Voyons, voyons... heueu... sur quel vapeur de la Mallory Line voyagiez-vous ?

— *La Patagonia*, Monsieur, mais je ne voyageais pas, j'étais à bord comme marin. »

Le vieil homme prit son temps pour écrire sur une page blanche. Puis, il s'empara de la boîte à cigares qu'il sortit d'un tiroir et en examina le contenu. Il choisit une photographie, la tourna de telle sorte que Joë pût la voir et dit : « Une bien belle fille... c'est votre bonne amie, Williams ? » Joë devint cramoisi et répondit : « Non, Monsieur, c'est ma sœur.

— Quelle belle fille !... Qu'en pensez-vous, caporal ?

— Très belle, dit le caporal d'un air pincé.

— Alors, mon gars, quand vous étiez à Buenos-Aires, B. A. comme vous dites, qu'est-ce que vous avez appris au sujet des espions allemands et de leur activité en Amérique du Sud. Ils ne sont pas tous Allemands, beaucoup sont Américains ou se font passer pour tels... Allons, le plus simple c'est de se mettre à table et de manger le morceau.

— Sincèrement, Monsieur, répondit Joë, je n'en sais absolument rien. Je ne suis pas resté longtemps à Buenos-Aires.

— Est-ce que vous avez quelques parents encore en vie ?

— Mon père est très mal portant... Mais j'ai encore ma mère et ma sœur à Georgetown.

— Georgetown.. Georgetown... voyons, voyons... C'est en Guyane britannique, non ?...

— C'est une petite ville du district fédéral, tout près de Washington... la banlieue de Washington.

— Oh, bien sûr ! »

Et le vieil homme se remit à fouiller dans la boîte à cigares. Il en tira une autre photo et murmura : « Ah, je vois que vous avez servi dans la Marine militaire. »

Joë eut l'impression de sentir ses genoux trembler. Il craignit de s'évanouir, se reprit et répondit : « Non, Monsieur, mais je fais partie de la Réserve navale, comme tous les marins. »

Le vieil homme remit toutes les affaires dans la boîte. « Vous pouvez reprendre ça, mon gars. » Puis, il se tourna vers le caporal : « Donnez-lui quelque chose à manger. Faites-lui prendre l'air dans la cour. Il ne semble pas trop solide sur ses jambes, caporal.

— Très bien, Monsieur. » Le caporal salua et sortit en emmenant Joë.

Le petit déjeuner consistait en une assiette de flocons d'avoine, du thé éventé, et deux tartines de margarine. Après avoir mangé ça, Joe était encore plus affamé qu'avant. La promenade dans la cour sur des pavés inégaux, entre des murs élevés, lui fit du bien. On le laissa s'asseoir sur un banc. Ses pieds étaient tout à fait gelés sous une couche de poussière et de crasse.

Dans la cour, il rencontra un autre prisonnier ; un petit gros coiffé d'un chapeau melon et engoncé dans un gros pardessus marron. Cet homme s'approcha de Joë aussitôt qu'il le vit. « Vous êtes Américain ? demanda-t-il.

— Bien sûr, répondit Joë.

— Je m'appelle Zentner ! Je suis négociant en fournitures pour restaurants à Chicago ! C'est le plus zale outrage qu'on m'ait fait. Voilà, ch'arrive dans ze zale pays pour acheter leur zale camelote en tébenzant mes bons dollars américains... il y a trois jours, j'ai passé une commande de dix mille dollars à Sheffield et ils m'arrêtent comme chpion. J'ai passé toute la nuit ici et c'est ce matin seulement qu'ils m'ont permis de téléphoner au Consulat. Ch'ai un passeport, un visa, tout ce qu'il faut. Ch'irai à Washington. Je poursuivrai le Gouvernement Britannique, je demanderai cent mille dollars de dommages et intérêts pour diffamation. Je suis citoyen américain depuis quarante ans et mon père ne venait pas d'Allemagne mais de Bologne ! Et vous, mon pauvre gars, je vois que vous n'avez pas de souliers. Ils parlent des adrozidés allemandes ! Laisser un homme nu-pieds dans zette gour z'est pas une adrozidé ? »

Joë grelottait. Il se leva et se mit à trotter autour de la cour pour se réchauffer, Monsieur Zentner le rejoignit, enleva son manteau et le lui tendit : « Tenez, mon petit gars, mettez ce pardessus.

— Mais c'est bien trop beau. C'est rudement gentil de votre part.

— Il vaut s'aiter les uns les autres tans l'atversité.

— Bon Dieu, et c'est le printemps ! Je me demande

comment ça doit être l'hiver ici. Je vous rendrai le manteau en rentrant. Oh, j'ai froid aux pieds. Est-ce qu'on vous a fouillé ? » demanda Joë. Monsieur Zentner roula des yeux furibonds et s'exclama : « Un oudrage ! Guelle indignité ! Faire ça à un gommerçant, zitoyen d'un bays neutre et ami. Je le dirai à l'Ambassadeur. Je les poursuivrai. Je demanderai des dommages et intérêts.

— Je voudrais bien en faire autant », dit Joë en riant.

Le caporal apparut sur le seuil de la porte et cria : « Williams ! » Joë rendit le pardessus à Monsieur Zentner et serra sa petite main grassouillette. « Hé, pour l'amour de Dieu, dit-il, ne m'oubliez pas quand vous verrez le consul. Dites-lui qu'il y a un autre Américain dans cette prison. Ils parlent de m'envoyer en camp de concentration pour la durée de la guerre.

— Vous en faites pas, mon gars, je vous tirerai d'ici », dit Monsieur Zentner en bombant le torse.

Cette fois on conduisit Joë dans une cellule normale, éclairée, et où il disposait d'assez de place pour aller et venir. Le caporal lui donna une paire de souliers et des chaussettes de laine percées. Les souliers étaient trop petits, il ne parvint pas à les mettre, mais les chaussettes lui réchauffèrent un peu les pieds. A midi, on lui donna une espèce de ragoût de pommes de terre pleines d'yeux avec du pain et de la margarine.

Le troisième jour, quand le porte-clés lui apporta sa pâtée, il lui remit aussi un paquet enveloppé de papier jaune. Joë remarqua que le paquet avait déjà été ouvert. A l'intérieur, il trouva un complet, une chemise, des sous-vêtements de flanelle, des chaussettes et même une cravate. « Y'avait aussi de la galette avec, mais c'est contraire au règlement, expliqua le geôlier. Quand vous vous serez mis ça sur le dos, vous serez comme si vous reveniez de la noce. »

Tard dans la soirée, le même porte-clés vint chercher Joë qui boutonna son col trop serré, refit le nœud de sa cravate et remonta son pantalon trop large de ceinture.

Puis, il suivit le gardien le long d'un corridor et au-delà d'une cour pleine de tommies, jusqu'à un petit bureau devant lequel se tenait une sentinelle. A l'intérieur, un sergent était assis derrière une table. A côté de lui, un jeune homme à l'air pressé pianotait sur un chapeau de paille posé entre ses genoux. « Voilà votre homme, Monsieur, dit le sergent sans regarder Joë. Je vous permets de l'interroger. » Le jeune homme à l'air pressé vint vers Joë et lui parla avec volubilité. « Eh bien, vous nous en faites, des ennuis. Mais j'ai examiné le dossier. Il semble que vous êtes bien ce que vous prétendez. Comment s'appelle votre père ?

— Comme moi : Joseph P. Williams... Êtes-vous le Consul américain ?

— Je suis attaché au consulat américain. Qu'est-ce qui vous prend de vouloir descendre à terre sans passeport ? Croyez-vous que nous n'ayons rien d'autre à faire que de nous occuper d'une bande de toqués comme vous, qui ne savent pas se garer quand la pluie tombe à torrents ? J'avais rendez-vous pour jouer au golf cet après-midi et j'ai dû perdre deux heures pour vous tirer de cellule.

— Bigre ! mais je n'ai pas essayé de débarquer, on est venu me chercher à bord.

— J'espère que ça vous servira de leçon et que la prochaine fois vous aurez un passeport.

— Oui, M'sieu, certainement. Soyez tranquille. »

Une demi-heure plus tard, Joë se trouva dans la rue, sa boîte de cigares et ses vieux vêtements roulés sous le bras. C'était l'après-midi, le soleil luisait ; les gens au visage rouge, vêtus de couleurs sombres et les femmes coiffées de manière biscornue, les autobus énormes et les tramways à deux étages, tout étonnait Joë. Puis il se rappela qu'il se trouvait en Angleterre pour la première fois de sa vie.

Au consulat, le jeune homme à l'air pressé le fit attendre longtemps dans un bureau vide, vint le chercher, gribouilla longuement sous ses yeux. Cependant, Joë, la faim au ventre, rêvait de beefsteak et de frites à la française. Enfin, on le conduisit dans un autre bureau. On lui remit des papiers en lui expliquant qu'on lui avait trouvé de l'embauche sur le vapeur américain *Tampa* de Pensacola. On lui recommanda de se rendre tout de suite à l'agence maritime et d'embarquer aussitôt car ça tournerait mal si les Anglais le ramassaient dans les rues de Liverpool.

« Dites-moi, M'sieu le Consul, il n'y a rien à manger par ici ?

— Qu'est-ce qui vous prend ? Vous vous croyez dans un restaurant hein ?... Non. Nous n'avons pas de crédit pour vous aider. Vous devriez nous être reconnaissant de vous avoir tiré d'affaires.

— On ne m'a pas payé sur *L'Argyle* et j'ai failli crever de faim dans cette prison.

— Tenez, voilà un shelling, mais c'est absolument tout ce que je peux faire. »

Joë examina la pièce. « Qui c'est ça ?... bredouilla-t-il, le Roi Georges ?... Ah, bien ! merci, Monsieur le Consul. »

Il repartit, tout seul cette fois. Dans une main il tenait un petit papier sur lequel était notée l'adresse de l'agence maritime et dans l'autre il serrait son shelling. Il était triste, furieux et crevait de faim. Soudain, il aperçut Monsieur Zentner sur le trottoir d'en face. Aussitôt, il traversa en courant, se faufila parmi les voitures pour se précipiter vers son bienfaiteur la main tendue. « J'ai reçu les vêtements, Monsieur Zentner. Vous avez été rudement chic ! » Monsieur Zentner bavardait avec un petit bonhomme en uniforme d'officier ; il fit un vague signe de la main, répondit sèchement : « Heureux d'avoir rendu service à un concitoyen. » Puis il lui tourna le dos.

Joë avisa une boutique dans laquelle on vendait du poisson frit. Il entra et en demanda pour un demi-shelling, ensuite, il alla dans un bistrot boire une grande chope de bière. Il espérait trouver sur le comptoir des hors-d'œuvre, des chips, des petits amuse-gueule comme il est d'usage d'en offrir gratuitement aux consommateurs dans les bars des Etats-Unis. Mais il ne trouva rien de la sorte et la bière lui coûta six pence. Quand il fut parvenu, non sans peine, à l'agence maritime, le bureau était fermé. Alors, il erra dans le crépuscule blanchâtre et brouillasseux sans savoir où aller. Puis, il aboutit sur les quais et demanda à plusieurs types s'ils savaient où était amarrée *La Tampa.* Mais personne n'en savait rien. D'ailleurs tous ces gars-là parlaient d'une manière si bizarre que Joë ne les comprenait pas.

Dégoûté, Joë reprit sa marche à pas lents. Tout à coup la lumière s'alluma en haut des réverbères et il remarqua trois Américains qui marchaient devant lui. Il les rattrapa et leur demanda s'ils pouvaient lui indiquer où se trouvait *La Tampa.* Hé diable comment l'ignoreraient-ils ? Ils travaillaient à bord de ce bateau. Et ce pauvre copain tout seul, pourquoi ne venait-il pas visiter la ville avec eux ? On est toujours heureux de rencontrer des compatriotes ! Après avoir passé deux mois sur un citronnadier et quelques jours en prison, Joë accepta volontiers de les suivre dans un bar et de boire du whisky. Il leur raconta ses aventures et expliqua que ces salauds de flics anglais l'avaient fait débarquer de force de *L'Argyle,* qu'on ne l'avait pas payé, et qu'il n'avait pas un sou en poche. Tous lui offrirent à boire à tour de rôle et l'un deux, Will Stirp de Norfolk, Virginie, tira un billet de cinq dollars de sa poche, le tendit à Joë : « Prends ça mon pote, tu me le rendras quand tu pourras. »

Alors Joë fut aux anges. Rencontrer des gars comme ça c'était aussi beau que s'il s'était trouvé au Pays du Bon Dieu. Ils burent. Chacun paya sa tournée parce qu'ils étaient quatre Américains, isolés, perdus dans cette pouilleuse ville de citronniers. Et quand ils en eurent un petit coup dans le nez, ils se sentirent de taille à boxer le monde entier. L'un, Olaf, était Suédois mais il venait de se faire naturaliser alors il comptait tout comme un autre. Le troisième s'appelait Maloney. La serveuse, à la figure en lame de couteau, voulut tricher en rendant la monnaie, mais ils se défendirent ; elle avait essayé de les entourlouper de cinq shellings, comme si on ne savait pas qu'il y en a vingt dans une livre, mais ils lui firent rendre gorge ! Ils allèrent dans une autre boutique où on vendait du poisson frit. Zut ! on ne trouvait que du poisson frit dans ce pays ! Puis ils entrèrent dans un autre bistrot, chacun paya sa tournée. Et c'étaient quatre braves Américains fort heureux de se trouver ensemble dans cette pouilleuse ville de citronniers ! Et puis, on les mit dehors parce que c'était l'heure de la fermeture à cause de la guerre. A la porte, un pisteur les accrocha et leur expliqua que tout était fermé partout. La rue était obscure ; la plupart des réverbères éteints et les autres portaient de drôles de petits chapeaux pour embêter les zeppelins. Le pisteur, une maigre et pâle lope à face de rat, leur offrit de les conduire dans une maison où ils trouveraient de la bière et où ils pourraient passer un bon moment avec de jolies filles.

Dans le salon de cette maison, il y avait une grosse lampe avec des roses rouges peintes sur l'abat-jour. Les filles étaient laides et avaient des dents de juments. Il y avait aussi un tas de citronniers qui n'avaient pas sucé de la glace dans la soirée. Et puis, quatre Américains très heureux d'être ensemble. Les citrons s'en prirent à Olaf et le traitèrent de Boche. Olaf répondit qu'il était Suédois autrefois, Américain maintenant, et puis qu'à tout prendre, il aimerait mieux être Boche que citronnier. Quelqu'un frappa quelqu'un d'autre, et Joë se trouva tout d'un coup en train de se colleter avec un gars plus grand que lui. Il entendit des coups de sifflet, des flics entrèrent et enfournèrent toute la compagnie dans le panier à salade.

Will Stirp répétait sans arrêt qu'ils étaient quatre braves Américains heureux d'être ensemble, que la soirée n'était pas si mauvaise et qu'il n'y avait pas de quoi appeler les flics. Mais on les poussa tous les quatre vers un bureau. On nota leurs noms et on les colla dans une cellule. On boucla les citrons dans la cellule voisine. Le poste de police était plein de poivrots qui gueulaient et chantaient. Maloney avait mal au nez, il en saignait même. Olaf s'endormit. Joë ne pouvait pas dormir. Il disait à Will Stirp qu'il avait peur et que sûrement cette fois les citrons l'enverraient en camp de concentration pour la durée de la guerre. Cette fois-ci, et après, à chaque fois qu'il y aurait la guerre !... Will Stirp le rassurait. N'étaient-ils pas quatre braves Américains, et Joë lui-même n'était-il pas un Citoyen Américain, né Libre ? Et les Anglais ne pouvaient rien lui faire. Ou alors qu'est-ce qu'on faisait de la liberté des mers ? Merde quoi ?

Le lendemain matin, on les emmena au Tribunal. C'était follement drôle, mais Joë avait peur. On se serait cru à une réunion de Quakers ; le magistrat qui portait une petite perruque les condamna, l'un après l'autre, à trois shellings et six pence d'amende plus les frais, ça faisait à peu près un dollar par tête. Dieu merci, ils avaient assez de galette. Après ça, le magistrat à la petite perruque leur fit un bondieu de discours pour expliquer que c'était la guerre, qu'ils n'avaient pas le droit de se soûler la gueule et de se conduire comme des voyous sur le territoire Britannique, mais qu'au contraire, ils devraient combattre coude à coude avec leurs frères, les Anglais, parce que le même sang coulait dans leurs veines, et parce que les Américains devaient tout à l'Angleterre, même leur existence en tant que Grande Nation, qu'il fallait à tout prix défendre la pauvre petite Belgique, si courageuse, contre les envahisseurs Huns qui violaient les femmes et coulaient de paisibles navires marchands.

Quand le magistrat eut fini, le greffier et les flics bourdonnèrent « bravo bravo ! » à voix basse et tous prenaient des attitudes très farouches et très solennelles. Mais ils relâchèrent quand même les Américains après leur avoir fait payer l'amende. Le sergent de la police examina leurs papiers. Il retint Joë plus longtemps que les autres parce que ses papiers avaient été faits au consulat et ne portaient pas le cachet du commissariat idoine. Mais on le relâcha lui aussi au bout d'un moment après l'avoir mis en garde : s'il revenait à terre, ça tournerait mal pour lui.

Joë éprouva une impression de soulagement quand le maître d'équipage de *La Tampa* lui indiqua sa couchette, et lui fournit des bleus de chauffe. Il redescendit à terre pour aller chercher sa précieuse boîte à cigares qu'il avait laissée à la serveuse du premier bistrot où il était entré la veille au soir. Il revint aussitôt. Enfin, il était sur un bateau américain, avec un gros drapeau étoilé peint sur chaque côté de la coque et qui s'appelait *LA TAMPA*, port d'attache *PENSACOLA, FLORIDE, ETATS-UNIS*, et tout cela était écrit en grosses lettres blanches à côté du drapeau. Un nègre faisait la cuisine. Ils mangèrent tous ensemble du maïs bouilli avec du beurre dessus. Ils burent du café au lieu de ce thé de pouilleux. La nourriture était bougrement bonne. Joë ne s'était jamais senti aussi heureux depuis qu'il avait quitté le pays. Les couchettes étaient propres, le poste d'équipage bien désinfecté. Quand on largua les amarres et quand *La Tampa*, lâchant un grand coup de sirène, se mit à descendre le cours ardoisé de la Mersey, Joë poussa un long soupir.

Quinze jours jusqu'à Hampton Roads. Beau temps. Mer d'huile sauf durant les dernières quarante-huit heures, au cours desquelles le norois entassa des vagues assez drues. Ils débarquèrent quelques ballots de cotonnades aux docks de l'Union à Norfolk. Ce fut un grand jour pour Joë quand il descendit à terre, sa paie en poche avec Will Stirp qui voulait lui montrer sa ville natale.

Will Stirp le conduisit chez ses parents. Avec quelques copains ils jouèrent au base-ball pendant une demi-heure, puis ils emmenèrent deux filles que Will connaissait, à Virginia Beach. Une des filles s'appelait Della, elle avait le teint mat et Joë en avait envie. Pendant qu'ils se déshabillaient ensemble dans la cabine Joë demanda à Will si elle marcherait. L'autre prit mal la chose et lui répondit : « T'es pas assez malin pour reconnaître une brave copine d'une putain ? » Joë dit que, ma foi, on ne s'y reconnaissait plus au jour d'aujourd'hui.

Ils nagèrent, batifolèrent en costume de bains sur la plage, firent un petit feu de camp pour rôtir de la guimauve. Puis, ils ramenèrent les filles chez elles. Della se laissa embrasser au moment des adieux. Et Joë se mit à faire de vagues projets : Della et lui resteraient en bonnes relations ; il viendrait la voir chaque fois qu'il en aurait l'occasion ; elle deviendrait son amie attitrée. De retour en ville, ils ne savaient plus quoi faire. Ils avaient envie de boire et de tirer une bordée. Mais ils craignaient de se faire échauder et de dépenser tout leur argent. Ils entrèrent dans une salle de billard, que Will connaissait et firent quelques parties. Assez fin joueur, Joë battit tous les autres. Après ça, ils voulurent aller boire un coup mais l'heure de fermeture était passée et ils se trouvèrent dans la rue. Ils essayèrent de lever des catins ; Will disait qu'il connaissait une maison, mais que c'était trop cher. Ils se décidaient à aller passer la nuit chez Will quand ils croisèrent deux grandes bringues qui leur firent de l'œil. Aussitôt les deux gars leur emboîtèrent le pas et les suivirent le long d'une rue qui n'en finissait plus jusqu'à un carrefour mal éclairé. Les filles étaient chaudes à point, mais elles avaient peur, et l'idée que quelqu'un pourrait les voir les rendait nerveuses. Par hasard, ils trouvèrent une maison vide dont le porche était aussi noir qu'un tunnel. Les deux filles consentirent à les y accompagner. Après ça ils les laissèrent tomber, et s'en allèrent coucher chez les parents de Will Stirp.

*La Tampa* dut entrer en cale sèche à Newport News pour faire réparer des tôles endommagées. Le délai était trop long, on paya et débaucha l'équipage. Joë et Will Stirp se trouvèrent sur le pavé et passèrent leurs journées à vagabonder à travers la ville sans savoir que faire de leur peau. Le samedi et le dimanche après-midi, Joë joua au base-ball avec une bonne équipe de gars qui travaillaient à l'arsenal. Le soir, il sortait avec Della Matthews. Elle était sténographe à la *First National Bank* et ne lui cachait pas qu'elle n'épouserait jamais un marin. Ils étaient tous infidèles et n'avaient aucun avenir. Joë l'approuvait : c'est un sale métier, mais tout de même, il y a de bons moments et quand on est jeune, il est bon de parcourir le monde, et puis, après tout, il ne faut pas prendre les choses trop au tragique. Souvent, elle l'interrogeait au sujet de ses parents et s'étonnait parce qu'il n'allait pas les voir, d'autant plus que son père était malade. Il lui expliqua que le vieux pouvait bien avaler son bulletin de naissance si ça lui faisait plaisir et que Joë n'en ferait pas une maladie parce qu'il le détestait. Della le trouva abominable. Ce soir-là, justement, il lui payait un verre de soda en sortant du cinéma, elle était mignonne, tout à fait en beauté avec sa robe de voile rose ; ses petits yeux noirs rayonnaient. Joë lui dit qu'ils avaient tort d'en parler parce que ça n'avait aucune importance. Elle le regarda d'un air très fâché, furieux même, et lui dit qu'elle aurait aimé le battre, parce que tout avait beaucoup d'importance, et que c'était méchant de parler ainsi et qu'un bon garçon comme lui, fils d'une bonne famille, bien élevé, aurait dû penser à se faire une situation dans la vie au lieu de vagabonder sur mer et de fainéanter en ville. Joë se fâcha. « Sans blague ! » dit-il et il la conduisit chez elle sans un mot de plus. Après ça il ne la revit pas de quatre ou cinq jours.

Mais, il pensait à elle plus qu'il ne l'aurait voulu et il se rappelait aussi ce qu'elle lui avait dit. Un soir, il alla la chercher à son travail. D'abord, elle fit mine de ne pas le voir. Mais il lui sourit et elle ne put s'empêcher de lui rendre son sourire. Il était assez fauché ce soir-là, mais il lui offrit quand même une boîte de bonbons. Ils parlèrent de la pluie et du beau temps parce qu'il ne pleuvait pas et que le temps était très chaud. Il l'invita à assister à un match de base-ball la semaine suivante et lui dit que *La Tampa* retournerait bientôt à Pensacola charger du bois pour l'Europe.

Ils faisaient les cent pas à l'arrêt du tramway qui devait

les conduire à Virginia Beach. Les moustiques zonzonnaient autour d'eux et profitaient de la moindre occasion pour leur fondre sur les mains ou sur la figure. Della parut bouleversée quand Joë lui dit qu'il s'en allait en Europe. Alors, sans se rendre compte de ce qu'il disait, il la rassura : Non, il n'embarquerait pas sur *La Tampa*, il resterait ici, et il trouverait du boulot à Norfolk.

C'était une belle nuit de pleine lune. Ils batifolèrent sur la plage en costume de bain. Joë alluma un petit feu de bois vert pour que la fumée chasse les moustiques. Il s'assit en tailleur. Elle s'allongea et posa la tête sur ses genoux. Il lui caressa les cheveux et l'embrassa ; elle lui dit que ça faisait tout drôle de voir sa tête à l'envers quand il se penchait au-dessus d'elle pour l'embrasser comme ça. Elle décida qu'ils se marieraient aussitôt que Joë aurait trouvé un travail stable, et qu'à eux deux ils réussiraient bien dans la vie. Depuis qu'elle avait quitté l'école supérieure, Della nourrissait l'ambition de réussir dans la vie, précisément parce qu'elle était la meilleure élève de son école. Pour ça, il fallait travailler dur. « Les gens ne se rendent pas compte, ils sont négligents. Mais ceux qui font attention réussissent. Tout n'est qu'une question de travail et de persévérance.

— Savez-vous, Della, que vous me rappelez ma sœur Janey. C'est vrai, elle aussi elle est ambitieuse, elle réussit... et puis aussi, elle est très belle, comme vous... »

Della répondit qu'elle espérait bien connaître la sœur de Joë un jour ou l'autre. Il dit : bien sûr, se leva, lui tendit les mains pour l'aider à se relever, l'attira vers lui, la serra dans ses bras et l'embrassa. Il était tard, il faisait frais, la plage était déserte sous la grande lune. Della se mit à grelotter et dit que, si elle ne se rhabillait pas tout de suite, elle attraperait la crève. Ils coururent pour ne pas rater le dernier tramway.

Le tramway tressautait sur ses rails à travers la pinède pleine de cigales. Tout à coup, Della se pencha en avant et se mit à pleurer. Désemparé, Joë lui demanda pourquoi. Mais elle ne répondit pas et continua à pleurer, à pleurer sans arrêt. Il fut presque soulagé de la laisser devant chez ses parents et de s'en aller tout seul, à travers les rues étouffantes, jusqu'à la pension de famille où il avait loué une chambre.

La semaine suivante, il s'affaira à Norfolk et à Portsmouth pour trouver une situation d'avenir. Il alla même jusqu'à Newport News. Au retour, sur le ferry-boat, n'ayant plus assez de sous pour payer sa place, il s'arrangea avec le receveur qui le fit balayer partout pour payer son passage. Mais, quant à elle, la logeuse lui demanda de payer une semaine d'avance. Toutes les situations que Joë trouvait exigeaient une bon Dieu de spécialisation ou bien des références, ou encore un diplôme de fins d'études d'école supérieure. D'ailleurs, on n'offrait pas beaucoup de situations. Alors, il fut obligé de retourner sur l'eau. D'abord, il s'embarqua sur une barge de haute mer qu'un petit remorqueur emmena à Rock Port pour y décharger du charbon.

Cinq barges se suivaient à la queue leu leu derrière le remorqueur. Le voyage fut mauvais. Joë était seul avec un vieux appelé Gasking et son fils, un gosse de quinze ans, qui s'appelait Joë lui aussi. En face du Cap Cod, ils eurent des ennuis : la haussière se rompit. Mais le capitaine du remorqueur connaissait son affaire et parvint à leur envoyer un autre câble avant qu'ils aient eu le temps de jeter l'ancre.

A Rock Port, ils déchargèrent leur charbon, et mouillèrent dans la rade en attendant de se faire remorquer jusqu'à un autre quai pour y charger des blocs de granit comme fret de retour. Une nuit, Gasking et son fils allèrent à terre. Joë resta de garde. Le deuxième mécanicien du remorqueur, un gars à figure maigre, appelé Hart, rama vers la barge sur un skiff et demanda à Joë s'il avait envie de tirer un coup. Allongé sur le dos Joë pensait à Della. Les collines, le port et la plage disparaissaient dans le crépuscule rose. Ce Hart bredouillait nerveusement. Joë réfléchit puis il dit : « Amène-les.

— T'as des cartes à jouer ? demanda Hart.

— Oui, j'en ai un paquet. »

Joë descendit dans la cabine pour y mettre un peu d'ordre. Il se disait qu'il ne marcherait pas jusqu'au bout avec ces filles et qu'il se contenterait de rigoler un peu. Maintenant qu'il allait épouser Della, le temps n'était plus aux fariboles. Il entendit des avirons battre l'eau et remonta sur le pont. Un nuage de brouillard arrivait du large. Hart et ses deux copines accostaient à l'arrière de la barge. Elles titubaient, gloussaient et tombèrent lourdement contre lui en sautant à bord. Hart apportait de l'alcool, à peu près un kilo de saucisses et des biscuits. Les filles n'étaient pas très belles mais sympathiques, avec de bons gros bras et des épaules dodues ; elles buvaient comme des trous. Joë n'avait encore jamais vu des filles comme ça. Ils burent à peu près un litre d'alcool chacun dans des timbales.

Les autres barges faisaient retentir leurs klaxons toutes les deux minutes à cause de la brume, mais Joë ne s'intéressait plus à ces vétilles. Le brouillard était si épais qu'on aurait cru une toile tendue devant la porte de la cabine. Ils jouèrent au pocker, mais s'en lassèrent vite. Hart et lui changèrent trois fois de compagne. Absolument enragées, les filles n'en avaient jamais assez. Mais, vers minuit, elles redevinrent convenables, firent cuire les saucisses, servirent un casse-croûte et mangèrent tout le pain et le beurre du vieux Gasking. Puis Hart tomba ivre-mort. Les filles s'inquiétèrent : comment rentreraient-elles chez elles avec cette brume, et tout ça... Riant, se frappant mutuellement sur les épaules, ils traînèrent Hart sur le pont et lui flanquèrent un seau d'eau dessus. L'eau du Maine était si froide que Hart se réveilla furieux en s'ébrouant comme un jeune chien ; il voulut se battre avec Joë. Les filles l'apaisèrent, descendirent dans le canot ; tous trois disparurent dans le brouillard en chantant *Tiperary.*

Joë titubait. Il se trempa la tête dans un seau d'eau, fit de l'ordre dans la cabine, jeta les bouteilles et les restes par-dessus bord, puis il se mit à travailler du klaxon. « Hé, que diable ! se disait-il, on n'est pas en bois. » Il se sentait fort bien et aurait voulu faire un travail plus amusant que d'appuyer sur ce sale klaxon.

Le vieux Gasking revint à bord au lever du jour. Joë remarqua qu'il avait eu vent de quelque chose parce que le vieux ne lui adressa plus la parole désormais sinon pour lui donner des ordres et ne laissa plus son fils lui parler. Aussi lorsqu'ils eurent déchargé les blocs de granit à New York, Joë demanda son compte. Le vieux Gasking lui dit que c'était un bon débarras parce qu'il ne voulait pas qu'on transforme sa barge en bordel et Joë se trouva à la rue avec quarante-cinq dollars en poche. Il loua une chambre dans une pension de famille de Red Hook.

Pendant un jour ou deux il acheta les journaux pour lire les offres d'emplois, et parcourut Brooklyn pour trouver du boulot. Puis, il s'aperçut qu'il était malade. Un type qui vivait dans la même pension de famille lui indiqua l'adresse d'un carabin. Le docteur, un petit youpin à barbichette de chèvre, lui dit qu'il avait la chtouille et lui recommanda de venir tous les après-midi pour suivre un traitement. Il lui garantissait une guérison totale pour cinquante dollars, moitié d'avance, et lui conseilla de se faire faire une prise de sang pour voir s'il n'avait pas attrapé la vérole en même temps. Ce serait l'affaire de quinze dollars rien que pour le savoir ! Joë paya vingt-cinq dollars d'avance, mais il demanda le temps de réfléchir pour ce qui était de la vérole. Le docteur lui fit un premier traitement et Joë s'en alla. Le docteur lui avait recommandé de marcher le moins possible, mais Joë répugnait à retourner à la pension de famille qui sentait le graillon. Il erra sans but dans les rues bruyantes de Brooklyn. Il avait chaud. La sueur lui coulait le long du dos. Il se répétait qu'en se soignant comme ça, dès le début, ce ne serait pas trop grave. Il se trouva en face d'un pont sous la voûte du métro aérien, probablement le pont de Brooklyn. Sur le pont, il faisait plus frais. A travers la toile d'araignée des câbles, Joë admira le port, étincelant, et les immenses buildings. Il alla vers le port et s'assit sur un banc en face du premier môle. Il allongea les jambes. C'était vraiment malin d'attraper une maladie pareille. Et comment écrirait-il à Della maintenant ? Et comment paierait-il sa pension ? Et comment trouver du boulot tout en suivant ce sale traitement ? Bon Dieu de bon Dieu, la vie est dégoûtante !

Un petit marchand de journaux passa près de lui. Joë acheta un journal, l'étala sur ses genoux. Un gros titre, en première page, LES TROUPES PRENNENT POSITION DEVANT LA FRONTIERE MEXICAINE, le fit réfléchir. Pourquoi ne s'engagerait-il pas dans la Garde Nationale ? On l'enverrait au Mexique ? Oui mais on verrait bien qu'il était malade et on ne le prendrait pas. Et puis, ce serait aussi moche que dans la marine. Il parcourut les offres d'emplois, les petites annonces promettant des gains mirifiques pour deux heures de travail agréable chez soi, la publicité des écoles par correspondance. Que faire ? Le soir vint. Il prit un tramway, monta les quatre étages qui conduisaient à sa chambre et s'allongea sur sa couchette, juste au-dessous de la fenêtre.

Il ne dormit pas. Couché sur le dos, il regardait les lumières de la rue se refléter sur le plafond, un orage se leva, les éclairs recouvrirent tous les autres reflets. La foudre tombait bougrement près. Chaque fois que son voisin remuait dans le lit les ressorts grinçaient. Il se mit à pleuvoir, mais Joë était si faible et se sentait si malade, qu'il ne se décidait pas à bouger. Ce n'est qu'après un long moment qu'il ferma la fenêtre.

Le lendemain matin, sa logeuse, une grosse Suédoise costaude et osseuse aux cheveux de lin qui lui tombaient en longues mèches sur la figure, l'engueula parce que son lit était mouillé. « J'y peux rien s'il pleut, moi ! » grogna-t-il les yeux baissés, le regard perdu sur les pieds énormes de la bonne femme. Puis il releva la tête, vit qu'elle plaisantait et tous deux éclatèrent de rire.

C'était une brave femme, cette mère Olsen. Elle avait élevé six enfants : trois gars, qui avaient grandi et étaient partis sur mer ; une fille qui était institutrice à Saint-Paul, et une paire de jumelles de sept ou huit ans qui n'arrêtaient pas de faire des espiègleries. « Dans un an je les envoie chez Olga à Milwaukee », disait-elle. Elle connaissait bien les marins : le père Olsen traînaillait depuis des années sur les mers du Sud. « Mieux vaut qu'il y reste, à Brooklyn il était tout le temps en tôle, disait-elle ; chaque semaine je devais payer des amendes pour lui. »

Joë aida Madame Olsen à faire le ménage, à nettoyer, à balayer, il bricola un peu de peinture et de menuiserie pour elle. Quand il n'eut plus le sou elle le garda et même lui prêta vingt-cinq dollars pour payer le docteur. Elle lui tapa sur l'épaule en riant. « Tous ceux à qui je prête de l'argent tournent mal », dit-elle. C'était une brave bonne femme.

L'hiver fut froid et brumeux. Le matin, Joë restait dans la cuisine pleine de buée ; il étudiait un cours de navigation qu'il recevait de l'Institution Alexander Hamilton. L'après-midi, il allait chez le docteur et attendait longtemps dans la salle d'attente qui puait l'acide phénique ; il feuilletait des revues de voyage datant de 1909. Les autres clients étaient moches. Personne ne parlait jamais. Et quand ils se retrouvaient dans la rue, ils se fuyaient les uns les autres. Le soir, il allait parfois à Manhattan, jouait au billard au club des marins, ou bien traînait autour du Syndicat pour recueillir des renseignements sur le mouvement des bateaux et pour voir s'il ne trouverait pas de l'embauche. Tout allait mal, mais Madame Olsen était vraiment une bien brave femme. Joë en arriva à l'aimer mieux que sa propre mère.

Ce petit youpin de morticole essaya de lui faire cracher vingt-cinq dollars de plus pour continuer le traitement.

Mais Joë se jugeait guéri et l'envoya promener. Il se fit embaucher comme matelot breveté sur *Le Montana,* un pétrolier tout neuf qui appartenait à la Standard Oil, partait sur lest pour Tampico et de là, vers l'Orient. Certains disaient Aden, d'autres Bombay, Joë en avait marre du froid, du verglas, des rues de Brooklyn, lugubres l'hiver, de la table de logarithmes, du cours de navigation auquel il ne comprenait rien. Cette bonne Madame Olsen était vraiment une brave femme. Mais elle devenait trop maternelle, et autoritaire.

*Le Montana* doubla le phare de Sandy Hook par un matin glacé, dans une tempête de neige qui soufflait du nord-ouest. Mais trois jours plus tard, ils retrouvèrent le Gulf Stream au sud du cap Hatteras. La mer était bonne, les longs rouleaux de l'océan se couraient les uns après les autres sans trop de hâte. Les chemises et les vêtements des matelots pendaient en longues lignes sur des câbles au soleil. Joë était heureux de retrouver la mer bleue.

Tampico était un véritable enfer ; on disait que le rascal rendait fou ceux qui en buvaient trop ; dans des dancings immenses, les gens du pays dansaient, chapeau sur la tête, revolver sur la fesse ; dans tous les bistrots : orchestres, pianos mécaniques, bagarres, Américains soûls. Presque tous venaient du Texas pour travailler dans les puits de pétrole. Par les portes ouvertes, on voyait dans les cases de prostituées le lit avec son oreiller blanc, une image de la Vierge au-dessus, et des lampes aux abat-jour de fantaisie agrémentés de rubans en papier coloré ; les filles aux visages bruns et plats attendaient assises devant la porte, en culotte à dentelles. Tout était si cher que l'équipage se trouva à sec avant minuit. Les moustiques envahirent le poste d'équipage pendant la nuit ; les puces de sable apparurent au lever du jour ; il faisait très chaud ; personne ne dormait.

Ses réservoirs pleins, *Le Montana* repartit dans le golfe du Mexique. Le vent du nord soufflait, les vagues balayaient le pont et les embruns montaient jusqu'à la passerelle. Au bout de deux heures, un homme tomba à la mer et disparut. Peu après, l'ancre de bâbord glissa dans l'eau et sa chaîne se déroula. Un gars appelé Higgins eut le pied écrasé pendant qu'on la remontait. Dans le poste d'équipage, on était furieux. Le capitaine n'avait pas voulu mettre un canot à la mer pour sauver celui qui était tombé à l'eau. Il disait que le canot n'aurait pas tenu sur une mer pareille. Mais le pétrolier avait décrit des cercles tout autour de l'endroit où le bonhomme était tombé. Personne ne l'avait aperçu et quand le navire présentait son flanc aux lames, on se demandait si elles n'allaient pas le briser.

Puis, le voyage se poursuivit sans incidents. Un soir, le navire avançait tranquillement et régulièrement dans les vagues, assez molles ; Joë qui tenait la barre sentit tout d'un coup une odeur de roses. Le ciel était bleu, avec des petits nuages laiteux à travers lesquels la lune glissait un coup d'œil de temps à autre. L'odeur se précisait. Bientôt s'y mêla celle des feuilles entassées qu'on ratisse dans les allées d'un jardin. Joë s'attendrit comme si une fille était auprès de lui, comme si c'était Della elle-même ; il crut reconnaître le parfum de ses cheveux. C'est curieux l'odeur des brunes ! Il ajusta la longue-vue mais ne vit rien à l'horizon, sinon un tout petit nuage frisé qui filait vers l'ouest sous la lune. Il avait abandonné la roue. Dieu merci ! personne ne s'en était aperçu. Il reprit le cap est nord-est, 1/2 est. Son tour de garde fini il s'allongea sur sa couchette et songea à Della. Bon Dieu, il lui fallait de l'argent, un bon métier, et une fille vraiment à lui au lieu de toutes ces garces qu'on rencontrait dans les ports. Diable oui, il retournerait à Norfolk, s'y installerait et s'y marierait.

Le lendemain, vers midi, ils aperçurent le grand pain de sucre de Pico cravaté d'un nuage blanc, puis l'île de Fayal bleue et dentelée. Ils passèrent entre les deux îles. L'océan devint très bleu. De terre arrivait une odeur rappelant les sentiers de la campagne au-delà de Washington : laurier, œillet, roses. Les champs, couleur de citron ou de jade s'étendaient à flanc de colline évoquant les couleurs d'une couverture écossaise d'autrefois. La nuit suivante, ils laissèrent d'autres îles de l'Archipel des Açores sur leur droite. Cinq jours plus tard, après avoir essuyé un grand vent qui venait de la terre, ils passèrent le détroit de Gibraltar. La Méditerranée était sale et froide, il y plut à torrents pendant huit jours. Enfin, par un beau matin ensoleillé, ils se trouvèrent en vue de la côte égyptienne, cap sur Alexandrie. Ils apercevaient déjà des quais, des mâts de navire, des bâtiments blancs et des palmiers. Un peu plus tard ils descendirent boire du raki dans un bar tenu par un Grec qui avait vécu en Amérique. Chacun paya un dollar pour voir trois petites juives complètement nues exécuter la danse du ventre dans l'arrière-boutique. Les rues dégageaient une forte odeur de poubelle. Un matin, ils virent arriver des bateaux camouflés ; c'étaient trois tout petits contre-torpilleurs britanniques et un transport de troupes, peints de grandes taches bleues et vertes. Ceux qui étaient de garde sur le pont appelèrent les copains. Tous les gars s'alignèrent le long du bastingage et se mirent à rire en voyant passer ces monstres. Ils rirent à en crever.

Un mois plus tard, à New York, Joë toucha sa paie et fut tout heureux de rembourser Madame Olsen. Un autre jeune homme vivait chez elle à la pension de famille, un Suédois aux cheveux ras qui ne savait pas l'anglais. Madame Olsen ne fit guère attention à Joë. Il traîna quelque temps dans la cuisine, lui demanda si tout allait bien, lui parla du *Montana* et de l'équipage, puis il s'en fut à la gare de Pennsylvanie prendre le train pour Washington. Assis dans le salon des fumeurs, il somnola en pensant à Georgetown, au temps où il était gosse, à l'école, à la bande de copains qui jouaient au billard, rue Quatre-et-Demi, aux parties de canotage sur la rivière avec Alec et Janey. La nuit passa. Il ne dormit pas.

Par une belle matinée d'hiver, il arriva à la gare de l'Union. Ne pouvant se résoudre à aller jusqu'à Georgetown pour voir ses parents, il traîna autour de la gare, se fit raser, se fit cirer, but une tasse de café, lut le *Washington Post* et compta son argent : encore plus de cinquante dollars : un fameux magot pour un gars comme lui. Enfin, il décida d'aller d'abord voir Janey. Il descendit vers le Capitole, prit l'avenue de Pensylvanie en direction de la Maison-Blanche. Sur l'avenue, il vit des petites baraques plantées au milieu du trottoir et devant lesquelles des jeunes gens faisaient la queue pour s'engager dans la marine. Joë eut un peu peur. Il alla s'asseoir dans le square La Fayette, regarda des gosses bien habillés jouer autour de leurs nurses et de gros chiens luisants courir sur l'herbe autour de la statue d'Andrew Jackson. Puis, l'heure vint d'aller chercher Janey à la sortie de son travail. Très ému, Joë titubait presque. Peut-être était-il en retard? Aucune des filles qui sortaient ne ressemblait aux amies de sa sœur. Il attendit pendant une heure dans le vestibule de Riggs Building. Un sale flic vint lui demander ce qu'il faisait là et le traita de fainéant.

Rien à faire, il fallait aller à Georgetown. Maman était là, et les jeunes sœurs aussi. Elles parlaient de faire repeindre et arranger la maison avec les dix mille dollars de l'assurance, parce que papa était mort. Elles voulurent l'emmener au cimetière pour voir la tombe, mais Joë répondit que c'était tout à fait inutile. Elles lui posèrent des tas de questions. Il ne savait pas quoi leur répondre. Elles lui donnèrent l'adresse de Janey mais elles ne savaient pas à quelle heure elle sortait de son boulot. Il s'en alla dès qu'il le put.

Il acheta des billets de théâtre, et retourna au Riggs Building. Juste au moment où il arrivait, Janey sortait de l'ascenseur. Elle était bien habillée, relevait le menton en marchant, d'un petit air impertinent. Il était si heureux de la revoir qu'il faillit pousser des cris de joie. Janey avait changé de voix. Elle parlait d'un ton glacé et railleur qui l'étonna. Joë lui offrit à souper, la conduisit au théâtre. Elle lui dit qu'elle se débrouillait fort bien chez Dreyfus et

Caroll où elle était en contact avec des gens très intéressants, et Joë se sentit bien cloche.

Après le théâtre, il la ramena chez elle ; elle vivait avec une amie. Il prit le tramway pour aller à la gare, s'assit dans le salon des fumeurs et s'étonna d'être tout triste. Le lendemain, à New York, il alla voir un copain. Ils burent un peu, trouvèrent des filles, et le surlendemain, Joë, assis sur un banc d'Union Square, avait mal à la tête et se trouvait sans le sou. En fouillant dans sa poche, il retrouva les billets du théâtre, le Belasco, où il avait emmené Janey ; il les conserva et les mit dans sa boîte à cigares avec tous ses petits trésors.

Il embarqua sur *L'Etoile-du-Nord,* qui portait à Saint-Nazaire une cargaison de conserves, mais personne n'ignorait que c'étaient des obus. L'équipage recevait une prime pour aller dans la zone de combat. *L'Etoile-du-Nord* n'était qu'une vieille baleine soûle. Elle avait longtemps fait du cabotage sur les grands Lacs, l'eau coulait à torrents dans ses cales et les pompes tournaient à tout berzingue pendant une heure sur deux. Mais les copains étaient des braves types, la croûte fameuse et le vieux cap'taine Perry un loup de mer à mine rassurante. Depuis deux ans, le capitaine s'était retiré à Atlantic Highlands. Puis il avait repris la mer, parce qu'on payait bien en temps de guerre et qu'il entendait gagner la dot de sa fille. « Et si on coule, elle touchera toujours l'assurance », disait-il. Pour l'équipage, c'était une drôle d'assurance ! mais le cap'taine était un brave homme quand même. La traversée fut bonne. Vent arrière, jusqu'au golfe de Gascogne. Temps glacial et mer d'huile quand ils arrivèrent en vue des côtes de France, basses et sablonneuses à l'embouchure de la Loire.

Ils hissèrent le drapeau et des petits pavillons qui indiquaient le nom du navire. Le radio n'arrêtait pas de claquer. Tout le monde était nerveux à cause des champs de mines. Enfin, une vedette française vint à leur rencontre et les conduisit en zigzag jusqu'à la rivière à travers les mines.

Les gars se donnèrent de grandes tapes sur le dos et les épaules quand ils aperçurent les clochers, les petites maisons grises et les cheminées de Saint-Nazaire, dans le crépuscule du soir. Ils étaient décidés à se soûler la gueule avant la fin de la nuit.

Mais *L'Etoile-du-Nord* jeta l'ancre au milieu du port. Le cap'taine Perry et son second débarquèrent en canot. Il fallut attendre deux heures avant d'accoster. Avant de descendre à terre voir les mademosels et boire du vin rouge ils passèrent devant un homme à figure congestionnée, vêtu d'un uniforme bleu marine avec des galons rouges et qui portait une formidable paire de moustaches. Ils durent montrer, l'un après l'autre, leurs passeports maritimes. Blackie Flannagan s'accroupit derrière le bonhomme et un autre copain s'apprêtait à le pousser pour lui faire une bonne blague, quand le cap'taine Perry leur cria du trottoir d'en face : « Bande de veaux, c'est un flic français, vous voulez vous faire foutre en tôle à peine débarqués ? »

Joë et Flannagan se trouvèrent séparés du gros de la troupe et se promenèrent dans la ville. Les rues étaient mal pavées, étroites et cocasses. Les vieilles femmes portaient de minuscules casquettes de dentelle sur la tête. D'ailleurs, tout semblait vieux et tombait vaguement en ruines. Même les chiens avaient un petit air français. Ils avisèrent une vitrine marquée *American Bar.* Mais à l'intérieur ça ne ressemblait pas du tout à un bar américain. Pour commencer, ils achetèrent une bouteille de cognac. Flannagan trouvait que la ville ressemblait à Hoboken. Mais Joë disait que ça lui rappelait plutôt Villefranche où il était allé quand il naviguait sur un bateau de guerre. Les dollars américains étaient très appréciés, mais il fallait faire attention à ne pas se laisser rouler.

Un autre Américain entra dans le bistrot. Ils lui parlèrent. Ce gars-là se trouvait sur *L'Oswego* quand ce dernier s'était fait torpiller en plein dans l'embouchure de la Loire. Joë et Flannagan lui offrirent du cognac. Il raconta comment le sous-marin avait coulé ce pauvre vieil

*Oswego :* cassé d'un seul coup, là, pan ! et quand la fumée s'était dissipée, le pauvre vieil *Oswego,* cassé en deux, s'était refermé, comme un canif. Pour le consoler, Joë et Flannagan payèrent une deuxième bouteille de cognac qu'ils burent tous ensemble, puis le nouveau-venu les conduisit dans une boîte qu'il connaissait. Ils y retrouvèrent des copains de *L'Etoile-du-Nord* qui buvaient de la bière et dansaient avec les filles.

Joë s'amusa comme un petit fou à faire du parleyvou avec une fille. Il lui montrait quelque chose et elle lui disait le nom en français. Puis, une bagarre éclata, les flics français arrivèrent et les copains se sauvèrent à toutes jambes. Ils arrivèrent au bateau avant les flics qui restèrent au bout de la passerelle, à palabrer pendant une demi-heure. Enfin, le vieux cap'taine Perry arriva en fiacre et leur dit de foutre le camp.

Au retour, le voyage fut un peu lent, mais sans encombre. Ils restèrent une semaine à Hampton Roads, prirent un chargement d'acier et d'explosifs et mirent le cap sur Cardiff. C'était dangereux. Le cap'taine fit un détour par le Nord, ce qui les conduisit dans une zone de brouillard qui n'en finissait pas. Au bout d'une semaine de grand froid, sur une mer assez dure, ils passèrent en vue des Feroé. Joë tenait la barre. Le gars qui était dans le poste de vigie gueula : « Bateau de guerre en vue ! » Mais le vieux cap'taine Perry, sa longue-vue à la main, rigolait sans rien dire. Le lendemain matin, les Hébrides apparurent au Sud. Le cap'taine Perry montrait la Pointe de Lewis à son second quand l'homme de garde à la proue poussa un cri de terreur. Cette fois c'était bien un sous-marin. D'abord, on ne vit que le périscope traînant derrière lui un long plumage d'écume. Puis, le kiosque apparut, tout ruisselant. Le sous-marin était à peine en surface quand il se mit à tirer sur la proue de *L'Etoile-du-Nord* avec un petit canon que les Têtes Carrées manœuvraient, les pieds encore dans l'eau. Joë courut hisser le drapeau, ce qui était inutile parce que les couleurs américaines étaient peintes de chaque côté de la coque. Le cap'taine Perry fit aussitôt renverser la vapeur. Les Frisés cessèrent de tirer et quatre d'entre eux s'embarquèrent sur un canot pneumatique. Tous les matelots de *L'Etoile-du-Nord* avaient déjà bouclé leur ceinture de sauvetage. Quelques-uns d'entre eux étaient allés chercher leurs affaires dans le poste d'équipage. L'officier Fritz monta à bord et cria en anglais qu'il leur accordait cinq minutes pour abandonner le navire. Le cap'taine Perry lui remit les papiers du bord. Les canots furent mis à l'eau en un clin d'œil car les bossoirs étaient bien huilés. Joë remonta à bord, pour couper avec son couteau les amarres qui maintenaient les radeaux sur le pont.

Avec le cap'taine Perry et le chat du bord, Joë fut un des trois derniers à quitter *L'Etoile-du-Nord*. Cependant, les Allemands avaient déposé des bombes dans la salle des machines et ramaient à tour de bras vers le sous-marin, comme s'ils avaient le diable à leurs trousses. Le dernier canot s'écartait à peine quand l'explosion le retourna. Personne ne comprit ce qui se passait et tous se trouvèrent en train de nager parmi les débris. Les autres canots n'avaient pas eu beaucoup plus de chance, il n'en restait que deux à flot. La vieille *Etoile-du-Nord* coulait tranquillement, pavillon au vent. Ils restèrent à peu près une demi-heure ou une heure dans l'eau, et chacun parvint à prendre pied sur les radeaux qui dérivèrent (grâce à Joë) aussitôt que *L'Etoile-du-Nord* s'enfonça dans l'eau. Le canot du second et celui du maître d'équipage prirent les radeaux en remorque. Le cap'taine Perry fit l'appel. Personne ne manquait. Le sous-marin s'était immergé depuis longtemps. Ceux qui étaient dans les canots se mirent à ramer. Jusqu'à la tombée de la nuit la marée les porta assez rapidement vers le détroit de Pentland entre les Orcades et le Nord de l'Ecosse. Au crépuscule, ils aperçurent les hauts rochers des Orcades. Mais, la marée changea et il fut impossible de lutter contre le jusant. Ceux qui étaient sur les radeaux relayèrent les rameurs des canots et ramèrent comme des forcenés, mais en vain. Quelqu'un dit même que le courant avait bien une vitesse de huit nœuds ! La nuit fut mauvaise. A l'aube, ils aperçurent une vedette armée qui filait droit vers eux. Tout à coup, son phare les frappa en pleine face et les aveugla. Les Anglais les hissèrent à bord et les précipitèrent dans la chambre des machines pour les réchauffer. Un steward rougeaud les y rejoignit avec un seau plein de thé fumant, et les servit à la louche. La vedette les conduisit à Glasgow en dansant pas mal sur les courtes lames du canal du Nord. On les débarqua. Tous attendirent en bande sur le quai pendant que le cap'taine Perry se rendait au consulat américain. Joë s'ennuyait à rester comme ça sans bouger. Il se dirigea vers la grille qui fermait la zone du port, s'approcha d'un portail, mais un vieux bonhomme en uniforme lui pointa sa baïonnette sur le nombril et Joë s'arrêta net. Il retourna vers ses copains et leur dit qu'ils étaient prisonniers, qu'on les traitait comme des Allemands. Bon Dieu c'était moche ! Flannagan raconta une histoire : les Grenouilles l'avaient arrêté une fois parce qu'il se battait avec un autre Irlandais dans un bar de Marseille, et puis les Français avaient voulu le fusiller parce qu'ils disaient que tous les Irlandais étaient pro-allemands. Joë raconta comment les Citrons l'avaient traité à Liverpool. Tous jurèrent, sacrèrent et se lamentèrent : vraiment on les considérait comme les derniers des derniers ! Tout à coup Ben Tarbell, le maître d'équipage, apparut à la grille avec un bonhomme du consulat qui leur dit de le suivre.

Ils partirent en bande, le long des rues obscurcies par le black-out et la bruine. A l'autre bout de la ville, des baraques en carton bitumé se dressaient sur un terrain vague entouré de fil de fer barbelé. Ben Tarbell dit aux gars que c'était bien malheureux mais qu'ils devaient rester là pour le moment. Pourtant, il ne fallait pas désespérer, le vieux du consulat les rassura : le consul s'occupait d'eux, il avait envoyé un câble à l'armateur pour les faire payer. Des filles de la Croix-Rouge leur apportèrent à manger. Pas grand-chose : de la marmelade, du pain, de la viande hachée, des trucs qui ne tiennent pas aux dents ; elles distribuèrent de bien minces couvertures. Pendant douze jours, ils restèrent dans ce sale coin, à jouer au pocker, à râler, et à lire de vieux journaux. Quelquefois, le soir, une ivrognesse crasseuse échappait aux sentinelles, parvenait à se glisser dans le camp, s'approchait d'une cabane, faisait signe à un gars, qu'elle emmenait quelque part du côté des latrines. Certains ne marchaient pas, trop dégoûtés pour la suivre.

Ils étaient restés si longtemps derrière ces barbelés, que le jour où le maître d'équipage vint leur dire que tout était arrangé et qu'ils rentraient au pays, ils n'avaient plus le courage de l'acclamer. En bande comme à l'arrivée, ils retraversèrent la ville d'un bout à l'autre. Elle puait le gaz, on n'y voyait pas clair à cause du brouillard, et la circulation était intense dans les rues. Ils embarquèrent sur un cargo de six mille tonnes, *Le Vicksburg*, qui venait de décharger du coton.

C'était chouette d'être passagers et de se baguenauder sur le bateau en jouant les héros.

Au premier jour de soleil, Joë rêvait, allongé sous la toile de tente qui pendait de la passerelle quand le vieux cap'taine Perry vint vers lui. Joë se leva. Le vieux lui expliqua qu'il n'avait pas encore eu l'occasion de lui dire ce qu'il pensait de lui. Si Joë n'avait pas eu la présence d'esprit de couper les amarres des radeaux, la moitié de l'équipage aurait péri. « Vous êtes un bon gars, intelligent, débrouillard et courageux. Vous devriez étudier pour ne pas finir votre existence dans un poste d'équipage. La marine marchande américaine grandit de jour en jour à cause de la guerre, et on a besoin de gars comme vous. Vous feriez un excellent officier marinier. Arrivé à Hampton Roads, rappelez-moi ce que je vous dis là : je verrai ce que je peux faire pour vous sur le prochain bateau qu'on me donnera. Il vous suffirait de passer un rien de temps dans une école pour décrocher un brevet de

Second Maître. » Joë sourit en disant que ça lui ferait bien plaisir. En effet, tout ragaillardi après cette conversation, il se réjouit à l'idée d'aller voir Della et de lui dire que, lui aussi, il était devenu ambitieux et qu'il faisait son chemin dans la vie. Et puis bon Dieu ! il n'allait pas se laisser traiter comme du gibier de prison jusqu'à la fin de ses jours. En tôle ici, en camps de concentration là, c'était trop tout de même.

*Le Vicksburg* jeta l'ancre à Newport News. Dans le port d'Hampton Roads les bateaux se pressaient plus nombreux que jamais. Sur les quais, tout le monde parlait du *Deutschland* qui venait de décharger des produits chimiques à Baltimore. Quand il toucha sa paie, Joë laissa tomber les copains sans même aller boire un coup avec eux. Il se précipita vers le ferry-boat pour se rendre à Norfolk. Bigre que ce vieux ferry allait lentement ! Il arriva à Norfolk un samedi après-midi vers cinq heures du soir. En allant chez Della, il se faisait du mauvais sang, craignant qu'elle ne fût pas à la maison. Della était chez elle et parut heureuse de le revoir. Mais elle avait rendez-vous ce soir-là. Joë la taquina, la tracassa, l'obligea à abandonner ce rendez-vous. Après tout, quoi, n'avaient-ils pas décidé de se marier ? Elle accepta. Ils allèrent manger une glace à la vanille et des gâteaux. Elle avait trouvé un nouvel emploi chez Dupont de Nemours et gagnait dix dollars de plus par semaine ; tous les gars qu'elle connaissait et pas mal de filles travaillaient dans des usines de munitions ; ils se faisaient jusqu'à quinze dollars par jour et s'offraient des voitures. Le jeune homme avec qui elle avait rendez-vous ce soir-là était propriétaire d'une Packard ! Quand elle eut fini de parler, Joë lui raconta ce que lui avait dit le vieux cap'taine Perry. Apprendre qu'il avait été torpillé mit Della dans tous ses états. Mais pourquoi donc n'allait-il pas au chantier de Newport News ; on l'embaucherait sûrement. Elle ne pourrait jamais s'habituer à l'idée qu'il se faisait torpiller comme ça à chaque instant. Joë expliqua qu'il hésitait à quitter la marine marchande maintenant qu'il avait une occasion d'avoir de l'avancement. Elle lui demanda combien il gagnerait comme Second Maître sur un cargo. Il évaluait ça à cent vingt-cinq dollars par mois, mais il fallait compter en plus les primes accordées à ceux qui naviguaient dans la zone de combat ; et puis on construisait beaucoup de bateaux, les perspectives étaient bonnes.

Del prit un petit air bizarre et dit qu'elle ne savait pas si elle aimerait épouser un homme qui ne serait jamais à la maison. Elle s'enferma dans une cabine téléphonique pour appeler le gars avec qui elle avait rendez-vous ce soir-là et s'excuser de lui faire faux bond. Ils retournèrent chez Della et elle lui cuisina un petit souper. Ses parents dînaient chez une tante à Fortress Monroë. Joë s'attendrit en la voyant aller et venir dans la cuisine avec un petit tablier blanc. Elle se laissa embrasser une ou deux fois. Mais quand il passa derrière elle, la serra dans ses bras, lui prit le menton entre ses mains pour lui faire relever la tête et l'embrasser comme ça, elle lui dit de ne pas recommencer parce que ça lui faisait perdre le souffle. La lourde odeur de ses cheveux, le contact de sa peau, et le goût de ses lèvres, douces comme du lait sous les siennes, lui donnèrent le vertige. Il se sentit presque soulagé quand ils se retrouvèrent dans la rue où soufflait une gentille brise du nord-ouest. Dans un drug-store, il lui acheta une belle boîte de bonbons. Ils allèrent au *Colonial* où l'on donnait un spectacle mi-cinéma, mi-vaudeville. Un documentaire belge affecta Della qui trouva ça terrible. Joë commença à lui raconter qu'un de ses amis se trouvait à Londres lors d'une attaque aérienne, mais il s'arrêta parce qu'elle n'écoutait pas.

Avant de la quitter dans le vestibule, chez elle, Joë, très ému, la serra contre lui, la poussa un peu vers le portemanteau et essaya de lui glisser la main sous la jupe. Elle dit qu'il ne fallait pas parce qu'ils n'étaient pas encore mariés. Alors, bouche contre bouche il lui demanda quand ils se marieraient. Elle lui promit de ne pas le faire attendre : dès qu'il aurait son brevet de Second Maître.

A ce moment précis, une clé grinça dans la serrure, juste à côté d'eux. Della le poussa dans le salon ; un doigt sur les lèvres elle lui demanda de ne pas parler de leurs fiançailles. C'étaient les parents qui rentraient avec ses deux jeunes sœurs. Le père regarda Joë d'un mauvais œil, les deux petites filles ricanèrent et Joë s'en alla assez mécontent. Il se promena pendant quelque temps, puis se rendit chez les Stirp pour voir si Will était en ville. Will était à Baltimore où il cherchait du travail. La vieille Madame Stirp lui offrit de coucher dans le lit de son fils, Joë ne dormit pas. Pendant toute la nuit il pensa à Della, se rappelant comme elle était belle et comme c'était bon de la serrer dans ses bras. Il sentait encore le parfum de ses cheveux et en perdait la tête. Il en avait follement envie.

Le lendemain matin, de bonne heure, il se rendit à Newport News pour voir le cap'taine Perry. Le vieux fut rudement chic avec lui. Il lui posa des tas de questions au sujet de sa famille, de ses études. Quand Joë lui dit que son père était le vieux cap'taine Joseph Williams, le cap'taine Perry rugit de joie. Justement, il avait navigué jadis sur un vieux voilier, *L'Albert et Mary Smith* avec le père de Joë. Du coup, il prenait Joë comme apprenti-officier sur le *Henry-B.-Higginbotham* qu'on venait de lui confier. Mais il fallait attendre que le bateau fût remis en état. Joë devait en profiter pour suivre des cours à Norfolk et se présenter à l'examen. Il aurait sûrement son diplôme. Le cap'taine Perry lui donnerait tous les tuyaux. En le quittant, le vieux lui dit : « Mon gars, si tu travailles comme il faut, si t'es digne de ton père et si la guerre dure, tu seras capitaine avant cinq ans. Je te le garantis. »

Joë n'attendit pas davantage pour aller raconter tout ça à Della et, le soir même, il l'emmena au cinéma voir *Les Quatre Cavaliers*. Le film était passionnant. D'un bout à l'autre ils se tinrent par la main et Joë avança sa cuisse jusqu'à toucher celle de Della. Voir ce film avec elle, en temps de guerre, et tout qui scintillait sur l'écran, et la musique comme dans une église, et l'odeur des cheveux de Del, et la sentir tout contre lui, même qu'elle suait un petit peu parce qu'il faisait chaud, le rendait fou. En sortant du cinéma, il crut qu'il tomberait louf pour de bon s'il ne la possédait pas tout de suite. Elle le taquina. Il se fâcha : Bon Dieu ! il fallait se marier tout de suite, ou bien alors il laissait tout tomber ; voilà assez longtemps qu'elle le faisait marcher ! Elle se mit à pleurer, leva vers lui une figure baignée de larmes, lui dit que s'il l'aimait vraiment il ne lui parlerait pas comme ça. C'était pas bien de parler comme ça à une femme ! Joë en fut tout malheureux. Quand ils arrivèrent chez Della, toute la famille était couchée. Ils entrèrent dans l'office, derrière la petite cuisine, ils n'allumèrent pas la lumière, et Della lui laissa faire pas mal de choses. Elle lui dit que, sincèrement, elle l'aimait beaucoup et qu'elle le laisserait bien faire tout ce qu'il voudrait tant elle l'aimait, mais qu'après il ne la respecterait plus. Elle expliqua aussi qu'elle ne pouvait plus supporter la vie de famille, que sa mère la surveillait trop et que, dès le lendemain matin, elle dirait à ses parents que Joë deviendrait bientôt officier de marine marchande et qu'ils se marieraient avant qu'il reprenne la mer. Elle lui recommanda de se faire faire un uniforme tout de suite.

En sortant, Joë n'en pouvait plus. Il erra à travers les rues pour trouver une poule mais n'y parvint pas. Il n'avait pas prévu qu'il se marierait si tôt mais, que diable ! il faut bien finir par se marier surtout quand on aime une fille à ce point-là. Il prépara dans sa tête la lettre qu'il écrirait à Janey pour lui annoncer son mariage. Puis, en y réfléchissant, il comprit que Janey ne l'approuverait pas. Quel dommage que Janey fût devenue si pimbêche. Mais elle réussissait si bien dans son travail. Et puis, après tout, quand il serait capitaine, elle trouverait ça très bien.

Joë resta deux mois à terre cette fois. Tous les jours, il allait à l'école. Il habitait à l'Y.M.C.A., ne buvait pas et n'allait même pas jouer au billard. Il avait économisé quelque argent sur la paie qu'il avait reçue après le torpillage de *L'Etoile-du-Nord*, et ça lui permettait tout juste de suivre les cours. Chaque semaine il allait à Newport News voir le cap'taine Perry qui lui expliquait à peu près quelles questions lui poseraient les examinateurs et comment il faudrait leur répondre. Le vieux lui dit aussi quels papiers il lui faudrait présenter. Joë n'était pas très fier en pensant qu'il avait tout simplement acheté son premier certificat de matelot breveté à un faussaire. Mais, après le torpillage on lui en avait donné un autre, et les capitaines de tous les bateaux sur lesquels il avait navigué lui avaient remis de bons certificats, et puis quoi, bon Dieu ! voilà quatre ans qu'il naviguait, il avait bien eu le temps d'apprendre ce qui se passait sur un bateau et comment on le faisait marcher. Durant les quelques jours qui précédèrent l'examen, Joë fut malade d'inquiétude. Mais quand il se trouva devant les examinateurs, de vieux oiseaux qui avaient navigué, comme le cap'taine Perry, tout alla beaucoup mieux qu'il n'aurait cru. On lui remit son diplôme. Il le montra à Della et ils s'attendrirent. Puis ils n'arrêtèrent pas de rire à propos de tout et de rien.

Joë toucha une avance et s'acheta un uniforme. Le cap'taine Perry le chargea de surveiller la mise en état du *Henry-B.- Higginbotham* qui était toujours en cale sèche. Le vieux n'avait pas encore rassemblé son équipage. Le soir, Joë mettait en état le petit appartement (une chambre, une cuisine, une salle de bains) qu'il avait loué pour vivre avec Del quand il serait à terre. Les vieux Matthews tenaient absolument à un mariage à l'église. Will Strip, qui gagnait quinze dollars par jour à l'arsenal de Baltimore, fut garçon d'honneur.

Le jour du mariage, Joë, intimidé, se sentait tout bête. Will Stirp avait dégoté du whisky et puait comme un camion de distillateur. Deux autres copains étaient soûls. Della et ses parents faisaient la gueule. Et pendant tout le service religieux Della regardait Joë d'un mauvais œil. On aurait cru qu'elle voulait lui casser quelque chose sur la tête.

En sortant de l'église, Joë vit qu'il avait dégrafé son col, sans s'en rendre compte. Le vieux Matthews se mit à faire des plaisanteries. Les deux petites sœurs ricanaient tant dans leurs robes d'organdi blanc que Joë avait envie de les étrangler. On retourna chez les Matthews. Tout le monde se tenait assez bien sauf Will Stirp et ses copains. Mais ils avaient apporté une bouteille de whisky et parvinrent à soûler le vieux Matthews. Madame Matthews les mit tous à la porte, et les vieilles sorcières de la Croix-Rouge, qui étaient venues au mariage, roulaient des yeux terribles en disant que c'était incroyable. Joë et Della s'en allèrent dans un taxi conduit par un copain. Tout le monde leur jeta du riz. Joë vit qu'on lui avait épinglé un petit écriteau entre les épaules sur lequel était écrit « jeune marié ». Alors Della se mit à pleurer. Arrivée à l'appartement, elle pleurait de plus en plus. Elle s'enferma dans la salle de bains et ne répondit pas quand il l'appela. Il se demandait si elle ne s'était pas évanouie.

Joë accrocha son pardessus tout neuf, en serge bleue, retira son veston, sa cravate, son col et se promena de long en large en se demandant quoi faire. Il était six heures du soir. A minuit il devait être à bord parce que le lendemain matin le *Henry-B.- Higginbotham*, levait l'ancre et mettait le cap sur la France. Vraiment il ne savait pas quoi faire. Peut-être avait-elle faim ? Il prépara des œufs au bacon. Mais elle ne voulut pas venir les manger et ils refroidirent. Joë se remit à faire les cent pas dans la chambre en jurant tout bas. Della sortit de la salle de bains, fraîche et rose comme si de rien n'était. Elle ne voulait pas manger, non, vraiment elle ne pourrait pas, et il valait mieux aller au cinéma... « Mais mon amour, s'exclama Joë, je dois partir avant minuit. » Elle éclata en sanglots. Il rougit et fut très mécontent. Elle le supplia : « Nous ne resterons pas jusqu'à la fin, nous ne verrons que le grand film et nous rentrerons à temps. » Il la prit dans ses bras, la serra contre lui. Mais elle le repoussa fermement en disant : « Plus tard. »

Joë ne regarda pas l'écran, ne vit pas le film. A dix heures, ils retournèrent chez eux. Del se laissa déshabiller, mais aussitôt, elle sauta dans le lit, s'enroula dans les couvertures, pleura et bredouilla qu'elle avait peur d'avoir un enfant, qu'il fallait attendre jusqu'à ce qu'elle sache comment on les évitait. Elle ne le laissa même pas entrer dans le lit et il dut se contenter de l'étreindre et de la caresser à travers les couvertures. Tout à coup, Joë vit qu'il était minuit moins dix, il se rhabilla et courut vers le port. Un vieux nègre l'emmena à la rame jusqu'à son bateau qui n'était plus à quai. Des oiseaux passaient en caquetant au-dessus de leur tête sous les étoiles pâles. « C'est des oies sauvages, patron », lui dit le vieux nègre d'une voix douce. Quand Joë arriva à bord, tous les copains le mirent en boîte et lui dirent qu'il avait l'air bien fatigué. Joë ne savait vraiment pas quoi répondre, alors il se mit à se vanter, à les taquiner lui aussi et à mentir comme un arracheur de dents.

## ACTUALITÉS XXI

*Au revoir Broadway*
*Salut la France*
*Nous sommes dix millions...*

UN GAMIN TUE
UN ENFANT DE HUIT ANS
A COUPS DE FUSIL

la police nous a déjà fait savoir qu'à Paris nos divertissements doivent être brefs, se passer dans le calme, à l'insu du public et que nous avons déjà trop dansé

la capitalisation atteint l'indice de 104 % tandis que les affaires se développent au taux de 520 %.

LES ALLEMANDS
PERDENT LE CONTRÔLE
DU SUCRE HAWAÏEN

on ne prend pas au sérieux les tentatives auxquelles se livre le gouvernement bolchevick pour négocier le retrait des troupes américaines et alliées qui se trouvent en Russie

## UN AVIATEUR BRITANNIQUE S'ATTAQUE A SOIXANTE ENNEMIS

LES SERBES AVANCENT
DE SEIZE KILOMÈTRES
PRENNENT DIX VILLES
ET MENACENT PRILEP

*Bien le bonjour*
*Monsieur Zip Zip Zip*
*Comme vous avez bonne mine*
*Bien le bonjour*
*Monsieur Zip Zip Zip*
*Vos cheveux sont aussi ras*
*Vos cheveux sont aussi ras*
*Vos cheveux sont aussi ras que les miens*

## LÉNINE SERAIT ENCORE VIVANT ?

A L'HIPPODROME,
LA FOULE EN LARMES ACCLAME LES ORATEURS

la profonde cruauté de Hindenburg m'a été révélée par plusieurs faits parfaitement contrôlables ; les détails sont trop horribles pour être imprimés. Il s'agit de viols de femmes et de fillettes, de suicides. Enfin les pieds de Hindenburg baignent dans le sang

## LA GUERRE SUSCITE UNE DIMINUTION DU NOMBRE DES MARIAGES ET DES NAISSANCES

*O cendre tu retourneras à la cendre*
*Et poussière tu retourneras à la poussière*
*Si tu échappes à la mitraille*
*Le 88 ne te ratera pas*

## L'ŒIL DE LA CAMÉRA 29

*les gouttes de pluie tombent une à une du châtaignier aux branches étendues par-dessus la tonnelle et jusque sur la table dans le café en plein air et sur le gravier boueux et sur mon crâne tondu dont mes doigts tâtent et caressent doucement les bosses et les trous*

*printemps et nous venons de nager dans la Marne Au loin au-delà de ce gros nuage à l'horizon on martelle un toit de tôle sous la pluie au printemps après avoir nagé dans la Marne avec ce martellement qui vient au Nord pour enfoncer l'idée de mort dans nos oreilles*

*lancinante l'idée de la mort pénètre dans le sang qui coule au printemps sous les cous halés par le soleil elle navre le ventre sous le ceinturon serré elle se précipite comme du cognac jusqu'à l'extrémité de mes orteils et de mes doigts qui tâtent les cheveux ras sur mon crâne hésitants timides les doigts palpent pour apprécier la résistance du crâne immortel sous la peau une tête de mort un squelette portant des lunettes sont assis sous la tonnelle où tombent de temps à autre des gouttes de pluie il est vêtu d'un uniforme kaki neuf et vit dans mon corps de vingt et un ans qui nageait peu avant dans la Marne en caleçon à rayures rouges et blanches à Châlons au printemps*

## RICHARD ELLSWORTH SAVAGE

Au cours de ses années d'enfance, Dick n'entendit jamais parler de son père. Mais le soir, quand il faisait ses devoirs, dans sa petite chambre mansardée, il lui arrivait d'y penser ; il se jetait alors sur son lit et, allongé sur le dos, essayait de reconstituer l'image de son père, l'ancienne maison, celle de Oak Park, et la vie en général avant l'époque où maman était devenue si triste et où ils s'étaient installés chez tante Béatrice. En ce temps-là, le monde sentait le rhum et la fumée de cigare ; Dick s'asseyait auprès d'un gros Monsieur coiffé d'un panama, sur un sopha qui gémissait de tous ses ressorts quand le gros Monsieur riait ; Dick grimpait aussi sur le dos de son père, lui frappait les bras et lui pinçait les muscles de toutes ses forces, et quand papa riait, Dick sentait le rire agiter le dos de papa. « Dicky, ne mets pas les pieds sur mon beau complet blanc », disait le père. Plus tôt encore, Dicky se traînait à quatre pattes parmi les rayons de soleil qui filtraient à travers les rideaux de dentelle, et essayait de cueillir les grosses roses violettes du tapis. Une autre image lui montrait papa debout près d'une automobile, le visage tout rouge ; ce jour-là, il sentait la sueur et les gens parlaient de soupapes de sûreté. A cette époque, papa et maman recevaient souvent à dîner ; ceux qui buvaient du vin dans la salle à manger, sous la présidence d'un maître d'hôtel, s'amusaient sans doute beaucoup parce qu'ils riaient tout le temps. Un soir Dick, attiré par ces rires et par le cliquetis des couteaux et des fourchettes, était descendu. Papa l'avait trouvé en chemise de nuit, caché derrière une portière ; papa sentait le vin, et criait comme si l'enfant avait commis un gros crime ; « Henry, ne frappe pas cet enfant », avait dit la mère ; et tous deux s'étaient disputés à voix basse, à cause des invités ; enfin maman avait ramassé Dick et l'avait rapporté dans sa chambre ; elle pleurait ; sa robe à grosses manches de satin froufroutait ; quand Dick touchait la soie et le satin, ses dents l'agaçaient et il frémissait du haut en bas de la colonne vertébrale. Henry et Dick portaient à cette époque des pardessus kaki avec des poches, comme les grandes personnes et des casquettes de même couleur ; Dick avait même perdu le petit bouton cousu sur cette casquette.

En ressassant ainsi ses souvenirs, Dick revoyait des jours ensoleillés, et des jours de grand vent, et des jours de joie et des jours de chagrin. A force de tant songer au passé, il se sentait fatigué, presque écœuré et se disait qu'il aurait mieux fait de penser aux leçons du lendemain. Mais il ne parvenait plus à fixer son attention et se plongeait dans la lecture de *Vingt mille lieues sous les mers*, qu'il cachait sous son matelas parce que sa mère lui enlevait tous les ouvrages qui n'étaient pas strictement des livres de classe ; il se proposait bien de ne lire que quelques minutes, mais il oubliait tout, et le lendemain, il ne savait pas ses leçons.

Néanmoins, il se débrouillait très bien à l'école et les professeurs l'aimaient, surtout Miss Teazle, le professeur d'anglais, parce qu'il avait de bonnes manières et disait des petites blagues qui faisaient rire tout le monde, sans être vulgaires. Mademoiselle Teazle prétendait qu'il avait des dispositions pour les lettres. Une fois, à la Noël, il lui envoya un petit poème qu'il avait écrit lui-même, sur le Christ enfant et les trois Rois ; elle en avait conclu qu'il avait réellement du talent.

Mieux il se trouvait à l'école, moins il se trouvait bien à la maison. Tante Béatrice ne cessait de le tracasser. Elle leur reprochait, à lui et à sa mère, de manger son pain et de dormir sous son toit. Pourtant, ils payaient leur pension. Même s'ils ne payaient pas autant que le commandant Glen et sa femme, ou que le docteur Kern, ils travaillaient tous les deux. Dick avait entendu Madame Glen dire au docteur Atwood, alors en visite à la pension de famille, et en l'absence de tante Béatrice, que cette dernière devrait avoir honte de faire travailler la pauvre

Madame Savage, une femme si charmante, si pieuse, fille d'un général, et qui s'usait les doigts jusqu'aux os pour sa sœur, vieille fille acariâtre, quoique, évidemment, elle tînt une pension de famille charmante où la table était excellente, au contraire des autres pensions de famille, à tel point que les pensionnaires se croyaient chez eux, ce qui était un grand réconfort à Trenton, ville commerciale dont les habitants travaillaient pour la plupart comme salariés et où les étrangers étaient nombreux ; n'était-il pas dommage que les filles du général Ellsworth en fussent réduites à tenir une pension de famille ? Dick trouva que Madame Glen aurait pu ajouter que lui-même sortait les cendres et les ordures et pelletait la neige. Il trouvait qu'un élève d'école supérieure n'aurait pas dû perdre à de telles besognes un temps précieux pour ses études.

Le docteur Atwood était recteur de l'église épiscopalienne Saint-Gabriel. Le dimanche, Dick était condamné à chanter dans les chœurs pendant les deux services, alors que sa mère et son frère Henry, de trois ans plus âgé que lui, qui travaillait dans un bureau de Philadelphie et ne venait à la maison que pour le week-end, étaient assis confortablement dans une stalle. Maman aimait beaucoup l'église Saint-Gabriel parce qu'elle appartenait à une riche communauté et parce qu'il y avait des processions et même de l'encens. Au contraire, Dick la détestait à cause de la chorale, du surplis blanc qu'il fallait prendre garde de ne pas tacher, et surtout, parce qu'il n'avait jamais d'argent de poche pour jouer aux dés dans la sacristie avec les autres choristes, ce qui l'obligeait à monter la garde devant la porte et à crier : « Pet ! pet ! vingt-deux ! » quand quelqu'un approchait.

Un dimanche, Dick venait d'avoir treize ans, la mère et ses deux fils revenaient de l'église, Dick avait faim et se demandait tout le long du chemin s'il mangerait du poulet frit pour son déjeuner. Ils gravissaient les marches du porche. Maman s'appuyait un peu sur le bras de Dick ; les coquelicots, verts et violets, de son chapeau brillaient au soleil d'octobre. Dick aperçut le maigre visage de tante Béatrice qui guettait à travers le panneau vitré de la porte. « Léona, *il* est ici ! » dit-elle d'une voix excitée et pleine de reproches. « Mais qui, ma chère Béatrice ? » demanda la mère. « Tu le sais fort bien, répondit Béatrice. Je me demande quoi faire... *il* veut te voir. Je *l*'ai fait attendre dans le sous-sol à cause de... heu... heu... nos amis. » Tante Béatrice, fille d'un général, n'avouait pas qu'elle tenait une pension de famille et considérait ses pensionnaires comme des invités payants.

« Oh, mon Dieu, Béatrice ! N'ai-je pas déjà assez souffert avec cet homme ! » s'exclama la mère en se laissant tomber sur le petit banc placé à côté du portemanteaux en cornes de cerfs dans le vestibule. Dick et Henry ouvraient de grands yeux et regardaient les deux femmes qui avaient pâli. Tante Béatrice dit avec une moue de mépris : « Vous, les enfants, vous feriez bien de sortir et d'aller faire le tour du pâté de maisons. Je n'aime pas vous voir traîner par ici à paresser. Sauvez-vous et revenez à une heure trente précise. »

Arrivé dans la rue, Dick demanda à son frère : « Qu'est-ce qui lui prend à tante Béatrice ?

— Encore une de ses crises... Elle me fait suer », répondit Henry d'un ton supérieur.

Dick se promena en tapant du bout des pieds sur les pavés inégaux. « Si nous allions prendre un soda ?... Il y a de très bons sodas chez Dryers, suggéra-t-il.

— T'as des sous ? »

Dick secoua la tête.

« Tu ne t'imagines pas que je vais te payer à boire ?... Bigre, quelle sale ville que Trenton... A Philadelphie j'ai vu des drugstores avec des comptoirs longs comme un pâté de maisons...

— Sans blague ?

— Je parie que tu ne te rappelles pas quand on habitait Oak Park, Dick ? Maintenant Chicago est devenu une belle ville.

— Mais si, je me le rappelle. Je me rappelle aussi quand on allait à l'école enfantine, quand papa était à la maison, et tout...

— Nom d'un pétard, j'ai envie de fumer !

— Maman le sentira.

— Je m'en fous. »

De retour à la maison, ils trouvèrent tante Béatrice sur le seuil de la porte, elle était hérissée comme une langouste et leur dit de descendre au sous-sol où maman les attendait. Dans le vestibule flottait une odeur de repas du dimanche, Dick distinguait le fumet de la farce qu'on met dans les poulets.

Ils descendirent les escaliers aussi lentement que possible, craignant de se faire gronder parce qu'Henry avait fumé. Le sous-sol était obscur et, à la lueur du bec papillon accroché au mur, Dick ne voyait pas très bien l'homme qui était avec leur mère. Elle s'approcha d'eux, les yeux rouges et leur dit d'une voix dolente : « Mes enfants, c'est votre père. » Puis elle se mit à pleurer.

L'homme avait la tête grise, les cheveux ras, les paupières rouges et sans cils ; ses yeux étaient aussi ternes que son visage. Son air fruste effraya Dick. Il se rappelait vaguement avoir déjà vu cet homme quand il était petit, mais ce ne pouvait être son père.

« Pour l'amour du ciel, ne pleurniche pas, Léona », gémit-il. Et, pendant qu'il regardait fixement les deux garçons, tout son corps tressautait légèrement, comme s'il avait peine à se tenir debout. « Ils ont bonne mine tous les deux, Léona... Je devine qu'ils ne doivent pas penser grand bien de leur pauvre vieux papa. »

Et tous les quatre restèrent sans rien dire, debout, dans le couloir du sous-sol où flottaient des odeurs de bon déjeuner dominical. Dick se disait qu'il devrait parler. Mais il avait la gorge sèche. Enfin, il bégaya : « A... A... As-tu été malade ? »

L'homme se tourna vers maman et lui dit : « Tu leur expliqueras après mon départ. Ne m'épargne pas... Personne ne m'a jamais épargné... Ne me regardez pas comme si j'étais un fantôme, mes enfants, je ne vous ferai pas de mal. » Sa mâchoire tremblait nerveusement. « Pendant toute ma vie, je n'ai fait de mal à personne, et on m'en a beaucoup fait... Eh bien, nous avons parcouru du chemin depuis le temps où nous habitions Oak Park... Je voulais seulement vous voir pour vous dire adieu. Je vais sortir par la porte de derrière... Je te reverrai demain, à la banque, à onze heures précises, Léona. C'est la dernière fois que je te demande quelque chose. »

La flamme du bec papillon devint rouge quand la porte de derrière, en s'ouvrant, laissa entrer le soleil qui éclaira les marches de l'escalier. Dick tremblait de peur en pensant que cet homme allait l'embrasser. Mais le père se contenta de leur donner une petite tape furtive sur l'épaule. Ses vêtements mal ajustés étaient trop grands pour lui, et il semblait avoir peine à soulever ses gros souliers pour gravir les escaliers.

Maman ferma brusquement la porte.

« Il part pour Cuba, dit-elle. C'est la dernière fois que nous le voyons. J'espère que Dieu lui pardonnera tout cela, mais votre pauvre mère n'y parviendra jamais... Enfin, il est sorti d'où il était.

— Où était-il, maman ? demanda Henry froidement.

— A Atlanta. »

Dick s'enfuit, grimpa les escaliers jusqu'à sa petite chambre mansardée et se jeta sur son lit en sanglotant parce qu'il savait qu'à Atlanta il y avait une grande prison.

Aucun des trois ne déjeuna ce dimanche-là quoiqu'ils eussent faim et que l'odeur de poulet rôti embaumât les escaliers. Quand Pearl fit la vaisselle, Dick descendit à pas de loups jusqu'à la cuisine et lui demanda à manger. Elle lui donna un grand plat plein de poulet et de farce avec des patates douces en lui recommandant d'aller dans la cour pour qu'on ne le vît pas, et de se presser parce que c'était son jour de sortie et elle voulait laver l'assiette avant de s'en aller. Il mangea dans la buanderie. Il avait peine à avaler parce que sa gorge était sèche. Quand il eut terminé, Pearl lui fit essuyer la vaisselle.

Ce même été, on lui trouva une place de groom dans un petit hôtel de Bay Head, tenu par une paroissienne du docteur Atwood.

Avant son départ, le commandant et Madame Glen, les plus riches pensionnaires de tante Béatrice, lui donnèrent un billet de cinq dollars comme argent de poche, et un livre pieux à lire dans le train. Le dernier dimanche, le docteur Atwood le garda après le prêche et lui répéta une parabole que Dick connaissait fort bien parce que le docteur Atwood s'en servait dans ses prêches au moins quatre fois par an. Il lui montra aussi une lettre du Principal du collège de Kent qui acceptait de prendre Dick en pension l'année suivante. Il lui recommanda de bien travailler parce que Dieu attendait de chacun selon ses possibilités. Enfin, il lui expliqua quelques petites choses qu'un garçon devait apprendre lorsqu'il en avait l'âge. Le docteur Atwood lui conseilla surtout d'éviter les tentations et de toujours servir Dieu avec un corps propre et un esprit propre et de se conserver pur pour la charmante et délicieuse jeune fille qu'il épouserait un jour, et que tout le reste n'était que débauche inutile conduisant à la folie et à la maladie. Dick s'en alla les joues en feu.

Il passa un été assez agréable à Bay Head, mais les pensionnaires de l'hôtel et tout le personnel étaient des gens âgés, sauf Murray, l'autre groom, que tout le monde appelait Maigrelet : un long gamin aux cheveux presque gris qui parlait très peu. Il avait deux ans de plus que Dick. Ils dormaient sur deux couchettes dans une petite chambre mal aérée située juste au-dessous du toit, encore si chaud à l'heure où ils montaient chez eux qu'ils se brûlaient les doigts lorsqu'ils touchaient le plafond. A travers une mince cloison, ils entendaient les serveuses et les femmes de chambre bavarder et ricaner en se mettant au lit. Dick détestait ces bruits et l'odeur des filles et des parfums à bon marché, qui filtraient entre les planches de la cloison. Par les nuits les plus chaudes, Maigrelet et lui enlevaient la moustiquaire de la fenêtre et rampaient le long de la gouttière jusqu'au petit toit plat du porche. Là, les moustiques les tourmentaient, mais ils étaient mieux que dans leur chambre trop chaude. Une fois, les filles, en regardant par leur lucarne, les virent ramper le long de la gouttière et en firent toute une histoire. Elles les accusaient de les regarder et les menaçaient de les dénoncer à la directrice dès le lendemain. Tous deux crevaient de peur. Ils passèrent la nuit à discuter de ce qu'ils feraient si on les mettait à la porte. Enfin, ils décidèrent d'aller à Barnedat et d'embarquer sur un bateau de pêche. Mais le lendemain, les filles ne dirent rien du tout à la directrice. Dick fut vaguement déçu parce qu'il n'aimait pas le métier de groom. Monter et descendre les escaliers, répondre aux coups de sonnette, faire les commissions pour des inconnus l'humiliait.

Maigrelet inventa un moyen de gagner de l'argent. Dick vendait pour vingt-cinq cents à une femme de chambre le pudding que sa mère lui envoyait. Maigrelet lui suggéra d'en vendre aux pensionnaires dans des petites boîtes. Madame Savage envoya donc, chaque semaine, un gros pudding et un gros cake. Maigrelet acheta les boîtes et se chargea de la vente. Mais Dick lui fit comprendre qu'il n'avait droit, honnêtement, qu'à dix pour cent du bénéfice parce que sa mère et lui avançaient les fonds.

L'été suivant, ils gagnèrent pas mal d'argent dans ce petit commerce de pâtisserie familiale. Maigrelet continua à faire tout le travail ; il manifestait une certaine admiration pour Dick parce que ce dernier avait passé l'hiver dans une école privée avec des enfants dont les parents avaient beaucoup d'argent. Heureusement, aucun de ses camarades de classe ne vint passer ses vacances à Bay Head. Il racontait à Maigrelet ce qu'il faisait à l'école et lui récitait des poèmes qu'il avait écrits sur saint Christophe et sur saint Julien l'Hospitalier et qui avaient paru en imprimé dans le journal de l'école. Il lui fit comprendre toute la beauté des chœurs religieux et de la foi chrétienne, et acheva de l'éblouir en lui disant qu'il avait personnellement contribué à la victoire de son équipe au cours d'un match de base-ball. Dès lors, chaque dimanche, Maigrelet accompagna Dick à la petite chapelle épiscopalienne dédiée à sainte Marie de la Mer. Après le service, Dick discutait dogme et liturgie avec Monsieur Thurlow, le jeune prêtre, qui finit par l'inviter à dîner chez lui et le présenta à sa femme.

Les Thurlow habitaient près de la gare dans une petite villa au toit de tôle, et dont les murs n'avaient jamais été peints. Madame Thurlow, une brune au nez aquilin, fumait des cigarettes et pestait contre Bay Head. Elle ne parlait que de son ennui et ne rêvait que de scandaliser les vieilles paroissiennes de son mari. Dick la trouvait merveilleuse. Elle lisait des revues chic, des livres d'avant-garde, et se moquait de son mari qui parlait de rétablir le christianisme primitif. « Je comprendrais ça sur la plage ! » disait-elle. Edwin Thurlow fronçait les sourcils et la regardait sévèrement à travers ses cils incolores. « Hilda, disait-il, tu ne devrais pas parler ainsi. » Puis, il se tournait vers Dick et ajoutait gentiment : « Elle en dit plus qu'elle n'en fait. »

Dick s'entendait fort bien avec les Thurlow et prit l'habitude d'aller chez eux dès qu'il avait un instant de liberté. Deux fois il y amena Maigrelet. Mais ce dernier se trouvait mal à l'aise chez ces gens qui discutaient de choses trop profondes pour lui. Les deux fois il se sauva presque aussitôt en expliquant qu'il devait mettre le pudding en boîte pour le vendre.

L'été suivant, Dick retourna volontiers à Bay Head où Madame Higgins, la patronne, le chargea de la réception à cause de ses bonnes manières. Dick était surtout heureux de revoir les Thurlow ; il avait seize ans et sa voix muait ; la nuit, il rêvait de faire des folies avec les filles ; le jour, il était hanté par la crainte du péché ; et il éprouvait un vif penchant pour Spike Culbertson, un grand type à cheveux jaunes qui était capitaine de l'équipe de base-ball du collège de Kent. Sa tante, l'odeur de la pension de famille, le souvenir de son père, et les chapeaux fleuris de sa mère l'agaçaient. Il regrettait surtout de ne pas avoir assez d'argent pour passer ses vacances dans un endroit chic, comme ses camarades. Bien des choses l'agitaient à tel point qu'il lui était difficile de le cacher : le mouvement cadencé des fesses et des seins des serveuses, les dessous de femmes exposés dans les vitrines, l'odeur des cabines de bains et des maillots humides pendus aux fenêtres, la peau hâlée des gars et des filles allongés demi-nus au soleil sur la plage.

Pendant tout l'hiver il avait correspondu avec Edwin et Hilda, leur écrivant tout ce qui lui passait par la tête. Mais lorsqu'il se retrouva en leur présence, il se sentit bizarre et gêné. Hilda employait un nouveau parfum qui chatouillait le nez de Dick. Même lorsqu'il était assis à leur table, et partageait leur frugal repas, composé de salade et de jambon froid, acheté à la charcuterie la plus proche, tout en parlant des litanies primitives et du chant grégorien, il ne pouvait s'empêcher de les déshabiller mentalement et de se les représenter tout nus, côte à côte dans leur lit ; et ces idées l'indignaient.

Le dimanche après-midi Edwin se rendait à Elberon pour y célébrer un autre service dans une petite chapelle ouverte l'été seulement. Hilda ne l'accompagnait jamais, et souvent, elle invitait Dick à se promener avec elle ou à prendre le thé. Petit à petit, Hilda et lui créèrent un monde qui leur appartenait en propre et dont Edwin ignorait tout. Ils ne parlaient de lui que pour le railler. Dick rêva d'Hilda de manière étrange et horrible. Elle lui disait qu'ils étaient frère et sœur et que les gens dénués de passion ne pouvaient pas comprendre leur amitié. Dick n'osait lui répondre. Le soir, ils s'asseyaient sur les marches du perron et fumaient des cigarettes orientales jusqu'à en avoir mal au cœur. Hilda prétendait que peu lui importait si les imbéciles de paroissiennes la voyaient fumer en compagnie d'un jeune homme. Elle souhaitait qu'il se produisît quelque chose dans sa vie, rêvait de robes élégantes, de voyages à l'étranger. Elle espérait avoir un jour assez d'argent pour ne pas perdre son temps au ménage. Elle avouait que parfois il lui prenait des envies de tuer Edwin tant il était sage et froid.

D'ordinaire, Edwin revenait par le train de vingt-deux heures cinquante-trois. Comme Dick ne travaillait pas à l'hôtel le dimanche après-midi, il dînait en tête à tête avec Hilda, puis ils se promenaient sur la plage. Hilda s'appuyait à son bras et se serrait contre lui. Il se demandait si elle le sentait trembler quand leurs jambes se touchaient.

Pendant toute la semaine, il ne pensait qu'à la soirée du dimanche. Parfois il décidait de ne plus retourner chez les Thurlow, de rester dans sa chambre pour lire Alexandre Dumas, ou d'aller vadrouiller avec d'autres gars. Lorsqu'il rentrait chez lui après une soirée passée avec Hilda, il était si énervé qu'il se sentait coupable.

Enfin, par une soirée sans lune, après s'être promenés sur la plage bien au-delà des flammes roses des camps de pique-niqueurs, ils s'assirent côte à côte sur le sable et parlèrent de poèmes d'amour hindous qu'Hilda venait de lire. Tout à coup, elle lui sauta dessus, lui frotta la tête, lui appliqua un genou sur l'estomac et lui glissa les mains sous la chemise. Elle était assez forte pour une femme, pourtant il parvint à se dégager et à la repousser. Mais, sans même s'en rendre compte, il la rattrapa par les épaules et l'attira de nouveau sur lui. Ni l'un ni l'autre ne parlaient, tous deux respiraient profondément, allongés sur le sable. Enfin, elle murmura : « Dick, il ne faut pas que j'aie d'enfants... nous n'en avons pas les moyens, Edwin et moi, c'est pourquoi il ne couche pas avec moi... Dick, j'ai besoin de toi. Tu ne vois donc pas combien ma vie est impossible ? » Tout en parlant, elle promenait ses mains brûlantes sur la poitrine du jeune homme, puis les mains glissèrent jusqu'au ventre. « Non, Hilda, ne fais pas ça ! » dit-il. Les moustiques zonzonnaient autour d'eux et les vagues invisibles venaient se briser presque à leurs pieds en murmurant.

Cette nuit-là, Dick n'eut pas le courage d'aller jusqu'à la gare pour y attendre Edwin comme d'habitude. Il retourna à l'hôtel en tremblant et se jeta sur son lit dans la petite chambre étouffante sous le toit brûlant. Il pensa à se suicider, mais craignit d'aller tout droit en enfer. Puis il voulut prier, mais constata avec terreur qu'il avait oublié ses prières. Il se demanda s'il avait commis un péché contre le Saint-Esprit.

Le ciel était déjà gris et les oiseaux commençaient à chanter quand il s'endormit. Le lendemain, hagard, les yeux enfoncés dans les orbites, il passa la journée derrière le bureau, transmettant aux servantes les messages des clients qui demandaient de l'eau glacée ou des serviettes, et louant des chambres aux voyageurs. Vers le soir, il imagina un grand poème : mon péché écarlate et ton péché écarlate, et les oiseaux sombres volant, volant, au-dessus des vagues écumantes, et les âmes damnées soupirant passionnément.

Il le lut aux Thurlow ; Edwin lui demanda comment il se faisait qu'il eût des idées aussi morbides, et se réjouit de voir la foi et l'église triompher à la fin du poème. Hilda éclata d'un rire nerveux, trouva Dick très drôle et lui dit qu'il deviendrait peut-être écrivain.

Cette année-là, Maigrelet ne passa que quinze jours à l'hôtel où il vint remplacer un groom malade. Dick lui en mit plein la vue, lui parla de femmes, de péché et lui raconta qu'il était amoureux d'une femme mariée. Maigrelet ne trouva pas ça bien, et lui dit qu'il y avait des tas de filles pas mariées qui seraient très heureuses d'avoir un amoureux. Mais, au cours de la conversation, Dick découvrit que son camarade n'avait jamais été avec une femme bien qu'il fût son aîné de deux ans. Alors, il lui en raconta tant au sujet de ses expériences et de son péché qu'un soir, dans un drugstore où ils étaient allés ensemble boire un soda, Maigrelet accosta deux filles et tous quatre partirent vers la plage. Elles n'avaient pas moins de trente-cinq ans, et Dick se contenta de raconter ses chagrins d'amour à la pauvre fille. Il lui expliqua qu'il devait rester chaste même si elle lui était infidèle au moment même où il parlait. Elle trouva qu'il prenait les choses bien au tragique pour son âge, et que cette femme aurait dû avoir honte de rendre malheureux un si gentil garçon. « Bon Dieu de bois ! si un homme m'aimait, moi, je saurais bien le rendre heureux », dit-elle en éclatant en sanglots. Plus tard, Maigrelet s'inquiéta ; il craignait d'avoir attrapé quelque chose. Mais Dick lui dit que la souffrance physique inclinant au repentir était la clé de la rédemption. En fin de comptes, il advint que Maigrelet avait vraiment attrapé quelque chose. Un peu plus tard, il écrivit à Dick qu'il payait cinq dollars par semaine à un médecin pour le guérir et qu'il était complètement désemparé. Tous les dimanches soirs, pendant qu'Edwin officiait à Elberon, Dick et Hilda continuèrent à pécher. Et quand il retourna à l'école, Dick se prenait pour un personnage très important.

Edwin fut nommé vicaire à l'église Saint-Jean-Apôtre d'East Orange et Dick alla passer les vacances de Noël chez les Thurlow. Là, invité à prendre le thé chez le curé, il fit la connaissance de Hiram Halsey Cooper, homme de loi à Jersey City et politicien qui s'intéressait à l'Église épiscopalienne et aux éditions originales de Huysmans. Il invita Dick à aller le voir chez lui. Dick y alla. Monsieur Cooper lui offrit un verre de xérès, lui montra des éditions originales de Beardsley, d'Austin Dobson et de Huysmans. Il soupira en disant qu'il avait gâché sa jeunesse et offrit à Dick de l'employer quand il aurait terminé ses études. Ils découvrirent que la défunte femme de Monsieur Cooper, née Ellsworth, était une cousine de la mère de Dick. Dick promit d'envoyer à Monsieur Cooper un exemplaire de tous les poèmes et de tous les articles qu'il avait publiés dans le journal de l'école.

Pendant toute la semaine qu'il passa chez les Thurlow,

Dick essaya de se trouver seul avec Hilda, mais elle s'efforça de l'éviter. Ce n'est que le dernier jour, alors qu'Edwin rendait visite à ses paroissiens, qu'ils se trouvèrent en tête à tête. D'abord, Dick lui parla de livres français très osés qu'il avait lus. Puis, il lui fit la cour. Cette fois, c'était lui qui était amoureux de Hilda qui voulait se refuser. Mais il l'obligea à se déshabiller et ils firent l'amour en riant, comme d'une plaisanterie. L'idée du péché ne les tracassait plus. A son retour, Edwin les trouva de si joyeuse humeur qu'il voulut savoir ce qui les amusait. Dick raconta toutes sortes d'histoires au sujet de sa tante Béatrice et de ses pensionnaires. Enfin, les Thurlow l'accompagnèrent à la gare, et tous trois riaient encore sur le quai.

L'hiver suivant, au cours du congrès de Baltimore, Monsieur Cooper y loua une maison et reçut beaucoup de monde. Dick travailla chez lui pendant les vacances. Il se tenait dans un petit bureau en antichambre, recevait poliment les gens et prenait note de leurs noms. Il portait un costume de serge bleue et faisait bonne impression sur tout le monde, avec ses cheveux noirs ondulés qu'Hilda disait semblables à des ailes de corbeau, ses yeux d'un bleu candide, ses joues roses et son front blanc. Tout ce qui se tramait autour de lui le dépassait, mais il discerna assez rapidement quels étaient les gens que Monsieur Cooper désirait réellement voir et ceux qu'il convenait d'évincer. Puis, à la fin de la journée, quand il se trouvait seul avec Monsieur Cooper, ce dernier emplissait deux verres d'amontillado, s'asseyait dans un fauteuil de cuir et se frottait le front comme pour chasser ses soucis politiques. Puis, il pérorait sur des sujets littéraires, proclamant la supériorité des livres publiés au cours de la dernière décennie du XIX^e^ siècle. Il promit à Dick de lui avancer l'argent qu'il lui faudrait pour finir ses études à Harvard.

Dick était à peine de retour à l'école, l'automne suivant, quand il reçut un télégramme de sa mère lui demandant de revenir sans tarder parce que son pauvre père était mort. Il n'en fut pas chagriné mais plutôt honteux, car il craignait surtout qu'on l'interrogeât au sujet de son père. A la gare, il avait tellement peur de rencontrer un de ses maîtres ou de ses camarades qu'il en arrivait à se demander si le train n'avait pas changé d'itinéraire pour lui jouer un mauvais tour. C'était un samedi, et deux de ses camarades de classe se trouvaient à la gare. Jusqu'à l'arrivée du train, Dick fit des efforts héroïques pour les éviter. Enfin, il s'assit tout seul dans un compartiment vide, craignant, à chaque gare, de voir monter quelqu'un qu'il connaissait. Il ne se rassura que lorsqu'il arriva à la gare centrale de New York. Il plongea dans la foule des rues new-yorkaises où personne ne le connaissait et où il ne connaissait personne. Pendant la traversée en ferry-boat il se sentit tout heureux, comme s'il vivait une agréable aventure. Puis l'idée de retrouver la pension de tante Béatrice lui déplut et il rata le premier train pour Trenton. Il entra au buffet de la gare de Pensylvanie, se fit servir des huîtes frites, du maïs doux, et un verre de xérès que le garçon de couleur, terrifié, n'osa pas lui servir parce qu'il était trop jeune. Dick réclama et obtint gain de cause. Alors, il passa un très long moment à lire un magazine chic en dégustant son verre de xérès et en se prenant pour un grand personnage qui voyageait seul « pour affaires ». Mais, par moments, le souvenir de l'homme au visage blême qui tremblotait en le regardant dans le sous-sol, et qui semblait avoir peine à soulever les pieds pour monter les marches de l'escalier, revenait à sa mémoire. Le restaurant se vida petit à petit. Dick craignit que le garçon ne s'inquiétât de le voir rester aussi longtemps. Il paya l'addition et, sans même s'en être rendu compte, il se trouva dans le train de Trenton.

Chez tante Béatrice, rien n'avait changé, pas même les odeurs. Sa mère, couchée dans une chambre aux rideaux baissés, avait un mouchoir imbibé d'eau de cologne sur le front. Elle lui montra une photo que son père avait envoyée de La Havane : un petit bonhomme tout blanc, qui paraissait trop mince pour son complet de flanelle et son panama. Il avait travaillé comme commis de chancellerie au consulat et laissait une assurance de dix mille dollars en faveur de sa femme. Pendant que Dick et sa mère bavardaient, Henry arriva, l'air soucieux et presque fâché. Les deux frères descendirent fumer une cigarette dans la cour. Henry dit qu'il allait emmener sa mère vivre avec lui à Philadelphie pour qu'elle ne finisse pas ses jours dans cette sale pension de famille auprès de sa grincheuse de sœur. Il voulait que Dick habitât avec eux. Rien ne l'empêcherait de terminer ses études à l'université de Pennsylvanie. Dick refusa parce qu'il voulait absolument aller à Harvard. Henry lui demanda où il en trouverait les moyens. Dick répondit qu'il se débrouillait fort bien et qu'il n'aurait pas besoin de demander de l'argent à sa mère. Henry affirma qu'il ne toucherait pas aux dix mille dollars de l'assurance parce qu'ils appartenaient à leur mère. Tous deux remontèrent les escaliers en nourrissant de mauvais sentiments l'un à l'égard de l'autre. Ils ne disaient rien, mais ils avaient plutôt envie de se flanquer des coups de poing.

De retour à l'école, Dick se sentit plus à l'aise et raconta que son père était mort de paludisme à La Havane où il était consul. L'été suivant, Dick travailla pour Monsieur Cooper à vingt-cinq dollars par semaine. Il s'agissait de rédiger la publicité d'un musée que Monsieur Cooper voulait fonder à Jersey City. Dick l'enchanta tellement en lui dédiant une traduction en vers du poème écrit par Horace en l'honneur de Mécène que Cooper lui offrit mille dollars pour finir ses études. Pour la forme et surtout afin que Dick eût conscience de ses responsabilités, il lui fit signer un billet à cinq ans d'échéance et quatre pour cent d'intérêts. Dick passa aussi deux semaines chez les Thurlow à Bay Head. Il bouillait d'impatience à l'idée de revoir Hilda. Mais tout avait changé. Edwin n'avait plus son teint de papier mâché. Il venait d'être nommé vicaire d'une riche église de Long-Island. Il déplorait que cette communauté réprouvât les rites trop pompeux et surtout l'usage de l'encens. Mais il se consolait en pensant qu'on l'autoriserait quand même à allumer des cierges sur l'autel. Hilda aussi avait changé et Dick vit avec inquiétude que le mari et la femme se tenaient par la main à la fin du souper. Quand ils se trouvèrent seuls, elle lui dit qu'elle était très heureuse, qu'elle attendait un bébé et que le passé était le passé. Dick arpenta la pièce en se passant la main dans les cheveux, parla obscurément de se donner la mort plutôt que de souffrir l'enfer sur terre ou de vendre son âme au diable. Hilda se moqua de lui en riant, le traita de petit sot, l'assura qu'il était beau garçon et que bien des filles seraient ravies de s'offrir à lui.

Quand Edwin revint, tous trois discutèrent longtemps de religion. Dick, regardant Hilda d'un air amer, prétendit qu'il avait perdu la foi et qu'il se vouait désormais à Pan et à Bacchus, les vieux dieux de la boisson et de la concupiscence. Edwin n'en croyait pas ses oreilles, mais Hilda dit en souriant que c'étaient des folies de croissance, et que ça ne durerait pas.

Après avoir quitté les Thurlow, il écrivit un poème très obscur imité de l'époque classique et qu'il intitula : « A une vulgaire prostituée. » Il envoya ce poème à Hilda et ajouta en post-scriptum qu'il consacrerait désormais sa vie à la Beauté et au Péché.

Dick se rendit à Cambridge une semaine avant l'ouverture des cours, parce qu'il devait se présenter de nouveau à un examen de géométrie auquel il avait échoué au printemps, et aussi parce qu'il désirait passer un certificat facultatif de latin supérieur pour obtenir des points en supplément. Quoiqu'il eût enregistré ses bagages directement pour Cambridge, il traversa New York en métro. Il portait un complet gris tout neuf et un chapeau de feutre de la même couleur. Pendant tout le trajet, il tremblait à l'idée de perdre la lettre de crédit de mille dollars sur une banque de Cambridge, et qu'il avait dans sa poche.

A Boston, les maisons de brique rouge et le Parlement de l'Etat, avec son dôme doré dominant les toits d'ardoise l'étonnèrent tellement qu'il se crut arrivé dans un de ces pays étrangers qu'il avait rêvé de visiter avec Hilda. Kendall Square... Central Square... Harvard Square... Le train n'allait pas plus loin. Il eut un instant d'angoisse en voyant un panneau qui indiquait le chemin de l'université.

Au cours des deux premières heures qu'il passa à Cambridge, Dick apprit que son chapeau de feutre aurait dû être marron, défraîchi, et non gris et neuf. D'autre part, il avait commis une faute grave en louant une chambre dans l'enceinte de l'université, ce qui était traditionnellement réservé aux anciens.

Peut-être était-ce à cause de ces impairs que Dick se fit de mauvaises relations : deux socialistes juifs qui commençaient leurs études de droit, un étudiant du Middle West qui poursuivait d'inutiles recherches sur les langues germaniques anciennes, et un fanatique du Y.M.C.A. qui allait à la chapelle tous les matins. Dick fit du rowing avec l'équipe de première année, mais ne fut pas sélectionné pour les championnats et se contenta de ramer tout seul trois après-midi par semaine. Les copains qu'il rencontrait sur la rivière étaient assez sympathiques, mais presque tous habitaient sur la « Côte d'Or », ou à Beck, et ils se bornaient à dire « allô ! » quand ils le rencontraient, et « à bientôt » quand ils le quittaient. Il assistait à tous les matches de foot-ball, fumait et buvait de la bière avec ses camarades, mais, ne sortant jamais sans un de ses amis, il ne se liait à personne qui en valût la peine.

Un dimanche matin, au printemps, il rencontra par hasard Freddy Wigglesworth au moment où ils allaient tous les deux prendre leur petit déjeuner ; ils s'assirent à la même table. Freddy, ancien élève de Kent, en était à sa deuxième année d'Harvard. Il interrogea Dick au sujet de ses études et de ses fréquentations. Ce qu'il apprit l'horrifia. « Mon cher ami, dit-il, il faut que tu collabores au *Monthly* ou à l'*Advocate*... Je pense que *Le Crime* ne t'intéresserait guère.

— J'avais l'intention de leur présenter quelques articles mais je n'ai pas osé.

— Pourquoi n'es-tu pas venu me voir aussitôt arrivé, en automne ?... En tant qu'ancien camarade de classe je dois t'aider à partir du bon pied. C'est mon devoir. Personne ne t'a donc dit que les nouveaux ne devaient pas habiter dans l'enceinte de l'université ? C'est contraire aux usages », déclara Freddy en secouant la tête tristement tout en buvant son café.

Puis, Dick l'emmena dans sa chambre et lui lut à haute voix les derniers poèmes qu'il avait écrits. Jetant au plafond des bouffées de fumée, Freddy Wigglesworth approuvait : « Pas mal, quoique un peu... violet... fais-en taper quelques-uns et je les porterai à la rédaction... Viens me retrouver lundi en huit à huit heures du soir... Il faut que je m'en aille... à bientôt. »

Après le départ de son ami, Dick arpenta sa chambre, le cœur battant. Il aurait voulu se confier à quelqu'un, mais ceux qu'il fréquentait jusqu'alors le dégoûtaient. Enfin, il s'assit pour écrire à Hilda et Edwin une longue lettre en prose mêlée de vers dans laquelle il leur racontait tout ce qu'il faisait à l'université.

Le lundi suivant, Dick arriva une heure à l'avance tout en se disant, pour conjurer le sort, que Freddy Wigglesworth avait oublié le rendez-vous.

Il y avait des tulipes dans les petits jardins de Cambridge, et de temps à autre, le vent apportait des bouffées de lilas. Dick était gêné par ses vêtements. Ses jambes étaient lourdes. Il passait avec un sentiment de tristesse et de fatigue devant les petites maisons de bois entourées de gazon. Il connaissait trop bien tout ce décor. Son cœur battait trop vite. Il résolut de quitter Cambridge et d'aller s'installer ailleurs. A huit heures précises, il pénétra dans le restaurant communautaire. Evidemment, Freddy n'y était pas encore. Dick monta au premier étage, et s'assit dans la bibliothèque. Mais il était trop nerveux pour s'intéresser à la lecture, aussi redescendit-il et fit-il les cent pas dans le vestibule. L'odeur, les échos caverneux des couloirs, les histoires drôles que racontaient ceux qu'il croisait, la tête chauve couverte de sueur du chef d'orchestre gesticulant devant les cuivres, tout lui parut particulièrement odieux ce soir-là. Un étudiant, qui travaillait d'ordinaire à côté de lui au laboratoire de physique, l'aborda et lui raconta quelque chose, mais Dick lui répondit à peine. L'autre le regarda d'un air stupéfait et s'éloigna sans rien dire. Il était huit heures vingt. Freddy ne viendrait sûrement pas. Dick s'en voulait d'avoir cru qu'un tel snob se souviendrait du rendez-vous qu'il avait pris avec un pauvre bougre comme lui.

Tout à coup, Freddy Wigglesworth apparut devant lui, les mains dans les poches. Il n'était pas seul, et Dick ne pouvait s'empêcher d'admirer l'élégance de l'autre type : un jeune homme à l'air rêveur, aux yeux clairs et aux cheveux d'or très flous. « C'est Blake, mon jeune frère... Vous êtes dans la même classe », dit Freddy. Blake regarda à peine Dick, lui tendit la main, et tordit le coin de sa bouche en une espèce de sourire.

Ils traversèrent la cour au crépuscule. Des étudiants à leurs fenêtres braillaient : « Rinehart ! O Rinehart ! » Les corneilles faisaient du charivari dans les ormes ; on entendait au loin le grincement des roues de tramway sur l'avenue de Massachusetts.

Les Wigglesworth emmenèrent Dick dans une chambre au plafond bas éclairée à la chandelle où un petit bonhomme rabougri lisait a haute voix un conte de Kipling : *L'homme qui voulait être roi.* Tout le monde était assis par terre et écoutait passionnément. Dick décida de devenir écrivain.

Au cours de leur seconde année d'études à Harvard, Dick et Blake sortirent souvent ensemble. Dick avait loué une chambre à Ridgely où logeait Blake. Dick découvrit qu'il aimait la vie d'étudiant et les semaines passaient vite. Cet hiver-là, l'*Advocate* et le *Monthly* publièrent chacun un poème de Richard Ellsworth Savage. Il se rendait souvent chez Blake surnommé Ned pour y prendre le thé et discuter de livres et de poésie. Ils ne s'éclairaient qu'à la chandelle. Dick prenait pension pour les repas au restaurant communautaire, mais il y mangeait très rarement. Ses frais de nourriture, d'inscription et de loyer à Ridgely payés, il n'avait plus un sou vaillant. Mais Ned était riche pour deux. Freddy Wigglesworth ne manquait pas d'argent non plus, et invitait souvent Dick à dîner, le dimanche soir à Nahant. Critique d'art, le père Wigglesworth portait une barbe blanche à la Van Dyck ; dans son salon, il y avait une cheminée de marbre au-dessus de laquelle pendait une peinture de la Madone avec deux anges et des fleurs de lis. Les Wigglesworth assuraient que c'était un Boticelli, quoique, par pure malice, disaient-ils, un de leurs amis prétendît que c'était un Boticini.

Les samedis soir, Dick et Ned dînaient au restaurant Thorndike à Boston et se soûlaient un petit peu au nebiolo mousseux. Puis, ils allaient au théâtre, de préférence l'Old Howard.

L'été suivant Hiram Halsey Cooper fit campagne en faveur de Wilson. Malgré les taquineries de Ned, Dick se lança à corps perdu dans le wilsonnisme, et n'avait plus en tête que les formules : Nouvelle Liberté, Trop Fier pour Combattre, Neutralité en Pensée et en Fait, Harmonie Industrielle entre le Capital et le Travail. Il passait douze heures par jour à taper des communiqués et à faire la cour aux propriétaires de journaux locaux pour que ces derniers accordassent le maximum de place aux discours enflammés que Monsieur Cooper prononçait contre les grands intérêts financiers et la caste privilégiée. A l'automne, Dick se trouva dépaysé quand il reparut dans la cour du restaurant communautaire parmi les ormes au feuillage jauni. Les conférences de ses professeurs, qui ne prônaient rien et n'attaquaient rien non plus, lui parurent fades de même que les thés à la chandelle et la lecture de *La Colline des rêves*.

Dick avait obtenu une bourse de la faculté des Lettres.

Il s'installa avec Ned dans une chambre de Garden Street. Ils avaient toute une bande de copains qui s'intéressaient à la Littérature et aux Beaux-Arts et à tous ces trucs-là. Ils se rassemblaient dans leur chambre en fin d'après-midi à la lueur des chandelles pour boire du thé, manger des gâteaux, empuantir l'atmosphère avec leurs cigarettes dont Ned combattait l'odeur en brûlant de l'encens devant un petit bouddha de laiton acheté dans la ville chinoise un soir de beuverie. Ned ne disait jamais rien, sauf si la conversation portait sur la boisson ou la navigation à voile. Quand la guerre, ou un autre sujet d'ordre politique, venait sur le tapis, il fermait les yeux, rejetait la tête en arrière, et chantonnait : « blablabla... »

Le jour des élections, Dick sécha tous ses cours. L'après-midi il emmena Ned se promener dans le quartier Nord et jusqu'à l'extrémité du quai T. Tout en marchant, ils s'entretenaient d'un projet dont ils ne parlaient jamais devant personne. Il s'agissait de mettre la main sur un petit ketch ou un yawl dès qu'ils auraient terminé leurs études, et de longer la côte jusqu'en Floride, de pousser en direction des Antilles, puis de traverser le canal de Panama afin de déboucher sur le Pacifique. Ned avait acheté des livres de navigation et étudiait l'itinéraire. Cet après-midi-là, Ned était furieux parce que Dick ne s'intéressait pas à leur projet et se demandait à haute voix comment tel ou tel Etat avait voté. Le soir tomba, aigre, froid et gris. Ils dînèrent sans entrain au Venise où la clientèle était plus nombreuse qu'à l'ordinaire et le service plus déplorable encore ; ils se contentèrent d'escalopes froides et de spagghetti. Dès qu'ils avaient vidé une bouteille d'orvieto blanc, Ned en commandait une autre, et ils quittèrent le restaurant en marchant bien raides et bien prudemment, s'appuyant légèrement l'un à l'autre, parmi les passants aux allures de fantôme dans l'obscurité rosée et dorée de la rue du Hanovre. Leurs pas les portèrent parmi la foule qui attendait le résultat des élections devant le *Herald* de Boston. « Qui gagne ? Allons-y, cognons !...

Hourrah pour les nôtres ! » hurlait Ned. Un homme qui se tenait derrière eux leur dit en tordant la bouche : « Vous ne savez donc pas que c'est le jour des élections ? » Ned se retourna et lui brailla : « Blablablabla ! » en pleine face. Dick l'entraîna au-delà des arbres pour éviter une bagarre. « Nous finirons la nuit en taule si tu continues, murmurait-il tout bas à l'oreille de Ned. Je veux connaître les résultats. Wilson a peut-être gagné.

— Bravo ! s'exclama Ned. Allons boire un verre à sa santé chez Frank Locke ! »

Mais Dick voulait rester pour connaître les résultats, il était très excité et refusait de boire. « Si Wilson gagne, nous n'irons pas à la guerre, expliquait-il.

— Plutôt la guerre que de ne pas boire ! On s'amuserait tant à la guerre... Allons boire un petit coup. »

Le barman de chez Frank Locke ne voulut pas les servir quoiqu'il les connût fort bien. Dégoûtés, ils descendaient la rue de Washington vers un autre bar, quand un petit marchand de journaux passa auprès d'eux en courant. Une manchette énorme annonçait l'élection de Hughes. « Hourrah ! » s'exclama Ned. Dick lui mit la main sur la bouche, et ils se colletèrent en pleine rue ; un groupe hostile les entoura aussitôt. Dick entendait leurs voix malveillantes murmurer : « ... des étudiants... des gens de Harvard... » Son chapeau tomba ; Ned le lâcha pour qu'il le ramassât. Un flic jouait du coude pour les atteindre. Ils se redressèrent et s'éloignèrent dignement, la figure rouge. Ned murmura tout bas : « Tout ça, c'est du blablabla. » Ils allèrent à pied jusqu'à Scollay Square. Dick était furieux.

La foule, amassée sur le square déplut à Dick et il voulut retourner à Cambridge, mais Ned entra en conversation avec un individu à l'air louche et un marin aux jambes incertaines. « Hé, pote, dit l'individu louche en donnant des coups de coude dans les côtes du marin, emmenons-les chez la Mère Bly. » Le marin bredouillait en titubant : « Nous emballons pas. Nous emballons pas les amis.

— Allons n'importe où pourvu qu'on n'entende plus tout ce blablabla ! » hurlait Ned en se balançant d'un pied sur l'autre.

Dick gémissait désespérément à son oreille : « Ned, tu es soûl, retournons à Cambridge », et il le tirait par le bras en expliquant : « Ils veulent te soûler pour te prendre ton argent.

— Ils ne peuvent pas me soûler, je suis déjà soûl ! Blablabla ! » vociférait Ned. Tout à coup, il échangea son chapeau contre la casquette du marin. Dick lui lâcha le bras et le quitta en disant : « Fais ce que tu voudras, moi je m'en vais ! » Il traversa Beacon Hill à pied, les oreilles bourdonnantes, la tête en feu et le cœur battant. Arrivé à sa chambre exténué et grelottant, près de pleurer, il se coucha mais ne parvint pas à dormir. Il avait froid et se sentait mal à l'aise bien qu'il eût posé le tapis par-dessus ses couvertures. Pour passer le temps, il écoutait les bruits de la rue.

Le lendemain matin il se leva avec la gueule de bois, alla prendre un café et des biscottes au comptoir d'un bistrot en bas du Lampoon Building. Ned apparut, frais et rose, le sourire aux lèvres. « Eh bien, mon cher jeune politicien, le professeur Wilson est élu. Nous n'aurons ni sabre ni épaulettes. » Dick grogna et continua à manger. « Je me suis fait une bile terrible pour toi, reprit Ned avec désinvolture. Où as-tu été ? Pourquoi as-tu disparu ?

— Je suis rentré et je me suis mis au lit, où veux-tu que j'aie été ? répondit Dick sèchement.

— Ce Barney que j'ai rencontré était un type très amusant, un professeur de boxe. Il serait sûrement champion des poids plume de la Nouvelle Angleterre s'il n'avait pas le cœur faible... Nous avons terminé la nuit dans un établissement de bains turcs, un endroit des plus curieux. » Dick avait envie de le gifler. « J'ai une heure de laboratoire », dit-il sans bienveillance, et il sortit du bar.

Au crépuscule, il revint à Ridgely. Il y avait quelqu'un

dans la chambre. C'était Ned qui n'avait pas allumé la lumière. Dès que la porte se referma, Ned murmura en titubant, les mains dans les poches : « Dick, ne te fâche jamais. Ne te fâche jamais, Dick, de ce que font les gens quand ils sont soûls... Ne te fâche jamais pour ce que font les copains... Sois brave type, et fais-moi une tasse de thé. » Dick emplit la bouilloire et alluma le réchaud à alcool. « On se laisse aller à faire des folies, Dick, reprit Ned.

— Mais un type comme toi !... ramasser un marin dans la rue... C'est bougrement dangereux... », répondit Dick sans trop de conviction.

Ned pivota et le regarda en riant. « Tu m'as toujours dit que j'étais un foutu snob ! » s'exclama-t-il.

Dick ne répondit pas. Il s'était laissé tomber sur une chaise à côté de la table. Sa colère apaisée, il avait plutôt envie de pleurer. Allongé sur le canapé, Ned levait les jambes l'une après l'autre, et essayait vainement de faire passer ses pieds derrière sa nuque. Dick contemplait la flamme bleue du réchaud à alcool et écoutait le ronron de la bouilloire. Puis, la nuit succéda au crépuscule et la pâle lumière des becs électriques entra par la fenêtre.

Cet hiver-là, Ned se soûla tous les soirs. Dick collabora au *Monthly* et à l'*Advocate.* Le *Litterary Digest* et *The Conning Tower* reproduisirent quelques-uns de ses poèmes. Il fréquenta la Société Bostonienne de Poésie, et Amy Lowell l'invita à dîner. Il discutait beaucoup avec Ned au sujet de la guerre. Dick était pacifiste, mais Ned se proposait de s'enrôler dans la marine parce que « tout ça, c'était du blablabla ».

Aux vacances de Pâques, après le vote autorisant le Président à armer les navires marchands et à les faire convoyer, Dick eut une longue conversation avec Monsieur Cooper qui offrait de lui trouver une place à Washington parce que, disait-il, un garçon aussi talentueux aurait tort de gâcher sa carrière à la guerre : on parlait déjà de conscription. Dick rougit comme il convenait, et répondit que sa conscience lui interdisait d'apporter une collaboration quelconque à la guerre. Ils discutèrent longtemps du devoir de l'individu à l'égard de la nation, des responsabilités des chefs de parti, et aussi des devoirs de l'individu à l'égard de lui-même et de son talent, mais si étonnant que cela paraisse, ils n'arrivèrent à aucune solution. Enfin Monsieur Cooper lui fit promettre de ne pas prendre une décision violente sans le consulter. A Cambridge, tout le monde faisait l'exercice et suivait les cours de tactique et de stratégie. Dick travaillait beaucoup pour terminer ses quatre années d'études en trois ans. Il avait donc fort à faire, mais les cours ne l'intéressaient plus. Il écrivit avec soin quelques sonnets bien léchés, intitulés *Morituri te salutant,* qu'il envoya à un concours du *Litterary Digest,* et remporta le prix, mais les éditeurs lui renvoyèrent son poème en lui suggérant de terminer ses sonnets sur une note d'espoir. Dick refit l'envoi, toucha le chèque de cent dollars et envoya un mandat à sa mère pour qu'elle allât passer ses vacances à Atlantic City. Il découvrit alors qu'en s'engageant dans un service de guerre, il obtiendrait ses diplômes sans avoir besoin de passer les examens. Aussi, un beau jour, se rendit-il à Boston, sans rien dire à personne et s'engagea dans les ambulances Norton-Harjes.

Le soir où il annonça à Ned qu'il s'en allait en France, ils se soûlèrent ferme à l'orvieto dans leur chambre et parlèrent longuement du triste sort de la jeunesse, de la beauté, de l'amour et de l'amitié anéantis par une mort prématurée, alors que de gros et solennels imbéciles réussiraient fort bien dans la vie et danseraient sur les tombes des plus talentueux. Au petit matin, ils sortirent et allèrent boire la dernière bouteille sur une vieille tombe du cimetière situé au coin de Havard Square. La pierre tombale était froide. Ils burent sans rien dire et, après chaque gorgée, ils rejetaient la tête en arrière et bêlaient doucement à l'unisson « blablabla ! »

Dick s'embarqua pour la France, sur le *Chicago,* au début de juin. Ned, sa mère, Monsieur Cooper l'accompagnèrent jusqu'au quai, ainsi qu'une dame écrivain beaucoup plus âgée que lui, avec qui il avait couché plusieurs fois, mais sans grand plaisir, dans un appartement à deux étages de Central Park South. Alors, son goût de la poésie, ses amis pacifistes, et les lumières de l'esplanade se reflétant dans le bassin disparurent de sa mémoire comme les premiers chapitres d'un roman abandonné avant d'avoir été terminé. Il avait un peu mal au cœur parce que le bateau remuait et le bruit de la foule l'intimidait. Des dames de la Croix-Rouge à visage allongé se donnaient la chair de poule les unes aux autres en échangeant d'horribles histoires de bébés belges coupés en morceaux, d'officiers canadiens crucifiés et de vieilles nonnes violées. Dick se sentait prêt à éclater. Il avait l'impression d'être une horloge aux ressorts trop tendus, et se demandait ce qu'il lui arriverait en Europe.

Bordeaux, la Garonne rouge, les rues couleur de pastel, les vieilles maisons aux toits mansardés, le soleil et les ombres d'un bleu et d'un jaune si délicats, les noms des petites gares qui rappellent toutes Shakespeare, les romans à couverture jaune sur les éventaires des quais, les bouteilles de vin dans les buvettes, tout cela formait un décor comme Dick n'en avait jamais imaginé. Jusqu'à Paris, les champs verts, légèrement teintés de bleu et parsemés de rouges coquelicots, pareils aux premières lettres de vieux poèmes, et le petit train qui tressautait en hémistiche, tout semblait rimer.

Ils arrivèrent à Paris trop tard pour se présenter au bureau Norton-Harjes. Dick laissa les bagages dans la chambre qu'il devait occuper avec deux camarades à l'hôtel du Mont-Thabor et tous trois allèrent flâner dans les rues. Il ne faisait pas encore nuit ; très peu de voitures roulaient sur les boulevards. Mais, par le chaud crépuscule de juin, les piétons encombraient les trottoirs. Quand la nuit tomba, des femmes cachées derrière les arbres tendirent la main vers eux, les saisirent par le bras. De-ci de-là, un juron anglais éclatait comme un œuf jeté à toute volée sur le bruit nasillard des conversations et des propositions en français. Tous trois marchaient bras dessus bras dessous, un peu effrayés et se tenant sur leurs gardes parce qu'ils entendaient encore la conférence que le médecin militaire leur avait faite au cours de la dernière soirée à bord sur les dangers de la syphillis et de la blennorragie. Ils rentrèrent de bonne heure à leur hôtel.

Ed Schuyler, qui avait passé son enfance dans une pension suisse et parlait le français, hocha la tête en se lavant les dents devant le lavabo et cracha par-dessus sa brosse : « C'est la guerre !

— Les cinq premières années sont les plus dures. Après, on s'y fait », s'exclama Dick en riant. Le troisième, Fred Summers, un mécano du Kansas, assis sur son lit en caleçon de laine, les regarda l'un après l'autre et proféra solennellement : « C'est pas une guerre... c'est un foutu bordel ! »

Le lendemain matin, ils se levèrent de bonne heure, avalèrent à la hâte café et croissants et se précipitèrent, frais et dispos, vers la rue François-1er, tout excités à l'idée de se présenter au rapport. On leur expliqua où et comment ils se procureraient leurs uniformes. On les mit en garde contre le vin et les femmes, et on leur dit de revenir le lendemain. Le lendemain, on leur enjoignit de revenir le surlendemain pour prendre leurs cartes d'identité. Mais on ne les leur remit que deux jours plus tard. En attendant, ils se promenèrent en fiacre au Bois de Boulogne, visitèrent Notre-Dame, la Conciergerie, la Sainte-Chapelle, et se rendirent en tramway jusqu'à la Malmaison. Fourbissant le peu de français qui lui restait de l'école préparatoire, Dick s'asseyait parmi les statues blanches du Jardin des Tuileries pour lire *Les dieux ont soif*, et *L'Ile des pingouins*. Ed Schuyler, Fred Summers et lui ne se quittaient pas, et, chaque soir, ils s'offraient un fameux gueuleton, en se demandant si ce n'était pas leur dernier repas à Paris. Puis, ils allaient faire un tour sur les Boulevards, dans le crépuscule bleu horizon. Ils s'enhardissaient au point de parler aux filles et de les taquiner. Fred se paya une petite trousse prophylactique et un assortiment de cartes postales obscènes. Il était décidé à se débaucher avant de quitter Paris, parce que, disait-il, rien n'empêchait qu'il fût tué en arrivant au front et alors qu'aurait-il gagné à rester sage ? Dick disait qu'il aimait bien parler aux filles mais que toute cette affaire prenait des apparences trop commerciales qui lui chaviraient l'estomac. Ed Schuyler, qu'ils avaient baptisé Frenchy, affectait des allures européennes et trouvait les filles de la rue trop naïves.

La dernière nuit fut claire et les gothas survolèrent la ville. Ils étaient en train de dîner dans un petit restaurant de Montmartre. La caissière et le garçon les firent descendre à la cave au deuxième coup de sirène. Là ils rencontrèrent trois jeunes femmes appelées Suzette, Minette et Annette. Quand la petite voiture des pompiers passa en pétaradant et en klaxonnant pour annoncer la fin de l'alerte, l'heure de la fermeture avait déjà sonné et on refusa de leur servir à boire au bar. Alors, les filles les emmenèrent dans une maison aux volets bien clos où on les introduisit dans une grande pièce aux murs couverts de papier couleur de foie de veau parsemé de roses vertes. Un bonhomme au tablier de grosse toile apporta du champagne. Les filles s'assirent sur leurs genoux et leur caressèrent les cheveux. Summers avait la plus jolie ; il l'entraîna dans un coin formant alcôve où il y avait un lit avec un grand miroir au plafond. Ils tirèrent les rideaux. Dick se trouva avec la plus grosse et la plus vieille des trois. Sa chair était molle comme du caoutchouc. Dégoûté, il lui donna dix francs et s'en alla.

Se hâtant le long de la rue en pente, il tomba sur un groupe d'officiers australiens qui lui tendirent une bouteille de whisky pour boire à la régalade et l'emmenèrent dans une autre maison où ils réclamèrent un spectacle. La patronne leur expliqua que toutes les filles étaient occupées. Les Australiens étaient trop soûls pour l'écouter et entreprirent de tout saccager. Dick s'éclipsa avant l'arrivée des **gendarmes.** Il se dirigeait au jugé vers son hôtel quand l'alerte sonna de nouveau et des Belges l'entraînèrent dans une station de métro. Dick avisa une très jolie fille et essaya de lui expliquer qu'elle devrait l'accompagner dans une chambre d'hôtel. Mais un colonel de spahis au grand manteau rouge avec tout plein de galons d'or se précipita vers Dick, furieux, ses longues moustaches cirées en bataille. Dick expliqua que c'était un malentendu. Et toute la compagnie échangea des excuses, parce qu'ils étaient tous de braves alliés. L'alerte passée, ils parcoururent les rues avoisinantes à la recherche d'un bistrot pour trinquer ensemble, mais tout était fermé et ils se séparèrent avec regret devant l'hôtel du Mont-Thabor. Dick arriva dans sa chambre tout bouillonnant de bonne humeur. Les deux autres s'oignaient d'argyrol et de pommade Metchnikof d'un air lugubre. Dick raconta ses aventures qui prirent dans sa bouche des proportions épiques. Mais ses camarades lui dirent qu'il s'était conduit comme un cochon et qu'un homme ne doit jamais laisser tomber une femme en de telles circonstances. Pour conclure, Fred Summers les regarda l'un après l'autre, les yeux ronds et proclama : « Les potes, c'est pas une guerre, c'est un foutu... » Il ne parvint pas à trouver le mot qui convenait et Dick éteignit la lumière.

## ACTUALITÉS XXII

ON NOUS PROMET LA RENAISSANCE
DES CHEMINS DE FER
POUR L'AN PROCHAIN

DEBS CONDAMNÉ A TRENTE ANS DE PRISON

*Un long sentier sinue*
*Vers le pays de mes rêves*
*Où chantent les rossignols*
*Et rayonne la lune blanche*

soulevées d'enthousiasme, les générations futures béniront ceux qui ont le courage de leurs convictions, qui apprécient la vie humaine à sa juste valeur, au-dessus du profit matériel et qui, obéissant à un sentiment de fraternité, saisissent la grande occasion

L'EMPRUNT PAIE DES BALLES
SOUSCRIVEZ A L'EMPRUNT

DES PERSPECTIVES DOUTEUSES
INFLUENCENT LE MARCHÉ
DES CUPRIFÈRES

LES FEMMES VOTENT COMME DE VIEUX ROUTIERS
DE LA POLITIQUE

on voit reparaître des plats appréciés autrefois, tels que hachis de viande, goulach, pâtés, foie au lard. Les soldats allemands sont tous munis d'une petite brosse. Dès qu'ils sont faits prisonniers, ils sortent cette brosse de leur poche et se mettent à nettoyer leurs vêtements.

LES EMPLOYEURS DOIVENT JUSTIFIER
L'EMPLOI DES OUVRIERS

*J'attendrai durant de longues nuits*
*Jusqu'à ce que mes rêves se réalisent*

LES AGITATEURS
NE POURRONT PLUS
SE PROCURER
DE PASSEPORTS AMÉRICAINS

durant ce voyage deux hommes du Transvaal ne cachèrent pas qu'à leurs yeux les drapeaux britanniques et américains ne signifiaient absolument rien et que peu leur importait de voir ces drapeaux couler au fond de l'Atlanti-

que. Ils reconnurent être ce qu'on appelle des nationalistes, un monstre assez semblable à nos syndicalistes.
Hearst écrivait : « Je n'ai pas l'intention de rencontrer le Gouverneur Smith, ni en public ni à titre privé, ni sur le terrain politique ni pour des raisons mondaines, car je ne suis pas satisfait de

ELLE SE TUE EN MER

EN VILLE,
LA FOULE SE DÉCHAINE
DE PLUS EN PLUS VIOLEMMENT
CONTRE LES EMBUSQUÉS

*Oh le vieil Oncle Sam*
*Il a de l'infanterie*
*Il a de la cavalerie*
*Il a de l'artillerie*
*Et pardieu nous irons tous en Chermanie*
*Dieu protège l'Empereur Bill !*

## L'ŒIL DE LA CAMÉRA 30

*je me rappelle les doigts gris et tordus, les gouttes de sang épais suintant à travers la civière, le gargouillis des cages thoraciques qui peinent pour respirer, les lambeaux de chair boueuse qu'on met vivants dans les ambulances et qu'on en retire morts*

*nous sommes trois assis sur le bord cimenté d'une fontaine asséchée dans le petit jardin aux murs roses à Récicourt*

non il doit y avoir un moyen ils nous ont enseigné la terre de la liberté conscience
la liberté ou la eh bien c'est la mort qu'on nous donne

*un après-midi ensoleillé encore affaibli par le gaz moutarde, je sens les roses blanches et les phlox blancs à l'œil carminé     trois chenilles brunes rayées de blanc rampent avec une délicatesse infinie sur une branche au-dessus de ma tête, en haut dans l'azur une saucisse d'observation broute d'un air somnolent comme une vache à la longe, des abeilles ivres s'agglomèrent sur des poires blettes qui tombent et s'écrasent chaque fois que les canons des environs crachent leurs lourds obus qui partent en grondant dans le ciel*

*avec un sifflement qui rappelle les promenades à travers bois au cours desquelles on fait fuir les bécasses*

*les gens aisés de cette campagne ont soigneusement construit les murs et le petit édicule, en ont soigneusement poli le siège et soigneusement sculpté un croissant de lune au-dessus de la porte comme dans les vieilles fermes de chez nous     soigneusement planté les fleurs du jardin et choisi les arbres fruitiers et soigneusement préparé cette guerre*

qu'ils aillent au diable     Patrick Henry en kaki se présente à un Conseil de Récupération et économise sou à sou pour souscrire à l'Emprunt de la Liberté     ou la

***arrivées** les obus à mitraille jouent de la harpe dans leurs petits flocons pareils à des houpettes au milieu des nuages et nous invitent délicatement à une mort glorieuse et nous, admirant avec joie le mouvement délicat des chenilles dans l'après-midi ensoleillé, nous parlons à voix basse de*

***la libre Belgique***     le journal de Junius

l'aréopagitica     Milton devint aveugle en défendant la liberté de parole     le peuple comprendra ceux qui prononceront les mots qu'il

attend    même les banquiers et les prêtres
moi    toi    nous    devons

Dès que trois hommes s'unissent
Les monarchies ont trois esclaves de moins

*nous sommes heureux de parler à voix basse par un après-midi ensoleillé nous parlons* ***d'après la guerre*** *nous souhaitons que notre sang, nos poumons notre chair revêtus de kaki de feldgrau de bleu horizon continuent à mûrir jusqu'à ce que nous tombions de nous-mêmes comme les poires mûres tombent de l'arbre*
*les obus le savent et les éclats chantants et les obus à gaz    le pouvoir et la gloire leur appartiennent*

ou la mort

## GROS BONNETS ET FORTES TÊTES II

### *RANDOLPH BOURNE*

Randolph Bourne
vint habiter sur cette terre
il ne lui fut pas offert de choisir son lieu de naissance ni sa carrière.

Il était bossu, petit, fils d'un pasteur congréganiste, naquit en 1886 à Bloomfield, New Jersey, où il fréquenta l'école primaire et l'école supérieure.

A dix-sept ans, il commença à travailler comme secrétaire d'un homme d'affaires de Morristown.

En travaillant dans une fabrique de rouleaux pour pianos mécaniques à Newark, en corrigeant des épreuves, en accordant des pianos, en accompagnant des chanteurs à

Carnegie Hall, il parvint à faire ses études à l'université Columbia

où il suivit les cours de John Dewey, et obtint une bourse de voyage qui lui permit d'aller en Angleterre, à Paris, à Rome, à Berlin et à Copenhague. Il écrivit un livre sur les Ecoles Gary.

En Europe, il entendit de la musique, beaucoup de Wagner et de Scriabine

et s'acheta une cape noire.

Ce petit bonhomme, pareil à un moineau, misérable bout de chair tordu enveloppé dans une cape noire, toujours souffrant et malade,

mit un caillou dans sa fronde

et frappa Goliath en plein front.

*La guerre c'est la santé de l'Etat,* écrivit-il.

Mi-musicien, mi-théoricien esquissant des systèmes nouveaux d'éducation (le fait qu'il fût de petite santé, pauvre, contrefait, infirme, mal vu par les siens, n'avait pas gâché Bourne ; il aimait le monde ; c'était un homme joyeux, il aimait les Maîtres Chanteurs de Nuremberg et la musique de Bach qu'il jouait de ses longues mains, expertes sur les claviers ; il aimait aussi les jolies filles, la bonne chère et les soirées de bavardage. Alors qu'il se mourait d'une pneumonie, un de ses amis lui présenta un jaune d'œuf battu avec du sucre. Regardez ce jaune, quelle belle couleur répétait-il tandis que la vie le quittait et que la fièvre le faisait délirer. C'était un homme heureux). Bourne se jeta avec ferveur dans le monde des idées et à Columbia il ramassa des lunettes roses dans le fatras ampoulé qu'enseignait John Dewey. Ses lunettes roses lui permirent d'y voir clair et net

le Capitole rayonnant de la démocratie réformée,

la Nouvelle Liberté de Wilson ;

mais il était trop bon mathématicien ; ce qui le poussa à résoudre l'équation ;

il trouva le résultat :
au cours des folies du Printemps 1917 on commença à le regarder d'un mauvais œil à *La Nouvelle République* où il gagnait son pain ;
quand vous voyez écrit : *Nouvelle Liberté*, lisez *Conscription*, sous *Démocratie* comprenez : *gagner la guerre*, sous *réforme* comprenez : *sauvegarde des emprunts Morgan*
sous *progrès, civilisation, meilleure répartition de l'instruction* lisez : *souscrivez à l'emprunt de la Liberté,*
*châtiez les Boches,*
*emprisonnez les contradicteurs.*
Il démissionna de *La Nouvelle République ;* seuls *Les Sept Arts* eurent le courage de publier les articles qu'il écrivit contre la guerre. Les commanditaires des *Sept Arts* portèrent leur argent ailleurs ; les amis de Bourne répugnaient à être vus en sa compagnie ; son père lui écrivit pour le supplier de ne pas déshonorer le nom de la famille. L'avenir rayonnant de *La Démocratie Réformée* éclata comme une bulle de savon aux couleurs d'arc-en-ciel.
Les libéraux affluèrent à Washington ;
quelques-uns de ses amis conseillèrent à Bourne de prendre place sur le char à bancs de l'instituteur Wilson ; la guerre n'était pas si désagréable pour ceux qui la faisaient assis sur les fauteuils à bascule du bureau Creel à Washington.
On le caricatura, l'espionnage et le contre-espionnage le prirent en filature ; il fut arrêté alors qu'il se promenait en compagnie de deux amies à Wood's Hole, dans le Connecticut on lui vola une malle pleine de manuscrits et de lettres. (La force primera tout, tonnait l'instituteur Wilson.)
Il ne vécut pas assez pour voir la grande parade foraine que fut la paix de Versailles et, encore moins, le purpurin

retour à la vie normale sous le règne du gang de l'Ohio[1].

Six semaines après l'armistice il mourut alors qu'il se préparait à écrire un essai sur les origines de l'esprit révolutionnaire américain.

Si certains hommes deviennent fantômes Bourne est maintenant

un minuscule fantôme mal foutu mais impavide dans ses vêtements noirs

qui trottine parmi les vieilles maisons de brique et de pierre brune dans ce qui reste du vieux New York

et qui proclame en ricanant d'une voix aiguë que nul n'entend :

*la guerre c'est la santé de l'Etat.*

## ACTUALITÉS XXIII

*Si tu n'aimes pas ton Oncle Sam*
*Si tu n'aimes pas le rouge blanc bleu*

les sourires du patriotique district d'Essex se rassembleront et seront enregistrés demain après-midi au parc de Branch Brook, à Newark N. J. Une foule immense défilera gaiement au son des marches militaires et de vieux chants des temps de guerre joués par les fanfares. Les mères des « fils du pays » seront là ; leurs épouses, beaucoup d'entre elles, portant dans leurs bras un enfant, né après que son père se fut embarqué pour le front occuperont une place particulière dans le cortège ; des parents et des amis des héros, qui maintiennent nos traditions de liberté, passeront devant une batterie de caméras. En souriant, ils enverront le message de leurs sourires enregistré sous le Numéro Sept des *Sourires au-delà de l'Océan.* Tous ces braves gens commenceront à sourire à quatorze heures trente précises.

1. Allusion à Harding et à sa clique. *(N. du T.)*

## LA POPULACE PILLE DES VILLES

### UN JOURNALISTE PASSE LE PREMIER A TRAVERS UN BARRAGE

chaque soir au crépuscule la population entière évacuant la ville offrait un spectacle pitoyable. On voyait des vieilles femmes, des petits enfants, des infirmes traînés sur des carrioles ou poussés sur des brouettes s'en aller dormir dans les champs jusqu'au lever du jour ; certains trop faibles ou trop vieux pour faire le chemin d'une seule traite portaient des chaises et s'asseyaient en route.

### LES TROUPES DE JERSEY ACCEPTENT DES FEMMES ARTILLEURS

les désordres commencèrent lorsque les ouvriers des arsenaux réclamèrent la journée de huit heures

*Si tu n'aimes pas les étoiles de notre glorieux drapeau*
*Alors retourne outremer vers le pays*
*Vers le pays d'où tu es venu*
*Quel que soit son nom*

## UN POLITICIEN ACCUSÉ DE FRAUDE A LA CONSCRIPTION

*Si tu n'aimes pas le rouge blanc bleu*
*Alors ne fais pas comme le chien de l'histoire*
*Ne mords pas la main qui te nourrit*

## *EVELYNE HUTCHINS*

La petite Evelyne vivait avec ses sœurs aînées, Arget et Lade, et son petit frère Gogo au deuxième étage d'une maison en briques jaunes sur le North Shore Drive à

Chicago. Gogo avait des yeux bleus ravissants, mais les yeux de Miss Mathilda, tout aussi bleus, étaient horribles. Au premier étage de cette même maison, se trouvaient le cabinet de travail du docteur Hutchins, pièce où il ne faut pas déranger Votrepère, et l'atelier où Chèremaman passait la matinée à peindre en tablier bleu lavande. Le rez-de-chaussée était occupé par deux pièces principales : le salon et la salle à manger où venaient les paroissiens, et où les petits enfants étaient parfois autorisés à faire une courte et silencieuse apparition. A l'heure du dîner, des odeurs de bonnes choses à manger montaient de cette pièce et les enfants entendaient un bruit de couteaux et de fourchettes et le brouhaha des convives bavardant à table. Quand s'élevait la voix de Votrepère, sonore et effrayante, tout le monde se taisait. Votrepère, c'était le docteur Hutchins, mais Notre Père êtes aux cieux. Quand Votrepère se tenait tout droit à côté du lit pour veiller à ce que les petites filles disent leurs prières, Evelyne fermait les yeux et serrait les paupières avec frayeur. Elle ne se sentait à l'aise que lorsqu'elle avait sauté dans son lit et s'y était glissée si profondément que les couvertures la recouvraient jusqu'au bout du nez.

George était mignon ; mais Adélaïde et Marguerite le taquinaient et disaient qu'il était leur vicaire, tout comme Monsieur Blessington était le vicaire de Votrepère. George attrapait toujours les maladies le premier et contaminait immédiatement ses sœurs. Quel délice que d'avoir la rougeole ou les oreillons tous ensemble ! Vousmesenfants restaient au lit et on leur apportait des pots de jacinthes et des cochons d'Inde. Chèremère montait dans leur chambre pour leur lire *Le Livre de la jungle* et crayonner des dessins amusants. Votrepère montait aussi et faisait des cocottes qui apparaissaient quand il dépliait des morceaux de papier. Il racontait des histoires qu'il fabriquait tout seul dans sa tête. Chèremère ne leur cachait pas que Votrepère priait pour Vousmesenfants à l'église, ce qui donnait à Vousmesenfants l'impression d'être non seulement des grandes personnes, mais encore des personnages importants.

Quand ils furent guéris et se remirent à jouer dans la nursery, Gogo attrapa encore quelque chose qui se terminait en *monie*, parce qu'il avait pris froid à la poitrine. Votrepère déclara solennellement que si Dieu rappelait le petit frère à Lui il ne faudrait pas s'en affliger. Mais Dieu leur laissa Gogo, quoique à partir de ce moment, il restât toujours délicat et portât même des lunettes. Aussitôt après, Miss Mathilda attrapa la rougeole et Chèremère permit à Evelyne de l'aider à baigner Gogo. Elle remarqua qu'il avait quelque chose de bizarre là où elle n'avait rien et demanda à Chèremère si c'était un oreillon. Mais Chèremère la gronda en disant qu'elle n'était qu'une petite fille vulgaire parce qu'elle avait regardé. « Chut ! malheureuse enfant ! ne pose pas de questions ! » Evelyne rougit et pleura. Et pendant plusieurs jours Adélaïde et Marguerite ne lui parlèrent plus parce qu'elle était vulgaire.

L'été, tous les enfants s'en allaient dans le Maine avec Miss Mathilda et voyageaient dans un compartiment-salon. George et Evelyne dormaient dans la couchette supérieure, Adélaïde et Marguerite dans celle d'en bas ; Miss Mathilda s'allongeait sur le canapé de l'autre côté, mais elle ne parvenait pas à fermer les yeux parce que le mouvement du train lui donnait mal au cœur. Le train faisait pattoumpata-toum-chutchu-patapoum-tchutchu ; les arbres et les maisons défilaient devant la vitre, ceux qui étaient proches à toute vitesse, et les plus lointains plus lentement. La nuit, la locomotive poussait souvent des gémissements. Les enfants se demandaient pourquoi le contrôleur, si grand si fort, se montrait si aimable avec Miss Mathilda qui était si désagréable et se plaignait du train. Le Maine sentait la forêt. Quand ils y arrivaient, Chèremère et Votrepère les attendaient à la gare. Tous enfilaient des petits pantalons kaki et s'en allaient camper avec des guides. Evelyne fut la première qui apprit à nager.

A l'automne, ils retournaient à Chicago et Chèremère adorait les ravissants feuillages roux qui rendaient Miss Mathilda *so traurig*[1] parce qu'ils annonçaient l'arrivée de l'hiver de même que le givre sur les brins d'herbe au-delà de l'ombre des wagons, le matin, quand on regardait à travers les vitres. En arrivant à la maison, on trouvait Sam en train d'astiquer partout ; Phoebé et Miss Mathilda accrochaient des rideaux à la nursery qui sentait *traurig* la naphtaline. Certain automne, Votrepère commença à leur lire *L'Idéal du roi* chaque soir, alors qu'ils étaient au lit. Durant l'hiver suivant, Adélaïde fut le roi Arthur et Margaret faisait la reine N'importequand. Evelyne aurait voulu jouer le rôle d'Elaine la Blonde, mais Adélaïde lui dit que c'était impossible parce qu'elle avait les cheveux couleur de souris et la face ronde comme une lune. Evelyne se contenta d'être la Demoiselle Evelyna.

La Demoiselle Evelyna n'hésitait pas à se glisser dans la chambre de Miss Mathilda quand celle-ci était absente, et à passer de longs moments devant le miroir. Ses cheveux ne ressemblaient en rien aux poils de souris : elle les voyait blonds. Malheureusement on l'obligeait à se coiffer en nattes. Et même si ses yeux n'étaient pas bleus comme ceux de George, ils étaient tachetés de petites paillettes vertes. Elle jugea que son front ne manquait pas de noblesse. Un jour, Miss Mathilda la surprit en train de s'admirer dans la glace et lui dit avec son dur accent d'Allemande :

« A trop vous regarder dans le miroir, vous finirez par voir le diable. »

Quand Evelyne eut douze ans, la famille s'installa dans une maison plus grande sur le Drexel Boulevard. Adélaïde et Marguerite s'en allèrent en pension dans l'Est, au collège de la Nouvelle Espérance. Chèremère passa l'hiver à Santa Fe avec des amis à cause de sa santé. Evelyne

1. *So traurig :* si triste ; et *traurig :* triste ou tristement (allemand).

aimait beaucoup prendre son petit déjeuner tous les matins avec Votrepère, George et Miss Mathilda qui vieillissait et s'occupait plus de la maison et des romans de Sir Gilbert Parker que des enfants. Evelyne n'aimait pas l'école, mais elle était heureuse quand, le soir, Votrepère l'aidait à faire ses devoirs de latin et d'algèbre. En le voyant monter en chaire pour prêcher de belles histoires, elle le trouvait admirable. Et le dimanche après-midi, pendant les « Leçons de Bible », elle s'enorgueillissait d'être la fille du pasteur.

Elle avait la tête pleine d'histoires bibliques, ne pensait qu'à Dieu le père, à la Femme de Samarie, à Joseph d'Arimathie, à Baldur le Magnifique, à la Fraternité Humaine, et à l'apôtre préféré de Jésus. A la Noël, cette année-là, elle porta beaucoup de paniers aux petits pauvres. La pauvreté lui parut effrayante et les pauvres très timides. Elle se demanda pourquoi Dieu ne faisait rien pour les pauvres de Chicago qui vivaient dans des conditions si déplorables. Elle posa la question à Votrepère qui sourit et lui répondit qu'elle était trop jeune pour comprendre. Désormais, elle l'appelait papa, et il était devenu son copain.

Pour son anniversaire, maman lui envoya un livre magnifiquement illustré : *La Demoiselle élue,* de Dante Gabriel Rossetti, avec des gravures en couleur de Burne Jones. Elle se répétait tout bas le nom de Dante Gabriel Rossetti qui plaisait à son oreille tout comme le mot *traurig.* Elle se mit à la peinture et écrivit des petits poèmes sur le chœur des anges et le Noël des petits enfants pauvres. Sa première peinture à l'huile était un portrait d'Elaine la Blonde et elle l'envoya à sa mère pour la Noël. Tout le monde déclara qu'elle avait un grand talent. Les amis de papa qui venaient dîner à la maison et qu'on lui présentait disaient : « Alors, celle-ci, c'est celle qui a du talent, n'est-ce pas ? »

Quand Adélaïde et Marguerite revinrent de l'école elles prirent tout cela assez mal. La maison leur semblait mesquine ; à Chicago elles ne trouvaient rien d'élégant, et se plaignaient d'être des filles de pasteur quoique papa ne fût pas un pasteur ordinaire à cravate blanche ; c'était un Unitarien à l'esprit très large et qui ressemblait plutôt à un écrivain ou à un savant distingué. George devenait un petit garçon insupportable aux ongles sales, à la cravate toujours de travers et qui cassait tout le temps ses lunettes. Evelyne peignait son portrait tel qu'elle se le rappelait : tout petit avec les yeux bleus et des boucles jaune d'or. Parfois, elle se mettait à pleurer sur sa peinture parce qu'elle débordait d'amour pour son petit frère et pour les enfants pauvres qu'elle rencontrait dans la rue.

Ce fut Adélaïde qui, la première, fit la connaissance de Sally Emerson. Pour Pâques, on devait jouer *Aglavaine et Selizette* à l'église, au cours d'une fête de charité, sous la direction de Miss Rodgers, professeur de français à l'école du docteur Grant. Cette dernière leur conseilla de consulter Madame Philip Payne Emerson au sujet des décors et des costumes parce qu'elle avait déjà vu jouer cette pièce en Europe. De plus, si Madame Emerson s'intéressait à cette représentation tout marcherait bien parce que tout ce à quoi Sally Emerson s'intéressait réussissait infailliblement. Un matin, devant ses filles, tout pétillantes d'excitation, le docteur Hutchins téléphona à Madame Emerson pour lui demander si elle pourrait recevoir Adélaïde qui désirait lui demander des conseils au sujet d'une représentation théâtrale d'amateurs. Le lendemain la famille était déjà à table quand Adélaïde revint, les yeux brillants. Elle ne dit pas grand-chose, sinon que Madame Philip Payne Emerson connaissait personnellement Maeterlink et qu'elle viendrait prendre le thé à la maison. Adélaïde répétait sans cesse : « Je n'ai jamais vu une femme aussi distinguée ! »

La représentation d'*Aglavaine et Selizette* n'eut pas le succès que les demoiselles Hutchins et Miss Rodgers escomptaient. Mais tout le monde admira les décors et les costumes dessinés par Evelyne, qui dénotaient de réelles dispositions. Peu après, un matin, Evelyne reçut un message de Madame Emerson l'invitant à déjeuner pour le jour-même. Elle l'invitait seule ; Adélaïde et Marguerite en étaient si jalouses qu'elles ne voulaient plus lui parler. Mais à la dernière minute Adélaïde lui prêta quand même un chapeau et Marguerite un petit tour de cou en fourrure pour qu'elle ne fît pas honte à sa famille et à ses sœurs. Evelyne était émue en se mettant en route par ce matin froid et brumeux. Elle arriva en grelottant devant la maison des Emerson. On l'introduisit dans un petit boudoir-cabinet-de-toilette où elle vit des brosses de toutes sortes, des peignes, des petits pots d'argent contenant de la poudre et même du rouge, des flacons pleins de parfums et de lotions violettes, vertes, roses ; on l'y laissa seule pour qu'elle se débarrassât de son manteau et de son chapeau. Quand elle se regarda dans le grand miroir, elle faillit éclater en sanglots parce qu'elle trouvait sa figure ronde comme la pleine lune et sa robe également horribles. Le tour de cou de renard lui parut être la seule chose élégante qu'elle portât aussi le garda-t-elle pour monter au salon situé à l'étage au-dessus et dont le tapis épais lui sembla merveilleux de même que les fenêtres à la française à travers lesquelles le soleil entrait à flots, et le grand piano de bois noir et vernis. Sur toutes les tables il y avait des fleurs et des livres, contenant des reproductions de tableaux, édités en France et en Allemagne. Vues de ces fenêtres, garnies de rideaux de dentelle ocrée, les maisons de Chicago paraissaient plus petites, comme si elles s'aplatissaient sous le vent. Le pâle soleil d'hiver avait quelque chose de charmant, et le monde entier prenait des allures nouvelles. Un fumet de tabac cher se mêlait à l'odeur des fleurs.

Sally Emerson entra, une cigarette à la main, et dit : « Excusez-moi, ma chère », puis elle expliqua qu'une affreuse femme l'avait crucifiée à son téléphone pendant une demi-heure, comme un papillon épinglé sur un morceau de liège. Elles déjeunèrent ensemble sur une petite table qu'un vieux serviteur de couleur apporta toute prête. Madame Emerson traita Evelyne comme une grande personne et lui servit même un verre de porto dont Evelyne osa à peine boire une petite gorgée mais qu'elle trouva délicieux ; le déjeuner lui parut merveilleux. Il y avait de la crème ou du fromage râpé sur tous les plats. Et elle aurait mangé beaucoup plus si elle n'avait pas été aussi intimidée. Sally Emerson la complimenta au sujet des costumes et des décors qu'elle avait dessinés pour la représentation et lui conseilla de ne pas abandonner la peinture. Elle lui dit qu'à Chicago, comme ailleurs, il y avait bien des gens qui ne manquaient pas de dons naturels, mais ce qui faisait défaut, c'était le milieu, vous comprenez, l'atmosphère, ma chère, parce que les notables étaient tous des méchants au crâne épais. C'est pourquoi ceux qui aimaient les arts devaient se rassembler pour créer une ambiance favorable. Puis elle parla de Mary Garden, de Paris et de Debussy. En rentrant chez elle, Evelyne avait la tête chavirée, pleine de grands noms, de tableaux, de dessins, de bribes d'opéra, d'odeurs de fleurs rares mêlées à celle des cigarettes et des gratins au fromage. A la maison tout lui parut si médiocre, nu et laid, qu'elle se mit à pleurer et ne répondit à aucune des questions que lui posèrent ses sœurs, ce qui les rendit encore plus furieusement jalouses.

En juin, quand l'année scolaire toucha à sa fin, les enfants allèrent tous à Santa Fe voir leur mère que le climat du Nouveau-Mexique déprimait affreusement avec son soleil trop chaud, sur collines nues, sèches et poussiéreuses. Elle se consolait en lisant des ouvrages de théosophie et ne parlait que de Dieu, des Peaux-Rouges et des Mexicains dont elle jugeait l'âme admirable. Tous ses discours mettaient les enfants mal à l'aise. Cet été-là Evelyne lut beaucoup Scott, Thackeray, W. J. Locke et Dumas et rechigna quand il s'agissait de sortir. Elle trouva un vieil exemplaire de *Trilby* dans la maison, elle le lut trois fois de suite d'un bout à l'autre. Dès lors, elle préféra les illustrations de Du Maurier aux images représentant des chevaliers ou des dames du temps jadis.

Parfois, elle s'arrêtait de lire et restait allongée sur le dos rêvant de longues histoires dans lesquelles sa vie se confondait avec celle de Sally Emerson. La plupart du temps elle se sentait mal à l'aise, obsédée par des idées horribles au sujet du corps humain, ce qui lui donnait la nausée. Adélaïde et Marguerite lui expliquèrent ce qu'elle devait faire chaque mois, mais elle n'osa pas leur avouer combien elle trouvait cela abominable et combien elle en souffrait moralement. Elle lut la Bible et chercha dans les dictionnaires et les encyclopédies des mots tels qu'utérus. Enfin, un soir, comprenant qu'elle ne pouvait supporter l'existence, elle fouilla dans le petit placard à pharmacie de la salle de bains, s'empara d'une bouteille marquée POISON et qui contenait une potion au laudanum. Pourtant, avant de mourir, elle résolut d'écrire un long poème musical et *traurig.* Mais les rimes vinrent difficilement et elle s'endormit le front sur la feuille de papier. Elle se réveilla à l'aube et se trouva toute ratatinée, les membres raides sur sa table, auprès de la fenêtre, vêtue d'une fine chemise de nuit. Elle se glissa dans le lit en grelottant, mais elle se promit de garder le flacon et de se tuer si jamais la vie devenait trop répugnante. Cette résolution lui fit du bien.

Ce même automne, Marguerite et Adélaïde allèrent au collège Vassar. Evelyne aurait bien voulu les accompagner sur la côte Est, mais tout le monde la trouvait trop jeune bien qu'elle eût passé des examens qui lui permettaient d'entrer dans une université. Elle resta à Chicago, s'inscrivit à des cours d'histoire de l'art, suivit des conférences artistiques de toutes sortes, et s'occupa de bonnes œuvres. Ce fut un hiver sans joie. Les jeunes gens et les jeunes filles qui fréquentaient l'église étaient trop guindés et conventionnels. Evelyne détestait les soirées en famille et les discours pompeux que son père prononçait sans cesse pour un oui, pour un non, dans le style du poète

Emerson. Sa seule distraction était le cours de dessin qu'Eric Egstrom donnait chaque soir à Hule House. Souvent, elle l'apercevait devant chez lui, appuyé contre la porte et fumant la cigarette. Il ressemblait alors à un Viking malgré sa blouse grise souillée de peinture. Elle s'arrêtait parfois pour fumer une cigarette avec lui en parlant de Manet et des innombrables meules de paille qu'on trouvait sur les tableaux de Claude Monet. Durant ces conversations, Evelyne se désolait parce qu'elle se sentait sotte et peu intéressante et aussi parce qu'elle craignait que quelqu'un ne la surprît en train de fumer en compagnie d'un homme. Miss Mathilda la trouvait trop rêveuse, jugeait que c'était mauvais pour une jeune fille et entreprit de lui apprendre à coudre.

Evelyne partageait son temps entre l'Institut Artistique et les bords du lac où elle essayait de peindre des paysages colorés comme ceux de Whistler mais en y ajoutant la richesse et la lumière de Millet. Eric ne l'aimait pas, sinon il ne se montrerait pas aussi amical et distant avec elle. Evelyne comprit que sa vie finissait sur ce grand amour et qu'elle devait désormais se consacrer à l'art. Alors, elle releva ses cheveux et les porta noués sur la nuque en catogan. Ses sœurs trouvèrent que ça ne lui allait pas et elle répondit que c'était précisément pour cela qu'elle le faisait.

Elle rencontra Eleanor Stoddart à l'Institut Artistique. Elles se lièrent aussitôt d'amitié. Evelyne portait ce jour-là un chapeau gris tout neuf qui ressemblait, croyait-elle, à quelque chose qu'elle avait vu sur un portrait peint par Manet, et elle entra en conversation avec cette jeune fille si intéressante. Elle revint chez elle tout agitée par cette rencontre et écrivit aussitôt à George, alors en pension, pour lui expliquer qu'elle venait de rencontrer une jeune fille qui comprenait réellement la peinture et avec qui on pouvait parler de ces choses. De plus, elle gagnait sa vie, travaillait pour assurer son indépendance et elle était si spirituelle ! Après tout, puisque les joies de l'amour lui étaient refusées, Evelyne avait bien le droit de vivre une belle amitié.

Désormais la vie à Chicago lui plut tellement qu'elle fut déçue quand vint le moment de partir pour l'Europe (depuis de nombreuses années le docteur Hutchins projetait de passer un an à l'étranger). Mais quand elle se trouva à New York pour embarquer sur *La Baltique*, la joie de faire des étiquettes pour ses bagages et l'étrange odeur des salles d'attente et des cabines du bord effacèrent tous ses souvenirs. La traversée fut assez dure, le bateau roulait beaucoup, mais les Hutchins étaient admis à la table du commandant. Cet Anglais jovial leur remontait si bien le moral qu'ils ne manquaient jamais un repas. Ils débarquèrent à Liverpool avec vingt-trois malles et valises mais, dans le train entre Liverpool et Londres, ils perdirent le petit baluchon qui contenait la trousse de pharmacie. Ils passèrent toute la matinée au Bureau des Objets Perdus et Trouvés de la gare de Saint-Pancras où on leur rendit le baluchon. A Londres, le brouillard était épais. George et Evelyne allèrent voir les marbres d'Elgin, visitèrent la Tour de Londres, déjeunèrent dans les restaurants ABC et s'amusèrent énormément dans le métro. La famille Hutchins ne passa que huit jours à Paris, et papa redevenu momentanément Votrepère leur fit visiter Notre-Dame et les emmena jusqu'à Reims, Beauvais et Chartres. Vitraux étincelants, odeur d'encens, vieilles pierres, gigantesques statues aux longs visages, donnèrent à Evelyne l'envie de se convertir au catholicisme. Ils réservèrent un compartiment de première classe pour aller jusqu'à Florence et emportèrent un panier contenant du poulet froid et beaucoup de bouteilles de saint-galmier. Ils firent le thé sur un petit réchaud à alcool.

A Florence, ils logèrent dans une villa glaciale ; il pleuvait tout le temps et les trois sœurs se disputèrent beaucoup. Florence semblait n'être peuplée que de vieilles dames anglaises. Evelyne profita de son séjour pour dessiner d'après nature et lut Gordon Craig. Elle ne fréquentait pas les jeunes gens et détestait les Italiens qui tournaient autour de ses sœurs croyant qu'il s'agissait de riches héritières ; tous leurs noms paraissaient empruntés aux ouvrages de Dante. En fin de compte, elle préféra rentrer avec sa mère un peu plus tôt que le reste de la famille qui poussait jusqu'en Grèce. Elles s'embarquèrent toutes deux à Anvers sur le *Kroonland.* Evelyne n'avait jamais été aussi ravie qu'au moment où le pont oscilla sous ses pieds et où le navire s'éloigna du quai en sifflant d'une manière assourdissante.

Le premier soir, sa mère ne descendit pas dans la salle à manger et Evelyne fut un peu embarrassée en se dirigeant toute seule vers sa table. Elle s'assit et commença à manger le potage avant de remarquer que le jeune homme qui dînait en face d'elle était américain et assez beau garçon. Il avait les yeux bleus, les cheveux blonds, courts et mal peignés. Il s'appelait Dirk McArthur et venait de passer l'année à l'université de Munich qu'il quittait pour éviter d'en être chassé. Evelyne et lui se plurent aussitôt et se crurent propriétaires du bateau à eux seuls. C'était au mois d'avril par fort beau temps. Ils jouèrent aux palets et au tennis-de-pont avec des petites couronnes de caoutchouc et passèrent de nombreuses heures sur la proue à regarder les longues vagues de l'Atlantique rouler devant eux et s'ouvrir sous l'étrave.

Par une nuit très claire, alors que la lune plongeait vers l'Ouest à travers des petits nuages rapides, et que le *Kroonland* tanguait sur des vagues plus grosses qu'à l'ordinaire, ils montèrent tous deux jusqu'au poste de vigie. Ce fut une aventure. Evelyne ne voulait pas avouer qu'elle avait peur. Personne n'était de garde à cette heure-là et ils se trouvèrent seuls dans la petite guérite de toile qui empestait la pipe de matelot. Evelyne était mal à l'aise et, quand il la prit par le cou, elle eut le vertige. Elle pensa qu'elle avait tort de le laisser faire, mais déjà il disait d'une voix haletante : « Vous êtes une chic fille, Evelyne, je n'avais jamais rencontré une jolie fille aussi chic que vous. » Sans savoir pourquoi elle se tourna vers lui, leurs joues se touchèrent, leurs lèvres se joignirent. Il l'embrassa à pleine bouche. Elle le repoussa brutalement.

« Eh, dites donc ! vous allez me jeter par-dessus bord ! dit-il en riant. Allons, Evelyne, donnez-moi un tout petit baiser pour me montrer que vous n'êtes pas fâchée. Nous sommes seuls, cette nuit, sur l'immense Atlantique. »

Elle l'embrassa timidement sur le menton. « Ecoutez, Evelyne, vous me plaisez tant ! Vous êtes une fille épatante. » Elle sourit et tout à coup il la reprit dans ses bras. Elle sentit les jambes de Dirk le long des siennes et ses mains qui lui pressaient le dos. Avec ses lèvres, il essayait d'entrouvrir celles d'Evelyne. Elle retira sa bouche et dit d'une petite voix grinçante qui l'étonna : « Non, non, je vous en prie, ne faites pas ça.

— Ça va, excusez-moi... Foi d'honnête Indien, je ne jouerai plus l'homme des cavernes, Evelyne. Mais n'oubliez pas que vous êtes la fille la plus séduisante du bateau... ou plutôt du monde entier... et vous savez l'effet que ça fait aux hommes. »

Il descendit le premier. Quand elle se glissa à travers le trou du chat percé dans le plancher du poste de vigie, le vertige la saisit et elle faillit tomber. Il la serra dans ses bras. « Ce n'est rien, ma petite fille, dit-il. Votre pied a glissé mais je vous soutiens. »

Affolée, elle ne parvenait à remuer ni bras ni jambes et répétait d'une voix dolente : « Ne me lâchez pas, Dirk, ne me lâchez pas. »

Arrivé sur le pont, au pied de l'échelle, Dirk s'appuya au mât, souffla fortement et dit : « Bigre, vous m'avez fait peur, jeune dame !

— J'en suis désolée, répondit-elle. J'ai été stupide, je me suis conduite comme une gamine... Je crois même que j'ai perdu connaissance pendant un instant.

— Je n'aurais pas dû vous emmener là-haut.

— Non, je suis enchantée d'y être montée », dit Evelyne. Puis elle se sentit rougir, s'enfuit vers le pont inférieur et courut jusqu'à sa cabine où elle inventa une histoire pour expliquer à sa mère comment elle avait déchiré son bas.

Cette nuit-là elle ne parvint pas à dormir. Allongée sur sa couchette, les yeux grand ouverts, elle écoutait le halètement lointain des machines, les grincements du navire et le chuintement de la mer le long de la coque. Elle sentait encore contre sa joue celle de Dirk et croyait être encore dans ses bras aux muscles puissants. Elle découvrit alors qu'elle était amoureuse et souhaita qu'il la demandât en mariage.

Mais le lendemain matin, elle fut très flattée quand le Juge Ganch, un célèbre juriste de Salt Lake City, au visage rouge et aux manières affables, s'assit auprès d'elle sur le pont et lui parla pendant plus d'une heure de ses débuts dans l'Ouest, de son mariage qui avait mal fini, de politique, de Teddy Roosevelt et du Parti Progressiste. Elle aurait préféré être avec Dirk, mais elle fut sûre d'être belle et se sentit tout excitée quand Dirk tordit le nez en la voyant faire semblant d'écouter les histoires du juge Ganch. Elle aurait voulu que la traversée ne finît jamais.

De retour à Chicago, elle revit souvent Dirk McArthur. Il l'embrassait quand il la ramenait devant chez elle, il la serrait très fort en dansant, et parfois il la tenait par la main en lui disant qu'elle était ravissante. Mais il ne parla jamais de mariage. Une fois, elle rencontra Sally Emerson à un bal où elle était allée avec Dirk et dut lui avouer qu'elle ne peignait plus. Sally Emerson parut si déçue qu'Evelyne en eut honte et se mit à parler à toute vitesse de Gordon Craig et d'une exposition de Matisse qu'elle avait vue à Paris. Sally Emerson quittait le bal à ce moment-là, et un jeune homme attendait Evelyne pour danser avec elle. Sally Emerson tendit la main en disant : « N'oubliez pas, Evelyne, que nous fondons de grands espoirs sur vous. » Tout en dansant, Evelyne se rappela ce que représentait Sally Emerson et combien elle admirait cette femme naguère. Mais en retournant chez elle, dans l'auto de Dirk, elle oublia toutes ces idées à la lueur des phares qui perçaient la nuit devant eux. Les reprises souples de la voiture dans les côtes, les ronronnements du moteur, le bras de Dirk sur ses épaules et tout son poids qui pesait sur elle dans les virages la chaviraient. La nuit était chaude. Ils roulèrent vers l'ouest à travers des faubourgs semblables les uns aux autres et qui n'en finissaient pas. Puis ils atteignirent la plaine. Evelyne se disait qu'elle avait tort et qu'elle devrait retourner chez elle : toute la famille était revenue d'Europe et on remarquerait à quelle heure elle rentrait. Lorsqu'il arrêta la voiture, elle vit qu'il était très saoûl. Il sortit un flacon de sa poche et lui offrit à boire. Elle refusa d'un signe de tête. Ils se trouvaient devant une grange toute blanche sur laquelle les phares se réfléchissaient et Dirk, avec son plastron blanc, son visage pâle et ses cheveux blonds emmêlés, paraissait livide. « Vous ne m'aimez pas, Dirk, dit-elle.

— Mais si, je vous aime plus que tout au monde... sauf moi... Voilà mon défaut... Je me préfère à tout le monde. »

Elle lui passa la main dans les cheveux en disant : « Vous êtes un peu sot, n'est-ce pas, Dirk ?

— Ouch ! » dit-il.

Il se mit à pleuvoir. Dirk fit demi-tour et ils retournèrent vers Chicago.

Evelyne ne reconnut jamais l'endroit où ils avaient capoté. Elle se retrouva rampant sous la voiture et sa robe était gâchée. Elle n'était pas blessée, mais trempée jusqu'aux os. La pluie tombait comme des lames fines et dorées devant les phares des voitures arrêtées autour d'eux. Dirk s'était assis sur le garde-boue de l'une d'elles. « Ça va, Evelyne ? demanda-t-il d'une voix mal assurée.

— Oui, sauf que ma robe est perdue », dit-elle.

Il saignait, le front largement entaillé, et croisait les bras bien serrés devant lui comme s'il avait froid. Alors tout prit des allures de cauchemar ; il fallut téléphoner à papa, conduire Dirk à l'hôpital, échapper aux reporters, aller voir Monsieur McArthur pour qu'il s'efforçât d'empêcher les journaux d'imprimer le nom de son fils et celui de Mademoiselle Hutchins. Elle arriva chez elle à huit heures du matin, par une belle journée de printemps, portant par-dessus sa robe gâtée l'imperméable qu'une infirmière lui avait prêté à l'hôpital. Toute la famille était à table. Personne ne dit rien. Puis, papa se leva, s'avança la serviette à la main : « Ma chère, je ne te parlerai pas de ta conduite tout de suite, je ne te dirai rien non plus du chagrin et de l'humiliation que tu nous infliges à tous... je me contenterai de dire que tu méritais de te blesser sérieusement au cours d'une telle escapade. Monte et repose-toi... si tu le peux. » Evelyne grimpa jusqu'à sa chambre, ferma la porte à double tour et se jeta sur son lit en sanglotant.

Dès que ce fut possible, sa mère et ses sœurs l'envoyèrent à Santa Fé. Il faisait chaud, la poussière l'écœurait et elle s'ennuyait à mourir. Elle ne pensait qu'à Dirk. Elle se mit à défendre l'amour libre et passa des heures entières sur son lit à lire Swinburne, Laurence Hope, et à rêver que Dirk était auprès d'elle. Elle en arrivait à un tel point d'exaltation qu'elle sentait les doigts durs et insistants du jeune homme sur ses reins, et sa bouche comme lorsqu'ils se trouvaient tous les deux dans le poste de vigie du *Kroonland.* Elle accueillit avec soulagement une scarlatine qui lui fit passer huit semaines à l'hôpital dans le pavillon des isolés. Tout le monde lui envoya des fleurs, elle lut beaucoup de livres d'art et d'autres sur la décoration des intérieurs. Pendant sa convalescence, elle fit des aquarelles.

En octobre, Evelyne retourna à Chicago pour le mariage d'Adélaïde. Elle paraissait alors plus mûre et elle était encore pâle. « Ma chérie, s'exclama Eleanor Stoddart en l'embrassant, tu es devenue d'une distinction stupéfiante ! » Elle n'avait qu'une idée en tête : revoir Dirk et en finir. Elle ne le revit qu'au bout d'un certain temps, parce que papa lui avait téléphoné pour lui interdire de revenir à la maison. Ils commencèrent par se disputer au téléphone puis se rencontrèrent dans le vestibule de l'hôtel Drake. Au premier coup d'œil, elle comprit que Dirk avait continué à boire depuis qu'elle l'avait quitté. Il était même un peu soûl ce jour-là, et avait un petit air penaud et gamin qui attendrit Evelyne. « Et comment vont les puits de pétrole du Nouveau Mexique ? s'exclama-t-il en riant. Moche, hein ? Evelyne, vous êtes encore plus belle, vous m'épatez... Dites donc, on donne une fameuse revue en ville : « Les Folies de 1914 », par une troupe de Chicago. J'ai des billets, voulez-vous m'accompagner ?

— D'accord, ce sera très amusant. »

Dirk commanda tout ce qu'il trouvait de plus cher sur la carte et surtout du champagne. Elle avait la gorge serrée et se décida à parler avant d'avoir trop bu. « Dirk... je ne me conduis peut-être pas d'une manière convenable, mais cette situation est impossible... Au printemps dernier, j'ai cru que vous m'aimiez... vos manières me le laissaient croire... Eh bien, maintenant, qu'en pensez-vous ? J'ai besoin de le savoir. »

Dirk posa son verre, rougit, poussa un profond soupir et répondit : « Evelyne, vous savez que je ne suis pas type à me marier. Mon genre, c'est plutôt : on-se-prend-on-se-quitte. Je n'y peux rien, je suis comme ça...

— Ça ne veut pas dire que je vous demande de m'épouser », répondit-elle d'une voix aiguë. Puis elle ricana et ajouta : « Je ne vous demande pas de faire de moi une honnête femme. En tout cas il n'y a pas de raisons... » Elle rit de nouveau, mais cette fois d'un ton plus naturel en disant : « Oublions tout ça, je ne vous tracasserai plus à ce sujet.

— Vous êtes une chic fille, Evelyne. J'ai toujours su que vous étiez une chic fille. »

Au théâtre, en avançant le long de la travée, il était si soûl qu'elle fut obligée de le tenir par le coude pour l'empêcher de tituber. La musique, les décors de couleurs criardes, les chorus girls sautillant et gesticulant de tous leurs membres, la faisaient souffrir comme si tout cela l'atteignait sur une blessure à vif, ou sur un abcès dentaire. Dirk n'arrêtait pas de pérorer. « Vous voyez cette fille... la seconde en partant de la gauche, sur le rang de derrière, c'est Queenie Frothingham... Vous me comprenez, Evelyne... mais je dois vous dire une chose : ce n'est jamais moi qui ai fait faire le premier faux pas à une jeune fille... Je n'ai pas de reproches à me faire... » L'ouvreur s'approcha d'eux et leur demanda de parler moins fort parce qu'ils gênaient les autres spectateurs. Dirk lui donna un dollar et promit d'être muet comme une souris, une petite souris muette. Et tout à coup, il s'endormit.

A la fin du premier acte, Evelyne rentra chez elle parce que le docteur lui avait conseillé de ne pas se fatiguer. Il insista pour la reconduire jusqu'à sa porte en taxi et retourna au théâtre voir la fin du spectacle et... Queenie. Evelyne passa la nuit devant sa fenêtre et s'endormit sans même se coucher. Le lendemain matin elle descendit déjeuner la première. Quand papa arriva elle lui dit tout cru qu'elle était décidée à travailler et lui demanda mille dollars pour se lancer dans la décoration d'intérieurs.

Pour monter cette affaire de décoration, elle s'associa avec Eleanor Stoddart. Mais bientôt Evelyne comprit qu'elle ne gagnerait pas autant d'argent qu'elle l'avait cru, à Chicago tout au moins. Et Eleanor se révéla assez tracassière dans l'ensemble. Mais elles rencontraient des gens très intéressants, étaient invitées partout, aux premières et aux vernissages. Sally Emerson veillait à les faire connaître dans les milieux d'avant-garde de la ville. Eleanor reprochait à Evelyne de fréquenter des jeunes gens si pauvres qu'ils représentaient un passif plutôt qu'un actif pour les affaires. Evelyne avait grande confiance en eux et croyait qu'ils perceraient. Ainsi, quand Freddy Seargeant qui les avait beaucoup ennuyées et à qui elle avait souvent prêté de l'argent, réussit à faire représenter *Tess of the d'Ubervilles* à New York, Evelyne en fut si heureuse qu'elle faillit tomber amoureuse de lui. Quant à lui, Freddy, il était très épris d'Evelyne, mais elle ne savait que décider à son sujet. C'était un gentil garçon ; il lui plaisait beaucoup ; pourtant elle ne pouvait se résoudre à l'épouser, et se demandait si ce ne serait pas sa première liaison quoique Freddy ne l'emballât guère.

A l'occasion de la première, elle alla à New York. Elle aimait passer la soirée au Café Brevoort à boire du vin du Rhin et de l'eau de Seltz et à bavarder très tard avec Freddy parmi des gens aux conversations passionnantes. Assise en face de lui, Evelyne le regardait à travers les volutes que décrivaient les fumées de cigarette. Elle se demandait s'il deviendrait son amant. C'était un homme grand et mince, âgé d'une trentaine d'années, au visage long et pâle ; ses cheveux noirs et épais étaient striés de mèches blanches. Il prononçait l' « a » large d'une manière distinguée et plutôt littéraire, de sorte que la plupart des gens croyaient qu'il venait de Boston et qu'il appartenait à la famille Seargeant de Back Bay.

Un soir, tout en parlant des destinées du théâtre américain, ils se mirent incidemment à faire des projets. S'ils parvenaient à trouver des commanditaires, ils fonderaient un théâtre dont le répertoire serait consacré aux œuvres américaines. Ainsi Freddy deviendrait le Stanislavsky américain et elle la Lady Gregory des Etats-Unis, peut-être même la Bakst américaine. Quand le café ferma, elle lui dit de monter la rejoindre dans sa chambre en passant par un autre escalier. L'idée de se trouver seule dans une chambre d'hôtel avec un jeune homme la troublait et elle se demandait ce qu'en penserait Eleanor si elle l'apprenait.

Ils fumèrent des cigarettes et parlèrent distraitement de théâtre. Enfin, Freddy la prit par la taille, l'embrassa et lui demanda de passer la nuit avec elle. Elle se laissa embrasser, mais comme le souvenir de Dirk la hantait, elle lui répondit : « Pas cette nuit, je vous en prie. » Alors, tout contrit, les larmes aux yeux, il la supplia de lui accorder son pardon pour avoir souillé un si bel instant. « Ce n'est pas ça que j'ai voulu dire », répondit-elle. Et elle l'invita à venir prendre son petit déjeuner avec elle le lendemain matin. Freddy parti, elle regretta presque de ne pas l'avoir retenu. Son corps était aussi troublé que lorsque Dirk la prenait dans ses bras et elle avait grande envie de savoir comment c'est quand on fait l'amour. Elle prit un bain froid et se coucha. Elle se proposait de décider dès le lendemain matin, en voyant Freddy, si elle l'aimait ou pas. Mais le lendemain matin elle reçut un télégramme la rappelant à la maison. Son père était très sérieusement atteint de diabète. Freddy l'accompagna jusqu'à la gare. Elle espérait que la séparation lui révélerait son amour, mais il n'en fut rien.

La santé du docteur Hutchins s'améliora. Evelyne l'accompagna jusqu'à Santa Fe où il devait passer sa convalescence. Sa mère était presque toujours malade, Marguerite et Adélaïde mariées toutes deux, George en Europe travaillait pour l'Organisation de Secours à la Belgique, dirigée par E. Hoover [1], Evelyne devait donc s'occuper des vieux parents. Elle passa une année de tristes rêveries dans le Nouveau-Mexique malgré les vastes paysages désolés, les promenades à cheval et le temps qu'elle consacrait à peindre des pénitentes mexicaines et indiennes, à l'aquarelle. Elle dirigeait le ménage, commandait les repas, s'occupait de la maison, faisait des listes pour la blanchisseuse et pestait contre la stupidité des servantes.

Le seul homme dont la présence lui rendait le goût de vivre était José O'Riley. Espagnol, malgré son nom irlandais, jeune, svelte, très brun avec des yeux vert foncé, il s'était marié, on ne sait pourquoi, avec une grosse Mexicaine qui tous les neuf mois mettait au monde un petit enfant brun et braillard. Il gagnait sa vie en bricolant dans la charpente et la menuiserie et parfois en posant comme

1. Il s'agit du Hoover qui devint président des Etats-Unis en 1928.

modèle. Mais c'était un peintre. Un jour, qu'il peignait les portes du garage, Evelyne entra en conversation avec lui et lui demanda de poser pour elle. Il accepta. Elle le crayonna au pastel, mais pendant qu'elle travaillait il se penchait sur son dessin et le critiquait si âprement qu'elle finit par pleurer. Il s'excusa en mauvais anglais, lui dit de ne pas se désoler car elle avait du talent et il offrit de lui apprendre à peindre. Il l'emmena chez lui, dans une cabane mal tenue du quartier mexicain et la présenta à sa femme, Lola, qui regarda Evelyne de ses yeux très noirs effrayés et soupçonneux, pendant que le mari montrait ses tableaux : de grandes fresques peintes sur plâtre qui rappelaient les primitifs italiens. « Vous voyez, je peins des martyrs, dit-il, mais pas des martyrs chrétiens. Je peins les martyrs de la classe ouvrière, exploitée. Lola ne me comprend pas. Elle voulait que je peigne des dames riches comme vous, ce qui me rapporterait beaucoup d'argent. Qu'en pensez-vous ? » Evelyne rougit : elle n'aimait pas être considérée comme une dame riche. Mais les peintures d'O'Riley l'enthousiasmaient. Elle promit de lui faire de la publicité parmi ses amis. Ce jour-là, elle décida qu'elle avait découvert un génie.

Par reconnaissance, O'Riley refusa désormais de se faire payer pour ses séances de pose et pour ses leçons, et il se contenta de lui emprunter des petites sommes d'argent de temps à autre, en ami. Evelyne résolut de devenir sa maîtresse bien avant qu'il commençât à lui faire la cour. Elle craignait de tomber folle si quelque chose ne lui arrivait pas avant peu.

Mais où aller ? telle était la principale difficulté. L'atelier d'Evelyne, situé derrière la maison, n'était pas sûr pour un rendez-vous parce que son père, sa mère ou des amis pouvaient y entrer à l'improviste. Et puis, Santa Fe était une petite ville et les gens remarquaient déjà qu'il venait souvent la voir dans son atelier.

Un soir, en l'absence du chauffeur des Hutchins, ils grimpèrent dans la chambre de ce dernier, au-dessus du garage. Il y faisait noir comme dans un four, la chambre empestait la vieille pipe et le linge sale. Evelyne constata avec frayeur qu'elle perdait la tête. Comme si elle avait été sous l'influence d'un narcotique. Il fut tout étonné de constater qu'elle était vierge, et aussitôt se montra très doux, très gentil et s'excusa presque. Mais entre ses bras, étendue sur le lit du chauffeur, Evelyne n'éprouva pas l'extase qu'elle espérait; elle avait même vaguement l'impression que ça lui était déjà arrivé. Après, ils restèrent longtemps allongés sur le lit à bavarder tout bas. Il avait changé d'attitude et lui parlait gravement avec indulgence, comme à une enfant. Il lui dit qu'un tel amour devrait éclater en plein air, en plein soleil et que de se rencontrer ainsi en secret, comme des criminels, avait quelque chose de sordide et de dégradant. Il voulait la peindre; l'admirable sveltesse de son corps et ses ravissants petits seins ronds l'inspireraient. Puis il l'examina soigneusement pour voir si sa robe n'était pas tachée et lui dit de courir chez elle et de se mettre au lit. Il lui recommanda aussi de prendre des précautions si elle voulait éviter d'avoir un enfant, quoiqu'il ne lui déplairait pas d'avoir un enfant d'elle, d'autant plus qu'elle était assez riche pour l'élever. Cette idée horrifia Evelyne; parler de ces choses aussi légèrement lui parut grossier et peu délicat.

Pendant tout l'hiver, ils se retrouvèrent deux ou trois fois par semaine dans une baraque abandonnée au bout de la ville, au fond d'un ravin caillouteux. Elle s'y rendait à cheval et il y allait à pied par un chemin différent. Ils appelaient la baraque leur île déserte. Puis, un jour, Lola, fouillant dans les cartons de son mari, découvrit des centaines de dessins représentant tous la même fille nue; elle vint chez les Hutchins, toute frémissante et hurlante, les cheveux tombant devant la figure. Elle cherchait Evelyne en criant qu'elle allait la tuer. Le docteur Hutchins en fut plus frappé que si la foudre était tombée devant lui. Quoiqu'elle fût terriblement effrayée, Evelyne ne perdit pas son sang-froid. Elle avoua à son père qu'elle avait permis à O'Riley de la peindre, mais qu'il n'y avait rien entre eux. Elle lui fit remarquer que cette femme était une pauvre Mexicaine ignorante et sotte qui ne pouvait s'imaginer un homme et une femme seuls dans un studio sans se figurer aussitôt des choses dégoûtantes. Son père la gronda, lui reprocha son imprudence et s'arrangea pour que sa mère n'apprît rien de tout cela. Evelyne revit Pepe une seule fois. Il haussa les épaules, dit qu'il n'y pouvait rien. Il n'abandonnerait pas sa femme et ses enfants qui mourraient de faim sans lui. Pauvre, il était obligé de vivre avec eux. Il lui fallait bien une femme pour faire son ménage et sa cuisine. Il n'avait pas les moyens de s'offrir trop de romanesque et avait besoin de manger comme tout le monde. Lola était une brave femme malgré sa stupidité et sa mauvaise tenue. Il lui avait promis de ne plus revoir Evelyne.

Evelyne fit demi-tour avant même qu'il eût fini de parler. Par bonheur elle était venue à cheval et fut heureuse de sauter en selle pour s'en aller.

## L'ŒIL DE LA CAMÉRA 31

*pour faire un divan la photographe a recouvert un matelas dans son studio avec une étoffe de chez Vantine nous sommes assis sur le divan ou bien par terre sur des coussins et un acteur anglais à long cou lit rythmiquement le Cantique des Cantiques*

*la photographe danse rythmiquement le Cantique des Cantiques la poitrine recouverte de plaques métalliques et vêtue d'une culotte en soie*

*la petite fille en rose danse de manière classique avec une flûte de Pan mais la photographe dont les cheveux sont teints au henné danse rythmiquement le Cantique des Cantiques en frémissant du nombril et en faisant retentir son soutien-gorge métallique à la manière orientale*

Reuconfonrtez moi avec des liqueûrrs et des fruits
Car jeu suis mélède d'amur
Sa main goche est sous ma teite et sa droite meu serreu

*au-dessus habite une actricc qui ne se décide pas à prendre sa retraite elle pousse un cri et puis un autre des voleurs des cambrioleurs nom de Dieu on l'attaque nous les hommes nous grimpons les escaliers la pauvre femme a une crise de nerfs Ce n'est pas le bon appartement les escaliers sont pleins de flics dehors s'arrête le panier à salade Ça va les hommes d'un côté les femmes de l'autre mais où sommes-nous ici nom de Dieu ? Les flics entrent par les fenêtres jaillissent de la petite cuisine*

*la photographe aux cheveux teints drapée dans une portière brandit un téléphone pour tenir les flics en respect C'est bien le bureau de Monsieur Wickersham le Procureur de la République ?*

*nous faisions une expérience quelques amis un petit récital de danse une intrusion des plus brutales l'actrice qui habite au-dessus a une crise de nerfs très bien agent parlez au Procureur il vous dira qui je suis et qui sont ces amis*

*Les flics disparaissent le panier à salade s'en va en cahotant vers une autre rue l'acteur anglais parle*

*J'ai dû me dominer et ce ne fut qu'à grand-peine que j'ai gardé mon sang-froid le cochon je suis terrible quand on me provoque terrible*

*et le Consul de Turquie et son ami qui étaient ici incognito nation belligérante Ministère de la Justice espionnage chasse aux extrémistes germanophiles s'éclipsèrent discrètement. Et nous deux nous dégringolâmes les escaliers quatre à quatre courûmes à travers la ville et prîmes le ferry-boat pour Week Hawken*

*c'était par une nuit de brouillard à couper au couteau les navires aveugles faisaient retentir leurs sirènes autour de l'avant-port*

*debout à la proue du ferry-boat nous parlions fort et nous criions tout en riant et en respirant la brise malodorante de la rivière*

*puis dans les rues calmes de Week Hawken des viaducs incroyablement inclinés s'enfonçaient dans le brouillard*

*EVELYNE HUTCHINS*

Jusqu'à ce qu'elle prît le train pour l'Est, Evelyne craignit de devenir folle. Ses parents ne voulaient pas la laisser partir. Mais elle leur montra un télégramme qu'elle avait elle-même télégraphié à Eleanor de lui envoyer et dans lequel cette dernière lui offrait un bon salaire dans une affaire de décoration à New York. Elle leur démontra que c'était une occasion inespérée et dont il fallait profiter sur-le-champ. D'ailleurs, comme George venait en permission, ils ne seraient pas entièrement seuls. Elle prit le train avec ravissement ; le bruit, le souffle du vent, le grondement des roues la réjouissaient. Mais, après Saint-Louis, allongée sur sa couchette, elle commença à se tourmenter : elle était certaine d'être enceinte.

La grande gare centrale, si immense, pleine de visages confus qui la regardaient fixement, pendant qu'elle suivait le porteur, l'effraya. Elle craignait de s'évanouir avant d'avoir atteint le taxi. Les cahots de la voiture, les arrêts brusques, le fracas des rues, lui donnèrent le vertige. Elle crut qu'elle avait mal au cœur. Elle prit une tasse de café au Brevoort. Les rayons du soleil passaient à travers les grandes vitres rougeoyantes, une bonne et chaude odeur de restaurant embaumait la salle ; Evelyne se sentit mieux et alla au téléphone pour appeler Eleanor. Une domestique française répondit que **Mademoiselle** dormait encore mais que, dès son réveil, elle lui dirait qui avait téléphoné. Evelyne appela ensuite Freddy. Plein d'enthousiasme, il proposa aussitôt de la rejoindre.

Quand elle revit Freddy, elle eut l'impression de ne l'avoir jamais quitté. Il était en pourparler avec un commanditaire pour des ballets mayas et collaborait vaguement à plusieurs projets de représentations pour lesquels il voulait qu'Evelyne dessinât décors et costumes. Les bruits de guerre contre l'Allemagne l'attristaient ; pacifiste, il préférait aller en prison plutôt qu'à la guerre. Il prévoyait même une révolution. Evelyne lui raconta ses conversations avec José O'Riley dont elle lui parla comme d'un grand artiste et conclut qu'elle était peut-être anarchiste. Freddy s'inquiéta, lui demanda si elle n'était pas amoureuse de cet O'Riley. Elle rougit, sourit, et répondit non. Freddy lui dit qu'elle était encore cent fois plus belle que l'année précédente.

Ils allèrent ensemble voir Eleanor qui habitait une maison d'aspect très coûteux dans un quartier chic. Ils la trouvèrent assise dans son lit, dictant son courrier. Elle était coiffée avec soin et portait un peignoir de satin orné de dentelles et d'hermine. Ils burent du café et mangèrent des petits pains que la bonne Martiniquaise avait cuits elle-même. Eleanor poussa des petits cris de joie en revoyant Evelyne, la trouva très belle, mais fit des mystères au sujet de ses affaires et de sa vie en général. Elle était en passe de devenir un grand personnage dans le monde du théâtre et employait des termes assez grandiloquents tels que « mes conseillers financiers ». Evelyne se demandait quelle était la part de vérité dans tout cela ; pourtant, de toute évidence, les affaires d'Eleanor marchaient bien.

Evelyne voulait lui demander si elle savait quelque chose au sujet de précautions anticonceptionnelles et d'avortement, mais elle ne parvint pas à amener le sujet sur le tapis. Peut-être cela valut-il mieux parce qu'elles se disputèrent aussitôt qu'elles en vinrent à parler de la guerre.

Ce même après-midi, Freddy l'emmena prendre le thé chez une dame d'un certain âge qui habitait dans la Huitième Rue et manifestait des sentiments violemment pacifistes. La maison retentissait du bruit des discussions. Jeunes gens et jeunes femmes se penchaient l'un vers l'autre pour se confier d'importants murmures. Evelyne fit la connaissance d'un jeune homme aux yeux brillants et à l'air hagard qui s'appelait Don Stevens. Freddy la quitta pour aller assister à une répétition et elle resta avec Don Stevens. Puis, ils remarquèrent que tout le monde était parti et qu'ils se trouvaient seuls avec la maîtresse de maison, une grosse dame bouffie et véhémente qu'Evelyne trouva tout simplement assommante. Elle salua et s'en alla. Elle avait à peine atteint le trottoir quand Stevens la rattrapa. Il marchait à grands pas, et traînait son manteau derrière lui. « Où dînez-vous, Evelyne Hutchins ? » demanda-t-il. Evelyne répondit qu'elle n'avait aucun projet. Il l'entraîna dans un restaurant italien de la Troisième Rue, mangea des spaghetti à une vitesse étonnante et but beaucoup de vin rouge. Il la présenta au garçon qui s'appelait Giovanni. « C'est un maximaliste, et moi aussi », expliqua-t-il. Puis, se tournant vers Giovanni, il montra Evelyne en disant : « Cette jeune femme me paraît verser dans l'anarchisme philosophique mais nous y remédierons. »

Don Stevens venait du Dakota méridional. Il y travaillait dans des petits journaux locaux, avant même d'avoir quitté l'école supérieure. Il avait aussi travaillé comme ouvrier agricole dans son pays et s'était bagarré plusieurs fois aux côtés des gars de l'I.W.W. Il montra fièrement sa carte rouge à Evelyne. Il était venu à New York pour collaborer au *Call* (L'Appel, journal du Parti socialiste). Mais il venait de démissionner parce que ces gens-là avaient vraiment les foies trop blancs. Il écrivait aussi dans le *Metropolitan Magazine* et dans *Masses*, et prenait la parole dans les réunions pacifistes. Selon lui, le Chinois le moins veinard de la terre avait plus de chances de s'en tirer que les Etats-Unis d'éviter la guerre. Les Allemands gagnaient ; la classe ouvrière d'Europe ne tarderait pas à se révolter ; la révolution russe n'était que le début d'un immense embrasement social ; les banquiers savaient tout cela, et Wilson aussi. Restait à savoir si les ouvriers de l'Est, les fermiers et les ouvriers agricoles du centre et de l'Ouest se laisseraient embarquer dans une guerre. Toute la presse était vendue ou muselée. Les Morgans feraient faillite si les Etats-Unis n'entraient pas en guerre. « C'est la plus grande conspiration de l'histoire », conclut-il.

Giovanni et Evelyne l'écoutaient bouche bée, retenant leur souffle. Giovanni jetait de temps à autre un regard inquiet autour de lui pour voir si quelque client, attablé dans la salle, n'avait pas des allures de poulet. « Tonnerre de Dieu, Giovanni ! apporte encore une bouteille de vin ! » s'écria Don au milieu d'une longue dissertation sur les investissements de Kuhn Loeb & C° à l'étranger. Puis, tout à coup, il se tourna vers Evelyne, emplit son verre en disant : « Où vous cachiez-vous jusqu'ici ? Voilà longtemps que j'ai besoin d'une charmante fille comme vous. Amusons-nous ce soir. C'est peut-être le dernier bon repas que nous faisons. Avant un mois nous serons sans doute en prison ou collés le long du mur, pas vrai, Giovanni ? »

Giovanni en oublia les autres clients et se fit engueuler par le patron. Evelyne ne pouvait s'empêcher de rire. Don lui demanda pourquoi. Elle répondit qu'elle n'en savait rien mais qu'elle le trouvait très drôle. « Mais, nom de Dieu ! c'est la bataille d'Armaguedon qui commence ! » s'exclama-t-il en agitant la tête. « Et puis, à quoi bon me fatiguer, je n'ai jamais rencontré une femme qui comprenne quoi que ce soit à la politique.

— Mais évidemment, je comprends très bien... Je trouve tout ça terrible et je ne sais que faire.

— Je ne sais que faire ! répéta-t-il méchamment. Et moi non plus, d'ailleurs, je ne sais pas quoi faire. Dois-je continuer à lutter contre la guerre et finir en prison, ou dois-je accepter un poste de correspondant de guerre pour aller voir tout ça de près ? Si quelqu'un me réconfortait, ce ne serait pas pareil... Oh, bon Dieu, partons d'ici. » Il signa l'addition et demanda à Evelyne de lui prêter un demi-dollar pour le pourboire de Giovanni parce qu'il n'avait pas un sou en poche.

Peu après, elle se trouva en train de boire un dernier verre de vin en sa compagnie, dans une petite chambre crasseuse et glaciale au troisième étage d'une maison en bois de Patchin Place. Don lui faisait la cour d'une façon assez pressante. Elle le repoussa en lui disant qu'ils se connaissaient à peine depuis sept heures. Il s'indigna : n'était-ce pas un préjugé bourgeois absurde ? Il convenait qu'elle s'en débarrassât sur-le-champ. Elle lui demanda ce qu'il savait au sujet des pratiques anticonceptionnelles. Alors, Stevens se lança dans un grand discours à la gloire de Margaret Sanger apôtre de la limitation des naissances. Selon lui, le principe de la conception volontaire était la plus belle invention depuis celle du feu. Puis il redevint entreprenant, mais d'une manière assez détachée. Evelyne rit, rougit, et se laissa déshabiller. A trois heures du matin, se sentant faible, coupable et souillée elle se retrouva dans sa chambre au Brevoort. Avant de se mettre au lit, elle prit une dose formidable d'huile de ricin, ne parvint pas à dormir jusqu'au lever du jour et se demanda ce qu'elle pourrait bien raconter à Freddy : elle avait promis de le rejoindre à onze heures du soir pour souper avec lui après la répétition. Elle n'avait plus du tout l'impression d'être enceinte et cette crainte s'évanouit comme un cauchemar.

Pendant tout le printemps, il ne fut question que de projets de représentations théâtrales avec Freddy et de décoration d'intérieurs avec Eleanor, mais rien ne se réalisa. Quand la guerre éclata, Evelyne prit New York en horreur. Des drapeaux apparaissaient à tous les coins de rue et à toutes les fenêtres, on ne voyait partout que des uniformes, tout le monde devenait d'un chauvinisme quasi morbide et on ne parlait que d'espions, cachés sous les lits ou camouflés en pacifistes. Eleanor essayait de se faire embaucher par la Croix-Rouge. Don Stevens s'était engagé dans l'organisation quaker des « Amis ». Freddy prenait chaque matin une nouvelle décision qu'il oubliait chaque soir, et tarda tellement à se décider qu'en fin de compte on le mobilisa. Le mari d'Adélaïde avait trouvé une planque dans les nouveaux services maritimes de Washington. Papa écrivait tous les jours que Wilson était le plus grand Président des Etats-Unis depuis Lincoln. Souvent, Evelyne se demandait si elle perdait la raison tant ceux qui l'entouraient lui semblaient fous. Un jour elle s'en ouvrit à Eleanor qui la rassura d'un air supérieur et lui dit : « J'ai déjà demandé à ce que vous soyez employée dans mon bureau de Paris. Je crois que vous feriez une excellente secrétaire.

— Votre bureau à Paris, ma chère ? »

Eleanor acquiesça d'un signe de tête.

« Peu m'importe quel travail il faudra faire. Mais je serai heureuse de partir », répondit Evelyne.

Eleanor s'embarqua un samedi sur *Le Rochambeau* et, quinze jours plus tard, Evelyne partit sur *La Touraine*, par une chaude soirée d'été. Elle se débarrassa presque brutalement d'Adélaïde, de Marguerite et du mari de cette dernière, Bill, un chef de bataillon qui enseignait l'art de la photographie aux jeunes recrues à Long-Island. L'Amérique tout entière la dégoûtait. Le navire leva l'ancre avec un retard de deux heures durant lesquelles des musiques militaires jouaient *Tipperary*, *Auprès de ma blonde* et *La Madelon*. Le pont était encombré de jeunes gens en uniforme, tous assez soûls. Les petits marins français aux faces de bébé sous leurs pompons rouges échangeaient des cris et des conversations à distance avec un fort accent bordelais. Evelyne arpenta le pont tant que ses pieds purent la porter. Elle se demandait quand le navire partirait. Freddy, arrivé trop tard, agitait les bras au bord du quai et elle craignait que Don Stevens n'apparût à son tour. La vie qu'elle avait menée ces dernières années l'écœurait.

Elle descendit dans sa cabine et commença à lire *Le Feu* de Barbusse que Don lui avait offert. Puis, elle s'endormit. Mais la vieille dame maigre aux cheveux gris qui occupait la même cabine qu'elle se mit à s'agiter et la réveilla. Elle sentit alors la trépidation des machines. « L'heure du dîner est passée », lui dit la dame aux cheveux gris. Cette dame était en réalité une demoiselle et s'appelait Elisa Felton, illustratrice de livres d'enfants. Elle s'en allait en France pour conduire des camions de la Croix-Rouge. Au début, Evelyne la trouva trop assommante. Mais au cours des longues et chaudes journées de traversée, elles sympathisèrent. Miss Felton lui manifestait une amitié débordante, ce qui la gênait, mais elle aimait le bon vin et connaissait bien la France où elle avait vécu plusieurs années. Elle avait notamment étudié la peinture à Fontainebleau au bon vieux temps des impressionnistes. Elle en voulait au Boches à cause de Reims et de Louvain et des pauvres petits enfants belges aux mains coupées. Mais elle n'avait aucune confiance dans les gouvernements démocratiques qui étaient tous entre les mains des hommes. Pour elle, Wilson était un lâche, Clemenceau une vieille brute et Lloyd George rusé et faux comme un renard. Les précautions qu'on prenait contre les sous-marins la faisaient rire. Elle prétendait que les bateaux de la Compagnie Générale Transatlantique Française étaient à l'abri de toute attaque parce que les espions allemands voyageaient à bord. En arrivant à Bordeaux, elle se révéla fort utile.

Au lieu de partir immédiatement pour Paris, comme tous les autres gens de la Croix-Rouge et des organisations de secours, elles passèrent une journée à visiter la ville. Ce fut une soirée magnifique. Les longues files grises de maisons du XVIIIe siècle dans le crépuscule rose de l'été ravissaient Evelyne, de même que les étalages de fleurs, les commerçants polis, les ferronneries aux courbes arrondies. Elles s'offrirent un bon dîner au Chapon Fin.

Malheureusement, la présence d'Elisa Felton écartait les soupirants.

Le lendemain matin, elles prirent le train pour Paris. Evelyne avait peine à retenir ses larmes tant les paysages, les maisons harmonieuses parmi les vignobles et les longues files de hauts peupliers étaient beaux. A toutes les stations on voyait des petits soldats en uniforme bleu pâle, et les employés du réseau, tous âgés et déférents, ressemblaient à des professeurs d'université. Quand le train se glissa furtivement dans le tunnel qui menait à la gare d'Orsay, Evelyne avait la gorge si serrée qu'elle ne pouvait plus parler. C'était comme si elle n'était encore jamais venue à Paris.

« Et maintenant, où allez-vous, chérie ? demanda Miss Felton. Il faudra nous occuper nous-mêmes de nos bagages.

— Eh bien, je crois que je devrais aller me présenter à la Croix-Rouge.

— Je vous assure qu'il est trop tard ce soir.

— Je pourrais téléphoner à mon amie Eleanor.

— Essayer de téléphoner à Paris en temps de guerre ! Mieux vaudrait tenter de réveiller un mort... Le mieux que vous ayez à faire c'est de venir avec moi dans un petit hôtel que je connais sur les quais et d'aller à la Croix-Rouge demain matin. C'est ce que je fais.

— Mais j'ai peur qu'on me renvoie aux Etats-Unis.

— Oh, ma petite ! je les connais ces abrutis, vous pourriez rester des semaines à Paris sans qu'ils s'en aperçoivent. »

Evelyne resta devant la gare auprès des bagages pendant qu'Elisa se débrouillait pour trouver un charreton. Elles y amoncelèrent leurs affaires et le poussèrent jusqu'à l'hôtel, dans les dernières lueurs du crépuscule mauve. Les becs de gaz étaient presque tous éteints et les autres portaient des petit casques, pour qu'on ne les vît pas du haut du ciel. La Seine, les vieux ponts, et la longue masse du Louvre, de l'autre côté de la rivière, prenaient un aspect fantomatique et irréel. Evelyne avait l'impression de marcher dans un tableau de Whistler.

« Pressons-nous si nous voulons trouver quelque chose à manger avant que tout soit fermé. Je vous emmènerai chez Adrienne », dit Miss Felton.

Elles laissèrent leurs bagages à l'Hôtel du quai Voltaire et demandèrent qu'on les portât dans leurs chambres, puis elles s'en allèrent par des petites rues étroites, en zigzag où la nuit tombait rapidement. Elles plongèrent sous la porte d'un petit restaurant juste au moment où le lourd rideau de fer s'abaissait. « Tiens ! **c'est Mademoiselle Elise** », s'écria une femme assise au fond de la salle garnie de lourdes tentures : une petite Française à grosse tête et aux yeux bouffis, qui courut vers elles, étreignit Miss Felton et l'embrassa plusieurs fois. « Je vous présente Miss Hutchins », dit Miss Felton d'une voix sèche. La Française se félicita en mauvais anglais de faire la connaissance d'Evelyne. La manière dont cette femme la regardait gênait Evelyne. Sa grosse figure poudrée posée sur des épaules trop grasses évoquait un œuf sur un plat de gélatine.

Adrienne apporta de la soupe, du veau froid, du pain, et s'excusa longuement de n'avoir ni beurre ni sucre. D'une voix chantante elle se plaignit de la sévérité de la police, des profiteurs qui accaparaient les vivres et de la situation déplorable du front. Puis, subitement, elle s'arrêta et leurs yeux se portèrent tous ensemble sur un écriteau accroché au mur :

« TAISEZ-VOUS, MÉFIEZ-VOUS
LES OREILLES ENNEMIES
VOUS ÉCOUTENT ! »

« Enfin... **c'est la guerre !** » dit Adrienne. Elle s'était assise à côté de Miss Felton dont elle caressait les mains maigres, de ses doigts boudinés cerclés de bagues en toc. Elle leur fit du café et leur offrit des petits verres de cointreau. Elle se pencha vers Evelyne, lui caressa le cou et dit : « **Faut pas s'en faire, hein !** » Puis, elle rejeta la tête en arrière et laissa échapper un long rire hystérique. Le temps passait, Adrienne remplissait sans cesse les petits verres de cointreau et Miss Felton avait l'air un peu soûle. Adrienne continuait à lui caresser les mains. Evelyne, prise de vertige, sentit sa tête tourner. Elle se leva pour rentrer à l'hôtel en prétextant qu'elle avait sommeil et mal à la tête. Les deux autres la supplièrent de rester, mais elle se glissa sous le rideau de fer et sortit.

La lune éclairait la moitié de la rue, et l'autre moitié était plongée dans l'obscurité. Tout à coup, Evelyne se rappela qu'elle ne savait pas l'adresse de l'hôtel, mais elle répugnait à retourner dans cette petite pièce close et trop chaude. Le souvenir d'Adrienne l'horripilait. Elle marcha rapidement en s'appliquant à rester dans la zone de lumière. Le silence, les rares passants aux allures fantomatiques, les hautes maisons aux portes cochères d'un noir d'encre l'effrayaient. Enfin, elle déboucha sur un boulevard. Des hommes et des femmes marchaient dans tous les sens en bavardant et de temps à autre une voiture aux phares bleus roulait silencieusement sur l'asphalte. Soudain, une lointaine sirène poussa un cri de cauchemar ; une autre lui répondit ; puis une autre. Quelque part, perdu dans le ciel, quelque chose bourdonnait doucement comme une abeille. Le bourdonnement croissait et décroissait. Evelyne regarda autour d'elle. Personne ne s'inquiétait, nul ne hâtait le pas.

« **Les avions... les Boches...** » disaient les gens d'une voix tranquille. Elle s'arrêta au bord du trottoir et leva la tête pour regarder le ciel qu'écorchaient les faisceaux des phares. A côté d'elle apparut un officier français au képi furieusement galonné et qui portait de longues moustaches tombantes. Un pétillement de mica éclata dans le ciel. C'était beau et lointain comme un feu d'artifice du Quatre

Juillet. Sans même s'en rendre compte, elle demanda tout haut : « Qu'est-ce que c'est ?

— **C'est le shrapnel, Mademoiselle** », dit le vieil officier en français, et il ajouta en s'appliquant sur chaque mot, mais en prononçant très mal l'anglais : « Ce sont nos canons antiaériens. » Puis il lui offrit le bras et proposa de la reconduire chez elle. Elle remarqua qu'il fleurait fortement le cognac. Mais il se conduisait très gentiment et même paternellement. Il faisait des gestes amusants pour montrer que des tas de choses allaient leur tomber sur la tête. Il voulut l'entraîner à l'abri. Mais elle le supplia de la reconduire jusqu'à son hôtel du Quai Voltaire et avoua qu'elle s'était perdue.

« **Ah, charmant, charmant !** » disait le vieil officier français. Pendant qu'ils parlaient ainsi tous les passants disparurent. Les canons aboyaient de toutes parts, le Français l'emmena le long de petites rues étroites et obscures en l'obligeant à marcher le long du mur. Tout à coup, il la poussa brusquement dans l'encoignure d'une porte, juste avant que quelque chose tombât au bord du trottoir.

« Ce sont des éclats de shrapnell. Pas bon », dit-il en se tapant sur le képi. Il rit, Evelyne rit aussi. Ils s'entendaient à merveille. Peu après, ils débouchèrent sur les quais. Sous les frondaisons des platanes Evelyne se crut plus en sécurité. Arrivé à la porte de l'hôtel, il tendit le doigt vers le ciel et dit : « **Regardez, c'est les Fokkers, ils s'en fichent de nous.** » Pendant qu'il parlait, l'avion allemand tangua au-dessus de leur tête et ses ailes étincelèrent au clair de lune. D'autres apparurent, et pendant une seconde ils virent sept petites libellules argentées qui disparurent aussitôt.

Au même moment, une bombe éclata de l'autre côté du fleuve en éternuant d'une manière déchirante. « Permettez, Mademoiselle », dit le vieil officier. Ils traversèrent le vestibule obscur de l'hôtel et tâtonnèrent le long des escaliers de la cave. Sur la dernière marche, l'officier lâcha la main d'Evelyne et salua gravement un groupe hétéroclite de civils en robe de chambre ; quelques-uns avaient enfilé des manteaux par-dessus leur chemise de nuit et tous se groupaient à la lueur d'une ou deux bougies. L'officier avisa un employé de l'hôtel et lui demanda de servir à boire, mais l'autre répondit : « **Ah, mon Colonel, c'est défendu !** » et le colonel lui répondit d'un petit sourire tordu. Evelyne s'assit sur une espèce de table. Les conversations qu'elle entendait et les explosions lointaines des bombes l'intéressaient tant qu'elle ne sentit pas, tout d'abord, les mains du colonel pressant ses genoux plus qu'il ne convenait. Mais bientôt, ces mains devinrent un problème. Quand l'alerte toucha à sa fin, quelque chose passa dans la rue en faisant un étrange bruit intermédiaire entre le coin-coin du canard et le braiement du bourricot. Evelyne trouva ça si drôle qu'elle éclata de rire. Et comme elle n'arrêtait plus de rire, le colonel ne savait plus que faire d'elle. Enfin, elle lui dit bonsoir et voulut monter dans sa chambre pour dormir. Mais il insista pour l'accompagner. Elle était gênée. Il s'était montré si aimable et si poli qu'elle ne voulait pas lui parler durement et essayait de lui faire comprendre qu'elle avait sommeil et voulait dormir. Il répondait obstinément qu'il voulait se coucher lui aussi. Alors elle lui expliqua qu'elle n'était pas seule mais qu'elle couchait avec une amie. Il demanda aussitôt si l'amie était aussi charmante que Mademoiselle, car, dans ce cas-là, il serait enchanté. Evelyne n'en pouvait plus, elle avait épuisé toutes ses connaissances de langue française et suppliait le ciel de faire apparaître Miss Felton. Elle s'adressa au concierge et essaya de lui faire comprendre qu'elle voulait la clé de sa chambre, mais que **Moncolonel** ne montait pas avec elle. Le concierge comprenait mal ; agacée, Evelyne était sur le point de pleurer quand un jeune Américain, vêtu en civil, la figure toute rouge et le nez retroussé, sortit de l'ombre et, croyant parler un langage fleuri, dit en mauvais français : « **Monsieur, moi frère de Madmosel,** vous ne voyez pas que la petite fille est fatiguée et veut dire **bon-soir.** » Il prit le colonel par le bras et ajouta : « **Vive la France !...** Venez dans ma chambre, nous boirons un coup. » Le colonel bomba le torse, l'air furieux. Sans attendre la suite, Evelyne grimpa dans sa chambre et s'enferma à double tour.

## ACTUALITÉS XXIV

il est difficile de prévoir l'ampleur colossale des emprunts que l'Europe devra émettre pour réparer les dévastations causées par la guerre

UN HOMME SEUL
CAPTURE VINGT-HUIT BOCHES

Les Rumeurs de Paix Commencent à Influencer
le Marché du Fer dans le Sud.

UN PETIT GARS DE LA CAMPAGNE
CAPTURE UN OFFICIER

LES DOMMAGES DE GUERRE SONT FRAUDULEUX
POUR UN TIERS

*Certains sourires me rendent heureux*
*Certains sourires m'attristent*

étudions de nouveau la question des tarifs ; considérons que les Etats-Unis disposent d'une flotte de trois mille navires pour le transport des passagers et des marchandises entre les Etats-Unis et les ports étrangers.

UN CHEF DE BANDE
TUÉ EN PLEINE RUE

*Certains sourires sèchent mes larmes*
*Comme les rayons du soleil boivent la rosée*

*Certains sourires ont un sens secret*
*Les yeux de l'amour seuls en devinent la tendresse*

LES SUFFRAGES DES SOLDATS
DÉCIDENT D'UNE ÉLECTION

considérons maintenant une incidence particulière des lois économiques. Un Etat qui posséderait un tiers du tonnage mondial interviendrait sur les océans d'une manière d'autant plus prépondérante qu'il considérerait avec autant de sérénité le profit que la perte, que l'importance du capital investi ne serait pas, pour lui, un facteur important, qu'il serait à même de construire des navires d'un usage rémunérateur ou non, et surtout qu'il offrirait des tarifs sans aucun rapport avec les lois de l'offre et de la demande ; alors, il est permis de se demander au bout de combien de temps les transports maritimes du monde entier, ruinés, lui tomberaient entre les mains.

LE KROMPRINZ FOUT LE CAMP

*Mais les sourires qui emplissent mon cœur de soleil*
*Sont*
*les*
*sourires*
*que*
*tu*
*m'as*
*offerts*

le fait que l'on parle sans cesse de paix prochaine constitue un facteur d'incertitude, et l'épidémie de grippe espagnole a détourné les paysans des grands centres commerciaux urbains

## L'ŒIL DE LA CAMERA 32

***à quatorze heures précisément** le Boche canonnait ce pont avec la précision bien connue qu'il apporte à ce qu'il fait tant pour l'heure que pour le lieu **à quatorze heures précisément** Dick Norton monocle à l'oeil aligna sa section à quelque distance du pont afin de la remettre aux Services de Santé de l'Armée Américaine.*

*les Commandants du Service de Santé replets et livides dans leurs uniformes neufs avec leurs ceinturons brillants et leurs molletières de cuir bien astiquées*

*ainsi c'était cela outre-mer ainsi c'était cela*

*eh bien eh bien*

*Dick Norton ajusta son monocle et se mit à discourir expliquant qu'il nous avait engagés comme gentilshommes volontaires et qu'il nous disait adieu comme à des gentilshommes volontaires Boum ! la première explosion l'odeur d'amande et l'impression dominicale que donne la route sur laquelle ne passe rien pas un poilu en vue*

*Dick Norton ajusta son monocle aspergés de boue les commandants du Service de Santé sentirent la lyddite mêlée d'un relent de latrines et de troupes entassées*

*Boum ! Boum ! Boum ! comme au Quatre Juillet*

*les éclats chantent nos oreilles sifflent*

*le pont tient le coup et Dick Norton ajustant son monocle tient le coup aussi pérorant au sujet des gentilshommes volontaires du service des ambulances et de la **belle France***

*la voiture du Service de Santé est vide au bord de la route mais où sont les commandants chargés de prendre le commandement*

*et qui devaient faire un discours au nom de l'Armée des U.S.A. ?*

*Le plus lent le plus replet et le plus livide des commandants est encore en vue à quatre pattes ses belles guêtres couvertes de boue il rampe vers un abri et c'est la dernière fois que nous vîmes les commandants du Service de Santé de l'Armée Américaine.*

*et la dernière fois que nous entendîmes parler de gentilshommes et de volontaires*

## GROS BONNETS ET FORTES TÊTES 12

### *UN HEUREUX GUERRIER : THÉODORE ROOSEVELT*

Les Roosevelt étaient installés sur l'île de Manhattan depuis sept générations d'honnêtes gens ; ils possédaient une grande maison en briques dans la 20e Rue, une propriété à Dobbs Ferry, des terrains en ville, un banc à l'église réformée hollandaise, des intérêts, des actions et des obligations ; Manhattan était à eux, leur semblait-il, il leur semblait aussi que l'Amérique leur appartenait. Leur fils,

Théodore,

était un jeune homme malingre qui souffrait de l'asthme, avait mauvaise vue ; ses mains et ses pieds étaient si petits qu'il lui était difficile d'apprendre à boxer ; ses bras aussi étaient très courts ;

son père d'esprit humanitaire à ses heures offrait des réveillons aux petits marchands de journaux, déplorait les conditions d'existence dans les quartiers pauvres East Side et Hell's Kitchen (la cuisine de l'enfer).

Le jeune Théodore avait des poneys, on l'encourageait à se promener dans les bois, à faire du camping à boxer et à apprendre l'escrime (un gentilhomme d'Amérique doit être capable de se défendre) il enseignait la Bible à l'école du dimanche, s'occupait de bonnes œuvres (un gentilhomme d'Amérique doit s'appliquer à aider les malchanceux qui désirent s'élever), il était honnête par droit de naissance ; l'étude de la nature le passionnait il lisait des livres traitant des animaux sauvages, il aimait aussi à chasser ; et devint bon tireur malgré ses lunettes, bon marcheur malgré ses petits pieds et ses jambes trop faibles, monta à cheval convenablement et boxa courageusement en dépit de ses membres courts. Il connut aussi des succès politiques bien qu'il appartînt à une des plus opulentes familles hollandaises de New York.

En 1876, il alla à Cambridge pour faire ses études à l'université Harvard, c'était alors un jeune homme riche, bavard, touche à tout, qui portait des moustaches longues et avait des idées bien arrêtées sur tout ce qui existe sous le soleil.

A Harvard, il circulait en dog-cart, collectionnait les oiseaux empaillés, empaillait lui-même ceux qu'il tuait au cours de ses voyages dans les Adirondacks ; bien qu'il ne bût pas et fût assez cagot, porté à des idées extravagantes sur la réforme de la morale publique, il réussit à s'introduire dans le club des Porcellians, le club Dickey et tous les clubs auxquels il avait droit d'appartenir en qualité de rejeton d'une des plus riches familles hollandaises de New York.

Il disait à ses amis qu'il avait l'intention de consacrer sa vie au service de la société : « Je n'entends pas prêcher la doctrine ignoble du bien-être mais au contraire la doctrine de la vie énergique, de l'effort et du travail, du combat et du labeur. »

Depuis l'âge de onze ans il écrivait abondamment et

remplissait de sa grosse écriture d'impulsif des feuilles volantes des agendas et des calepins sur lesquels il notait tout ce qu'il faisait, pensait et disait ;

comme de juste, il étudia le droit.

Il se maria jeune et s'en fut en Suisse faire l'ascension du Mont Cervin ; la mort prématurée de sa première femme le laissa complètement désemparé. Il s'en alla alors vers les régions incultes du Dakota pour s'établir fermier au bord du Petit-Missouri ;

lors de son retour à Manhattan on l'appelait Teddy, il passait pour un fameux tireur du Far West, un chasseur d'élans coiffé d'un feutre rond capable de prendre des bœufs sauvages au lasso, de combattre l'ours grizzly corps à corps, et qui avait fait fonction de shériff adjoint,

(Les Roosevelt ont des devoirs particuliers envers leur pays ; le Roosevelt doit aider à s'élever ceux qui sont moins chanceux que lui et ceux qui ont abordé plus récemment sur nos côtes)

dans l'Ouest, le shériff adjoint Roosevelt porta sur ses épaules le fardeau de l'homme blanc, aida à arrêter des malfaiteurs : des mauvais gars ; servir l'enthousiasmait.

Durant tout ce temps, il avait écrit, publiant dans les magazines ses aventures et ses histoires de chasse ; dans les réunions politiques, il proclamait ses opinions et répétait ses phrases préférées : *Vie Energique Idéaux Tangibles Gouvernement Equitable, Les hommes qui craignent le travail ou redoutent une guerre légitime, les femmes qui répugnent à la maternité, titubent au seuil de leur condamnation, et il est juste qu'ils disparaissent de la terre où ils sont un objet de mépris pour les Hommes et les Femmes Braves, Forts et animés par un Idéal Elevé.*

T. R. épousa une femme riche et éleva vertueusement sa famille à Sagamore Hill.

Il fit partie de la Chambre des Députés de l'Etat de New York pendant une législature, et accepta d'être nommé par Grover Cleveland, à un poste non rémunéré, celui de Commissaire à la réforme de l'administration civile, fut Commissaire à la réforme de la police new-yorkaise, poursuivit les malfaiteurs, et soutint fermement que ce qui est blanc est blanc et que ce qui est noir est noir,

écrivit une histoire de la guerre navale au cours des hostilités de 1812,

il fut nommé sous-secrétaire d'Etat à la Marine,

et quand *Le Maine* fit explosion [1], il démissionna pour prendre le commandement des Rough Riders (corps francs de cavalerie)

lieutenant-colonel.

Il franchissait son Rubicon : le combat, le drapeau étoilé, la juste cause. On ne cacha pas au public américain les actes de bravoure du colonel. On sut au pays comment, chargeant seul à la tête de ses troupes parmi les balles qui sifflaient il était arrivé au sommet de la colline San Juan et avait dû retourner en arrière pour rallier ses hommes. On sut aussi qu'il avait occasionnellement tiré sur quelque fuyard espagnol.

On n'insista pas sur le fait que l'armée régulière avait déjà gravi la colline de San Juan par l'autre versant, qu'il était d'ailleurs parfaitement inutile de prendre d'assaut la colline San Juan, car Santiago avait déjà capitulé. Ce fut une campagne victorieuse quand même. T. R. en chargeant seul sur les flancs de la colline San Juan conquit le titre de Gouverneur de l'Etat Impérial (surnom de l'Etat de New York) ;

mais après la bataille, volontaires, correspondants de guerre, rédacteurs de magazines, éprouvèrent le mal du pays ;

1. Allusion à l'explosion mystérieuse du navire de guerre *Maine* dans les eaux cubaines le 15 février 1898. Cet événement dont on ignore les causes et dont les Espagnols ne paraissent pas porter la responsabilité fut le prétexte déterminant de la guerre entre l'Amérique et l'Espagne. Avant la fin des hostilités le gouvernement américain reconnut l'innocence des Espagnols dans cette affaire.

Et s'empara de leurs colonies.

ils ne manifestaient guère d'enthousiasme lorsqu'il s'agissait d'attendre sous les tentes en niches à chien la fin des pluies tropicales, de cuire sous le soleil matinal des collines sèches de Cuba fauchés par le paludisme, la dysenterie et craignant toujours la fièvre jaune.

T. R. demanda au Président de rappeler les volontaires et de laisser le sale boulot à l'armée régulière

qui creuserait des tranchées et des égouts combattrait le paludisme, la dysenterie et la fièvre jaune

pour rendre Cuba confortable au Trust du Sucre

et à la National City Bank

De retour au pays, le premier que rencontra T. R. fut Lemuel Quigg envoyé par Platt, le roi des agents électoraux, qui disposait des suffrages ruraux de l'Etat de New York ;

il rencontra aussi Platt, mais il l'oublia par la suite. Tout marchait à merveille. Il écrivit une biographie d'Olivier Cromwell et quelques-uns prétendirent que T. R. ressemblait à son héros. Gouverneur de l'Etat, il se joua de Platt et de ses intrigues (un honnête homme a le droit de manquer de mémoire) ; Platt crut le mettre au rencart en le faisant désigner comme vice-président en 1900 ;

Czolgocz nomma T. R. président [1].

T. R. partit à bride abattue sur les routes détrempées par la pluie depuis Mont Marcy dans les Adirondacks jusqu'au chemin de fer qui l'emmena à Buffalo où se mourait Mac Kinley.

Comme Président

il transporta Sagamore Hill, la riche heureuse et sainte famille américaine, à la Maison Blanche, se promena avec des diplomates étrangers et des gros officiers dans Rock Creek Park où il leur menait une vie impossible : il se

1. Le président Mckinley fut assassiné le 6 septembre 1901 par un certain Mr. Czolgocz.

lançait à travers des buissons de ronces, traversait la rivière en sautant d'une pierre à l'autre, escaladait les berges couvertes de glaise,

il brandissait aussi le Gros Bâton au-dessus des riches malfaiteurs.

C'est lui qui machina la révolution panaméenne grâce à laquelle un fameux tour de passe-passe permit la fusion de la vieille et de la nouvelle compagnies du canal, opération qui permit aux banquiers internationaux de rafler quarante millions de dollars aux épargnants.

mais, le drapeau étoilé flotta sur la Zone du Canal et l'isthme fut percé de bout en bout.

il démolit quelques trusts, invita Booker T. Washington à déjeuner à la Maison-Blanche,

favorisa la création des Parcs Nationaux pour la conservation de la flore et de la faune sauvages.

on lui attribua le Prix Nobel de la Paix pour avoir bâclé la paix de Portsmouth qui mit fin à la guerre russo-japonaise.

Il envoya la Flotte de l'Atlantique faire le tour du monde, afin que chacun vît que les Etats-Unis étaient une puissance de premier rang. Après avoir été réélu, il laissa la présidence à Taft, confiant à ce juriste éléphantesque le soin de verser l'huile judiciaire sur la rancœur des maîtres de la finance, tâche qui lui allait à merveille.

et T. R. s'en fut chasser le grand fauve en Afrique.

C'était épatant.

Chaque fois qu'un lion ou un éléphant s'écroulait en écrasant les broussailles dans la jungle, sous le coup d'une balle explosive bien placée

l'événement figurait en manchettes sur les journaux;

le monde entier apprenait ce qu'il disait

lorsqu'il parlait selle à selle avec le Kaiser

ou lorsqu'il haranguait les nationalistes égyptiens afin de leur enseigner que cette terre appartient aux hommes blancs.

Il alla au Brésil et parcourut le Matto Grosso dans une

pirogue sur les eaux où nagent les piranhas, petits poissons anthropophages

tua des tapirs,

des jaguars,

et quelques échantillons de pécaris à lèvres blanches.

Il franchit les rapides de la Rivière du Doute jusqu'à l'Amazone où il arriva malade, souffrant d'un abcès infectieux de la jambe, étendu sous un dais, dans une pirogue, avec un oiseau-clairon apprivoisé à ses côtés.

De retour aux Etats-Unis, il livra son dernier combat en se présentant comme candidat progressiste à l'Assemblée du Parti Républicain. En 1912, il était champion du Square Deal, portant la croix et la bannière pour la cause des petites gens ; l'Elan mâle[1] jaillit sous le rouleau compresseur de Taft et constitua le Parti Progressiste pour le salut des valeurs morales au Colloseum de Chicago où les délégués se balançaient, larmes aux yeux, en chantant

*En avant, soldats du Christ*
*Marchons comme pour la guerre*

afin de rétablir un gouvernement démocratique.

La Rivière du Doute avait peut-être épuisé un homme de cet âge ; peut-être avait-il perdu son enthousiasme ; l'étoile de T. R. faiblit au cours de la campagne triumvirale. A Duluth, un maniaque lui tira un coup de feu dans la poitrine ; il portait dans sa poche l'épais manuscrit du discours qu'il s'apprêtait à prononcer, ce qui lui sauva la vie. T. R. parla quand même avant qu'on eût extrait la balle de son corps, il entendit les gens applaudir avec angoisse, sentit que les petites gens priaient pour lui en l'écoutant

mais le charme était rompu.

1. Animal qui symbolisa l'éphémère mouvement progressiste, de même que l'âne et l'éléphant sont les totems humoristiques des partis républicains et démocrates.

La vague démocrate submergea le pays, la guerre éclata et les rugissements des obus chargés de lyddite étouffèrent la voix honnête de l'heureux guerrier.

Wilson lui refusa le commandement d'une division, ce n'était plus une guerre d'amateurs (l'armée régulière se rappelait peut-être la conquête de la colline San Juan) il dut se contenter d'écrire des articles de revues et de donner ses fils à la patrie ; l'un d'eux, Quentin, fut tué.

Le monde n'était plus épatant et ne laissait plus de place aux amateurs. Le jour de l'Armistice, personne ne sut que Théodore Roosevelt, heureux guerrier amateur, au sourire joyeux, porté à brandir l'index droit, naturaliste, explorateur, professeur à l'école du dimanche, marqueur de bestiaux, moraliste, politicien, honnête orateur à la mémoire courte toujours prêt à dénoncer les menteurs (le Club des Ananias) et à se battre à coups de polochon avec ses enfants, était transporté à l'hôpital Roosevelt en proie à une crise de rhumatisme infectieux.

Rien n'était plus épatant ;

T. R. avait du cran ;

il souffrit stoïquement, obscurément, se sachant oublié, il supporta cette épreuve aussi courageusement que les portages accablants au temps où il explorait la Rivière du Doute dans la fétide chaleur d'une jungle bourbeuse malgré un abcès infectieux à la jambe,

et il mourut tranquillement au cours de son sommeil

à Sagamore Hill

le 6 janvier 1919

laissant sur les épaules de ses fils

le fardeau de l'homme blanc

## L'ŒIL DE LA CAMÉRA 33

*11 000 filles en carte infestent les rues de Marseille dit le chef de publicité de la Croix-Rouge*

*la Ford cala trois fois dans la rue de Rivoli* à

*Fontainebleau nous prîmes au lit notre café au lait sous la pluie bleue lavande la forêt était d'un rouge jaune et brunnovembre presque douloureux au-delà la route grimpait sur des collines couleurdecolombe l'air sentait la pomme*

*Nevers* **(Dumas nom de Dieu !)** *Athos Porthos et D'Artagnan commandèrent une bisque à l'auberge nous redescendons en sinuant lentement vers Mâcon la Rouge qui sent la lie de vin et la vendange* ***fais ce que voudras saute Bourguignon*** *dans la vallée du Rhône les premiers rayons de soleil couleur de paille frappent la route blanche entre les ombres de peupliers squelettiques à chaque arrêt nous buvons du vin aussi fort que du beefsteack aussi riche que le palais de François Ier et parfumé comme des roses couvertes de rosée nous ne traversâmes pas le fleuve à Lyon où Jean-Jacques dans sa jeunesse languit loin de la verdure les paysages de Provence semblaient jaillir de la Guerre des Gaules et les villes étaient des dictionnaires de racines latines Orange Tarascon Arles où Van Gogh se coupa l'oreille le convoi semblait avoir perdu sa direction nous descendions jouer aux dés dans les estaminets les gars nous descendons vers le Sud pour boire* ***le vin rouge*** *préféré des Papes pour manger de gros repas à l'ail et à l'huile d'olive en route vers le Sud* ***cèpes à la Provençale*** *le vent du Nord glaçait les plaines de Camargue nous poussant vers Marseille où les 11 000 se dandinaient devant les glaces embuées du promenoir de l'Apollo*

*huîtres et vin de cassis petite fille tellement* ***brune tête de lune qui aimait les sports d'hiver*** *et prononçait si mal l'anglais* *à la fin elles étaient toutes pareilles à des distributeurs automatiques, nues comme des statuettes phocéennes alignées les jambes écartées le long des quais crasseux du plus vieux des ports*

*la Riviera presque déserte mais sur chaque colline une église couleur de bonbon piquait son clocher dans le ciel      San Remo Porto Mauricio bleu comme une bouteille d'eau de Seltz sous des nuages couleur de Cinzano      on y boit du VERMOUTH TORINO*

*Savone fut construit pour servir de décor aux Marchands de Venise peints par Véronèse      Ponte Decimo      à Ponte Decimo les ambulances furent garées sur une place baignée de clair de lune parmi les pierres pâles des maisons ouvrières le givre recouvrait tout      dans le petit bar un Auteur-à-Succès nous enseigna à mélanger moitié-moitié le cognac et le marasquin*

Havanuzzerone ?

*on apprit qu'il n'écrivait pas ce qu'il aurait voulu écrire Que peut-on leur dire chez nous au sujet de la guerre ? on apprit qu'il ne voulait pas écrire ce qu'il écrivait et qu'il aurait voulu écrire ce qu'il éprouvait*

*cognac et marasquin      il n'était plus jeune*

*(et ça nous rendait vachement furieux nous qui étions avides de vivre, de voir et de leur dire à tous qu'ils mentaient voir d'autres villes aller à Gênes)*

*buvons encore un coup ? On apprit aussi qu'il aurait souhaité d'être un petit berger brun et nu assis sur une colline et jouant de la flûte en plein soleil*

*par tramway nous arrivâmes facilement à Gênes Gênes la ville nouvelle comme nous n'en avions jamais vu pleine de doges pétrifiés d'escaliers casse-gueule et de lions en marbre au clair de lune*

*Gênes la vieille cité ducale était-elle en feu ? Tous les palais de marbre et les maisons carrées en pierre et les clochers au sommet des collines semblaient brûler du même côté*

*un feu de joie sous la lune*

*les bars étaient pleins d'Anglais des civils trop bien vêtus flânaient sous les portiques au-delà du port sous la lune génoise la mer flambait un membre de l'Intelligence Service de Sa Majesté déclara que c'était un pétrolier yankee qui avait heurté une mine ou qui avait été torpillé pourquoi ne le coulait-on pas ?*

*Gênes les flammes du pétrolier luisent dans tous les yeux Gênes que cherches-tu les flammes ensanglantées sous la lune que cherches-tu à minuit sur le visage des gars et des filles Gênes des questions et des flammes brillent dans leurs yeux*

*à travers les pierres branlantes sous la lune génoise grimpant et descendant les escaliers casse-gueule on se trouve parfois la face tournée vers le port illuminé par le feu de joie qui brûle en mer*

*le chef de publicité de la Croix-Rouge dit que 11 000 filles en carte infestent les rues de Marseille*

*JOË WILLIAMS*

Le voyage fut désastreux. Joë ne digérait pas son échec auprès de Del. Les matelots de ponts étaient tous mabouls. Les machines se détraquaient à chaque instant. Construit comme un fer à repasser *Le Higgimbotham* ne parcourait certains jours pas plus de trente à quarante milles contre des brises très modérées. Joë se consolait en prenant des leçons de boxe avec le second mécanicien, un certain Glen Hardwick, petit bonhomme nerveux, assez bon boxeur, bien qu'il n'eût jamais été professionnel et qu'il eût largement dépassé la quarantaine. Avant d'arriver à Bordeaux, Joë lui donnait déjà du fil à retordre. D'ailleurs, il était plus lourd et avait plus d'allonge et Glen disait que son direct du droit le mènerait loin dans la catégorie des poids légers.

A Bordeaux, le premier fonctionnaire du port qui monta à bord essaya d'embrasser le Capt'aine Perry sur les deux joues. Le Président Wilson venait de déclarer la guerre à l'Allemagne. Dans toute la ville, rien n'était trop bon pour **Les Américains.** Le soir venu, Joë et Glen Hardwick descendirent à terre et se promenèrent ensemble. Les filles de Bordeaux étaient bougrement belles. Le lendemain après-midi, ils en rencontrèrent deux dans un jardin public. Elles n'avaient pas du tout l'air d'être des putains, au contraire, leurs vêtements et leurs manières étaient celles de jeunes filles bien élevées. Mais, que diable, c'était la guerre ! D'abord, Joë se fit des reproches : ne devrait-il pas se conduire mieux maintenant qu'il était marié ? Mais, foutre, Della ne s'était-elle pas refusée ? Qu'est-ce qu'elle pensait ? Le prenait-elle pour un saint de plâtre ? Ils échouèrent dans un petit hôtel que les jeunes filles connaissaient et soupèrent en buvant beaucoup de vin et de champagne, et ils s'amusèrent follement. Joë n'avait jamais été aussi heureux avec une fille. La sienne s'appelait Marceline et le lendemain matin, au réveil, le garçon de l'hôtel leur apporta du café et des petits pains. Ils déjeunèrent ensemble assis côte à côte dans le lit. Joë se mit à pratiquer le français. Elle lui enseigna les formules essentielles : **C'est la Guerre ! On les aura ! Je m'en fiche !** Marceline lui fit promettre de la revoir chaque fois qu'il viendrait à Bordeaux et l'appela **petit lapin.**

Ils ne restèrent que quatre jours à Bordeaux. Puis leur tour arriva d'accoster pour décharger le fret. Pendant ces quatre jours ils burent sans arrêt du vin et du cognac. La nourriture les émerveillait et tout le monde se mettait en quatre pour eux parce que l'Amérique avait déclaré la guerre. Ces quatre jours furent les plus beaux de leur vie.

Au retour, *Le Higgimbotham* prenait tellement l'eau que le vieux Cap'taine Perry en oublia complètement les sous-marins tant il craignait de ne jamais arriver à Halifax. Insuffisamment lesté, le bateau roulait comme une bûche et, même en ajustant le cadre autour de la table, il était impossible d'y faire tenir des assiettes. Par une sale nuit de brouillard, quelque part au Sud du Cap Race Joë était de quart sur le pont, et s'appliquait à tenir son menton dans le col de son suroit quand tout à coup il se trouva projeté à plat ventre. Nul ne sut jamais s'ils avaient heurté une mine ou si on les avait torpillés. Heureusement les canots étaient en bon état et la mer fort plate, sinon, ils auraient tous coulé. Les quatre canots se trouvèrent séparés. *Le Higgimbotham* disparut dans le brouillard et ils ne le virent pas s'enfoncer ; quand ils le perdirent de vue, le pont principal était déjà balayé par des vaguelettes.

Ils avaient froid et ils étaient trempés. Dans le canot de Joë personne ne disait grand-chose. Les rameurs se donnaient un mal de chien pour maintenir la proue face aux lames et chaque vague un peu plus forte que les précédentes les aspergeait d'embruns. Malgré leurs chandails de laine et leurs ceintures de liège, le froid les mordait jusqu'aux os. Enfin, le brouillard se dissipa légèrement. Le jour se levait. Joë aperçut le canot du capitaine et s'efforça de ne plus le perdre de vue. Tard dans l'après-midi, un shooner de pêche qui revenait des bancs en direction de Boston les recueillit.

Quand on le secourut, le vieux Cap'taine Perry était en triste état. Le patron du bateau de pêche fit de son mieux, mais en arrivant à Boston quatre jours plus tard, le Vieux était déjà dans le coma et mourut avant d'avoir atteint l'hôpital. Les docteurs parlèrent de congestion pulmonaire.

Le lendemain matin, Joë et le maître d'équipage se rendirent au bureau de Perkins et Ellerman, Agents Maritimes représentant les armateurs. Ils voulaient se faire payer, eux et l'équipage. Mais on leur expliqua toute une histoire à la godille selon laquelle *Le Higgimbotham* avait changé de propriétaire au milieu de l'océan. Et dans ce mic-mac, un certain spéculateur du nom de Rosenberg l'avait acheté. Plus moyen de mettre la main sur le gars Rosenberg, et la Chase National Bank prétendait avoir des droits sur le navire et les assurances faisaient un foin de tous les diables. L'agent maritime les rassura : on les paierait sûrement parce que Rosenberg avait déposé une caution, mais ça prendrait du temps. « Et qu'est-ce qu'ils espèrent qu'on fera pendant ce temps-là, on va bouffer de l'herbe ? » demanda Joë. L'employé les assura de sa sympathie et leur conseilla de s'adresser directement à Monsieur Rosenberg.

Arrivés sur le trottoir, Joë et le maître d'équipage lâchèrent une longue bordée de jurons, puis le maître d'équipage s'en alla annoncer la nouvelle aux matelots.

C'était par un bel après-midi de juin. Joë ne perdit pas de temps et entreprit aussitôt de visiter les agences maritimes pour embarquer. Fatigué par de vaines démarches, il alla s'asseoir sur un banc, dans un parc et regarda les moineaux voltiger ; les demoiselles de magasin quittaient leur travail en trottant sur leurs hauts talons.

Pendant une quinzaine de jours, Joë erra à travers Boston sans un sou en poche. L'Armée du Salut prit soin des survivants, leur offrit des fayots, de la soupe claire et des cantiques chantés faux ; Joë n'était pas d'humeur à apprécier ça. Il s'affolait à l'idée de retourner voir Del à Norfolk et lui écrivait chaque jour, mais les lettres qu'il recevait en retour étaient vachement froides. Elle s'inquiétait du loyer, avait besoin de vêtements d'été et se demandait ce que diraient ses patrons quand ils apprendraient qu'elle était mariée.

Joë passait une grande partie de son temps dans les parcs publics, soit qu'il errât le long des pelouses, soit qu'il s'assît sur un banc pour rêver. Chaque jour il faisait la tournée complète des agences de navigation pour trouver à s'embarquer. En fin de compte, dégoûté de traîner en ville, il s'embarqua comme quartier-maître sur *Le Calao*, cargo de la Compagnie United Fruit. Il espérait ne passer que quinze jours en mer et toucher au retour le pognon que lui devait Rosenberg.

Ils attendirent plusieurs jours ancrés en rade de Roseau, un port de Saint-Domingue, parce que les citrons qu'ils devaient emporter n'étaient pas encore empapillotés. Tout le monde râlait contre les autorités du port, une bande de nègres britanniques, à cause de la quarantaine, des citrons qui n'étaient pas prêts et des péniches qui prenaient trop longtemps pour faire le voyage entre le bateau et la terre. La dernière nuit, à Roseau, Joë et Larry, un autre quartier-maître se mirent à taquiner des négrillons qui avaient accosté *Le Calao* pour vendre des fruits et de l'alcool à l'équipage. L'idée leur vint de payer un dollar chacun pour qu'on les emmenât jusqu'à la côte. Les petits nègres promirent de les débarquer sur la plage à un endroit où on ne les verrait pas. La ville sentait le nègre. Les rues n'étaient pas éclairées. Un petit gars, noir comme du charbon, courut vers eux et offrit de leur vendre des poulets de montagne. « Ça veut peut-être dire des femmes sauvages, supputa Joë.

— Tout est possible ce soir », répondit Larry.

Le négrillon les emmena dans un bar tenu par une grosse mulâtresse et lui dit quelque chose dans le jargon de l'île que les deux copains ne comprenaient pas. Elle leur demanda d'attendre un peu. Ils s'assirent et burent un ou deux verres d'alcool de grain mêlé d'huile. « Ça doit être la maquerelle, dit Larry.

— Si les filles ne sont pas très chouettes, elles peuvent aller au diable, j'aime pas la viande noire. »

Du fond de la salle arrivaient le grésillement et le fumet d'une friture. « Je casserais bien la graine », dit Joë qui appela le petit négrillon et lui déclara : « Eh gars, dis-lui que j'ai faim.

— Vous mangerez bientôt des poulets de montagne », jargonna le petit nègre.

Joë et son copain restèrent perplexes. Le gamin s'en aperçut et expliqua : « On vous fait frire des poulets de montagne, Messieurs, c'est comme ça qu'on appelle les cuisses de grenouilles ici. Mais c'est pas comme les grenouilles que vous avez aux Etats-Unis, je le sais, j'ai été chez vous. On ne mangerait pas vos grenouilles. Celles d'ici sont aussi propres que des poulets. Vous trouverez ça bon si vous le mangez. » Ils éclatèrent de rire. « Merde, j'ai trop bu », conclut Larry en essuyant les larmes qui coulaient de ses yeux.

Après ça, ils pensèrent à aller lever des filles. Ils en virent deux qui sortaient d'une maison où il y avait de la musique et les suivirent dans les rues obscures. Quand ils les abordèrent, les filles montrèrent leurs dents en riant et en tortillant le bas de leur jupe. Puis, trois ou quatre nègres apparurent. Ils étaient furieux et se mirent à discuter dans le jargon du pays. « Fais gâfe, Larry ! murmura Joë entre ses dents, ces négros doivent avoir des rasoirs. » La foule s'amassait autour d'eux et toute une bande de grands jeunes noirs braillait. Soudain, quelqu'un leur cria en anglais : « Taisez-vous les gars, je vais arranger ça. » Un petit bonhomme en culotte de cheval kaki, coiffé d'un panama, jouait du coude au milieu de la foule, en parlant sans arrêt la langue des indigènes. Il avait une tête triangulaire, terminée par une barbiche de chèvre. « Je m'appelle Henderson, DeBuque Henderson de Bridgeport, Connecticut. » Et il leur serra la main à tous les deux.

« Eh bien, qu'est-ce qui se passe, les gars ? Tout va bien maintenant. Tout le monde me connaît ici. Il faut faire attention sur cette île, les gars. Les gens sont très susceptibles... oh, oui, très susceptibles... Venez donc boire un coup avec moi... » Il les prit par le bras et les emmena en parlant rapidement. « J'étais jeune, autrefois,... je suis encore jeune, bien sûr. J'ai voulu visiter l'île... J'ai bien fait... C'est la plus intéressante de toutes les Antilles... Mais, je me sens seul... Je ne vois jamais de blanc. »

Quand ils arrivèrent chez Henderson, ce dernier les conduisit à travers une grande pièce blanchie à la chaux jusqu'à une terrasse qui embaumait la vanille. De là, ils voyaient la ville tout entière étendue à leurs pieds ; et, tout au fond, les collines sombres et la proue blanche du *Calao* entouré de péniches éclairées par des phares. De temps en temps, leur arrivait le grincement d'un treuil mêlé à des airs de gigue endiablés.

Le vieux type leur servit un verre de rhum à chacun, puis un autre. Il avait un perroquet qui braillait en haut d'une perche. Le vent de terre s'était levé, soufflait assez fort, apportait de lourdes odeurs de fleurs des montagnes et rabattait les cheveux blancs du vieux type devant ses yeux. Il leur montra *Le Calao* tout illuminé au milieu des péniches et s'exclama : « United Fruit... Voleurs Réunis... C'est un monopole... Si je n'accepte pas leur prix ils laissent pourrir les citrons sur le quai... C'est un monopole ! Vous travaillez pour une bande de brigands, mais je sais que c'est pas de votre faute. Buvons un coup ! A votre santé les gars ! »

Ne sachant plus ce qu'ils faisaient, Larry et Joë se mirent à chanter. Le petit vieux leur parlait de machines à tisser le coton et à écraser la canne à sucre tout en leur versant de grands coups de rhum. Ils étaient bougrement soûls. Le lendemain, ils ne savaient pas comment ils étaient revenus à bord. Joë se souvenait vaguement de s'être trouvé tout d'un coup dans le poste d'équipage obscur où tout le monde ronflait et où les couchettes dansaient la ronde, et puis, le sommeil lui avait flanqué un grand coup de matraque. Il avait encore des relents de rhum plein la bouche.

Deux jours plus tard, Joë tomba malade : fièvre et violentes douleurs aux jointures. Il perdit complètement la tête et on le débarqua à Saint-Thomas. C'était la dengue. Il fut tellement malade pendant deux mois qu'il n'eut même pas la force d'écrire à Del pour lui indiquer où il se trouvait. Plus tard, l'infirmier lui dit qu'il était resté fou pendant cinq jours et qu'on l'avait cru foutu. Les docteurs s'inquiétaient parce que c'était un hôpital militaire. Mais, après tout, on ne pouvait pas jeter aux requins un blanc privé de raison.

Fin juillet, Joë eut la force de se promener à travers les petites rues de la ville creusées dans le corail. Il lui fallut quitter l'hôpital et il se serait trouvé dans une drôle de situation si le cuistot d'une caserne de fusiliers marins ne lui avait pas sauvé la mise en le logeant dans une aile désaffectée des bâtiments. Il faisait chaud. On ne voyait jamais un nuage dans le ciel et Joë se dégoûta de ne voir que des nègres, des collines nues et la rade à peu près déserte. Il passait le plus clair de son temps assis sur un vieux quai de charbonnage dans une guérite au toit de tôle rouillée. Il regardait à travers les planches mal jointes l'eau claire, verte et profonde du port où s'amusaient des bancs de petits poissons qui se promenaient autour des piliers. Il pensait à Del, à la Française qu'il avait connue à Bordeaux, à la guerre, et à l'United Fruit qui n'était qu'une bande de voleurs. Toutes ces idées lui tournaient en rond dans la tête comme les petits poissons argentés, bleus et jaunes tournaient en rond autour des piliers grinçants. Et puis, Joë, en se réveillant, constatait qu'il s'était endormi.

Enfin, un cargo de fruits, en route vers le Nord, s'arrêta dans le port. Joë harponna un officier sur le quai et lui raconta sa triste histoire. On consentit à l'emmener jusqu'à New York. Aussitôt arrivé, il essaya de revoir Janey. Il était résolu à laisser tomber cette vie de chien et à prendre un petit boulot peinard à terre, si elle le lui conseillait. Il appela le numéro du bureau de publicité J. Ward Moorehouse où elle travaillait. Mais la fille qui lui répondit à l'autre bout du fil lui apprit que Janey était devenue la première secrétaire du patron et qu'elle était partie pour l'Ouest en voyage d'affaires.

Il alla loger chez Mme Olsen à Redhook. On n'y parlait que de la conscription et on racontait que les flics arrêtaient tout le monde dans la rue et embarquaient tous ceux qui n'avaient pas sur eux une carte prouvant qu'ils s'étaient présentés au bureau de recrutement. Ça ne rata pas : un matin, en sortant du métro à Wall Street, Joë vit s'approcher un flic qui lui demanda sa carte. Il répondit qu'étant matelot de la marine marchande il rentrait de voyage et n'avait pas encore eu le temps de se présenter au bureau de recrutement, et qu'il n'était pas pressé parce que son métier l'exemptait de la conscription. Le flic lui répondit qu'il expliquerait tout ça au juge. On l'emmena avec une bande d'autres pauvres types, à pied le long de Broadway. Sur les trottoirs des employés et des commis de magasin les regardaient passer et les plus marioles gueulaient : « Embusqués ! » Les filles les conspuaient en criant : « Aksi-ksi-ksi ! » ou bien « Meûh !... »

On les enferma dans la cave du Bureau de la Douane. C'était en août. Il faisait chaud. Joë joua du coude au milieu de la foule qui braillait toute en sueur, pour s'approcher du soupirail. La plupart de ses compagnons étaient des étrangers auxquels se mêlaient quelques dockers et clochards des quais. Plusieurs d'entre eux racontaient des histoires à dormir debout. Mais Joë se rappela qu'il avait jadis appartenu à la marine militaire, la boucla et écouta. Il resta là toute la journée. Les flics ne laissaient personne téléphoner. Il n'y avait qu'un cabinet où on les conduisait sous escorte. Joë sentait ses guibolles flageoler. Il allait s'évanouir quand tout d'un coup il reconnut une figure de connaissance. Je veux bien être pendu si ce n'était pas Glen Hardwick !

Un bateau anglais avait recueilli Glen et l'avait conduit à Halifax. Il s'était embarqué sur *Le Chemang* pour emmener des mules à Bordeaux et du fret divers jusqu'à Gênes. Au retour, *Le Chemang* restait à quai pour être armé d'un canon de trois pouces que manœuvreraient des canonniers de la marine militaire. Pourquoi Joë n'embarquerait-il pas avec Glen ? « Doux Jésus ! crois-tu qu'on me prendrait, demanda Joë.

— Bien sûr, ils ont un besoin fou d'officiers mariniers. Ils te prendront même sans tes papiers. » Le souvenir de Bordeaux lui mettait l'eau à la bouche. Il se rappelait surtout sa petite amie Marceline. Ils décidèrent qu'aussitôt sorti Glen téléphonerait à Mme Olsen pour qu'elle apporte les papiers de Joë, qui se trouvaient dans une boîte à cigares à la tête du lit. Enfin, quand on les amena devant le bureau pour les interroger, le bonhomme relâcha Glen sans tarder et il promit de rendre la liberté à Joë dès qu'il aurait ses papiers, mais il leur recommanda de se faire enregistrer tout de suite, même s'ils étaient exempts de conscription. « Après tout, les gars, vous devriez savoir qu'on est en guerre ! dit-il.

— Je pense bien que je devrais le savoir ! » répondit Joë.

Mme Olsen arriva en coup de vent, brandissant les papiers de Joë qui se précipita aussitôt chez l'armateur du *Chemang* et on l'embaucha comme maître d'équipage. Il y retrouva Ben Tarbell, ancien premier maître sur *Le Higgimbotham.* Joë aurait bien voulu aller voir Del à Norfolk, mais diable ! ce n'était pas le moment de traîner à terre. Il se contenta de lui envoyer cinquante dollars qu'il emprunta à Glen et le lendemain matin ils prirent le large. Le Cap'taine avait une enveloppe cachetée qu'il ne devait ouvrir qu'après avoir perdu la côte de vue, et là-dedans on lui expliquait où et comment rejoindre le convoi.

Le voyage en convoi n'était pas désagréable. Les officiers de marine des contre-torpilleurs et ceux du croiseur *Salem* donnaient des ordres et les capitaines de bateaux marchands passaient leur temps à se raconter des blagues à coup de signaux optiques. C'était un fameux spectacle que de voir ce long défilé de cargos d'un bout à l'autre de l'océan. Tous avaient été peints de gris et de blanc par des artistes en camouflage. Dans ce convoi, on voyait de ces vieux rafiots auxquels un homme sensé n'aurait pas confié sa vie pour traverser une rivière en temps de paix. Un bateau tout neuf de la nouvelle série commandée par le ministère de la Marine faisait eau de toutes parts. On l'avait construit avec du bois vert. Quelqu'un avait dû y gagner du pognon. Il ralentissait tant et devenait si dangereux qu'on le coula à mi-chemin.

Joë et Glen fumaient la pipe ensemble dans la cabine de ce dernier et se racontaient des histoires. La vie à terre leur faisait désormais horreur et ils étaient décidés à rester sur mer. Comme au précédent voyage, les matelots de pont étaient tous aussi abrutis les uns que les autres et Joë s'époumonait à les engueuler. Arrivés dans la zone dangereuse, les bateaux se mirent à zigzaguer et tout le monde serra les fesses. Joë n'avait jamais autant juré de sa vie. Toutes les deux ou trois heures on sonnait l'alerte. Mais ce n'étaient jamais que de fausses alarmes. Des avions les survolant lâchaient des bombes de profondeur, ce qui excitait les canonniers à envoyer des obus sur les paquets d'algues que charriaient les vagues. Ils entrèrent dans la Gironde, en pleine nuit, aux feux des projecteurs, escortés par des vedettes et se sentirent bougrement rassurés.

Quel soulagement que de se débarrasser de ces saletés de mules qui empestaient tout à bord et de ne plus avoir à supporter les jurons des palefreniers ! Glen et Joë ne débarquèrent que pour quelques heures et n'arrivèrent pas à trouver Marceline ni Loulou. La Garonne se mettait à ressembler au Delaware avec ses quais américains faits d'acier et de béton. En repartant, ils durent s'arrêter pendant quelques heures pour réparer un conduit de vapeur qui fuyait. Ils virent alors une vedette remonter la Gironde en remorquant cinq canots de sauvetage si encombrés que l'eau atteignait presque le plat-bord. Ils en conclurent que les Fritz ne perdaient pas leur temps.

Pas de convoi cette fois. Ils se glissèrent vers le large au milieu du brouillard, en pleine nuit. Un des matelots de pont sortit du poste d'équipage avec une cigarette allumée, le premier maître l'étala par terre d'un coup de poing, et promit de le faire arrêter dès leur retour parce que c'était certainement un sale espion allemand. Ils longèrent la côte espagnole jusqu'au cap Finistère, au-delà de la Corogne. Le patron venait à peine de changer de cap quand il aperçut, sans l'ombre d'un doute, la pointe d'un périscope juste derrière lui. Il s'empara de la barre et cria dans le tube pour que les mécaniciens forcent les feux et mettent toute la vapeur, mais ça ne donnait pas grand-chose, et les canonniers se mirent à tirer.

Le périscope disparut. Deux heures plus tard, ils dépassèrent un drôle de ketch, assez mal foutu, qu'ils prirent pour un bateau de pêche espagnol et qui s'en allait sans doute tout droit vers Vigo, en tanguant sur les lames, vent arrière. A peine l'avaient-ils dépassé qu'une secousse ébranla *Le Chemang*. Une colonne d'eau jaillit en l'air et les inonda tous sur le pont. Tout marcha comme sur des roulettes. Seul le compartiment numéro un était noyé et, par un coup de chance extraordinaire, personne ne se trouvait dans le poste d'équipage à ce moment-là. *Le Chemang* inclina un peu sur l'avant, et ce fut tout. Les canonniers affirmaient qu'ils avaient heurté une mine lâchée par le vieux ketch tout noir qu'ils avaient dépassé et lui envoyèrent deux coups de canon. Mais le voilier dansait tellement sur la mer qu'ils ne le touchèrent pas. Et puis, le ketch disparut derrière l'île qui masque l'entrée de la baie de Vigo. *Le Chemang* entra dans la baie à petite vitesse. Quand ils arrivèrent dans le chenal, en face de la ville, l'eau commençait à envahir le compartiment numéro deux plus vite que les pompes ne le vidaient et montait à plus d'un mètre dans la chambre des machines. Il fallut échouer *Le Chemang* sur des sables durs, un peu avant le port.

Alors, ils se retrouvèrent à terre, baluchon sous le bras devant le consulat, espérant qu'on leur trouverait un coin pour dormir. Le consul était espagnol, mais bien qu'il parlât très peu l'anglais il les traita chiquement. Le Parti

Libéral de Vigo invita les officiers et l'équipage à une course de taureaux qui devait avoir lieu l'après-midi. Et puis les entourloupes recommencèrent. Le patron reçut un câble dans lequel on lui disait de remettre *Le Chemang* au représentant de Gomez y Compañia de Bilbao qui l'avait acheté dans l'état où il se trouvait et le faisait déjà enregistrer à son nom.

Quand ils arrivèrent aux arènes, la moitié de la foule les acclama et cria : « *Viva los Alliados !* » l'autre moitié les conspua en criant : « *Viva Maura !* » Ils s'attendaient à une bagarre entre Espagnols. Mais les taureaux entrèrent dans l'arène et tout le monde se tut. Ils trouvèrent que la course de taureaux était un spectacle dégueulasse à force d'être sanglant, mais les bonshommes dorés qui agitaient les petites capes leur parurent drôlement lestes. Et pendant tout le spectacle, leurs voisins offrirent du vin dans des petits sacs de cuir et leur passèrent des bouteilles de cognac, si bien que l'équipage en perdait la boule et Joë se donnait un mal de chien pour faire tenir les gars tranquilles. Après ça, les pro-alliés du pays offrirent un banquet aux officiers, et des tas d'*Hidalgos* avec des *mustachios* prononcèrent des discours enflammés que personne ne comprenait. Mais les Américains les acclamèrent quand même et chantèrent : « *Voilà les Yanks qui arrivent !* », « *Ne laissez pas s'éteindre le feu dans l'âtre* » et « *Nous voilà en route pour la Foire de Hambourg* ». Le chef, vieux gars appelé McGillicudy, fit des tours de cartes et remporta un grand succès. Joë et Glen créchèrent ensemble à l'hôtel. La femme de chambre, d'une beauté affolante, ne leur permit pas le moindre petit pelotage. « Eh ben, Joë, dit Glen en s'endormant, c'est une grande guerre !

— Pour moi, c'est le troisième coup, répondit Joë, mais je m'en tire encore.

— Bah, c'est les gars du pays qui ont fait le coup pour avoir l'occasion de nous offrir une fête », conclut Glen.

Ils passèrent deux semaines à Vigo. Consul et fonctionnaires du gouvernement ne cessèrent de se quereller à leur sujet et les copains étaient dégoûtés de tout. Enfin, on les colla dans un train qui devait les emmener à Gibraltar où ils embarqueraient sur un des nouveaux bateaux construits pour le ministère de la Marine. Ils passèrent trois jours dans le train et n'eurent rien d'autre pour dormir que de durs bancs de bois. L'Espagne n'était qu'une série de montagnes poudreuses qui se succédaient les unes aux autres. Ils changèrent de train à Madrid et à Séville. Chaque fois un bonhomme du consulat vint s'occuper d'eux. A Séville, on leur dit qu'ils n'allaient pas à Gibraltar mais à Algéciras.

A Algéciras, personne n'avait jamais entendu parler d'eux, ils campèrent dans le consulat pendant que le consul télégraphiait un peu partout et finit par fréter deux camions pour les envoyer à Cadix. Là, l'Espagne les épata. Partout, il y avait des rochers, du vin, des oliviers et des femmes aux yeux noirs, bien roulées. A Cadix, l'agent consulaire les accueillit un télégramme à la main. Le pétrolier *Coquille-d'Or* attendait à Algéciras pour les embarquer. Ils remontèrent dans les camions, et retournèrent en tressautant sur les bancs de bois, la figure barbouillée et la bouche pleine de poussière. Personne n'avait plus un sou pour acheter à boire. Quand ils embarquèrent sur *La Coquille-d'Or*, vers trois heures du matin, par une belle nuit de pleine lune, quelques-uns étaient si fatigués qu'ils s'allongèrent pour dormir sur le pont, la tête sur leur baluchon.

*La Coquille-d'Or* les débarqua à Perth Amboy, vers la fin d'octobre. Joë toucha l'argent que lui devait Rosenberg et grimpa dans le premier train pour Norfolk. Il en avait marre d'engueuler cette bande de lopes qui se faisaient passer pour des marins. Nom de Dieu ! il en avait assez de la mer ! Il était décidé à s'installer et à mener une bonne petite vie d'homme marié.

Sur le ferry-boat qui mène de Cap Charles à Hampton

Roads en passant devant les Ripraps, Joë se sentit tout ragaillardi en voyant la rade pleine de cheminées blanches sur l'eau brune. Il y avait quatre grands bateaux de guerre à l'ancre. Des petits chasseurs de sous-marin filaient de-ci de-là ainsi que les vedettes rapides de la douane. Il y avait aussi des cargos et des charbonniers camouflés et une bande de péniches chargées de munitions peintes en rouge, ancrées à l'écart. La fin du jour étincelait. Joë était de bonne humeur. Il avait trois cent cinquante dollars dans sa poche et un complet neuf. Il se sentait beau avec sa peau hâlée et il venait de faire un bon repas. Bon Dieu ! il avait envie d'un peu d'amour maintenant. Peut-être auraient-ils un bébé.

Norfolk avait changé. Tout le monde portait des uniformes neufs. A chaque coin de rue des orateurs jetaient des petits discours de deux minutes. Il y avait partout des affiches invitant à souscrire à l'emprunt de la Liberté et des fanfares parcouraient les rues. Il reconnut à peine la ville. Avant d'arriver il avait écrit à Del, mais il s'inquiétait parce qu'elle ne lui avait pas répondu depuis longtemps. Bien qu'il eût encore la clef de l'appartement dans sa poche, il frappa avant d'entrer. Il n'y avait personne.

Souvent il s'était représenté Del courant à la porte les bras tendus vers lui. Mais c'était absurde : à quatre heures, elle devait être à son travail. Sans doute logeait-elle avec une amie. L'appartement n'était pas trop en ordre... Du linge pendait à une corde et on voyait des sous-vêtements sur toutes les chaises. Sur la table : une boîte de bonbons dont quelques-uns étaient à moitié mangés. Bigre, elle avait dû s'amuser la veille au soir ! Joë remarqua une moitié de gâteau et des verres qui avaient contenu de l'alcool, un cendrier plein de mégots de cigarettes et même un reste de cigare. Et qu'est-ce que ça prouvait ? Elle avait reçu des amis. Il alla dans la salle de bains pour se raser et se faire beau. Bien sûr, Del avait toujours eu beaucoup d'amis, ils venaient sans doute passer la soirée chez elle pour jouer aux cartes, bavarder et des trucs comme ça... Dans la salle de bains, il vit un petit pot de fard, des bâtons de rouge ; il y avait de la poudre répandue jusque sur les robinets. A se raser parmi des affaires de femme, Joë se sentit tout drôle.

Il reconnut sa voix : elle riait dans les escaliers, puis il entendit une voix d'homme ; ils ouvrirent la porte. Joë ferma sa valise et se tint tout droit. Del s'était fait couper les cheveux. Elle vola vers lui, le prit par le cou. « Mais par Dieu c'est mon petit homme ! », s'écria-t-elle. Et Joë sentit un goût de rouge sur ses lèvres. « Oh, que tu es maigre, Joë ! Pauvre garçon, tu as dû être terriblement malade... Si j'avais eu un tout petit peu d'argent, j'aurais sauté dans un bateau pour te rejoindre... Je te présente Wilmer Tayloë... pardon, le lieutenant Tayloë, il vient d'être promu officier hier. »

Joë hésita un moment, puis tendit la main. L'autre gars avait des cheveux roux coupés ras et la figure tachée de son. Il portait un uniforme de serge tout neuf avec un ceinturon rutilant, des bandes molletières, une petite barrette d'argent sur chaque épaule et des éperons aux talons.

« Il s'embarque demain pour l'Europe, j'étais venue me changer parce qu'il voulait m'emmener dîner... Oh, Joë, j'ai tant de choses à te raconter, mon amour ! »

Joë et le lieutenant Tayloë se regardaient en chiens de faïence pendant que Del s'affairait pour ranger ce qui traînait tout en parlant à Joë. « C'est terrible, je n'ai jamais le temps de faire le ménage, et Hilda non plus... Tu te rappelles Hilda Thomson, Joë ? Eh bien, elle vit avec moi pour m'aider à payer le loyer. Nous travaillons toutes les deux à la Croix-Rouge. Nous servons le soir à la cantine. Nous faisons notre devoir... Et puis après, je vends des Bons de la Liberté... Est-ce que tu détestes les Allemands, Joë ?... Oh, moi je les déteste, et Hilda aussi. Elle pense à changer de nom parce qu'Hilda ça fait trop allemand. J'ai promis de l'appeler Gloria, mais j'oublie tout le temps... Vous savez, Wilmer, Joë a été torpillé deux fois.

— Eh bien, je pense que les six premiers coups sont les plus durs... », bredouilla le lieutenant Tayloë. Joë grogna.

Del disparut dans la salle de bains et referma la porte en disant : « Vous, les gars, mettez-vous à l'aise, je serai prête dans une minute. »

Ni l'un ni l'autre ne trouvaient rien à dire. Les souliers du lieutenant Tayloë craquaient parce qu'il se dandinait d'un pied sur l'autre. Enfin, il sortit un petit flacon de sa poche revolver, l'offrit à Joë : « Buvez un coup, dit-il. Mon unité prend la mer cette nuit. » Joë accepta sans sourire. Della sortit de la salle de bains, toute pomponnée. Joë la trouva belle, pour sûr, encore plus belle que la dernière fois qu'il l'avait vue, et il se demandait s'il ne devait pas se lever pour casser la gueule à ce godelureau d'officier. Mais Tayloë s'en alla. Del lui demanda de la rejoindre plus tard à la cantine de la Croix-Rouge.

Dès qu'elle fut seule avec lui, Del s'assit sur les genoux de Joë et lui posa des tas de questions : est-ce qu'il avait son diplôme de second maître ? est-ce qu'elle lui avait manqué ? est-ce qu'il gagnait mieux sa vie ? parce que ça l'agaçait d'avoir une amie chez elle, mais c'était le seul moyen de payer le loyer. Le lieutenant avait oublié son flacon de whisky. Elle en but un peu, lui passa la main dans les cheveux et le bécota. Joë lui demanda si Hilda rentrait de bonne heure. Elle répondit que non : Hilda avait un rendez-vous et elles ne se retrouveraient qu'à la cantine. Joë alla fermer la porte au verrou, ils s'allongèrent sur le lit, et furent réellement heureux pour la première fois.

Joë ne savait pas quoi faire à Norfolk. Del travaillait au bureau toute la journée et à la cantine de la Croix-Rouge toute la soirée. La plupart du temps il était déjà au lit quand elle rentrait. Presque toujours un salaud d'officier ou quelque autre type la reconduisait, et Joë les entendait parler et rigoler derrière la porte. Allongé dans son lit, il râlait et se demandait si le gars était en train de la bécoter ou de la peloter. Quand elle entrait, il avait envie de lui foutre des coups. Il l'engueulait, ils se disputaient en braillant. Elle finissait par dire que Joë ne la comprenait pas. Elle le trouvait vraiment mauvais patriote : pourquoi l'empêchait-il de faire son devoir en temps de guerre ? Parfois, ils se réconciliaient et Joë se sentait fou d'amour quand elle se faisait toute petite et mignonne dans ses bras ; elle lui donnait de tout petits baisers qui le faisaient presque pleurer tant il en était heureux. Elle embellissait de jour en jour et savait s'habiller, pour sûr !

Le dimanche matin elle était trop fatiguée pour se lever et c'est lui qui préparait le petit déjeuner qu'ils prenaient assis côte à côte dans le lit : comme avec Marceline. Alors elle lui racontait qu'elle était folle de lui parce qu'il était beau gars. Elle voulait qu'il trouve du travail à terre et qu'il gagne beaucoup d'argent pour qu'elle n'ait plus à travailler... Et puis, le capitaine Barnes, dont les parents valaient bien un million, lui avait demandé de divorcer pour l'épouser. Et Monsieur Canfield, de chez Dupont, qui gagnait froidement cinquante mille dollars par an, avait voulu lui offrir un collier de perles, mais elle n'avait pas accepté parce qu'elle trouvait ça pas bien. Pendant ces conversations Joë se sentait vraiment pauvre bougre. Quelquefois, il lui parlait de la vie qu'ils mèneraient s'ils avaient des gosses ; mais Del tordait le nez et lui disait de ne pas raconter des choses comme ça.

Joë se mit à chercher du travail et faillit se faire embaucher comme contremaître à l'atelier de réparations de l'Arsenal de Newport News, mais, à la dernière minute, un veinard lui faucha la place. Une ou deux fois il sortit avec Del et Hilda, des officiers de l'armée et des aspirants de la marine. Mais tous ces gars-là lui battaient froid et Del se laissait bécoter par n'importe qui et s'enfermait dans des cabines téléphoniques avec quiconque portait un uniforme. Et Joë menait une vie de chien. Il retrouva un bistrot fréquenté par d'anciens copains. On y vendait de l'alcool de maïs. Il se mit à biberonner dur. Quand Del le trouvait soûl en rentrant elle allait au pétard, mais il s'en foutait, ça ne lui faisait plus rien.

Enfin, un soir, Joë revenait d'un match de boxe auquel il avait assisté avec des copains. Il avait bu un bon coup à la sortie, et il rencontra Del qui se baladait au bras d'un godelureau en uniforme. Il faisait assez sombre, la rue était presque déserte et ils s'arrêtaient dans toutes les encoignures de portes pour se bécoter et se peloter. Quand ils passèrent sous un bec électrique Joë fut bien sûr que c'était Del, alors il s'approcha et leur demanda ce que ça voulait dire. Del avait dû boire un peu, elle aussi, parce qu'elle se mit à bafouiller d'une petite voix aiguë qui le rendit fou. Il la repoussa et colla son poing en plein dans la gueule du godelureau. Les éperons tintèrent et le brillant guerrier s'allongea de tout son long sur le gazon qui entourait le réverbère. Joë se sentit tout drôle. Mais Del l'avait mauvaise. Elle lui disait qu'elle le ferait arrêter pour injure à l'uniforme, coups et blessures. Et puis qu'il n'était qu'un capon, un embusqué et un sale type ; et que faisait-il à paresser comme ça pendant que les autres étaient au front à se faire tuer ? Joë un peu calmé ramassa le gars, le remit sur pieds et leur dit tout clair d'aller se faire foutre ensemble ! Il s'en alla avant que le traîneur de sabre, qui devait être pas mal noir, ait eu le temps de faire autre chose que de bafouiller un petit coup. Il rentra tout droit chez lui, fit sa valise et partit.

Will Stirp était en ville. Joë alla chez lui, le tira du lit, lui raconta qu'il en avait fini avec la vie de famille et lui emprunta vingt-cinq dollars pour retourner à New York. Will répondit qu'il avait bougrement bien fait parce que des gars comme eux devaient se contenter de l'amour à la on-se-prend-on-se-quitte. Ils bavardèrent de choses et autres jusqu'au lever du jour. Alors, Joë se coucha et ne se réveilla que tard dans l'après-midi, juste à temps pour prendre le bateau de Washington. Il ne loua pas de cabine et se balada toute la nuit sur le pont. Il se mit à tailler une bavette avec un officier en compagnie de qui il s'assit dans la guérite du pilote qui sentait les bonnes vieilles pipes du bon vieux temps. Au bruit de l'eau fendue par l'étrave, et tout en regardant les longs doigts du phare mobile se porter tantôt sur une bouée tantôt sur d'autres amers, Joë reprit confiance. Il expliqua qu'il s'en irait après à New York pour voir sa sœur et pour essayer d'embarquer comme second maître. Quand il raconta qu'il avait été torpillé, ça fit grand effet parce que personne, sur *Le Dominion-City*, n'avait jamais traversé la mare aux harengs.

Debout à la proue, par cette aigre matinée de novembre, il se sentit tout rajeuni en humant l'odeur saumâtre du Potomac. Il s'amusait à voir apparaître l'un après l'autre les bâtiments en brique rouge d'Alexandria, d'Anacostia et l'arsenal, et le chantier de constructions, et de voir les monuments pointer l'un après l'autre, tout roses, dans la brume matinale. Le bateau de Baltimore entrait au port en même temps qu'eux. Les quais n'avaient pas changé. Joë retrouvait les mêmes yachts et les mêmes canots à moteur, les vieux bateaux délabrés qui servaient aux excursions, les coquilles d'huître qu'on écrasait sous ses pieds en débarquant, et les porteurs noirs qui attendaient les passagers. Il courut jusqu'à l'autobus de Georgetown et, aussitôt après, le voilà qui remontait la rue aux maisons de briques rouges. Quand il sonna à la porte, il se demanda pourquoi il était revenu chez lui.

Momman avait vieilli, mais paraissait se bien porter. Elle avait des pensionnaires et ça lui donnait du tracas, mais Dieu merci ! les deux petites étaient fiancées. Elles lui dirent que Janey réussissait dans son travail, mais qu'elle avait changé depuis qu'elle vivait à New York. Joë leur expliqua qu'il allait à New York pour devenir second maître et qu'il ne manquerait pas de voir Janey. Elles l'interrogèrent au sujet de la guerre, des sous-marins et de tout ça. Il ne savait pas quoi leur raconter, alors il les mit un peu en boîte. Il n'était pas fâché de voir venir l'heure de filer à Washington pour prendre son train, quoique tout le monde fût bien gentil. Elles paraissaient le prendre au sérieux parce qu'il était second maître si jeune. Il ne leur parla pas de son mariage.

Dans le train, Joë s'assit au fumoir et regarda des fermes, des gares, des panneaux de publicité et des rues tristes, des villes industrielles défiler derrière les vitres. Près de Jersey qu'il traversa sous une pluie torrentielle, tout ce qu'il voyait lui rappelait Del et les environs de Norfolk et le bon temps qu'il avait eu quand il était petit. Aussitôt arrivé à la gare de Penn, à New York, il mit sa valise à la consigne et descendit la Huitième Avenue, toute luisante de pluie jusqu'au coin de la rue où Janey habitait. Il crut bon de lui téléphoner avant et l'appela de chez un marchand de tabac. D'une voix un peu vache, elle lui dit qu'elle était occupée et ne pourrait le voir que le lendemain. En sortant de la cabine téléphonique, il marcha dans la rue sans savoir où il allait. Il portait sous le bras un paquet contenant deux châles espagnols qu'il avait achetés pour elle et pour Del lors de son dernier voyage. Il avait tellement le cafard qu'il pensa à flanquer les châles et tout dans une bouche d'égout ; mais il se ravisa, retourna à la gare et les mit dans sa valise. Puis, il alla fumer une pipe dans la salle d'attente.

Bon Dieu de bon Dieu ! il avait besoin de boire un coup ! Il alla à Broadway, descendit jusqu'à Union Square en s'arrêtant partout où il trouvait quelque chose qui ressemblait à un bistrot. Mais nulle part on ne voulut le servir à cause de la prohibition de guerre [1]. Union Square était tout illuminé et constellé d'affiches invitant les jeunes gens à s'engager dans la marine. Un gros bateau de guerre en bois occupait tout un côté du square. La foule entourait ce simulacre et une jeune fille, habillée en marin, faisait un discours patriotique. La pluie se remit à tomber, froide, et

1. Mesures de restrictions qui précédèrent la véritable prohibition.

la foule se dispersa. Joë s'engagea dans une petite rue et entra dans un ancien débit de gin appelé *La Vieille Ferme.* Sans doute ressemblait-il à quelqu'un que le barman connaissait parce que ce dernier lui cria « Allô » et lui versa un verre de whisky.

Joë entra en conversation avec deux gars de Chicago qui buvaient du whisky avec de la bière. Ils disaient que toutes ces histoires de guerre n'étaient que propagande et entourloupes et que si les travailleurs refusaient de marner dans les usines de munitions où ils fabriquaient des obus pour casser la tête à d'autres travailleurs, il n'y aurait plus de guerre. Joë leur dit qu'ils avaient bien raison, mais qu'on gagnait gros dans ces usines. Les gars de Chicago dirent qu'ils avaient travaillé aussi dans une usine de munitions mais qu'ils en avaient assez, nom de Dieu ! et que si les travailleurs gagnaient quelques dollars de plus c'était parce que les profiteurs gagnaient quelques millions de plus. Ils disaient aussi que les Russes avaient eu une bonne idée de faire la révolution et de fusiller ces salauds de profiteurs, et que ça arriverait aussi dans ce pays si on n'y prenait garde et que ça serait rudement bien fait. Le barman se pencha au-dessus du comptoir et leur dit qu'ils ne devraient pas parler comme ça parce que les gens les prendraient pour des espions allemands. « Mais, toi-même, tu es allemand, George », dit l'un d'eux.

Le barman rougit et répondit : « Les noms veulent rien dire... Je suis américain et patriote... Ce que je disais, c'était pour votre bien. Si vous voulez atterrir en prison, j'en mourrai pas. » Il leur offrit quand même à boire, et Joë eut l'impression qu'il était d'accord avec eux.

Ils burent encore une tournée et Joë dit que tout ce qu'ils pensaient c'était vrai, mais que diable, on n'y pouvait rien. Les gars répondirent qu'on pouvait toujours adhérer à l'I.W.W. et que ceux qui avaient une carte rouge en poche étaient des ouvriers conscients. Joë répondit que ça c'étaient des trucs d'étrangers mais que si quelqu'un formait le Parti des Hommes Blancs pour lutter contre les profiteurs et ces salauds de banquiers, eh ! bien Joë adhérerait. Les gars de Chicago se mirent en colère, dirent que les syndicalistes étaient tout aussi blancs que lui ; que les partis politiques n'étaient que des attrape-nigauds et les gens du Sud des couillons. Joë recula, et regarda les deux gars pour choisir celui qu'il cognerait le premier. Mais le barman fit le tour du comptoir et vint se mettre entre eux. Malgré son obésité, il avait de fortes épaules et des petits yeux bleus assez méchants. « Écoutez-moi, bande de cloches. Bien sûr, je suis allemand, mais je ne suis pas pour le Kaiser. Non, c'est un chien de cochon ! je suis socialiste et j'ai vécu trente ans aux États-Unis *und* je suis propriétaire de ma maison, *und* je paye mes impôts, *und* je suis un bon Américain, mais *das* veut pas dire *das* je vais me battre pour la Banque Morgan. J'ai connu les ouvriers américains et leur parti socialiste pendant trente ans. Ils passent leur temps à se chamailler. Ici, le moindre enfant de putain se croit plus malin que l'autre enfant de putain. Et maintenant, bande de cloches, *heraus !...* on ferme... je ferme et je rentre chez moi. »

Un des gars de Chicago éclata de rire. « Eh bien, Oscar, je crois que c'est à nous de payer... ça ne se passera pas comme ça après la révolution. »

Joë avait encore envie de se battre, mais il paya quand même une des tournées avec son dernier billet vert. Le barman qui avait la figure encore toute rouge d'avoir tant parlé porta un verre de bière à sa bouche, souffla sur la mousse et dit : « Si je parle comme ça, je vais me faire foutre à la porte. »

Ils se serrèrent la main à la ronde et Joë sortit sous les rafales de pluie froide. Le whisky lui avait réchauffé l'estomac, mais il était triste. Il retourna vers Union Square. Les discours patriotiques terminés, le bateau de bois n'était plus éclairé. Deux jeunes gens en haillons se recroquevillaient sous la tente du bureau d'engagement. Joë avait le cafard. Il descendit dans le métro et s'en alla à Brooklyn.

Chez Madame Olsen, la lumière était éteinte. Joë sonna. Quelques instants après elle descendit, vêtue d'une robe de chambre à pois roses. Furieuse parce qu'il l'avait réveillée, elle l'engueula parce qu'il avait bu. Mais elle lui donna une carrée et le lendemain matin elle lui prêta quinze dollars pour étaler jusqu'à ce qu'il trouvât de l'embauche sur un des nouveaux bateaux du ministère de la Marine. Madame Olsen avait l'air fatiguée et bien plus vieille. Elle se plaignait de douleurs dans le dos et disait qu'elle ne venait plus à bout de son travail.

Joë installa des étagères dans l'office et sortit tout un tas d'ordures avant d'aller au bureau d'embauche du ministère de la Marine. Il s'inscrivit pour suivre des cours d'officier. Le petit youpin, derrière le comptoir, n'avait jamais quitté le plancher des vaches et lui posa des questions idiotes, puis il conclut solennellement qu'on étudierait son dossier et qu'il devait revenir la semaine prochaine. Furieux, Joë lui dit d'aller se faire foutre et s'en alla.

Il invita Janey à souper et lui paya le spectacle. Mais elle parlait exactement comme tout le monde. Elle le disputa parce qu'il jurait. Les châles lui plurent. Il était content de voir qu'elle se débrouillait si bien à New York. Il n'eut pas le courage de parler de Della.

Après l'avoir ramenée chez elle, il ne savait plus quoi foutre de sa peau. Il avait envie de boire un coup, mais cette soirée avait achevé les quinze dollars que lui avait prêtés Madame Olsen. Il alla dans un bistrot qu'il connaissait sur la Dixième Avenue, mais c'était fermé. Alors, il retourna à Union Square, en se demandant si le gars Tex, qu'il avait aperçu en traversant le square avec Janey, serait encore là ; ils bavarderaient un petit coup. Il s'assit devant le bateau de bois et l'étudia : c'était pas si mal foutu. Et il se disait qu'il n'aurait jamais dû embarquer sur un vrai bateau de guerre, quand Tex vint s'asseoir à côté de lui et lui posa la main sur le genou. Alors Joë s'aperçut que ce type lui déplaisait parce qu'il avait les yeux trop rapprochés l'un de l'autre. « T'as pas

l'air en forme, Joë ? Alors, t'es devenu second maître ? »
Joë acquiesça, se pencha en avant et cracha avec application entre ses deux pieds.

« Qu'est-ce que tu penses de ce bateau de guerre ? Pas mal foutu, hein ? reprit l'autre. Bon Dieu, on a de la veine, nous, de ne pas être dans les tranchées à se battre avec les Fritz.

— Oh, autant aller là-bas qu'ailleurs... Je m'en fous bien.

— Dis donc, Joë, j'ai une chouette planque. Quoique je devrais plutôt la boucler, mais tu es régulier et tu ne bavarderas pas. J'étais de la cloche depuis quinze jours. J'ai quelque chose qui ne va pas dans l'estomac. Crois-moi, mon pote, je suis malade... J'peux plus faire de travaux pénibles. Un pote qui travaille dans un restaurant me refilait un peu de nourriture. J'avais rien. J'étais assis sur un banc, ici, sur cette place quand un type bien habillé s'assied à côté de moi et se met à bavarder. Je croyais que c'était une tante et je me disais que je le tortillerais bien pour un peu de poignon. Bon Dieu ! qu'est-ce qu'on ferait pas quand on est malade et qu'on n'a pas de boulot ? »

Les deux jambes étendues, les mains dans les poches, Joë s'appuyait au dossier du banc et regardait vaguement le bateau factice se découper sur les façades des buildings. Tex parlait vite, et collant sa figure contre celle de Joë. « Tout d'un coup, voilà que le type me dit qu'il est flic. Merde ! j'en ai eu une frousse à croire que je pourrai plus pisser de ma vie ! c'est un agent de la secrète ! un gars qui travaille sous les ordres de Burnes... Il recherche les rouges, les embusqués, les espions allemands, les gars qui savent pas la boucler... Et voilà qu'il me propose un boulot : vingt-cinq dollars par semaine si le petit Willy sait y faire. Pas compliqué, pas dur. Je me balade et j'écoute les gars qui parlent. Dès que j'entends quelque chose qui est pas cent pour cent patriote, je préviens le patron et il fait une enquête. Vingt-cinq dollars par semaine, je sers mon pays, et si j'ai des ennuis, Burnes me tire d'affaires...

C'est pas mal comme boulot, qu'est-ce que tu en penses, Joë ? »

Joë se leva : « Je crois que je vais retourner à Brooklyn.

— Attends un peu, écoute. T'as toujours été chic avec moi. T'es régul. J'suis pas vache. Si tu veux, je te présenterai à mon bonhomme. C'est un brave type, instruité et tout... et il sait où on peut trouver de l'alcool, des femmes et tout ce qu'on veut.

— Non, je retourne en mer. Il faut que je sorte de toute cette merde », dit Joë en faisant demi-tour et en s'en allant vers la station de métro.

## L'ŒIL DE LA CAMÉRA 34

*sa voix semblait venir de cinq mille kilomètres à chaque instant il essayait de sauter en bas du lit joues rose vif et respiration haletante Non gars, reste allongé bien tranquillement nous ne voulons pas que tu prennes froid c'est pour ça qu'on m'a envoyé te surveiller pour t'empêcher de sortir du lit*

*la chambre au plafond voûté comme l'intérieur d'un gros baril sent la fièvre l'enduit à l'eau de chaux l'acide phénique et l'Italien malade dehors une sirène d'alerte est prise de cauchemar (Mestre est une gare terminus sur la Brenta sous la lune d'un bleu phénique il y a un hôpital militaire et un dépôt de munitions)*

*et sans cesse il essayait de sauter en bas du lit P'titgars reste allongé bien tranquillement sa voix venait du Minnesota maisnecomprendstudoncpasquejedoismelever j'ai un rendez-vous j'ai prisdesengagementsdesplusimportants il faut que je paie ce lotissement jenauraisjamaisdûresteraulitsitard je perdrai mon premier versement pour l'amour du Christ ne suis-je pas assez fauché commeça ?*

*P'tit gars reste tranquille        nous sommes à l'hôpital à Mestre tu as un peu de fièvre et ça te donne de drôles d'idées*

*Vous ne pouvez pas mefoutrelapaix vous êtes de mèche avec eux Voilàc'qu'ya je sais qu'ils veulentmefilouter ils pensent que je suis        unsacrécouillon        d'avoirfaitcepremierversement je leurmontrerai et jevouscasseraivotresalegueule*

*mon ombre lourde et maladroite titube et se balance sur la voûte à la lueur d'une seule chandelle rougeoyante dans l'hôpital par cette nuit d'hiver phéniquée je me penche sur la couchette et je maintiens ses épaules à plat Curley est encore costaud malgré*

*(on entend les moteurs maintenant que les batteries antiaériennes se sont tues ce doit être un spectacle là-haut sous la lune loin de l'acide phénique des latrines et des Italiens malades)*

*je recule je m'assois et j'allume à la chandelle une Macédonia il paraît dormir sa respiration est rauque la respiration de poumons congestionnés        l'eau coule goutte à goutte du robinet        docteurs et infirmiers à l'abri des bombes n'entendraient même pas gémir un Italien malade*

*Jésus est-ce qu'il meurt ?*

*ils ont arrêté leurs moteurs et le bruit retentit sur mes tympans comme des baguettes sur un tambour (là-haut sous la lune bleue l'observateur autrichien tend la main vers la ficelle qui fait basculer la charrette de pommes)        la bougie brûle encore*

*ce n'est pas pour cette fois mais boum ! si près que Curley se réveille et les vitres tintent aux fenêtres d'en-haut la bougie vacille mais ne s'éteint pas la cave vacille aussi ainsi que mon ombre et celle de Curley nom de Dieu il est fort avec sa tête pleine de fièvre P'tit gars il faut rester au lit (toutes les pommes sont tombées) il pleut de la mitraille dehors p'tit gars il faut retourner au lit*

*mais j'aiunrendez-vous     oh ChristohdouxJésus dites-moi comment rejoindre mon unité ayezunpeudecœurpapa jenavaispasdemauvaisesintentions c'estcetteaffairedelotissement*

*la voix s'amenuise et n'est plus qu'un soupir     je remonte les couvertures jusqu'à son menton     rallume la bougie fume une Macédonia regarde ma montre il devrait bientôt faire jour     dix heures on ne doit me relever qu'à huit*

*Au loin une voix monte descend et enfle de nouveau c'est la sirène d'alarme héhéyoTO*

## ACTUALITÉS XXV

Les forces du Général Pershing ont occupé aujourd'hui la ferme de Belle Joyeuse et les lisières sud du Bois des Loges. Les Américains n'ont rencontré qu'une faible résistance opposée par des mitrailleurs. Cette avance n'avait d'autre but que de rectifier la ligne du front. A part cela, tout au long du front, aujourd'hui, les opérations se sont bornées à des tirs d'artillerie et des bombardements. Des patrouilles opérant autour de Belluno précèdent la poussée des alliés à travers le col de Quero dans la région de Grappa.

DES MARINS REBELLES
NARGUENT LES ALLIÉS

**Bonjour ma chérie**
**Comment allez-vous ?**
**Bonjour ma chérie**
**How do you do ?**

après une longue conférence avec un de ses ministres de la Guerre et avec son ministre des Affaires étrangères, le président Wilson regagna la Maison Blanche cet après-midi. Apparemment il était tout à fait satisfait de voir les événements suivre le cours qu'il avait prévu.

**Avez-vous fiancé ? cela ne fait rien**
**Voulez-vous coucher avec moi ce soir ?**
**Wee (oui) wee (oui), Combien ?**

AIDEZ LE MINISTÈRE
DU RAVITAILLEMENT
EN DÉNONÇANT
LES PROFITEURS DE GUERRE

Lord Robert, bras droit du ministre des Affaires étrangères Balfour, ajouta : « Quand viendra la victoire, ce n'est pas aux hommes d'Etat d'Amérique et de Grande-Bretagne qu'incomberont des devoirs, mais bien aux peuples de ces deux pays. L'apparition de drapeaux rouges sur nos boulevards semble être l'indice d'une licence effrénée ; et l'emblème des anarchistes qui haïssent la loi, le drapeau noir, représente tout ce qui nous répugne

LÉNINE SE RÉFUGIE
EN FINLANDE

en ce jour du trois Octobre, me voici aussi coi qu'une punaise dans une couverture. Dimanche, j'ai franchi le parapet et j'ai reçu une balle de mitrailleuse au-dessus du genou gauche. Je suis dans un hôpital de l'arrière, et je m'y trouve fort heureux. J'écris avec ma main gauche parce que ma tête repose sur la droite

A LA BOURSE
MARCHÉ SOUTENU
MAIS PEU D'AFFAIRES

*Un jour je tuerai le clairon*
*Un jour on le trouvera mort*
*J'écrabouillerai son instrument*
*Je l'écraserai sous mes pieds*
*Et je passerai*
*Le reste de ma vie au lit*

## GROS BONNETS ET FORTES TÊTES 13

### *UN DON QUICHOTTE DE L'INDIANA*

*Hibben, Paxton, journaliste, Indianapolis, Indiana, né le 5 décembre 1880, fils de Thomas Entrekin et de Jeannie Merrill, née Ketcham, diplômé de Princeton 1903, de Harvard 1904.*

Les gens sérieux du Centre-Ouest s'inquiétaient. A l'époque où Hibben était enfant, quelque chose marchait mal dans la République américaine, était-ce l'étalon or, les privilèges, les intérêts, Wall Street ?

Les riches s'enrichissaient, les pauvres s'appauvrissaient, les petits fermiers faisaient faillite, les ouvriers travaillaient douze heures par jour, gagnant à peine de quoi subsister.

Les bénéfices, la loi et les flics étaient pour les riches !

Etait-ce pour cela que les émigrants avaient courbé la tête pendant les tempêtes de la traversée et avaient combattu les Indiens à coups de fusils tromblons ?

et avaient défriché la dure terre de la Nouvelle Angleterre.

Était-ce pour cela que les pionniers avaient franchi les monts Apalaches.

portant un long fusil en bandoulière sur leurs dos maigres,

une poignée de maïs dans le gousset de leur gilet en peau de daim.

Était-ce pour cela que les gars de l'Indiana avaient quitté leurs fermes afin d'aller faire le coup de feu contre Jeannot-le-Rebelle [1] pour affranchir les nègres ?

Paxton Hibben, gamin querelleur, était le fils d'une des meilleures familles d'Indianapolis (ses parents étaient d'importants commerçants en gros) ; à l'école, les gosses des riches ne l'aimaient pas parce qu'il fréquentait les petits pauvres qui ne l'aimaient pas non plus parce que ses parents étaient riches,

mais c'était le meilleur élève de son école.

Il rédigeait le journal de l'école, et triomphait dans tous les concours d'éloquence.

A Princeton, jeune collégien, il collaborait au *Tigre*, buvait beaucoup, avouait volontiers qu'il courait les filles, mais obtenait aussi des succès scolaires qui empêchaient ses camarades bien pensants de dormir. Normalement, un jeune homme aussi brillant, de classe aisée, aurait dû faire son droit, mais Hibben rêvait de voyages romanesques à la Byron, à la Musset, d'aventures chic dans les pays étrangers,

aussi

comme c'était le rejeton d'une des meilleures familles de l'Indiana, en bons termes avec le sénateur Beveridge, on l'accueillit dans les services diplomatiques :

*3e secrétaire, puis 2e secrétaire à l'Ambassade des Etats-Unis à Saint-Pétersbourg, puis à Mexico, 1905-6, secrétaire à la Légation puis chargé d'Affaires à Bogota, Colombie, 1908-9; La Haye et Luxembourg; 1909-12, Santiago de Chili, 1912 (retraité).*

Pouchkine au lieu de Musset ; à Saint-Pétersbourg il vécut le roman d'un jeune dandy :

coupoles incrustées d'or sous un ciel de platine,

1. Jeannot-le-Rebelle, Johnny Reb ou Johnny Rebel, surnoms donnés dans le Nord aux soldats confédérés qu'on accusait de s'être rebellés contre la Fédération.

la Neva grise et glacée coulant rapide et profonde sous les ponts où retentissaient les clochettes des traîneaux ;

retour des Iles en compagnie de la maîtresse du Grand Duc, l'artiste la plus belle et la plus voluptueuse qui chantait des chansons d'amour napolitaines

les piles de roubles qu'on perd à la roulette, dans les vastes salles éclairées à la chandelle, monocles, diamants ruisselant sur les épaules blanches ; neige blanche, nappes blanches, draps blancs,

vins du Caucase et de Crimée, vodka aussi fraîche que le foin coupé sous la nouvelle lune, caviar d'Astrakan, esturgeons, saumons de Finlande, perdrix des neiges de Laponie, et les plus belles femmes du monde ;

mais un soir de 1905, Hibben sortant de l'Ambassade vit des reflets rouges sur la neige de la Perspective Nevsky et des drapeaux rouges,

du sang gelé dans les ornières, du sang coulant dans les sillons creusés par les traîneaux ;

il vit des mitrailleuses aux balcons du Palais d'hiver, il vit les cosaques charger la foule sans armes qui demandait la paix, de quoi manger, et un peu de liberté,

il entendit le rugissement guttural de la Marseillaise russe ;

son sang de vieil Américain têtu se mit à bouillir : révolté il passa la nuit à parcourir les rues avec les manifestants ; à l'Ambassade on le regarda d'un mauvais œil

et on l'envoya à Mexico où la révolution n'avait pas encore éclaté, où les péones et les prêtres vivaient dans le silence qui précède les éruptions volcaniques.

Les *Ladinos* l'accueillirent à leur Jockey Club

ou dans le somptueux bâtiment bleu de Puebla couvert de tuiles bleues de Puebla, il perdit tout son argent à la roulette et aida les *Ladinos* à boire les dernières caisses de champagne qu'ils s'offraient avec ce que continuaient à leur rapporter les pillages de Cortez.

Chargé d'Affaires en Colombie (il n'oublia jamais qu'il

devait sa carrière à Beverige ; il croyait passionnément à l'honnêteté de Roosevelt, à ses réformes, à ses lois anti-trust, il espérait que la menace du Gros Bâton effraierait les riches profiteurs et les opulents malfaiteurs et les forcerait à faire une part honnête aux gens du menu peuple) il contribua à faire éclater la révolution grâce à laquelle les Etats-Unis volaient la zone du Canal à l'évêque de Bogota ; plus tard, il soutint Roosevelt quand ce dernier poursuivit Pulitzer en diffamation ; c'était un progressiste, il croyait au Canal et à T. R.

On l'envoya à La Haye où il somnola pendant les vagues délibérations de la Cour de Justice Internationale.

En 1912, il quitta la carrière et retourna au pays afin de faire campagne pour Roosevelt.

Il arriva à Chicago assez tôt pour chanter : « En avant soldats du Christ », au Colosseum ; les voix de tous ces gens entassés et les acclamations lui rappelaient la Marseillaise russe, le triste silence des péones mexicains, des Indiens de Colombie attendant un libérateur, et, dans les versets de cet hymne il retrouvait le rythme cadencé de la Déclaration d'Indépendance.

Ces histoires de justice sociale firent long feu ; T. R. ne valait pas mieux que les autres : c'était un moulin à paroles et l'Elan mâle était bourré de la même sciure que l'âne ou l'éléphant [1].

Paxton Hibben essaya de se faire élire représentant de l'Indiana au Congrès des Etats-Unis sous l'étiquette progressiste. Mais la guerre d'Europe avait déjà détourné l'attention des électeurs qui ne songeaient plus à la justice sociale.

*Correspondant de guerre de l'hebdomadaire Colliers 1914-15, correspondant de l'Associated Press en Europe 1915-17 ; correspondant de guerre de l'hebdomadaire Leslie*

1. Voir note page 171.

*dans le Proche Orient, et secrétaire de la mission d'aide à la Russie et au Proche-Orient juin-décembre 1921.*

En ces années il oublia le peignoir de soie mauve qu'il portait quand il était dans la carrière, son nécessaire de toilette en ivoire et les petits tête-à-tête avec les Grandes Duchesses,

il accompagna Beverige en Allemagne en qualité de secrétaire, il vit les soldats allemands défiler au pas de l'oie à travers Bruxelles,

il vit Poincaré parcourir les longues galeries des forts maudits de Verdun, passant entre les files de soldats bleu horizon à demi mutinés,

il vit des blessures gangrenées, le choléra, le typhus, les petits enfants au ventre gonflé par la famine, les cadavres rongés par les vers que les Serbes laissaient derrière eux au cours de leur retraite ; il vit les officiers alliés pourchasser des filles nues dans les bordels de Salonique, des soldats piller les magasins et les églises, des marins anglais et français se battre à coups de canettes de bière dans les bars ;

pendant le bombardement d'Athènes il faisait les cent pas sur la terrasse du palais avec le roi Constantin, il se battit en duel avec un Français qui manifestait contre la présence d'un Allemand déjeunant à l'Hôtel de Grande-Bretagne ; Hibben prenait ce duel pour une plaisanterie jusqu'à ce qu'il vît ses amis se coiffer de chapeaux haut-de-forme ; raide, sur place, il laissa le Français tirer deux fois dans sa direction, et déchargea son pistolet dans la terre ; à Athènes, il courait d'ennuis en mésaventures, c'était un petit bonhomme truculent, toujours prêt à se battre pour ses amis, pour les malchanceux, pour une idée, trop intrépide pour se préoccuper de sa carrière.

*Grade : lieutenant F. A. 27 novembre 1917 ; capitaine 31 mai 1919 ; Ecole de Guerre du Camp Grant ; service en France avec le 332ᵉ E.A. ; trésorier au bureau S.O.S. ; Inspecteur Général du Corps Expéditionnaire Américain ;*

*démobilisé le 21 août 1919 ; capitaine de réserve à partir du 7 février 1920 ; reprend du service le 13 février 1925.*

En Europe la guerre languissait dans la boue et le sang, mais à New York elle révélait de telles profondeurs d'abjection fangeuse et d'hypocrisie que tous ceux qui en furent témoins en sont restés frappés pour la vie ; dans les camps d'entraînement de l'armée ce n'était pas la même chose : les gars croyaient assurer le salut de la démocratie dans le monde ; Hibben croyait aux quatorze points de Wilson et il croyait aussi faire la guerre pour qu'il n'y ait plus de guerre.

*Membre de la Mission Militaire en Arménie août-décembre 1919 ; Correspondant en Europe du Chicago Tribune ; membre de la Commission de Secours au Proche-Orient 1920-22 ; secrétaire du Comité de la Croix-Rouge Américaine pour l'aide à la Russie 1922 ; sous-directeur du Comité Américain Nansen 1923 ; secrétaire du Comité Américain de Secours aux Enfants Russes avril 1922.*

pendant l'année de la famine, l'année du choléra, l'année du typhus, Paxton Hibben se rendit à Moscou avec une Commission de Secours.

A Paris, on se chicanait encore sur le prix du sang, on se chamaillait au sujet de drapeaux jouets, de rivières frontières sur cartes en relief et du destin historique des peuples, cependant dans les coulisses, les Deterding, les Zaharoff, les Stinness en bons joueurs de bridge s'emparaient sans bruit des matières premières.

A Moscou régnait l'ordre,

A Moscou on travaillait,

A Moscou on espérait :

la *Marseillaise de 1905. En avant soldats du Christ de 1912,* la passivité mélancolique des Indiens d'Amérique, des fantassins s'attendant à mourir sur le front, se mêlaient dans le formidable rugissement de l'Internationale marxiste.

Hibben croyait à un monde nouveau.

De retour en Amérique.

quelqu'un s'empara d'une photo montrant le capitaine Paxton Hibben déposant une couronne sur la tombe de John Reed ; on s'en servit pour essayer de le faire exclure du corps des officiers de réserve ;

à Princeton, au cours de la vingtième réunion de sa promotion, ses anciens camarades de classe entreprirent de le lyncher ; ils étaient soûls et c'était peut-être une blague, une brimade de collège à laquelle ils se livraient avec un retard de vingt ans ; mais ils lui avaient déjà passé la corde au cou.

lynchons le maudit rouge,

il n'est plus question de changements en Amérique, on n'y croit plus aux vieilles formules : justice sociale, progrès, révolte contre l'oppression, démocratie ;

au pilori les rouges,

pas d'argent pour eux,

pas de travail pour eux.

*Membre de la Société des Gens de Lettres des Etats-Unis, de la Société des Guerres Coloniales, de l'Association des Anciens Combattants des guerres étrangères, de la Légion Américaine, membre de la Société Royale et Américaine de Géographie. Chevalier de l'Ordre de Saint-Stanislas (Russie), officier de l'Ordre du Rédempteur (Grèce) de l'Ordre du Trésor Sacré (Japon). Membre du club de Princeton, du Club de la Presse et du Club Civique de New York*

*auteur de : Constantin et le peuple grec 1920, La Famine en Russie 1922, Portrait d'un Américain : Henry Ward Beecher 1927,*

mort en 1929.

## ACTUALITÉS XXVI

### L'EUROPE
### A LA CROISÉE DES CHEMINS

**Tout le long de la Thamise**
**Nous sommes allés tous les deux**
**Goûter l'heure exquise...**

en de telles conditions, on ne s'étonnera pas de voir le ministère de la Justice avouer sa sympathie pour ceux qui ont refusé de se laisser mobiliser, faire preuve d'indulgence à l'égard des anarchistes condamnés par les tribunaux, et considérer avec indifférence la grande majorité des anarchistes qui sont encore libres des années après... l'organisation du Trust de l'Acier, Wall Street essayait d'apprécier... le nombre de mètres cubes déversés... dans la propriété

IL EST PLUS FACILE DE TRANSPORTER
DE L'ACIER MANUFACTURÉ

*Où allons-nous maintenant les gars*
*Où allons-nous maintenant ?*

LES CANARDS SAUVAGES SURVOLENT PARIS

LA GUERRE STIMULE LA FABRICATION
DES ENGRAIS

*N'importe où de Harlem*
*A un môle de Jersey City*

la victoire dépend tout autant de nos ouvriers que de nos soldats. Le Jour de l'Indépendance, nous avons battu un record magnifique en lançant cent bateaux. Nous avons ainsi montré ce que nous sommes capables de faire quand nous unissons nos efforts épaule contre épaule pour pousser à la roue dans un élan patriotique

LE BAIN DE LA SAMARITAINE
COULE DANS LA SEINE EN CRUE

*J'ignore peut-être*
*Les raisons de cette guerre*
*Mais je parie bien, Nom de Dieu,*
*Que je les connaîtrai bientôt*
*Et alors ma chérie*
*Ne crains rien*
*Je te rapporterai un Roi*
*Comme souvenir*
*Et je t'apporterai un Turc*
*Et le Kaiser pour faire bonne mesure*
*Et c'est à peu près tout*
*Ce qu'un bongars peut faire*

LES PROJETS D'APRÈS-GUERRE
DES USINES DE MUNITIONS « ETNA »

L'ANTIQUE CITÉ DANS LES TÉNÈBRES
MÊME LES CLOCHES
SE TAISENT LE DIMANCHE

*Où allons-nous maintenant les gars*
*Où allons-nous maintenant ?*

## *RICHARD ELLSWORTH SAVAGE*

A Fontainebleau, ils virent pour la première fois les grosses ambulances Fiat qu'ils devaient conduire : elles étaient alignées sur la place, devant le château de François Ier. Schuyler bavarda avec les chauffeurs français qui leur remettaient les ambulances. Ils étaient très mécontents parce que, maintenant, on allait les renvoyer au front. « Mais pourquoi diable, les Américains ne restent-ils pas chez eux et se mêlent-ils des affaires d'autrui ? En venant comme ça en France, vous nous chipez toutes les bonnes planques d'embusqués », conclurent-ils.

Le soir même, la section rejoignit un cantonnement fait de baraques en carton bitumé qui puaient l'acide phénique, auprès d'un petit village de Champagne. Ça tombait justement le 4 juillet ; alors le maréchal-des-logis servit du champagne avec le souper et un général aux moustaches de phoque toutes blanches vint faire un discours démontrant qu'avec l'aide de **l' « Amérique héroïque »**, la victoire était certaine, et il porta un toast au Président **Vilson.** Le chef de section, Bill Knickerbocker se leva, un peu nerveux, et porta un toast à la « **France héroïque,** à **l'héroïque Cinquième Armée** », et à la victoire pour Noël. Les Boches offrirent le feu d'artifice sous les espèces d'un raid d'avions qui obligea tout le monde à trotter vers les abris souterrains.

Arrivé là, Fred Summers trouvait que ça sentait trop mauvais et, de toute façon, il avait soif. Dick partit avec lui à la recherche d'un estaminet, en rasant les murs et se tenant sous les avant-toits pour éviter les éclats d'obus antiaériens. Ils avisèrent un petit bistrot plein de fumée de tabac et de **poilus** français qui chantaient *la Madelon.* Dès qu'ils entrèrent, tout le monde les acclama et on leur tendit une douzaine de verres. Ils fumèrent leur premier **Caporal Ordinaire** et tout le monde leur offrit à boire. De sorte qu'à la fermeture, quand les clairons sonnèrent le couvre-feu à la Française, ils se trouvèrent dans la rue, marchant bras dessus bras dessous avec deux poilus qui promettaient de les reconduire à leur cantonnement. Les poilus dirent que la guerre était **une saloperie** et la **victoire une sale blague.** Ils demandèrent si les Américains avaient entendu parler de la **révolution en Russie.** Dick dit qu'il était pacifiste et partisan de tout ce qui pourrait arrêter la guerre. Alors ils se serrèrent la main avec conviction et parlèrent de **la révolution mondiale.** Arrivés dans leur baraque, ils déplièrent leurs lits de camp. Fred Summers était déjà couché ; il se releva, tout embobiné dans ses couvertures et proféra aussi solennellement que d'habitude : « Les potes, c'est pas une guerre, c'est une maison de fous ! »

Il y avait deux autres types dans la section qui aimaient boire du vin rouge et bavarder en mauvais français : Steve Warner, qui avait fait ses études à Harvard, et Ripley qui en était à sa première année de Columbia. Tous cinq prirent l'habitude de se balader ensemble pour trouver des endroits où on leur servait omelettes et pommes frites, dans les petits villages environnants. Chaque soir, ils faisaient la tournée complète des estaminets, et bientôt on les baptisa la Garde Grenadine. Puis la section remonta la Voie Sacrée derrière Verdun et prit ses quartiers dans un petit village en ruine, appelé Erize-la-Petite. Ils y passèrent trois semaines maussades sous une pluie incessante. Les cinq Grenadiniers de la Garde installèrent leurs grabats côte à côte dans un coin de la vieille grange à demi détruite, qui leur servait de cantonnement. Il pleuvait sans arrêt, nuit et jour. Et nuit et jour, des camions, roulant dans la boue, défilaient à la queue leu leu emportant hommes et munitions vers Verdun. Dick passait son temps assis sur son lit de camp à regarder par la porte ouverte les jeunes soldats français au visage couvert de boue qui montaient à l'attaque. Soûls et désespérés, ils criaient : « **A bas la guerre !... Mort aux vaches !... A bas la guerre !** » Un jour, Steve entra brusquement, le visage pâle et les yeux clignotants sous son poncho dégoulinant de pluie, et dit tout bas : « Maintenant, je sais ce qu'étaient les charrettes de la Terreur. Ces camions, ce sont les charrettes... »

Lorsque la section s'approcha du front, à portée de canon, Dick constata avec soulagement qu'il n'était pas plus peureux que les autres. La première fois qu'ils allèrent chercher des blessés, Fred et lui se perdirent en chemin dans un bois rasé par les obus. Ils essayaient de faire demi-tour sur un petit mamelon nu comme un paysage lunaire quand trois obus de 88 autrichiens passèrent au-dessus d'eux, secs comme trois coups de fouet. Ils ne se rappelèrent jamais comment ils étaient descendus de leur voiture. Mais quand la fumée bleue se dissipa, ils se retrouvèrent allongés dans la boue, au fond d'un trou d'obus. Fred s'effondra. Dick le prit par le cou et lui murmura longtemps : « Viens, gars, il faut y aller. Allons, viens, Fred, on les aura ! » Tout ça l'avait secoué et, sur le chemin du retour, il ne pouvait plus s'empêcher de rire. Ils regagnèrent un coin plus calme où l'on pratiquait les opérations d'urgence. Ce poste de secours était installé fort habilement devant une batterie de 405 et chaque fois que les gros canons tiraient, les blessés tombaient à bas des civières. Quand ils revinrent à la section après avoir transporté leur chargement de blessés, ils montrèrent très fièrement trois trous dans la carrosserie de leur ambulance : des éclats d'obus !

Le lendemain, l'attaque commença dans un bruit infernal de barrages, contre-barrages et départs d'obus à gaz. La section travailla vingt-quatre heures par jour pendant trois jours de suite au bout desquels tout le monde avait la dysenterie et souffrait des nerfs. Un gars en fut tellement commotionné qu'on le renvoya à Paris. Il fallut en évacuer deux autres à cause de la dysenterie. La Garde Grenadine s'en tirait assez bien sauf que Steve et Ripley avaient respiré un petit coup de gaz moutarde, une nuit au poste Numéro Deux, et vomissaient tout ce qu'ils mangeaient.

Quand ils avaient vingt-quatre heures de liberté, ils se retrouvaient dans un petit jardin de Récicourt. Personne ne paraissait connaître ce jardin qui entourait autrefois une villa rose maintenant aussi écrasée que si un géant avait marché dessus. Le jardin était intact, à peine un peu envahi par les mauvaises herbes. Les roses s'épanouissaient ; papillons et abeilles voletaient autour des fleurs, en plein soleil. La première fois qu'ils entendirent bourdonner les abeilles, ils se jetèrent à plat ventre croyant qu'il s'agissait d'**arrivées.** Il y avait un bassin de ciment au milieu du jardin, et quand les Allemands se mettaient en tête de bombarder la route et le pont avoisinant, les cinq copains se précipitaient dedans. Un tir de barrage secouait la terre trois fois par jour ; entre-temps, les canons tiraient à leur fantaisie. Chacun à son tour allait faire la queue à la **Copé** pour acheter des melons du Midi et des bouteilles de champagne à quatre francs cinquante. Et puis, ils retiraient leur chemise et se faisaient rôtir dos et épaules au soleil. Les pieds pendants dans le bassin asséché, ils mangeaient leurs melons et buvaient du champagne chaud qui avait un peu le goût de cidre. Ils parlaient alors de retourner au pays et de publier un journal clandestin semblable à LA LIBRE BELGIQUE, pour dire la vérité sur la guerre.

Ce que Dick préférait dans ce jardin, c'étaient les cabinets, semblables à ceux d'une ferme de la Nouvelle-Angleterre, avec un siège bien propre et une demi-lune découpée dans la porte à travers laquelle les guêpes filaient en droite ligne. Elles nichaient sous le plafond, et quand le soleil luisait, elles s'affairaient entrant et sortant en deux files ininterrompues. Dick s'asseyait là, le ventre douloureux, écoutant les voix basses de ses amis qui bavardaient autour de la fontaine. Ces voix le réconfortaient quand il s'essuyait avec des petits carrés de papier jauni, découpés dans un numéro de 1914 du Petit Journal et qui étaient restés pendus à leur clou. Une fois, il sortit en se reculottant et déclara : « Dites donc, je viens de penser que ça serait rudement chic si on pouvait à volonté réorganiser l'économie des cellules de notre corps pour changer d'espèce... on mènerait une autre vie... c'est vraiment trop moche d'être humain... j'aimerais devenir chat... un bon gros chat dodu assis devant le feu.

— Ça c'est une fameuse idée ! » s'exclama Steve en

remettant sa chemise parce qu'un nuage passant devant le soleil, il faisait plus frais. Les canons tiraient tranquillement au loin. Dick frissonna et se sentit tout triste. « Oui, c'est une fameuse idée, dit-il... Avoir honte d'être un homme, c'est malheureux. Mais je jure que j'ai honte. J'ai honte d'être un homme... Il faudrait une grande vague d'espérance, comme une révolution, pour me rendre mon amour-propre. Seigneur, nous sommes bêtes, cruels, vicieux, sots, pires que des singes sans queue ! » Alors, Ripley dit à Steve : « Si tu veux retrouver ton amour-propre et le respect de tes amis, tout singes sans queue que nous soyons, profite donc de ce que tout est calme, pour aller nous acheter une bouteille d'eau champagnisée. »

Après l'attaque de la côte 304, la division passa quinze jours au repos à Bar-le-Duc et s'en alla dans un secteur calme de l'Argonne appelé le **Four de Paris.** Les Français jouaient aux échecs avec les Boches en première ligne et chaque camp prévenait l'autre avant de faire sauter une mine sous un bout de tranchée adverse. Quand les Gardes Grenadiniers étaient de repos, ils allaient manger de la pâtisserie fraîche, de la soupe aux potirons et du poulet rôti, dans la partie habitée du peu qui subsistait de Sainte-Menehoulde. Dick se désola lorsqu'il fallut quitter les bois de l'Argonne, si beaux en automne. Mais leur section était dissoute, et tout le monde retournait à Paris. L'armée des Etats-Unis prenait en charge les ambulances prêtées à l'armée française. Chacun reçut une copie de la citation de sa section. Dick Norton leur fit un discours sous une pluie d'obus sans laisser tomber son monocle et congédia ses « gentilshommes volontaires ». Ce fut la fin de la section.

A part les obus de la Bertha qui tombaient de temps en temps, Paris était tranquille et agréable en ce mois de novembre. Le brouillard empêchait les avions de survoler la ville. Dick et Steve Warner trouvèrent une chambre à très bon marché derrière le Panthéon. Pendant la journée, ils lisaient en français. Le soir, ils se baladaient dans les cafés et partout où l'on buvait. Dès le lendemain de son arrivée à Paris, Fred Summers trouva une planque à vingt-cinq dollars par semaine, et une petite amie pour lui tout seul. Ripley et Ed. Schuyler s'installèrent sur un grand pied dans un appartement situé au-dessus du *Henry's Bar.* Chaque soir ils dînaient ensemble tous les cinq et discutaient jusqu'à la nausée pour savoir ce qu'ils devraient faire. Steve voulait retourner au pays, et finir la guerre en prison comme objecteur de conscience. Ripley et Schuyler étaient prêts à faire n'importe quoi pour éviter de tomber sous la coupe de l'armée américaine. Ils parlaient même de s'engager dans la Légion Etrangère ou l'Escadrille Lafayette.

Fred Summers disait : « Les gars, cette guerre est la plus louche et la plus gigantesque fripouillerie du siècle, mais je m'en fous et les filles de la Croix-Rouge sont bien chics ! » Au bout d'une semaine, il occupait deux emplois à la Croix-Rouge et gagnait cinquante dollars par semaine. De plus, une marraine française d'âge mûr l'hébergeait et le nourrissait dans une grande villa de Neuilly. Quand Dick se trouva sans le sou, Fred emprunta de l'argent pour lui à sa marraine, mais il ne la laissa voir à personne. « Je ne tiens pas à ce que vous voyiez la gueule qu'elle a ! » ricanait-il.

Un jour, à midi, Fred apparut pour proposer du travail à tout le monde. Les Macaronis, disait-il, se trouvaient en mauvaise posture après Caporetto et avaient pris la fâcheuse habitude de battre en retraite. On espérait leur remonter le moral en envoyant des ambulanciers américains sur leur front. Chargé du recrutement, Fred les avait inscrits d'office sur sa liste. Dick répondit immédiatement qu'il parlait l'italien et qu'il apporterait sûrement un grand secours moral à l'Italie. Le lendemain matin, ils se retrouvèrent tous au bureau de la Croix-Rouge, dès l'ouverture, et s'enrôlèrent dans la première section de la Croix-Rouge américaine pour l'Italie. Il s'ensuivit quinze jours d'attente au cours desquels Summers leur présenta une mystérieuse dame serbe qu'il avait ramassée dans un café de la place Saint-Michel et qui voulait leur faire goûter au hachisch. Dick se lia d'amitié avec un pochard Monténégrin qui avait travaillé comme barman à New York et promettait de les faire tous décorer par le roi Nicolas de Monténégro. Mais le jour où la cérémonie devait avoir lieu à Neuilly, la section partit pour l'Italie.

Le convoi, comprenant douze Fiat et huit Ford, descendit vers le Sud sur le macadam lisse, à travers la forêt de Fontainebleau et inclina vers l'Est en traversant les collines du Centre de la France, couleur de vin rouge. Dick conduisait une Ford tout seul et n'avait pas le temps d'admirer le paysage tant ses pieds le tracassaient parce qu'il ne savait qu'en faire (frein et accélérateur se manœuvraient par manettes placées sur l'axe du volant). Le lendemain, ils escaladèrent des montagnes et redescendirent dans la vallée du Rhône : un pays riche en vignobles, platanes et cyprès. L'air embaumait les vendanges, les dernières roses d'automne et le Midi. Arrivés à Montélimar, ils ne se rappelaient plus la guerre : la crainte de la prison, le besoin de crier leur indignation s'évanouirent comme un cauchemar d'un autre siècle. Ils dînèrent magnifiquement dans cette ville blanche et rose, mangèrent des cèpes à l'ail et burent du fort vin rouge. « Les potes, répétait Fred Summers, c'est pas une guerre, c'est une agence de tourisme. » Ils dormirent royalement dans des lits à colonnes entourés de brocart. Le lendemain matin, quand ils quittèrent l'hôtel, un petit écolier courut après Dick en braillant **Vive l'Amérique !** et lui remit une boîte de nougat, la spécialité du pays. C'était le pays de Cocagne !

Ce jour-là, le convoi se disloqua avant d'entrer à Marseille. La discipline s'effondra. Les conducteurs s'arrêtaient devant tous les bistrots, dans les rues ensoleillées pour boire et jouer aux dés. Le chef de publicité de la Croix-Rouge, et le correspondant du *Saturday Evening Post,* le célèbre écrivain Montgomery Ellis, se soûlèrent hideusement. On les entendait à des kilomètres brailler et chanter au fond de leur voiture. Et le lieutenant, un petit gros, courait d'un bout à l'autre du convoi, tout rouge, époumoné. Enfin, il parvint à les rassembler et ils atteignirent le centre de Marseille en bon ordre. Ils venaient à peine de ranger leurs voitures en ligne sur la grande place et les gars se dirigeaient vers les bars et les cafés des environs quand l'un d'eux, appelé Ford, eut la brillante idée de vérifier le contenu de son réservoir d'essence en s'éclairant avec une allumette. La voiture fit explosion. Quand les pompiers du pays arrivèrent en grand arroi la voiture numéro 8 était déjà complètement incinérée. Ils braquèrent leur pompe à haute pression sur les autres voitures et les inondèrent. Il fallut aller chercher Ed. Schuyler, celui qui parlait le meilleur français de la section. On l'arracha à la demoiselle du bureau de tabac du coin pour qu'il expliquât gentiment au chef des pompiers qu'il était temps bon Dieu de bois ! de leur foutre la paix.

Les Gardes Grenadiniers dînèrent sans regarder à la dépense au Bristol en compagnie d'un copain appelé Sheldrake qui s'était rendu célèbre à la section 7 par ses connaissances en danses folkloriques. Ils continuèrent les réjouissances au promenoir de l'Apollo où s'entassaient toutes les petites femmes du monde, si serrées les unes contre les autres qu'il était impossible de voir le spectacle. Toutes avaient une allure louche et fleuraient la prostitution. Dans les rues principales on ne voyait que cafés et cabarets. Et des ruelles noires comme des tunnels descendaient vers le Vieux-Port. Dans toutes les chambres : des sommiers défoncés, des marins, des peaux noires, des peaux brunes, des ventres ridés, des nichons violacés et dégoulinants, des cuisses désolantes.

Très tard, Steve et Dick se trouvèrent en tête à tête dans un petit restaurant où ils mangeaient des œufs au jambon arrosés de café. Soûls, fatigués, ils se disputaient sans conviction. Quand ils payèrent, la serveuse, une femme entre deux âges, leur dit de poser l'argent sur le coin de la table. Elle les fit bondir sur leurs chaises en soulevant ses jupes et en ramassant tranquillement l'argent entre ses jambes.

« Elle est bien bonne ! elle est bien bonne !... le sexe est une machine à sous ! » répétait Steve qui trouvait ça d'un comique gigantesque, si comique qu'ils entrèrent dans le premier bar qui ouvrit et essayèrent de raconter ce qu'ils avaient vu au bonhomme qui se frottait les yeux derrière le comptoir. Mais il ne comprit pas et écrivit sur un bout de papier le nom d'un établissement où ils pourraient faire rigajigue, une maison propre, convenable, et de haute moralité.

Malades de rire, ils se retrouvèrent titubants sur des escaliers qui n'en finissaient pas. Le vent soufflait froid comme s'il venait du pôle. Ils s'efforçaient d'atteindre une cathédrale invraisemblable qui paraissait construite par des fous. En se penchant ils voyaient le port, des bateaux à vapeur et une mer immense couleur de platine ourlée de montagnes cendrées. « Mais nom de Dieu, c'est la Méditerranée ! » Le vent froid et coupant les dessoûla et, à la lumière métallique de l'aurore, ils redescendirent à l'hôtel juste à temps pour réveiller les autres, complètement abrutis par l'ivresse. Ils se présentèrent les premiers devant la rangée de voitures. Dick avait tellement sommeil et se préoccupait tant de ses pieds qu'il oublia ce qu'il devait faire de ses mains, emboutit la voiture qui le précédait et démolit ses phares. Le gros lieutenant l'engueula sèchement, le chassa de la voiture et le colla dans la Fiat de Sheldrake. Il n'eut plus rien à faire de la journée, sinon regarder paresseusement la Méditerranée du haut de la Corniche. De temps à autre, ils passaient au-dessus d'un village aux toits rouges. Sur la mer, de longues files de navires s'étiraient vers l'Est en serrant la côte par crainte des sous-marins. Des petits contre-torpilleurs français aux cheminées piquées de travers escortaient l'interminable convoi.

En traversant la frontière italienne, ils se trouvèrent

soudain devant une foule d'écoliers brandissant de longues palmes et portant des paniers d'oranges. Il y avait aussi des opérateurs de cinéma. Sheldrake répondait aux acclamations en inclinant la tête de droite et de gauche « *Eviva Evviva gli Americani !* » jusqu'à ce qu'il reçût une orange en plein entre les deux yeux, ce qui le fit saigner du nez. Un autre chauffeur faillit se faire éborgner par une branche de palmier qu'un habitant de Vintimille en plein délire jeta à toute volée. Ce fut une grande réception ! Cette nuit-là, à San Remo, les Macaronis débordaient d'enthousiasme, poursuivaient les gars dans les rues pour leur serrer la main, les féliciter, eux et le *Présidenté Vilsoné.* Mais quelqu'un vola tous les pneus de secours qui se trouvaient dans la camionnette, et la valise du chef de publicité qu'il avait laissée dans sa voiture. Dans tous les bars, on les accueillit à grands cris et on les filouta sur la monnaie. « *Evviva gli Aleati !* »

Toute la section se mit à sacrer contre l'Italie, les spaghetti en caoutchouc et le vin au goût de vinaigre. Tous, sauf Dick et Steve qui se prirent soudain d'affection pour les Ritals et achetèrent des grammaires italiennes afin d'apprendre la langue. Dick imitait d'ailleurs admirablement ceux qui parlaient l'italien quand il s'exhibait devant les officiers de la Croix-Rouge : il ajoutait un *a*, un *i* ou un *o* à la fin de tous les mots français qu'il connaissait. Tout le ravissait : le soleil, le vermouth, les villes, les églises plantées comme des jouets au sommet des collines, les vignobles, les cyprès, la mer bleue. Il croyait évoluer dans un décor d'opéra. Maisons, palais, bâtiments tombaient en ruine et semblaient d'une magnificence ridicule. Sur tous les murs ces sacrés Macaronis avaient peint des fausses fenêtres, des colonnades, des balcons, des belles grosses à la Titien, et des nuages dans lesquels voltigeaient des petits amours aux ventres taraudés de fossettes.

Cette nuit-là, ils laissèrent leurs voitures sur la place principale d'un petit village oublié par Dieu dans les faubourgs de Gênes. Sheldrake les conduisit dans un bar où ils retrouvèrent le correspondant du *Saturday Evening Post* qui ne tarda pas à se soûler et se déclara jaloux de leur fière allure, de leur bouillante jeunesse et de leur idéalisme. Steve s'acharna à le contredire sur tous les points, discuta âprement, prétendit que la jeunesse était le plus mauvais moment de la vie et lui dit qu'il avait bien de la chance d'avoir quarante ans, ce qui lui permettait de raconter des histoires sur la guerre au lieu de la faire. Ellis lui fit remarquer gentiment qu'eux non plus ne combattaient pas. Steve rendit Sheldrake furieux en répondant : « Non, bien sûr, nous ne sommes que de sales embusqués. » Dick et Steve s'enfuirent à toute vitesse pour empêcher Sheldrake de les rattraper. Au coin de la rue, ils tombèrent devant un tramway marqué Gênes. Steve y monta sans rien dire. Dick le suivit ; qu'aurait-il pu faire d'autre ?

Le tramway contourna un pâté de maisons et déboucha sur le bord de mer. « Par saint Judas ! s'exclama Steve, la ville est en feu ! » Au-delà des hautes carènes noires des bateaux ancrés, le long de la côte, la mer en feu illuminait murs et toits. « Nom de Dieu, Steve ! crois-tu que les Autrichiens soient déjà là ? »

Le tramway continuait à avancer en cahotant. Le receveur qui les fit payer n'avait pas l'air particulièrement ému. « *Inglese ?* » demanda-t-il. « *Americani* », répondit Steve. Il sourit, leur tapa sur le dos et prononça quelques mots incompréhensibles au sujet du *Presidenté Vilsoné.*

Ils descendirent du tramway sur une place immense entourée d'arcades non moins impressionnantes sous lesquelles un vent doux-amer soufflait furieusement. Des gens bien vêtus, portant pardessus, allaient de long en large sur les pavés de mosaïque. Toute la ville était construite en marbre, et toutes les façades tournées vers la mer reflétaient les lueurs de l'incendie. « Ténors, barytons et soprani s'en vont en guerre », murmura Dick. Steve grogna : « Et ces salauds d'Autrichiens fourniront les choristes. »

Le froid les chassa vers un café tout brillant de nickel et de miroirs. Ils demandèrent des grogs. Le garçon leur expliqua en anglais discordant qu'un pétrolier américain brûlait dans le port ; il avait heurté une mine et flambait depuis trois jours et trois nuits. Un officier britannique à long visage quitta le comptoir et vint vers leur table. Il exposa qu'on l'avait envoyé en mission ultra-secrète pour étudier la situation en Italie. Elle lui semblait salement mauvaise : la retraite n'arrêtait plus. A Milan, on parlait de se retrancher derrière le Pô. Ces salauds d'Autrichiens auraient pu occuper toute la saloperie de Lombardie si leur avance trop rapide ne les avait pas désorganisés, à tel point que leur situation n'était guère meilleure maintenant que celle des Italiens. Les officiers italiens, tous des vendus, se rappelaient maintenant le traité de la Triplice. S'il n'y avait pas eu des troupes françaises et britanniques derrière les lignes italiennes, les Macaronis auraient capitulé depuis longtemps. Ça faisait mauvais effet sur les Français dont le moral était déjà assez bas. Dick lui raconta que, depuis leur arrivée en Italie, ils se faisaient voler tous les outils et accessoires des voitures dès qu'ils les perdaient de vue. L'Anglais répondit que le vol et le pillage atteignaient des proportions formidables dans cette région et il leur révéla, encore plus confidentiellement, qu'il était chargé d'étudier ce problème. Il essayait notamment de retrouver un camion de brodequins qui avait disparu entre Vintimille et Saint-Raphaël. « Tout le train des équipages y passera. Les convois s'évanouissent en une nuit !... c'est extraordinaire... Vous voyez ces lascars à cette table là-bas, eh bien, tous ces salauds-là sont des espions autrichiens. J'espère les faire arrêter, je n'y arrive pas... c'est extraordinaire. Les Italiens font la guerre comme ils joueraient un mélodrame, un mélodrame affreusement sanglant. Il est heureux que vous, les Américains, soyez entrés dans la danse. Si vous étiez restés neutres, le drapeau allemand flotterait maintenant sur Gênes. » Tout à coup, il regarda son bracelet-montre, leur conseilla d'acheter une bouteille de whisky s'ils voulaient continuer à boire parce que le bistrot allait fermer, leur cria « *cheeryoh !* » et s'éclipsa.

Ils replongèrent dans la ville de marbre dont les ruelles obscures et les rues empierrées illuminées par l'incendie étaient désertes. Partout on voyait des murs étincelants et rouges, de plus en plus brillants et de plus en plus rouges à mesure qu'on approchait de la côte. Les deux copains se perdaient sans cesse. Enfin, ils débouchèrent sur un quai, au milieu d'une forêt de mâts. Les felouques, serrées les unes contres les autres, dansaient dans le port sur les petites vagues crêtées de rose. La jetée et l'eau au-delà de la jetée paraissaient ensanglantées. On distinguait le pétrolier en feu. Soûls et excités, ils parcoururent la ville. « Mais par Dieu ! ces villes sont plus vieilles que le monde ! » répétait Dick.

En bas d'une volée d'escaliers, ils admiraient un lion de marbre à mine de bon chien patiné depuis des siècles par les mains des habitants, quand une voix les héla en américain. C'était un jeune marin venu avec un chargement de mules sur un bateau américain. Il s'était perdu et leur demandait s'ils connaissaient le chemin. Bon Dieu, oui ! ils connaissaient tous les chemins et ils lui offrirent même à boire du cognac qu'ils avaient acheté au bistrot. Ils s'assirent sur la balustrade de pierre, à côté du lion qui ressemblait à un chien et burent le cognac à la régalade tout en bavardant. Le matelot leur montra des bas de soie qu'il avait récupérés sur le pétrolier en feu. Il leur expliqua qu'il avait couché avec une *Eutalienne,* mais qu'elle s'était endormie, et qu'alors, dégoûté, il était parti. « Cette guerre devient un véritable enfer, pas vrai ? » demanda-t-il. Et tous éclatèrent de rire.

« Vous avez l'air de deux bons gars », reprit le marin. Pour la peine, ils lui tendirent la bouteille de cognac d'où il tira une longue gorgée. « Vous êtes même des princes ! ajouta-t-il en bafouillant, et je vais vous dire ce que je pense. Ecoutez... toute cette sacrée guerre est un pavé d'or. Mais il est mal posé. Il est tout biscornu d'un bout à l'autre. On a beau faire tout ce qu'on peut, les gars comme nous attrapent toujours que le bout merdeux du bâton. Vous avez compris ? A mon avis, c'est pas la peine d'essayer de prévoir ce qui arrivera. Chacun ira en enfer à sa façon... Et puis c'est tout. Vous avez compris ? » Ils achevèrent la bouteille de cognac.

Gueulant sauvaguement : « Et qu'ils aillent tous au diable ! », le marin jeta la bouteille à toute volée sur le lion de pierre. Le lion génois continua à fixer le vide droit devant lui, de ses gros yeux de chien.

Des clochards à mine patibulaire s'assemblèrent autour d'eux pour voir ce qui se passait. Alors les trois Américains décampèrent. Le marin agitait ses bas de soie à bout de bras tout en marchant. Ils trouvèrent son navire amarré à quai. Avant de se quitter, ils se serrèrent bien vingt fois la main.

Alors, Dick et Steve se demandèrent comment retourner à Ponte-Decimo qui était à pas moins de quinze kilomètres. Grelottant de froid et de sommeil, ils marchèrent jusqu'à en avoir mal aux pieds. Puis ils hélèrent un camion rital qui les emmena à destination.

A leur arrivée, les pavés des rues et les toits des voitures se couvraient de givre. Dick fit du bruit en s'allongeant sur sa civière, à côté de Sheldrake qui se réveilla en demandant : « Qu'est-ce qui se passe ?

— Tais-toi donc, répondit Dick. Tu ne vois pas que tu réveilles tout le monde ? »

Le lendemain, ils atteignirent Milan : ville immense ravagée par le vent. La cathédrale, beaucoup trop grande, ressemblait à une pelote d'épingles. Sous la *galleria* pullulaient promeneurs, marchands de journaux et prostituées devant des restaurants aux vitrines constellées de réclames pour Cinzano et Campari.

Ils attendirent longtemps à Milan, et toute la section se lança dans une interminable partie de dés au fond d'une arrière-boutique. Enfin, ils s'en allèrent jusqu'à un patelin appelé Dolo, en bordure d'un canal gelé, sur la plaine vénitienne. Ils logeaient au-delà de la Brenta dans une villa élégamment tarabiscotée et peinturlurée. Une compagnie de sapeurs anglais mina le pont pour le faire sauter si la retraite continuait. Ils promirent d'attendre que la Section I eût traversé le pont avant de le démolir. A Dolo, il n'y avait pas grand-chose à faire. Le vent soufflait, froid et aigre. La plupart des gars rêvassaient autour du fourneau ou bien s'entrevolaient leurs sous au pocker. Les Gardes Grenadiniers se faisaient du punch sur un réchaud à essence, lisaient Boccace en italien et Steve discutait d'anarchisme.

Dick se demandait sans cesse comment il pourrait atteindre Venise. Il arriva justement que le commissaire de la Croix-Rouge à Milan n'avait pas envoyé de petits déjeuners à la Section N° I, le gros petit vieux lieutenant se désolait car il adorait le cacao. Dick lui raconta que Venise était un des plus grands marchés de cacao du monde entier et un beau matin, abondamment muni de papiers dûment estampillés, il s'embarqua sur le petit bateau qui allait de Mestre à Venise.

La mince pellicule de glace étendue sur la lagune se déchirait avec un bruit soyeux de chaque côté de la proue, au-dessus de laquelle Dick se penchait, les yeux si irrités par le vent froid qu'il en pleurait. Il regardait les longues files de pieux et les longs bâtiments rouges qui paraissaient jaillir de l'eau verte, surmontés par des dômes bulbeux et des tours carrées aux sommets pointus et qui se détachaient de plus en plus nettement sur le ciel couleur de zinc. Les ponts bossus, les escaliers aux marches vertes et luisantes, les palais, les quais de marbre étaient déserts. Seules des vedettes lance-torpilles, groupées à l'ancre dans le grand canal, semblaient vivre. En se promenant sur les places sculptées, le long des rues étroites, et des quais de la grande cité morte, Dick oublia complètement le cacao. Les canaux gelés, et la lagune minuscule et vide luisaient, striés comme des peaux de serpents. A moins de vingt-cinq kilomètres au nord, les canons tonnaient sur la Piave. Au départ de Dick, la neige tombait.

Quelques jours plus tard, tous allèrent s'installer à Bassano, derrière le mont Grappa, dans une villa des derniers temps de la Renaissance, toute décorée de petits amours, d'angelots et de fausses tapisseries. Derrière la villa, la Brenta rugissait nuit et jour sous un pont couvert. Ils passèrent leur temps à évacuer des pieds gelés, à boire du punch brûlant à Citadella où se trouvaient l'hôpital militaire et le boxon de campagne. Ils chantaient : « *La Rosée brumeuse* », « *Le Petit Taureau noir est arrivé* » et « *En descendant de la montagne* », tout en mangeant des spaghetti élastiques. Ripley et Steve décidèrent d'apprendre le dessin. Ils passèrent leurs journées à crayonner les détails architecturaux du pont couvert. Schuyler s'entraînait à parler italien en discutant de Nietzsche avec le lieutenant rital. Fred Summers avait attrapé la chtouille à Milan avec une femme, qui, selon lui, appartenait au grand monde, et même, disait-il, à une des meilleures familles de la ville. Il en jugeait à ceci : ce n'était pas lui, mais elle qui l'avait « levé », et encore du haut d'une voiture ! Il passait le plus clair de son temps à se concoctionner des remèdes de bonne femme, tels que la tisane aux queues de cerise. Dick s'assombrit. Il se sentait trop seul et se plaignait de ne pas avoir un petit coin intime. Il se mit à écrire des tas de lettres. Les réponses le rendirent encore plus malheureux.

Hilda Thurlow, notamment, lui envoya une homélie enthousiaste sur « la guerre pour tuer la guerre ». Il lui répondit : « Vous ne savez pas du tout ce qui se passe. Je ne crois plus au christianisme et je ne discuterai pas de ce point de vue, mais vous, vous y croyez, ou tout au moins Edwin. Il devrait comprendre qu'en encourageant des jeunes hommes à s'en aller vers ce louche asile de fous qu'est devenue la guerre, il détruit les principes et l'idéal du christianisme. Comme le jeune homme que j'ai rencontré à Gênes, je dirai que c'est un jeu truqué autour d'un pavé d'or que se partagent les gouvernements et les politiciens. Tout est truqué de A à Z. Si je ne craignais pas que la censure arrête cette lettre, je vous raconterais des histoires à faire vomir. »

Des belles phrases sur la liberté et la civilisation lui bouillonnaient dans la tête. Tout à coup, elles lui parurent trop stupides. Sa fièvre de discussion s'était apaisée. Il alluma le réchaud à alcool, prépara du punch et se calma en discutant de littérature, de peinture et d'architecture avec Steve.

Quand il faisait clair de lune, les Autrichiens leur rendaient le goût de vivre en envoyant des avions de bombardement survoler Bassano. Parfois, Dick éprouvait un plaisir amer, en sortant de l'abri. Il ne savait pas exactement s'il souhaitait se faire blesser, d'ailleurs l'abri n'avait aucune efficacité contre les coups directs.

Un beau jour de février, Steve apprit en lisant le journal que l'impératrice Taitu d'Abyssinie venait de mourir. Ils organisèrent une veillée mortuaire au cours de laquelle ils burent tout le rhum qu'ils possédaient, ensuite ils se lamentèrent si bruyamment sur le décès de l'impératrice que toute la section les crut tombés fous. Puis, ils s'assirent dans l'obscurité, enroulés dans leurs couvertures, devant la fenêtre éclairée par la lune et burent du sabayon chaud. Les canons antiaériens tonnaient et les shrapnels étincelaient dans le ciel, mais ils étaient trop soûls pour s'en rendre compte. Quelques avions autrichiens qui bourdonnaient au-dessus de leurs têtes arrêtèrent brusquement leurs moteurs et laissèrent tomber des bombes juste en face d'eux. L'une tomba geflump ! en plein dans la Brenta et les autres soulevèrent des gerbes de flammes devant leur fenêtre. La villa trembla trois grands coups de suite comme si elle éternuait. Le plâtre du plafond tomba. Ils entendirent les tuiles dégringoler du toit.

« Doux Jésus ! on a failli y passer ! » s'exclama Summers. Et Steve se mit à chanter : « O ma lumière, ô ma vie, éloigne-toi de cette fenêtre ! » et le reste de la chanson fondit dans un braillement de « *Deutschland über alles !* » Ils étaient tellement soûls qu'ils perdaient complètement la tête.

Ed. Schuyler, debout sur une chaise, récitait l'*Erlkönig*[1] quand Feldman, le fils d'un maître d'hôtel suisse qui commandait la section, glissa la tête par la porte entrebâillée et leur demanda s'ils avaient encore leur raison. « Vous feriez mieux de descendre à l'abri. Un des mécaniciens italiens a été tué et un soldat qui passait sur la route a eu les deux jambes arrachées... c'est pas le moment de faire les cons... » Ils lui tendirent leurs bouteilles, et le chef de section s'en alla fou de rage. Après ça, il ne leur restait plus que du Marsala. Dans la grisaille du petit matin, Dick se leva, tituba jusqu'à la fenêtre pour vomir. Il pleuvait des hallebardes. La Brenta torrentueuse écumait, toute blanche dans la pluie luisante.

Le lendemain, le tour de Dick et de Steve d'aller chercher des blessés à Rova arriva. Ils sortirent de la cour à six heures du matin, la tête grosse comme des montgolfières et bigrement heureux de ne pas se trouver sur place quand il faudrait répondre du grand scandale de la veille. A Rova, les lignes étaient calmes. On ne leur donna que quelques pneumonies et maladies vénériennes à évacuer, ainsi que deux pauvres diables qui s'étaient tirés sur les pieds et qu'on envoyait à l'hôpital sous bonne garde. Mais ça bardait au mess des officiers où ils mangèrent. Le lieutenant Sardinaglia était aux arrêts pour avoir injurié le colonel. Depuis trois jours, enfermé dans sa chambre, il composait, sur sa mandoline, un petit air qu'il appelait *La Marche des Médecins Colonels.* Serratti leur expliqua l'affaire en ricanant, la main devant la bouche, pendant qu'ils

1. *Erlkönig :* ballade de Goethe traduite en français sous le titre de « Le Roi des Aulnes ». Ces aulnes ne sont pas des arbres, mais des lutins meurtriers.

attendaient, au mess, l'arrivée des autres officiers. Tout ça, c'était arrivé à cause des filtres à café. Il n'y en avait que trois : un pour le colonel, un pour le commandant, et l'autre passait à tour de rôle à chacun des officiers subalternes. Bien. Un jour de la semaine dernière, ils taquinaient cette *bella ragazza*, la nièce du fermier chez qui ils logeaient ; elle ne s'était jamais laissé embrasser et poussait des cris affreux quand on lui tâtait les fesses. Le colonel prenait ça très mal. Il le prit encore plus mal quand Sardinaglia lui paria cinq lires qu'il pourrait l'embrasser. Il murmura quelque chose à l'oreille de la fille, et elle se laissa faire. Le colonel en devint tout violet, et dit à l'*ordinanza* de ne plus donner le filtre à Sardinaglia. Quand vint son tour, Sardinaglia, furieux, gifla l'ordonnance, une bagarre s'ensuivit. Et, depuis lors, le lieutenant Sardinaglia était aux arrêts de rigueur. « Vous autres, Américains, vous allez voir un drôle de spectacle de cirque tout à l'heure », conclut Serratti. Dick et Steve avaient du mal à garder leur sérieux, quand le colonel, le commandant et deux capitaines entrèrent en brinquebalant comme des quincailleries ambulantes.

L'*ordinanza* arriva, salua, et dit : « *Pronto spaghetti !* » d'une voix joyeuse. Tout le monde s'assit. D'abord, les officiers s'appliquèrent à aspirer de longs spaghetti gras de sauce tomate ; on passa la bouteille de vin à la ronde. Le colonel toussota pour s'éclaircir la voix avant de raconter une des histoires drôles à la fin desquelles tout le monde doit obligatoirement éclater de rire, quand on entendit jouer de la mandoline à l'étage au-dessus. Le colonel rougit, et s'enfourna une touffe de spaghetti dans la bouche au lieu de parler. Comme c'était un dimanche, le repas dura plus que de coutume. Au dessert, la *macchina* à café échut à Dick, par courtoisie à l'égard des *Américani* et quelqu'un posa sur la table une bouteille de *Strega.* Le colonel dit à l'*ordinanza* de faire venir la *bella ragazza* pour qu'elle bût un verre de *Strega.* Dick remarqua que ça déplaisait à l'ordonnance. La *bella ragazza* arriva peu après. C'était une belle fille de la campagne au teint olivâtre, solide et bien roulée. Les joues en feu, elle s'approcha timidement du colonel, le remercia poliment, mais expliqua qu'elle ne buvait jamais de liqueurs fortes. Le colonel la saisit par le bras, la fit asseoir sur ses genoux et voulut la forcer à boire son verre de *Strega.* Mais elle serrait ses dents d'ivoire et ne voulait pas boire. D'autres officiers se mirent à la chatouiller, et le colonel finit par verser la *Strega* sur le menton de la pauvre fille. Tout le monde rugissait de rire, sauf l'*ordinanza,* pâle comme un linge, et Steve et Dick qui ne savaient où regarder. Pendant que les officiers supérieurs la taquinaient, la chatouillaient et lui glissaient la main sous son corsage, les officiers subalternes lui tenaient les pieds et glissaient la main sous ses jupes. Enfin, le colonel s'arrêta de rire et, reprenant son calme, déclara : « *Basta!* maintenant, il faut qu'elle m'embrasse. » Mais la fille lui échappa et s'enfuit hors de la pièce.

« Retourne la chercher », dit le colonel à l'*ordinanza.* Quelque temps après, l'*ordinanza* revint, se mit au garde-à-vous, et dit qu'il ne la trouvait pas. « Tant mieux pour lui ! » murmura Steve. Dick remarqua que les jambes de l'*ordinanza* tremblaient. « Tu ne peux pas la trouver ! » vociféra le colonel en repoussant l'*ordinanza.* Un des lieutenants tendit la jambe contre laquelle buta l'*ordinanza* qui tomba par terre. Tout le monde éclata de rire. L'*ordinanza* se relevait quand le colonel lui donna un coup de pied dans les fesses qui le fit retomber à plat ventre. Les officiers jubilaient. L'*ordinanza* s'en fut à quatre pattes vers la porte et le colonel lui courut après en lui donnant des petits coups de pied tantôt sur la fesse droite, tantôt sur la fesse gauche comme s'il dribblait avec un ballon de football. Tout le monde était aux anges et la bouteille de *Strega* refit le tour de la table. En sortant, Serratti, qui avait rigolé tout autant que les autres, attrapa Dick par le bras et lui dit à l'oreille : « *Bestie... sono tutti bestie.* »

Serratti les emmena dans la chambre de Sardinaglia, un grand jeune homme à long visage qui se proclamait volontiers futuriste. Serratti lui raconta ce qui s'était passé. « Je crains que les Américains en soient dégoûtés.

— Rien ne dégoûte un futuriste sauf la faiblesse et la stupidité », proféra solennellement Sardinaglia. Alors, il leur expliqua qu'il avait découvert avec qui couchait la *bella ragazza*... avec l'*ordinanza !* Il en était écœuré, et ça lui prouvait, une fois de plus, que toutes les femmes étaient des truies. Puis, il les invita à s'asseoir au bord du lit et leur joua *La Marche des Médecins Colonels* que tous trois trouvèrent excellente. « Un futuriste doit être fort et ne se formaliser de rien, dit le lieutenant en pinçant sa mandoline. C'est pourquoi j'admire les millionnaires allemands et américains. » Et tous quatre rirent.

Dick et Steve allèrent chercher les *feriti* qu'ils devaient emmener à l'hôpital. Derrière la grange où ils avaient garé leur ambulance, ils trouvèrent l'*ordinanza* assis sur un bloc de pierre, la tête entre les mains ; les larmes traçaient deux longs sillons crasseux sur ses joues. Steve s'approcha de lui, lui tapota le dos et lui donna un paquet de cigarettes Necca qu'il avait touché au Y.M.C.A. L'*ordinanza* serra la main de Steve et parut vouloir la lui embrasser. « Après la guerre, j'irai en Amérique où les gens sont civilisés et ne sont pas des *bestie* comme ici. » Dick lui demanda ce qu'était devenue la jeune fille. « Partie ! » dit-il « *andata via* ».

Quand ils revinrent à la section, on leur présenta la facture de la veille : Savage, Warner, Ripley et Schuyler devaient se rendre au bureau central, à Rome, d'où on les renverrait aux Etats-Unis. Feldmann leur refusait toute explication. Ils remarquèrent aussitôt que leurs camarades les regardaient d'un air soupçonneux et paraissaient mal à l'aise en leur présence ; tous, excepté Fred Summers qui prétendait n'y rien comprendre ; d'ailleurs toute cette histoire ne l'étonnait pas, parce qu'on était dans une maison de fous ! Sheldrake avait déménagé en leur absence, emportant son lit de camp et son paquetage dans une autre pièce de la villa. Il vint les voir l'air très je-vous-l'avais-bien-dit et révéla qu'il avait entendu des mots tels que : « propos séditieux » et qu'un officier du contre-espionnage italien était venu enquêter à leur sujet. Il leur souhaita bonne chance et affecta d'être désolé. Ils quittèrent la section sans dire au revoir à personne. Feldmann les conduisit jusqu'à Vicence dans la camionnette avec leur paquetage et leur literie. A la gare, il leur remit des feuilles de route pour Rome, exprima de vagues regrets, leur souhaita bonne chance et s'éclipsa rapidement sans leur serrer la main.

« Les enfants de salauds ! s'indigna Steve. On n'est tout de même pas des lépreux. » Ed. Schuyler lisait les feuilles de route ; soudain son visage s'éclaira et il s'écria : « Hommes, mes frères ! Mon devoir m'oblige à prononcer un discours !... Elle est bien bonne !... Savez-vous, messieurs, que la Croix-Rouge, bien connue sous le nom de Poule aux Œufs d'Or, nous offre une promenade magnifique à travers l'Italie. Rien ne nous oblige à atteindre Rome avant un an.

— Gardons-nous d'y aller avant la révolution ! suggéra Dick.

— Nous n'entrerons à Rome qu'avec les Autrichiens », dit Ripley.

Un train arriva en gare. Ils entassèrent leurs bagages dans un compartiment de première classe. Le contrôleur essaya de leur expliquer que les feuilles de route ne leur donnaient droit qu'à la deuxième classe. Mais, comme ils refusaient de comprendre l'italien, il les laissa tranquilles. Ils descendirent du train à Vérone et firent enregistrer tout leur barda pour Rome. L'après-midi tirait vers sa fin ; ils décidèrent de visiter la ville et d'y passer la nuit. Le lendemain matin, ils allèrent voir le théâtre antique et la grande église de marbre couleur pêche de San-Zeno. Puis, ils s'assirent dans un café, près de la gare, pour attendre le train de Rome. Officiers aux capotes bleu horizon et vert pâle encombraient le train. A Bologne, fatigués d'être assis sur le plancher du couloir, ils quittèrent le train pour aller voir les tours penchées. Ils passèrent par Pistoïa, Lucques, Pise et rejoignirent la ligne de Rome à Florence. Les contrôleurs secouaient la tête en lisant leurs feuilles de route. Ils expliquèrent que, sur la foi de mauvais renseignements et en raison de leurs difficultés à comprendre la langue italienne, ils s'étaient trompés de train. A Florence, il pleuvait et il faisait froid. Tous les palais ressemblaient trop rigoureusement aux imitations florentines qu'ils avaient vues aux Etats-Unis. Le chef de gare les colla de force dans l'express de Rome. Mais, dès que le train s'ébranla, ils sautèrent à contre-voie et prirent le tortillard qui menait à Assises. De là, ils se rendirent à Sienne par San-Gimignano où les tours sont aussi nombreuses qu'à New York. Ils louèrent un fiacre pour toute la journée et, par un beau matin de printemps, avec de la peinture, de l'architecture, de l'huile d'olive, des paysages et de l'ail par-dessus la tête, ils se trouvèrent dans la cathédrale d'Orvieto, en train d'admirer les fresques de Signorelli. Ils passèrent toute la journée à Orvieto et retournèrent plusieurs fois voir la fresque du Jugement dernier, non sans boire du vin du pays. Ils titubaient un peu en regagnant la gare le long des rues ensoleillées. Ils arrivèrent à Rome par une gare proche des Bains de Dioclétien. L'idée de rendre leur feuille de route ne les enchantait pas, mais, à leur grand étonnement, les employés collèrent des coups de tampon dessus et les leur rendirent en disant : *Per il ritorno.*

Ils allèrent à l'hôtel, firent toilette, raclèrent leurs fonds de poches et se cotisèrent pour s'offrir un grand gueuleton avec du vin de Frascati et de l'Asti au dessert. Après quoi, ils allèrent au vaudeville et dans un cabaret de la Via Roma où ils rencontrèrent une Américaine qu'ils appelèrent la baronne et qui promit de leur faire visiter la ville. A la fin de la soirée, personne n'avait plus assez d'argent pour rester avec la baronne ou l'une de ses charmantes amies. Ils louèrent un fiacre avec leurs dix dernières lires et se firent conduire au Colisée par un beau clair de lune. La grande masse des ruines, les pierres sculptées, la pompe des noms romains, le vieux cocher de fiacre, avec son chapeau haut de forme en toile cirée, son caban vert, et qui leur recommandait des bordels, les grandes masses de murailles avec leurs arches, leurs colonnes éparpillées un peu partout dans la nuit, la majesté mourante du nom de Rome dont les accents prestigieux s'évanouissent dans le passé, tout cela leur donnait le vertige, et ils allèrent se coucher. Mais Rome bourdonnait tant à leurs oreilles qu'ils ne parvinrent pas à s'endormir.

Le lendemain matin, Dick se leva pendant que les autres dormaient encore et s'en fut à la Croix-Rouge. Il était si nerveux et inquiet qu'il ne put même pas déjeuner. Au bureau, il vit un gros commandant bostonien qui semblait être le maître des lieux. Dick lui demanda tout de go ce qui se passait. Le commandant hennit, ânonna, et maintint la conversation sur un ton agréable comme il convient quand un ancien élève de Harvard parle à un autre ancien élève de Harvard. Il parla d'indiscrétions, déclara que les Italiens étaient hypersensibles et révéla incidemment que le ton de certaines lettres avait déplu à la censure. Dick dit qu'on devrait lui donner l'occasion d'expliquer son point de vue et que si la Croix-Rouge jugeait qu'il n'avait pas accompli son devoir, il fallait le faire passer en Conseil de Guerre. Il croyait que d'autres partageaient son opinion et que, pacifistes autrefois, ils étaient prêts à servir depuis que leur pays était en guerre, mais qu'ils n'en réprouvaient pas moins la guerre. Vraiment, on aurait dû lui laisser expliquer son point de vue. Le major dit : « Ah, je vous comprends fort bien, etc. », mais les jeunes devraient se rendre compte de l'importance de la discrétion, etc., et cette affaire n'était pas grave, il s'agissait d'une simple indiscrétion, etc., et l'incident était clos. En fin de compte, Dick trouva toute cette conversation stupide et quitta le bureau. Le commandant lui offrit une feuille de route pour Paris s'il voulait aller expliquer son cas auprès des autorités supérieures. Dick retourna à l'hôtel, ahuri et furieux.

Steve était seul, les deux autres sortis. Ils s'en allèrent à travers la ville par les rues ensoleillées qui sentaient l'huile d'olive chaude, le vin et la vieille pierre, coupées de-ci de-là par des églises aux dômes baroques, des colonnades. Ils virent le Panthéon et le Tibre. Ils n'avaient pas un sou en poche pour manger ni pour boire et passèrent l'après-midi à somnoler, la faim au ventre, sur le chaud gazon d'un square. Ils retournèrent à leur chambre affamés et déprimés. Là, ils trouvèrent Schuyler et Ripley buvant joyeusement du vermouth à l'eau de Seltz. Schuyler avait rencontré, par hasard, un vieil ami de son père, le colonel Anderson, inspecteur de la Croix-Rouge en Italie qui lui avait confié ses sujets d'indignation et lui avait même révélé quelques petites escroqueries commises au bureau de Milan. Anderson lui avait offert à dîner et à boire à l'hôtel de Russie, lui avait prêté cent dollars et l'avait immédiatement embauché aux services de propagande de la Croix-Rouge. « Hommes mes frères, *evviva Italia* et ses vieux *alleati!* Nous sommes tous sauvés !

— Et nos dossiers ? demanda Steve méchamment.

— Oublions tout ça, *siamo tutti italiani...*, il n'y a plus de défaitistes maintenant. »

Schuyler les invita tous à dîner, les emmena au Tivoli et au lac Nemi, dans une voiture de l'armée. Puis il les expédia sur Paris avec des feuilles de route leur accordant rang et privilèges de capitaine.

A Paris, dès le premier jour, Steve se rendit aux bureaux de la Croix-Rouge pour se faire renvoyer aux Etats-Unis. « Au diable toutes ces histoires ! je serai objecteur de conscience quoi qu'il advienne », disait-il. Ripley s'enrôla dans l'armée française et fut expédié sur-le-champ à l'école d'artillerie de Fontainebleau. Dick loua une chambre à bon marché dans un petit hôtel de l'île Saint-Louis et passa son temps à interviewer l'un après l'autre tous les gros bonnets de la Croix-Rouge ; de Rome, il avait télégraphié à Hiram Halsey Cooper qui lui avait répondu fort prudemment en lui indiquant quelques noms. Les gros bonnets se le repassaient de l'un à l'autre. L'un d'eux, chauve et important, lui répondit dans son luxueux bureau de l'hôtel Crillon : « Jeune homme, vos opinions n'ont pas d'importance quoiqu'elles dénotent une tournure d'esprit grotesque et lâche. Ce qui importe, c'est que le peuple des Etats-Unis a décidé de liquider le Kaiser. Nous bandons tous nos muscles et nous faisons appel à toute notre énergie pour atteindre notre but. Quiconque se met en travers de la grande machine construite par la ferveur de cent millions de patriotes dans le but immaculé de sauver la civilisation menacée par les Huns sera haché comme une mouche ! Je m'étonne de voir qu'un homme instruit comme vous, qui est passé par une de nos meilleures universités, ne montre pas plus de bon sens. Ne faites pas le zigoto devant la scie circulaire ! »

Enfin, on l'envoya au service de contre-espionnage où il rencontra un de ses anciens camarades d'Harvard, Spaulding, qui lui sourit d'un air dégoûté en disant : « Mon vieux, par les temps qui courent, nous n'avons pas le droit de nous laisser aller à nos inspirations personnelles, n'est-ce pas ?... J'estime même qu'il est parfaitement criminel de s'offrir le luxe d'avoir des opinions personnelles, parfaitement criminel. Nous sommes en guerre, et nous devons tous faire notre devoir. Ce sont des gens comme vous qui encouragent les Allemands à continuer le combat, des gens comme vous et comme les Russes. » Le chef de Spaulding, un capitaine portant des éperons et des guêtres magnifiquement astiquées, jeune homme à la mine sévère et au profil délicat, se leva brusquement, bondit vers Dick, approcha son visage presque à lui toucher le bout du nez et hurla : « Que feriez-vous si deux Huns attaquaient votre sœur ? Vous vous battriez, n'est-ce pas ?... à moins que vous ne soyez qu'un sale *chien jaune !* » Dick essaya de leur faire comprendre qu'il souhaitait de continuer à servir la Croix-Rouge comme auparavant et qu'il ne désirait rien d'autre que d'être renvoyé au front. Peut-être aurait-on pu lui accorder l'occasion d'expliquer son point de vue. Le capitaine allait de long en large, l'engueulant et lui criant qu'après la déclaration de guerre du Président, quiconque se déclarait pacifiste n'était qu'un voyou, pire encore, un dégénéré, qu'il ne tolérerait pas la présence de tels individus parmi les membres du Corps Expéditionnaire Américain et qu'il veillerait personnellement à ce que Dick fût renvoyé aux Etats-Unis, et à ce qu'on ne le laissât revenir sous aucun prétexte. Il conclut triomphalement : « Il n'y a pas de place, dans le Corps Expéditionnaire Américain, pour un embusqué ! » Abandonnant tout espoir, Dick retourna au bureau de la Croix-Rouge pour se faire renvoyer. On lui donna un bulletin de passage pour *La Touraine* qui quittait Bordeaux quinze jours plus tard. Dick travailla comme brancardier bénévole à l'hôpital américain, avenue du Bois de Boulogne pendant les deux dernières semaines qu'il passa à Paris.

C'était en juin. Par les nuits claires, les avions allemands ne manquaient pas de bombarder la ville et quand le vent soufflait dans le bon sens, on entendait le canon tonner sur le front. Les Allemands attaquaient et la ligne de combat était si proche de Paris qu'on évacuait les blessés directement sur les hôpitaux de la ville. Toute la nuit, les brancards circulaient sur le large trottoir devant l'hôpital, sous les arbres au feuillage frais. Dick aidait à les porter le long des escaliers de marbre jusqu'à la salle de réception. Une nuit, on le plaça de garde devant la salle d'opérations, et pendant douze heures, il porta des seaux pleins de sang et de gaze d'où émergeaient parfois un os brisé, un morceau de bras ou de jambe. Quand il quitta son travail, il marcha jusque chez lui, fatigué à en souffrir, à travers les rues de Paris qui, au petit matin, embaument la fraise des bois. Il revoyait les faces, les yeux, les cheveux trempés de sueur, les poings serrés, souillés de sang et de poussière des blessés qui rigolaient, mendigotaient des cigarettes, et il entendait encore les râles atroces des cages thoraciques défoncées.

Un jour, il avisa une boussole de poche dans la vitrine d'une bijouterie, rue de Rivoli. Il entra et l'acheta. Un plan complet venait tout à coup de se développer dans sa tête : acheter un complet civil, laisser son uniforme en tas sur le quai de Bordeaux et filer vers la frontière espagnole. La chance aidant, grâce à toutes les feuilles de route qu'il avait dans sa poche, il arriverait bien à la frontière qu'il traverserait à pied. Alors, il se trouverait dans un des pays qui échappaient au cauchemar de la guerre et il prendrait une décision. Il prépara même la lettre qu'il écrirait à sa mère à ce moment-là. Tout en emballant ses livres et autres bricoles et en emportant son paquetage sur son dos, le long des quais jusqu'à la gare d'Orléans, il fredonnait intérieurement le « *Chant pour une époque d'ordre* », de Swinburne :

*Quand trois hommes se tiennent par la main*
*Les royaumes ont trois esclaves de moins.*

Parbleu ! il allait écrire des vers. Les gens avaient besoin de poèmes pour leur donner le cran de se révolter contre leurs gouvernements de cannibales. Assis dans un compartiment de seconde classe, il vivait déjà en rêve dans une ville espagnole brûlée par le soleil, expédiant vers tous les coins du monde des poèmes enflammés et des manifestes pour appeler les jeunes hommes à se révolter contre leurs bouchers. Des imprimeries clandestines reproduiraient ses poèmes dans le monde entier. Il y pensait si intensément qu'il ne vit pas les faubourgs de Paris s'effacer et la campagne vert jade glisser à côté de lui sous le soleil d'été.

*Hissons notre drapeau droit dans le vent*
*Le vieux drapeau rouge flottera encore*
*Quand nos rangs déjà minces se seront éclaircis et*
*Quand ceux qui sont vingt ne seront plus que dix.*

Même le tressautement du train français semblait rythmer son poème comme si les paroles scandaient le pas d'une foule en marche :

*Quand trois hommes se tiennent par la main*
*Les royaumes ont trois esclaves de moins.*

A midi, Dick eut faim et alla prendre son dernier repas de luxe au wagon-restaurant. Il s'assit en face d'un jeune homme de bonne mine en uniforme d'officier français. « Bon Dieu ! c'est toi, Ned ? » Blake Wigglesworth rejeta la tête en arrière comme il en avait la curieuse habitude et s'écria : « **Garçon, un verre pour le Monsieur !**

— Mais combien de temps es-tu resté à l'Escadrille La Fayette ? balbutia Dick.

— Pas longtemps... Ils n'ont pas voulu de moi.

— Et dans la marine ?

— Ils m'ont jeté dehors. Ces foutus idiots prétendent que je suis tuberculeux... **Garçon, une bouteille de champagne !** Où vas-tu ?

— Je t'expliquerai.

— En ce qui me concerne, je m'en retourne sur *La Touraine* », dit Ned en rejetant la tête en arrière, et il murmura : « Blablabla... » en riant.

Dick remarqua qu'il était pâle, que sa peau, transparente sous les yeux, présentait de vilaines rougeurs aux pommettes et que ses yeux brillaient d'un éclat trop vif. « Moi aussi, répondit-il.

— Je suis dans de mauvais draps, dit Ned.

— Moi aussi, répliqua Dick. Très mauvais. »

Ils levèrent leurs verres, se regardèrent droit dans les yeux et se mirent à rire.

Ils restèrent au wagon-restaurant tout l'après-midi, bavardant et buvant, et arrivèrent à Bordeaux ahuris comme des chouettes ivres. Ned avait dépensé tout son argent à Paris, et Dick n'en avait plus beaucoup. Heureusement ils rencontrèrent deux lieutenants américains dans un café de Bordeaux. Comme ces derniers venaient de débarquer, Dick et Ned leur vendirent literie et équipement. Errant de bar en bar, et furetant dans les rues pour trouver à boire après l'heure, ils se crurent revenus au bon vieux temps de Boston. Ils passèrent presque toute la nuit dans une élégante maison publique, aux meubles capitonnés de satin rose, bavardant avec la patronne, une femme sèche à la lèvre supérieure longue comme celle d'un lama et qui portait une robe de soie noire pailletée. Elle les prit en sympathie et leur offrit la soupe à l'oignon. Tout en bavardant, ils oublièrent les filles. Cette femme avait vécu au Transvaal au temps de la guerre des Boers et parlait un drôle d'anglais sud-africain. « Vous comprenez, nous hafions une très chic clientèle, rien que des officiers pleins aux as, beaucoup d'élégance, décorum. Ah, ces lascars de la brousse !... ...Nom de Dieu, foutez-moi le camp d'ici... ... C'était vachement select, vous savez, nous hafions deux zalons, un pour les officiers anglais, et un pour les officiers boers, très select. Pendant toute la guerre, on n'a jamais eu une sale bagarre, pas de batailles... Vos compatriotes, les Américains, ce n'est pas comme ça, mes amis, beaucoup enfants de putains, font soûleries, font sales bagarres, dégueulent partout, naturellement il y a aussi des gentils garçons comme vous, mes mignons, de véritables gentlemen. » Et elle leur tapotait les joues, de ses mains sèches ornées de bagues. Quand ils s'en allèrent elle voulut les embrasser et les reconduisit jusqu'à la porte en disant : « **Bonsoir, mes jolis petits gentlemen !** »

Pendant toute la traversée, ils furent soûls dès onze heures du matin. Le temps était calme et brumeux. Dick et Ned se trouvaient fort heureux. Un soir, qu'ils s'appuyaient au bastingage, à l'arrière du navire, auprès du petit canon, Dick fouilla dans ses poches pour trouver une cigarette, et ses doigts rencontrèrent quelque chose de dur sous la doublure de son manteau. C'était la petite boussole qu'il avait achetée pour traverser la frontière espagnole à pied. Avec un vague sentiment de culpabilité, il la jeta par-dessus bord.

## ACTUALITÉS XXVII

SON MUTILÉ DE GUERRE
QU'ELLE PRENAIT POUR UN HÉROS
N'ÉTAIT QU'UN IMPOSTEUR
ELLE DEMANDE LE DIVORCE

*Au milieu des horreurs de la guerre*
*Surgit l'infirmière de la Croix-Rouge*
*C'est la rose du No man's land*

si l'on en croit des milliers de témoins, rassemblés pour assister au lancement, la coque s'est tout simplement retournée comme une énorme tortue, précipitant ceux qui l'occupaient dans l'eau dont la profondeur atteignait vingt-cinq pieds. Ce désastre s'est produit exactement quatre minutes avant l'heure fixée pour le lancement.

*Oh, cette bataille de Paris*
*Elle fait de moi un pochard*

DÉBUT DES OPÉRATIONS BRITANNIQUES
SUR LA FRONTIÈRE AFGHANNE

Les Américains envisagent avec confiance d'occuper une place prépondérante dans le commerce mondial ; mais cela dépendra en grande partie de l'intelligence et du succès avec lesquels ils développeront leurs ports

*Je veu' r'tourner chez moi*
*Je veu' r'tourner à la maison*
*Les balles, elles sifflent ;*
*Les canons, ils rugissent ;*

*Je n'veux plus retourner aux tranchées, plus jamais*
*Oh ! expédiez-moi au-delà des mers*
*Où l'**Allemand** ne m'attrapera pas*

on a entrepris une croisade contre les jouets, mais même si on rassemblait et détruisait tous les jouets allemands, on ne supprimerait pas les importations en provenance d'Allemagne

VINGT CONSOMMATEURS
DÎNANT DANS UN CAFÉ
SE FONT DÉVALISER
PAR UN SEUL BRIGAND

ON NE DOIT PAS AUTORISER
CEUX QUI MÉPRISENT LES LOIS À SE RASSEMBLER
AU MOMENT CRITIQUE OÙ L'ON S'ATTEND
À UN SOULÈVEMENT POPULAIRE

*Oh mon Dieu je suis trop jeune pour mourir*
*Je veux retourner chez moi*

La Vie Nocturne Reprend à Nancy Malgré les Raids d'Aviation

DANS L'AFFAIRE
DE LA MALLE SANGLANTE
LA POLICE EST SUR LA PISTE
D'UNE FEMME TATOUÉE

LA FEMME D'UN COMBATTANT
SE FAIT BALAFRER
PAR SON ADMIRATEUR

On Accuse un Jeune Politicien d'avoir Accepté de l'Argent Pour Favoriser la Nomination d'un Officier de Réserve.

il semble que ces hommes étaient des commerçants chinois venant d'Irkoutsk, de Chita ou d'ailleurs et s'en retournant vers Kharbin, profits en poche, dans le but de reconstituer leurs stocks

*Oh cette bataille de Paris*
*Elle fait de moi un pochard*
***Toujours la femme et combien***

LES BOLCHEVICKS ONT ASSASSINÉ
TROIS CENT MILLE ARISTOCRATES RUSSES

LES BANQUIERS DE CHEZ NOUS,
D'ANGLETERRE ET DE FRANCE
DÉFENDENT LES INTÉRÊTS
DES ÉPARGNANTS ÉTRANGERS

ces trois jeunes filles arrivèrent en France il y a treize mois. Elles furent les premières à donner des concerts sur le front. Elles montèrent un spectacle pour les troupes américaines sur la plateforme d'un gros canon de marine à trois kilomètres de la ligne de feu à la veille de l'attaque contre Château-Thierry. Elles furent ensuite affectées à la zone de récréation d'Aix-les-Bains ; pendant la journée, elles servaient à la cantine des permissionnaires. Dans la soirée elles jouaient et chantaient

*On n'a jamais vu un endroit où il y ait aussi peu d'hommes*
***Beaucoup** rhum, **beaucoup** rigolade*
*Maman ne reconnaîtrait plus son fils si affectueux*
*Oh, si vous voulez revoir... la statue de la Liberté*
*N'approchez pas fuyez la bataille de Paris.*

## L'ŒIL DE LA CAMERA 35

*il y avait toujours deux chats couleur de lait chaud mêlé d'un peu de café avec des yeux d'aigue-marine et des têtes noires comme de la suie dans la vitrine de la blanchisseuse en face de la crèmerie où nous prenions notre petit déjeuner sur la Montagne Sainte-Geneviève aux rues serrées entre les maisons, gris ardoise du Quartier Latin, qui se penchent au-dessus du trottoir brumeux des rues minuscules mais colorées comme des pastels avec des bars infinitésimaux des restaurants des boutiques d'antiquaires des vieilles gravures, des lits, des bidets, du parfum fané et le grésillement à peine perceptible du beurre dans une poêle*

*la Bertha fit un bruit sec à peine plus fort qu'un pétard en tombant près de l'hôtel où mourut Oscar Wilde tous nous grimpâmes les escaliers pour voir si la maison ne brûlait pas mais la vieille dame qui avait mis du lard à frire tempêtait furieuse comme une sorcière parce que son lard était perdu*

*tous les beaux quartiers neufs proches de l'Arc de Triomphe étaient déserts mais dans le vieux Paris jaune et gris hirsute de la Carmagnole du Faubourg Saint-Antoine et de la Commune nous chantions*

*'suis dans l'axe*
*'suis dans l'axe*
*'suis dans l'axe du gros canon*

*quand la Bertha tomba dans la Seine il y eut un concours de pêche entre tous les vieux pêcheurs moustachus debout dans leurs barques vert vif qui ramassaient dans leurs filets les vairons assommés par l'explosion*

Evelyne s'installa avec Eleanor dans un bel appartement que cette dernière avait trouvé, on ne sait comment, sur le quai de la Tournelle, à l'étage mansardé d'une maison grise et lépreuse construite au temps de Richelieu et modifiée sous Louis XV. Evelyne ne se lassait pas de regarder par la fenêtre au-delà de la grille du balcon en fer forgé aux courbes délicates, vers la Seine sur laquelle des remorqueurs à vapeurs, gros comme des jouets, luttaient contre le courant, tirant derrière eux des péniches rouges et vertes, pareilles à des jouets, avec leurs fenêtres vernies et astiquées garnies de rideaux de dentelles et de géraniums en pots ; et au-delà, son regard se perdait sur l'île de la Cité, où les arcs des contreforts élancés soutenant l'abside de **Nôtre-Dâme** surgissaient vertigineux au-dessus des arbres d'un petit square. Elles prenaient le thé sur une petite table de Boule, presque chaque soir, devant la fenêtre, en rentrant de leur bureau situé rue de Rivoli, et où elles passaient leurs journées à coller des photos de fermes françaises en ruine et de petits orphelins affamés, dans des albums pour les envoyer aux Etats-Unis afin de servir la propagande de la Croix-Rouge.

Après avoir bu son thé, Evelyne s'en allait dans la cuisine et regardait Yvonne, la cuisinière, vaquer à ses occupations. Yvonne troquait si habilement le sucre et les conserves qu'elles touchaient à la Croix-Rouge que la nourriture ne coûtait presque rien. D'abord, Evelyne essaya de mettre un terme à ce trafic, mais Yvonne lui répondit par un torrent d'arguments : Mademoiselle croyait-elle que le président Poincaré, les généraux ou les ministres **ces salots de profiteurs, ces salots d'embusqués** se privaient de **brioches ?** C'était le système D., **ils s'en fichent des particuliers, des pauvres gens...** Eh bien, ses maîtresses mangeraient aussi bien que n'importe quel vieux chameau de général ! Et si on la laissait faire, elle ferait aligner tous les généraux devant un peloton d'exécution avec les ministres embusqués et les ronds-de-cuir aussi. Eleanor prétendait que cette vieille femme avait la tête un peu dérangée à cause des privations, mais Jerry Burnham disait qu'au contraire c'était le reste du monde qui perdait la tête.

Jerry Burnham était le petit homme rougeaud qui avait si bien tiré Evelyne des pattes du colonel français le soir où elle était arrivée à Paris. Ils en avaient souvent ri par la suite. Il travaillait pour l'United Press et passait tous les deux ou trois jours au bureau d'Evelyne parce qu'il rendait compte de l'activité de la Croix-Rouge dans sa rubrique. Il connaissait tous les restaurants de Paris et emmenait Evelyne dîner à la Tour d'Argent ou déjeuner à la Taverne Nicolas Flamel, après quoi ils se promenaient l'après-midi dans les vieilles rues du Marais, et ils arrivaient tous les deux en retard à leur travail. Le soir, ils s'installaient parfois dans un café à une table isolée où on ne les entendait pas. (Tous les garçons de café étaient des mouchards selon lui.) Il buvait beaucoup de cognac à l'eau de Seltz et se laissait aller aux confidences : son travail le dégoûtait, les correspondants ne parvenaient plus à rendre compte de quoi que ce fût, ils avaient trois ou quatre censures sur le dos, et on les obligeait à envoyer des articles truqués qui contenaient autant de mensonges que de mots. Après avoir fait ça pendant des années, ils perdaient tout amour-propre ; quoiqu'avant la guerre un journaliste ne valût pas beaucoup mieux qu'un vagabond, maintenant Jerry ne trouvait pas de termes assez bas pour qualifier sa profession. Evelyne essayait de le réconforter en lui disant qu'après la guerre il écrirait sûrement un grand livre comme *Le Feu,* dans lequel il dirait toute la vérité. « Mais la guerre ne finira jamais !... elle rapporte beaucoup trop. Me comprenez-vous ? Chez nous on en tire profit, les Anglais en tirent profit, et même les Français. Voyez Bordeaux, Toulouse, Marseille et tout l'argent qui s'y gagne ! Et ces salauds de politiciens ont tous des comptes en banque à Amsterdam ou à Barcelone, les enfants de putain! » Puis, il lui prenait la main, piquait une crise de larmes, et promettait que si jamais la guerre finissait il saurait bien reconquérir son amour-propre et écrire le grand roman qu'il avait en tête.

Vers la fin de l'automne, un soir, après avoir pataugé dans la boue en rentrant du bureau, dans le crépuscule brumeux, Evelyne trouva Eleanor attablée avec un soldat français. D'abord, elle s'en réjouit parce qu'elle se plaignait de ne pas connaître d'autres Français que les secouristes professionnels et les dames de la Croix-Rouge, vraiment trop assommantes. Puis elle reconnut Maurice Millet [1] et se demanda comment elle avait pu le trouver à son goût, même quand elle était toute jeune, tant il lui paraissait, maintenant, falot, adipeux, et semblable à une vieille fille malgré son uniforme bleu pas trop propre. Ses grands yeux aux longs cils de fille étaient profondément cernés de violet. Selon toute évidence, Eleanor le trouvait encore merveilleux et buvait ses paroles quand il parlait de l'élan suprême du sacrifice et de l'harmonie mystérieuse de la mort. Il était brancardier dans un hôpital d'évacuation à Nancy, tournait au cagot, et avait presque oublié l'anglais. Elles l'interrogèrent au sujet de sa peinture; il haussa les épaules sans répondre. Pour dîner il mangea fort peu et ne but que de l'eau. Il resta très tard ce soir-là et leur parla de miraculeuses conversions d'incrédules, d'extrêmes-onctions sur la ligne de feu. Il avait même eu une vision, dans un poste de secours tout près du front : il avait vu un jeune Christ circuler parmi les blessés dans un nuage de gaz asphyxiants. Il était décidé à entrer dans un monastère après la guerre, à la Trappe, sans doute. Après son départ, Eleanor proclama qu'elle venait de passer la soirée la plus exaltante de sa vie ; Evelyne ne discuta pas.

Maurice revint un après-midi avant la fin de sa **perme,** accompagné d'un jeune écrivain français qui travaillait au

1. Maurice Millet apparaît déjà au cours des chapitres consacrés à Eleanor Stoddart dans *42^e^ Parallèle.*

quai d'Orsay. C'était un grand garçon aux joues roses, aux allures d'écolier anglais, qui s'appelait Raoul Lemonnier et préférait parler anglais plutôt que français. Il avait passé deux ans au front dans les **Chasseurs Alpins** et on l'avait réformé à cause de ses poumons ou de son oncle qui était ministre (il ne savait pas exactement). Il trouvait tout rasant, sauf le tennis et le canotage : tous les après-midi il allait ramer à Saint-Cloud. Eleanor déclara soudain que depuis son arrivée à Paris elle ne vivait plus faute de jouer au tennis. Lemonnier lui répondit qu'il préférait les Anglaises et les Américaines parce qu'elles étaient sportives et qu'en France toutes les femmes s'imaginaient que les hommes voulaient coucher avec elles. « Comme c'est rasant l'amour ! » conclut-il. Il passa un moment debout devant la fenêtre avec Evelyne à discuter de cocktails (il adorait les boissons américaines) et à regarder le crépuscule s'appesantir sur **Nôtre Dâme** et sur la Seine pendant qu'Eleanor et Maurice, assis dans l'obscurité au fond du petit salon, parlaient de saint François d'Assise. Evelyne retint Maurice à dîner.

Le lendemain matin, Eleanor parlait de se convertir au catholicisme et, en allant au bureau, elle entraîna Evelyne à **Nôtre Dâme,** pour entendre la messe. Elles allumèrent des cierges à l'intention de Maurice tout près de la porte principale devant une vierge qu'Evelyne trouvait trop assommante. Le murmure des prêtres, les lumières et l'odeur refroidie de l'encens les impressionnèrent. Evelyne souhaitait sincèrement que le pauvre Maurice ne fût pas tué au frond.

Un soir, Evelyne invita Jerry Burnham, Raoul Lemonnier, Miss Felton qui revenait d'Amiens, et le commandant Appleton qui s'occupait de chars d'assauts à Paris. Ce fut un chic dîner. Ils mangèrent du canard aux oranges. Mais Jerry, furieux de voir Evelyne accorder trop d'attention à Lemonnier, se soûla, dit des grossièretés, donna des détails sur la retraite de Caporetto et dit que les Alliés étaient très mal en point. Le commandant Appleton en rougit d'indignation et répondit qu'on ne devrait pas parler ainsi même si c'était vrai. Quant à Eleanor, elle aurait voulu voir fusiller Jerry sur-le-champ. Lorsqu'elles se trouvèrent seules, Eleanor s'en prit à Evelyne. « Que va penser de nous ce jeune Français. Tu es un amour, Evelyne chérie, mais tes amis sont vraiment trop vulgaires. Je me demande où tu les ramasses. Et cette Felton a bu quatre cocktails, un litre de Beaujolais et trois verres de cognac ! Je l'ai surveillée. » Evelyne éclata de rire et Eleanor finit par succomber à la contagion, mais elle conclut qu'Evelyne tombait dans la bohème, ce qui était fort mal en temps de guerre, d'autant plus que la situation était mauvaise en Italie et en Russie et qu'il fallait songer aux pauvres gars des tranchées, et tout, et tout !

Cet hiver-là les Américains en uniforme, les voitures officielles américaines et les conserves de la Croix-Rouge envahirent Paris petit à petit. Le commandant Moorehouse arriva tout droit de Washington pour prendre la direction des services de propagande de la Croix-Rouge. Evelyne apprit alors que c'était un vieil ami d'Eleanor. Avant son arrivée tout le monde parlait de lui ; on disait qu'avant la guerre il était déjà le plus grand expert de New York en matière de publicité. Personne au monde n'ignorait le nom de J. Ward Moorehouse, prétendait Eleanor. Quand on apprit qu'il avait effectivement débarqué à Brest, une grande agitation régna dans les bureaux. Tout le monde s'inquiétait. Peut-être ce grand homme arrivait-il avec une hache et chacun souhaitait qu'il frappât le voisin.

Le matin de son arrivée, Evelyne remarqua qu'Eleanor était frisée. Peu avant midi, tous les employés du service de propagande furent rassemblés dans le bureau du commandant Wood pour accueillir le commandant Moorehouse. C'était un homme assez solide, aux yeux bleus et aux cheveux si clairs qu'on les aurait crus blancs. Son uniforme lui allait à merveille ; son ceinturon et ses guêtres brillaient comme du verre. Au premier coup d'œil Evelyne lui trouva quelque chose de sincère et d'attirant qui lui fit penser à son père. Il avait l'air jeune malgré ses bajoues épaisses et parlait avec un léger accent du Sud. Il fit un petit discours sur l'importance des efforts accomplis par la Croix-Rouge pour soutenir le moral des civils et des combattants. Leur activité devait tendre vers deux buts : stimuler les dons de ceux qui restaient au pays, et tenir le monde entier au courant des résultats obtenus. Malheureusement, la plupart des gens ignoraient les travaux surhumains effectués par la Croix-Rouge et tendaient une oreille trop bienveillante aux agents de l'Allemagne déguisés en pacifistes, aux propres-à-rien et aux ambitieux toujours prêts à dénigrer et à critiquer. Il convenait que le peuple des Etats-Unis et les populations des pays alliés ravagés par la guerre fussent tenus au courant des magnifiques sacrifices consentis par les employés de la Croix-Rouge, sacrifices tout aussi admirables que ceux de nos magnifiques soldats des tranchées. « En ce moment même, mes amis, nous sommes sous le feu des canons ennemis, prêts à nous sacrifier pour que la civilisation ne disparaisse pas de la surface du globe. » Le major Wood s'inclina en arrière et le ressort de son fauteuil à bascule émit un léger grincement qui fit sursauter tout le monde et quelques-uns regardèrent du côté de la fenêtre comme s'ils s'attendaient à voir un obus de la grosse Bertha leur arriver tout droit sur la tête. Le major Moorehouse continua avec force en clignant les paupières : « Voilà ce que nous devons faire comprendre au public : il faut que les cœurs se serrent, que les muscles se bandent, qu'ils se crispent, que la peur soit domptée et qu'on tienne jusqu'au bout. »

Malgré elle, Evelyne fut émue. Elle jeta un coup d'œil vers Eleanor qu'elle trouva aussi glacée et liliale que lorsque Maurice racontait avoir vu un jeune Christ dans un nuage de gaz asphyxiants. « Mais on ne sait jamais ce qu'elle pense au fond », se dit Evelyne.

Cet après-midi, J. W., c'est ainsi qu'Eleanor appelait le commandant Moorehouse, vint prendre le thé chez elles. Evelyne, inquiète de se trouver avec un personnage aussi important, surveilla ses paroles. « Ce doit être lui, le fameux conseiller financier », se répétait-elle en ricanant intérieurement. Il était moins en forme qu'à midi, parlait peu, semblait dépaysé. Il tressaillit visiblement quand elles parlèrent des bombardements par avion, les soirs de clair de lune et racontèrent que le président Poincaré se rendait sur place dès le lendemain matin pour visiter les ruines et réconforter les survivants. Il ne resta pas tard et s'en alla en voiture pour conférer avec quelque important personnage. Evelyne crut comprendre qu'il aurait préféré rester avec elles. Eleanor l'accompagna jusqu'au palier et s'y attarda assez longuement. Quand elle revint, son visage finement modelé avait le même air calme et froid qu'à l'ordinaire. Evelyne faillit lui demander si Moorehouse était son... son... mais elle ne trouva pas les mots qui convenaient.

Eleanor resta un moment silencieuse ; puis elle secoua la tête et murmura : « Pauvre Gertrude !

— De qui s'agit-il ? »

Eleanor répondit d'une voix douce amère : « La femme de J. W. Elle est dans un sanatorium... dépression nerveuse... la tension d'esprit due à cette horrible guerre... oh, ma chérie ! »

Le commandant Moorehouse partit pour l'Italie afin d'y réorganiser les services de propagande de la Croix-Rouge. Quinze jours plus tard, un ordre arriva de Washington enjoignant à Eleanor de se rendre à Rome. Evelyne se trouva seule avec Yvonne dans l'appartement.

Cet hiver-là fut froid et triste. Les gens de la Croix-Rouge devenaient trop assommants, mais Evelyne s'efforça de conserver son travail et de s'amuser de temps en temps le soir avec Raoul. Il l'emmenait dans des petites boîtes qu'il trouvait toujours très rasoir. Il lui fit connaître *Les Noctambules* où l'on buvait après l'heure. Un soir, il l'invita dans un petit restaurant de la Butte Montmartre. Le repas terminé, ils passaient devant le Sacré-Cœur quand des zeppelins apparurent dans le ciel. Ils restèrent sur le parvis. Paris s'étendait au-dessous d'eux morne et glacé comme si tous les toits et les dômes étaient sculptés dans la neige. Les shrapnels étincelaient dans l'air glacial au-dessus de leur tête et les pinceaux des projecteurs, tranchants dans l'obscurité laiteuse, étaient pareils aux antennes d'insectes géants. De temps à autre, une bombe incendiaire, en éclatant, perçait la nuit d'un brusque flamboiement. Un court instant, ils aperçurent deux minuscules cigares argentés qui flottaient dans le ciel, bien plus haut que la lune.

Evelyne remarqua alors que le bras de Raoul, enserrant sa taille peu avant, était remonté et qu'il lui caressait les seins. « C'est fou, tu sais... c'est fou, tu sais... », disait-il d'une voix chantante. Il semblait avoir oublié l'anglais car dès lors ils parlèrent en français et Evelyne se crut follement amoureuse. La voiture des pompiers qu'on appelait breloque passa pour annoncer la fin de l'alerte, et ils descendirent dans Paris obscur et silencieux. A un coin de rue, un gendarme jaillit de la nuit et se précipita vers Lemonnier pour lui demander ses papiers. Il les examina difficilement à la lueur bleue d'un réverbère. Evelyne attendait, haletante, sentant son cœur battre à grands coups. Le gendarme rendit les papiers, salua, s'excusa à profusion et s'éloigna. Ils ne parlèrent pas de cet incident et continuèrent à marcher. Raoul semblait croire qu'Evelyne l'emmenait coucher chez elle. Ils marchèrent rapidement dans les rues froides et sombres où les pavés résonnaient sous leurs pas. Elle s'accrochait à son bras ; de temps en temps leurs cuisses se touchaient et Evelyne en éprouvait un choc électrique désagréable.

Sa maison était une des rares à Paris où il n'y eut pas de concierge. Elle ouvrit la porte et ils montèrent, en grelottant, les escaliers aux marches de pierre froide. Elle lui demanda en chuchotant de ne pas faire de bruit à cause de la bonne. « Comme c'est rasant ! » murmura-t-il. Puis, collant ses lèvres à l'oreille d'Evelyne il ajouta : « J'espère que vous ne trouverez pas ça trop rasant. »

Après, tout en se recoiffant devant la glace, humant l'un après l'autre les flacons de parfum et se pomponnant sans hâte ni embarras, il demanda : « Charmante Evelyne, voulez-vous m'épouser ? Ça pourrait s'arranger, savez-vous. Mon oncle, le chef de la famille, aime beaucoup les Américains. Evidemment ce serait rasant à cause du contrat et tout ça... » Evelyne lui répondit du fond de son lit où elle frissonnait sous les couvertures : « Oh, non, ça ne me dit rien du tout. » Raoul lui lança un coup d'œil furieux et offensé lui souhaita bonne nuit très cérémonieusement et la quitta.

Quand les bourgeons revinrent aux arbres, sous la fenêtre et quand narcisses et jonquilles reparurent sur les marchés, elle sentit que c'était le printemps, sa solitude lui pesa encore plus et Paris lui parut maussade. Jerry Burnham était parti pour la Palestine. Raoul Lemonnier n'était jamais revenu la voir. Le commandant Appleton lui rendait visite chaque fois qu'il passait par Paris, la traitait avec égards, mais il était trop assommant. Elisa Felton conduisait une ambulance pour l'hôpital américain de l'avenue du Bois-de-Boulogne ; elle passait les dimanches chez Evelyne quand elle était libre et l'agaçait en lui reprochant de ne pas être une vraie païenne émancipée. « Personne ne m'aime, répétait-elle, et je prie le Seigneur pour qu'un des obus de la grosse Bertha porte mon numéro et mette fin à ma misérable existence. » Ses assiduités devinrent si odieuses que le dimanche Evelyne alla lire Anatole France à son bureau.

Le printemps réveilla les lubies d'Yvonne qui essayait de régenter la vie d'Evelyne et, les lèvres pincées, la harcelait de réflexions désagréables. Don Stevens vint en permission, plus désemparé que jamais dans son uniforme gris de Quaker. Evelyne l'accueillit comme un envoyé du ciel et se demanda si, après tout, elle n'était pas amoureuse de lui. Elle dit à Yvonne que Don était son cousin, qu'ils avaient été élevés ensemble comme frère et sœur, et elle l'installa dans la chambre d'Eleanor.

Les succès des bolcheviks en Russie mettaient Don dans un état d'agitation fébrile. Il mangeait énormément, buvait tout le vin qu'il y avait dans la maison, et faisait sans cesse de vagues allusions aux contacts qu'il avait établis avec des organisations clandestines. Selon lui, toutes les armées se mutinaient et ce qui était arrivé à Caporetto se produirait bientôt sur tous les fronts ; les soldats allemands ne tarderaient pas à se révolter eux aussi. Il parlait des mutineries de Verdun et décrivait les longs trains de soldats qu'il avait vus monter à l'attaque en criant « **A bas la guerre** » tout en canardant les gendarmes au passage.

« Evelyne, nous sommes à la veille d'événements gigantesques ! La classe ouvrière mondiale ne supportera pas cette folie plus longtemps. Nom de Dieu, la guerre n'aura pas été inutile si elle provoque une révolution socialiste. » Ce disant, il se pencha au-dessus de la table et embrassa Evelyne, sous le nez pointu d'Yvonne qui apportait des crêpes sur lesquelles flambait du cognac. Aussitôt, il tendit un doigt accusateur vers Yvonne et lui arracha presque un sourire par sa façon de prononcer : « **Après la guerre finie...** »

Le printemps et l'été furent aussi agités que si les prédictions de Don se réalisaient. La nuit, Evelyne entendait le gigantesque ressac des canons tirant sans arrêt sur le front qui s'effondrait. Les rumeurs les plus folles circulaient au bureau de la Croix-Rouge : la Cinquième Armée Britannique lâchait pied sans combattre ; les Canadiens révoltés s'emparaient d'Amiens ; des espions sabotaient tous les avions américains ; les Autrichiens fonçaient vers la plaine du Pô. Par trois fois on empaqueta les paperasses pour être prêt à quitter Paris. En de telles circonstances, les employés du service de propagande avaient bien du mal à conserver leur sérénité et à donner des communiqués optimistes à la presse.

Pourtant, chose rassurante, les Américains continuaient à affluer vers Paris. On y voyait des uniformes américains, des M.P. américains, des conserves américaines. En juillet, le commandant Moorehouse parut au bureau apportant des nouvelles toutes fraîches de ce qui s'était passé à Château-Thierry. Il annonça que la guerre serait finie en un an. Le même soir, il invita Evelyne à dîner au Café de la Paix. Pour y aller, Evelyne fit faux bond à Jerry Burnham qui venait d'arriver du Proche-Orient et des Balkans, débordant de malédictions contre la guerre, le choléra et autres calamités. J. W. commanda un dîner somptueux. Eleanor lui avait demandé de voir si Evelyne avait besoin de réconfort. Il pérora sur l'ère d'expansion prodigieuse que connaîtrait l'Amérique après la guerre. L'Amérique panserait les plaies de l'Europe, en bon Samaritain, et en tirerait de grands profits. Evelyne se demanda s'il n'essayait pas les tirades d'un prochain discours. Puis, tout à coup, J. W. releva la tête, regarda Evelyne avec un petit sourire malicieux et conclut : « Le plus drôle, c'est que c'est vrai ! » Sur ce, Evelyne éclata de rire et trouva que J. W. lui plaisait énormément, en vérité. Elle portait une robe neuve achetée chez Paquin avec l'argent que son père lui avait envoyé pour son anniversaire et ça la reposait de l'uniforme. Ils ne parlèrent guère jusqu'à ce que le repas fût terminé. Evelyne essaya de lui faire raconter sa vie et ses occupations, mais il l'emmena chez Maxim's qu'ils trouvèrent bondé d'aviateurs ivres et hurlants. Ce tohu-bohu parut terrifier J. W., Evelyne l'invita à boire un verre de vin chez elle. Arrivés quai de la Tournelle, ils descendaient de l'auto de J. W. quand elle aperçut Don Stevens qui s'éloignait. Un court instant elle souhaita qu'il ne les vît pas, mais Don fit demi-tour et revint au pas de course. Un jeune homme appelé Johnson l'accompagnait. Il portait l'uniforme de simple soldat. Tous quatre montèrent ensemble et s'assirent au salon, sans entrain. J. W. et Evelyne ne trouvaient pas d'autre sujet de conversation qu'Eleanor. Les deux autres, assis tristement sur leurs chaises, ne cachaient pas leur embarras. Enfin, J. W. se leva, et partit.

« Bon Dieu de bois ! s'il est une chose que je déteste,

c'est bien un Commandant de la Croix-Rouge ! » s'exclama Don à haute voix dès que J. W. eut fermé la porte.

Evelyne lui répondit méchamment : « Ce n'est pas pire qu'un faux Quaker ! »

Johnson à qui ses cheveux blond clair donnaient des allures scandinaves murmura : « J'espère que vous voudrez bien excuser notre intrusion, Mademoiselle Hutchins.

— Nous venions vous chercher pour vous emmener boire un dernier café, mais il est trop tard, maintenant », intervint Don sans bienveillance.

Le jeune soldat l'interrompit : « Miss Hutchins, j'espère que vous ne m'en voulez pas d'une telle intrusion. J'ai supplié Don de m'amener ici. Il m'a tellement parlé de vous, et voilà un an que je n'ai pas vu une chic fille de chez nous. »

Il parlait avec déférence. Evelyne remarqua son léger accent du Minnesota et le trouva d'abord détestable, mais avant qu'il s'en allât elle le jugea charmant et le défendit quand Don déclara : « C'est un très chic type, mais un peu trop borné. Je craignais qu'il ne vous plaise pas. »

Don espérait passer la nuit avec elle, mais elle le renvoya et il s'en fut, désolé.

En octobre, Eleanor revint, avec un tas de tableaux anciens qu'elle avait achetés pour quelques bouchées de pain. A la Croix-Rouge le personnel étant en surnombre, Eleanor, Evelyne et J. W. partirent en voiture officielle pour inspecter les cantines de la Croix-Rouge dans l'Est de la France. Ce fut un voyage magnifique. Le temps était presque aussi beau qu'aux Etats-Unis. Ils mangeaient dans les mess des quartiers Généraux de Corps d'Armée et de Divisions. Les jeunes officiers d'Etat-Major se montraient pleins de prévenances. J. W. débordait de bonne humeur et les faisait rire du matin au soir. Elles virent tirer des batteries de campagne, deux avions se battre en duel, des ballons saucisse monter dans le ciel, et entendirent même le bruit strident d'une **arrivée.** Pendant ce voyage, Evelyne remarqua pour la première fois que l'attitude d'Eleanor à son égard changeait. La froideur de son amie la blessa ; pourtant, pendant la première semaine qui avait suivi le retour d'Eleanor, elles s'étaient senties en parfaite intimité.

De retour à Paris, elles trouvèrent la vie passionnante. Des tas de gens qu'elles connaissaient arrivaient chaque jour. George, le frère d'Evelyne, était interprète à l'Etat-Major. Un certain Monsieur Robbins, ami de J. W., ne les quittait plus. Il était tout le temps soûl et racontait des histoires follement amusantes. Jerry Burnham et de nombreux journalistes fréquentaient chez elles, de même que le major Appleton, promu colonel. Elles recevaient souvent et Eleanor se donnait bien du mal pour n'inviter ensemble que des gens de même rang. Heureusement leurs amis étaient tous officiers ou correspondants de guerre jouissant des mêmes privilèges que les officiers. Don Stevens n'apparut qu'une seule fois, un soir où elles attendaient le colonel Appleton et le général de brigade Byng pour dîner. En demandant à Don de rester, Evelyne créa une situation épineuse parce que le Général détestait les Quakers qu'il considérait comme des embusqués de la pire espèce. En entendant cela Don prit la mouche, affirma qu'un pacifiste pouvait bien être meilleur patriote qu'un officier d'Etat-Major, occupant un poste de tout repos et il conclut en disant que d'ailleurs, tous comptes faits, le patriotisme était un crime contre l'humanité. La discussion aurait mal tourné si le colonel Appleton, qui avait bu pas mal de cocktails, ne s'était pas brusquement effondré en brisant la petite chaise dorée sur laquelle il était assis. Le général éclata de rire bruyamment, taquina le colonel et fit une mauvaise plaisanterie sur le système « avoir du poids », ce qui changea les idées de tout le monde. Mais Eleanor en voulait à Don et, quand les invités s'en allèrent, elle se disputa violemment avec Evelyne. Le lendemain matin, comme Eleanor ne lui parlait pas, Evelyne se mit en quête d'un appartement.

## ACTUALITÉS XXVIII

*Oh ! les aigles, ils volent haut*
*A Mobile A Mobile !*

les Américains traversent une large rivière à la nage, et en escaladent les berges escarpées pour s'emparer brillamment de la ville de Dun. N'est-il pas remarquable que la Compagnie Générale Transatlantique, mieux connue sous le nom de *French Line* n'ait pas perdu un seul de ses navires pendant toute la durée de la guerre, quoiqu'elle ait maintenu son service régulier de passagers ?

LE DRAPEAU ROUGE
FLOTTE SUR LA BALTIQUE

« j'ai traversé l'Egypte pour rejoindre Allemby, dit-il ; ce voyage ne m'a pas pris plus de deux heures en aéroplane ; les enfants d'Israël avaient mis quarante ans pour parcourir le même chemin. Quand on voit des choses pareilles on se rend compte des progrès de la science moderne »

*Les vaches, ces veinardes, ne volent pas*
*A Mobile A Mobile !*

PERSHING FORCE L'ENNEMI
A RECULER

IL CHANTE POUR LES SOLDATS BLESSÉS
ET N'A PAS ÉTÉ FUSILLÉ
POUR ESPIONNAGE

**Je donnerais Versailles**
**Paris et Saint-Denis**
**Les tours de Nôtre Dâme**
**Les clochers de mon pays**

## AIDEZ LE MINISTÈRE DU RAVITAILLEMENT EN DÉNONÇANT LES PROFITEURS DE GUERRE

Les membres de la Conférence ont été satisfaits et même quelque peu surpris de voir qu'ils étaient arrivés à un parfait accord sur la plupart des points en litige

## LES ROUGES METTENT LES NAVIRES MARCHANDS EN FUITE

## DÉBACLE ALLEMANDE

**Auprès de ma blonde**
**Qu'il fait bon, fait bon fait bon**
**Auprès de ma blonde**
**Qu'il fait bon dormir**

## CHEZ LES SOCIALISTES LES AVEUGLES SONT ROIS

Le Gouvernement Allemand demande aux Etats-Unis d'Amérique de prendre des mesures en vue du rétablissement de la paix, d'avertir tous les belligérants de cette requête, de les inviter à envoyer des plénipotentiaires pour entamer des négociations. Le Gouvernement Allemand accepte de négocier sur la base du programme établi par le président des Etats-Unis, dans le message qu'il adressa le 8 juillet 1918 au Congrès, et dans les discours qu'il prononça par la suite, notamment dans sa déclaration du 27 septembre 1918. Afin de mettre fin aux effusions de sang, le Gouvernement Allemand demande au président des Etats-Unis de provoquer immédiatement la conclusion d'un armistice, sur terre, sur mer et dans les airs.

Joë Williams traîna la savate à New York et à Brooklyn pendant quelque temps, et se soûla la gueule à jet continu avec l'argent que lui prêtait Madame Olsen, si bien qu'elle finit par le flanquer dehors. Il faisait un froid de canard et il dormit deux nuits dans un asile. Il avait la frousse de se faire arrêter pour insoumission et en avait marre de tout et de tout et de tout ! En fin de compte, il s'embarqua comme simple matelot sur *L'Appalachian*, un grand cargo tout neuf qui partait pour Bordeaux et Gênes. Etre traité comme un bagnard, laver les ponts, gratter la peinture, tout ça convenait fort bien à son humeur du moment. L'équipage se composait surtout de petzouilles qui n'avaient jamais vu la mer et de vieux poivrots bons à rien. Pendant quatre jours ils essuyèrent un mauvais coup de vent qui brisa deux canots de sauvetage. On s'aperçut alors que le pont étant mal calfaté il pleuvait à travers le plafond du poste d'équipage. Joë se révéla le seul capable de tenir la barre convenablement. Le maître d'équipage l'exempta donc de corvées. Et lorsqu'il ne fut plus obligé de gratter le pont, Joë eut tout le temps de réfléchir à ses malheurs et de se répéter que la vie était dégueulasse. A Bordeaux, il aurait bien voulu retrouver Marceline, mais l'équipage n'eut pas le droit d'aller à terre. Le bosco descendit, lui, se soûla avec deux troufions et rapporta une bouteille de cognac pour Joë qu'il avait pris en amitié.

Il ramenait aussi des tas de sales bobards. Selon lui, les Grenouilles (Français) se faisaient battre à plate couture de même que les Citronnadiers et les Macaronis. Tous prenaient une raclée terrible et si les Ricains n'avaient pas été dans le coup, le Kaiser paraderait à Paris un de ces jours. « Même avec notre aide, c'est tout juste ! » Il faisait un froid à ne pas mettre un chien dehors, Joë et le bosco sifflèrent la bouteille de cognac dans la cambuse, avec le cuisinier, un vieux de la vieille qui avait participé jadis à la ruée vers l'or au Klondyke. Les officiers étant à terre, pour faire la cour aux **Mademosels**, et le reste de l'équipage couché, le bateau leur appartenait. Le bosco affirma que c'était la fin de la civilisation. Le cuistot répondit qu'il s'en foutait pas mal. Joë l'approuva. Le bosco les traita de sales bolcheviks et tomba raide, ivre mort.

Le voyage autour de l'Espagne, le passage du détroit de Gibraltar et le long des côtes françaises jusqu'à Gênes fut assez marrant. D'un horizon à l'autre, on ne voyait qu'une seule ligne de cargos camouflés, grecs, anglais, norvégiens, qui serraient la côte, le pont encombré de ceintures de sauvetage et les canots pendus aux bossoirs, hors des navires. Une autre ligne, tout aussi ininterrompue allait dans le sens inverse, sur lest; transports de troupes, charbonniers, navires hôpitaux tout blancs qui revenaient de Salonique et d'Italie, rafiots de toutes sortes rassemblés sur les sept mers du globe, vieux cargos dont les hélices sortaient tellement de l'eau qu'on les entendait deux heures après qu'ils avaient disparu. Dans la Méditerranée, ils rencontrèrent des vaisseaux de guerre français et anglais qui surveillaient le large, et des petits destroyers à l'air stupide avec leurs cheminées trop longues, qui s'approchaient des cargos, les hélaient et dont les officiers montaient à bord pour vérifier les papiers. On n'aurait pas cru qu'il y avait la guerre sur terre. Le temps était beau après Gibraltar et la côte espagnole toute verte avec des montagnes nues, jaunes et roses au fond du paysage et des petites maisons blanches qui ressemblaient à des morceaux de sucre tassés les uns contre les autres. On avait peine à se figurer que c'étaient des villes. Dans le golfe du Lion, la pluie tomba à torrents. On n'y voyait plus clair dans le brouillard et la houle était mauvaise. *L'Appalachian* faillit entrer en collision avec une grosse felouque chargée de vin en baril. Puis, ils tanguèrent et roulèrent le long de la côte d'Azur française, sous un fort vent de nord-ouest. Les maisons aux toits rouges étincelaient sur les collines sèches. Bien au-delà, on apercevait des montagnes couvertes de neige. Après Monte-Carlo, ce fut une vraie féerie : les maisons étaient roses, bleues, jaunes, et les peupliers immenses presque aussi hauts que les clochers des églises.

Cette nuit-là Joë regardait à l'avant, comptant apercevoir le phare qui, selon la carte, indiquait le port de Gênes, mais une lueur rouge apparut à l'horizon. Le bruit courut aussitôt dans le convoi que les Autrichiens avaient pris la ville et l'incendiaient. Le second maître déclara tout sec, en plein sur le pont, au capitaine lui-même, que s'ils allaient plus loin, ils seraient tous faits prisonniers et qu'il valait mieux virer de bord pour se réfugier à Marseille. Mais, nom de Dieu ! le patron lui répondit que bon Dieu de nom de Dieu ! ça ne le regardait pas et qu'il ferait mieux de fermer sa sale gueule tant qu'on ne lui demandait rien. Plus on approchait plus la lueur grandissait. C'était un gros pétrolier tout neuf, appartenant à la Standard Oil qui flambait à l'entrée de la rade. Sa proue piquait un peu dans l'eau et le feu lui sortant des entrailles se répandait sur la mer. On voyait les digues, le phare et la ville entière avec des flamboiements rouges à toutes les fenêtres, et les bateaux entassés dans le port étaient tout illuminés.

Quand ils eurent mouillé, le bosco emmena Joë et deux jeunes gars en canot pour voir ce qui se passait sur le bateau-citerne dont la poupe émergeait hors de l'eau. Apparemment il n'y avait personne à bord. Une vedette arriva à toute vitesse, pleine de Macaronis qui leur braillèrent quelque chose, mais ils firent comme s'ils ne comprenaient pas, ce qui, d'ailleurs, était vrai. Un bateau-pompe était ancré près du pétrolier, mais son équipage ne savait que faire. « Pourquoi diable ne le coulent-ils pas ? » répétait le bosco.

Joë avisa une échelle de corde qui pendait dans l'eau et amena le canot juste au-dessous. Avant que les autres se soient mis à gueuler pour le faire redescendre, il était déjà sur le pont et se demandait ce qu'il pouvait bien foutre là. « Bon Dieu de bois ! mais tout ça va sauter en l'air ! » s'exclama-t-il tout haut. Il y voyait clair comme en plein jour. L'avant du navire et la mer tout autour flambaient comme une lampe. Il comprit que le bateau avait touché une mine ou qu'il avait été torpillé. Selon toute apparence l'équipage s'était enfui précipitamment. Des vêtements et deux sacs de marin traînaient auprès des bossoirs, d'où étaient descendus les canots de sauvetage. Joë ramassa un joli chandail tout neuf et descendit dans les cabines. Sur une table, il trouva une boîte de cigares de La Havane. Il en alluma un. Il se sentait tout faraud à l'idée d'être sur un bateau en feu qui ne tarderait pas à faire explosion et ne s'en faisant pas le moins du monde, il fumait tranquillement son cigare qui était fort bon. Sur la table il trouva aussi sept paires de bas de soie enveloppés dans du papier fin. Il pensa aussitôt les offrir à Del puis il se rappela que tout était fini. Il enfonça quand même les bas dans la poche de son pantalon et retourna sur le pont.

Le bosco criait que, pour l'amour de Dieu ! s'il ne descendait pas tout de suite on le laisserait sur place. Il eut à peine le temps de ramasser un portefeuille. « C'est pas de l'essence, c'est du pétrole brut, ça brûlera pendant une semaine ! » cria-t-il aux copains en descendant lentement le long de l'échelle et en tirant de grosses bouffées de son cigare. Il tourna la tête pour regarder par-dessus son épaule le port où les mâts, les cheminées, les grues s'entassaient devant les grandes maisons de marbre, les vieilles tours, les portiques et les collines dans le fond tout illuminés de rouge. « Où diable est l'équipage ? demanda-t-il.

— Probablement à terre, ivre mort, à l'heure qu'il est, et j'aimerais y être aussi », répondit le bosco.

Joë partagea les cigares et garda les bas de soie pour lui. Il n'y avait rien du tout dans le portefeuille. « Quelle idée ! grognait le bosco. Ils n'ont donc pas d'extincteurs chimiques ?

— Même s'ils en avaient, ces pauvres couillons de

Macaronis ne sauraient pas s'en servir », répondit un des bleus.

Ils ramèrent jusqu'à *L'Appalachian* et rendirent compte au patron : le bateau-citerne était abandonné et ne dépendait plus que des autorités du port. Le lendemain, pendant toute la journée, le pétrolier continua à brûler. Vers la tombée de la nuit, un de ses réservoirs fit explosion avec un flamboiement de feu de Bengale et la tache de feu s'étala un peu plus sur l'eau. *L'Appalachian* leva l'ancre et vint à quai.

Cette nuit-là, Joë descendit en ville avec le bosco. Les rues, étroites avec des marches, comme des escaliers, montaient le long des collines, coupées par de larges avenues avec des cafés et des petites tables dehors sous les colonnades pavées de marbre bien poli arrangé en dessins. Il faisait assez froid. Ils entrèrent dans un bar et burent quelque chose de chaud avec beaucoup de rhum dedans. Là, ils rencontrèrent un gars qui s'appelait Charley et qui avait passé douze ans à Brooklyn. Il les emmena dans un caboulot où ils mangèrent des masses de spaghetti avec du veau froid, et burent du vin blanc. Charley leur raconta que les hommes étaient traités comme des chiens dans l'armée *euitalienne.* La solde ne s'élevait qu'à cinq centimes par jour et les soldats ne la touchaient même pas ; Charley s'enthousiasmait pour le Président Wilson et ses quatorze points. Bientôt on ferait la paix sans victoire, et une *granda revoluzione* en Italie, après quoi on ferait une *grandissime guerre aux Franceses* et aux *Ingleses* qui traitaient les *Euitaliens* comme des rien du tout. Charley amena deux filles, Nedda et Dora, qu'il leur présenta comme ses cousines. L'une d'elles s'assit sur les genoux de Joë et c'est fou ce qu'elle pouvait avaler de spaghetti et de vin blanc. Après avoir payé le dîner, Joë n'avait plus un sou.

En montant coucher avec Nedda, par un escalier extérieur, dans la cour, il vit encore la lueur du pétrolier se reflétant sur les murs blancs et les toits de tuile.

Nedda ne voulait pas se déshabiller avant d'avoir vu l'argent de Joë. Joë n'avait pas d'argent, aussi montra-t-il ses bas. Elle avait l'air inquiète et secouait la tête, mais elle était bougrement belle avec ses grands yeux noirs et Joë en avait bien envie. Il appela Charley qui monta les escaliers, parla rital à la fille et lui dit que tout allait bien et qu'elle accepterait les bas de soie. Et d'ailleurs, l'Amérique n'était-elle pas le plus grand pays du monde, et le *Presidenté Vilsoné* n'était-il pas un grand ami de l'Italie ? Mais la fille ne voulait toujours pas marcher. Alors, on dégota une vieille bonne femme dans la cuisine, qui monta les escaliers en soufflant, tâta les bas, jugea sans doute que c'était de la vraie soie et que ça valait cher, parce qu'aussitôt la fille prit Joë par le cou et Charley affirma : « Bien sûr qu'elle va faire *amor*, et même le bon *amor*. Toute la nuit ! »

Mais, vers minuit, quand la fille s'endormit, Joë en eut assez d'être étendu là. Les cabinets empestaient la cour et un coq louftingue chantait à plein gosier. Joë se leva, s'habilla et sortit sur la pointe des pieds. Les bas pendaient au dossier d'une chaise, il les ramassa et les fourra dans sa poche. Ses souliers craquaient horriblement. La porte de la rue était verrouillée avec de grandes barres de fer, et il se donna un mal du diable pour l'ouvrir. Il mettait le pied dans la rue quand un chien se mit à aboyer quelque part, alors, il prit ses jambes à son cou et se perdit dans un million de petites rues étroites, mais il se disait qu'en descendant tout le temps il arriverait bien au port. Puis, il vit la lueur rose du pétrolier en feu qui se reflétait sur les murs et cela lui servit à s'orienter.

Sur un escalier abrupt, il rencontra deux Américains en uniforme kaki et leur demanda son chemin. Ils lui tendirent une bouteille de cognac et lui dirent qu'ils s'en allaient vers le front italien mais qu'il y avait une grande déroute, que tout était chamboulé, qu'ils ne savaient plus où se trouvait ce bon Dieu de front et qu'ils s'installaient là, sur place, et attendraient que le front vienne jusqu'à eux. Il leur montra les bas de soie et leur raconta ce qui lui était arrivé. Les autres trouvèrent ça follement drôle et le raccompagnèrent jusqu'au quai où *L'Appalachian* était amarré. Au pied de la passerelle, ils n'arrêtaient plus de lui serrer la main en disant que les Macaronis étaient tous des cochons. Joë leur répondit qu'ils étaient des princes de lui avoir indiqué son chemin. Ils répondirent que c'était lui qui était un prince, et à tous les trois ils vidèrent la bouteille de cognac. Enfin, Joë monta à bord et s'écroula sur sa couchette.

Le pétrolier brûlait encore devant le port quand *L'Appalachian* reprit la mer. Pendant le voyage, Joë s'aperçut qu'il avait la chtouille. Durant plusieurs mois il cessa de boire et ça le calma un peu. Arrivé à Brooklyn, il s'inscrivit à une école maritime patronnée par le ministère de la Marine installée dans les bâtiments de l'Institut Platt. Il décrocha son brevet de second maître et fit la navette entre New York et Saint-Nazaire pendant un an, sur un bateau de bois tout neuf, construit à Seattle, appelé *Owanda* et qui lui donnait bien du tracas.

Il correspondait assidûment avec Janey. Elle avait traversé l'océan, travaillait pour la Croix-Rouge et manifestait un grand patriotisme. Joë se demandait même si elle n'avait pas raison. De toute façon, à en croire les journaux, les Fritz se faisaient déculotter, et un brillant avenir s'ouvrait devant les jeunes gens qui évitaient de se faire prendre pour des pro-Allemands, des bolcheviks ou des trucs comme ça. D'ailleurs Janey lui écrivait sans cesse qu'il fallait sauver la civilisation et que chacun devait faire son devoir. Joë se mit à économiser et se paya un Bon de la Liberté.

Le soir de l'Armistice, Joë se trouvait à Saint-Nazaire. La ville était en folie, tous les équipages à terre, tous les troufions hors des camps et tous les soldats Grenouilles avaient quitté leurs casernes. Tout le monde tapait sur les épaules de tout le monde, les bouchons sautaient partout, on s'offrait à boire à la ronde, les uns aux autres. Les bouteilles de champagne pétaient, on embrassait toutes les jolies filles et les vieilles dames embrassaient les jeunes gens. Les poilus français à longues moustaches embrassaient les Américains sur les deux joues.

Les maîtres d'équipage, le patron, et deux officiers de marine que personne ne connaissait ni d'Eve ni d'Adam s'attablèrent dans un café pour faire un fameux repas, mais ils n'allèrent pas plus loin que la soupe parce que tout le monde dansait dans la cuisine et faisait tellement boire le chef qu'il était ivre mort. Alors tout le monde s'assit, chanta, but du champagne dans des gobelets, et acclama les drapeaux alliés brandis par des filles qui parcouraient les rues en cortège, entraient et sortaient partout.

Joë partit à l'aventure pour chercher Jeannette, une fille avec qui il s'était plus ou moins mis à la colle et qu'il retrouvait à chacun de ses séjours à Saint-Nazaire. Il voulait la rejoindre avant d'avoir perdu la boule. Elle avait promis de **couchay** avec lui cette nuit-là avant même de savoir que ce serait l'Armistice. Elle lui disait qu'elle ne **couchayed** avec personne d'autre tant que *L'Owanda* était au port. Il la traitait bien, lui apportait beaucoup cadeaux de l'Amérique et du sucre et du **cafay.** Joë exultait. Il avait le portefeuille bien bourré et, nom de Dieu ! l'argent américain valait quelque chose à ce moment-là. Deux livres de sucre qu'il avait cachées dans les poches de son imperméable valaient encore mieux que l'argent avec les **Mademosels.**

Il entra dans un cabaret, tout en peluche rouge, avec des tas de glaces où la musique jouait *The Star Spangled Banner.* Tout le monde cria : **Vive l'Amérique !** et lui brandit des verres sous le nez. Une grosse fille l'attrapa et ils se mirent à danser ; la musique jouait un drôle de fox-trott ou quelque chose comme ça. Il laissa tomber la grosse fille parce qu'il avait aperçu Jeannette qui portait un drapeau américain drapé par-dessus sa robe. Elle dansait avec un gros Sénégalais tout noir qui mesurait à peu près un mètre quatre-vingts. Joë vit rouge. Il l'arracha au nègre qui était un officier de Grenouilles, tout galonné d'or. Elle lui demanda : « Wazamatta, chéri ? » (Qu'est-ce qui te prend, mon chéri ?) Joë prit son élan, et cogna le nègre de toute sa force, en plein sur le nez. Le nègre sourit ; tout étonné il semblait vouloir poser une question. Un garçon et deux soldats français intervinrent et s'efforcèrent de tirer Joë à l'écart. Tout le monde gueulait et braillait. Jeannette cherchait à se glisser entre Joë et le garçon. Elle reçut un direct à la mâchoire qui l'étendit raide par terre. Joë se débarrassa des deux Grenouilles ; il se repliait vers la porte à reculons, quand il vit dans la glace un grand gars en blouse brandir une bouteille à deux mains pour la lui coller sur la tête. Il voulut se retourner mais n'en eut pas le temps. La bouteille lui fracassa le crâne.

Et ce fut la fin de Joë Williams.

## ACTUALITÉS XXIX

l'arrivée de la nouvelle provoqua l'embouteillage des lignes téléphoniques de la ville

**Y fallait pas**
**Y fallait pas**
**Y fallait pas-a-a-a-a-yallez**

DE GROS CANONS MIS EN BATTERIE
A HAMBOURG

à l'Hôtel des Douanes la foule chanta l'hymne au drapeau étoilé sous la direction de Byron R. Newton, Receveur du Port

MORGAN DANSE LA GIGUE
SUR LE BORD DE SA FENÊTRE
EN FAISANT PLEUVOIR
DES SERPENTINS SUR LA FOULE

quand la nouvelle atteignit le bateau-pompe *New York* ancré devant La Batterie, sa sirène laissa échapper un petit cri, et, en moins de temps qu'il n'en faut pour dire « ouf », le pandemonium se déchaîna tout le long du rivage

*Oh, dis vois-tu aux pâles lueurs de l'aurore*

UNE FOULE DE FEMMES
HOUSPILLE LE KONPRINZ
QUI VENAIT D'EMBRASSER
UNE MODISTE

**Allons enfants de la patrie**
**Le jour de gloire est arrivé**

*C'est pas comme ça qu'il faut chatouiller Marie*
*Et c'est pas par là qu'il faut aller*

fêtant la victoire ici hier soir, William Howard Taft déclara : « Nous avons fait la guerre au diable et nos souffrances n'ont pas été vaines. »

*Kakakati, magnifique Kati*
*C'est la seule fififille que j'adore*
*Et quand la lune brille*

Unipress, N. Y.

Paris urgent Brest Amiral Wilson qui annonça seize heures (quatre P.M.) aux journaux de Brest que l'Armistice était signé stop apprend nouvelle inconfirmable cependant Brest délire d'enthousiasme

QUEENS : DES BANDITS
ARRÊTENT DEUX TRAMWAYS

*Sous le toit le l'étable*
*J'attends devant la cuicuicuisine*

UN TRIBUNAL SPÉCIAL
POUR JUGER LES BOLCHEVICKS

soldats et marins furent les seuls à mettre de l'animation dans la fête. Ils étaient venus pour s'en donner à cœur joie, et burent copieusement bien qu'ils portassent l'uniforme. Quelques-uns de ces anciens combattants faillirent provoquer une émeute quand ils entreprirent de démolir à coups de cailloux un panneau lumineux situé à l'angle de Broadway et de la 42e Rue sur lequel on lisait :

BIENVENUE A NOS HÉROS

*Oh dis vois-tu aux pâles lueurs de l'aurore*
*Ce que nous avons salué si fièrement hier soir au dernier feu du crépuscule,*
*Quand les sillages rouges des fusées et les bombes éclatant*
*Prouvaient à nos yeux que le drapeau était toujours là.*

## L'ŒIL DE LA CAMÉRA 36

*chaque soir après la dernière inspection nous jetions les roses fanées par-dessus le bastingage dans le sens du vent nous nous arrêtions pour aspirer la brume de novembre et l'écume qui nous collait derrière les oreilles après avoir jailli des vagues rampantes vagues destructrices de bateaux vagues qui assassinent les hommes qui les noient (sous leurs grands manteaux flottants les mines montaient et descendaient gentiment et les sous-marins naviguaient la quille horizontale) et aussi nous nous arrêtions pour regarder le ciel voilé de nuages rapides et pour laver nos mains grasses de tous les restes de boîtes de conserve qu'on ne pouvait manger (neuf repas neuf et neuf fois il fallait rejeter les restes de la pâtée et neuf fois se disputer avec un stewart cockney qui essayait de tricher sur les abricots au jus inspection attenTION Clic clac Repos et la lampe électrique plonge son faisceau dans tous les coins dans toutes les boîtes de conserve neuf lignes dans les corridors puants sans air neuf lignes de soldats en proie au mal de mer en proie à la peur de la mer et qui tiennent en tremblant leur gamelle à la main).*

*Hé* soldat *dis-moi ils ont signé l'Armistice dis-moi la guerre est finie     on nous ramène à la maison radio-chiottes tu l'as dit     J'vais t'en raconter une bien bonne     et déjà nous rejetions dans le sens du vent les roses fanées et les restes de boîtes de conserve au sommet d'une échelle de fer qui nous hissait à une hauteur de trois étages en serrant notre charge à pleines mains en suant écœurés l'estomac agité et prêts à en lâcher un long trait chaque fois que le bateau en se penchant faisait remonter le repas à nos lèvres*

## GROS BONNETS ET FORTES TÊTES 14

*MISTAIR UILSON*

L'année où Buchanan fut élu président, la fille d'un pasteur presbytérien enfanta de

Thomas Woodrow Wilson

dans le presbytère de Staunton, vallée de Virginie ; c'était de la vieille souche des Ecossais d'Irlande ; le père de l'enfant était aussi ministre presbytérien et enseignait la rhétorique dans les séminaires ; les Wilson vivaient dans un univers de mots enchaînés les uns aux autres tissant un irréfutable firmament au-dessus de deux siècles de calvinisme,

Dieu était le Verbe
et le Verbe était Dieu.

Le docteur Wilson était un homme de qualité qui aimait son foyer et ses enfants et les bons livres et sa femme et la bonne syntaxe

et qui s'entretenait chaque jour avec Dieu ou cours des prières familiales ;

il éleva ses fils

entre une Bible et un dictionnaire.

Au temps de la Guerre Civile

durant des années de fifres de tambours de salves et de proclamations

les Wilson vivaient à Augusta, Géorgie ; Tommy, enfant attardé, n'apprit à épeler qu'à l'âge de neuf ans, mais dès qu'il sut lire, son livre de chevet fut :

*La Vie de Washington,*

par Parson Weemes.

En 1870, le docteur Wilson fut chargé de cours au séminaire de Columbia, Caroline du Sud ; Tommy fréquenta le collège Davidson, où il cultiva une bonne voix de ténor ;

ensuite il alla à Princeton où il acquit une éloquence persuasive et participa à la rédaction du *Princetonian.* Le premier article qu'il publia dans *La Revue Littéraire de Nassau* était une étude sur Bismarck.

Par la suite, il étudia le droit à l'université de Virginie ;

le jeune Wilson aspirait à la gloire des Grands Hommes que furent les parlementaires anglais du XVIII$^{e}$ siècle tels que Gladstone ; il souhaitait tenir son auditoire sous le charme puissant des paroles de vérité ; mais la pratique du droit le rebuta ; il se trouvait plus à l'aise dans l'atmosphère des bibliothèques des salles de conférence des chapelles universitaires ; aussi accepta-t-il avec soulagement de quitter Atlanta pour enseigner l'histoire au collège John Hopkins ; là, il écrivit un ouvrage sur le gouvernement parlementaire.

A vingt-neuf ans, il épousa une jeune fille qui avait du

goût pour la peinture (il la séduisit en lui enseignant à prononcer le « a » large) et il enseigna l'histoire et l'économie politique au collège de jeunes filles de Brynmawr. Docteur en philosophie de John Hopkins, il obtint une chaire dans une université méthodiste, publia des articles et entreprit d'écrire une histoire des Etats-Unis,

du haut de sa chaire, il défendit la vérité, la réforme des mœurs, la responsabilité du gouvernement devant le parlement et la démocratie,

tout en poursuivant une brillante carrière universitaire ;

en 1901, le conseil d'administration de Princeton lui offrit la présidence de l'université ;

il entreprit de réformer l'université, prit le taureau par les cornes, se fit des amis dévoués et des ennemis violents,

et le peuple des Etats-Unis s'habitua à lire, en première page,

le nom de Woodrow Wilson.

En 1909, il parla en public de Lincoln et de Robert E. Lee

et en 1910

les agents électoraux démocrates du New Jersey, persécutés par la presse et les réformateurs, eurent la brillante idée d'offrir le poste de gouverneur à un universitaire impeccable qui rassemblait tant d'auditeurs

en défendant publiquement le bon droit.

Devant le congrès de Trenton, où il fut élu gouverneur, Monsieur Wilson proclama sa foi dans l'homme du peuple (et les petits patrons de province, les petits négociants, se regardèrent les uns les autres en se grattant la tête), il continuait d'une voix de plus en plus ferme :

*tel est l'homme dont le jugement m'importe entre tous et que je prends pour guide afin qu'aux jours difficiles, quand nos tâches se multiplieront, et quand règneront la confusion et le désarroi, nous puissions élever nos yeux vers les collines qui surplombent ces sombres vallées où des privilèges injustifiés assombrissent nos pas. Alors nous regarderons vers le soleil brillant passant à travers les falaises effondrées,        le soleil de Dieu,*

*le soleil fait pour régénérer les hommes,*

*le soleil libérateur, qui nous libère de nos passions et nous élève vers les hauts plateaux qui sont la terre promise à tous ceux qui désirent la liberté de l'homme et de son esprit.*

Les petits patrons de province, les petits négociants se regardèrent les uns les autres en se grattant la tête ; puis ils acclamèrent Wilson qui s'empressa de rouler les professionnels de la politique et les agents électoraux dès qu'il eut été élu à une majorité écrasante.

Aussitôt, il abandonna Princeton et la réforme de l'université pour gouverner le New Jersey,

il se réconcilia avec Bryan

lors d'un banquet en souvenir de Jackson; Bryan déclara : « Je savais que vous n'étiez pas de mon avis au sujet des problèmes financiers. » Monsieur Wilson répondit : « Tout ce que je puis dire Monsieur Bryan c'est que vous êtes un bien grand homme. »

On le présenta au colonel House,

cet enchanteur Merlin de la politique qui tissait sa toile à l'hôtel Gotham

enfin, au congrès de Baltimore, en juillet de l'année suivante, les délégués suaient sur la scène, Hearst et House tiraient les ficelles, Bryan pontifiait dans les couloirs avec un mouchoir glissé entre le cou et le col et Woodrow Wilson fut élu candidat du parti démocrate pour les élections présidentielles.

La rupture du parti républicain, déchiré entre les partisans de Taft et de T. R. au Colosséum de Chicago, assura l'élection de W. W. ;

il abandonna le New Jersey et la réforme du New Jersey

pour aller loger à la Maison Blanche

en tant que Vingt-Huitième Président.

Cependant que Woodrow Wilson remontait l'Avenue de Pennsylvanie à côté de cette vieille motte de beurre appelée Taft et qui, durant sa présidence, avait libéralement démoli les lois réactionnaires grâce auxquelles T. R. avait mis le Gros Business sous la coupe du gouvernement,

J. Pierpont Morgan faisait des réussites dans son arrière-bureau de Wall-Street en fumant vingt cigares noirs par jour et en tempêtant contre les folies de la démocratie

Wilson écorcha les privilégiés, et refusant de reconnaître le gouvernement Huerta, envoya la milice au bord du Rio Grande

afin d'assurer une politique d'entente.

Il publia un ouvrage *La Nouvelle Liberté* et vint lui-même parler au Congrès comme un président d'université s'adressant aux professeurs et aux étudiants réunis. A Mobile il proclama :

*J'entends profiter de cette occasion pour dire que les États-Unis ne rechercheront plus jamais la moindre acquisition territoriale par la conquête ;*

et il fit débarquer des fusiliers marins à La Vera Cruz.

*Nous assistons à une renaissance de l'esprit public, au réveil d'une opinion publique réfléchie, le peuple reprend le pouvoir, et c'est le commencement d'une ère de reconstruction raisonnable...*

Mais le monde gravitait déjà autour de Sarajevo.

D'abord, ce fut la neutralité en pensée comme en fait,

puis la formule « trop fier pour combattre »

Mais quand sombra le *Lusitania,* quand les emprunts Morgan furent en danger, et quand les racontars des propagandistes français et anglais orientèrent tous les centres financiers de la côte Atlantique vers une politique de guerre

la succion des coups de tambour et des coups de canon fut trop forte ; l'élite suivait la mode de Paris, prononçait l'« a » à la manière de Londres et prêtait l'oreille à T. R. et à la Maison Morgan.

Cinq mois après avoir été réélu grâce à la devise « il nous a évité la guerre », Wilson présenta au Congrès une loi de construction navale en déclarant que les Etats-Unis se trouvaient en état de guerre avec les puissances de l'Europe Centrale :

*la force, sans restrictions ni limites, la force doit tout primer.*

Wilson devint l'Etat *(la guerre c'est la santé de l'Etat).* Washington devint son Versailles d'où il dirigea tout grâce aux travailleurs bénévoles choisis parmi les plus notables hommes d'affaires du pays

alors commença la grande parade

d'hommes, de munitions, d'épicerie, de mulets, de camions partant vers la France. Cinq millions d'hommes au garde-à-vous devant leurs baraquements de carton bitumé écoutèrent chaque soir l'hymne au drapeau étoilé.

La guerre suscita la loi de huit heures, le vote des femmes, l'arbitrage en matière de grève, les hauts salaires, la hausse du taux de l'escompte, et la joie d'être une Mère à Etoile d'Or[1].

Ceux qui n'étaient pas d'accord pour payer le prix de la démocratisation universelle rejoignaient Debs en prison.

Le spectacle s'arrêta presque trop vite. Déjà le Prince Max de Bade acceptait les quatorze points, Foch occupait les têtes de pont sur le Rhin, et le Kaiser, tout essoufflé, courait sur le quai de Potsdam pour attraper le train de Hollande, coiffé d'un chapeau haut-de-forme et portant, dit-on, des moustaches postiches.

Avec l'aide du Tout-Puissant, la Vérité, la Justice, la Démocratie, le Droit des peuples à disposer d'eux-mêmes, la Paix sans annexions ni contributions,

1. Au cours de la guerre 17-18 les femmes américaines portaient autant d'étoiles d'argent sur la poitrine qu'elles avaient de fils mobilisés. Le décès de l'un d'eux donnait droit au remplacement de l'étoile d'argent par une étoile d'or, blessure et mutilation par une étoile de vermeil. On trouvait les mêmes emblèmes sur les portes des maisons et des appartements où logeaient ces ineffables mères Abraham. *(Souvenirs du Traducteur.)*

le sucre de Cuba, le manganèse du Caucase, le blé du Nord-Ouest, le coton du Vieux Sud, le Blocus anglais, le Général Pershing, les taxis de Paris, le canon de 75
gagnèrent la guerre.

Le 4 décembre 1918 Woodrow Wilson, le premier président autorisé à quitter le territoire des Etats-Unis pendant son mandat, embarqua pour la France sur le *George Washington,*

c'était alors l'homme le plus puissant de l'univers.

En Europe, on connaissait l'odeur des gaz asphyxiants et la puanteur des corps enterrés sous une couche trop mince de boue, on savait quelle couleur prenait la peau des enfants affamés ; on lisait dans les journaux que *Mistair Uilson* était le champion de la paix, de la liberté, des boîtes de conserve, du beurre et du sucre ;

il débarqua à Brest, avec son équipe d'experts et de journalistes après un voyage assez dur sur le *George Washington.*

La France héroïque l'accueillit en lui offrant les chants des enfants des écoles et les discours des maires aux sous-ventrières tricolores. (*Mistair Uilson* vit-il les gendarmes de Brest repousser à coups de matraque les dockers qui venaient l'accueillir avec des drapeaux rouges ?)

A Paris, à la gare, il descendit du train sur un tapis rouge qui le conduisit vers une Rolls Royce entre deux rangées de plantes vertes d'uniformes constellés de décorations, de chapeaux haut-de-forme, de redingotes à légion d'honneur : rosettes, rubans... (*Mistair Uilson* vit-il les femmes en noir, les mutilés dans leurs petites voitures et les visages pâles d'inquiétude le long des rues, comprit-il ce qu'il y avait d'angoisse dans les acclamations qui l'accompagnèrent, lui et sa nouvelle épouse, jusqu'à l'hôtel Murat, où ses appartements étaient décorés de brocart, d'horloges dorées, de meubles de Boule, avec des plafonds sur lesquels voltigeaient des angelots joufflus aux derrières dorés ?)

Pendant que les experts organisaient la Conférence, parlaient de procédure en étalant du drap vert sur les tables, et en réglant les questions de préséance,

les Wilson partirent à la découverte :

le lendemain de Noël on les reçut à Buckingham Palace, au jour de l'An, ils rendirent visite au Pape en son Vatican et au microscopique roi d'Italie en son Quirinal. (*Mistair Uilson* savait-il que les paysans, dans leurs maisons à demi démolies par la guerre au long de la Brenta et de la Piave, brûlaient des cierges devant sa photo découpée dans les journaux illustrés ?) (*Mistair Uilson* savait-il que les peuples d'Europe lisaient dans ses quatorze points un défi à l'oppression, comme des siècles plus tôt ils avaient lu un défi à l'oppression dans les 95 articles cloués par Martin Luther sur le portail d'une église à Wittenberg ?)

Le 18 janvier 1919, parmi les uniformes rutilants, les bicornes emplumés, les dragonnes dorées, les décorations, les épaulettes, les cordons, les croix de Chevalier, les sautoirs de Commandeurs, les crachats de Grands Officiers, les Hautes Parties Contractantes, les Puissances Alliées et Associées se réunirent dans le Salon de l'Horloge au Quai d'Orsay, afin de dicter la paix,

mais la Grande Assemblée de la Conférence de la Paix manquait trop de discrétion pour qu'il fût possible d'y faire la paix

aussi, les Hautes Parties Contractantes,

formèrent le Conseil des Dix, se réunirent dans la Salle des Gobelins, aux murs garnis de Rubens, racontant l'histoire de Marie de Médicis,

elles entreprirent de dicter la paix.

Mais le Conseil des Dix manquait d'intimité

aussi forma-t-on le Conseil des Quatre.

Orlando retourna chez lui dans un accès de colère

et ils restèrent trois :

Clemenceau,

Lloyd George,

Woodrow Wilson.

Trois vieux bonshommes qui battaient les cartes,

et les distribuaient :

Rhénanie, Dantzig, Corridor Polonais, Ruhr, Droit des petits peuples à disposer d'eux-mêmes, Sarre, Société des Nations, mandats, Mésopotamie, liberté des mers, Transjordanie, Chang-Toung, Fiume, et l'Ile de Yap :

mitrailleuses et villes en flammes ;

faminc, poux, choléra, typhus ;

atout : pétrole.

Woodrow Wilson croyait en Dieu son père

c'est ce qu'il dit aux paroissiens de la petite église congréganiste à Carlisle, en Ecosse, où son grand-père avait prêché ; c'était par un jour si froid que les journalistes, assis aux vieux bancs d'oeuvre, grelottaient dans leurs pardessus.

Le 7 avril, il ordonna de pousser les feux du *George Washington* à Brest et de le tenir prêt à ramener la Délégation Américaine aux Etats-Unis ;

mais il ne partit pas.

Le 19 avril, Clemenceau, plus malin, et Lloyd George plus malin, le firent entrer dans leur petite combinaison intime appelée le Conseil des Quatre

Le 28 juin, le Traité de Versaille fut prêt.

et Wilson retourna au pays pour expliquer

aux politiciens qui s'étaient ligués contre lui, à la Chambre et au Sénat, au public peu enthousiaste et à Dieu son père,

comment il s'était fait arranger et comment il s'y était pris pour assurer le salut de la démocratie et de la Nouvelle Liberté.

A partir du jour où il débarqua à Hoboken, il se trouva acculé contre les murs de la Maison-Blanche, obligé de parler sans arrêt pour sauver sa foi dans le Verbe, la Société des Nations, en lui-même, et en Dieu son père.

Il épuisa toute l'énergie de ses nerfs, de son corps et de son cerveau, il abusa de tous les fonctionnaires qui lui obéissaient (quiconque n'était pas d'accord n'était qu'un rouge ou un escroc : pas de pitié pour Debs).

A Seattle, les syndicalistes dont les chefs étaient en prison ; à Seattle, les syndicalistes dont les chefs avaient été lynchés, abattus comme des chiens, à Seattle les syndicalistes occupèrent un trottoir au passage de Wilson, et, les bras croisés, fixèrent droit dans les yeux le Grand Libéral assis dans sa voiture, engoncé dans son pardessus, harassé de fatigue et déjà la moitié du visage tordu. Les hommes en bleu, les travailleurs manuels le laissèrent passer en silence après que dans les autres rues il se fut enivré d'applaudissements et d'acclamations.

A Pueblo, Colorado, ce n'était plus qu'un vieil homme gris, à peine capable de tenir debout et la moitié de son visage se tordait alors qu'il disait :

*et maintenant que les brumes se sont dissipées sur cette question, je crois que les hommes regarderont la vérité, en face, les yeux dans les yeux. Le peuple des Etats-Unis a toujours tendu la main vers la Vérité, la Justice, la Liberté et la Paix. Nous avons accepté ces principes, nous nous laisserons guider par eux et ils nous conduiront, entraînant le reste du monde à notre suite, vers des pâturages de calme et de paix tels que le monde n'en a jamais rêvé jusqu'ici.*

Ce fut son dernier discours ;

dans le train, vers Wichita, il succomba à une attaque. Il abandonna la tournée de conférences qui devait soulever le pays en faveur de la Société des Nations. Ce n'était plus qu'une ruine physique, un pauvre homme paralysé, à peine capable de parler ;

lorsqu'il abandonna la présidence à Harding, le Sénat et la Chambre déléguèrent Henry Cabot Lodge, son vieil ennemi, pour lui rendre visite au Capitole et lui demander si le Président désirait adresser un message au Congrès réuni en ses deux chambres ; Wilson parvint à se lever en s'appuyant péniblement au bras de son fauteuil. « Sénateur Lodge, je n'ai plus rien à dire, merci... bonjour », dit-il.

En 1924, et le 3 février, il mourut.

## ACTUALITÉS XXX

### A-T-ON DÉPLACÉ LA GROSSE BERTHA ?

*Des prêcheurs aux longs cheveux sortent chaque soir*
*Pour vous expliquer ce qui est mal et ce qui est bien*
*Mais quand on leur demande quelque chose à manger*
*Ils ne manquent pas de répondre d'un air très doux*

### LE PRÉSIDENT S'ENRHUME SUR MER

Tout Confort Prévu. On A Mobilisé : Un Chef Spécial, Une Equipe De Garçons, Et d'Aides Cuisiniers du Biltmore

Un Orchestre Pour Jouer Pendant Les Repas Et La Fanfare De L'Arsenal Pour Jouer Sur Le Pont

*Tu mangeras plus tard*
*Dans ce glorieux pays au-dessus du ciel*

la ville présente un spectacle de désolation sauvage notamment autour du bureau de poste central qui a été complètement détruit par le feu, il ne reste que des ruines

*Travaillez et priez*
*Broutez les haies*

On A Rassemblé Ici Trois Camions D'Archives

une explosion de fulminate de mercure provoque la mort

de onze hommes, et vingt-trois autres sont blessés, quelques-uns grièvement, dans un atelier d'amorçage des Usines E.I. Dupont de Nemours ; le soir, Madame Wilson lâcha des pigeons-voyageurs... *et durant tout ce temps la nation fit preuve d'un esprit admirable. Quelle unité de vue ! quel zèle infatigable ! quelle élévation de pensée ! animaient tous ces splendides déploiements de force et ces réalisations inlassables. J'ai déjà dit que ceux d'entre nous qui sont restés au pays pour travailler, organiser et ravitailler les combattants auprès desquels ils auraient voulu se trouver, qui par leur labeur ont soutenu l'armée, ne doivent pas éprouver la moindre honte...* un quatuor de matelots jouait dans la salle à manger

*Vous aurez de la tarte*
*Au Paradis*
*Après votre mort.*

GORGAS SUGGÈRE
DE LOGER LES SOLDATS
DANS LES BARAQUEMENTS

HUIT CENTS COMBATTANTS
ACCLAMENT LES BOLCHEVICKS

L'organisation fut impeccable mais on tint la foule à distance. La population rassemblée sur les collines poussa une grande clameur quand la chaloupe du Président accosta. Quittant les Champs-Elysées le cortège fit un détour pour traverser la Seine sur le pont Alexandre III qui rappelait un autre événement historique : le jour où Paris se surpassa en l'honneur d'un souverain absolu : le Tzar.

SUR LE BALCON DU PALAIS,
HARANGUE MILLE QUATRE CENTS MAIRES

## CHURCHILL DÉCLARE QUE LA FLOTTE BRITANNIQUE DOIT CONSERVER SA SUPRÉMATIE

## L'ŒIL DE LA CAMÉRA 37

par ordre alphabétique, conformément au grade tapé du bout de deux index froids sur la « Corona », de la compagnie Libérables Classes A et B ins prem C et D

*gard'VOUS coup de bouc ! les yeux sur ma gorge ou la pomme d'Adam disparaît pour réunir US et le caducée*

*Repos !*

*dehors ils font l'exercice dans le brouillard violet d'un après-midi hivernal à Ferrières-en-Gâtinais, Abbaye dont Clovis posa les fondations sur les squelettes de trois disciples de* ***Nôtre Seigneur Jésus Christ*** Troisième Emprunt de la Liberté *le Ministre des Finances Altian Politian et Hermatian* Quatrième Emprunt de la Liberté doit appartenir au CLE ou à un autre groupe de la Trente-Huitième Division du Train des Equipages *maintenant il pleut dur et les gouttières borborygment comme un fleuve aux affluents de glace verte Alcuin en fut jadis prieur la roue des moulins broie derrière les murs moussus Clotilde et Clodomir furent enterrés ici.*

toutes les promotions sont des points en plus *tape paresseusement sur la « Corona » rouillée dans le cantonnement du Cirque Ambulant O'Rielly un dactylographe solitaire qui n'a d'autre voisin que le croque-mort batifolant dans sa baraque et le type atteint de tuberculose que le major toujours trop ivre n'a jamais le temps d'examiner*

La teinture d'iode vous rendra heureux
La teinture d'iode vous rendra la santé

*quatre heures trente        la permission vous rend le goût de vivre j'ai des pilules CC dans ma poche*

*celui qui fait fonction de sergent du Train des Equipages et le meilleur joueur de football passent la grille du camp vêtus de treillis à travers la pluie lumineuse et cheminent sans un centime dans les poches de leurs uniformes vers le* ***Cheval Blanc*** *où grâce à leurs chevrons et à leur* ***parleyvous*** *ils chinent des petits verres et des* ***omelettes pommes frites*** *et taquinent Madeleine aux joues en pomme* ***mayoui***

*dans le corridor obscur qui conduit à la chambre la plus reculée les gars sont alignés et font la queue attendant d'entrer dans la fille en noir qu'on n'a jamais vue en ville de verser leurs dix balles et de courir vers la station prophylactique* sol viol sk pas LD viol G 41/14$^{e}$ envoyé SCM

*dehors il pleut sur la ville à l'intérieur nous buvons du* ***vin rouge parlezvous*** *cuissesdegrenouille* ***mayoui couchezavec*** *et le vieux territorial à la table voisine boit du Pernod interdit et remarque «* ***Toute est bien fait dans la nature à la vôtre aux Américains*** *»*

***Après la guerre finnille***
Je retourne aux Etats-Unilles

***Dans la mort il n'y a rien de terrible***
***quand on va mourir on pense à tout mais vite***

*le premier jour de l'année libre après l'appel je m'en vais me promener avec un gars de Philadelphie sur les routes où l'hiver creuse des ornières violettes sous la broderie mauve des arbres aux feuillages entrelacés dans lesquels les corneilles criaillent au-dessus de nos têtes nous allons par les collines escarpées vers un village        nous marcherons longtemps pour trouver du bon vin plein de noms Mérovingiens moulins roues de moulins ruisseaux verts comme la glace où l'eau gargouille dans des gargouilles de pierre les joues rouges de Madeleine l'odeur des feuilles de hêtre nous allons boire du vin le gars de Philadelphie est plein de sous du vin violet d'hiver        le soleil crève les nuages au premier jour de l'année*

*au premier village*
*nous nous arrêtons en chemin*
*pour admirer des cires sculptées*

*le vieux a tué une jolie paysanne qui ressemble à Madeleine mais en plus jeune elle est étendue là avec la balle dans le sein gauche dans une mare de sang dans l'ornière jolie et grassouillette comme une petite caille*

*Alors le vieil homme se déchaussa un pied mit le canon de son fusil sous son menton tira la détente avec son orteil et se fit sauter toute la tête        et nous restons là regardant son pied nu et son soulier et le pied encore chaussé et la fille assassinée et le vieux avec un sac de mauvaise toile sur la tête et l'orteil nu et sale avec lequel il pressa sur la détente*

***Faut pas toucher** jusqu'à ce que le **commissaire** vienne **procès verbal***

*en ce premier jour*
*de l'année le soleil*
*luit*

après avoir fait rapidement leur toilette et s'être habillés à la hâte, ils descendirent au rez-de-chaussée à l'appel impérieux des commissaires rassemblés dans un local situé à l'extrémité du sous-sol. Là, on les aligna en demi-cercle le long des murs, les jeunes grandes duchesses tremblaient effrayées par les ordres extraordinaires qu'on leur donnait et parce qu'il faisait encore nuit. Elles devinaient sans doute dans quel but les commissaires étaient venus. S'adressant au tzar, Yarodsky déclara sans le moindre ménagement que toute la famille devait mourir immédiatement. La révolution était en péril, précisait-il, et l'existence de la famille régnante ajoutait au danger. Par conséquent le devoir des patriotes russes exigeait qu'on les fusillât. « Ainsi, votre vie est terminée », conclut-il.

« Je suis prêt », répondit le tzar tout simplement. Cependant la tzarine qui s'accrochait à lui relâcha son étreinte pour faire le signe de la croix. La grande duchesse Olga et le docteur Botkin suivirent son exemple.

Le tzarevitch, paralysé par la peur, se tenait stupéfait auprès de sa mère sans proférer la moindre parole ni de protestation ni de supplication. Cependant ses trois sœurs et les autres grandes duchesses s'agenouillèrent en tremblant.

Yarodsky éleva son revolver et tira le premier coup. Une salve suivit et les prisonniers s'écroulèrent. Les baïonnettes achevèrent ceux qui n'avaient pas été tués par les balles. Le sang des victimes coula si abondamment qu'après avoir couvert le plancher de la pièce où l'exécution avait eu lieu, il se répandit dans le couloir.

## *LA FILLE A SON PAPA*

Les Trent habitaient une maison de Plaisant Avenue, la plus chic artère de Dallas, la plus grande ville du Texas et celle qui se développait le plus vite, et le Texas est le plus grand Etat de la Fédération, celui dont le sol est le plus noir et les habitants les plus blancs, et les U.S.A. sont le plus grand pays du monde, et la Fille à son Papa était la plus unique, et la plus mignonne petite fille de son père. Elle s'appelait en réalité Anne Elizabeth Trent comme sa pauvre chère maman, morte alors qu'elle-même n'était encore qu'un petit bébé, mais papa et les gars l'appelaient : Fille. Elle avait deux frères : Buddy qui portait exactement les mêmes prénoms que son père : William Delaney Trent, et Buster dont les vrais noms étaient Spencer Anderson Trent. Papa était un important avocat de la ville. Les trois enfants passaient l'hiver à l'école et l'été on les lâchait en liberté dans le ranch dont grand-père avait défriché la terre au temps des pionniers. Quand les enfants étaient tout jeunes, il n'y avait pas de clôture autour du ranch. On y voyait encore des petites bêtes sauvages au fond des ravins. Mais quand Fille fréquentait l'école supérieure, il y avait des clôtures partout et on construisait une route macadamisée entre le ranch et Dallas. A la même époque papa circulait dans une Ford et n'utilisait plus son bel étalon arabe Mullah qu'un éleveur lui avait donné à la foire de Waco parce qu'il n'avait plus le sou pour payer son avocat. Fille avait un poney alezan appelé Café qui secouait la tête et piaffait gentiment quand il voulait un morceau de sucre. Mais plusieurs de ses amies avaient des voitures ; aussi Fille et les garçons harcelaient papa pour lui faire acheter une auto plus chic que cette pauvre vieille bagnole dans laquelle il circulait autour du ranch.

Quand Fille termina ses études à l'école supérieure, papa acheta une voiture de tourisme Pierce Arrow. Et, ce printemps-là, la Fille à son Papa fut la plus heureuse de toutes les filles du monde. Un beau matin de juin, assise au volant, vêtue d'une robe blanche vaporeuse, Fille attendait, devant la maison, papa qui changeait de vêtements après avoir quitté le bureau ; elle se disait qu'il serait fort agréable de se voir elle-même, là, telle qu'elle était, dans cette voiture noire et luisante aux accessoires de cuivre et de nickel scintillant, sous le ciel bleu du Texas, de ce grand et riche pays du Texas qui s'étendait à trois cent vingt kilomètres à la ronde autour de Dallas. Elle ne voyait que la moitié de son visage dans le petit miroir ovale piqué au bout d'une tige sur le garde-boue et regrettait d'être rouge, brûlée par le soleil sous ses cheveux cendrés et de ne pas avoir les cheveux roux et la peau d'un blanc de lait comme son amie Suzanne Gillespie. C'est alors qu'elle vit approcher Joë Wasburn ; il paraissait sombre et sérieux sous son chapeau de panama. Elle eut juste le temps de mettre au point un petit sourire timide, que déjà il s'exclamait : « Comme vous êtes ravissante, Fille ! Excusez-moi de vous le dire.

— J'attends papa et les gars pour aller à la fête de l'école. Oh, Joë, nous sommes en retard et ça m'agace... Je me sens affreuse...

— Alors, amusez-vous bien », dit-il en remettant son panama et en s'éloignant à pas lents. Quelque chose de plus chaud que le soleil de juin avait brillé dans les yeux noirs de Joë et s'était répandu en rose sur le visage de Fille, glissant jusqu'à sa nuque et se coulant jusqu'à sa poitrine entre les deux petits seins qui commençaient à peine à poindre et auxquels elle s'efforçait de ne jamais penser. Enfin, papa et les gars sortirent de la maison, tout fringants, hâlés par le soleil, blonds et frais. Papa prit le volant, envoya Fille sur le siège arrière où elle s'assit à côté de Bud qui se tenait raide comme la justice.

Le vent s'était levé et leur envoyait de la poussière dans les yeux. Dès qu'elle arriva en vue du grand bâtiment de l'école supérieure construite en briques rouges, et qu'elle aperçut la foule et les robes claires et les stands et les grands drapeaux à longues bandes rouges et blanches flottant dans le vent, en plein ciel, Fille perdit la tête, et par la suite elle ne parvint jamais à se rappeler ce qui s'était passé après son arrivée.

Ce soir-là, elle mit sa première robe de bal, en tulle, et se mêla à la foule des garçons tout raides et intimidés dans leurs complets noirs, et des filles qui s'entassaient au vestiaire pour admirer mutuellement leurs toilettes. En dansant, elle ne prononça pas un mot et se contenta de sourire, de pencher légèrement la tête de côté. La plupart du temps, elle ne savait même pas avec qui elle dansait. Elle se laissait aller dans un nuage de tulle rose et blanc, sous les ampoules de couleur ; des têtes de garçons passaient devant ses yeux ; certains essayaient de tourner des compliments et jouaient les Don Juan ; d'autres se montraient timides et serraient les lèvres ; ils n'avaient pas tous le même teint, mais ils étaient tous aussi raides et empruntés. Elle remettait son manteau pour retourner à la maison quand Suzanne Gillespie vint vers elle et ricana : « Ma chère, tu as été la reine du bal ! » Fille crut qu'elle raillait, mais le lendemain matin, Bud et Buster lui dirent exactement la même chose. Quand Emma, la vieille bonne noire qui les avait élevés tous les trois après la mort de maman, sortit de la cuisine et déclara : « Vrai, Miss Annie, tout le monde en parle, par toute la ville. On dit vraiment que vous étiez hier soir la belle du bal. » Fille rougit de plaisir. Emma expliqua qu'elle l'avait appris par ce voyou de nègre qui portait le lait et dont la tante travaillait chez Madame Wasburn. Puis elle admira Fille avec des yeux attendris et s'en alla la bouche fendue par un sourire aussi long qu'un clavier de piano. « Eh bien, Fille, dit papa de sa grosse voix profonde et calme en lui tapotant la main. C'était bien mon avis, mais je craignais d'être de parti pris. »

Le même été, Joë Wasburn, qui venait de terminer ses études de droit à Austin, et devait débuter dans le bureau de papa en automne, passa quinze jours de vacances avec eux au ranch. Fille se conduisit de manière abominable avec Joë : elle lui fit donner par le vieil Hildreth un méchant petit poney borgne, elle lui glissa des crapauds à ventouses dans son lit et lui offrit, à table, de la sauce de piment brûlant en guise de sauce de tomate, et essaya plusieurs fois de lui faire mettre du sel au lieu de sucre dans son café. Exaspérés, les garçons cessèrent de lui parler et papa lui dit qu'elle se conduisait en vraie sauvage. Mais elle ne pouvait s'empêcher d'agir ainsi.

Enfin, un jour, ils s'en allèrent dîner à Clear Creek tous ensemble et nagèrent au clair de lune, dans le petit lac au pied de la cascade. Au bout d'un moment, emportée par un caprice, Fille grimpa en courant le long des rochers pour plonger du haut de la cascade. L'eau semblait si bonne et la lune flottait en frémissant à sa surface. Tous crièrent pour l'empêcher de plonger, mais elle exécuta quand même un joli saut de l'ange. Or ça tourna mal ; elle se cogna la tête et ressentit une douleur terrible. Elle avalait de l'eau et se débattait contre un grand poids qui lui pesait dessus : c'était Joë. La lune disparut tout devint noir. Elle serrait Joë par le cou et lui griffait les bras. La lune reparut, Fille se trouvait face à face avec Joë et quelque chose de chaud lui coulait sur la tête. Elle essayait de dire : « Joë je veux... Joë je veux... » mais tout s'effilocha dans un nuage noir et poisseux. Plus tard elle entendit une voix profonde qui disait : « ... Elle a bien failli me noyer » et la voix de papa, dure et fâchée comme lorsqu'il plaidait devant le tribunal : « Je lui ai pourtant défendu de plonger ! »

Elle reprit connaissance dans son lit. La tête lui faisait horriblement mal et le docteur Winslow était à son chevet. La première idée qui lui passa par la cervelle fut la suivante : pourquoi donc ai-je dit à Joë que j'étais folle de lui ? Mais personne n'en souffla mot et tout le monde fut bien gentil avec elle, sauf papa qui la gronda avec sa grosse voix de tribunal, la traita d'intrépide, de garçon manqué et lui dit qu'elle avait failli noyer Joë en lui serrant le cou et qu'on les avait sortis de l'eau évanouis tous les deux. Le crâne fracturé, elle passa tout l'été au lit et Joë se montra très aimable avec elle quoiqu'elle vît quelque chose de curieux dans ses yeux noirs la première fois où il lui rendit visite. Tant qu'il resta au ranch, il lui fit la lecture tous les jours après déjeuner. Il lui lut tout *Lorna Doone* et la moitié de *Nicolas Nickleby.* Et Fille, allongée dans son lit, tiède et bien à l'aise dans sa fièvre, sentait la voix de Joë pénétrer dans sa tête douloureuse et elle se débattait intérieurement contre l'envie de se conduire comme une petite sotte et de lui dire qu'elle était folle de lui et de lui demander pourquoi il ne l'aimait pas, au moins un tout petit peu. Quand Joë s'en alla, être malade n'eut plus rien d'attrayant. Dad et Bud venaient parfois lui faire la lecture, mais elle préférait lire toute seule. Elle lut tout Dickens, relut deux fois *Lorna Doone; The Harbor* de Poole lui donna envie d'aller à New York.

Quand vint l'automne, papa la conduisit à Lancaster, en Pennsylvanie, où elle entra en pension dans une école complémentaire. Le voyage en chemin de fer la ravit, elle exulta d'un bout à l'autre. Mais le pensionnat de Miss Tinge était horrible; et les filles, toutes les filles du Nord, et toutes méchantes, se moquaient de ses vêtements, et ne parlaient que de Newport et de Southampton et d'acteurs que Fille n'avait jamais vus. Elle se désolait. Chaque soir, dans son lit, elle s'endormait en pleurant parce qu'elle détestait cette école et parce que Joë Wasburn ne l'aimerait jamais désormais. Aux vacances de Noël elle resta seule avec les deux Miss Tinge et quelques professeurs qui habitaient trop loin pour aller passer les vacances en famille. Cette épreuve fut trop dure pour elle et un beau matin, elle se leva pendant que tout le monde dormait encore, sortit de la pension, s'en alla à pied jusqu'à la gare et prit un billet pour Washington. Elle monta dans le premier train qui partait vers l'Ouest, sans autre bagage qu'une chemise de nuit et une brosse à dents dans son sac à main. Au début elle avait peur de se trouver toute seule dans le train, mais après le Hâvre-de-Grâce, un jeune Virginien qui faisait ses études à l'école militaire de West Point, monta dans son compartiment, et tous deux se mirent à bavarder fort plaisamment. A Washington il demanda poliment la permission de la piloter et lui fit visiter la ville très gentiment. Elle vit le Capitole, la Maison Blanche, l'Institut Smithsonian. Il l'invita à déjeuner au New Willard et le soir la conduisit au train de Saint-Louis. Il s'appelait Paul English. Elle promit de lui écrire tous les jours jusqu'à la fin de sa vie. Dans le train, allongée sur sa couchette, regardant par la fenêtre du pullmann, elle ne parvint pas à dormir et vit défiler les arbres et les collines enneigées ; de temps en temps une lumière passait à toute vitesse. Elle se rappelait exactement tous les traits de Son visage, et la raie de Ses cheveux, et la longue poignée de mains confiante qu'Il lui avait donnée en la quittant. Au début, elle s'était montrée un peu nerveuse, mais Il était si courtois et si galant qu'ils étaient devenus très rapidement comme deux bons vieux amis. C'était sa première touche.

Enfin, elle apparut par un beau matin d'hiver, devant papa et les garçons qui prenaient leur petit déjeuner. Diable ! qu'ils furent surpris ! Papa essaya de la gronder, mais Fille vit qu'il était aussi content qu'elle. Et qu'importait ! on était si bien à la maison !

Après la Noël, elle accompagna papa et les deux garçons qui s'en allaient chasser à Corpus Christi. Elle s'amusa comme une folle et tua son premier daim. De retour à Dallas, Fille déclara qu'elle n'avait que faire d'une école complémentaire et qu'elle voulait aller vivre avec Ada Wasburn à New York, car là, au moins, elle apprendrait quelque chose d'utile. Ada, la sœur de Joë Wasburn, faisait ses études à l'université Columbia. C'était une vieille fille, mais brillante comme un dollar tout neuf. Elle voulait passer son doctorat pour être professeur. De nombreuses discussions s'ensuivirent parce que papa s'était mis en tête que Fille devait aller dans une école complémentaire comme il convient aux demoiselles. Mais elle finit par le convaincre et repartit vers le Nord.

D'un bout à l'autre du voyage, elle lut *Les Misérables* en regardant de temps en temps le paysage gris et brun qui semblait désert après les larges collines du Texas vert pâle où poussaient les blés d'hiver et l'alfa. Plus les heures passaient, plus elle approchait de New York et plus elle se sentait nerveuse et intimidée. Une grosse dame monta dans son compartiment à Little Rock ; elle venait de perdre son mari et pendant tout le trajet elle ne cessa de mettre Fille en garde maternellement contre les dangers et les pièges qui menacent les jeunes femmes dans les grandes villes. Cette veuve la surveillait tant qu'elle n'eut pas la moindre occasion de parler à un jeune homme aux yeux tout noirs, qui semblait fort intéressant et lisait des papiers qu'il sortait d'une serviette en cuir marron. Elle trouva qu'il ressemblait un peu à Joë Wasburn. Enfin, le train traversa les villes industrielles et sombres du New Jersey. Le cœur de Fille se mit à battre si vite qu'il lui fut impossible de tenir en place et qu'elle alla arpenter le couloir glacé. Elle avait l'air si pressée que le gros employé noir à cheveux gris la rassura avec un rire taquin : son bon ami l'attendrait sûrement à la gare. A ce moment-là, on traversait Newark. Plus qu'un arrêt ! Sous un ciel couleur de plomb, des multitudes d'automobiles roulaient dans des rues humides et la pluie faisait des taches grises sur la neige. Le train s'engagea dans un décor lamentable de marais salants coupés, de-ci de-là, par des groupes d'usines ou des rivières noires sur lesquelles flottaient des bateaux à vapeur. Fille se sentit toute seule et s'effraya devant ces grands marais salants déserts qui paraissaient si glacés qu'elle eut envie de retourner chez elle. Tout à coup, le train entra dans un tunnel et le porteur amoncela les bagages devant la porte. Fille mit le manteau de fourrure que papa lui avait offert pour la Noël et enfila ses gants sur ses mains glacées à l'idée qu'Ada Wasburn pourrait ne pas avoir reçu son télégramme.

Mais, la voilà ! Elle était là, sur le quai, avec ses lorgnons et son imperméable, plus vieille fille que jamais ; une jeune fille l'accompagnait. Fille apprit plus tard qu'elle étudiait les Beaux Arts et qu'elle venait de Waco.

Elles firent un long voyage en taxi dans des rues encombrées avec des gros tas de neige jaunes et gris sur les trottoirs. « Si tu étais arrivée une semaine plus tôt, Anne Elizabeth, je t'assure que tu aurais vu une fameuse tempête de neige ! dit Ada.

— Avant de venir ici, je croyais qu'il n'y avait de la neige que sur les cartes postales de Noël », dit Esther Wilson, qui paraissait fort intéressante avec ses grands yeux noirs, son visage allongé et sa voix aux accents tragiques. Et elle ajouta : « Mais j'ai perdu cette illusion comme bien d'autres.

— A New York, il ne faut pas avoir d'illusions, décréta Ada sèchement.

— Et pourtant tout ça me fait plutôt l'effet d'une grande illusion », répliqua Fille en regardant par la portière du taxi.

Ada et Esther habitaient un appartement vaste et ravissant sur University Heights ; elles y installèrent la chambre de Fille dans la salle à manger. Fille ne se plut pas à New York, mais elle n'avait guère le temps d'y songer. D'une part tout était gris, sombre, triste, tous les gens avaient des allures d'étrangers, personne ne faisait attention à elle, si ce n'est que de temps en temps des hommes l'abordaient dans la rue ou se frottaient contre elle dans le métro, ce qu'elle trouvait dégoûtant. Elle s'était inscrite à l'université comme étudiante libre et suivait les cours d'économie politique, de littérature anglaise et d'art ; il lui arrivait de parler de temps à autre avec les jeunes gens à côté de qui elle s'asseyait, mais elle était tellement jeune que sa conversation, évidemment, ne les intéressait pas — c'était du moins ce qu'elle croyait. Il y avait des compensations le dimanche après-midi : aller au spectacle en matinée avec Ada, faire le trajet avec Esther jusqu'au Musée d'Art sur l'impériale de l'autobus, emmitouflée dans son bon manteau de fourrure. Mais Esther et Ada étaient toutes les deux si calmes, si vieux jeu, toujours prêtes à se choquer, à prendre des attitudes offensées ou indignées au moindre mot que prononçait Fille !

Paul English vint la chercher, un samedi après-midi pour l'emmener au spectacle ; ce fut un événement palpitant. Ils avaient échangé quelques lettres et ne s'étaient pas revus depuis Washington. Fille passa la matinée à essayer toutes ses robes l'une après l'autre, à se coiffer comme ci et comme ça ; et elle était encore dans son bain quand il arriva, de sorte qu'Ada fut obligée de le faire patienter. Aussitôt qu'elle le vit, toutes ses illusions disparurent. Il était raide et engoncé dans son uniforme de gala. Aussitôt, elle se mit à le taquiner et à faire la folle, même dans le métro, si bien qu'arrivés au restaurant Astor où il l'emmenait pour déjeuner, Paul avait l'air aussi malheureux qu'un tout petit chien très battu. Elle le laissa à table et s'en alla au lavabo voir si elle ne pourrait pas arranger sa coiffure un peu mieux ; là elle se mit à bavarder avec une vieille dame juive toute endiamantée qui venait de perdre son porte-monnaie ; et quand Fille revint à table, elle trouva Paul English en train de regarder sa montre d'un air indécis. Le spectacle lui déplut. Au retour, dans le taxi, il devint audacieux et elle le gifla. Il lui dit qu'elle était la fille la plus méchante qu'il avait rencontrée. Elle lui répondit qu'elle aimait à être méchante et que si ça ne lui plaisait pas il savait ce qui lui restait à faire. Elle avait déjà décidé de ne plus le voir.

Elle refusa de dîner, et s'enferma dans sa chambre. Quel désastre que Paul fût devenu aussi lamentable ! La vie lui parut lugubre : elle n'avait personne pour la promener et aucune occasion de rencontrer qui que ce fût parce qu'elle était toujours obligée de sortir avec l'une ou l'autre de ces deux vieilles filles. Elle s'allongea par terre sur le dos et regarda les meubles par en dessous comme elle le faisait quand elle était toute petite, et pensa à Joë Wasburn. Ada entra brusquement dans la chambre et la trouva dans cette position ridicule : allongée sur le tapis, les jambes en l'air. Fille se releva d'un bond, saisit Ada à pleins bras et lui couvrit la figure de baisers, puis elle avoua n'être qu'une petite idiote, déclara que toutes ces plaisanteries étaient finies et demanda s'il restait quelque chose à manger dans la glacière.

Ada recevait le dimanche. D'ordinaire, Fille n'assistait pas aux réceptions parce que les invitées raides et solennelles, discutant, la tête penchée au-dessus de leur tasse de chocolat, un petit four entre les doigts, lui semblaient grotesques. Mais un jour, par hasard, elle vit Edwin Vinal entrer au salon, l'y suivit et dès lors, tout se transforma autour d'elle. Ce Vinal au visage ravagé et presque patibulaire suivait des cours de sociologie. Il s'assit tout raide sur une chaise et parut très gêné quand on lui mit entre les mains une tasse de cacao dont il avait l'air de ne savoir que faire ; il semblait ne pas savoir quoi faire de ses jambes non plus. Pendant tout l'après-midi, il ne dit rien. Mais juste au moment de partir, il releva une phrase qu'Ada venait de prononcer, et, debout sur le seuil de la porte, il se lança dans un discours échevelé en se référant sans cesse à un type du nom de Veblen. Fille se sentit attirée vers lui, et lui demanda qui était ce Veblen. Alors, il lui parla. Elle ne comprit rien de ce qu'il disait mais elle se sentit intérieurement toute vivante de voir qu'un homme s'adressait ainsi à elle. Il avait des cheveux blonds, les cils et les sourcils noirs. Et dans ses yeux gris pâle, étincelaient des paillettes d'or. Ses manières gauches et dégingandées plurent à Fille. Le lendemain soir, il vint les voir et lui apporta un ouvrage intitulé : *La Philosophie des classes aisées*. Il lui demanda aussi si elle voulait bien venir patiner avec lui à Saint-Nicolas. Aussitôt, Fille se précipita dans sa chambre pour s'habiller, et elle se mit à tergiverser en dansant d'un pied sur l'autre, en se regardant dans la glace, en se poudrant et en changeant sa coiffure. « Hey, Anne ! pour l'amour de Bleu ! dépêchez-vous, je ne peux pas passer la nuit à vous attendre ! » cria-t-il à travers la porte. Elle n'avait jamais patiné sur glace, mais elle avait beaucoup patiné à roulettes ; aussi, en s'appuyant au bras d'Edwin, elle parvint à ne pas se montrer trop sotte sur l'immense patinoire autour de laquelle on voyait des figures rondes à tous les balcons et sur les gradins, pendant qu'un orchestre rugissait dans un coin. Fille ne s'était jamais tant amusée depuis qu'elle avait quitté les siens.

Edwin Vinal avait travaillé pour des organisations de secours dans un lotissement et maintenant il terminait ses études à l'université Columbia, grâce à une bourse. Mais les professeurs lui semblaient, disait-il, ne pas comprendre que lorsqu'ils enseignaient la philosophie, ils traitaient de sociétés humaines composées de gens vivants et semblables à eux-mêmes. Fille s'était occupée de bonnes œuvres et avait porté des petits paniers aux familles de blancs pauvres à la Noël. Elle lui dit qu'elle aimerait bien travailler pour une organisation charitable, là, sur place, à New York. En enlevant leurs patins, assis côte à côte, Edwin lui demanda si elle parlait sérieusement. Elle releva la tête en souriant et répondit : « Que je meure sur-le-champ si je ne suis pas sincère. »

Et le lendemain soir, il l'emmena en ville, sans rien dire. D'abord, ils passèrent trois quarts d'heure dans le métro. Puis, ils traversèrent un faubourg, à pied, jusqu'à une grande bâtisse où elle l'attendit pendant qu'il donnait un cours d'anglais à des adultes : de jeunes Lithuaniens ou des Polonais ou quelque chose comme ça, à mine patibulaire. Après ça, ils se promenèrent dans les rues et Edwin lui expliqua tout. Elle se serait crue dans les faubourgs mexicains de San Antonio ou de Houston, avec cette seule différence que ces étrangers appartenaient à toutes les nationalités imaginables. Du linge et des enseignes en toutes langues pendaient un peu partout devant les fenêtres. Edwin lui en montra qui étaient écrites en russe, en yiddish, une en arménien, et deux en arabe. Il y avait un monde fou dans les rues, des éventaires ambulants le long des trottoirs, des voitures à bras, des colporteurs, et de curieuses odeurs de cuisine qui sortaient des restaurants, et des phonographes braillards qui dataient d'on ne sait quand. Edwin lui montra deux filles soûles au visage peinturluré, qui sortaient en titubant d'un bistrot, et lui révéla que c'étaient des *pro-sti-tuées*. Il lui signala aussi un jeune homme à la casquette rapiécée, qui passait sur le trottoir en chuchotant et lui expliqua que c'était un racoleur de maisons closes. Il lui fit remarquer d'autres jeunes gens aux allures louches, tueurs à gages et marchands de drogue. Elle voulut reprendre le métro et ne se sentit en sécurité que lorsqu'ils remontèrent les escaliers au beau milieu de la ville où soufflait un vent printanier, le long des rues vides et de l'Hudson. « Eh bien, Anne, lui demanda-t-il, qu'est-ce que vous dites de cette petite excursion dans les bas-fonds ?

— Pas mal, répondit-elle au bout d'un moment, mais la prochaine fois, je prendrai un revolver dans mon sac à main... Tous ces gens !... Edwin, comment en fera-t-on des citoyens ? On ne devrait pas laisser ces étrangers s'installer chez nous pour semer le désordre et la saleté dans notre pays.

— Vous vous trompez complètement, lui répondit Edwin. Ils seraient très convenables si on leur en donnait la possibilité. Nous serions exactement comme eux si nous n'avions pas eu la chance de naître dans des bonnes familles de nos prospères petites villes d'Amérique.

— Vous dites des sottises, Edwin, ce ne sont pas des blancs et ils ne le deviendront jamais. Ils ressemblent à des Mexicains, à quelque chose comme ça, ou même à des nègres. » Elle eut le temps de ravaler ce dernier mot en avisant le garçon d'ascenseur noir à côté d'elle :

« Vous êtes la plus horrible petite païenne que j'aie jamais vue de ma vie, répondit Edwin taquin. Etes-vous chrétienne ? eh bien ! avez-vous déjà remarqué que le Christ était juif ?

— Oh, la la ! je tombe de sommeil, je n'ai pas la force de discuter, mais je sais très bien que vous avez tort », dit-elle. L'ascenseur s'arrêta, le jeune nègre bâilla. En se dirigeant vers sa porte, elle vit Edwin, le cou au ras du plancher, qui lui tendait le poing, et elle lui envoya un baiser sans se rendre compte de ce qu'elle faisait.

Ada l'attendait dans le salon en lisant, et la gronda parce qu'il était tard. Fille répondit d'un ton suppliant qu'elle était trop fatiguée et qu'elle avait trop sommeil pour se faire gronder. « Que penses-tu d'Edwin Vinal, Ada? demanda-t-elle.

— Mais, ma chère, je pense que c'est un garçon magnifique, un peu agité, mais il se calmera... Pourquoi?

— Oh, je n'en sais rien! répondit Fille en riant. Bonsoir, Ada chérie. »

Elle prit un bain chaud et se parfuma abondamment avant de se coucher. Mais elle ne parvint pas à dormir. Les jambes lui faisaient mal d'avoir trop marché sur les pavés gras. Elle sentait encore les murs du lotissement suer les vices et la crasse. L'odeur des corps entassés l'étouffait malgré son parfum. Elle avait le nez plein de relents d'ordures. Des visages lamentables la hantaient.

Elle finit par s'endormir et rêva qu'elle s'était mis du rouge à lèvres et qu'elle parcourait les rues du lotissement avec un revolver dans son sac ; Joë Wasburn marchait auprès d'elle ; elle essayait de lui saisir le bras pour le faire arrêter ; mais il continuait à avancer sans la regarder, et papa faisait de même. Ils ne détournèrent même pas la tête quand un gros juif barbu s'approcha d'elle petit à petit ; il dégageait une horrible odeur faubourienne, d'ail et de cabinets mêlés ; elle essayait de sortir le revolver de son sac pour l'abattre et il la prenait par la taille, l'attirait vers lui ; tendait ses lèvres pour l'embrasser. Elle n'arrivait pas à sortir le revolver de son sac, et par-dessus le tintamarre du métro, elle entendait la voix d'Edwin Vinal lui dire : « Vous êtes chrétienne, n'est-ce pas ? Vous avez complètement tort... une chrétienne, n'est-ce pas ? Avez-vous déjà pensé que le Christ aurait été exactement comme eux s'il n'avait pas eu la chance de naître dans une famille convenable dans une prospère petite ville d'Amérique ?... Une chrétienne, n'est-ce pas ?... »

Ada, debout, en chemise de nuit au pied du lit, la réveilla : « Mais qu'est-ce qui te prend, mon enfant ?

— J'avais un cauchemar... n'est-ce pas ridicule ? répondit Fille en s'asseyant dans son lit. Ai-je appelé au secours ?

— Vous avez dû faire un fameux repas et manger quelque chose de trop épicé. C'est pour ça que tu es rentrée si tard », répondit Ada qui retourna dans sa chambre en riant.

Au printemps, Fille s'inscrivit dans une équipe de basket-ball au Y.W.C.A. du Bronx et se fiança à Edwin Vinal. Elle lui avait dit qu'elle ne désirait pas se marier avec qui que ce fût avant deux ans et il lui avait répondu que l'union charnelle n'avait aucune importance, mais qu'ils devaient se préparer tous deux à une vie entièrement vouée aux œuvres sociales.

Le dimanche soir, quand le temps était beau, ils s'en allaient ensemble faire cuire un beefsteack sur un feu de bois au parc des Palissades, et ils s'asseyaient là, côte à côte, regardant à travers le feuillage des arbres le ciel s'illuminer au-dessus de la ville, tout en discutant du Bien, du Mal et de l'Amour véritable. Sur le chemin du retour, ils se tenaient debout serrés l'un contre l'autre à la proue du ferry-boat, dans la foule des boys-scouts, des campeurs et des pique-niqueurs, les yeux perdus sur le paysage de buildings gigantesques qui apparaissaient lentement dans la brume. Et ils parlaient alors de la misère épouvantable que recélait cette ville tentaculaire.

En la quittant, Edwin l'embrassait sur le front, et Fille prenait l'ascenseur en se disant que ce baiser avait la valeur d'une consécration.

A la fin du mois de juin elle retourna chez elle et se reposa au ranch durant les trois mois d'été, mais elle n'y prit aucun plaisir. La conversation ne tourna jamais de telle sorte qu'elle pût parler à papa de ses fiançailles. Joë Wasburn vint passer une semaine de vacances chez eux et les garçons la taquinèrent en lui disant qu'il était fiancé avec une fille d'Oklahoma City. Elle en fut si furieuse qu'elle finit par ne plus leur parler et ne se montra qu'à peine polie avec Joë. Elle eut des caprices : insista pour monter un petit poney bai ombrageux qui la désarçonna plusieurs fois ; un soir, elle précipita la voiture en plein dans le portail et réduisit les deux phares en miettes. Papa la gronda, elle lui répondit qu'elle ne resterait plus longtemps à sa charge, qu'elle le débarrasserait bientôt en allant gagner sa vie à New York.

Joë Wasburn la traitait toujours avec la même tendresse grave. Et de temps en temps, quand elle faisait la folle, il la regardait d'un œil plein de compréhension et de taquinerie. Aussitôt, elle se sentait intérieurement toute faible, toute sotte. La veille du départ de Joë, les garçons cernèrent un serpent à sonnette sur les rochers, derrière le parc à bestiaux. Fille défia Joë de le ramasser et de lui casser la tête. Il haussa les épaules. Elle courut aussitôt chercher un bâton fourchu avec lequel elle maîtrisa le serpent qu'elle prit par la queue, fit tournoyer et cogna la tête contre le mur de l'ancien fumoir à viande. Le serpent se tortilla par terre un moment, et Bud lui coupa la tête avec une houe. Il avait six sonnettes. « Fille, dit Joë, lentement en la regardant fixement avec un sourire tranquille, je me demande parfois si vous avez tout votre bon sens.

— Vous êtes un capon, et c'est tout ! lui répondit-elle.

— Fille, tu es folle ! s'exclama Bud qui tenait encore le serpent à la main. Fais des excuses à Joë, il s'en va demain. »

Mais elle fit demi-tour, courut à la maison, s'enferma dans sa chambre et se jeta sur son lit. Quand elle sortit de sa chambre, le lendemain matin, Joë était déjà parti.

La dernière semaine des vacances Fille s'efforça d'être aussi gentille que possible ; elle fit des gâteaux pour les garçons et pour papa et s'occupa de la maison pour leur faire oublier toutes les folies qu'elle avait commises cet été.

Elle retrouva Ada à Dallas et elles prirent le train

ensemble. Elle espérait que Joë viendrait lui dire au revoir à la gare. Mais il était parti la veille pour Oklahoma City afin de régler une affaire de pétrole. Avant d'arriver à Saint-Louis, elle lui écrivit une longue lettre dans laquelle elle lui disait qu'elle ne comprenait pas du tout ce qui lui avait passé par la tête au sujet de ce serpent à sonnette et elle le suppliait de la pardonner.

Pendant le premier trimestre, Fille travailla dur. Malgré Edwin, elle s'était fait admettre à l'école de journalisme. Ils faillirent rompre à ce sujet, mais ils n'en continuèrent pas moins à se voir très souvent, sans plus jamais faire la moindre allusion à leurs fiançailles. Elle se lia d'amitié avec un autre jeune homme, Webb Cruthers, comme elle étudiant en journalisme, mais Ada ne le trouvait pas convenable et ne lui permit pas de l'amener à la maison. Il était plus petit qu'elle, avait des cheveux noirs, et ne paraissait pas plus de quinze ans bien qu'il prétendît en avoir vingt et un. A cause de sa peau d'un blanc laiteux, tout le monde l'appelait Bébé ; il parlait tout bas, d'une manière confidentielle, comme s'il ne croyait pas lui-même à ce qu'il disait. Se proclamant anarchiste, il n'avait que politique et révolution en tête. Il emmenait fréquemment Fille se promener dans les tristes quartiers de l'Est, mais c'était beaucoup plus amusant avec lui qu'avec Edwin, parce que Webb entrait partout, buvait dans les bistrots, et parlait aux gens. Avec lui elle pénétra dans des bouis-bouis roumains où on vendait de l'alcool de riz, dans un restaurant arabe en sous-sol, et dans des endroits inimaginables. Il connaissait tout le monde partout, et parvenait à consommer sans payer parce qu'il n'avait presque jamais un sou en poche, ce qui fait que lorsque Fille avait dépensé tout ce qu'elle avait sur elle, Webb laissait sa signature en guise de paiement un peu partout ; sa tête de bébé et sa voix grave inspiraient confiance. Fille se permettait parfois de boire un verre de vin ou deux avec lui. Il en buvait beaucoup plus et se montrait parfois entreprenant. Aussitôt, elle se faisait conduire jusqu'à la plus proche station de métro et le quittait. Le lendemain, il se présentait tout humble et tremblant ; il lui racontait des histoires tordantes au sujet des aventures qui lui arrivaient quand il était soûl. Ses poches étaient toujours bourrées de revues socialistes ou syndicalistes, de journaux ou de revues tels que *Mother Earth* ou *The Masses.*

Peu après Noël, Webb s'emberlificota dans une histoire de grève du textile du New Jersey, et un dimanche il voulut lui montrer ce que c'était. Ils descendirent du train dans une petite gare en briques, au milieu d'un quartier commerçant lamentable où tous les magasins étaient fermés parce que c'était dimanche. Seuls quelques petits restaurants restaient ouverts et il y avait peu de monde devant les comptoirs où l'on ne vendait que des sandwiches. On ne remarquait rien d'extraordinaire à première vue. Mais, devant les longues façades de briques des usines, des grappes de flics en bleu piétinaient dans la boue ; et à l'intérieur, derrière les grilles renforcées de fils de fer barbelés, des costauds en kaki regardaient les gens d'un air féroce. « C'est la police privée des patrons », murmura Webb entre ses dents. Ils se rendirent au quartier général des grévistes pour voir une jeune fille qui, comme Webb, travaillait à la propagande du comité de grève. Au sommet d'un escalier lugubre encombré d'hommes et de femmes au visage gris, aux vêtements élimés et froissés, ils trouvèrent un bureau où régnait un brouhaha de machines à écrire et de discussions. Dans le vestibule s'amoncelaient des tracts qu'un jeune homme à l'air fatigué distribuait par petits paquets à des gars qui portaient des chandails en loques. Webb trouva Sylvia Dalhart, une fille à long nez et à lorgnons, devant sa machine à écrire sur laquelle elle tapait comme une folle en s'arrêtant de temps en temps pour consulter des coupures de journaux répandues sur sa table. Elle les accueillit d'un signe de la main en disant : « Webb, va m'attendre dehors. Je vais piloter quelques journalistes et tu ferais bien de venir avec nous. »

Sur le palier, ils rencontrèrent un type que Webb connaissait : Ben Compton, un grand jeune homme au nez long et mince, aux paupières ourlées de rouge. Il s'en allait prendre la parole à un meeting et demanda à Webb d'en faire autant. « Bigre, que veux-tu que je raconte à ces gars-là ? Je ne suis qu'un pauvre cloche estudiantin comme toi, Ben.

— Dis-leur que les ouvriers ont un monde à gagner, que ce combat n'est qu'un épisode de la grande bataille historique. Faire des laïus c'est bien le plus facile, il n'y a qu'à dire ce qu'on pense, parce qu'on pense la vérité. » Il parlait comme une mitrailleuse, avec une petite pose entre chaque phrase ; on aurait cru qu'il les préparait dans sa tête avant de les prononcer. Au premier coup d'œil Fille le trouva intéressant bien qu'il fût probablement juif. « Eh bien, j'essaierai de bafouiller quelque chose sur la démocratie économique », répondit Webb.

Sylvia Dalhart les poussait déjà vers le bas des escaliers. Un jeune homme en imperméable, coiffé d'un feutre noir la suivait en mâchant un mégot de cigare éteint. « Camarades, c'est Joë Biglow du *Globe*, nous allons lui montrer ce qui se passe », dit Sylvia. Elle roulait les *r* à la manière des gens de l'Ouest, ce qui mit Fille en confiance.

Ils parcoururent la ville, entrèrent dans les maisons des grévistes où des femmes harassées, boudinées dans des chandails percés aux coudes préparaient de bien maigres repas du dimanche : corned-beef et choux, ragoût de pommes de terre. Et parfois elles n'avaient que des choux et du pain, ou même rien que des pommes de terre. Ils allèrent déjeuner tous ensemble dans une gargote près de la gare. Fille paya l'addition parce que personne ne semblait avoir d'argent et le temps pressait pour aller au meeting.

Le tramway était bondé de grévistes avec leurs femmes et leurs enfants. Le meeting se tenait dans le faubourg voisin parce que, les industriels possédant tout dans ce faubourg-ci, il était impossible d'y louer une salle. Il gelait, et la foule piétinait dans la boue devant une méchante baraque. En approchant de la porte, ils se trouvèrent brusquement devant le poitrail des chevaux de la police montée. Un flic braillait : « La salle est pleine, on ne laisse plus entrer personne. »

Ils s'éloignèrent un peu et restèrent au coin de la rue, piétinant dans la boue glacée et espérant rencontrer quelqu'un qui leur faciliterait l'entrée. Autour d'eux, des milliers de grévistes, hommes, femmes, garçons, fillettes, erraient à l'aventure ; les plus âgés se penchaient pour échanger à voix basse des phrases en langues étrangères. Webb répétait sans cesse : « C'est un scandale, il faudrait faire quelque chose. » Fille, les pieds glacés, n'avait plus qu'un désir : retourner chez elle.

Puis, Ben Compton les rejoignit ; il était sorti par la porte de derrière de la salle de réunion. La foule se groupa autour de lui, et Fille entendit les gens murmurer : « Tiens, voilà Ben... voilà Compton... C'est un bon gars, Benny. » Des jeunes gens circulaient dans la foule en chuchotant : « Nous avons le nombre pour nous, les gars... Tenez bon, on entrera quand même. »

Compton sauta sur le socle d'un réverbère auquel il s'accrocha d'un bras, et tendant l'autre vers la foule, il se mit à parler : « Camarades ! c'est une nouvelle provocation contre la classe ouvrière. Il n'y a pas plus de quarante personnes dans la salle, et on ferme les portes sous prétexte qu'il n'y a plus de place... » La foule se mit à s'agiter. Fille vit des chapeaux et des parapluies moutonner devant ses yeux sous la pluie glacée. Puis, deux flics se saisirent de Compton et le traînèrent par les bras. Elle entendit le klaxon du panier à salade et des gens qui criaient « Hou !... hou ! » contre les flics. Son petit groupe reculait. Les flics dégageaient l'entrée de la salle et les gens s'en allaient à pas lents, l'air désolé le long des rues tristes vers les stations de tramway repoussés par les flics à cheval. Tout à coup, Webb lui dit à l'oreille : « Je m'appuie sur ton épaule » et il sauta sur une borne-fontaine.

« C'est un scandale, cria-t-il. Vous aviez l'autorisation de vous réunir dans cette salle, vous l'aviez louée et personne n'a le droit de vous empêcher d'entrer ! Au diable les cosaques ! »

Deux bourriques-centaures piquèrent vers lui, en écartant la foule. Webb sauta de la borne-fontaine, saisit Fille par la main en disant : « Foutons le camp ! » Et déjà il l'entraînait, se frayant à toute vitesse un passage dans la cohue qui commençait à hâter le pas. Elle le suivit sans pouvoir s'empêcher de rire à en perdre haleine. Un tramway passait dans la rue principale, Webb sauta dedans, elle n'y parvint pas et dut attendre le suivant. Cependant, les flics sillonnaient la foule pour la disperser.

Fille avait mal aux pieds après avoir tant pataugé dans la boue gelée tout l'après-midi et se disait qu'il était temps de rentrer chez elle si elle ne voulait pas attraper la mort. A la gare, elle retrouva Webb qui crevait de frousse. La visière de sa casquette sur les yeux, le cache-nez sur la bouche, il fit d'abord semblant de ne pas reconnaître Fille. Mais, dans le wagon surchauffé, il se glissa vers elle et s'assit sur le même banc. « Je craignais qu'une bourrique ne me repère à la gare, murmura-t-il. Eh bien, qu'est-ce que tu en penses ?

— Je trouve ça terrible... C'est tous des capons... Les seuls gars qui avaient l'air d'être vraiment des blancs c'étaient les types en kaki qui gardaient les usines. Quant à toi, Webb, tu t'es sauvé comme un lapin !

— Chut, plus bas !... Tu crois que j'aurais dû me faire arrêter comme Ben ?

— Je ne crois rien du tout, ça ne me regarde pas.

— Tu ne comprends rien à la tactique révolutionnaire, Anne. »

Sur le ferry-boat, ils claquaient des dents tant ils avaient froid et faim. Webb lui dit qu'un de ses amis qui habitait la Huitième Rue lui avait laissé la clé de sa chambre. Il l'invita à aller s'y chauffer les pieds et boire une tasse de thé avant de remonter vers le centre. Ils y allèrent à pied, sans échanger une parole tant ils étaient harassés. Dans cette chambre qui sentait la térébenthine régnait un désordre indescriptible. Il n'y faisait pas très chaud parce que c'était un grand studio chauffé par un radiateur a gaz. Glacés comme s'ils revenaient du pôle, ils s'enroulèrent dans les couvertures qu'ils trouvèrent sur le lit, se déchaussèrent et firent rôtir leurs pieds nus devant le radiateur. Sous la couverture, Fille retira sa jupe et l'étendit pour la faire sécher. « Eh bien, mon cher, si ton ami arrive, il me prendra pour une fille perdue, dit-elle.

— Rien à craindre, il passe le week-end à Cold Spring », répondit Webb qui circulait à travers la pièce, mettait de l'eau à chauffer et coupait du pain pour faire des toasts.

« Tu devrais retirer ton pantalon, Webb, je vois d'ici l'eau couler sur tes pieds. »

Webb rougit, se drapa dans sa couverture comme un sénateur romain et retira son pantalon.

Pendant longtemps ils ne prononcèrent plus une parole et n'entendirent que le brouhaha de la circulation en bas dans la rue, le sifflement du gaz, et le chant de la bouilloire. Puis, tout à coup, Webb se mit à parler nerveusement en bredouillant un peu : « Alors, tu me trouves froussard, Anne ? Eh bien, tu as peut-être raison. Ce n'est pas que je sois peureux..., mais il y a temps pour tout. A certains moments, on doit agir comme un lâche. Et à d'autres il faut se conduire comme un mâle. Tais-toi une minute et laisse-moi t'expliquer quelque chose... Tu me plais diablement... et je me suis conduit comme un capon en ne te le disant pas jusqu'à présent. Je ne crois pas à l'amour et à tous ces trucs-là, c'est des sottises de bourgeois. Mais je crois que lorsque deux êtres sont attirés l'un vers l'autre, ils se conduisent comme des lâches s'ils ne... s'ils ne... tu vois ce que je veux dire ? »

Fille répondit assez longtemps après : « Non, Webb, je ne comprends pas. »

Webb la regarda d'un air étonné en lui apportant une tasse de thé avec des toasts beurrés sur lesquels il avait déposé un petit morceau de fromage. Ils mangèrent en silence. Tout était si calme que chacun entendait l'autre avaler des petites gorgées de thé.

« Tu ne comprends pas ? Mais, diable ! qu'est-ce que ça veut dire ? » s'exclama soudain Webb.

Fille se sentait à l'aise, douillettement enroulée dans sa couverture, les pieds allongés devant le radiateur, sa tasse de thé chaud à la main. Elle murmura vaguement, d'un air rêveur : « Oh ! rien ne veut rien dire, au fond. »

Webb posa sa tasse de thé et se mit à arpenter la pièce. Un pan de sa couverture traînait derrière lui. « Merde ! » dit-il tout à coup en s'arrêtant net. Et, se tenant sur une jambe, il examina la plante de l'autre pied, toute noire parce que le plancher était couvert de poussière. « Mais, pour l'amour de Dieu, Anne, les gens ne seront heureux que lorsqu'ils seront libérés de tout préjugé au point de vue sexuel... Viens... on va... » Il avait les joues en feu et ses cheveux, qu'il ne faisait pas couper trop souvent, lui tombaient sur la figure. Tout en disant cela, il continuait à examiner la plante d'un de ses pieds en vacillant sur l'autre. Fille éclata de rire. Tu es follement drôle comme ça, Webb. Donne-moi encore une tasse de thé et fais-moi d'autres toasts. » Et elle sentit une grande vague de bien-être envelopper tout son corps.

Après avoir bu le thé et mangé les toasts elle dit tranquillement : « Eh bien, il serait bientôt temps de rentrer chez moi.

— Mais pour l'amour de Dieu, Anne ! Je suis en train de te faire des propositions indécentes, s'exclama Webb d'une voix aiguë en riant, les larmes aux yeux. Ecoute-moi... Je t'obligerai bien à m'écouter, petite garce ! » Il laissa tomber sa couverture et se précipita vers elle. Elle vit qu'il était fou de colère. Il l'arracha de la chaise et l'embrassa sur la bouche. Elle se débattit. Il était nerveux et fort, mais elle glissa un bras devant le menton de Webb et le repoussa suffisamment pour lui donner un bon coup de poing sur le nez. Le nez se mit à saigner. « Ne sois pas si sot, Webb, dit-elle tout essoufflée ? Je ne veux pas faire ça... En tout cas, pas encore... Va te laver la figure. »

Webb se dirigea vers l'évier et s'aspergea la figure avec de l'eau. Fille s'empressa de remettre jupe, bas et chaussures et s'approcha de lui. « J'ai été méchante, Webb, je suis désolée. Je ne sais pas pourquoi je suis toujours méchante avec les gens qui me plaisent. »

Webb continuait à éponger son nez qui saignait encore, et ne dit rien pendant un bon moment. Puis, il reprit : « Va-t'en toute seule chez toi. Je reste ici... Tout va bien... C'est de ma faute. »

Elle enfila son imperméable trempé d'eau et s'en alla dans les rues luisantes de pluie. Elle prit le métro-express et tout le long du chemin elle pensa à Webb aussi tendrement qu'elle pensait d'habitude à son père et aux deux garçons.

Elle ne le revit pas de quelques jours, puis un soir il téléphona pour lui demander si elle voulait participer aux piquets de grève le lendemain matin. Il faisait encore nuit quand elle le rencontra sur le quai du ferry-boat. Après avoir quitté le train ils parcoururent des rues couvertes de verglas et arrivèrent juste à temps pour se joindre aux piquets de grève. Les visages autour d'elle paraissaient glacés et fripés aux lueurs bleues de l'aurore. Les femmes portaient des châles sur la tête. La plupart des hommes et des jeunes gens n'avaient pas de pardessus, et les jeunes filles grelottaient sous des petits manteaux de fantaisie à bon marché qui ne leur tenaient pas bien chaud. Les flics avaient déjà commencé à disperser une extrémité du piquet de grève. Quelques grévistes chantaient : *Vive la solidarité.* D'autres huaient les jaunes en imitant les cris des Indiens et des fanatiques aux matches de football. Fille se sentait tout étourdie et énervée.

Subitement, tout le monde autour d'elle se dispersa en courant et Fille se trouva toute seule sur la rue, juste en face des fils de fer barbelés qui doublaient le portail d'une usine. A quatre mètres devant elle, une jeune femme glissa et tomba. Fille remarqua un regard de terreur dans ses yeux ronds et noirs. Elle fit un pas en avant pour l'aider, mais déjà deux policiers approchaient en brandissant leurs matraques. Croyant qu'ils allaient aider la jeune fille à se relever, elle s'arrêta une seconde, vit un des policiers prendre son élan, et frapper la jeune femme d'un coup de pied en plein visage. Fille perdit la tête, bondit en avant et tapa à coups de poing sur la grosse figure rouge du flic, sur son pardessus au tissu épais dont les boutons lui meurtrissaient les mains, elle aurait voulu avoir une arme. Quelque chose frappa sa tête par-derrière. Etourdie, presque évanouie, elle sentit qu'on la poussait vers le panier à salade. En face d'elle, elle retrouva la jeune femme au visage écrasé et sanglant. Dans le fond du camion d'autres hommes et d'autres femmes sacraient et riaient. Mais Fille et la femme qui était en face d'elle se regardaient fixement l'air hébété, sans rien dire. Puis la porte se ferma et ils se trouvèrent tous dans l'obscurité.

Fille fut inculpée d'avoir participé à une bagarre, d'avoir gêné un agent de la force publique dans l'exercice de ses fonctions, de l'avoir attaqué à main armée, et d'avoir excité la foule à la sédition. Mais elle ne se trouva pas si mal dans la prison du Comté ! La section des femmes était bondée de grévistes. Et dans les cellules les filles riaient, bavardaient, chantaient, se racontaient les unes aux autres comment elles s'étaient fait arrêter. Toutes étaient sûres du succès de la grève. Dans la cellule de Fille les femmes se groupèrent autour d'elle, l'interrogèrent pour savoir comment elle était arrivée là. Et Fille se sentit une âme d'héroïne. Vers le soir, on appela son nom. Elle trouva Webb, Ada et un avocat autour du sergent de police assis derrière un bureau. Ada lui poussa sous le nez un journal du soir en disant, furieuse : « Lis ça, Fille, et dis-moi ce qu'on en pensera au pays. »

UNE BELLE DU TEXAS ATTAQUE UN AGENT
disait un des titres. Et l'article racontait qu'elle avait abattu un agent de police d'un direct à la mâchoire. On la relâcha contre une caution de mille dollars. Devant la prison, Ben Compton sortit d'un groupe de reporters qui l'entouraient et courut vers elle : « Félicitations, Miss Trent, dit-il. Bon Dieu vous avez du cran, vous... Votre geste a fait très bonne impression sur la presse. » Sylvia Dalhart était avec lui. Elle étreignit Fille, l'embrassa en s'exclamant : « Voilà une femme courageuse ! Dites-moi, nous envoyons une délégation à Washington pour présenter une pétition au Président Wilson. Il faut que vous en fassiez partie. Le Président refusera de recevoir la délégation, vous manifesterez devant la Maison-Blanche et vous aurez l'occasion de vous faire arrêter de nouveau. »

Lorsqu'elles se trouvèrent seules, saines et sauves dans le train qui les ramenait à New York, Ada déclara : « Je crois que tu as perdu la tête.

— Tu aurais fait comme moi, Ada, ma chère, si tu avais vu ce que j'ai vu... quand je le raconterai à papa et aux garçons, ils verront rouge. Je n'avais jamais entendu parler d'une chose aussi scandaleuse. » Puis elle éclata en sanglots.

De retour à l'appartement, elles trouvèrent un télégramme de papa disant : « J'arrive. Ne fais aucune déclaration avant de me voir. » Tard dans la nuit, un autre télégramme disait : « Dad gravement malade viens à la maison sans tarder. Qu'Ada s'adresse au meilleur avocat possible. » Et le lendemain matin, tremblante de peur, Fille prit le premier train. A Saint-Louis, elle reçut un autre télégramme : « Ne t'inquiète pas. Double congestion pulmonaire, mais amélioration sérieuse. » Si bouleversée qu'elle fût, Fille éprouva un soulagement en se retrouvant dans les grandes plaines du Texas où la récolte de printemps commençait à pousser, piquée, de-ci de-là, par quelques bleuets. Buster l'attendait à la gare. Il prit ses bagages et lui dit : « Eh bien, Fille, tu as failli tuer papa. »

Buster avait seize ans et à son école il était capitaine de l'équipe de rugby. Il la conduisit à la maison dans sa voiture neuve, une Stutz, et chemin faisant lui raconta ce qui se passait. Bud avait fait des blagues à l'université, il allait probablement se faire renvoyer et s'était laissé embobeliner par une fille de Galveston qui essayait de le faire chanter. Papa avait bien des soucis : il avait joué un peu gros dans des affaires de pétrole. Rien que voir le nom de Fille étalé sur la première page des journaux, ça lui avait flanqué un grand coup. La vieille Emma n'avait plus la force de diriger la maison et Fille devrait oublier ses lubies et rester à la maison pour rendre la vie plus agréable à son père et à ses frères. « Tu vois cette voiture. Chic, hein?... Je l'ai achetée moi-même... J'ai un peu spéculé, acheté et revendu des options sur des terrains pétrolifères près d'Amarillo, comme ça, pour rigoler, et ça m'a rapporté cinq mille dollars.

— Quel petit malin! Eh bien, Bud, c'est chic de revenir à la maison. Mais au sujet de cet agent de police, tu en aurais fait autant, sinon tu n'es plus mon frère. Je te raconterai ça... Crois-moi, je suis bien heureuse de revoir toutes les bonnes têtes du Texas après avoir vécu chez ces gens de l'Est à face de fouine. » En arrivant elle trouva le docteur Winslow dans le vestibule. Il lui serra la main chaleureusement, lui dit qu'elle avait une mine superbe. « Et ne vous faites aucun souci, même si ça doit être ma dernière réussite, je tirerai votre papa d'affaire. » En entrant dans la chambre du malade et en voyant papa agité dans son lit, mal à l'aise, le visage tout rouge, Fille se désola. Et il lui déplut qu'une infirmière dirigeât la maison.

Papa se remit un peu et alla passer une quinzaine à Port Arthur avec Fille chez un de ses vieux amis, pour changer d'air. Papa promit de lui donner une automobile si elle restait à la maison et de la tirer de cette sale affaire dans laquelle elle s'était embarquée là-haut à New York.

Elle joua beaucoup au tennis, au golf, et fréquenta énormément de monde. Joë Wasburn était marié ; il vivait à Oklahoma City et faisait de brillantes affaires dans le pétrole. Fille se sentait plus à son aise à Dallas depuis que Joë n'y était plus. Quand vint l'automne, elle alla terminer ses études de journalisme à Austin, surtout afin d'empêcher Bud de faire des bêtises. Le samedi après-midi, le frère et la sœur partaient ensemble dans le cabriolet Buick de Fille pour passer le week-end en famille. Papa avait acheté une nouvelle maison de style Tudor dans les environs de la ville et Fille employait ses loisirs à visiter les marchands de meubles, à accrocher des rideaux et à aménager les chambres. Bien des jeunes gens lui faisaient la cour et elle fut obligée de tenir un petit carnet de rendez-vous.

Après la déclaration de guerre, sa vie devint trépidante, à tel point qu'elle avait à peine le temps de dormir. Presque tous ses amis étaient promus officiers ou bien s'en allaient dans des camps d'entraînement. Fille se mit au service de la Croix-Rouge, mais cela ne lui suffisait pas et elle faisait des pieds et des mains pour se faire envoyer en Europe. Bud s'engagea dans l'aviation et alla apprendre à piloter à San Antonio. Buster, qui faisait partie de la milice du Texas, tricha sur son âge, s'enrôla comme simple soldat et fut expédié vers les casernes de Jefferson. A la cantine de la Croix-Rouge, Fille menait une vie tourbillonnante ; on la demandait en mariage au moins deux fois par semaine, mais elle répondait qu'elle n'avait pas l'intention de devenir épouse de guerre.

Un matin, alors que papa était à Austin pour ses affaires, un télégramme du ministère de la Guerre arriva à la maison, Fille l'ouvrit. Bud s'était tué dans un accident. Aussitôt, Fille pensa que ce serait un coup terrible pour papa. Le téléphone sonna. C'était une communication d'inter qui venait de San Antonio, et la voix ressemblait à celle de Joë Wasburn. « Est-ce vous, Joë ? demanda-t-elle timidement.

— Fille, je veux parler à votre père, répondit-il de sa voix grave et traînante.

— Il n'est pas là... Je sais... Oh Joë !

— C'était vraiment un chic type. Il pilotait seul pour la première fois. Personne ne comprend ce qui s'est passé... Sans doute un défaut de l'appareil. Je téléphonerai à votre père à Austin. Je sais à quel numéro l'atteindre... A bientôt, Fille. » Joë raccrocha. Fille entra dans sa chambre et se jeta sur le lit qui n'était pas encore fait. Elle essaya de se convaincre qu'elle ne s'était pas encore levée et qu'elle avait rêvé cette histoire de télégramme et de coup de téléphone. Puis, elle pensa à Bud d'une manière si aiguë qu'elle crut le voir, là, à côté d'elle, dans sa chambre : son rire, la dure pression de sa longue main quand il avait brusquement pris le volant alors qu'elle dérapait dans une rue de San Antonio la dernière fois qu'elle était allée le chercher lors d'une permission, son visage mince et frais émergeant du col serré de son uniforme... Puis, elle entendit de nouveau la voix de Joë : « Sans doute un défaut de l'appareil... »

Elle descendit et sauta dans sa voiture. A la station d'essence où elle fit le plein, le garagiste lui demanda si les gars se plaisaient à l'armée. Elle n'avait pas le temps de lui raconter ça maintenant et répondit : « Epatant, ils s'amusent follement ! » Et ces paroles la frappèrent comme une gifle en plein visage. Elle télégraphia à papa aux bons soins de son correspondant pour lui dire qu'elle arrivait et partit pour Austin.

Les routes étaient en mauvais état ; conduire sa voiture à travers la boue, en faisant jaillir des gerbes d'eau quand elle traversait les flaques à quatre-vingts à l'heure, la réconfortait un peu.

Elle fit une moyenne de soixante-dix, et arriva à Austin avant la tombée de la nuit. Papa avait déjà pris le train pour San Antonio... Mourant de fatigue, Fille repartit aussitôt. Un pneu creva, la réparation dura un temps fou. Il était minuit juste quand elle arriva à l'hôtel *Manger.* Automatiquement elle se regarda dans une des glaces de l'entrée. Elle avait des traînées de boue sur la figure et ses yeux étaient rouges.

Dans le vestibule, elle trouva papa et Joë Wasburn assis côte à côte, le cigare éteint à la bouche. Ils se ressemblaient un peu ; peut-être parce qu'ils avaient tous deux les traits tirés et l'air triste. Elle les embrassa et dit : « Papa, tu devrais aller te coucher, tu as l'air à bout.

— Je crois que ce serait aussi bien. Il n'y a plus rien à faire. »

En passant près de Joë, elle dit tout bas : « Attendez-moi, je redescends aussitôt que j'aurai couché papa. » Elle déposa ses bagages dans la chambre voisine de celle de son père ; puis, elle le rejoignit, lui passa la main dans les cheveux, l'embrassa très gentiment et le laissa se coucher.

Quand elle redescendit dans le vestibule, Joë était assis exactement au même endroit et dans la même attitude, ce qui la rendit furieuse. Elle lui parla d'une voix dure qui l'étonna. « Venez dehors, j'ai besoin de marcher un peu. » La pluie avait cessé, l'air était frais. C'était une belle nuit transparente du début de l'été. « Joë, qui est responsable de ces défauts dans les appareils ? Il faut que je le sache.

— Fille, vous avez des idées étranges... Allez donc vous coucher, vous êtes épuisée.

— Joë, répondez à ma question ?

— Mais, Fille, vous ne voyez donc pas que personne n'est responsable. L'armée est une grande machine. On ne peut pas éviter les erreurs. Les fournisseurs d'avions gagnent énormément d'argent, évidemment... Mais, quoi qu'on en dise, l'aviation en est encore à ses débuts... Nous savions qu'il y avait des risques quand nous nous sommes engagés.

— Si Bud avait été tué en France, ça ne m'aurait pas

fait la même chose... mais ici... Joë! Quelqu'un est responsable de la mort de mon frère... Je veux aller lui parler, c'est tout. Je ne ferai pas de sottises. Vous me prenez tous pour une folle, je le sais bien, mais je pense à toutes les autres jeunes filles dont les frères apprennent à piloter. L'homme qui a réceptionné ces avions est un traître à son pays, et on devrait l'abattre comme un chien.

— Allons, Fille, écoutez-moi, dit Joë en la ramenant vers l'hôtel. C'est la guerre. La vie d'un individu ne compte plus, et il n'est plus temps de se laisser aller à ses chagrins personnels ou de gêner les autorités en les critiquant. Quand nous aurons liquidé les Boches, alors, nous nous en prendrons aux incompétents et aux profiteurs... Tel est mon sentiment.

— Eh bien, bonsoir, Joë... et tâchez d'être très prudent vous-même. Quand aurez-vous votre brevet ?

— Dans une quinzaine de jours.

— Comment vont Gladys et Bunny ?

— Oh, très bien », répondit Joë d'une voix étrangement gênée. Et il ajouta en rougissant : « Ils sont à Tulsa, chez ma belle-mère. »

Elle passa la nuit allongée dans son lit, désespérée et trop fatiguée pour dormir. Dès qu'il fit jour, elle sortit, se rendit au garage, vérifia si son sac à main était bien dans la sacoche de la portière et s'il contenait son petit pistolet à crosse de nacre. Puis elle partit pour le camp d'aviation. A la grille, la sentinelle ne la laissa pas entrer et elle envoya un petit mot au colonel Morrissey, un ami de papa, en lui disant qu'elle voulait lui parler tout de suite. Le caporal fut très gentil et la fit asseoir dans le poste de garde. Quelques minutes plus tard, il lui tendit l'appareil téléphonique pour parler au colonel Morrissey. Fille prononça quelques mots et ne se rappela plus ce qu'elle voulait dire. Le bureau, la chaise, le caporal se mirent à vaciller et elle s'évanouit.

Elle se réveilla dans une voiture de l'armée conduite par Joë Wasburn qui la ramenait à l'hôtel. Il lui tapotait la main en disant : « Tout va bien, Fille, tout va bien. » Elle s'accrocha à lui et pleura comme une petite fille. A l'hôtel on la coucha. Le docteur lui donna des calmants et ne la laissa sortir qu'après l'enterrement.

Dès lors, on la crut détraquée. Elle resta à San Antonio où tout était gai et vivant. Elle travaillait toute la journée à une cantine et, tous les soirs, elle sortait dîner et danser avec un officier ou un autre. Tout le monde s'était mis à boire énormément. Fille se croyait revenue au temps où elle allait au bal de l'école supérieure. Elle évoluait comme dans un rêve, sous les lumières brillantes ; des hommes aux teints différents, mais tous également raides et engoncés dans leurs uniformes dansaient devant elle. Mais maintenant, elle buvait du champagne, taquinait les hommes, et se laissait tripoter et embrasser dans les taxis, les cabines téléphoniques et aux coins des rues obscures.

Une de ses amies Hilda Olsen donna une soirée en l'honneur de quelques garçons qui partaient pour l'Europe. Fille y rencontra Joë Wasburn et, pour la première fois, elle le vit boire. Il n'était pas ivre, mais on voyait aisément qu'il avait beaucoup bu. Ils allèrent s'asseoir dans l'obscurité, sur les marches du seuil de la cuisine. La nuit était claire et chaude ; les mouches bourdonnaient dans le vent qui agitait les branches des arbres de la cour. Tout à coup, Fille saisit la main de Joë en disant : « Oh Joë, comme c'est abominable ! »

Joë se plaignit : Il n'était pas heureux avec sa femme ; il avait gagné beaucoup d'argent dans les terrains pétrolifères, mais il s'en foutait pas mal ; l'armée le dégoûtait ; il était devenu instructeur et on ne voulait pas le laisser aller outre-mer ; il devenait fou dans ce camp.

« Oh, Joë, répondit-elle, moi aussi je veux aller en Europe, je mène une vie imbécile ici.

— Vous vous conduisez un peu comme une folle, Fille, depuis la mort de Bud, répondit Joë de sa voix grave et traînante.

— C'est moi qui aurais dû mourir, je voudrais être

morte, dit-elle en appuyant sa nuque sur les genoux de Joë et elle pleura.

— Ne pleurez pas, Fille, ne pleurez pas... » répondit-il et il se mit à l'embrasser. Il l'embrassait follement, ses baisers étaient durs. Elle se pressa contre lui.

« Je n'ai jamais aimé que toi, Joë », dit-elle tranquillement.

Mais il s'était déjà ressaisi et répondit d'une voix sage : « Excusez-moi, Fille, je me demande ce qui m'a passé par la tête. Je dois être fou... cette guerre nous rend tous fous... Bonne nuit... Eu... eu... Effacez tout ça de vos souvenirs, voulez-vous ? »

Cette nuit-là, elle ne put dormir. A six heures du matin, elle monta en voiture, fit le plein d'essence et d'huile, et partit pour Dallas. C'était en automne, la matinée était belle, malgré la brume bleue qui traînait déjà dans les vallons. Des tiges de maïs séchées grillaient au soleil en gros tas sur les collines rouges et jaunes. Elle arriva tard à la maison. Papa, en pyjama et robe de chambre, lisait les communiqués. « Eh bien, Fille ! Il n'y en a plus pour longtemps, dit-il. La ligne Hindenburg s'effondre. Je savais bien que nos gars en viendraient à bout une fois qu'ils se seraient mis en train. » Le visage de papa était plus ridé et ses cheveux plus blancs que dans les souvenirs de Fille. Elle fit chauffer une boîte de soupe qu'elle avait prise pour le voyage. Ils soupèrent gentiment en tête à tête et échangèrent les lettres qu'ils avaient reçues de Buster, toujours aussi drôles. Il était au camp de Merritt où son unité s'attendait à être envoyée outre-mer d'un instant à l'autre. Fille avait toujours aimé bavarder comme ça avec papa, en tête à tête. Quand elle alla se coucher, elle se croyait revenue au temps de son enfance et s'endormit aussitôt que sa tête toucha l'oreiller.

Elle resta à Dallas pour s'occuper de papa ; mais quand elle pensait à Joë Wasburn, elle en était si ébranlée qu'elle croyait ne pas pouvoir supporter l'existence une minute de plus. Vint le faux armistice, puis le vrai. Dans toute la ville, on fit les fous pendant une semaine, comme pour le Mardi-Gras à la Nouvelle-Orléans. Fille décida de ne pas se marier et de se consacrer à papa. Buster revint à la maison, la peau hâlée, parlant l'argot des troufions. Fille assista aux prêches et aux conférences de l'église Méthodiste-du-Sud. Elle s'occupa d'œuvres pieuses, prit des livres à la bibliothèque publique et fit des gâteaux. Quand les jeunes filles que fréquentait Buster venaient à la maison, Fille jouait le rôle de chaperon.

Fin novembre, pour le Thanksgiving Day [1], Joë Wasburn vint dîner avec sa femme. La vieille Emma était malade, aussi Fille fit-elle rôtir la dinde toute seule. Quand ils s'assirent tous à table, à la lumière jaune des bougies piquées dans des chandeliers d'argent devant les noix et les amandes salées, posées dans des petits raviers d'argent, Fille en voyant les feuilles d'érable roses et violettes qui décoraient la pièce, pensa brusquement à la mort de Bud. Sa tête tourna, elle courut dans sa chambre, se jeter à plat ventre sur son lit. Dans la salle voisine on discutait à voix grave. Joë vint frapper à sa porte pour demander ce qui se passait. Elle bondit en riant et faillit le faire tomber raide de peur en l'embrassant en plein sur la bouche : « Tout va bien, Joë, et vous, comment allez-vous ? » Elle retourna à table, se mit à taquiner tout le monde gentiment, rit beaucoup et se montra pleine d'entrain. Quand on passa au salon pour boire le café, elle déclara qu'elle venait de signer un engagement de six mois et qu'elle partait pour l'Europe travailler au Comité de Secours au Proche-Orient pour lequel recrutaient les Méthodistes-du-Sud. Papa se montra furieux, Buster lui dit qu'elle devrait rester à la maison maintenant que la guerre était finie. Fille répondit que d'autres avaient donné leur vie pour sauver le monde de la menace allemande et qu'elle pouvait bien donner six mois de la sienne à une

1. Fête religieuse : jour d'action de grâce.

organisation de secours. Alors, tous pensèrent à Bud et se turent.

En réalité, elle n'avait pas encore signé son engagement, mais dès le lendemain matin, elle alla voir Miss Frazier, une missionnaire méthodiste qui revenait de Chine et s'occupait du Comité de Secours au Proche-Orient. Fille s'enrôla et demanda à Mademoiselle Frazier de hâter son départ, si bien qu'elle partit moins d'une semaine après pour New York avec ordre de s'embarquer immédiatement à destination de Rome. Les démarches qu'elle fit pour obtenir son passeport et pour préparer son départ, le souci que lui donna son uniforme neuf l'occupèrent tellement qu'elle ne remarqua pas la tristesse de papa et de Buster. Elle ne passa qu'une journée à New York. Enfin les sirènes mugirent et le bateau s'éloigna du quai pour descendre la North River, Fille se tenait toute droite sur le pont, les cheveux au vent, humant l'étrange odeur du bateau et du port. Elle se sentit alors toute petite, comme une fillette de deux ans.

## ACTUALITÉS XXXII

LA VOIX D'OR DE CARUSO
PLANE AU-DESSUS DES FOULES
RASSEMBLÉES DANS LES RUES
POUR FÊTER LA VICTOIRE

*Oh, oh, oh, c'est une guerre charmante*
*Qui ne voudrait être soldat, hein ?*

du Pic d'Ombral jusqu'au nord du Stelvio, elle suivra la crête des Alpes Rhétiques, jusqu'aux sources de l'Adige et au Col d'Eisah. Puis passant par le Mont Reschen, le Col du Brenner, les hauteurs d'Œtz et de Boaller elle traversera le Mont Toblach

*Quand sonne le réveil*
*Nous sommes aussi lourds que du plomb*
*Et nous ne nous levons jamais avant que le sergent*
*Nous apporte une tasse de thé au lit*

## HYPNOTISÉ PAR SA CONCUBINE

les pertes de l'armée s'élèvent au total de 64 305 y compris les 318 d'aujourd'hui où 11 760 sont morts au Champ d'Honneur et 6 193 furent grièvement blessés

*Oh, oh, oh, c'est une guerre charmante*
*Qui ne voudrait être soldat, hein ?*
*Oh, on a honte de toucher sa solde.*

dans les villages et les fermes, les Américains sont reçus comme des invités. On leur réserve les meilleures chambres. Les ménagères leur offrent de brillants samovars et de belles théières

**Le chef de gare il est cocu**

dans les régions plus peuplées les réjouissances prirent une allure plus spectaculaire lorsque apparurent des groupes d'étrangers en costume national. Une atmosphère de Carnaval dominait

## L'ANGLETERRE SUPPRIME LES SOVIETS

**Le chef de gare il est cocu**
**Qui est cocu ? Le chef de gare**
**Sa femme elle l'a voulu**

on ne voit pas pour quelle raison on en viendrait à penser que des fonctionnaires attachés à une agence de presse importante qui distribue les nouvelles à la presse de tout le pays manquèrent de conscience professionnelle à un moment d'une importance suprême dans la vie des Etats-Unis. La simple anticipation d'un événement de cette valeur constitue un manquement dont les responsables doivent être appelés à rendre compte.

*Pas de réclamations ce matin ?*
*Nous plaignons-nous ? Pas nous.*
*Et pourquoi ces rondelles d'oignon ?*
*Flottent-elles dans le thé ?*

ON OFFRE A M^me^ WILSON
UN BIJOU REPRÉSENTANT
LA COLOMBE DE LA PAIX

et la ligne de partage des eaux, des cols de Polberdo Podlaniscani et Idria. A partir de ce point, la frontière incline vers le Sud-Est en direction du Schneeberg laissant à l'extérieur tout le bassin de la Save et de ses affluents. Du Schneeberg elle descend jusqu'à la côte selon une ligne qui englobe les territoires de Castena Mattuglia et Volusca

## L'ŒIL DE LA CAMERA 38

*estampillé signé et remis partout dans Tours embaument les tilleuls en fleur il fait chaud mon uniforme colle mon caleçon et ma chemise à ma peau*

*il n'y a que quatre jours, DÉSERTEUR, je rampais sous les wagons de marchandise à Saint-Pierre-des-Corps, j'attendais que le M.P. de garde détourne la tête pour pouvoir me glisser hors de ma cachette une cigarette (et mon propre cœur) au bec*

*Puis dans la petite boîte qu'était cette chambre*

*d'hôtel, je trafiquai ma feuille de route pour en changer la date*

*mais aujourd'hui*

*ma feuille de démobilisation estampillée signée et remise brûle dans ma poche comme un cierge d'église*

*je passe devant le quartier hé soldat ! boutonne ta tunique (je t'enc... mon pote) et je descends à travers les rues embaumées de tilleul vers l'établissement de bains à la cour fleurie l'eau chaude juillit d'un col de cygne en cuivre et tombe dans la baignoire de fer-blanc je me mets nu je me savonne tout le corps avec l'amer savon rose*

*je me plonge dans la baignoire chaude vert foncé entre les rideaux blancs de la fenêtre un rayon de soleil attardé en cet après-midi étend son doigt sur le plafond les serviettes sont sèches et chaudes elles sentent la vapeur dans la valise j'ai un costume civil que j'ai emprunté à un copain je ne suis qu'un jeune deuxième classe le dernier grade du service de santé du Père Sam (numéro matricule... je n'ai jamais pu me rappeler mon numéro et qu'importe je l'ai foutu dans la Loire) ma crasse descend dans la vidange glougloute et siffle et*

*j'ai donné un bon pourboire à la grosse dame qui ramassait les serviettes elle m'a regardé avec sympathie*

*je sors dans l'odeur de tilleul d'un après-midi de juillet je m'en vais au café et je m'assois à une table où seuls les officiers ont le droit de poser leur derrière de gris vêtu et je commande un cognac que les hommes en uniforme n'ont pas le droit de boire je le bois en attendant le train de Paris je suis assis solidement, en pantalons longs sur une chaise de fer*

*un civil anonyme*

## ACTUALITÉS XXXIII

### IL NE SE RAPPELLE PLUS
### AVOIR TUÉ SA SŒUR

*J'ai le cafard,*
*J'ai le cafard,*
*J'ai un cafard d'ivrogne*

### MANQUERONS-NOUS DE SAVON ?

dans la joyeuse lumière du soleil, Paris a retrouvé sa physionomie normale avec la reprise des courses. Des milliers et des milliers de drapeaux de tous les pays pendus à des câbles reliant entre eux d'innombrables mâts produisaient en effet féerique absolument stupéfiant.

### ON DÉCOUVRE
### DES LETTRES DE MENACES

*J'aime mon pays, en vérité je l'aime.*
*Mais cette guerre me donne le cafard*
*J'aime combattre, je suis un combattant*
*Mais ce jeu n'a rien d'un combat*

dans une antichambre, la police découvrit des paquets d'allure mystérieuse. Quand on les ouvrit, on s'aperçut qu'ils contenaient des brochures en yiddisch en russe et en anglais et des cartes d'adhérent à l'I.W.W.

### LE DANGER AUGMENTE
### AVEC LES GRANDS VENTS

LA GUERRE FAIT RAGE
PENDANT QU'ON PARLE DE PAIX

les agents déclarèrent qu'ils effectuaient ces arrestations par ordre du ministère des Affaires étrangères. La détonation éclata si brusquement que personne n'eut le temps de retirer ses bagages du bateau. Puis, deux hommes d'affaires de Lure envoyèrent une réclamation ; à l'arrivée des marchandises on constatait que les sacs avaient été ouverts et qu'ils ne contenaient plus que du plâtre. L'énorme voiture resta suspendue à des arbres, les roues en l'air, cependant que ses passagers étaient précipités dans un torrent à huit mètres au-dessous

*Mon Dieu, mon Dieu la guerre est un enfer*
*Car je ne bois plus assez*

## ATTENTAT A SÉOUL

*J'ai un cafard d'ivrogne*

Si l'On en Croit Le Procureur Général Palmer, Le Ministère de la Justice Fera Rendre Gorge Aux Fabricants de Conserves.

**L'Ecole du Malheur nous rend Optimistes**

L'Unité de Vue des Peuples Libres Empêchera la Paix de Paris d'Avoir des Conséquences Injustes

il serait vain de douter encore que la Société des Nations gît, brisée sur les tapis de l'Hôtel Crillon, et de croire que la modeste alliance qui pourrait avantageusement la remplacer n'est encore qu'à l'état de vague projet.

## COMMENT S'Y PRENDRE AVEC LES BOLCHEVICKS ? LES FUSILLER ! COMME LE FONT LES POLONAIS

La Population de Hambourg Se Rassemble En Foule Pour Voir Ford

## ON PARLE
## D'UN GROUPE FINANCIER
## QUI PRENDRAIT EN MAIN
## LE DÉVELOPPEMENT DE L'ASIE

*Quand Monsieur Hoover nous demanda de manger moins*
*J'obéis sans même froncer les sourcils*
*Je fis de même quand il s'en prit au charbon*
*Mais cette fois, il m'atteint en plein cœur*

**Allons-Nous Assister à La Panique Des Sots ?**

des pierres tombaient sur le toit et fracassaient les vitres. Des hommes en fureur criaient à travers le trou de la serrure... alors que des décisions considérables dépendaient d'eux et que le plus grand calme s'imposait durant les délibérations. Quoi qu'il en soit, le Président n'a pas parlé aux chefs des Mouvements Démocratiques

## LIBKNECHT ABATTU PAR CEUX
## QUI LE CONDUISAIENT EN PRISON

*EVELYNE HUTCHINS*

Evelyne s'était installée dans un petit appartement de la Rue de Bussy[1], où il y avait marché tous les jours. Soucieuse de montrer qu'elle n'était pas fâchée, Eleanor lui avait donné deux tableaux rapportés d'Italie pour

1. Il s'agit certainement de la rue de Buci.

décorer le salon d'ailleurs mal éclairé. Au début de novembre, des rumeurs d'Armistice commencèrent à circuler. Et, soudain, un après-midi, le commandant Wood entra en trombe dans le bureau qu'Evelyne partageait avec Eleanor, les tira toutes les deux hors de leur chaise et les embrassa en disant : « Enfin, c'est arrivé ! » Sans se rendre compte de ce qu'elle faisait, Evelyne se trouva bouche à bouche avec le commandant Moorehouse. Dans les bureaux de la Croix-Rouge, on se serait cru au dortoir d'un collège le soir où l'équipe de football a gagné un match.

C'était l'Armistice.

Des bouteilles de cognac surgirent de tous les coins et on se mit à chanter. *Qu'il est long le chemin...* et « **La Madellon pour nous n'est pas sévère.** »

Evelyne, Eleanor, J. W. et le commandant Wood se trouvèrent dans un taxi en route vers le Café de la Paix.

Pour des raisons incompréhensibles ils ne cessèrent de descendre des taxis où des inconnus les remplaçaient. Ils s'étaient mis en tête d'atteindre le Café de la Paix, mais dès qu'ils entraient dans un taxi, la foule les arrêtait et le chauffeur disparaissait. Quand ils arrivèrent, toutes les tables étaient occupées et les gens entraient et sortaient en cortège par toutes les portes, en criant, en riant, en chantant. Il y avait des Grecs, des légionnaires polonais, des Russes, des Serbes, des Albanais en jupons blancs et un Ecossais en kilt qui jouait de la cornemuse, et des tas de filles en costume alsacien. Comme c'était ennuyeux de ne pas trouver une table ! Eleanor suggéra d'aller ailleurs. J. W., très préoccupé voulait téléphoner. Seul le commandant Wood paraissait s'amuser. C'était un homme à cheveux gris et à petite moustache poivre et sel. « Tous les freins sont rompus », répétait-il sans cesse. Il monta avec Evelyne dans la salle du premier pour voir s'il y avait quelques tables de libres. Là, ils tombèrent sur des Anzacs (soldats des corps d'armée australien et néo-zélandais de l'armée britannique) assis sur une table de billard, avec une douzaine de bouteilles de champagne autour d'eux. Et voilà que toute la compagnie se met à boire du champagne avec les Anzacs. Impossible de trouver à manger ; Eleanor répétait qu'elle mourait de faim ; et J. W., en entrant dans une cabine téléphonique y trouva une femme et un officier italien tout entortillés l'un dans l'autre. Les Anzacs étaient pas mal soûls ; l'un d'eux prétendait que cette histoire d'Armistice n'était sans doute qu'un sale mensonge de ces salauds de la propagande. Eleanor invita ses amis à aller manger ce qu'il y avait chez elle. J. W. accepta à condition que l'on passât par la Bourse d'où il pourrait envoyer quelques télégrammes à ses agents de change. Quand ils quittèrent les Anzacs, ces derniers, furieux, les engueulèrent copieusement. Ils restèrent longtemps sur la place de l'Opéra au milieu de la foule qui déferlait en tous sens. Les lampadaires étaient allumés. Des rangées de becs-papillon soulignaient les arêtes grises de l'Opéra. On les bousculait et on les poussait dans tous les sens. Il n'y avait ni autobus, ni automobiles, et de temps en temps un taxi passait lentement battu par la foule comme un rocher par l'océan. Enfin, dans une petite rue latérale, ils trouvèrent une voiture de la Croix-Rouge. Le conducteur qui n'était pas à jeun expliquait qu'il essayait de ramener l'auto au garage et se montra ravi à l'idée de les conduire d'abord quai de la Tournelle. Evelyne montait déjà dans la voiture quand tout ça lui sembla trop assommant... Une minute plus tard, elle se trouva marchant bras dessus, bras dessous avec un petit marin français dans un groupe d'inconnus qui portaient pour la plupart l'uniforme polonais et suivaient un drapeau grec en chantant *La Brabançonne.* Peu après, elle s'effara en constatant que la voiture était partie et qu'elle avait perdu ses amis de vue. Dans ce Paris tout neuf, aux lampadaires éclairés, plein de drapeaux, de fanfares et de gens ivres, elle n'arrivait même pas à reconnaître les rues. Elle se trouva en train de danser avec le petit marin sur une place asphaltée devant une église qui avait deux tours, puis avec un officier de l'armée coloniale française en manteau rouge, puis avec un légionnaire polonais qui parlait un peu l'anglais et avait vécu à Newark, New Jersey. Et puis, tout à coup de jeunes soldats français dansèrent la ronde autour d'elle en se tenant par la main. Pour sortir du cercle, il fallait en embrasser un, tel était le jeu. Dès qu'elle comprit, Evelyne s'exécuta de bonne grâce. Tout le monde applaudit, l'acclama et cria : « **Vive l'Amérique !** » Une autre bande arriva et dansa tellement qu'elle en fut intimidée. Sa tête commençait à tourner quand elle avisa un uniforme américain à bonne distance dans la foule. Elle rompit le cercle qui l'entourait en bousculant un gros petit Français, saisit le troufion par le cou et l'embrassa. Tout le monde éclata de rire, l'acclama et cria : **Encore !** L'Américain paraissait gêné. Il était avec Paul Johnson, l'ami de Don Steven. « J'avais envie d'embrasser quelqu'un », bredouilla Evelyne en rougissant. Le troufion rit et parut content.

« Oh, j'espère que vous pouvez supporter tout ça. Miss Hutchins, j'espère que cette foule et tout ça ne vous gêne pas... » s'excusait Paul Johnson.

Les gens dansaient en rond autour d'eux et criaient. Il fallut qu'elle embrassât Paul Johnson. Il s'excusa de nouveau solennellement et dit : « N'est-ce pas merveilleux d'être à Paris le jour de l'Armistice, et tout, si toutefois, cette foule ne vous gêne pas, et tout... Mais, sincèrement, Miss Hutchins, ils ne sont pas méchants, et quels bons caractères ! Pas de bagarres. Rien de grossier, rien de violent... Mais dites-moi, Don est dans ce café... »

Don était derrière le petit comptoir de zinc, près de l'entrée et il distribuait des cocktails de sa composition à des officiers canadiens et anzacs très ivres. « Je n'arrive pas à le tirer de là, murmura Paul, et il a pourtant déjà bu plus que de raison. » A trois, ils traînèrent Don hors du comptoir. Apparemment personne ne payait la boisson : le barman et le patron avaient disparu. Arrivé sur le seuil de la porte, Don leva sa casquette et cria : « **Vivent les Quakers ! A bas la guerre !** » et tout le monde l'acclama. Pendant un moment, ils errèrent sans but. De temps à autre la foule les encerclait, dansait autour d'eux et Don embrassait Evelyne. Son ivresse en était au stade bruyant et il se conduisait comme si Evelyne lui avait appartenu. Arrivée place de la Concorde, elle n'en pouvait plus et les invita à traverser la Seine pour aller chez elle car il lui restait de la salade et du veau froid.

Embarrassé Paul suggéra qu'il ferait peut-être mieux de ne pas y aller, quand Don les quitta brusquement pour se lancer aux trousses d'un groupe d'Alsaciennes qui s'engageaient sur les Champs-Elysées en dansant et en chantant. « Maintenant il faut que vous veniez avec moi, dit-elle à Paul, pour m'éviter d'avoir à embrasser trop d'inconnus.

— Mais, Miss Hutchins, il ne faut pas en vouloir à Don de vous avoir quittée comme ça, il est très impulsif, surtout quand il a bu. » Evelyne éclata de rire et ils marchèrent sans plus rien dire.

Rue de Bussy, la vieille concierge jaillit hors de sa loge, leur serra la main à tous les deux en disant : « **Ah, Madame, c'est la victoire !...** Mais ça ne ressuscitera pas mon fils, n'est-ce pas ? » Sans raison, comme elle ne trouvait rien à lui dire, Evelyne lui donna cent sous, et la vieille s'éloigna en murmurant d'une voix chantante : « **Merci M'sieur Madame.** »

Dans les pièces minuscules de l'appartement d'Evelyne, Paul parut encore plus embarrassé. Ils mangèrent tout ce qu'ils trouvèrent, jusqu'à la dernière miette de pain rassis en n'échangeant que de très vagues propos. Assis sur le bord de sa chaise, Paul lui raconta ses voyages entre le front et l'Etat-Major. Il était enchanté d'être venu en Europe, d'avoir servi dans l'armée, d'avoir vu les villes européennes, d'avoir rencontré des gens comme elle et Don ; et il espérait qu'elle ne lui en voulait pas trop de s'y connaître si peu sur les questions qui les intéressaient, elle et Don. « Si c'est vraiment la paix qui commence, il va être temps de songer à l'avenir, Miss Hutchins.

— Oh, Paul, appelez-moi Evelyne.

— Je crois vraiment que c'est la paix, Evelyne, conformément aux Quatorze Points de Wilson. En ce qui me concerne, j'ai confiance en Wilson quoique dise Don. Je sais qu'il est bien plus intelligent que moi... Mais quand même... peut-être est-ce vraiment la dernière guerre qu'il y aura dans le monde. Oh, si c'était possible ! »

Elle aurait souhaité qu'il l'embrassât en partant mais il se contenta de lui serrer gauchement la main et dit tout d'un trait : « J'espère-que-vous-me-permettrez-de-venir-vous-voir-la-prochaine-fois-que-je-passerai-par-Paris ? »

Pour la Conférence de la Paix, J. W. s'installa dans un appartement de l'hôtel Crillon. Sa blonde secrétaire, Miss Williams, occupait un petit bureau en antichambre. Morton, son valet de chambre anglais servait le thé en fin d'après-midi. Evelyne aimait à faire un saut jusqu'au Crillon lorsqu'elle quittait son bureau. Elle s'y rendait en passant sous les arcades de la rue de Rivoli. Dans les corridors de l'hôtel, richement décorés de manière vieillotte, des Américains allaient et venaient en tous sens. Chez J. W. elle retrouvait Morton qui distribuait des tasses de thé d'un air digne à des gens en uniforme ou en redingote ; l'air embaumait ; elle y retrouvait aussi chaque soir la même odeur de cigarettes et d'anecdotes inachevées. J. W. la fascinait. Il ne portait plus l'uniforme de la Croix-Rouge, mais un complet gris en tweed écossais avec des plis impeccables à ses pantalons ; quoique légèrement distant, il avait des manières agréables. Mais il était visiblement surmené : à tout instant on l'appelait au téléphone, on lui apportait des télégrammes ou des petits billets que sa secrétaire lui faisait passer ; ou bien il s'isolait dans l'embrasure d'une des fenêtres qui donnaient sur la place de la Concorde, pour converser à voix basse avec quelqu'un ; parfois, on l'appelait du bureau du colonel House. Malgré tout, il ne manquait jamais d'offrir à Evelyne un cocktail au champagne ou une tasse de thé ; alors, leurs regards se croisaient pendant une seconde et elle se sentait pénétrée par la petite lueur qui éclairait ses yeux bleus un peu taquins pleins d'humour et de candeur. Quand il n'était pas retenu par un repas officiel, il emmenait fréquemment Evelyne et Eleanor dîner avec lui. Evelyne aurait voulu le connaître mieux, mais elle soupçonnait Eleanor de le surveiller comme le chat guette la souris. Après tout, pensait Evelyne, Eleanor n'a aucun droit et elle n'est probablement même pas sa maîtresse.

Quand J. W. était occupé, Edgar Robbins, qui semblait être son bras droit, s'occupait des deux jeunes filles. Eleanor ne pouvait pas le souffrir et trouvait quelque chose de grossier dans son cynisme, mais Evelyne aimait l'entendre parler. Selon lui, la paix serait encore plus effarante que la guerre. « Dieu merci, personne ne me demande jamais mon avis, sinon je finirais en prison », disait-il. Son bistrot favori c'était la boîte à Freddy[1], tout en haut de Montmartre. Ils y passaient des soirées entières dans la petite salle enfumée et bondée. Et Freddy qui portait une longue barbe blanche comme Walt Whitman, jouait de la guitare et chantait. Parfois il se soûlait et offrait des consommations gratuites à tout le monde. Alors sa femme, qui avait l'air d'une gitane fort malveillante, sortait de l'arrière-salle, sacrait et l'injuriait. Les consommateurs se levaient parfois pour réciter des poèmes tels que : **La grand-route, la Misère, l'Assassinat,** ou pour chanter des vieilles chansons françaises comme *Les Filles de Nantes.* Quand ça marchait, tout le monde battait des mains à l'unisson. Et ils appelaient ça donner un bon[2]. Bientôt Freddy les remarqua : quand elles arrivaient il en faisait toute une histoire et s'écriait : **« Ah les belles**

1. Il s'agit certainement de Frédé et du Lapin Agile. *(N. du T.)*
2. Faire un ban.

**Américaines !** » Robbins, assis, l'air grognon s'enfilait des petits verres de calvados les uns après les autres et, de temps en temps, lâchait une grosse plaisanterie sur les événements du jour à la Conférence de la Paix. Il disait que cette boîte le dégoûtait que le calvados était imbuvable et Freddy un sale vieux clochard, mais il y revenait sans cesse.

J. W. les y accompagna une ou deux fois et il lui arriva d'y inviter des membres de la Conférence qu'il impressionnait ainsi en leur montrant qu'il connaissait le vrai Paris. Les vieilles chansons françaises l'enchantaient, mais il prétendait avoir sans cesse envie de se gratter et regardait les chaises pour voir s'il n'y avait pas d'insectes dessus. Evelyne aimait le voir écouter une chanson, les yeux mi-clos, la tête rejetée en arrière. En parlant de lui, Robbins le traitait de gros fromage. Eleanor en riait et Evelyne trouvait ça très mal, d'autant plus que J. W. lui paraissait très dévoué. Elle faisait taire Robbins et l'accusait de ne pas comprendre la puissance latente et la forte personnalité que représentait J. W.

Jerry Burnham revint d'Arménie. Il découvrit qu'Evelyne fréquentait assidûment J. W., et en fut bouleversé. Il l'emmena déjeuner au Médicis, sur la rive gauche. « Comment, Evelyne, je n'aurais pas cru que vous vous laisseriez impressionner par ce sale bluffeur. Ce type n'est qu'un vulgaire porte-voix, un misérable phonographe... Sincèrement, Evelyne, je ne m'attendais pas du tout à ce que vous tombiez amoureuse de moi, je sais très bien que je ne compte pas dans votre vie... et pourquoi compterais-je. Mais, pardieu !... un agent de publicité !

— Allons, Jerry, répondit Evelyne, la bouche pleine de hors-d'œuvre, vous savez très bien que vous me plaisez beaucoup... C'est trop assommant de vous entendre parler comme ça...

— Je ne vous plais pas comme je voudrais vous plaire, Evelyne... Mais au diable tout ça... Bière ou vin ?

— Choisissez un bon Bourgogne, Jerry, pour nous

réchauffer un peu... Mais vous avez écrit un article sur J. W. vous-même... Je l'ai lu dans le *Herald*.

— Allez-y ! tournez le couteau dans la plaie... Nom de Dieu, Evelyne, je vous le jure, je quitterai ce sale métier... Vous n'avez donc pas deviné que j'avais honte d'écrire un article d'une platitude aussi écœurante ? Bigre, cette sole est rudement bonne... Vous êtes insensée, Evelyne.

— Délicieuse... Mais, Jerry, c'est vous qui êtes insensé !

— Je n'en sais rien. Je vous croyais différente de toutes les autres femmes aisées. Vous gagnez votre vie, et tout ça...

— Pourquoi discuter ainsi, Jerry, amusons-nous. Nous voilà à Paris, par un beau jour d'hiver, la guerre finie, tous nos amis sont avec nous à Paris.

— La guerre est finie ? Mon œil ! » répondit brusquement Jerry.

Evelyne le trouva trop assommant et, se tournant vers la fenêtre, elle vit, sous la lumière âpre du soleil d'hiver, la vieille Fontaine Médicis et la dentelle violette des branchages nus derrière les hautes grilles des jardins du Luxembourg. Puis elle regarda le visage rouge de Jerry, son nez retroussé, ses cheveux courts comme ceux d'un garçonnet mais qui commençaient à grisonner, elle se pencha au-dessus de la table, lui tapota la main. « Je vous comprends, Jerry, vous avez vu des choses que je ne peux pas imaginer... Sans doute règne-t-il une atmosphère corruptrice dans les bureaux de la Croix-Rouge. »

Il sourit, lui versa à boire et dit en soupirant : « Evelyne, vous êtes bien la femme la plus intéressante que j'aie jamais rencontrée..., mais, comme toutes les femmes, vous vous agenouillez devant la puissance ; quand c'est l'argent qui compte, alors vous aimez l'argent, quand c'est la réputation, vous aimez la gloire ; et quand c'est l'art, vous devenez amatrices d'art... et puis après tout, je suis probablement pareil, seulement je me fais encore des illusions. »

Evelyne serra les lèvres et ne répondit pas, puis tout à coup elle se sentit glacée, effrayée, solitaire et ne trouva plus rien à dire. Jerry avala un verre de vin, et se mit à raconter qu'il laisserait tomber ce sale métier pour aller écrire un roman en Espagne. Certes, il n'avait plus d'amour-propre, disait-il, mais vraiment, correspondant de guerre c'était trop ! Evelyne lui dit qu'elle n'avait aucune envie de retourner aux Etats-Unis où la vie serait trop assommante après la guerre.

Après avoir pris le café, ils se promenèrent dans les jardins du Luxembourg. Près du Sénat, des vieux messieurs bien mis et barbus jouaient au croquet dans le crépuscule violet. « Ah, je trouve les Français admirables ! dit Evelyne.

— Mais ils retombent en enfance ! » grogna Jerry.

Ils baguenaudèrent sans but, lurent les petites affiches jaunes, vertes et roses sur les colonnes d'affichage des théâtres, regardèrent les vitrines d'antiquités. « Nous devrions être au bureau depuis longtemps, dit Jerry.

— Je n'y vais pas, répondit Evelyne. Je téléphonerai que j'ai pris froid et que je suis rentrée chez moi pour me mettre au lit... C'est d'ailleurs ce que je vais faire.

— Pas du tout. On fait l'école buissonnière. Allons, Evelyne, faisons un peu les fous. »

Ils entrèrent dans un café, en face de Saint-Germain-des-Prés. En revenant du téléphone, Evelyne vit que Jerry lui avait acheté un gros bouquet de violettes et qu'il avait commandé des cognacs. « Faisons la fête, Evelyne ! c'est un grand jour, aujourd'hui même je télégraphie ma démission à ces enfants de putains !

— Et pourquoi, Jerry ? Après tout, c'est une occasion extraordinaire que de se trouver pendant la Conférence de la Paix. »

Peu après, elle le quitta et s'en alla à pied. Elle ne lui permit pas de l'accompagner, et en passant devant la glace derrière laquelle Jerry était assis, elle vit qu'il avait commandé un autre cognac.

Rue de Bussy, le marché avait un air joyeux sous les becs de gaz. Il embaumait les légumes verts, le beurre et les fromages. Elle acheta des petits pains pour le déjeuner du lendemain et des biscuits pour le cas où quelqu'un viendrait la voir. Se trouvant fort bien dans son petit salon rose et blanc où un feu de briquettes brûlait sur la grille de la cheminée, elle s'enveloppa dans une couverture de voyage et s'allongea sur le canapé.

Quelqu'un la réveilla en sonnant à la porte. C'étaient Eleanor et J. W. qui s'inquiétaient de sa santé. J. W. était libre ce soir-là et voulait les emmener à l'Opéra entendre *Castor et Pollux.* Evelyne dit qu'elle n'en avait vraiment pas la force, mais qu'elle irait quand même. Elle leur fit du thé et alla s'habiller dans sa chambre. Assise devant sa coiffeuse, elle se sentit si heureuse qu'elle ne put se retenir de fredonner. Elle voyait dans le miroir, sa peau très blanche qui donnait à son visage un petit air mystérieux dont elle se réjouissait. Elle s'appliqua à mettre très peu de rouge sur ses lèvres, et arrangea ses cheveux en un petit chignon sur sa nuque. Sa chevelure l'inquiétait, elle n'était pas frisée et n'avait pas de couleur bien définie. Un instant, Evelyne pensa qu'elle n'irait pas à l'Opéra. Mais Eleanor arriva, une tasse de thé à la main et lui dit de se presser parce que le spectacle commençait de bonne heure. Evelyne n'avait pas de manteau de soirée et se contenta d'une vieille pelisse en lapin. Chez Eleanor, ils retrouvèrent Robbins qui les attendait ; il portait un smoking trop défraîchi. J. W. avait revêtu son uniforme de commandant de la Croix-Rouge. Evelyne remarqua que ses bajoues ne ressortaient plus de son col comme auparavant et sourit en songeant qu'il faisait sans doute de la culture physique.

Ils mangèrent à la hâte chez Poccardi et burent de mauvais cocktails. Robbins et J. W. très en forme, les faisaient rire. Evelyne comprit pourquoi ils s'entendaient si bien au travail. Ils arrivèrent en retard à l'Opéra qui était merveilleux avec son lustre étincelant. Dans la salle, les uniformes rutilaient. Miss Williams, la secrétaire de J. W. était déjà dans la loge. Evelyne songea combien il devait être agréable de travailler pour J. W., et pendant un moment, elle envia amèrement Miss Williams, allant jusqu'à jalouser ses cheveux oxygénés et ses airs brusques et glacés. Miss Williams se pencha vers eux et leur dit qu'ils avaient raté l'arrivée du Président et de Madame Wilson. On leur avait fait une grande ovation. Elle ajouta que le maréchal Foch était aussi dans la salle, et peut-être le Président Poincaré mais elle n'en était pas sûre.

Pendant l'entracte, ils se frayèrent passage de leur mieux à travers le vestibule bondé et Evelyne se trouva en train de faire les cents pas sur les marches de l'Opéra ; de temps à autre, elle jetait un coup d'œil vers Eleanor et J. W. et succombait à des petites crises de jalousie. « Le spectacle est plus amusant ici que sur la scène, dit Robbins.

— Ce spectacle ne vous a pas plu ? Je le trouve magnifique.

— Sans doute, si on se place du point de vue professionnel... »

Evelyne ne répondit pas, elle regardait Eleanor à qui J. W. présentait un général français en pantalon rouge ; malgré son air dur et froid, elle avait quelque chose de plaisant ce soir-là. Robbins essaya de piloter Evelyne vers le petit bar du foyer, mais ils y renoncèrent parce que la foule était trop dense. Soudain, Robbins se mit à parler de Bakou, des affaires de pétrole. « Quelle histoire de fou ! Pendant que nous écoutons les homélies du maître d'école Wilson, John Bull étend la main sur toutes les réserves de pétrole du globe... sous prétexte d'empêcher les bolcheviks de s'en emparer. Ils ont déjà la Perse, la Mésopotamie, et maintenant, je veux bien être pendu s'ils n'essaient pas de prendre Bakou. » Evelyne écoutait à peine et se disait que Robbins avait probablement encore bu un coup de trop. La sonnerie retentit.

Dans la loge, un homme au visage maigre vêtu d'un simple complet veston parlait à voix basse avec J. W. Eleanor se pencha à l'oreille d'Evelyne pour lui confier, tout bas, qu'on venait de lui présenter le général Gouraud. La lumière s'éteignit et bientôt Evelyne oublia tout, bercée par la musique aux accents imposants. A l'entracte suivant elle se pencha vers J. W. pour lui demander s'il aimait cet Opéra. « Magnifique ! » dit-il. Et elle vit avec surprise qu'il avait des larmes dans les yeux. Elle se mit à parler de musique avec J. W. et l'homme en complet veston qui s'appelait Rasmussen.

Dans le vestibule, décoré avec trop d'opulence, il faisait chaud. Monsieur Rasmussen parvint à ouvrir une fenêtre et les entraîna sur le balcon qui donnait sur l'avenue dont la longue file de lampadaires jetait des lueurs rouges vers le ciel.

« C'est à cette époque-là que j'aurais voulu vivre, dit J. W. rêveur.

— A la cour du Roi Soleil ? demanda Rasmussen.

— Il devait y faire trop froid l'hiver, et je crains que son palais ne manquât terriblement de confort, dit Evelyne.

— C'était une époque glorieuse », dit J. W. comme s'il ne l'avait pas entendue. Puis il se tourna vers Evelyne et lui recommanda : « Surtout n'allez pas attraper froid. Vous auriez dû mettre votre manteau.

— Mais, comme je vous le disais, Moorehouse, reprit Rasmussen sur un ton différent, je suis absolument certain qu'ils ne pourront pas se maintenir à Bakou sans y envoyer de grands renforts ; et sans notre aide, ils n'y parviendront pas. »

La sonnerie retentit et ils retournèrent vers leur loge.

En sortant de l'Opéra, ils allèrent boire une bouteille de champagne au Café de la Paix, tous sauf Robbins qui reconduisit Miss Williams à son hôtel. Evelyne et Eleanor s'assirent sur la banquette rembourrée de chaque côté de J. W. et Monsieur Rasmussen s'installa sur une chaise en face d'eux. C'est lui qui anima la conversation parlant presque tout le temps et ne s'arrêtant que pour boire nerveusement une gorgée de champagne, ou se passer la main dans les cheveux. Géologue au service de la Standard Oil, il n'avait que Bakou, Bagdad et Mossoul en tête et expliquait que l'Anglo-Persian et la Royal Deutch jouaient des tours aux Américains dans le Proche-Orient. Pour toute consolation, les Anglais offraient aux Etats-Unis un mandat sur l'Arménie que les Turcs avaient pillée, au point de ne pas y laisser le moindre brin d'herbe et où la population mourait littéralement de faim. « Oh, de toute façon, nous serons bien obligés de nourrir les Arméniens, dit J. W.

— Mais, par Dieu ! il faut faire quelque chose. Même si le Président oublie les intérêts américains au point de se faire berner par les Anglais, il faut en appeler à l'opinion publique, sinon, nous perdrons la suprématie mondiale que nous nous étions assurée dans la production du pétrole.

— La question des mandats n'est pas encore réglée.

— Et qu'arrivera-t-il si les Anglais nous mettent en face du fait accompli, à la Conférence ? Ils s'installent à Bakou, mais il vaudrait mieux pour nous que ce soient les Français.

— Et les Russes, qu'en faites-vous ? demanda Evelyne.

— Si on s'en tient au droit des peuples à disposer d'eux-mêmes, les Russes n'ont aucun droit sur Bakou dont la population se compose presque exclusivement de Turcs et d'Arméniens, dit Rasmussen. Mais, j'aimerais encore mieux que les Rouges s'y installent plutôt que les Anglais, parce que leur régime ne durera pas longtemps à mon avis.

— Et vous avez bien raison, affirma J. W. Je sais de source sûre que Lénine et Trotsky sont en désaccord et que la monarchie sera restaurée avant trois mois. »

La première bouteille de champagne finie, Monsieur

Rasmussen en commanda une autre, et quand le café ferma, les oreilles d'Evelyne bourdonnaient... « Si nous faisions la noce ?... » suggéra Rasmussen qui les emmena en taxi à l'*Abbaye* où on dansait et chantait dans une salle pleine d'uniformes et décorée de drapeaux aux couleurs alliées. J. W. invita Evelyne à danser la première. Et Eleanor avait l'air pincé en partant au bras de Monsieur Rasmussen qui dansait fort mal en vérité. Evelyne et J. W. parlèrent de la musique de Rameau et il répéta qu'il aurait bien voulu vivre à la Cour de Versailles. Mais Evelyne répondit que rien n'était plus beau et plus passionnant que de se trouver à Paris exactement à ce moment-là, alors qu'on refaisait la carte du monde sous leurs yeux, et J. W. convint qu'elle avait peut-être raison. Ils décrétèrent que l'orchestre était abominable.

Evelyne dansa ensuite avec Monsieur Rasmussen qui la complimenta pour son élégance et lui dit qu'il avait besoin d'une femme dans sa vie. Il avait passé sa jeunesse dans la brousse à chercher de l'or, du minerai, du pétrole et il en était las. Si Wilson se laissait rouler par les Anglais et leur abandonnait les réserves mondiales de pétrole alors que les Etats-Unis avaient gagné la guerre pour l'Empire britannique, il laisserait tout tomber.

« Et pourquoi ? Pourquoi ne vous efforcez-vous pas de présenter vos idées au public, Monsieur Rasmussen », dit Evelyne en se serrant un peu contre lui. Un petit verre de champagne tournoyait follement dans sa tête.

« Ça, c'est le travail de Moorehouse, pas le mien, et il n'y a plus d'opinion publique depuis la guerre. Le peuple des Etats-Unis avalera toutes les pilules qu'on lui présentera. De plus, comme Dieu Tout-Puissant, il est très loin... Mais il faut faire comprendre la situation à quelques hommes qui ont la clé des décisions. Moorehouse est la clé qui mène aux hommes clés.

— Et qui est la clé de Moorehouse ? » demanda Evelyne, intrépide sans se rendre compte de son audace.

La musique s'arrêta. « Je voudrais bien le savoir,

murmura Rasmussen. Ce ne serait pas vous, par hasard ? » Evelyne secoua la tête avec un petit sourire pincé, pareil à celui d'Eleanor.

Après avoir mangé de la soupe à l'oignon et de la viande froide, J. W. proposa :

« Grimpons jusqu'au sommet de la colline, et nous ferons chanter Freddy.

— Je croyais que vous n'aimiez pas cette boîte ? fit remarquer Eleanor.

— Non, je ne l'aime pas, répondit J. W., mais j'adore les vieilles chansons françaises. » Eleanor paraissait de mauvaise humeur, peut-être avait-elle seulement sommeil. Evelyne souhaita que Monsieur Rasmussen la reconduisît chez elle. Quelle merveille si elle avait pu rester à bavarder en tête à tête avec J. W. !

Chez Freddy la salle était presque vide et glacée. Il n'avait pas de champagne et aucun ne toucha aux liqueurs qu'ils commandèrent. Monsieur Rasmussen prétendit que Freddy ressemblait à un vieux chercheur d'or qu'il avait connu dans les montagnes de Sangre de Christo et il se lança dans une histoire filandreuse qui s'était passée dans la Vallée de la Mort. Personne n'écouta. Ils avaient tous froid et sommeil. Ils redescendirent vers le centre dans un vieux taxi à deux cylindres qui sentait la moleskine. J. W. voulait absolument boire une tasse de café, mais tout était fermé.

Le lendemain, Monsieur Rasmussen téléphona à Evelyne pour l'inviter à déjeuner et elle inventa péniblement un prétexte pour refuser. Après cela, Monsieur Rasmussen apparut partout où elle allait. Il lui envoya des fleurs, des billets de théâtre, vint la chercher en automobile pour la promener et lui adressa des petits pneumatiques bleus pleins de tendresses maladroites. Eleanor la taquina au sujet de ce nouveau Roméo.

Puis, Paul Johnson reparut à Paris. Il s'était inscrit à la Sorbonne. Le soir il venait rue de Bussy et regardait Evelyne en silence, d'un air morne, presque lugubre. Il bavardait avec Monsieur Rasmussen au sujet des récoltes de blé ou des abattoirs pendant qu'Evelyne s'habillait, dans sa chambre pour sortir avec quelqu'un d'autre, d'ordinaire Eleanor et J. W.

Evelyne remarquait que J. W. appréciait autant sa compagnie que celle d'Eleanor. Elle se disait que c'était sans doute parce que les jeunes Américaines bien habillées n'étaient pas très nombreuses à Paris, et qu'elles augmentaient son prestige quand il invitait des gens importants à dîner. Désormais, Eleanor ne lui parlait plus que sur un ton agaçant et sarcastique, sauf lorsqu'elles étaient seules ensemble, car alors, elles en revenaient aux habitudes de jadis, se moquant des gens et riant des événements. Eleanor ne manquait jamais de faire des allusions ironiques aux nombreux Roméo d'Evelyne.

Son frère, George Hutchins, vint la voir un beau jour à son bureau. Il portait les deux barrettes d'argent des capitaines sur un uniforme qui lui allait comme un gant. Son ceinturon brillait impeccablement, et des éperons tintaient à ses talons. Il avait fait la guerre dans l'Intelligence Service, détaché auprès de l'Etat-Major britannique, et revenait d'Allemagne où il servait d'interprète au général McAndrew. Il avait l'intention de passer six mois à Cambridge au printemps. Il mêlait des termes d'argot militaire à un jargon purement britannique. Les gens n'étaient plus que des « lascars », et des « salopards » pour lui, et il trouva « infecte » la nourriture du restaurant où Evelyne l'emmena déjeuner. Il lui dit en la quittant qu'elle « travaillait du chapeau », et elle en pleura. Ce même soir, en sortant de son bureau, elle pensait tristement que son petit frère Gogo en grandissant était devenu singulièrement insipide et prétentieux. Quand elle rencontra Monsieur Rasmussen, sous les arcades de la rue de Rivoli, il portait une cage contenant un oiseau mécanique : un petit canari empaillé ; il y avait une clé sous la cage pour remonter un ressort qui le faisait battre de l'aile et chanter. Rasmussen l'obligea à s'arrêter pour écouter chanter cet oiseau. « Je vais envoyer ça à mes enfants, dit-il. Ma femme et moi nous sommes séparés, mais j'adore mes gosses. Ils habitent à Pasadena... J'ai mené une existence bien malheureuse. » Puis, il invita Evelyne à aller boire un cocktail au bar du Ritz. Ils y retrouvèrent Robbins, avec une rouquine qui représentait un journal de San Francisco. Tous quatre s'assirent ensemble et burent des alexandra. Il y avait un monde fou dans le bar. « A quoi servira la Société des Nations, si ce n'est à nous placer sous la domination de l'Angleterre et de ses dominions ? demanda Rasmussen amèrement.

— Une Société des Nations, même imparfaite, vaut mieux que rien, dit Evelyne.

— Parce que vous croyez aux mots. Peu importe le nom qu'on donne aux choses, seul compte ce qu'elles représentent réellement, dit Robbins.

— Vous êtes bien cynique, fit remarquer la Californienne rousse, et l'heure n'est pas au cynisme.

— Mais si nous n'étions pas cyniques, répondit Robbins, nous serions obligés de nous suicider. »

En mars, Evelyne prit quinze jours de vacances. Juste à ce moment-là, Eleanor dut se rendre à Rome pour les affaires du bureau. Aussi décidèrent-elles de prendre le train ensemble jusqu'à Nice et d'y passer quelques jours pour réchauffer leurs os glacés par l'humide et froid hiver parisien. Evelyne était aussi excitée qu'un enfant à la veille des grandes vacances le soir où, les bagages faits, les couchettes réservées, et les feuilles de route signées, elle se trouva prête à partir. Monsieur Rasmussen insista pour la conduire au train, et commanda un grand dîner au buffet de la gare de Lyon. Mais Evelyne était trop énervée pour manger, à l'idée qu'elle se réveillerait le lendemain matin dans un pays chaud et ensoleillé. Vers le milieu du repas, Paul Johnson apparut et dit timidement qu'il était venu les aider à porter leurs bagages. Un bouton manquait à son uniforme. Tout barbouillé de tristesse, il ne voulut rien manger, mais but plusieurs verres de vin. Rasmussen et lui étaient aussi sombres que de gros nuages noirs un soir d'orage. Enfin Jerry Burnham arriva, soûl comme un Polonais, les bras encombrés par un énorme bouquet de roses. « Et vous nous auriez donné un seau de charbon si nous partions pour la Sarre ! s'exclama Evelyne.

— Ah, ah, vous ne connaissez pas Nice ! s'exclama Jerry... Mais vous feriez bien d'emporter des patins... il gèle à Nice. Et je suis sûr que vous patinez très bien toutes les deux !

— Vous confondez sans doute avec Saint-Moritz, dit Eleanor d'une petite voix glaciale.

— Vous regretterez de ne pas être à Saint-Moritz, quand vous grelotterez sous le vent de Nice », s'entêta Jerry.

Cependant, Paul et Rasmussen avaient ramassé les bagages. « Sérieusement, il est temps de partir, dit Paul en balançant la valise d'Evelyne. Le train ne vous attendra pas. »

Tous trottèrent vers le quai. Jerry Burnham n'avait pas de billet de quai ; ils le laissèrent discuter avec les employés en fouillant dans ses poches pour trouver sa carte de presse. Paul mit les bagages dans le compartiment, serra rapidement la main d'Eleanor et regarda Evelyne avec de grands yeux désolés, pareils à ceux d'un chien malade. « Vous ne resterez pas trop longtemps, n'est-ce pas ? » dit-il. Evelyne aurait voulu l'embrasser, mais le train démarrait déjà et Paul sautait sur le quai. Cependant, Monsieur Rasmussen tendait des journaux par-dessus la vitre baissée, leur donnait le bouquet de Jerry qu'elles avaient oublié et agitait tristement son chapeau. Eleanor se laissa aller en arrière sur la banquette et éclata de rire. « Vraiment, Evelyne, vous êtes trop drôle avec vos Roméos. » Evelyne ne pouvait pas s'empêcher de rire non plus. Elle se pencha vers Eleanor, lui caressa l'épaule et lui dit : « Oublions tout ça et amusons-nous. »

Le lendemain matin, Evelyne, en regardant par la vitre,

vit que le train était arrêté en gare de Marseille. Elle aurait bien voulu descendre pour visiter la ville, mais Eleanor insistait pour aller directement à Nice parce qu'elle détestait, disait-elle, la sordidité des grands ports de mer. Elles prirent leur café au wagon-restaurant ; les pins et les collines sèches défilaient derrière la glace, et de temps en temps elles apercevaient un petit coin bleu de la Méditerranée dans laquelle avançaient des caps rocheux. Evelyne retrouva alors tout son enthousiasme de la veille. Elles prirent une bonne chambre dans un hôtel et se promenèrent le long des rues sous un soleil pas trop chaud, parmi des soldats blessés, et des officiers de toutes les armées alliées. Elles atteignirent la Promenade des Anglais et se dirigèrent vers la vieille ville sous les palmiers gris. Petit à petit, un regret pénétra dans le cœur d'Evelyne. Les quinze jours de congé qu'elle attendait depuis si longtemps étaient arrivés et voilà qu'elle allait les gâcher dans une ville de province. Eleanor, toujours aussi gaie, eut envie de s'asseoir dans un grand café situé sur un square au milieu duquel jouait une fanfare. Elles prirent un petit Dubonnet avant de déjeuner et restèrent longtemps à regarder les uniformes et les femmes trop habillées. Enfin, Evelyne s'appuyant au dossier de sa chaise, soupira : « Maintenant que nous sommes ici, qu'allons-nous bien pouvoir faire ? »

Le lendemain matin, Evelyne se réveilla tard. L'idée de se lever l'exaspérait parce qu'elle se demandait comment employer sa journée. Etendue sur son lit, elle regardait les reflets du soleil sur le plafond de sa chambre, quand elle entendit un bruit de conversation dans la chambre voisine, qui était celle d'Eleanor. Elle prêta l'oreille et reconnut la voix de J. W. Aussitôt, elle se leva et s'habilla le cœur battant. Elle enfilait sa meilleure paire de bas de soie noire quand Eleanor entra en s'exclamant : « Quelle surprise ! J. W. est venu en voiture pour m'accompagner jusqu'à la frontière italienne... Il s'ennuyait trop à la Conférence de la Paix et il avait besoin d'un changement d'air. Viens, ma chère Evelyne, nous prendrons le café tous ensemble. »

Evelyne pensa méchamment : « Que les femmes sont donc sottes ! Cette pauvre Eleanor ne peut pas s'empêcher de claironner son triomphe. » Et elle dit de sa voix la plus charmante : « Comme c'est agréable, j'arrive tout de suite, ma chérie. »

J. W. portait un complet de flanelle grise et une cravate bleue. Son visage luisait un peu, après un si long voyage. Il était d'une humeur charmante. N'ayant dormi que quatre heures, à Lyon, il ne lui avait pas fallu plus de quinze heures pour venir en voiture de Paris. Ils burent beaucoup de café amer avec du lait chaud, et firent des projets d'excursion.

Le temps était superbe. La grosse Packard roulait doucement le long de la Corniche. Ils déjeunèrent à Monte-Carlo, visitèrent le Casino au début de l'après-midi et reprirent la route pour goûter dans un salon de thé anglais, à Menton.

Le lendemain, à Grasse, ils visitèrent les fabriques de parfum et le surlendemain, ils conduisirent Eleanor à la gare où elle prit le rapide de Rome. J. W. devait retourner immédiatement à Paris. Le visage fin et pâle d'Eleanor parut désolé quand elle les regarda par-dessus la vitre baissée du wagon-lit. Le train parti, J. W. déclara : « C'est une très chic petite fille.

— Je l'aime beaucoup », répondit Evelyne, et sa voix sonna faux à ses propres oreilles. Elle ajouta : « Quel dommage que nous ne partions pas avec elle. »

Ils retournèrent vers la voiture et J. W. lui demanda où il la déposerait avant de s'en aller. Le cœur d'Evelyne battait trop fort. « Pourquoi ne déjeunons-nous pas ensemble ? Je vous invite, dit-elle.

— C'est gentil de votre part... après tout, d'accord. Il faut que je mange quelque part, et je ne connais rien de convenable entre ici et Lyon. »

Ils déjeunèrent au Casino de la Jetée. La mer était très bleue. Au loin, trois bateaux à voile latine louvoyaient vers le port. Le temps était beau. Le restaurant, aux décorations miroitantes, sentait le vin et la friture au beurre. Evelyne commença à aimer Nice.

J. W. but plus de vin qu'à l'ordinaire, se mit à parler de son enfance à Wilmington et fredonna même une petite chanson qu'il avait composée autrefois. Evelyne était ravie. Puis il lui parla de Pittsburgh et de ses idées sur les relations entre le capital et le travail. Au dessert, ils mangèrent des pêches flambées au rhum. Intrépide, Evelyne commanda une bouteille de champagne. Ils s'entendaient admirablement.

Ils parlèrent d'Eleanor, Evelyne raconta comment elle l'avait rencontrée à l'Institut d'Art de Chicago où Eleanor avait été sa seule amie, et la seule jeune fille qui fût, à ses yeux, capable de comprendre ce qui l'intéressait elle-même. Elle vanta le talent d'Eleanor et ses capacités. J. W. lui révéla qu'Eleanor avait représenté beaucoup pour lui durant les années douloureuses où sa femme Gertrude était malade. Il se désola parce que les gens se méprenaient sur leur magnifique amitié qui n'avait rien de sensuel ni de dégradant.

« Vraiment ? dit Evelyne en regardant brusquement J. W. dans les yeux. Je vous avais toujours crus amoureux l'un de l'autre. » J. W. rougit, Evelyne craignit de l'avoir choqué. Il sourit d'une manière enfantine et comique en déclarant : « Non, sincèrement non... J'ai eu trop à faire et j'ai trop travaillé pendant toute ma vie pour avoir le temps de penser à ces choses-là... Autrefois, les gens n'étaient pas aussi libres que maintenant sur ces questions. » Evelyne acquiesça. J. W. avait les joues en feu. Il secoua la tête tristement et ajouta : « Maintenant, j'ai dépassé quarante ans, il est trop tard.

— Et pourquoi trop tard ? dit Evelyne qui en resta bouche bée et se sentit rougir à son tour.

— Peut-être cette guerre nous a-t-elle appris à vivre, dit-il. Nous pensions trop à l'argent et aux choses matérielles. Les Français nous enseignent que bien d'au tres choses comptent dans l'existence. Aux Etats-Unis, où donc auriez-vous trouvé une atmosphère semblable à celle-ci ? » conclut-il avec un grand geste montrant à la fois la mer, les tables, les femmes vêtues de couleurs vives, les hommes en uniformes de fantaisie, les traits de lumière bleue sur les verres et les couverts. Le garçon se méprit sur la signification de ce geste et remplaça discrètement la bouteille de champagne vide par une autre.

« Mon Dieu, Evelyne, vous êtes si charmante que vous me faites oublier l'heure. Il faut que je parte pour Paris. Voyez-vous, des petites choses comme ça ne me sont jamais arrivées avant que je vous rencontre vous et Eleanor. Evidemment avec Eleanor, tout ça se place sur un plan supérieur... Buvons à la santé d'Eleanor... la belle et talentueuse Eleanor... Evelyne, les femmes m'ont beaucoup inspiré dans la vie, des femmes agréables, délicates et charmantes. Les meilleures de mes idées me sont venues des femmes, pas directement, comprenez-moi, mais parce qu'elles me stimulaient mentalement... On ne me comprend pas, Evelyne, certains journalistes ont écrit des choses très dures à mon sujet... pourquoi ? je suis pourtant un vieux journaliste moi-même... Evelyne, permettez-moi de vous dire que vous êtes charmante et paraissez très compréhensive... Pauvre Gertrude, quelle affreuse maladie... je crains qu'elle ne revienne jamais à une vie normale... Voyez-vous, cette maladie me met dans une situation désagréable... si un membre de sa famille demande à ce que Gertrude soit placée sous la surveillance d'un conseil judiciaire, je serai à la merci de ses parents, parce que ma femme a investi des sommes considérables dans mes affaires. Cela me mettrait dans un grand embarras... J'ai déjà été obligé d'abandonner mes intérêts mexicains... Les compagnies de pétrole américaines qui exploitent les terrains pétrolifères mexicains ont besoin de quelqu'un qui explique leur point de vue au public mexicain et au public américain. Mon but consiste à amener les gros intérêts financiers à se soucier de l'opinion publique... »

Evelyne lui remplit son verre. Elle avait la tête un peu vide, mais elle était aux anges ! Elle avait envie de se pencher par-dessus la table et d'embrasser J. W. pour lui montrer combien elle l'admirait et le comprenait. Verre en main, il continua à parler, un peu comme s'il s'adressait à toute l'assistance à la fin d'un banquet.

« ...exposer leurs affaires au public... Mais j'ai été obligé de renoncer à tout ça... quand j'ai cru pouvoir être utile au gouvernement de mon pays... Ma situation est très délicate à Paris, Evelyne... Les conseillers politiques du Président essaient de le chambrer ; ils l'enferment dans une tour d'ivoire. Ils ne conçoivent pas l'importance de l'opinion publique. Je suis pourtant à leur disposition pour exposer les difficultés de l'heure au peuple américain... L'Amérique est à un moment crucial de son histoire... Sans nous, cette guerre se terminait par une victoire allemande ou par une paix de compromis... Et maintenant, ce sont nos alliés qui s'efforcent de nous frustrer en monopolisant les ressources naturelles de la planète... Vous rappelez-vous ce que disait Rasmussen ?... Eh bien, il a raison. Le Président est entouré de sinistres intrigants. Mais, même les grands financiers, les chefs d'industrie américains, les maîtres des plus grands trusts ne comprennent pas que l'heure est venue de dépenser de l'argent, de faire couler l'argent à flot. Si on mettait des ressources suffisantes à ma disposition, j'aurais la presse française dans ma poche en moins d'une semaine... Et je crois que, même en Angleterre, je pourrais faire bien des choses dans ce domaine. D'ailleurs, les peuples d'Europe ont confiance en nous. Ils sont dégoûtés de l'autocratie et des traités secrets. Ils sont prêts à accueillir à bras ouverts la démocratie américaine et les méthodes économiques américaines. Si nous voulons que le monde vive en paix, nous devons le dominer. Monsieur Wilson ne se rend pas compte du pouvoir que représente une campagne de propagande menée scientifiquement... Etrange ! à Washington, je l'appelais Woodrow, ou presque, je le voyais comme je voulais ; à Paris, voici trois semaines que je lui demande une entrevue, sans jamais parvenir à le rencontrer... C'est lui qui m'a personnellement demandé de rester en France. J'ai tout abandonné à New York, et c'est au prix de sacrifices sérieux que j'ai fait venir à Paris une partie de mon personnel... et maintenant... Mais, Evelyne, ma chère enfant, je crains de vous ennuyer. »

Evelyne se pencha au-dessus de la table, lui tapota la main. Ses yeux brillaient : « Pas du tout. Je ne m'ennuie pas un instant. N'est-ce pas merveilleux ? J. W., je suis très heureuse.

— Ah, Evelyne, je regrette de ne pas être libre de tomber amoureux de vous !

— Ne sommes-nous pas libres, J. W. ! Et c'est la guerre... Vous savez, je ne crois plus à toutes ces histoires conventionnelles de mariage et de morale. C'est trop assommant et démodé. Qu'en dites-vous ?

— Ah, Evelyne, si j'étais libre... Sortons prendre l'air. Mais, nous avons passé tout l'après-midi ici... »

Evelyne insista pour payer l'addition et elle dépensa tout l'argent qu'elle avait sur elle. Ils quittèrent le restaurant d'un pas légèrement hésitant. Evelyne avait le vertige et s'appuyait sur l'épaule de J. W. qui lui tapotait la main en répétant : « Tout va bien, tout va bien, on va faire une petite balade. »

Au coucher du soleil, ils se trouvèrent à Cannes. « Eh bien, eh bien, il faudrait prendre une décision, dit J. W. Vous n'avez pas l'intention de rester toute seule ici, petite fille ? Pourquoi ne rentrez-vous pas à Paris avec moi ? Nous pourrions nous arrêter dans des villages pittoresques et faire un voyage intéressant. Ici, nous risquons trop de rencontrer des gens que nous connaissons. Je renverrai la voiture militaire et louerai une auto française. Mieux vaut être prudents, n'est-ce pas ?...

— Très bien... d'ailleurs Nice me paraît trop assommant. »

J. W. ordonna au chauffeur de retourner à Nice, déposa Evelyne à son hôtel en promettant de venir la chercher le lendemain matin à neuf heures et demie et il lui souhaita bonne nuit. Quand elle se trouva seule, Evelyne se sentit toute désemparée ; elle prit une tasse de thé qui lui parut avoir un goût de savon et se mit au lit. Là, elle réfléchit et jugea qu'elle agissait comme une sale petite grue, mais il était trop tard maintenant pour reculer. Enervée, elle ne parvenait pas à dormir, se retournait en tous sens et craignait d'avoir mauvaise mine le lendemain matin. Elle se leva, fouilla dans son sac, trouva de l'aspirine, en prit beaucoup trop et retourna au lit. Elle essaya de rester allongée sans bouger, mais des visages apparaissaient devant elle dans la brume d'un demi-rêve et ses oreilles bourdonnaient à la cadence de longues phrases qui n'avaient aucun sens. Parfois, c'était la figure de Jerry Burnham qui émergeait du brouillard et se transformait lentement en Rasmussen, Edgar Robbins, Paul Johnson ou Freddy Sargeant. Elle se leva, arpenta longtemps sa chambre en grelottant, puis elle se recoucha, s'endormit et ne se réveilla que lorsqu'une femme de chambre vint frapper à la porte pour lui dire qu'un Monsieur l'attendait dans le vestibule.

Elle rejoignit J. W. qui faisait les cent pas sur le trottoir devant l'hôtel. Une grande voiture italienne, très basse, était garée sous un palmier, à côté d'un massif de géraniums. Ils prirent le café ensemble sur une petite table de fer à la terrasse de l'hôtel. J. W. se plaignait de l'hôtel où il était descendu. La chambre était minable et le service inexistant.

Evelyne fit descendre ses bagages et ils partirent à quatre-vingt-dix à l'heure. Le chauffeur conduisait comme un démon dans le vent qui croissait en violence. Ils arrivèrent à Marseille transis et couverts de poussière, juste à temps pour déjeuner dans un restaurant, au coin du

Vieux Port. Ils mangèrent du poisson. La tête d'Evelyne était pleine de vitesse, de vents cinglants, de poussière, de vignobles, d'oliveraies et de montagnes aux roches grises entre lesquelles la mer apparaissait soudain en zigzag comme un trait de scie.

« Après tout, J. W., la guerre fut terrible, dit Evelyne. Mais il fait bon vivre. Enfin ! il arrive quelque chose ! »

J. W. murmura une phrase vague au sujet d'un sursaut d'idéalisme et il se remit à manger sa bouillabaisse. Il ne paraissait guère avoir envie de parler. Puis il remarqua : « Tout de même, chez nous, on n'aurait pas laissé toutes les arêtes de poisson comme ça dans un plat.

— Et alors, comment finira cette affaire de pétrole ? demanda Evelyne pour ranimer la conversation.

— Que le diable m'emporte si je le sais ! » répondit J. W. Il ajouta : « Il est temps de partir. »

J. W. avait envoyé le chauffeur acheter une deuxième couverture. Et ils s'enroulèrent chacun dans la sienne à l'arrière de la voiture. J. W. prit Evelyne par la taille et l'attira vers lui en disant : « Maintenant, nous sommes heureux comme des poissons dans l'eau. » Et ils rirent tout bas.

Le mistral soufflant très fort secouait les peupliers sur la plaine poudreuse et ralentissait la voiture entre Marseille et les Baux. Il faisait déjà nuit quand ils arrivèrent dans la petite ville des Baux qui semblait dévastée. Ils étaient les seuls clients de l'hôtel ce soir-là. Les branches d'olivier noueuses qui brûlaient dans la cheminée ne réchauffaient pas la salle. De temps en temps, le vent s'engouffrait dans la cheminée, et des volutes de fumée refluaient vers eux. Mais le dîner fut excellent et un bol de vin chaud aux épices les réconforta. Ils remirent leurs manteaux pour monter à leur chambre. Dans les escaliers, J. W. l'embrassa sous l'oreille en murmurant : « Evelyne, chère petite fille, je retrouve toute ma jeunesse auprès de vous. »

Longtemps après que J. W. se fut endormi, Evelyne,

allongée à côté de lui, écouta le vent secouer les volets, hurler au coin du toit et dévaler en fureur jusqu'à la plaine. L'hôtel sentait la poussière froide. Elle avait beau se serrer contre lui, elle ne parvenait pas à se réchauffer. Un carrousel de visages, de projets et de phrases insensées, les mêmes que la nuit précédente, tournait en rond dans sa tête, l'empêchait de réfléchir ou de s'endormir.

Le lendemain matin, quand J. W. apprit qu'il n'y avait pas de baignoire et qu'on ne pouvait lui offrir qu'un tub de tôle, il fit la grimace et s'excusa : « Chère petite fille, j'espère que tu ne m'en veux pas de t'avoir amenée dans un taudis pareil. »

Ils traversèrent le Rhône pour déjeuner à Nîmes en passant par Arles et Avignon. Puis, ils retournèrent vers le fleuve qu'ils remontèrent et arrivèrent à Lyon tard dans la nuit. Ils se firent monter à dîner dans leur chambre, prirent des bains chauds et burent du vin épicé. Dès que le garçon eut emporté les plateaux, Evelyne sauta sur les genoux de J. W. et se mit à l'embrasser. Elle ne le laissa se coucher que longtemps plus tard.

Le lendemain matin, il pleuvait à torrents. Ils attendirent deux ou trois heures dans l'espoir d'une éclaircie. Préoccupé, J. W. essaya vainement de téléphoner à Paris. Evelyne, assise dans le salon lugubre de l'hôtel, lut de vieilles *Illustration.* Elle aussi avait hâte d'arriver à Paris. Enfin, ils décidèrent de partir coûte que coûte.

La pluie se transforma en bruine. Les routes étaient en si mauvais état qu'à la tombée de la nuit ils n'avaient pas dépassé Nevers. J. W. éternuait sans cesse et prit de la quinine par crainte d'attraper un rhume. A l'hôtel, il loua deux chambres séparées avec une salle de bains entre les deux, si bien que cette nuit-là chacun dormit dans son lit. A table, pendant le dîner, Evelyne essaya d'aiguiller la conversation sur la Conférence de la Paix, mais il répondit : « A quoi bon y penser ?..., nous serons de retour bien assez tôt. Parlons plutôt de nous. »

En approchant de Paris, J. W. se fit nerveux. Son nez

coulait. A Fontainebleau, ils déjeunèrent fort bien. J. W. prit le train et laissa le chauffeur à Evelyne. Evelyne se sentit désemparée toute seule dans la voiture roulant à travers les faubourgs de Paris. Elle se rappelait son enthousiasme lors de son départ quelques jours auparavant avec tous ses amis qui l'accompagnaient et elle se jugea vraiment très malheureuse.

Le chauffeur la déposa Rue de Bussy et alla ensuite porter les bagages de J. W. à l'hôtel Crillon.

Le lendemain, en fin d'après-midi, à l'heure habituelle, elle se rendit au Crillon et ne trouva dans l'antichambre que la secrétaire, Miss Williams, qui la regarda droit dans les yeux d'un air froid et hostile. Evelyne en conclut aussitôt que Miss Williams savait quelque chose. Moorehouse avait un gros rhume, faisait de la fièvre et ne recevait personne. « Eh bien, je lui écrirai un petit mot, dit Evelyne... Non, je reviendrai le voir. Qu'en pensez-vous ? ça vaut mieux, n'est-ce pas, Miss Williams. » Miss Williams hocha la tête et répliqua sèchement : « Très bien. »

Evelyne ne savait que faire. Elle répugnait à s'en aller et dit : « Je suis revenue de congé un peu en avance. Je voulais visiter les environs de Paris, mais le temps est abominable, n'est-ce pas ? »

Le front de Mademoiselle Williams se rida de plis soucieux. Elle fit un pas vers Evelyne en disant : « Très mauvais temps, en effet... Il est bien regrettable, Miss Hutchins, que Monsieur Moorehouse soit malade précisément en ce moment... Nous avons des affaires très sérieuses en cours. Et, à la Conférence de la Paix, la situation évolue de minute en minute. Une vigilance constante est de rigueur... Nous sommes à un instant crucial à tous points de vue... Quel malheur que Monsieur Moorehouse tombe malade à un si mauvais moment. Nous en sommes tous désolés, et lui-même, ça le démoralise.

— Quel dommage, en effet, dit Evelyne, j'espère qu'il ira mieux demain.

— Le docteur nous le promet, mais de toute façon, c'est un vrai désastre. »

Evelyne hésitait. Elle ne savait plus quoi dire, puis, elle avisa une petite étoile d'or que Miss Williams portait en broche, et, pour l'amadouer elle dit : « Oh, Miss Williams, je ne savais pas que vous aviez perdu quelqu'un de cher ! » Le visage de Miss Williams se fit encore plus glacé et plus pincé. Elle parut faire effort pour répondre : « Euh... euh... mon frère était dans la marine. » Elle se rassit à sa table et se mit à taper à toute vitesse. Evelyne regarda les doigts de Miss Williams voler sur le clavier, puis elle dit tout bas : « Oh, je suis désolée... », fit demi-tour et s'en alla.

Eleanor revint, sa malle pleine de brocarts anciens, J. W. se rétablit.

Evelyne crut remarquer qu'Eleanor lui parlait d'une manière plus froide et plus sarcastique encore qu'auparavant. Quand elles allaient au Crillon, Miss Williams s'adressait rarement à Evelyne, mais au contraire elle manifestait encore plus de politesse à l'égard d'Eleanor. Même Morton, le valet, paraissait faire la même différence entre elles. De temps en temps, J. W. serrait furtivement la main d'Evelyne, mais ils ne se retrouvèrent plus jamais seuls ensemble.

Evelyne se mit à penser au retour. Mais, à l'idée de vivre à Santa Fé, ou de reprendre la vie qu'elle avait déjà vécue avant la guerre, elle se sentait désemparée. Chaque jour elle écrivait de longues lettres à J. W. pour lui dire qu'elle était très malheureuse. Il ne lui répondit pas et ne fit jamais la moindre allusion à ses lettres. Un jour, elle lui demanda pourquoi il ne lui écrivait jamais le moindre petit mot. Il répliqua très rapidement : « Je n'écris jamais de lettres personnelles » et changea aussitôt de sujet.

A la fin du mois d'avril, Don Stevens revint à Paris. Il avait quitté les Quakers et portait des vêtements civils. Comme il était fauché, il demanda à Evelyne de le loger.

Evelyne craignait ce qu'en diraient la concierge, Eleanor ou J. W. s'ils l'apprenaient. Mais, désabusée et amère, tout cela lui importait bien peu, aussi, consentit-elle à l'héberger en lui faisant promettre la plus grande discrétion. Don la taquina, l'accusant d'avoir des idées bourgeoises et prétendit que ces choses-là n'auraient plus la moindre importance après la révolution qui ne tarderait pas, parce que la première épreuve de force aurait lieu le 1er mai. Il lui fit lire *L'Humanité* et la conduisit rue du Croissant pour lui montrer le petit restaurant où Jaurès avait été assassiné. Un grand jeune homme à long visage, vêtu d'un uniforme, vint un jour voir Evelyne à son bureau. C'était Freddy Sargeant ! tout bouillonnant d'enthousiasme à l'idée d'aller à Constantinople pour le Comité de Secours au Proche-Orient. Evelyne fut enchantée de le revoir, mais après avoir passé un après-midi avec lui, elle comprit que le théâtre, la décoration, les échantillons, la couleur, la forme, tous ces mots qui roulaient jadis dans leurs conversations n'avaient plus le moindre charme pour elle. Paris mettait Freddy en extase : Paris ! les petits enfants qui lançaient leur bateau à voile sur le bassin des Tuileries, les gardes républicains sortis en grande tenue en l'honneur du roi et de la reine des Belges, qui remontaient la rue de Rivoli au moment où Evelyne et Freddy y passaient. Agacée, Evelyne lui reprocha de ne pas s'être fait emprisonner comme objecteur de conscience. Il expliqua qu'un de ses amis l'avait enrôlé à son insu dans le service de camouflage. D'ailleurs, la politique ne l'intéressait plus et la guerre s'était terminée trop vite pour qu'il ait eu le temps de déserter. Ils essayèrent d'entraîner Eleanor avec eux, mais elle dînait avec J. W. et des gens du Quai d'Orsay dont elle faisait grand mystère. Freddy emmena Evelyne entendre *Pélléas* à l'Opéra-Comique. Le spectacle ne plut pas à Evelyne, et elle eut envie de gifler Freddy qui pleurait à la fin. Ils allèrent boire une orangeade, au Café Napolitain, elle bouleversa Freddy en lui disant que Debussy n'était qu'une vieille barbe. Et dans le taxi, en la reconduisant chez elle, il avait l'air tout triste. Au dernier moment, elle se reprit, se montra plus aimable, et promit d'aller à Chartres avec lui le dimanche suivant.

Le dimanche, Freddy arriva avant le lever du jour. Ils descendirent prendre le café qu'une vieille femme vendait sur un petit comptoir en plein air, juste en face de chez Evelyne. Le train ne partait qu'une heure plus tard. Freddy voulut aller chercher Eleanor. « J'ai toujours rêvé de vous emmener toutes les deux à Chartres. Ce serait comme au bon vieux temps. Je ne peux pas supporter que la vie nous sépare ainsi. » Ils prirent un taxi et se rendirent quai de la Tournelle. Mais comment entrer dans la maison : la porte cochère était fermée, et il n'y avait pas de concierge. Freddy frappa à la porte, tira sur toutes les sonnettes ; le Français qui habitait au rez-de-chaussée arriva indigné en peignoir et les laissa entrer.

Freddy cogna de toutes ses forces à la porte d'Eleanor en criant : « Eleanor Stoddart, levez-vous et venez à Chartres avec nous, immédiatement. » Au bout d'un moment, le visage, froid, blanc et pincé d'Eleanor apparut dans l'entrebâillement de la porte. Elle portait un étonnant peignoir bleu clair. « Eleanor, il ne nous reste plus qu'une demi-heure pour attraper le train de Chartres, j'ai un taxi en bas, prêt à démarrer, si vous ne venez pas, nous le regretterons jusqu'à notre mort.

— Mais je ne suis pas habillée... Il est si tôt...

— Vous êtes charmante comme ça, dit Freddy en poussant la porte et en prenant Eleanor dans ses bras. Eleanor, il faut venir, demain soir je pars pour le Proche-Orient. »

Evelyne les suivit jusqu'au salon. En passant devant la porte entrebâillée de la chambre à coucher, elle y jeta un coup d'œil et son regard croisa celui de J. W. assis dans le lit, en pyjama à rayures bleues. Il la regarda froidement, sans sourciller. Evelyne tira la porte. Eleanor remarqua ce geste et dit avec sang-froid : « Merci, ma chérie, ma chambre est dans un tel désordre !

— Oh, venez, Eleanor. Nous étions tous copains autrefois. Nous n'avons pas le droit d'oublier le passé. Ce serait renier notre jeunesse, disait Freddy d'un ton câlin.

— Voyons, voyons, dit Eleanor, en se tapotant le menton du bout de son index blanc à l'ongle pointu. Voilà ce que nous allons faire, mes chéris. Vous êtes prêts, prenez le train. Je m'habille, je cours au Crillon, et je demande à J. W. de m'emmener à Chartres en voiture. Si ça marche, nous rentrerons tous les quatre ensemble.

— Excellente idée, Eleanor, ma chère, dit Evelyne d'une voix douce. Splendide ! Je savais bien que tu viendrais. Il est temps de partir. Nous nous retrouverons à midi précise devant la cathédrale. Ça va ? »

Evelyne dégringola les escaliers, la tête vide. Et tout le long du chemin, jusqu'à Chartres, Freddy l'accusa amèrement d'être dans les nuages et de ne plus aimer ses vieux amis.

La pluie les surprit en route. Ils passèrent une journée lamentable à Chartres. Mis à l'abri durant la guerre, les vitraux n'avaient pas été replacés. Les grands saints du XIIe siècle avaient l'air bizarre et semblaient grelotter sous la pluie. Freddy dit que la Vierge Noire entourée de cierges, dans la crypte, valait le dérangement, mais Evelyne n'était pas de son avis. Eleanor et J. W. ne vinrent pas. « Evidemment, avec cette pluie... » dit Freddy. Evelyne constata qu'elle avait pris froid, qu'il lui faudrait se mettre au lit en arrivant chez elle, et s'en réjouit. Freddy la ramena en taxi jusqu'à sa porte, mais elle ne le laissa pas monter de peur qu'il ne trouvât Don chez elle.

Don était là, en effet. Il prit très au sérieux ce commencement de rhume, mit Evelyne au lit, et lui apporta un mélange de cognac et de citron pressé chaud. Il était plein aux as parce qu'il venait de placer quelques articles et avait trouvé du travail : *Le Daily Herald* de Londres l'envoyait à Vienne. Il partait aussitôt après le

1er mai… « sauf évidemment si tout craque ici comme je l'espère », dit-il avec conviction. Il alla s'installer à l'hôtel le soir même et la remercia de l'avoir tiré d'affaires en bonne camarade. Il ajouta d'un air rêveur : « Oui, en bonne camarade, mais je regrette que tu ne m'aimes plus, Evelyne. »

Evelyne se trouva toute seule. Elle regretta presque de ne pas avoir gardé Don. Allongée dans son lit, elle se sentait fiévreuse, misérable, malade, abandonnée. Enfin, elle s'endormit avec un sentiment de frayeur.

Le matin du 1er mai, Paul Johnson vint la voir avant même qu'elle fût levée. Il portait des vêtements civils dans lesquels il retrouvait avec sa jeunesse et sa sveltesse, une élégance gracieuse et dégagée. Don lui avait tellement bourré le crâne, disait-il, au sujet du 1er mai, de la grève générale, et tout ça, qu'il craignait pour Evelyne et la priait de lui permettre de passer la journée avec elle. « J'ai pensé qu'il valait mieux ne pas être en uniforme, et j'ai emprunté ce costume à un copain, dit-il.

— Eh bien, je ferai la grève, moi aussi. J'en ai tellement marre de cette Croix-Rouge !…

— Bravo ! Ça c'est chic, Evelyne. Nous nous promènerons ensemble, tout ira bien si vous restez avec moi… Je veux dire que je serais trop inquiet si des troubles éclataient sans que je sache où vous êtes… vous êtes si intrépide, Evelyne…

— Mon Dieu, Paul, que vous êtes chic avec ce complet ! Je ne vous avais jamais vu en civil. »

Paul rougit, cacha ses mains dans ses poches d'un geste gauche. « Je voudrais bien porter des vêtements civils pour de bon, dit-il, mais alors il faudra me mettre au travail. Je ne tire absolument rien de ces conférences à la Sorbonne, nous sommes tous trop anxieux je crois. Et puis, j'en ai assez d'entendre répéter que les Boches sont des salauds, c'est tout ce que les profs français sont capables de nous raconter.

— Bon. Eh bien, allez au salon, prenez un livre,

attendez-moi, je m'habille. Hé, dites, Paul, avez-vous remarqué si la vieille dame en face avait du café ?

— Oui, elle en avait », répondit Paul qui s'était réfugié au salon dès qu'Evelyne était sortie de son lit. « Voulez-vous que j'aille en chercher ?

— C'est ça, beau gosse, j'ai des brioches et du beurre. Prenez le pot à lait émaillé dans la cuisine. »

Avant de s'habiller, Evelyne se regarda dans la glace. Ses yeux étaient cernés et elle remarqua que des pattes d'oie commençaient à griffer le coin de ses paupières. Sa petite chambre humide, comme toute la ville, lui parut encore plus glacée. Elle se sentit tellement vieille qu'elle pleura. Alors une vieille sorcière au visage barbouillé de larmes apparut dans le miroir. Elle se prit la tête à deux mains et murmura : « Oh ! j'ai mené une vie tellement stupide ! »

Paul était de retour. Elle l'entendait remuer gauchement dans le salon. « Oh ! Evelyne, j'ai oublié de vous dire... Don prétend qu'Anatole France défilera avec les **mutilays** de la guerre... le **cafay o lay** est prêt. »

Evelyne s'aspergeait le visage d'eau fraîche. « Une minute ! » répondit-elle. Puis, en sortant de sa chambre, habillée, souriante, elle demanda : « Quel âge avez-vous, Paul ? » Elle se sentait en beauté.

« Je suis libre, je suis blanc et j'ai vingt et un ans, répondit-il en rougissant... Buvons ce café avant qu'il ne refroidisse.

— Je ne vous aurais pas cru si âgé.

— Je suis tout de même assez vieux pour savoir mon âge, répondit Paul en rougissant.

— J'ai cinq ans de plus, dit Evelyne, et ça me désole.

— Cinq ans, qu'est-ce que c'est... c'est rien... » bredouilla Paul.

Il était si gêné qu'il renversa du café sur son pantalon. « Oh ! zut ! je suis trop bête, grogna-t-il.

— J'effacerai ça en une seconde », dit Evelyne en courant chercher une serviette.

Elle s'agenouilla en face de lui et frotta le pantalon à l'intérieur des cuisses avec la serviette. Paul se tenait raide, rouge comme une coccinelle et les lèvres crispées. Il se leva brusquement avant qu'elle eût terminé. « Eh bien, allons voir ce qui se passe. Je voudrais bien être au courant des événements.

— Vous pourriez dire merci, dit Evelyne en le regardant droit dans les yeux.

— Merci... bigre..., c'est très gentil de votre part... Evelyne ! »

Dehors, on se serait cru un dimanche. Quelques rares magasins restaient ouverts dans les petites rues, mais les rideaux de fer étaient à demi baissés. Il faisait gris. Ils marchèrent le long du boulevard Saint-Germain parmi des gens endimanchés. Ce n'est que lorsqu'ils rencontrèrent un escadron de la Garde Républicaine qui passa près d'eux dans un cliquetis d'armes, avec ses casques brillants au plumet tricolore, qu'ils comprirent que la situation était tendue.

De l'autre côté de la Seine, il y avait plus de monde et des petits groupes de gendarmes aux carrefours.

Sur une place, ils virent un rassemblement de vieux bonshommes en vêtements de travail avec un drapeau rouge et une pancarte :

L'UNION DES TRAVAILLEURS
FERA LA PAIX DU MONDE

Des gardes républicains se précipitèrent sabre au clair. Le soleil étincelait sur les casques. Les vieux s'enfuirent ou se plaquèrent dans l'encoignure des portes.

Sur les Grands Boulevards, des compagnies de Poilus casqués, portant des uniformes bleus assez mal en point, bavardaient autour de leurs armes rassemblées en faisceaux sur le trottoir. La foule, en passant, les acclamait. Tout le monde paraissait joyeux et de bonne humeur. Après avoir marché toute la matinée, Evelyne et Paul, fatigués, se demandèrent où ils trouveraient à déjeuner. Puis, il se mit à pleuvoir. Près de la Bourse, ils rencontrèrent Don Stevens qui sortait du bureau de poste, furieux et harassé parce qu'il s'était levé à cinq heures du matin. « Mais bon Dieu ! s'il doit y avoir une bagarre, qu'ils se bagarrent assez tôt pour que je puisse envoyer mes télégrammes !... Eh bien oui, Anatole France y était ! J'ai vu la police charger contre lui place de l'Alma. On pourrait en faire un article, mais avec toutes ces censures !... Ça barde en Allemagne... Peut-être s'y passera-t-il quelque chose.

— Que va-t-il arriver à Paris, Don ? demanda Paul.

— Je n'en sais rien... Boulevard Magenta, des gars ont brisé les grilles au pied des arbres et jettent des bouts de fonte sur les flics... Burnham prétend qu'il y a des barricades place de la Bastille, mais je veux manger avant d'y aller voir... D'ailleurs je n'en crois rien... je crève de faim. Mais, dites donc vous les bourgeois, qu'est-ce que vous faites dehors un jour pareil ?

— Hé, camarade, ne tire pas ! dit Paul, en levant les bras.

— Attendez que nous ayons mangé ! » s'exclama Evelyne en riant. Elle jugea Paul beaucoup plus sympathique que Don.

Ils circulèrent dans un méandre de petites rues noires, sous la pluie fine comme de la brume et finirent par passer devant un restaurant d'où sortaient un bruit de voix et des odeurs de cuisine. Ils y entrèrent en se glissant à quatre pattes sous le rideau de fer. La salle obscure était bondée d'ouvriers et de chauffeurs de taxi. Ils se tassèrent à l'extrémité d'une table de marbre sur laquelle deux vieux bonshommes jouaient aux échecs. La jambe d'Evelyne se trouva serrée contre celle de Paul. Elle ne broncha pas, il rougit et recula sa chaise en disant : « Excusez-moi. » Ils mangèrent du foie aux oignons et Don se mit à parler aux vieux joueurs d'échecs en un mauvais français dont il était fier. Selon eux, la jeunesse ne valait plus rien. Autrefois, quand ils descendaient dans la rue, ils arrachaient les pavés, faisaient tomber les gardes républicains à bas de leurs chevaux en les tirant par les jambes. Quoi? Aujourd'hui c'était la grève générale et qu'avait-on fait? Rien. Quelques exaltés avaient jeté des pavés dans les vitrines. Ce n'était pas comme ça qu'on défendrait la dignité du travail et la liberté. Sur ce, les vieux se replongèrent dans leur partie d'échecs, et Don leur offrit une bouteille de vin.

Evelyne, tout en écoutant vaguement, se demandait si elle irait chez J. W. cet après-midi. Elle ne l'avait pas revu, ni Eleanor non plus, depuis ce fameux dimanche matin, et puis d'ailleurs, tout ça lui était égal. Elle se demandait aussi si Paul l'épouserait et si ce serait vraiment amusant d'avoir des tas de bébés qui auraient, comme lui, l'air doux, timide et hurluberlu. Elle se trouvait bien dans ce restaurant obscur qui sentait la cuisine, le vin et **le caporal ordinaire.** Appuyée à son dossier, elle écoutait Don clamer des ultimatums révolutionnaires à Paul, qui finit par dire : « De retour au pays, je vagabonderai un peu à travers les Etats-Unis avec les ouvriers agricoles itinérants ou des trucs comme ça, pour essayer d'y comprendre quelque chose. Actuellement, vraiment, je n'y connais rien et je suis obligé de me fier à ce que me disent les autres. »

Le repas terminé, ils restèrent sur place et burent du vin. Tout à coup ils entendirent des voix américaines. Deux M. P. buvaient au comptoir. « Ne parlez pas anglais », murmura Paul, et ils se raidirent à leur table en essayant de prendre des allures aussi françaises que possible jusqu'à ce que les uniformes kaki aient disparu. Alors Paul dit en soupirant : « Diable, j'avais peur... S'ils m'avaient ramassé sans uniforme c'était la **Roue** Sainte-Anne [1] et au revoir **Paree !**

1. Rue Sainte-Anne, siège de la Military Police, lors de la première guerre mondiale.

— Pensez-vous, ils vous auraient fusillé au petit matin, dit Evelyne. Allez vous changer, mettez votre uniforme, et pendant ce temps, j'irai faire un tour au bureau. »

Don la reconduisit à pied jusqu'à la rue de Rivoli. Terrifié, Paul alla se changer. « Je le trouve très gentil garçon. Où l'avez-vous déniché, Don ? demanda Evelyne évasivement.

— Il est plutôt simplet... un petit ours mal léché... mais je le crois honnête, sincère..., j'ai fait sa connaissance quand mon unité de Quakers se trouvait près de son cantonnement dans la Marne. Puis il m'a quitté pour servir d'estafette entre l'Etat-Major et son bataillon. Maintenant, il a une bourse militaire à la Sorbonne... Parbleu, il en a bien besoin... Aucune connaissance au point de vue social. Il croit encore au Père Noël !

— Mais vous êtes du même pays ?... Enfin, je veux dire qu'aux Etats-Unis vous viviez dans la même région.

— Oui. Son père est propriétaire d'un silo à blé, dans un petite ville... petit bourgeois... sale milieu... Mais c'est pas un mauvais gars... Quel dommage qu'il n'ait pas lu Marx ou quelque chose de ce genre-là pour lui redresser les idées. » Et Don ajouta avec une grimace : « Vous de même, d'ailleurs, Evelyne, vous en êtes au même point. Mais en ce qui vous concerne, il y a longtemps que j'ai perdu tout espoir : objet d'ornement, dénué d'utilité. »

Ils étaient plantés au coin d'une rue, sous les arcades. « Oh ! Don, toutes vos histoires sont trop assommantes... » commença-t-elle. Il l'interrompit : « A bientôt, voilà un autobus... c'est un jaune qui conduit, je ne devrais pas le prendre. Mais la Bastille est vraiment trop loin. » Et il l'embrassa en ajoutant : « Ne vous fâchez pas. » Evelyne agita la main et cria : « Amusez-vous bien à Vienne ! » Il sauta sur la plate-forme. La receveuse essaya de le repousser parce que l'autobus était plein.

Evelyne monta au bureau et fit semblant d'y avoir passé la journée. Un peu avant six heures, elle descendit la rue de Rivoli jusqu'au Crillon pour voir J. W. Tout y était comme à l'habitude : Miss Williams, les cheveux jaunâtres et la mine glacée derrière son bureau ; Morton impassible distribuant tasses de thé et petits-fours ; J. W. bavardant d'une voix grave et basse dans l'embrasure d'une fenêtre, à demi caché derrière les tentures couleur de champagne. Eleanor, vêtue d'une robe gris clair qu'Evelyne ne lui connaissait pas, bavardait d'une voix aiguë avec trois jeunes officiers d'Etat-Major devant la cheminée. Evelyne but une tasse de thé, échangea quelques vagues propos avec Eleanor, puis s'en alla, prétextant un rendez-vous. En passant dans l'antichambre, elle accrocha le regard de Miss Williams et s'arrêta devant son bureau. « Alors toujours aussi occupée, Miss Williams ? dit-elle.

— Il est bon d'être occupée. L'oisiveté est mère de tous les vices... On perd bien du temps à Paris... Je n'avais jamais imaginé une ville où les gens perdent autant de temps qu'ici.

— Les Français apprécient la valeur de leurs loisirs.

— Les loisirs sont excellents si on sait les utiliser... Mais cette vie mondaine nous fait perdre trop de temps... Ceux qui viennent déjeuner ici y passent l'après-midi. Et nous n'y pouvons rien !... Ça n'arrange pas les choses. » Fixant Evelyne d'un air sévère, elle ajouta : « Vous n'êtes pas surmenée à la Croix-Rouge. » Evelyne sourit gentiment et répondit : « Non, nous n'y vivons que pour nos loisirs, comme les Français. »

Elle traversa la grande étendue asphaltée de la place de la Concorde sans savoir que faire de sa peau et s'engagea à tout hasard sur les Champs-Elysées où les marronniers commençaient à fleurir. La grève générale semblait à peu près terminée parce qu'on voyait quelques taxis circuler. Elle s'assit sur un banc ; un individu à mine cadavérique vint s'asseoir auprès d'elle et essaya d'engager la conversation. Elle se leva et s'éloigna aussi vite qu'elle le pût. Au Rond-Point elle dût s'arrêter pour laisser passer quelques pièces de 75 et des artilleurs à cheval. L'homme cadavérique la rattrapa. Il tendit la main et souleva son chapeau, jouant le rôle d'un vieil ami ravi de la rencontrer. Elle murmura : « Oh, c'est trop assommant ! » et monta dans un fiacre arrêté au bord du trottoir. Elle crut presque que l'homme allait la suivre, mais il resta planté sur place, raide, l'air furieux. Cependant, le fiacre se collait immédiatement derrière les canons comme s'il faisait partie du régiment. Arrivée chez elle, Evelyne fit chauffer du chocolat sur le fourneau à gaz, prit un livre et se coucha tristement.

Le lendemain, au retour de son travail, elle trouva Paul qui l'attendait, vêtu d'un uniforme tout neuf et chaussé de souliers à larges semelles. « Mais Paul, on croirait que vous êtes passé dans une machine à laver !

— Un de mes amis, sergent de l'Intendance... m'a... m'a fourni un uniforme neuf.

— Vous êtes vraiment magnifique !

— C'est plutôt vous, Evelyne, qui êtes magnifique ! »

Ils allèrent dîner au bout des Grands Boulevards, au restaurant Noël Peters. Les sièges étaient tapissés de velours couleur saumon, la salle encombrée de colonnes pompéiennes, les violons jouaient sur un rythme exaspérant. Paul venait de toucher sa solde et son prêt franc. Il exultait. Ils parlèrent de ce qu'ils feraient lorsqu'ils retourneraient au pays. L'avenir de Paul était tout tracé : son père voulait l'envoyer travailler chez un courtier en grains de ses amis, à Minneapolis. Mais, depuis qu'il avait vécu en Europe, des idées d'indépendance moussaient dans sa cervelle et il avait envie de tenter sa chance à New York. A son avis, un jeune homme devait tâtonner et essayer bien des choses avant de choisir une carrière. Evelyne ne savait pas du tout ce qu'elle ferait. En tout cas, elle n'avait pas envie de reprendre sa vie d'avant-guerre. Peut-être préférerait-elle rester à Paris. « Je n'aimais pas Paris auparavant, dit Paul... mais comme ça... depuis que je sors avec vous, c'est chic... »

Evelyne le taquina : « Pourtant, vous ne semblez pas

m'aimer beaucoup. Vous ne vous conduisez jamais comme si je vous plaisais.

— Evelyne ! vous savez tant de choses, vous avez tellement vécu... vous êtes si gentille de me tolérer... Sincèrement je vous en serai reconnaissant toute ma vie.

— Mais pourquoi êtes-vous comme ça ?... Je n'aime pas qu'on soit humble avec moi ! » éclata Evelyne d'une voix courroucée.

Ils continuèrent à manger des asperges gratinées au fromage sans rien dire. Puis Paul but un peu de vin et leva vers elle des yeux de chien battu. « Je m'amuse follement, dit-elle peu après. J'étais malheureuse comme tout aujourd'hui... Je vous expliquerai ça plus tard... vous savez, cette impression lamentable de voir toutes ses illusions s'effriter, s'écouler, disparaître comme du sable qu'on essaie de serrer entre ses doigts.

— Très bien, Evelyne ! s'exclama Paul en donnant un coup de poing sur la table. Alors, amusons-nous ! »

Ils buvaient leur café. L'orchestre se mit à jouer des polkas. Alors les gens dansèrent entre les tables, encouragés par les cris des violonistes qui hurlaient : « Ah ! Polkaah ! Ah, Aaaah ! » C'était amusant comme tout de voir ces Français, d'âge et d'allure à être sérieux, danser comme des petits fous sous l'œil ravi de l'énorme maître d'hôtel italien qui semblait se réjouir parce que la gaieté revenait enfin à **Paree.** Paul et Evelyne se laissèrent entraîner et dansèrent aussi. Il était très gauche, mais, en la tenant dans ses bras, il prenait de l'assurance et elle, à se sentir serrée ainsi, oubliait l'étrange sentiment d'abandon et de crainte qui l'étreignait depuis quelque temps.

Les polkas ralentirent. Paul paya la grosse addition et ils s'en allèrent bras dessus bras dessous, serrés l'un contre l'autre, comme tous les amoureux de Paris qui se promènent les soirs de mai sur les Boulevards embaumant le vin, le croissant chaud et la fraise des bois. Ils se sentaient légers. Evelyne souriait, Paul murmurait de temps en temps comme pour l'encourager : « Amusons-nous, allons ! amusons-nous !

— Je me demande ce que penseraient mes amis s'ils me rencontraient marchant bras dessus bras dessous avec un troufion ivre sur les boulevards, dit Evelyne.

— Non certes, je ne suis pas ivre ! répliqua Paul. Je peux boire beaucoup plus que vous ne le croyez et je ne resterai pas troufion longtemps, surtout si la guerre cesse vraiment.

— Oh, Paul, dit Evelyne tendrement, peu m'importe ce qu'ils penseraient. »

En passant devant un café, ils entendirent de la musique et virent au premier étage l'ombre des danseurs passer derrière les rideaux. « Si nous montions ? » suggéra Evelyne. Dans la salle de danse, une grande pièce avec des glaces sur tous les murs, Evelyne voulut boire du vin du Rhin. Ils étudièrent longuement la carte et enfin, avec un coup d'œil en biais vers Paul, elle proposa de boire du « Liebefraumilch [1] ». Paul rougit, et murmura : « Je voudrais bien avoir une « liebe Frau [2] ».

— Allons donc ! répondit Evelyne, vous en avez certainement... une dans chaque port. »

Paul secoua la tête en signe de dénégation.

Ils dansèrent. Il la serra un peu plus fort. Il paraissait moins gauche. « Moi aussi, je me sens bien seule, ces temps derniers, dit Evelyne en s'asseyant.

— Vous ? délaissée ! Mais toute la Conférence de la Paix et le Corps Expéditionnaire Américain vous courent après !... Don m'a dit que vous étiez une femme dangereuse.

— Je me demande où il a pris ça, répondit-elle en haussant les épaules. Mais, Paul, vous êtes peut-être dangereux, vous aussi. »

1. Lait de la Sainte Vierge, 2. Sainte Vierge. Mais Evelyne et Paul jouent sur le mot à mot : 1. Lait de femme d'amour et 2. femme d'amour.

A la danse suivante, elle colla sa joue contre celle de Paul. Quand la musique cessa, il parut vouloir l'embrasser mais se retint. « C'est la plus belle soirée de ma vie, dit-il. Je voudrais être un de ces types avec lesquels il vous plaît de sortir.

— Vous ne me déplaisez pas du tout, Paul. Si vous vous y mettiez... et vous semblez apprendre vite... Nous nous conduisons comme des petits sots. J'ai horreur de marivauder et de flirter comme ça... Je suis peut-être difficile... Je demande peut-être la lune... Peut-être ai-je seulement envie de me marier et d'avoir un enfant... »

Paul parut embarrassé. Ils ne dansèrent plus et regardèrent les autres se trémousser. Evelyne vit un jeune soldat français se pencher vers sa cavalière, l'embrasser sur les lèvres ; le couple continua à danser bouche à bouche. Evelyne souhaita d'être cette fille. « Buvons encore ! dit-elle à Paul.

— Croyez-vous que ce soit sage ?...

— Et, que diable, amusons-nous. »

Dans le taxi, Paul était pompette, il riait et serrait Evelyne dans ses bras ? Dès que la voiture entra dans les rues sombres, il se mit à l'embrasser. Evelyne le repoussa et dit : « Allons chez vous. Chez moi, j'ai peur de ma concierge.

— D'accord... Mais c'est tout petit, répondit Paul en ricanant. Et tant pis ! nous n'allons pas nous en faire pour ça. »

La vieille dame qui distribuait les clés à l'hôtel où Paul habitait, les regarda d'un œil mauvais. Ils montèrent en titubant un escalier en colimaçon qui n'en finissait pas. Enfin, ils arrivèrent à une petite chambre dont la fenêtre ouvrait sur la cour. Il pleuvait et la pluie jouait du tambour sur un toit de verre qui abritait cette cour. Paul jeta son chapeau et sa tunique dans un coin de la pièce et il vint vers elle, les bras tendus, les yeux luisants. A peine se mirent-ils au lit que Paul s'endormit, la tête sur l'épaule d'Evelyne. Elle se releva pour éteindre la lumière et ouvrir la fenêtre. Puis, elle se glissa en grelottant contre le corps de Paul, tiède et alangui comme un enfant trop fatigué. Dehors, la pluie tambourinait sur la verrière. Quelque part, un petit chien, enfermé sans doute, geignait et glapissait désespérément, sans arrêt. Evelyne ne parvenait pas à s'endormir. Quelque chose glapissait, enfermé dans son âme comme un petit chien désespéré. L'arête d'un toit et quelques cheminées se découpèrent sur le ciel violet. Enfin, elle s'endormit.

Ils passèrent la journée du lendemain ensemble. Comme d'habitude, elle téléphona à la Croix-Rouge qu'elle était malade, et Paul oublia complètement ses cours à la Sorbonne. Pendant toute la matinée, ils restèrent assis à la terrasse d'un café, près de la Madeleine et discutèrent de leur avenir. D'abord, ils se feraient rapatrier aussi tôt que possible, trouveraient du travail à New York et se marieraient. Paul emploierait ses loisirs à étudier la mécanique pour devenir ingénieur. Son père avait des amis à Jersey City, gros négociants en céréales et fourrages, chez qui il trouverait certainement du travail. Evelyne reprendrait ses affaires de décoration. Paul était heureux et confiant ; il avait perdu son humilité. Evelyne se répétait à elle-même qu'il avait de l'étoffe, qu'elle était amoureuse de lui et qu'elle pourrait en faire quelque chose. Pendant tout le mois de mai, ils vécurent comme deux papillons. Ils dépensèrent toute leur paie en quelques jours puis furent obligés de manger dans des petits restaurants, à la table d'hôte avec des étudiants, des petits fonctionnaires, et des employés de commerce sans le sou ; ils achetèrent même des carnets de tickets qui leur donnèrent droit aux repas pour deux francs ou deux francs cinquante. Un dimanche de juin, ils allèrent se promener dans la forêt de Saint-Germain. De temps à autre, Evelyne, prise de faiblesse et de nausées s'allongeait sur l'herbe. Paul en était malade d'inquiétude. Enfin, ils atteignirent un petit village, sur les rives de la Seine qui coulait, rapide, striée de vert et de mauve dans la lumière du soir, entre des berges basses plantées d'immenses peupliers. Un vieux bonhomme qu'Evelyne appela Grand-Père-le-Temps leur fit traverser le fleuve à la rame. A mi-chemin elle dit à Paul : « Savez-vous ce qui se passe, Paul ? Je vais avoir un bébé. »

Paul soupira en sifflant. « Eh bien ! je ne m'attendais pas à ça... Mais je suis un salaud, je n'ai pas encore osé vous demander en mariage... Nous nous marions tout de suite. Je verrai quelles démarches je dois faire pour me marier puisque j'appartiens encore à l'armée. Ça marchera certainement. Ne vous en faites pas, Evelyne... mais ça change mes projets. »

Sur l'autre rive, ils allèrent à pied jusqu'à Conflans pour y prendre le train. Paul était de plus en plus préoccupé. « Mais, à moi aussi, ça change mes projets, dit Evelyne sèchement. Pour moi ce mariage est aussi gai que si j'essayais de descendre les Chutes du Niagara dans un tonneau. »

Des larmes montèrent aux yeux de Paul. « Evelyne, dit-il, je ferai de mon mieux pour que vous me pardonniez... Ne me jugez pas mal, Evelyne... Je ferai de mon mieux, vraiment. »

Le train siffla et entra dans la gare en trépidant. Ils étaient si absorbés dans leurs pensées qu'ils le virent à peine. Ils grimpèrent dans un compartiment de troisième classe et s'assirent face à face. Leurs genoux se touchaient. Ils regardaient sans rien dire les faubourgs de Paris. Enfin, Evelyne se pencha vers lui la gorge serrée, et éclata : « Je veux qu'il naisse, ce petit, Paul... Il faut vivre une vie complète. » Paul acquiesça. Mais elle ne le vit pas parce que le train était entré sous un tunnel.

## ACTUALITÉS XXXIV

PÉNURIE DE PLATINE
DANS LE MONDE ENTIER

IL SERAIT CRIMINEL DE NÉGLIGER
LES INTÉRÊTS FRANÇAIS
DANS LES BALKANS

SUICIDE EN CELLULE

« Les Débitants de Tabac Réunis » cote ce mois-ci 167 Dollars, ce qui signifie 501 Dollars du titre à sa valeur d'émission. Sur les titres nouveaux les actionnaires touchent 27 %. En temps de paix comme en temps de guerre le dividende n'a pas cessé d'augmenter

SIX GANGSTERS PRIS AU PIÈGE
DANS UN GRENIER

*Espère-t'on qu'ils resteront à la ferme*
*Après avoir vu* ***Paree***

Si Wall Street attend le traité, ce qui voudrait dire que les hommes d'affaires de ce pays souhaiteraient légitimement de connaître quelle sera l'importance de nos engagements dans des affaires où nous n'avons rien à voir, pourquoi devrait-on recourir à la corruption vis-à-vis des hurluberlus et des charlatans qui ont accompagné Monsieur Wilson à Paris

LES ALLIÉS SOMMENT LE PEUPLE
HONGROIS DE RENVERSER
LE RÉGIME DE BELA KUN

ONZE FEMMES DISPARUES
DANS LE MYSTÈRE BARBE-BLEUE

ENFIN LA FRANCE ACHÈTE LES STOCKS AMÉRICAINS

*Comment les empêchera-t-on de faire les fous à Broadway*
*Et de se soûler la gueule*

l'après-midi les Boulevards présentaient un aspect inaccoutumé. La plupart des terrasses de cafés étaient désertes ; on avait rentré chaises et tables. Dans quelques établissements on laissait entrer les clients un par un et ils étaient servis par des garçons fidèles qui, néanmoins, ne portaient pas leurs tabliers.

UNE JEUNE FILLE DE LA MEILLEURE SOCIÉTÉ TENTE DE SE DONNER LA MORT DANS UN APPARTEMENT DU CENTRE EN APPELANT A GRANDS CRIS SON ANCIEN SOUPIRANT

A PARIS ON RÉPROUVE
LES REVENDICATIONS DU HEDJAZ

afin de ne pas révéler prématurément leurs sympathies, ils font semblant de dissoudre certaines de leurs formations ; quoi qu'il en soit ces troupes sont livrées purement et simplement à Kolchak.

L'I.W.W. COMPLOTE L'ASSASSINAT
DE WILSON

DIX MILLE SACS D'OIGNONS POURRIS

UN OPULENT CITOYEN SE TUE
EN TOMBANT DANS LES ESCALIERS

la canonnière disparut dans la brume peu après avoir quitté le quai, mais le Président n'en continua pas moins à agiter son chapeau et à sourire jusqu'à ce qu'il eût atteint le *George-Washington*

LA FIN CERTAINE DU RÉGIME
SOVIÉTIQUE

## GROS BONNETS ET FORTES TÊTES 15

### *LA MAISON MORGAN*

*Je remets mon âme entre les mains de mon Sauveur,* écrivit John Pierpont Morgan dans son testament, *je crois que, par sa rédemption, il l'a lavée de toutes ses fautes avec Son Sang le plus précieux et qu'il la présentera immaculée devant mon père céleste, et je charge mes enfants de défendre envers et contre tous à quelque prix que ce soit et quelques sacrifices qu'il leur en coûte, la doctrine sacrée de la remise complète des péchés par le sang de Jésus-Christ versé une fois pour toutes car il n'est pas d'autre rédemption,*

et entre les mains de la Maison Morgan, représentée par son fils,

il remit,

quand il mourut à Rome, en 1913,

le contrôle des intérêts Morgan à New York, Paris et Londres, quatre banques nationales, trois cartels, trois compagnies d'assurance sur la vie, dix réseaux ferroviaires, trois compagnies de tramways, un réseau mondial de sociétés touristiques, la Compagnie Internationale de Commerce Maritime,

et ses pouvoirs,

en vertu du principe des vases communiquants et par le jeu des commandites,

sur dix-huit autres réseaux ferroviaires, le trust de l'acier, du matériel électrique, des réseaux téléphoniques américains, et sur cinq des principales industries du pays

le filet du Consortium Morgan-Stillman-Baker retenait l'argent comme une nasse accrochée à un pont suspendu. Il était maître de 13 % des ressources banquaires mondiales.

Le premier Morgan qui constitua un syndicat financier

s'appelait Joseph et tenait un hôtel à Hartford, Connecticut, où il organisa un réseau de diligences et acheta les actions de la compagnie d'assurances Etna au cours d'une panique causée par un des grands incendies new-yorkais, en 1830;

son fils Junius s'engagea d'abord sur les traces du père, puis dans le commerce, enfin il s'associa à George Peabody banquier du Massachussets qui dirigeait en sous-main de grosses affaires commerciales en Amérique et à Londres et entretenait des relations amicales avec la Reine Victoria;

Junius épousa la fille de John Pierpont, prêtre à Boston, poète, excentrique, adversaire de l'alcoolisme; et leur fils aîné,

John Pierpont Morgan,

vint à New York pour y chercher fortune,

après avoir fait ses premières armes en Angleterre, ses études en Suisse et en Allemagne où ses qualités de mathématicien étonnèrent les professeurs de l'université de Göttingen,

ce jeune homme nonchalant et morose à vingt ans

se trouva en bonne place lors de la panique de 1857.

(guerre, paniques à la Bourse, banqueroutes, emprunts de guerre, voilà du beau temps pour les récoltes de la maison Morgan)

Quand les premiers coups de canon tonnèrent au fort Sumter, le jeune Morgan fit sa pelote en vendant de vieux fusils sans valeur à l'armée des Etats-Unis; ainsi commença-t-il à se faire remarquer dans la chambre d'or de la ville de New York où on trafiquait plus sur l'or que sur les vieux fusils. John Pierpont Morgan retint la leçon;

et c'est fini pour la Guerre Civile.

Pendant la guerre franco-prussienne de 70, Junius Morgan plaça sur le marché américain les formidables emprunts émis par le gouvernement français de Tours.

A la même époque, le jeune John Pierpont Morgan

combattait Jay Cooke et les banquiers juifs allemands de Francfort qui essayaient d'obtenir une consolidation des emprunts américains (il n'aimait pas les Allemands ni les Juifs).

La panique de 1875 ruina Jay Cooke et J. Pierpont Morgan devint le chef croupier de Wall Street : il s'associa avec les Drexel de Philadelphie et fit construire le Drexel Building où, durant trente ans, il trôna dans un bureau capitonné, insolent, la gueule enluminée, écrivant et fumant de gros cigares noirs, et, dans les circonstances sérieuses, faisant des réussites ; son laconisme était célèbre : Oui ou Non. Il lui arrivait de faire explosion soudain à la face de ses interlocuteurs en leur crachant cette question définitive qu'il accompagnait d'un geste du bras : « Et qu'est-ce que je gagne là-dedans ? »

En 1877, Junius Morgan se retira des affaires ; J. Pierpont se fit élire membre du conseil d'administration d'un des principaux réseaux ferroviaires américains et lança le premier yacht de la famille, *Le Corsaire.* Il aimait la navigation et les jolies actrices qui lui donnaient le titre de commodore.

Il fonda un hôpital Stuyvesant Square, New York, et se rendait volontiers à l'église Saint-Georges où il chantait tout seul des cantiques.

Au cours de la panique de 1893
sans grand profit personnel,

Morgan sauva les finances des Etats-Unis ; le pays perdait tout son or, c'était la ruine, les fermiers réclamaient l'étalon argent, Grover Cleveland et les membres de son cabinet arpentaient le salon bleu de la Maison-Blanche sans parvenir à décider quoi que ce fût, au Congrès on pérorait ; et l'or quittait les caves du Trésor ; les pauvres mouraient de faim ; l'armée de Coxey marchait sur Washington ; Grover Cleveland répugnait à faire appel au maître de Wall Street ; assis tranquillement à l'hôtel d'Arlington, Morgan fumait des cigares et faisait des réussites attendant que le Président le fît appeler ; il avait un plan tout prêt pour garrotter l'hémorragie de l'or.

Dès lors, les désirs de Morgan devinrent des ordres ; quand Carnegie se retira des affaires, Morgan organisa le trust de l'acier ;

l'irascible J. Pierpont Morgan homme à cou de taureau, aux yeux bouffis, au nez volumineux, faisait travailler ses associés à en crever, il les chargeait de tous les détails fastidieux, et se contentait de fumer des cigares noirs dans son bureau ; il dictait ses décisions en un seul mot : Oui ou Non. Parfois il se contentait de reprendre les cartes pour continuer sa réussite sans répondre.

A la Noël, son bibliothécaire lui lisait *A Christmas Carol* dans le manuscrit écrit de la main de Dickens.

Il aimait les canaris, les pékinois, et les jolies actrices qu'il promenait sur son yacht. Chaque *Corsaire* surpassait le précédent.

Il dînait à la droite du roi Edouard et mangeait en tête à tête avec le Kaiser ; il aimait s'entretenir avec les cardinaux et avec le pape, et ne manquait jamais une conférence des évêques épiscopaliens ;

Rome était sa résidence favorite.

Il aimait la cuisine raffinée, les vins vieux, les jolies femmes, le yachting, et passait volontiers ses collections en revue ; de temps à autre, il contemplait une tabatière incrustée de pierres précieuses avec ses gros yeux aux paupières gonflées.

Il collectionnait les autographes des rois de France, possédait des vitrines pleines de tablettes babyloniennes, de sceaux, de cachets, de statuettes, de bustes,

bronzes gallo-romains,

bijoux mérovingiens, miniatures, montres, tapisseries, inscriptions cunéiformes, tableaux de tous les vieux maîtres hollandais, italiens, flamands, espagnols, les manuscrits des évangiles et de l'Apocalypse, des manuscrits de Jean-Jacques Rousseau, et des lettres de Pline le Jeune.

Ses agents achetaient tout ce qui était cher ou rare et rappelait de puissants empires ; il se faisait apporter l'objet et le fixait de ses gros yeux pareils à ceux d'une pie voleuse. Puis il le mettait en vitrine.

La dernière année de sa vie, il remonta le Nil sur un dahabyeh et resta longtemps en contemplation devant les colonnades du Temple de Karnak.

La panique de 1907 et la mort de Harriman, son principal concurrent dans les affaires ferroviaires, en 1909, firent de lui le maître incontesté de Wall Street, le plus puissant citoyen du monde à titre privé ;

ce vieil homme, podagre, harassé par son propre pouvoir, daigna se rendre à Washington pour comparaître devant le Comité Pujo, qui enquêtait sur les opérations des grands trusts financiers : il ne se renia pas et prétendit avoir toujours agi au mieux des intérêts de sa patrie.

Son empire était si solide, qu'en 1913, sa mort ne fit pas la moindre ride sur les Bourses du monde ; la pourpre tomba sur les épaules de son fils John Pierpont Morgan, deuxième du nom, qui avait été élevé à Groton et à Harvard et avait fréquenté surtout la classe dirigeante anglaise.

D'un esprit plus constitutionnel, ce roi deuxième du nom écrivait : *J. P. Morgan suggère...*

En 1917, les Alliés avaient emprunté un milliard neuf cents millions de dollars à l'Amérique par l'intermédiaire de la Maison Morgan ; nous traversâmes l'océan pour défendre la démocratie et l'honneur du drapeau ;

A la fin de la Conférence de la Paix, la phrase : *J. P. Morgan suggère...* avait force de loi sur soixante-quatorze milliards de dollars.

J. P. Morgan II, homme silencieux, dédaignait de parler en public, pourtant il n'hésita pas à écrire à Gary, pendant la grève de l'acier ; *Recevez mes félicitations les plus cordiales pour votre attitude en faveur de la liberté d'embauche et de congédiement. Vous savez que je suis absolument d'accord avec vous. Je crois que ce principe symbolise toutes les libertés américaines, et que nous triompherons si nous restons fermes.*

(Guerres, paniques à la Bourse,
mitraille, fusillades, incendies,
villes en flammes,
banqueroutes, emprunts de guerre,
famine, poux, choléra et typhus :
voilà du beau temps pour les récoltes de la Maison Morgan.)

## ACTUALITÉS XXXV

le Grand Prix de la Victoire, couru hier pour la cinquante-deuxième fois, fut un événement qui restera longtemps gravé dans la mémoire de ceux qui y assistèrent, car jamais, jusqu'ici cette course classique de Longchamp n'a présenté un tableau aussi somptueux

*Ne laissez pas s'éteindre le feu dans l'âtre*
*Tant que les gars ne seront pas revenus*

IMPOSSIBLE DE METTRE
LE *LEVIATHAN* A FLOT

LES BOLCHEVICKS ABOLISSENT
L'USAGE DU TIMBRE POSTE

A NEW HAVEN
UN ARTISTE SE SUICIDE
AU GAZ

## DU SANG SUR LE BILLET DE UN DOLLAR

*Pendant que nos cœurs se lamentent*

LA QUESTION DES POTASSES
PROVOQUE UN ARRÊT DES NÉGOCIATIONS

LE COMMANDANT
EST MORT EMPOISONNÉ

IL A AVALÉ DE LA MORT-AUX-RATS
PAR ERREUR

l'émeute et le pillage se transformèrent en un des plus effrayants pogromes connus jusqu'ici. En deux ou trois jours, le ghetto de Lemberg n'était plus qu'un tas de débris fumants. Des témoins oculaires estiment que les soldats polonais n'ont pas tué moins de mille juifs : hommes, femmes et enfants.

TROTSKY ASSASSINE LÉNINE
AU COURS D'UNE RIXE D'IVROGNES

vous savez quelle est mon opinion sur la bière, dit Brisbane en essayant de se ménager l'assistance

*Quoique les gars soient bien loin*
*Ils se languissent de leur foyer*
*Un voile argenté luit*
*A travers les nuages sombres*

LE PRÉSIDENT INVOQUE
LA VOLONTÉ DES MORTS

UNE LETTRE DONNERAIT LA CLÉ
DE L'ATTENTAT A LA BOMBE

Emile Deen dans ses trois allocutions précédentes expliqua quelles étaient les relations entre la Royal Dutch et la Standard Oil. Leur rivalité serait devenue une lutte ouverte pour la conquête des marchés mondiaux si la guerre ne l'avait pas interrompue. « L'essentiel de l'affaire, dit-il, sont l'envie, la rancœur et le soupçon. » L'extraordinaire développement industriel de notre pays depuis la Guerre Civile, la découverte et le peuplement de nouveaux territoires, l'augmentation des ressources, l'accroissement de la population, tous ces éléments ont favorisé l'accumulation de nombreuses et rapides grosses fortunes. Y a-t-il une mère, un père, une amoureuse, un parent, un ami ou un voisin de l'un quelconque des deux millions de nos enfants qui combattent outre-mer qui ne remercie Dieu d'avoir vu H. P. Davidson quitter Wall Street pour s'occuper de la Croix-Rouge ?

## UN VOLEUR D'OBLIGATIONS ASSASSINÉ

*Portez vos vêtements à l'envers*
*Jusqu'au retour de nos petits gars*

## L'ŒIL DE LA CAMÉRA 39

*palpitant à peine la lumière du jour s'étend sur le calme vermeil pénètre dans la douce obscurité éclate en rouge à travers mes paupières chaudes et pleines de sang douces et tièdes elles s'ouvrent*

*bleu immense jaune rose*

*aujourd'hui c'est Paris les rayons roses du soleil frappent les nuages pareils à des œufs de moineau une sirène menue siffle craintivement les véhicules roulent paresseusement, brinquebalent et les taxis rafistolés titubent je m'appuie au dossier jaune du taxi et par la fenêtre ouverte je vois le*

*Louvre dont l'architecture souligne la placide éternité il est fait de pierres rosegrises entre la Seine et le ciel*

*et Paris est une certitude*

*un remorqueur brillant vert et rouge lutte contre le courant traînant derrière lui trois péniches mi-noires mi-acajou verni les fenêtres de leur château ont des volets verts et des rideaux de dentelle derrière des pots de géranium pour passer sous le pont le gros petit marinier en bleu fait basculer la cheminée qui se couche à plat sur le pont*

*Paris entre dans ma chambre Paris est dans les yeux de la femme de chambre dans les tièdes globes de sa poitrine qui saillissent sous les fronces de sa robe grise l'odeur de chicorée dans le café, de lait écrémé et le brillant qui s'accroche aux croûtes du croissant lissées sous une très mince couche de beurre frais*

*sur la couverture jaune du livre qui me cache la bonne tête de mon ami*

*Paris de 1919*

***paris-mutuel***

*une immense roulette qui tourne autour de la Tour Eiffel carreaux rouges carreaux blancs un million de dollars mille millions de marks mille milliards de roubles* ***baisse du franc*** *ou un mandat de la S.D.N. sur la République de Montmartre*

*Cirque Médrano l'opulence des steeplechase la gravité des violons contrebasses qu'on accorde sur la scène de la salle Gaveau hautbois et triangles* ***la musique s'en fout de moi*** *dit la vieille marquise toute cliquetante de diamants en se dirigeant vers Stravinsky mais la casaque rouge rata l'obstacle et nous perdîmes tout notre argent*

*la peinture en face de la Madeleine Cézanne Picasso Modigliani*

*Nouvelle Athènes*

*la poésie des proclamations à l'encre fraîche dans les kiosques et les slogans griffonnés à la craie dans les pissotières* ***L'UNION DES TRAVAILLEURS FERA LA PAIX DU MONDE***

*la révolution tourne autour de la Tour Eiffel comme une roulette*

*et nos prévisions de l'an dernier brûlent les dates s'envolent du calendrier nous ferons tout à neuf aujourd'hui c'est l'année première c'est aujourd'hui le premier jour du printemps et le soleil luit Nous avalons notre café faisons gicler de l'eau sur nos corps nous glissons dans nos vêtements dégringolons les escaliers et sortons bien éveillés dans ce premier matin du premier jour de la première année*

## ACTUALITÉS XXXVI

*A LA GLOIRE*
*DE LA FRANCE ÉTERNELLE*

*Oh ! un officier allemand traversa le Rhin*
***Parleyvou***

Les Allemands Battus A Riga Les Parisiens Reconnaissants Acclament les Maréchaux de France

*Oh ! un officier allemand traversa le Rhin*
*Il aimait les femmes et encore plus le vin*
*La faridondaine* ***parleyvou***

DANS SA PITEUSE PLAIDOIRIE
L'ÉPOUSE DÉNONCE
LES ARTIFICES DE SA RIVALE

Les Soucis Commencent Avec l'Arrivée de Wilson à Washington. Les grévistes parisiens se font haranguer pendant un pique-nique. Un café est pillé et des bombes explosent dans les rues de Fiume. Augmentation du prix de la viande à Paris. **Il Serait Dangereux d'Augmenter les Vivres.** Le Sang de Bethmann Holweg n'A Fait Qu'Un Tour.

UNE FORCE MYSTÉRIEUSE ARRÊTE LES TROUPES ANTI-BOLCHEVIQUES

## ON VOIT LA MAIN DES BOCHES DANS LES COMPLOTS

*Oh Mademoiselle d'Armentières*
***Parleyvou***
*Oh, Mademoiselle d'Armentières*
***Parleyvou***
*N'a pas été... depuis quarante ans*
*La faridondaine* ***parleyvou***

La Course de La Baule se termine en catastrophe ; les salariés syndiqués saisissent l'occasion de menacer les employeurs qui ne s'attendaient pas à ce changement. IL DÉPOSE UNE COURONNE SUR LA TOMBE DE LAFAYETTE. La Plus Riche Négresse est morte. UNE BANDE DE SOLDATS FURIEUX ENVAHIT LES DORTOIRS DE YALE. Une mine d'or à Kinks.

## A BERLIN, ON SERRE LA VIS

*Oh ! il l'emmena en haut et jusque dans le lit*
*Et là il lui creva le pucelage*
*la faridondon* ***parleyvou***

## LES HOMMES D'AFFAIRES PRÉVOIENT QUE LA PAIX ENTRAINERA UNE CHUTE DES PRIX

### IL SE SUICIDE DEVANT SA TABLE DANS SON BUREAU

### LE NOUVEAU BARBE-BLEUE SERAIT MAINTENANT NEURASTHÉNIQUE

et c'est nul autre que le Général Minus de l'ancien Quartier Général Impérial, celui qui, sous le régime Kérensky, commandait les troupes sur le front de Minsk. Les agents de police parisiens menacent de se joindre aux grévistes  ce qui permet d'envoyer en France des barils  portant l'inscription mystique : Mistelles. On dit qu'un spéculateur aurait réalisé un bénéfice net de cinq millions en une semaine

*Oh ! les trois premiers mois tout alla bien*
*Oh ! les trois mois suivants elle se mit à enfler*
*La faridondaine* ***parleyvou***

puissantes ressources financières, meilleure utilisation et abondance de matières premières en Amérique permettraient d'aider le génie français à restaurer et augmenter la puissance industrielle de la France. Des routes magnifiques, d'excellents hôtels, la bonne cuisine, concourent d'une manière charmante au succès de la Foire de Lyon, ville qui se trouve exactement sur le 45e parallèle. Favorisé par d'importantes ressources minérales, son avenir paraît d'une splendeur difficile à prévoir. Le maire Ole Hanson déclara que quiconque essaierait d'usurper les fonctions municipales serait tué sans sommations. Quant à lui c'est un petit bonhomme, mais il a de grandes idées, un grand cerveau et de grands espoirs. Sa ressemblance avec Mark Twain frappe à première vue.

## *RICHARD ELLSWORTH SAVAGE*

Dick et Ned avaient la gueule de bois le matin où ils aperçurent le bateau-feu de Fire Island. Dick manquait d'enthousiasme à l'idée de débarquer au Pays du Bon Dieu sans un sou en poche. Il lui faudrait aussi affronter le bureau de recrutement. Comment sa mère prendrait-elle ça ? Ned ne se plaignait que de la prohibition. Le cognac qu'ils avaient bu pendant la traversée les rendait un peu nerveux. Mais impossible de boire : déjà le navire passait en vue de Long Island. Le vent d'ouest les frappait en pleine face ; ils regardaient apparaître, à l'horizon, les buildings de New York d'abord semblables à des petits cubes de ciment à demi immergés. Puis, ils distinguèrent la plage de Rockaway et les montagnes russes de Coney Island ; ensuite, les arbres verts et les petites maisons grises de Staten Island. Leur cœur se serra d'émotion : ils étaient chez eux. Dick fut stupéfait de voir Hiram Halsey Cooper en uniforme kaki et guêtres luisantes grimper sur le bateau avec les fonctionnaires du service d'immigration venus au devant du navire à bord d'une vedette. Dick alluma une cigarette et prit une attitude digne. « Quel soulagement de vous revoir, mon enfant !... dit Hiram. Votre mère et moi nous nous sommes fait... euh... » Dick l'interrompit pour présenter Ned. Monsieur Cooper, qui portait un uniforme de chef de bataillon prit Dick, par l'épaule, l'entraîna vers les coursives en murmurant : « Mieux vaut vous mettre en uniforme pour débarquer.

— D'accord, mon commandant, mais j'aurais trouvé ça assez mal venu étant donné les circonstances.

— Non, non... ça vaut beaucoup mieux... Eh bien, je crois qu'il fait chaud en Europe, c'est l'enfer... Et vous n'aviez guère l'occasion de courtiser les muses, hein ?... Je vous emmène à Washington ce soir même. Nous nous sommes fait bien de la bile à votre sujet, mais tout est arrangé... Ça m'a fait comprendre combien je suis vieux et seul. Ecoutez, mon garçon, votre mère était la fille du général Ellsworth, n'est-ce pas ? » Dick acquiesça. « Bien sûr, continua Cooper, bien sûr, puisque ma chère femme était sa nièce... Allons, pressez-vous, allez mettre votre uniforme. Nous bavarderons plus tard. »

Tout en enfilant son uniforme de l'organisation Norton-Harjes, Dick pensait que Cooper avait l'air singulièrement vieilli, et se demandait comment il s'y prendrait pour lui emprunter les quinze dollars qu'il avait fait inscrire sur son ardoise au bar du bateau.

New York lui parut curieusement vide par cette soirée d'été. Mais, il était chez lui. A la gare de Pennsylvanie, des flics en uniforme où en civil bloquaient toutes les issues et demandaient les papiers aux jeunes gens qui ne portaient pas d'uniforme. En trottant vers le quai avec Monsieur Cooper, il avisa un groupe d'individus à l'air morne, entassés dans un coin et gardés par des flics en sueur. Lorsqu'ils furent assis tous les deux dans le wagon-salon du train, Cooper s'essuya le front avec son mouchoir et chuchota : « Vous avez compris maintenant pourquoi je vous ai dit de mettre votre uniforme... Alors, Dick, vous revenez de l'enfer ?

— Il y avait des mauvais coins, mais je n'aurais pas voulu revenir.

— Je m'en doute bien, mon garçon... Et vous ne vous attendiez pas à retrouver votre vieux mentor avec des galons de commandant. Mais il faut tous s'arc-bouter à la roue. Je suis au service des achats de l'Intendance. Le chef du Premier bureau à l'état-major de l'Intendance, celui qui s'occupe du personnel, est le général Sykes qui a servi sous les ordres de votre grand-père. Je lui ai parlé de vous, de l'expérience que vous avez acquise sur les fronts français et italiens, et de votre connaissance des langues européennes... eh bien... ça l'intéresse beaucoup... J'espère que vous serez nommé officier sur-le-champ.

— Monsieur Cooper..., bredouilla Dick, c'est vraiment... très chic, très chic... très élégant, d'avoir fait ça pour moi.

— Mon ami, une fois que vous avez été parti, j'ai compris combien vous me manquiez : les bavardages au sujet de la Muse, des bons vieux livres... » Le rugissement du train étouffa la voix de Monsieur Cooper.

Une autre voix murmurait à l'oreille de Dick : « Eh bien, me voilà de retour. »

Quand le train s'arrêta à la gare d'Ouest-Philadelphie, on n'entendit plus que le ronronnement des ventilateurs électriques, alors, Monsieur Cooper se pencha, tapota le genou de Dick en disant : « Seulement, il faut promettre... plus de blagues jusqu'à la fin de la guerre. Plus de pacifisme. Quand la paix viendra, nous pourrons en parler dans nos poèmes... Alors, nous travaillerons tous pour que dure la paix... Quant à ce petit incident en Italie... ce n'est rien... oubliez ça... personne n'en a entendu parler ici... » Dick acquiesça et fut tout honteux de se sentir rougir. Puis, ils se turent jusqu'au moment où le garçon du wagon-restaurant passa en criant : « Premier service ! Le wagon-restaurant est à l'avant ! »

A Washington (« Tu es chez toi », répétait la voix aux oreilles de Dick) Monsieur Cooper fit coucher Dick sur le canapé de sa chambre-salon parce que l'hôtel était plein et qu'il était impossible de trouver une chambre ailleurs. Après s'être mis au lit Dick entendit Monsieur Cooper approcher sur la pointe des pieds en respirant très fort. Il ouvrit les yeux et sourit. « Eh bien, mon garçon, dit Monsieur Cooper, c'est chic de vous voir revenu. Dormez bien. » Et il retourna vers son lit.

Le lendemain matin, Dick fut présenté au général Sykes. « Voici ce jeune homme dont je vous ai parlé et qui désire servir son pays, brailla Monsieur Cooper, comme son grand-père l'a servi jadis... D'ailleurs, il en était si impatient qu'il est parti pour le front avant même que les U.S.A. n'entrent en guerre... Il s'était enrôlé dans les services sanitaires français d'abord, puis italiens. »

Le général Sykes, un petit vieux aux yeux brillants et au nez de faucon était extrêmement sourd. « Oui, Ellsworth, c'était un grand bonhomme ! Nous avons fait la campagne ensemble contre Hieronimo... Ah, le vieux Far West !... Je n'avais que quatorze ans à la bataille de Gettysburg et je crois bien qu'Ellsworth n'était pas encore dans l'armée. Aussitôt après la guerre nous nous sommes retrouvés à l'Ecole militaire de West-Point, dans la même promotion... Pauvre vieil Ellsworth !... Alors, jeune homme, vous avez déjà senti l'odeur de la poudre ? » Dick rougit et acquiesça.

« Voyez-vous, Général, hurla Monsieur Cooper, il n'en est pas encore guéri. Il voudrait faire un travail plus sérieux que dans le corps des ambulanciers.

— Très bien, très bien, ce n'est pas la place d'un jeune homme !... Vous connaissez le colonel Andrews, Commandant ?... demanda le général en griffonnant sur un bout de papier. Emmenez ce garçon chez le colonel Andrews avec cette petite note. Il lui trouvera une affectation... Vous comprenez ?... Bonne chance, mon garçon. » Dick réussit un salut militaire passable et ils se retrouvèrent dans le corridor. Monsieur Cooper souriait, ravi. « Hé bien, l'affaire est dans le sac. Il faut que je retourne à mon bureau. Je vous laisse remplir vos formulaires et passer la visite médicale... Ce ne sera peut-être qu'au camp, d'ailleurs... Mais de toute façon, venez déjeuner avec moi au Willard à une heure, montez directement dans la chambre. » Dick salua en souriant. Il passa le reste de la matinée à remplir des formulaires. Après le déjeuner il alla voir sa mère à Atlantic City. Elle n'avait pas changé, logeait dans une pension de famille du quartier de Chelsea et se prétendait experte en l'art de dépister les espions. Elle en voyait partout. Henry s'était engagé comme simple soldat dans l'infanterie et se trouvait quelque part en France. Mère disait que son sang bouillait en pensant qu'un petit-fils du général Ellsworth n'avait pas le moindre galon. Mais elle était sûre qu'il monterait bientôt en grade.

Dick ne l'avait jamais entendu parler de son grand-père et il l'interrogea à ce sujet. Le général Ellsworth était mort alors qu'elle était encore petite fille, en laissant sa famille à peu près sans le sou, compte tenu de son rang social. Elle ne se rappelait qu'un homme de haute taille, vêtu de bleu, coiffé d'un grand chapeau de feutre à larges bords relevé sur un côté et qui portait une barbiche de chèvre. La première fois qu'elle avait vu Oncle Sam en caricature, elle avait cru que c'était son père. Il avait toujours en poche une petite bonbonnière d'argent pleine de bonbons pour la gorge. Elle se rappelait aussi la cérémonie des obsèques militaires au cours de laquelle un officier lui avait gentiment prêté son mouchoir. Elle avait longtemps gardé la bonbonnière, mais elle avait dû s'en séparer quand « pauvre papa » ...eu ...eu ...avait fait faillite.

La semaine suivante, Dick reçut une enveloppe du ministère de la Guerre adressée à : Savage, Richard Ellsworth, Sous-Lieutenant Service d'Intendance. Ce pli contenait sa promotion au grade de sous-lieutenant et lui enjoignait de se rendre au camp de Merritt, New Jersey, dans les vingt-quatre heures. Dick se trouva à la tête d'une compagnie hors rangs et n'aurait pas su qu'en faire sans l'aide de l'adjudant. Dès qu'ils s'embarquèrent, tout alla mieux. Il logeait, dans ce qui avait été autrefois une cabine de première classe, avec deux autres sous-lieutenants et un commandant. Dick tenait le bon bout parce qu'il avait déjà été au front. Ce navire était l'ancien *Leviathan*. Quand disparut le phare de Sandy Hook, Dick se retrouva semblable à lui-même et écrivit à Ned une longue lettre en vers libres qui commençait ainsi :

*Son père était repris de justice et sa mère n'avait pas le rond.*
*Il aimait trop le cognac et le buvait à la louche.*
*Mais le voilà Sous-Lieutenant, nourri par l'Etat.*
*Porte un uniforme élégant et marche à la bravache,*
*N'est-ce pas le sort le plus lamentable qui puisse échoir*
*A un gars dont grand-papa était Général de Division ?*

Les deux autres sous-lieutenants, de jeunes types sans consistance, sortaient de l'Ecole militaire de Stanford, et le commandant Thompson, ancien élève de West Point, était raide comme la ramure d'un cerf. Entre deux âges, le visage rond et jaune, les lèvres minces, il portait des lorgnons. Dick l'amadoua un peu en lui procurant un litre de whisky que lui donna son adjudant qui s'était acoquiné avec les stewards. Quand le commandant tomba malade, au deuxième jour de mer, il avoua à Dick son admiration pour Kipling et raconta qu'il avait entendu Copeland lire *Danny Deever*, ce qui l'avait beaucoup impressionné. De plus, il était expert en matière de mules et de viande de cheval, et auteur d'une monographie : *Le Cheval espagnol.* Dick lui révéla que Copeland avait été son professeur et laissa habilement échapper au cours de la conversation qu'il était petit-fils de feu le général Ellsworth. Aussitôt le commandant Thompson le prit en affection. D'abord, il l'interrogea au sujet de certains petits ânes dont il avait entendu dire que les Français se servaient pour porter les munitions aux tranchées, ensuite sur les chevaux de la cavalerie italienne, et enfin sur la vie de Rudyard Kipling. La veille de l'arrivée à Brest, tout le monde se mit à s'agiter. Les ponts étaient silencieux et obscurs. Dick s'enferma dans les cabinets pour relire la lettre humoristique qu'il avait écrite à Ned. Il la déchira menu menu, la jeta et tira l'eau : plus d'imprudences !

A Brest, Dick pilota trois commandants, leur fit servir à l'hôtel un repas arrosé de bon vin. D'abord le commandant Thomson raconta des histoires sur la guerre des Philippines, puis, à la quatrième bouteille, Dick leur apprit à chanter : *Mademoiselle from Armentières.* Quelques jours plus tard, Dick quitta sa compagnie et fut envoyé à Tours avec le grade de lieutenant. Le commandant Thomson qui avait besoin de quelqu'un qui connût le français et lui parlât de Kipling l'avait fait transférer à son bureau. Dick quitta avec soulagement la ville de Brest où le brouillard faisait tousser tout le monde, et qui se transformait en camp américain, où il passait sa vie à échanger des saluts et tremblait à l'idée de se mettre mal avec quelque gros bonnet.

Tours lui parut ravissante avec ses maisons couleur de crème, cachées sous des frondaisons vert jade encore épaisses à la fin de l'été. Il vécut au régime du prêt franc et prit pension chez une agréable vieille dame qui lui apportait le café au lait tous les matins dans son lit. Il se lia d'amitié avec un officier du Premier bureau et se mit à le travailler ferme pour tirer Henry de son unité d'infanterie. Le commandant Thomson, le vieux colonel Edgecombe et quelques autres officiers l'invitaient fréquemment à dîner. Petit à petit, Dick qui savait commander les repas comme il faut, avec les crus convenables, qui savait aussi **parleyvous** avec les Françaises, tournait des petits quatrains amusants et qui, surtout, était le petit-fils de feu le général Ellsworth leur devint indispensable. Quand le service des estafettes devint une unité autonome, son chef, le colonel Edgecombe l'enleva au commandant Thomson et à ses histoires de maquignon, et le fit nommer chef-adjoint avec grade de capitaine. Henry était alors dans une unité d'élèves officiers. Dick le fit venir à Tours et parvint à lui faire donner le grade de sous-lieutenant.

Quand le lieutenant Savage se présenta devant le capitaine Savage dans le bureau de ce dernier, il était hâlé, maigre et hargneux. Ce soir-là, ils sifflèrent une bouteille de vin blanc ensemble dans la chambre de Dick. Dès qu'il eut refermé la porte, Henry déclara : « Eh bien, de toutes les plus louches entourloupes, c'est bien les tiennes qui m'épatent le plus. Je me demande si je dois être fier de mon petit frère ou bien si je ne ferais pas mieux de lui pocher l'œil. »

Dick lui versa à boire. « C'est surtout grâce à maman, dit-il, sincèrement, j'avais oublié que grand-papa était général.

— Si tu savais ce qu'on dit au front des officiers de l'arrière...

— Mais il faut bien que quelqu'un s'occupe du ravitaillement, de l'approvisionnement...

— Et des **Mademosels,** et du vin blanc !

— Certes, mais je suis très vertueux... Ton petit frère se tient à carreau maintenant... Et je travaille comme un nègre, crois-moi.

— Tu écris les lettres d'amour des commandants d'intendance... Quel lascar, tout de même ! Il retombe toujours sur ses pattes, ce gredin-là ! Enfin, il faut bien qu'il y ait un membre de la famille qui se montre digne de feu le général Ellsworth.

— Ça n'allait pas dans l'Argonne ?

— Affreux.

— Nous on y était rudement bien quand on y conduisait des ambulances en 17.

— Sans blague ? »

Henry prit goût au vin blanc et s'adoucit un peu. De temps en temps, il regardait autour de lui, la grande chambre aux rideaux de dentelle, le sol de carreaux rouges bien vernis, le grand lit à quatre colonnes, claquait la langue en murmurant : « C'est rien chic ! » Dick l'emmena dîner à son bistro favori, puis au bordel de Madame Patou et lui fit faire la connaissance de Minette, la plus jolie fille de la maison.

Quand Henry monta avec la fille, Dick resta au salon avec une petite grosse que tout le monde appelait « Dirty Gerty » (Gertrude la Crasseuse), une rouquine qui se barbouillait la bouche de rouge. Ils burent du cognac, d'un air cafardeux. « **Vous triste ?** » demanda-t-elle en mettant sa main poisseuse sur le front de Dick. Il acquiesça d'un signe de tête. Elle reprit : « **Fièvre... trop penser. Penser** pas bon... **Moi aussi.** » Puis elle déclara qu'elle avait envie de se tuer, mais qu'elle avait peur, non pas qu'elle crût en Dieu, mais elle craignait le silence qui suivrait sa mort. Pour la consoler, Dick s'exclama : « **Bientôt la guerre finie. Tout le monde content,** retourne chez soi. » La fille éclata en sanglots. Madame

Patou, une horrible femme, lui bondit dessus en braillant, la mâchoire tremblante. Poussant des cris pareils à ceux d'un goëland, elle attrapa la rouquine par les cheveux et se mit à la secouer. Indigné Dick intervint et paya une passe pour que la pauvre fille eût le droit de se retirer toute seule pendant quelques minutes dans sa chambre. Il s'en alla dégoûté de tout. Arrivé chez lui, il essaya d'écrire des vers. Il aurait voulu retrouver la pulsation mentale qu'il éprouvait jadis lorsqu'il faisait des poèmes. Mais il n'y parvint pas et se coucha encore plus écœuré. L'image de Dirty Gerty le hanta pendant toute la nuit, même dans son sommeil. Il revit aussi Hilda Thurlow à Bay Head et se fit à lui-même un discours sur l'amour : Tout ça, c'est affreusement sordide... J'en ai marre des putains et de la chasteté. Je veux vivre de grandes amours. Puis, il se demanda ce qu'il ferait après la guerre. Probablement Cooper lui trouverait-il une situation dans le New Jersey grâce à ses appuis politiques : perspective saumâtre.

Le plafond blanchissait à l'approche de l'aurore quand il entendit la voix d'Henry qui l'appelait du trottoir au-dessous de sa fenêtre. Dick descendit sur la pointe des pieds les escaliers aux marches garnies de carreaux glacés et fit entrer son frère.

« Pourquoi m'as-tu laissé monter avec cette fille, Dick ? J'en suis écœuré... Oh, Christ ! prête-moi la moitié de ton lit, Dick, demain soir j'aurai une chambre. »

Dick lui offrit un pyjama et se tassa sur un côté du lit en disant : « Le malheur, Henry, c'est que tu sois un vieux puritain... Il conviendrait que tu t'adaptes à la désinvolture des Européens.

— Mais toi-même, j'ai remarqué que tu ne couchais pas avec ces putains.

— Ce n'est pas pour des raisons morales. Mais je suis un raffiné, mon cher, le propre fils d'Epicure, prononça Dick d'une voix traînante en bâillant.

— Merde ! Je me sens aussi répugnant qu'une lavette à

vaisselle », murmura Henry. Dick ferma les yeux et s'endormit.

Au début d'octobre, on envoya Dick à Brest avec une dépêche que le colonel jugeait trop importante pour la confier à une simple estafette. Cette mystérieuse dépêche était enfermée dans une petite valise. A Rennes, Dick attendit deux heures la correspondance pour Brest. Il mangeait au restaurant de la gare quand un grand troufion, le bras en écharpe, s'approcha en criant : « Allo, Dick ! » C'était Murray, le « Maigrelet » de Bay Head.

« Diable, Maigrelet, je suis heureux de te retrouver... Il y a bien cinq ou six ans qu'on ne s'est vus... Bigre, on se fait vieux. Allons, assieds-toi... Eh, non, c'est pas possible...

— Peut-être aurais-je dû saluer, monsieur ? dit Maigrelet sèchement.

— Allons, Maigrelet, tais-toi... Mais il faut trouver un endroit tranquille... As-tu quelque temps à perdre ? Vois-tu, c'est moi que les M.P. arrêteraient s'ils me trouvaient attablé avec un simple soldat... Attends-moi jusqu'à ce que j'aie fini de déjeuner et nous irons nous réfugier dans un boui-boui en face de la gare.

— J'ai une heure devant moi... Je m'en vais à Grenoble... Zone de convalescence.

— Heureux lascar !... T'as été gravement blessé, Maigrelet ?

— Un éclat de shrapnel dans l'aile, Capitaine », dit Maigrelet en se mettant au garde à vous parce qu'un sergent de la police militaire entrait dans le restaurant. « Quand je vois ces oiseaux, j'ai envie de les étrangler », ajouta-t-il.

Dick se hâta de terminer son repas, paya et sortit de la gare. Dans l'arrière-salle obscure d'un café, Dick avait déjà commandé deux demis et il s'asseyait pour bavarder quand il se rappela la mystérieuse valise. Il l'avait laissée sous sa table. Le souffle coupé, il bondit jusqu'au restaurant, à travers la place de la gare. Trois officiers français occupaient la table. « Pardon, Messieurs », dit Dick en ramassant la valise. « Si je l'avais perdue, il ne me restait plus qu'à me faire sauter la cervelle », expliqua-t-il une minute plus tard à Maigrelet.

Ils parlèrent de Trenton, de Philadelphie, de Bay Head et du docteur Atwood. Maigrelet, marié, travaillait dans une banque de Philadelphie. Engagé volontaire dans les chars d'assaut, il avait été blessé avant l'attaque. C'était une chance inouïe, parce que son unité tout entière avait été détruite par des mines. Il venait de sortir de l'hôpital et ne se sentait pas encore très costaud. Dick prit tous les renseignements nécessaires pour le faire transférer à Tours en disant qu'il ferait un excellent courrier. Maigrelet s'en alla prendre son train et Dick, sa petite valise serrée sous le bras, se promena dans la ville aux couleurs charmantes, gaie malgré la pluie d'automne qui tombait en gouttes fines.

L'annonce prématurée de l'Armistice transforma Tours en une ruche. On but beaucoup, on se tapa sur les épaules. Officiers et simples soldats parcoururent les rues et les bureaux en monômes. Quand on apprit la vérité, Dick se sentit presque soulagé. Pendant les quelques jours suivants, tous ceux qui travaillaient au service des dépêches prenaient des airs mystérieux pour laisser entendre qu'ils en savaient long. Le soir du véritable Armistice, Dick soupa avec le colonel Edgecombe et d'autres officiers ; à la fin du repas, il se trouva dans la cour avec le colonel qui avait le visage tout rouge et les moustaches en bataille. « Hé bien ! Savage, c'est un grand jour pour la race ! s'exclama-t-il en riant plus que de raison.

— Quelle race ? demanda Dick timidement.

— La race humaine ! » rugit le colonel. Puis il tira Dick à l'écart et lui confia : « Vous plairait-il d'aller à Paris, mon garçon ? Si je comprends bien, la Conférence de la Paix se tiendra à Paris et le Président Wilson y assistera en personne... ça paraît incroyable ! J'ai reçu l'ordre de mettre mon unité à la disposition de la

Délégation américaine qui viendra bientôt dicter la paix. Nous serons alors les estafettes de la Conférence. Evidemment, si vous préférez retourner au pays, ça peut s'arranger...

— Oh, non ! s'exclama Dick avec empressement. Je me demandais justement ce que je ferais après ma démobilisation... La Conférence de la Paix sera un drôle de cirque et toute occasion de voyager en Europe me convient. »

Le colonel fronça les sourcils et dit : « Je ne conçois pas les choses de cette manière ! Pensons surtout à servir notre pays... Naturellement, ce que je vous ai révélé est strictement confidentiel...

— Oh, strictement ! » dit Dick. Mais, en revenant à table, il ne pouvait pas s'empêcher de sourire.

Et cette fois, il revenait à Paris, portant un uniforme à sa taille avec des barrettes de capitaine aux épaules, et de l'argent dans les poches. Aussitôt arrivé il retourna dans la petite rue derrière le Panthéon voir l'endroit où il avait vécu un an plus tôt avec Steve Warner. Les hauts bâtiments couleur de craie grise, les magasins, les petits bistrots, les enfants à grands yeux vêtus de tabliers noirs, les jeunes gens en casquette avec des foulards de soie autour du cou, l'argot traînant des Parisiens, tout cela le rendit vaguement triste. Il se demandait ce qu'était devenu Steve. Il retourna avec plaisir à son travail : une escouade de soldats emménageait des bureaux et des classeurs américains qui venaient d'arriver.

Le cœur de ce Paris-là était l'hôtel Crillon sur la place de la Concorde et son artère principale, la rue Royale par où les dignitaires, le Président Wilson, Lloyd George, le Roi et la Reine des Belges arrivaient en grande pompe escortés par les Gardes Républicains aux casques emplumés. Dick se mit à vivre dans un tourbillon : voyages à Bruxelles dans des express de luxe, homards rouges arrosés de Beaune sur les banquettes rembourrées de velours rouge chez Larue, champagne-cocktails au bar du Ritz, conversations à mi-voix au Café Weber ; il croyait revivre le congrès de Baltimore ; mais dans ce temps-là Dick y croyait et, maintenant, il s'en foutait complètement. Tout lui semblait cocasse.

Un soir, peu après Noël, le colonel Edgecombe emmena Dick dîner chez Voisin avec un publiciste new-yorkais fameux qu'on prétendait être l'éminence grise du colonel House. Avant d'entrer ils s'attardèrent sur le trottoir pour admirer le dôme de l'église située en face du restaurant. « Voyez-vous, Savage, cet homme est le mari d'une de mes parentes, une Staple de Pittsburgh... Il me paraît très habile. Observez-le. Quoique jeune, je crois que vous êtes assez psychologue. »

Monsieur Moorehouse, un homme solide aux yeux bleus, aux joues tombantes, parlait avec calme non sans laisser échapper de temps en temps des petites phrases pompeuses semblables à celles qu'affectionnent les sénateurs du Sud. Un individu appelé Robbins et une certaine Miss Stoddart (jeune femme à la peau d'albâtre transparent, si frêle qu'on l'eût crue fragile, à la voix si aiguë qu'elle en était presque exaspérante) l'accompagnaient. Dick remarqua son étonnante élégance. Le restaurant ressemblait un peu trop à une église épiscopalienne. Dick parla peu, se montra très poli à l'égard de Miss Stoddart, fit un repas de grand-duc et apprécia des vins moelleux auxquels personne d'autre ne semblait faire attention. Miss Stoddart, s'adressant à chacun à tour de rôle, ranimait sans cesse la conversation, mais personne n'allait au-delà des formules banales, car nul n'osait se compromettre en parlant de la Conférence de la Paix. Miss Stoddart évoqua avec malice le mobilier de l'hôtel de Murat, les domestiques noirs du Président Wilson, les robes de sa femme qu'elle appelait avec insistance Madame Galt pour rappeler que le Président avait épousé une divorcée. Puis, on accueillit cigares et liqueurs avec soulagement. Le chauffeur du colonel Edgecombe arriva le premier et ce dernier offrit de conduire Moorehouse au Crillon. Dick et Monsieur Robbins raccompagnèrent Miss Stoddart en taxi jusqu'à son appartement situé sur la Rive Gauche en face de Notre-Dame. Ils la laissèrent à sa porte. « Peut-être viendrez-vous prendre le thé chez moi un de ces après-midi, capitaine Savage ? » dit-elle en le quittant.

Le chauffeur du taxi refusa de les conduire plus loin ; il rentrait à Noisy-le-Sec. Robbins saisit le bras de Dick en disant : « Et maintenant, allons boire quelque chose de convenable ! J'en ai assez de toutes ces grosses têtes.

— D'accord, répondit Dick. Où allons-nous ? »

Le long des quais, au-delà de Notre-Dame qui s'élevait dans la nuit comme une masse brumeuse, ils échangèrent quelques phrases au sujet de Paris et du mauvais temps. Robbins, un trapu au visage rouge, avait l'air insolent d'un manitou. Dans le café il faisait à peine moins froid que dans la rue. « Ce climat me tuera », dit Robbins en enfonçant son menton dans le col de son pardessus.

« J'ai appris à l'armée que les sous-vêtements de laine sont la seule cuirasse contre ce danger », répondit Dick en riant.

Ils s'assirent sur une banquette de peluche près du poêle au fond d'une salle enfumée et dorée. Robbins commanda une bouteille de whisky, des citrons, du sucre et beaucoup d'eau chaude. L'eau chaude mit longtemps à venir ; en l'attendant, Robbins versa du whisky sec dans les verres. Quand il eut bu le sien, ses traits fatigués et tirés s'adoucirent et il parut rajeuni de dix ans. « La seule manière de lutter contre ce froid c'est de se cuiter, dit-il.

— Quand même, je suis content d'être revenu dans mon vieux petit Paris, répondit Dick en souriant et en allongeant ses jambes sous la table.

— A l'heure actuelle, c'est le seul endroit où l'on puisse vivre, répondit Robbins. Paris est le cœur du monde..., à moins que ce ne soit Moscou. »

Un Français qui jouait aux échecs près d'eux dressa l'oreille en entendant Moscou et regarda fixement les deux Américains. Dick n'arriva pas à comprendre ce que signifiait ce regard et il en fut gêné. Le garçon apporta l'eau. Elle n'était pas assez chaude. Robbins fit une scène et la renvoya. Pour se consoler, il remplit de nouveau les deux verres de whisky pur. « Croyez-vous que le Président reconnaîtra le gouvernement soviétique ? demanda Dick à voix basse.

— J'en suis à peu près sûr... Je crois qu'il a déjà envoyé une ambassade secrète. Ça dépend un peu du pétrole et du manganèse... autrefois c'était le Roi Charbon, maintenant c'est l'Empereur Pétrole et Mademoiselle Manganèse pour laquelle le Prince Acier fait des folies. On trouve de tout ça dans la République de Géorgie qui n'est pas rouge mais rose... J'espère y aller bientôt ; on dit que les meilleurs vins et les plus belles femmes du monde viennent de Géorgie ! Il faut que j'y aille... Mais le pétrole ! Nom de Dieu ! C'est ce que ce foutu idéaliste de Wilson ne comprend pas. Pendant qu'il dîne en grande pompe au palais de Buckingham, la bonne vieille armée britannique occupe tranquillement Mossoul, la Mésopotamie et la Perse. Le dernier bobard c'est qu'ils viennent de s'installer à Bakou... Bakou qui sera demain la capitale du pétrole.

— Je croyais que les terrains pétrolifères de Bakou n'avaient pas d'avenir.

— Erreur !... J'ai parlé récemment avec un bonhomme qui en revient... un drôle de type, Rasmussen, vous devriez faire sa connaissance. »

Dick dit qu'on ne manquait pas de pétrole aux Etats-Unis. « On n'a jamais trop de quoi que ce soit ! s'exclama Robbins en frappant sur la table. Je n'ai jamais assez de whisky... Vous êtes jeune, avez-vous jamais assez de queue ? Eh bien, ni la Standard Oil ni la Royal Dutch Shell n'auront jamais assez de pétrole brut. » Dick rougit et se força à rire. Ce Robbins ne lui plaisait guère. Enfin, le garçon apporta de l'eau bouillante et Robbins prépara des grogs. Pendant un moment ils burent sans rien dire. Les joueurs d'échecs étaient partis. Soudain, Robbins regarda Dick fixement ; une buée bleue voilait ses yeux d'ivrogne.

« Et vous, les gars, qu'est-ce que vous pensez de tout ça ? Qu'en pensent les gars des tranchées ?

— Qu'est-ce que vous voulez dire ?

— Ah, diable, je ne veux rien dire du tout !... Mais s'ils trouvaient la guerre dégueulasse, je me demande ce qu'ils penseront de la paix.

— A Tours, nous ne pensions pas grand-chose... De toute façon, la guerre ne résout jamais les difficultés internationales. C'est mon avis et je crois bien que Pershing le partage.

— Ecoutez-moi ça !... Il n'a pas vingt-cinq ans et parle déjà comme un livre écrit par Woodrow Wilson... Moi je suis un vieux cochon, un vieux poivrot, je le sais, mais quand j'ai bu je ne cache pas mon opinion.

— Je ne vois pas à quoi aboutiront tous ces bavardages. Ce qui m'intéresse, c'est le spectacle. Et puis, le brouillard de Paris sent la fraise... Les dieux ne nous aiment pas, mais nous mourrons jeunes quand même... Et j'ai bu tout autant que vous. »

Ils vidèrent la bouteille de whisky. Dick enseigna à Robbins un petit distique français :

**Les marionnettes font font font**
**Trois petits tours et puis s'en vont.**

A la fermeture du café, on les mit à la porte. Ils s'en allèrent bras dessus, bras dessous. Robbins fredonnait :

*Réjouis-toi Napoléon,*
*Tu ne tarderas pas à mourir.*
*La vie courte et joyeuse.*

et s'arrêtait pour taquiner toutes les petites femmes qu'il rencontrait sur le Boul Mich. Enfin, Dick le laissa en discussion, près de la fontaine Saint-Michel, avec une femme aux allures de vache et qui portait un chapeau cabossé. Il marcha jusqu'à son hôtel situé en face de la gare Saint-Lazarre.

Sous les arcs électriques aux lueurs roses, les larges rues asphaltées étaient désertes, mais de-ci de-là, sur les bancs, au bord de la Seine, auprès des arbres dont le feuillage ruisselait, malgré le froid des couples s'étreignaient, en proie à l'amour. Au coin du boulevard Sébastopol, un jeune homme livide qui marchait en sens inverse regarda Dick fixement et s'arrêta. Dick ralentit un moment, puis reprit sa route parallèlement aux voitures des quatre-saisons qui roulaient à la queue leu leu sur la rue de Rivoli vers les halles. Il respirait profondément pour chasser de sa tête les vapeurs de whisky. La longue avenue brillamment éclairée qui mène à l'Opéra était déserte. Devant l'Opéra, une femme au teint ravissant accrochée au bras d'un poilu sourit vers Dick. Peu avant d'arriver à son hôtel, il se trouva face à face avec une autre femme qui lui parut remarquablement belle. Sans y prêter attention il lui demanda ce qu'elle faisait dehors si tard. Elle répondit avec un rire qu'il trouva charmant qu'elle pourrait poser la même question. Il l'emmena dans un petit hôtel proche du sien. On les conduisit dans une chambre glacée qui sentait l'encaustique. Il y avait un lit, un bidet et de lourdes tentures lie de vin. La femme était plus vieille qu'il ne l'avait cru d'abord ; quoique très fatiguée, elle avait une jolie figure et une peau très blanche. Il remarqua avec satisfaction qu'elle avait des dessous fort propres et ourlés de dentelle. Ils bavardèrent à voix basse pendant un moment assis au bord du lit.

Lorsqu'il lui demanda son nom, elle secoua la tête et sourit : « **Qu'est-ce que ça vous fait ?**

— **Alors, l'homme sans nom et la femme sans nom vont faire l'amour à l'hôtel du Néant,** dit-il.

— **Oh qu'il est rigolo celui-là !** » s'exclama-t-elle en riant. Puis elle s'assombrit et demanda, sérieuse : « **Dis, tu n'es pas malade ?** » Il secoua la tête. Elle ajouta : « **Moi non plus** » et se mit à se frotter contre lui comme un petit chat.

Quand ils quittèrent l'hôtel, ils errèrent à travers les

rues, pour chercher un café. Ils mangèrent ensemble des croissants dans un bistrot si tranquille qu'il en paraissait intime. Penchés sur le comptoir, ils se serraient l'un contre l'autre. Ensuite, elle le quitta pour remonter vers Montmartre. Il lui demanda s'il pourrait la revoir. Elle haussa les épaules. Il lui donna trente francs, l'embrassa et lui murmura à l'oreille :

**Les petites marionnettes font font font**
**Un p'tit peu d'amour et puis s'en vont.**

Elle rit, lui pinça la joue, s'éloigna en répétant, toute seule, d'une voix rauque : « **Oh qu'il est rigolo celui-là.** »

Fatigué mais heureux il retourna à sa chambre en se demandant : pourquoi donc n'ai-je pas une femme pour moi tout seul ? Il eut tout juste le temps de se raser, de se laver et de changer de chemise avant de courir à son bureau afin d'y arriver avant le colonel Edgecombe qui avait la coupable habitude de se lever de bonne heure. Il partit pour Rome le soir même.

On avait réservé un compartiment pour lui et pour le sergent qui l'accompagnait, dans le dernier wagon de première classe du Paris-Brindisi. Tombant de sommeil, il retira son ceinturon et sa vareuse et débouclait ses guêtres pour s'allonger sur un des sièges avant même que le train ne partît, quand le visage maigre d'un Américain apparut à la porte du compartiment. « Je vous demande pardon, êtes-vous le ca-ca-capitaine Savage ? » Dick se redressa en bâillant. « Capitaine Savage, je m'appelle Barrow, G. H. Barrow, attaché à la Délégation Américaine... il faut que j'aille à Rome cette nuit et il n'y a pas une seule place de libre dans tout le train. L'officier de Transport m'a très aimablement dit que... heu... heu... quoi que ce soit contraire au règlement, vous pourriez peut-être vous ratatiner pour nous permettre de nous asseoir... J'ai avec moi une charmante jeune fille du Comité de Secours à l'Extrême-Orient. »

En effet, le train était bondé, et les civils se tenaient debout dans le couloir. « Capitaine Savage, c'est vraiment gentil de votre part. Je suis sûre que vous nous donnerez l'hospitalité », dit une jeune fille aux joues roses, à l'accent traînant du Texas, en passant tranquillement devant ce Monsieur qui disait s'appeler Barrow et qui avait la corpulence d'une cosse de petit pois, une pomme d'Adam énorme et des yeux exorbités. Il entra à son tour, encombré de serviettes et de valises. Furieux, Dick allait dire : « Vous entrez ici sans mon autorisation », mais il s'entendit répondre en souriant : « C'est très bien, le sergent Wilson et moi serons sans doute fusillés au petit jour, mais installez-vous. » A ce moment précis le train se mit à rouler.

Dick se rhabilla, s'installa dans un coin et ferma aussitôt les yeux. Il avait bien trop sommeil pour supporter la conversation de ces secouristes. Le sergent Wilson s'assit à l'autre bout de la banquette, Monsieur Barrow et la jeune fille occupèrent celle d'en face. Tout en somnolant Dick entendait Monsieur Barrow pérorer, la voix parfois couverte par le fracas du train. Il bégayait un peu et parlait d'une manière saccadée comme un canot à moteur détraqué. La jeune fille ne disait pas grand-chose, sinon de temps en temps « Oh, mon Dieu ! » et « Je crois que... » Barrow parlait de la situation européenne : le Président Wilson dit... nouvelles méthodes diplomatiques... Nouvelle Europe... Paix permanente sans annexions ni contributions... Le Président Wilson dit... plus de compréhension entre le capital et le travail... Le Président Wilson suggère... démocratie économique... les petites gens du monde entier soutiennent le Président... Covenant... Société des Nations... Dick s'endormit, rêvant d'une fille qui se frottait les seins contre sa poitrine en ronronnant comme un chaton, il vit aussi en rêve William Jennings Wilson aux yeux exorbités, faisant un discours au congrès de Baltimore, et le congrès faisait explosion tout d'un coup. Puis il voyait la démocratie économique dans une cabine de bains, au bord de la Marne et un jeune Texien aux joues roses, vêtu d'un caleçon à rayures qui voulait... comme une cosse de petit pois... et une pomme d'Adam qui monte et qui descend...

Il se réveilla en proie à une impression de cauchemar : quelqu'un l'étranglait. Le train était arrêté. Il faisait une chaleur étouffante dans le compartiment. La lampe était recouverte d'un rideau bleu. Il passa par-dessus les jambes de ses compagnons et alla dans le couloir où il baissa une vitre. L'air frais du matin pénétra ses narines. Les collines enneigées luisaient sous la lune. Sur le remblai, une sentinelle française s'appuyait nonchalamment à son fusil. Dick bâilla désespérément.

La jeune fille du Comité de Secours au Proche-Orient, debout auprès de lui, le regardait en souriant. « Où sommes-nous, capitaine Savage ?... Est-ce déjà l'Italie ?

— Non, je crois que nous sommes à la frontière suisse. Nous en avons pour un moment. Ça dure un temps fou les arrêts à ces frontières.

— Oh, quelle chance ! s'exclama la jeune fille en sautant de joie. C'est la première fois que je traverse une frontière ! »

Dick éclata de rire et retourna s'asseoir dans son compartiment. Le train s'étira jusqu'à une gare mal éclairée qui ressemblait à une grange et paraissait déserte. Les civils descendirent emportant leurs bagages. Dick envoya le sergent porter ses papiers aux inspecteurs militaires et se rendormit profondément. Il ne se réveilla qu'au mont Cenis. C'était la frontière italienne. De nouveau il vit des montagnes enneigées et des civils descendre avec leurs bagages dans une gare semblable à une grange.

Adouci par la fatigue, il se rappela avec tendresse la première fois où il était arrivé en Italie dans la Fiat de Sheldrake. Il s'en alla en grelottant jusqu'au buffet où il but une bouteille d'eau minérale et un verre de vin. Il rapporta deux bouteilles d'eau minérale et un flacon de chianti. Barrow et la jeune fille revinrent furieux et ensommeillés du bureau de la douane où ils s'étaient disputés avec des policiers italiens. Dick leur offrit à boire. La jeune fille refusa le vin parce qu'en s'enrôlant au Comité de Secours pour le Proche-Orient, elle avait signé la promesse de ne pas boire ni fumer. Elle goûta l'eau minérale et prétendit que ça lui picotait le nez. Puis, chacun se tassa dans son coin et essaya de dormir.

En arrivant à Rome, en gare de Termi, ils s'appelaient tous par leurs prénoms. La jeune Texienne se nommait Anne Elizabeth. Dick et elle avaient passé toute la journée dans le couloir du wagon à regarder défiler les villes aux toits de safran, les fermes dont les murs étaient tachés de bleu autour des vignes grimpantes, les oliviers et les vignobles étagés sur des collines rouges ; chaque pied de vigne tendait des bras tordus dans toutes les directions. Sur les paysages pâles d'Italie, les cyprès pointus ressemblaient à des fuseaux piqués dans une tapisserie. La jeune fille raconta à Dick que depuis le début de la guerre elle faisait des pieds et des mains pour venir en Europe. Son frère s'était tué à San Antonio en apprenant à piloter. Certes, Monsieur Barrow s'était montré très aimable sur le bateau et à Paris, mais il avait essayé des choses pas convenables et se conduisait très sottement avec elle. Dick lui répondit que ce n'était peut-être pas si sot. Il voyait bien qu'Anne Elizabeth était ravie d'aller à Rome en compagnie d'un officier de l'armée qui avait été au front, qui parlait italien, et tout et tout...

De la gare, Dick fila porter sa valise de dépêches à l'Ambassade. Miss Trent lui avait dit qu'il la retrouverait facilement au Comité de Secours pour le Proche-Orient. Barrow lui avait serré la main chaleureusement en souhaitant de le revoir et en déclarant qu'il avait hâte de prendre langue avec des gens qui connaissaient la situation.

Quant à lui, Dick était pressé de porter ses dépêches et d'aller se coucher. Le lendemain matin, il alla voir Ed. Schuyler au bureau de la Croix-Rouge. Ils déjeunèrent somptueusement et burent du bon vin dans un restaurant chic. Ed. menait une vie de prince, logeait dans un appartement splendide et faisait de nombreuses excursions aux alentours. Il avait grossi, mais ne manquait pas de soucis : le mari d'une Italienne avec qui il fricotait menaçait de le provoquer en duel. Il craignait que ça fasse des histoires, un scandale qui lui ferait perdre sa planque à la Croix-Rouge. « La guerre, c'était déjà moche, mais la paix ne vaut guère mieux », disait-il. D'ailleurs, il en avait marre de l'Italie et de la Croix-Rouge et ne souhaitait plus que retourner au pays. Mais il avait quand même envie de rester encore un peu en Italie parce que la Révolution ne tarderait pas à y éclater. « Et toi, Dick, tu t'es pas mal tiré d'affaires pour un ancien garde grenadinier.

— La chance, répondit Dick en plissant le nez. Tout ça s'est passé bien drôlement.

— Je m'en doute... Je me demande ce qu'il est advenu de notre pauvre vieux Steve. Aux dernières nouvelles Fred Summers s'enrôlait dans la Légion polonaise.

— Steve est probablement en prison, et c'est là que nous devrions tous être, dit Dick.

— Mais ce n'est pas tous les jours qu'on peut assister à un pareil spectacle. »

Ils ne quittèrent le restaurant qu'à quatre heures et allèrent boire du cognac chez Ed., près de la fenêtre d'où ils apercevaient les toits jaunes et vert-de-gris de la ville et les dômes baroques étincelant aux derniers rayons de soleil, ils se rappelèrent l'émotion qu'ils avaient jadis éprouvée en arrivant à Rome. Ils se demandaient alors ce qu'ils deviendraient, et aujourd'hui ils se posaient la même question, mais avec moins d'inquiétude. Ed. Schuyler n'avait aucune envie de retourner à New York. Il souhaitait trouver un boulot de correspondant de presse qui lui permettrait de visiter la Perse et l'Afganistan. Dick n'avait pas de projets aussi brillants et ses perspectives d'avenir le rendaient tout triste. Il se mit à arpenter la pièce au sol dallé.

Quelqu'un sonna à la porte, Ed. alla dans le vestibule, Dick entendit une voix de femme chuchoter d'un ton craintif.

Au bout d'un moment, Ed. poussa dans la pièce une petite bonne femme au long nez et aux immenses yeux noirs. « Voici Magda, dit-il. Signora Sculpi, je vous présente le capitaine Savage. » Après quoi ils se lancèrent tous trois dans une conversation en italien mêlé de français. « Je ne pense pas qu'il pleuve, dit Ed. Je vais essayer de trouver une fille pour toi, nous irons faire un tour et nous dînerons au Palais des Césars... Il ne fera sans doute pas trop froid. »

Dick se rappela alors Anne Elizabeth et téléphona au Comité de Secours pour le Proche-Orient. La jeune Texienne en fut ravie. Les Secouristes l'empoisonnaient. Elle avait rendez-vous avec Monsieur Barrow, mais elle lui ferait faux bond et serait libre dans une demi-heure.

Ils louèrent un landau à deux chevaux très élégant et décrépit, dont le cocher marchanda longuement avec la Signora Sculpi. Anne Elizabeth les attendait devant sa porte. « Ces vieilles chouettes me rendent malade », dit-elle en sautant dans le landau. « Dites au cocher de se presser, sinon Monsieur Barrow va arriver... Mes vieilles chouettes veulent que je rentre à neuf heures du soir. C'est pire qu'à l'école du dimanche dans ce bureau... Quelle bonne idée vous avez eue, capitaine Savage, de me présenter à vos amis, j'avais justement envie de visiter la ville... N'est-ce pas magnifique ! Mais, dites donc, où est-ce qu'il habite, le pape ? »

Le soleil se coucha et il fit plus frais. Le *Palazzo dei Cesari* était vide et froid, aussi se contentèrent-ils d'y boire un verre de vermouth et repartirent dîner en ville. Après le repas, ils allèrent voir le spectacle de l'Apollo. « Qu'est-ce que je vais prendre ! dit Anne Elizabeth. Mais tant pis, il faut que je connaisse cette ville. »

En entrant dans le théâtre, elle prit Dick par le bras. « Savez-vous, Dick, je me sens toute seule parmi ces étrangers... Je suis heureuse d'être avec un blanc... Quand je faisais mes études à New York, j'allais parfois à Jersey, voir les grévistes du textile. Je m'intéressais à ces choses-là. Les grévistes me faisaient le même effet que les Européens. Mais je ne voulais pas en perdre une miette. C'est peut-être comme ça quand on est vraiment intéressé par quelque chose. » Un peu ivre, Dick lui serra le bras affectueusement et se pencha vers elle en roucoulant : « Ces méchants hommes ne feront pas de mal à la petite fille du Texas.

— Vous trouverez peut-être que je manque de bon sens, dit Anne Elizabeth en changeant de ton, mais je me demande si je m'entendrai avec le Bureau de Propagande Anti-Alcoolique et de Surveillance de la Morale Publique Méthodiste surnommé Comité de Secours au Proche-Orient. Pourtant, il faut que j'y vive. Remarquez bien que je les admire... C'est affreux de penser à tous ces petits enfants qui meurent de faim un peu partout... Nous avons gagné la guerre, et le Président a raison de dire que maintenant nous devons aider à rafistoler l'Europe. »

Le rideau se leva et tous les Italiens, autour d'eux, firent « Chut ! » Anne Elizabeth se tut. Dick essaya de lui prendre la main. Elle la lui refusa avec une petite tape et lui chuchota rapidement à l'oreille : « Vous vous conduisez comme un écolier. »

Le spectacle n'était pas fameux, et Anne Elizabeth n'y comprenait rien. A l'entracte tous allèrent boire un verre au bar. Anne Elizabeth s'en tint scrupuleusement à la limonade. Ils remontaient les escaliers quand un petit Italien chauve à lorgnons se jeta sur Ed. Schuyler en vociférant : *Traditore !* Il lui fonça dessus si brutalement que tous deux perdirent l'équilibre et roulèrent jusqu'en bas des escaliers tapissés de rouge. Le petit Italien frappait à coups de pieds et de poings sur Ed. qui essayait de l'écarter à bout de bras. Dick et Elizabeth qui se révéla très forte, saisirent le petit Italien, le relevèrent et lui maintinrent les bras derrière le dos. La Signora Sculpi se jeta au cou du petit homme : c'était son mari.

Cependant, Ed. se relevait, très rouge et très confus. Quand les policiers italiens apparurent le calme était rétabli et le directeur du théâtre brossait nerveusement la poussière sur l'uniforme d'Ed. Anne Elizabeth retrouva les lorgnons qui étaient fort mal en point, les rendit au petit Italien et conduisit jusqu'au trottoir sa femme qui sanglotait. Dick ne put s'empêcher de rire en voyant le Signor Sculpi les lorgnons de travers, tremblant de rage montrer le poing à Ed. du seuil de la porte. Schuyler n'en finissait pas de s'excuser auprès du directeur du théâtre qui lui semblait d'ailleurs favorable et expliquait aux policiers en chapeau vernis que le mari était *pazzo.* La sonnerie retentit et ils remontèrent dans la salle. « Mais, Anne Elizabeth, vous êtes un expert en jiu-jitsu ! » murmura Dick en effleurant l'oreille de la jeune fille du bout de ses lèvres. En proie au fou rire, ils n'arrivaient pas à s'intéresser au spectacle et quittèrent la salle pour aller s'installer dans un café, en face. « Eh bien, maintenant, dit Ed., tous les Macaronis me traiteront de lâche si je ne me bats pas en duel.

— Certes et ce sera au pistolet à amorces, à dix pas ou au lance-pierres à trois mètres, dit Dick en riant aux larmes.

— Ça n'a rien de drôle, répondit Ed. assez furieux... C'est une sale affaire... C'est tout de même malheureux qu'on ne puisse jamais être heureux sans rendre quelqu'un malheureux. Pauvre Magda... Quelle histoire pour elle... Miss Trent, j'espère que vous m'excuserez de vous avoir offert un spectacle aussi ridicule. » Il se leva et s'en alla.

Peu après, Dick reconduisit Anne Elizabeth jusqu'à la pension de famille du Comité de Secours au Proche-Orient. Elle lui demanda : « Mais qu'est-ce que ça voulait dire toute cette histoire ?

— Sans doute le signor mari est-il jaloux parce que Ed. fréquente sa femme... ou bien, c'est le début d'une tentative de chantage... Pauvre Ed., il en est tout bouleversé.

— Vraiment, les gens d'ici font des choses comme on n'en fait pas chez nous... Je trouve ça très singulier.

— Oh, Ed. se met toujours dans de mauvais draps. Il a le chic pour avoir des histoires.

— Sans doute est-ce la guerre, les usages européens, le manque de bien des choses qui démoralise les gens... Je ne suis pas pimbêche, mais quand même, je fus stupéfaite quand Monsieur Barrow essaya de m'emmener à l'hôtel aussitôt après que nous avons débarqué... Je ne lui avais parlé que trois ou quatre fois sur le bateau. Aux Etats-Unis il n'aurait pas fait ça, même s'il m'avait connue depuis mille ans. » Dick scruta le visage d'Elizabeth et dit en riant : « A Rome, faites comme les Romains. » Elle rit, soutint son regard, mais elle n'avait pas l'air de comprendre ce qu'il entendait par cela. « Oh ! c'est la vie, sans doute », dit-elle. Il l'entraîna dans l'encoignure d'une porte et entreprit de la peloter. Elle lui donna un rapide petit bécot sur la bouche, secoua la tête et s'esquiva avec souplesse. Puis elle s'appuya à son bras, le serra fort en disant : « Soyons bons amis. » Dick retourna à son hôtel, troublé par le parfum de ses cheveux cendrés.

Dick attendit quelques jours à Rome parce que le Président comptait y arriver le 3 janvier et on tenait quelques estafettes à sa disposition. En attendant, il n'avait rien à faire, sinon se promener, écouter les fanfares, qui s'entraînaient à jouer le *Star Spangled Banner* et regarder les murs se couvrir de drapeaux et les rues de petits stands.

Dick, Ed., Monsieur Barrow et Anne Elizabeth passèrent ensemble la journée du 1er janvier. Ils louèrent une auto pour aller à la Villa d'Hadrien puis déjeunèrent au Tivoli. De brusques ondées tombaient de temps à autre et détrempaient les routes qui étaient mauvaises. Ils mangèrent des *fritto-misto* et burent beaucoup de bon frascati doré au restaurant situé en face de la cascade. Ed. et

Monsieur Barrow décrétèrent que l'Empire romain avait du bon et que les anciens savaient vivre. Dick jugea qu'Anne Elizabeth flirtait d'une manière presque provocante avec Monsieur Barrow. Ils s'asseyaient côte à côte, rapprochaient leurs chaises... Furieux, Dick but son café sans rien dire.

Soudain, Anne Elizabeth se leva et déclara qu'elle voulait monter jusqu'au petit kiosque qui se trouvait au sommet de la colline au-delà de la cascade et qui se découpait dans le ciel, semblable à une vieille gravure. Ed. répliqua que les sentiers étaient trop abrupts pour y aller tout de suite après manger. Monsieur Barrow dit sans enthousiasme, euh... euh... qu'il l'accompagnerait. Anne Elizabeth courait déjà sur le pont avec Dick à ses trousses. Ils glissaient et trébuchaient sur le gravier et dans les flaques d'eau. En bas du ravin, la brume glacée les surprit. La cascade se trouvait alors juste au-dessus de leur tête et son rugissement leur emplissait les oreilles. Dick regarda derrière lui pour voir si Barrow les suivait et cria de toutes ses forces : « Il a dû s'en retourner !

— Ah, je déteste les gens qui n'aiment pas s'amuser ! » Elle lui saisit la main et ajouta : « Courons jusqu'en haut. » Ils arrivèrent au kiosque hors d'haleine. Au-delà du ravin, ils aperçurent Ed. et Monsieur Barrow assis à la terrasse du restaurant. Anne Elizabeth leur fit un pied de nez, puis des signes de la main. « N'est-ce pas merveilleux, bégaya-t-elle. Oh, je suis folle des ruines et des paysages... Je voudrais parcourir l'Italie et voir tout... Où irons-nous cet après-midi ?... Ne retournons pas avec eux. Ils m'agacent avec leurs discussions sur l'Empire romain.

— Allons au lac Nemi, vous savez, là où Caligula avait ses galères. Mais on n'y arrivera pas sans la voiture.

— Alors, ils viendraient aussi... Eh bien non, promenons-nous à pied.

— Il pourrait pleuvoir.

— Et qu'importe, on n'en mourra pas ! »

Ils suivirent un sentier surplombant la ville et se

trouvèrent bientôt parmi des pâturages et des bosquets de chênes. Autour d'eux, la campagne romaine se colorait de bistre. Au-dessous, des cyprès noirs semblables à des points d'exclamation émergeaient, de-ci de-là, parmi les toits roses de Tivoli. Malgré les ondées, on se serait cru en plein printemps. Ils voyaient à distance la pluie tomber en nuages gris et blancs. A leurs pieds, des petits cyclamens rouges s'épanouissaient. Anne Elizabeth en cueillait et les collait sous le nez de Dick pour les lui faire sentir. Dépeignée, les joues rouges, elle était trop heureuse pour marcher et ne cessait de courir et de sauter comme un cabri tout le long du chemin. Quelques gouttes de pluie lui collèrent les cheveux au front, puis le soleil reparut, mais ses rayons n'étaient pas très chauds. Ils s'assirent sur une grosse racine et regardèrent les nuages qui roulaient dans le ciel. Ils avaient les narines pleines d'odeur de cyclamens. Etouffé par l'ascension, la boisson et la bonne chère, Dick se tourna vers Anne et la regarda dans les yeux en disant : « Eh bien ? » Elle le saisit par les oreilles et l'embrassa en répétant d'une voix étranglée : « Dites que vous m'aimez. » Il sentait ses cheveux cendrés, son corps tiède et la douce odeur des petits cyclamens. Il l'aida à se relever, la serra contre lui et l'embrassa sur la bouche. Leurs langues se touchèrent. Il l'attira vers une haie. L'herbe était trop mouillée. A l'extrémité d'un pâturage se dressait une petite hutte. Ils s'y rendirent en titubant ; se tenant par la taille, leurs cuisses se frottaient à chaque pas. La hutte était pleine de ces feuilles craquantes et sèches qui entourent les épis de maïs. Elle s'allongea sur le dos, les yeux clos et les lèvres serrées. Il glissa une main sous sa tête, et de l'autre il essaya de la déshabiller. Quelque chose se déchira dans sa main. Elle le repoussa. « Non, non, Dick, pas ici... Il faut retourner...

— Mais, mon enfant chérie..., il le faut... Tu es si belle ! »

Elle lui échappa et bondit hors de la hutte. Il resta assis sur le tas de feuilles, la détesta et brossa son uniforme.

Dehors, la pluie tombait dru. « Retournons, Dick... Je suis folle de vous, mais vous n'auriez pas dû déchirer ma culotte... Oh que vous êtes agaçant... » Et elle éclata de rire.

« Il ne faut jamais commencer ce qu'on ne veut pas finir, dit Dick. Les femmes sont terribles... sauf les prostituées. Au moins avec elles on sait où on va. »

Elle s'approcha de lui et l'embrassa. « Pauvre petit garçon... il est furieux. Je suis désolée... Dick, je coucherai avec vous... je vous le promets... mais c'est difficile... A Rome on trouvera bien une chambre quelque part.

— Tu es vierge ? demanda-t-il d'une voix contrainte.

— Oui... c'est drôle, n'est-ce pas, d'être encore vierge en temps de guerre. Enfin, vous, les garçons, vous avez risqué vos vies, je pense que je peux bien courir ce risque-là.

— J'emprunterai l'appartement d'Ed. Je crois qu'il va à Naples demain.

— Tu m'aimes vraiment, Dick ?

— Mais bien sûr... seulement, ce qui vient de m'arriver, c'est terrible, Anne Elizabeth... C'est si bon de faire l'amour.

— Je crois que ce doit être bon, oui... oh, je voudrais être morte. »

Ils avancèrent à grands pas, jusqu'en bas de la colline où la pluie se transforma lentement en brouillard glacé. Las et mélancolique Dick sentait la pluie lui glisser dans le cou. Anne Elizabeth avait jeté son bouquet de cyclamens.

A leur retour, le restaurateur leur dit que les deux autres étaient partis pour la villa d'Este et reviendraient les chercher bientôt. Ils burent un grog au rhum et essayèrent de se sécher dans la cuisine, devant un brasero. « Nous sommes pareils à une paire de rats mouillés, dit Anne Elizabeth en claquant des dents.

— Nous sommes surtout une paire de fameux imbéciles », grogna Dick.

Quand les deux autres revinrent, leurs vêtements fumaient, chauds mais encore mouillés. Dick éprouva presque du plaisir à discuter avec Barrow. Il disait que si les classes possédantes d'aujourd'hui comprenaient l'art de vivre comme les Italiens d'autrefois, il ne serait pas socialiste. « Tiens ! je croyais qu'il n'existait plus de socialistes ! intervint Anne Elizabeth. Eh bien, moi je ne le suis pas. Regardez comment se sont conduits les socialistes allemands pendant la guerre. Et maintenant ils disent en pleurnichant qu'ils ont toujours été pacifistes.

— Il est possible... de con...con...concilier la foi-...foi...foi, en notre Président et euh... euh, la foi en la démocratie, bégaya Barrow en s'approchant d'elle. Il faudra que nous en parlions plus longuement, Anne Elizabeth. »

Dick remarqua que les yeux de Barrow lui sortaient de la tête quand il regardait la jeune fille. « Il en a envie, le gredin, le vieux coquin ! » se dit-il. Dans la voiture, Barrow s'assit à côté d'Anne. Dick s'en aperçut à peine. Il plut à torrents, tout le long de la route jusqu'à Rome.

Durant les trois jours suivants, Dick eut fort à faire. Le Président arriva et ce fut encore pire. On le désigna pour occuper diverses fonctions au cours des cérémonies. Il entendit une grande quantité de discours en italien, en français, en anglais, vit des chapeaux hauts de forme, des décorations, salua énormément et se coucha tous les soirs fourbu après être resté toute la journée raide comme il convient à un militaire. Au Forum il se trouva tout proche du Président et entendit un petit homme à moustaches noires déclarer en un mauvais anglais : « Tout, ici, nous rappelle les événements de la Grande Guerre » en montrant le temple de Romulus. Un brouhaha parcourut la foule et tout le monde tendit l'oreille pour écouter ce que répondrait Monsieur Wilson. « C'est vrai, dit-il, d'une voix mesurée, et nous ne devons pas considérer ces ruines comme de simples pierres, mais comme des symboles immortels. » Un murmure approbateur s'éleva dans son entourage. La fois suivante, l'Italien parla plus fort et tous les chapeaux hauts de forme des dignitaires s'inclinèrent avec déférence. « En Amérique, dit-il avec une petite courbette, vous avez quelque chose de plus grand, caché dans vos cœurs. »

Le chapeau haut de forme de Monsieur Wilson restait bien droit parmi les colonnes dévorées par le temps et les amoncellements de pierre qui n'en finissaient pas. « Oui, répliqua-t-il. Et la plus grande fierté des Américains c'est d'avoir montré l'immense amour de l'humanité, qu'ils portent dans leur cœur. » A ce moment précis, Dick entrevit le visage du Président au-delà du plumet chamarré de quelque général italien. C'était une face de pierre grise et froide, taraudée comme les colonnes et très longue sous son chapeau haut de forme. Le petit sourire, autour de sa bouche, semblait y avoir été rajouté avec un pinceau. Le groupe des officiels s'éloigna. Bientôt on ne les entendit plus.

Ce soir-là, à cinq heures, quand il retrouva Anne Elizabeth dans l'appartement d'Ed., il lui raconta la réception officielle. « Je l'ai vu, il ressemble à la louve qui allaite Remus et Romulus au Capitole. C'est une figure terrifiante, dit-il. J'ai tort de dire qu'il ressemble à une louve ; c'est un reptile, un animal à sang froid... ou bien un de ces vieux sénateurs romains qu'on voit sur les tombes de la Via Appia... Savez-vous ce que nous sommes, Anne Elizabeth ?... Les Romains du XX^e^ siècle ! » Et il ajouta en éclatant de rire : « Et j'aurais tant voulu être un Grec ! »

Ces réflexions déplurent à Anne Elizabeth qui admirait beaucoup Wilson, mais Dick, nerveux et malveillant, continua à pérorer. En cette occasion, elle faillit à sa promesse et but du rhum chaud parce que la chambre était trop froide. Par la fenêtre, ils voyaient des masses noires de gens passer et repasser dans tous les sens à la lueur des réverbères allumés au coin de la rue. « Seigneur ! C'est terrible, Anne Elizabeth, quand on y réfléchit... Tu ne sais pas ce que les petites gens d'Europe pensent de Wilson. Dans les pauvres cabanes de paysans que tu as vues du train, on prie pour lui... et cet homme qui ne sait rien est en train de les fouler aux pieds, sans même s'en rendre compte. C'est pire que le sac de Corinthe !... Tous ces malheureux croient qu'il va leur donner la paix et qu'il leur rendra leur bonne petite Europe tranquille d'avant la guerre. Ça me rend malade d'entendre tous ces discours... Oh, pour l'amour de Dieu, restons humains aussi longtemps que nous le pourrons... que nos yeux ne deviennent pas semblables à ceux des reptiles, nos visages pareils à des statues et que le sang de nos veines ne se change pas en encre. J'aime mieux être pendu que de devenir Romain !

— Je comprends ce que tu veux dire, répondit Anne Elizabeth en le dépeignant, tu es un artiste, Dick, et je suis amoureuse de toi. Tu es mon poète, Dick.

— Et au diable tout ça ! » s'écria Dick en la prenant dans ses bras.

Malgré le rhum chaud, Dick se sentit très nerveux en se déshabillant, et elle tremblait aussi quand il la rejoignit dans le lit. Tout se passa assez bien, sinon qu'elle saigna beaucoup et qu'ils n'en tirèrent pas un bien grand plaisir. En dînant, après, ils ne trouvaient plus rien à se dire. Elle alla se coucher de bonne heure, et Dick, désolé, erra le long des rues parmi la foule enthousiaste, les drapeaux, les illuminations et les uniformes. Le Corso était bondé. Dick entra dans un café où des officiers italiens l'accueillirent chaleureusement et insistèrent pour lui payer à boire. L'un d'eux, jeune homme au teint olivâtre et aux très longs cils noirs, Carlo Hugobuoni, le prit en amitié et le conduisit de tables en tables pour le présenter à tout le monde : *il capitan Salvaggio Riccardo !* L'atmosphère était à l'*astispumante evviva gli Americani e Italia irredenta et Mistair Uilsoné* qui avait sauvé *la civilta, evviva la pace !* Et, pour finir, ils emmenèrent Dick voir les *belle ragazze.* A son grand soulagement, toutes les filles étaient occupées et Dick parvint à s'éclipser pour retourner à son hôtel.

Le lendemain matin, quand il descendit prendre son café, qui trouva-t-il dans le vestibule, sinon Carlo. Carlo avait sommeil, il n'avait pas trouvé de *bella ragazza* avant cinq heures du matin, mais maintenant, il était à la disposition de son *caro amico* pour le promener en ville. Dick l'eut sur le dos toute la journée malgré les efforts qu'il fit pour s'en débarrasser sans le vexer. Carlo attendit Dick quand ce dernier alla chercher des ordres à la Mission Militaire, déjeuna avec lui et Ed. Schuyler. Heureusement Ed. s'en empara pour permettre à Dick d'aller rejoindre Anne Elizabeth. Prêter son appartement amusait beaucoup Ed. Puisqu'il avait perdu Magda, disait-il, il fallait bien que cet appartement servît à des fins vénériennes. Ce disant, il saisit fermement le bras de Carlo, et l'entraîna dans un café. Dick et Anne Elizabeth passèrent la soirée très tranquillement et très tendrement. Dick partait pour Paris la nuit même, et Anne Elizabeth s'attendait à partir pour Constantinople d'un jour à l'autre. Dick promit de se faire envoyer en mission là-bas pour la voir. Anne Elizabeth l'accompagna à la gare. Ils y trouvèrent Carlo portant une énorme mortadelle enveloppée dans du papier d'argent et une bouteille de chianti. Le sergent Wilson s'était occupé de la valise de dépêches et Dick n'avait plus qu'à monter dans le wagon. Ils ne trouvaient rien à dire et quand le train partit, Dick se sentit soulagé.

Aussitôt arrivé à Paris, on l'envoya à Varsovie. En Allemagne les trains étaient tout le temps en retard et les gens d'une pâleur mortelle. Tout le monde parlait d'un soulèvement bolchevick imminent. En Prusse Orientale, Dick arpentait le quai enneigé en frappant du pied pour se réchauffer quand il tomba tout à coup sur Fred Summers qui montait la garde sur un wagon de vivres de la Croix-Rouge et invita Dick à faire quelques kilomètres avec lui. Dick alla chercher sa valise et monta dans le wagon de marchandises. Fred s'y était fort bien installé avec un fourneau à pétrole, un lit de camp, de grandes quantités de vin, de cognac et de chocolat. Dick passa la journée avec lui pendant que le train tressautait lentement sur les plaines grises gelées, infinies. « C'est pas une paix, disait Fred Summers, c'est un sale massacre. Affreux ! Si tu avais vu ces pogromes ! » Mais Dick ne l'écoutait pas. Tout à sa joie, il dit en riant : « Que je suis heureux de te revoir, Fred, ma vieille cloche ! C'est comme au bon vieux temps de la Garde Grenadine.

— Ça ! c'était le bon temps ! concéda Fred. C'était comme au cirque. Ici, c'est l'enfer. Rien de drôle. Tout le monde devient fou à force de crever de faim.

— Tu as rudement bien fait de ne pas devenir officier, répondit Dick. Sale boulot, il faut toujours faire attention à ce qu'on dit et on n'a jamais l'occasion de s'amuser.

— Je ne m'attendais pas à te voir transformé en capitaine, dit Fred.

— C'est la guerre », dit Dick.

Ils burent et parlèrent. Ils parlèrent et burent, tant et si bien qu'à Varsovie Dick se demanda par quel miracle son wagon, accroché au même train d'ailleurs, l'avait suivi. Fred lui courut après avec un paquet de chocolat. « Voilà un peu de secours, Dick. C'est bon pour **couchez-avec.** Il n'y a pas une femme de Varsovie qui refusera de coucher toute la nuit pour une barre de chocolat. »

De retour à Paris, Dick alla prendre le thé chez Miss Stoddart avec le colonel Edgecombe. Son salon, de bonnes dimensions, était pompeusement décoré de panneaux italiens et de brocart jaune et orange. A travers la dentelle des rideaux, on apercevait les branches violettes des arbres sur les quais, la Seine vert jade et la dentelle de pierre de l'abside de Notre-Dame « Vous êtes magnifiquement installée, Miss Stoddart ! Et permettez-moi de vous le dire, le bijou est digne de son écrin, minauda Edgecombe.

— C'était une assez belle grande pièce, répondit Miss Stoddart de sa voix aigre, en souriant. Mais il faut savoir se servir de ces vieilles maisons. » Elle se tourna vers Dick et demanda : « Jeune homme, qu'avez-vous fait à Robbins, le soir où nous avons tous dîné ensemble ? Depuis lors, il ne cesse de répéter combien vous êtes intelligent. » Dick rougit et répondit : « Nous avons bu un verre de très bon whisky après vous avoir quittés... c'est sans doute cela...

— Eh bien, il faudra que je vous surveille. Je n'aime pas que les jeunes gens très intelligents boivent du whisky. »

Ils prirent leur thé assis autour d'un vieux poêle en fer forgé. Un gros commandant et un homme de la Standard Oil, appelé Rasmussen, arrivèrent un peu plus tard. Puis, une certaine Miss Hutchins, très svelte et élégante dans son uniforme de la Croix-Rouge. Ils parlèrent de Chartres, des régions dévastées, de l'enthousiasme populaire que suscitait Wilson, et se demandèrent pourquoi Clemenceau portait toujours des gants gris. Miss Hutchins dit que c'était pour cacher ses griffes, car cet homme avait réellement des griffes et c'est pourquoi on l'appelait le Tigre.

Miss Stoddart attira Dick près de la fenêtre et lui dit : « J'apprends que vous revenez de Rome. J'ai vécu quelque temps à Rome au début de la guerre... Dites-moi tout ce que vous avez vu... Parlez-moi de tout ça... C'est la ville que je préfère.

— Aimez-vous le Tivoli ?

— Oui, un peu, mais c'est plutôt un coin pour touristes. »

Dick lui raconta l'histoire de la bataille à l'Apollo sans révéler le nom des combattants, et elle s'en amusa beaucoup. Ils s'entendirent à merveille, regardèrent par la fenêtre les becs de gaz s'allumer en projetant une lumière verdâtre sur la Seine. Dick se demandait quel âge elle avait. Peut-être **La Femme de Trente Ans.**

Il s'en alla avec le colonel et rencontra, en sortant, Monsieur Moorehouse qui lui serra chaleureusement la main, se prétendit heureux de le revoir, et l'invita à passer quand il voudrait, en fin d'après-midi à l'hôtel Crillon où il rencontrerait certainement des gens intéressants. En arrivant chez Miss Stoddart, Dick craignait de s'ennuyer, mais cette soirée l'amusa beaucoup. Il songea que bientôt il reprendrait la vie civile et qu'il était temps de se soucier de sa situation. Tout en retournant au bureau où ils avaient encore à faire, Dick demanda au colonel Edgecombe s'il pourrait se faire démobiliser en France. « Et pourquoi donc ? Vous n'avez pas le mal du pays ?

— Non. Je me demande surtout si je ne trouverais pas plus facilement une situation à Paris.

— Eh bien, si vous cherchez une situation, ce Moorehouse pourrait vous être utile... Je crois que sous son étiquette officielle, se cache un agent occulte de la Standard Oil... Après tout, vous feriez peut-être un bon agent de propagande, Savage, dit le colonel en riant.

— Il faut aussi que je pense à ma vieille mère », répondit Dick d'un air grave.

Sur son bureau, Dick trouva deux lettres. Dans la première, Monsieur Wigglesworth lui annonçait le décès de Blake, mort de tuberculose à Saranac, la semaine précédente. La seconde était d'Anne Elizabeth :

*Chéri,*

*Je suis assise à mon bureau, dans cette triste boîte où je travaille avec de vieilles et méchantes chattes. Mon chéri, je t'aime tant. Il faut que nous nous revoyions bientôt. Je me demande ce que papa et Buster diraient si je leur ramenais un beau mari d'outre-mer. Ils commenceraient par bondir de rage, mais je suis sûre que ça s'arrangerait vite. Que Dieu me damne, mais je ne veux pas travailler assise devant un bureau, je veux parcourir l'Europe et voir tout ce qui mérite d'être vu. La seule chose qui me console de ton absence, c'est un petit bouquet de cyclamens posé sur ma table. Te rappelles-tu les jolis petits cyclamens roses ? J'ai un mauvais rhume et je me sens plus abandonnée qu'une orpheline. Ces méthodistes anti-alcooliques et moralisantes sont les plus méchantes femmes que j'aie jamais vues. As-tu déjà eu le mal du pays, Dick ? Je ne le crois pas. Arrange-toi pour te faire envoyer à Rome. Je regrette de m'être conduite comme une sotte petite pimbêche là-haut sur cette colline où fleurissaient des cyclamens. La vie est dure pour les femmes, Dick. Fais tout ce que tu voudras, mais ne m'oublie pas. Je t'aime tant.*

*Anne Elizabeth.*

De retour à son hôtel, avec ses deux lettres dans la poche, Dick se jeta sur son lit et resta longtemps les yeux au plafond. Peu avant minuit, Henry frappa à la porte. Il revenait de Bruxelles. « Eh bien, qu'est-ce qui t'arrive, Dick ? Tu as l'air tout gris et triste... Es-tu malade ? Qu'est-ce qui ne va pas ? » Dick se leva et alla se laver la figure au lavabo. « Ce n'est rien, dit-il. J'en ai marre de l'armée.

— On croirait que tu as pleuré.

— Ce n'est plus de mon âge, dit Dick en toussant pour s'éclaircir la gorge.

— Dis donc, Dick, j'ai des ennuis. Tâche de me tirer d'affaire. Tu te rappelles cette Olga qui m'a flanqué une théière à la figure ? » Dick fit un signe de la tête pour indiquer qu'il se rappelait. Henry continua : « Eh bien, elle dit qu'elle va avoir un enfant et que j'en suis l'heureux père... N'est-ce pas ridicule ?

— Ce sont des choses qui arrivent, répondit Dick amèrement.

— Non, mais pour l'amour du ciel, Dick, je n'ai pas envie d'épouser cette putain et d'élever le fils d'un autre... Ce serait bien trop bête. Même si elle est vraiment enceinte, le gosse n'est probablement pas de moi. Elle me menace d'écrire au général Pershing. J'ai entendu parler de pauvres diables de soldats qui se sont fait coller vingt ans de bagne pour viol... c'est à peu près la même histoire.

— On en a même fusillé deux... Dieu merci, je ne faisais pas partie de cette Cour martiale.

— Mais pense à l'effet que ça ferait sur maman... Ecoute, tu **parleyvouze** beaucoup mieux que moi. Viens la voir et tu lui parleras.

— D'accord, mais je crève de sommeil, et je ne suis pas en forme, répondit Dick en mettant sa vareuse. Dis donc, Henry, es-tu en fonds ? Le franc dégringole, on pourra peut-être lui donner un peu d'argent. Bientôt nous retournerons au pays alors nous serons trop loin pour qu'elle te fasse chanter.

— C'est triste d'être obligé d'avouer ça à son petit frère, mais j'ai joué au pocker l'autre soir, j'ai tout flambé et je suis raide comme un passe-lacets. »

Ils allèrent à Montmartre, dans une boîte où Olga tenait le vestiaire. Il n'y avait personne et elle vint boire avec eux au bar. Elle plut à Dick. Les cheveux décolorés, elle avait un petit visage dur et insolent avec de grands yeux bruns. Dick lui expliqua que son frère ne pouvait pas épouser une étrangère à cause de la famille, de plus il n'avait pas de situation et en quittant l'armée il se trouverait derrière un petit bureau où il ne gagnait guère. Croyait-elle qu'un petit employé faisait fortune aux Etats-Unis ? La vie était plus dure là-bas qu'en France. Pratiquement Henry était dans la misère et avec la vie chère, la chute du franc, et le dollar qui dégringolerait à son tour, et la révolution mondiale qui ne tarderait pas, tout irait très mal. Le mieux, si elle était vraiment une bonne et brave fille, c'était de ne pas avoir cet enfant. Elle pleura... elle tenait tant à se marier, à avoir des enfants, quant à un avortement... **mais non, et puis non !** Elle tapa du pied et retourna au vestiaire. Dick la suivit, la consola, lui tapota la joue et dit **que voulez-vous, c'est la vie.** Et que penserait-elle d'un cadeau de cinq cents francs ? Elle secoua la tête. Mais quand il parla de mille, son visage s'éclaira et elle dit **que voulez-vous c'est la vie.** Dick la laissa avec Henry. Tous deux, rassérénés, prirent rendez-vous pour se retrouver après la fermeture de la boîte. En le quittant, Dick dit à son frère : « J'avais économisé deux cents dollars. Ils y passeront... Tâche de la faire attendre jusqu'à ce qu'on trouve un bon taux de change. Henry, la prochaine fois que tu joueras au poker, fais attention. »

La veille de la séance plénière de la Conférence de la Paix, Dick entrait au Crillon pour voir Monsieur Moorehouse qui lui avait promis des cartes d'entrée, quand il aperçut une silhouette familière en uniforme français. C'était Ripley, qui venait de quitter l'Ecole d'Application d'Artillerie de Fontainebleau. Il essayait de retrouver un vieil ami de son père qui pourrait peut-être le faire employer à la Délégation Américaine. Ripley était fauché et Marianne, la Troisième République, ne voulait plus l'entretenir, sauf s'il s'engageait dans la Légion Etrangère, ce dont il n'avait aucune envie. Dick téléphona au colonel Edgecombe que Monsieur Moorehouse n'avait pas pu se procurer des cartes et qu'il convenait donc de suivre la voie hiérarchique ; puis il emmena Ripley au bar du Ritz. « C'est rien chouette », dit Ripley en regardant autour de lui les décorations sur les uniformes et les bijoux sur les robes des femmes. « *Comment les faire rester à la ferme après qu'ils auront vu* Paree ? » fredonna-t-il.

Dick grogna : « Je voudrais bien savoir ce que je vais devenir quand on me démobilisera.

— J'espère que je trouverai un boulot quelconque quelque part. Au pis aller, j'irai finir mes études à Columbia. Je souhaite une révolution, je n'ai aucune envie de retourner aux Etats-Unis. »

Cette conversation gênait Dick : « **Taisez-vous, méfiez-vous** », dit-il, « **les oreilles ennemies vous écoutent** »... Et c'est sérieux, j'en sais quelque chose.

— Moi aussi.

— As-tu des nouvelles de Steve Warner ? demanda Dick tout bas.

— J'ai reçu une lettre de Boston. Je crois qu'il a attrapé un an de prison pour objection de conscience.

— Il a eu de la chance... La plupart de ces pauvres diables en ont pour vingt ans.

— Faut pas faire le zigoto devant la scie circulaire », répondit Dick à haute voix. Ripley le regarda fixement, les paupières mi-closes, puis ils changèrent de conversation.

Ce même après-midi, Dick emmena Miss Stoddart prendre le thé chez Rumpelmeyer et après, ils s'en allèrent ensemble jusqu'au Crillon pour voir Monsieur Moorehouse. Les couloirs du Crillon bourdonnaient de conversations. On n'y voyait que des uniformes kaki, des enseignes de marine, des estafettes. Derrière chaque porte on entendait le crépitement des machines à écrire. Sur les paliers, experts, civils et militaires, parlaient à voix basse, échangeaient des clins d'œils avec ceux qui passaient près d'eux et prenaient des notes sur des calepins. Miss Stoddart serra le bras de Dick avec ses doigts blancs et durs. « Ecoutez... c'est comme une dynamo... Qu'est-ce que ça veut dire ?...

— Rien de bon ! Sûrement pas la paix », répondit Dick.

Dans le vestibule de l'appartement qu'occupait Moorehouse, elle présenta Dick à Mademoiselle Williams, la secrétaire de Monsieur Moorehouse, une blonde aux traits tirés, au visage aigu. « C'est un trésor, murmura Miss Stoddart en entrant au salon, elle travaille plus que tout l'hôtel Crillon réuni. »

Sous les hautes fenêtres par lesquelles entrait une lumière bleutée, il y avait beaucoup de monde. Un serviteur allait de groupe en groupe présenter un plateau sur lequel se trouvaient des verres, et un individu aux allures de valet de chambre le suivait sur la pointe des pieds avec une bouteille de porto. Quelques-uns des invités avaient des tasses à la main, d'autres des verres. Mais, personne ne s'intéressait à ces boissons. A la manière dont Miss Stoddart entra dans la pièce et dont Moorehouse alla vers elle, Dick remarqua aussitôt qu'elle devait plus ou moins jouer le rôle de maîtresse de maison. On le présenta à quelques invités et il se tint à l'écart pendant un moment, la bouche close et les oreilles ouvertes. Monsieur Moorehouse qui se rappelait son nom, lui parla. Mais, la conversation n'alla pas loin parce qu'on vint appeler Moorehouse de la part du colonel House. En s'en allant Dick traversa le vestibule où Miss Williams l'arrêta et lui dit : « Capitaine Savage, excusez-moi un instant... Vous êtes un ami de Monsieur Robbins, n'est-ce pas ?

— Je le connais un peu, en effet, répondit Dick en souriant. Il me paraît assez intéressant.

— Un homme très brillant, dit Miss Williams, mais je crains qu'il ne soit en train de mal tourner. A mon point de vue, la vie de Paris est très démoralisante, surtout pour les hommes. Comment voulez-vous qu'ils travaillent dans une ville où les gens prennent trois heures pour déjeuner et passent le reste du temps à boire dans ces misérables cafés.

— Vous n'aimez pas Paris, Miss Williams ?

— Ah, non, alors !

— Vous n'êtes pas comme Robbins, insista-t-il malicieusement.

— Oh, lui, il aime beaucoup trop Paris. Je pense que si vous êtes son ami, vous pourriez nous aider à le ramener dans le droit chemin. Il nous donne beaucoup d'inquiétude. Voilà deux jours que nous ne l'avons pas vu et ce n'est pas le moment. Nous sommes à un instant crucial. Nous devons nous mettre en relations avec bien des gens, c'est très important. J. W. se crève à la tâche. Je crains que cet effort ne le rende malade... Et impossible d'avoir une sténographe sérieuse, ni même une dactylo. Je suis obligée de faire tout le courrier en plus de mon travail de secrétaire.

— Oh, nous avons tous beaucoup à faire, Mademoiselle Williams », dit Dick qui lui souhaita le bonsoir et s'en alla. Elle lui sourit.

Fin février, en revenant de Vienne, Dick reçut une autre lettre d'Anne Elizabeth.

*Dick, mon chéri,*

*Merci pour les jolies cartes postales. Je suis toujours assise devant le même bureau et je me sens abandonnée. Fais de ton mieux pour venir à Rome si tu peux. Il est en train de se produire quelque chose qui bouleversera nos existences. J'en meurs d'inquiétude, mais, j'ai tellement confiance en toi. Je sais que tu es un homme honnête et droit, mon petit Dicky. Oh, j'ai tellement besoin de te voir, si tu ne viens pas dans un jour ou deux, je suis capable de tout envoyer promener et d'aller à Paris.*

*Ta bonne amie,*

*Anne Elizabeth.*

Dick sentit son sang se glacer en lisant ce message à la brasserie Weber où il buvait un demi avec un sous-lieutenant d'artillerie, Staunton Wills, qui étudiait à la Sorbonne. Puis, il lut une lettre de sa mère ; elle se plaignait d'être si solitaire à son âge. Dans une troisième missive Monsieur Cooper lui offrait un emploi. Wills lui parlait d'une fille qu'il avait vue sur la scène du Théâtre Caumartin et dont il avait envie de faire la connaissance. Considérant Dick comme un expert en la matière, il lui demandait comment s'y prendre. Dick lui conseilla d'envoyer un petit mot par l'ouvreuse. Il s'efforçait en vain de soutenir la conversation, de s'intéresser aux gens qui passaient dans la rue avec des parapluies, aux taxis luisants de pluie. Mais, il s'affolait intérieurement : elle attendait un enfant ! elle croyait qu'il l'épouserait !... Pour rien au monde ! En sortant de chez Weber, il s'en alla avec Wills le long des quais, sur la Rive Gauche. Ils regardèrent les gravures et les vieux livres dans les boîtes des bouquinistes. Finalement, il alla prendre le thé chez Eleanor Stoddart avec Wills.

« Vous avez l'air tout désemparé, Richard, pourquoi donc ? » lui demanda Eleanor après l'avoir attiré dans l'embrasure d'une fenêtre cependant que Wills bavardait avec Evelyne Hutchins et un journaliste. Dick avala une gorgée de thé et répondit évasivement : « Comment pourrais-je avoir l'air désemparé, Eleanor, j'aime tant bavarder avec vous.

— Ah charmant... mais, vraiment, vous avez l'air très préoccupé.

— C'est possible, je ne suis pas bien gai en ce moment... Vous savez, des fois..., comme ça..., on pense qu'on piétine... Je suis peut-être fatigué de l'uniforme. J'ai envie de reprendre ma liberté.

— Souhaitez-vous retourner aux Etats-Unis tout de suite ?

— Oh, non ! Mais j'y serai peut-être obligé, pour m'occuper de ma vieille mère si mon frère n'est pas démobilisé assez vite... Le colonel Edgecombe m'assure qu'il peut me faire libérer sur place si j'abandonne mes droits au rapatriement. Et Dieu sait si j'en ai envie !

— Vous feriez mieux de rester. Nous nous arrangerons peut-être pour que J. W. vous trouve quelque chose... Il a toujours su s'entourer de quelques jeunes gens fort brillants. Que diriez-vous d'une telle situation ?

— Ce serait certainement plus agréable que de faire de la politique alimentaire dans le New Jersey... J'aimerais encore voyager. C'est ridicule, puisque à l'armée je passe ma vie dans des trains, mais je n'en suis pas encore las. »

Elle lui caressa la main, et dit : « Voilà ce que j'aime en vous, Richard, c'est l'appétit juvénile que vous manifestez pour tout... J. W. m'a parlé plusieurs fois de vous. Il a remarqué que vous avez un regard extrêmement intelligent. Il est comme vous. Lui non plus n'a pas perdu son enthousiasme, et voilà pourquoi il est en train de devenir un des grands personnages du monde. Savez-vous que le colonel House ne peut plus rien faire sans le consulter... Quant à moi, j'ai perdu tout mon entrain. »

Ils retournèrent vers la table à thé.

Quelques jours plus tard, il fallut envoyer une estafette à Rome. Dick sauta sur l'occasion. Aussitôt arrivé, il téléphona à Anne Elizabeth dont la voix l'alarma ; mais il s'efforça d'être aussi agréable que possible. « Oh, comme tu es gentil d'être venu, Dicky, mon chéri ! » s'exclama-t-elle. Ils se retrouvèrent dans un café au coin de la Piazza Venezia. Elle se précipita vers lui, se jeta dans ses bras, l'embrassa avec une telle fougue qu'il en fut gêné. « Qu'est-ce que ça fait ? dit-elle en riant. Les gens se diront que nous sommes deux Américains fous... Oh, Dick, laisse-moi te regarder... Tu m'as tellement manqué ! »

La gorge de Dick se serrait. A peine parvint-il à bredouiller : « Nous pourrions dîner ensemble... Et si nous allions voir Ed. Schuyler ? »

Mais Anne Elizabeth avait repéré un petit hôtel où elle entraîna Dick qui se laissa faire. Après tout elle était fort mignonne ce jour-là avec ses joues roses, et ses cheveux qui sentaient comme les petits cyclamens de Tivoli. Mais, tout en faisant l'amour, en suant et en s'éreintant dans ses bras, Dick sentait une roue tourner dans sa tête et la roue grinçait : « Que faire, que faire, que faire ? »

Un peu plus tard, ils trouvèrent Ed. tout affairé au milieu de ses bagages. Il quittait Rome et retournait aux U.S.A. en passant par Paris. « Chic ! s'exclama Dick, nous voyagerons dans le même train.

— C'est ma dernière nuit à Rome, mesdames et messieurs, dit Ed., allons faire un gueuleton monstre, et au diable la Croix-Rouge ! »

Ils commandèrent un souper compliqué avec les meilleurs crus, dans un restaurant proche de la Colonne Trajane. Dick n'y prit aucun plaisir. Sa propre voix sonnait faux à ses oreilles. Ed. s'efforçait de les égayer : il commandait sans cesse de nouvelles bouteilles, taquinait le maître d'hôtel, racontait non sans humour ses mésaventures avec les dames romaines. Anne Elizabeth but beaucoup de vin et avoua que les dragons méthodistes de son bureau n'étaient pas aussi féroces qu'elle le prétendait. Ne lui avaient-elles pas donné une clé pour rentrer à l'heure qui lui plairait quand elle leur avait dit que son fiancé ne passait qu'une nuit à Rome ? Elle frottait son genou contre celui de Dick sous la table et voulait leur faire chanter en chœur avec elle : *Auld Lang Syne.* Après dîner, ils se promenèrent en fiacre et s'arrêtèrent devant une certaine fontaine pour y jeter des sous comme le voulait l'usage. Ils finirent la soirée chez Ed., assis sur des caisses d'emballage et burent la dernière bouteille de champagne en chantant : **Auprès de ma Blonde.**

Mais Dick n'arrivait pas à se dégeler. Ed. les quitta, en annonçant avec des rires de poivrot qu'il allait faire ses adieux à une ravissante dame romaine, ce qui lui permettait de laisser l'appartement aux *promessi sposi* pour la dernière nuit. Cette phrase frappa Dick comme un coup de fouet. Après son départ, Anne Elizabeth se jeta dans les bras de Dick. « Embrasse-moi encore une fois, Dicky, puis tu me raccompagneras jusqu'au Comité Méthodiste de Propagande contre l'Alcoolisme et de Surveillance de la Morale Publique... après tout, nous n'avons rien fait contre la morale publique. C'est de morale privée qu'il s'agit entre nous... Oh, Dick, j'adore notre morale privée ! » Dick l'embrassa et s'en alla regarder par la fenêtre. Le réverbère, au coin de la rue, dispensait de frêles rubans de lumière sur les pavés. Elle s'approcha et lui posa la tête sur l'épaule. « A quoi penses-tu, Dicky ?

— Ecoute, Anne Elizabeth. Il faut parler sérieusement... Crois-tu vraiment que ?...

— Il y a plus de deux mois maintenant... c'est certainement ça. Que veux-tu que ce soit d'autre ?... Et le matin, de temps en temps j'ai des nausées. Aujourd'hui, par exemple, j'ai passé une journée terrible, et je ne me suis sentie mieux qu'en te revoyant.

— Mais, comprends-moi, Anne Elizabeth, il faut que tu comprennes, tu peux certainement faire quelque chose.

— J'ai essayé l'huile de ricin et la quinine... Je ne connais rien d'autre... Je ne suis qu'une provinciale, une fille de la campagne, presque...

— Soyons sérieux... Il faut que tu te tires d'affaire. A Rome il ne manque pas de médecins qui consentiraient... Je pourrais trouver l'argent nécessaire... Mais que diable, il faut que je m'en aille demain... Ah, si j'étais démobilisé !

— Ecoute, Dick. Je crois que j'aimerais assez avoir un mari et un bébé, si tu étais le mari et si le bébé était de toi.

— Oh non, c'est impossible... Je n'en ai pas les moyens... Et... et je suis militaire, on ne me permettrait pas de me marier tant que j'appartiens à l'armée.

— Ça, Dick, ce n'est pas vrai », dit-elle lentement en le regardant sévèrement.

Ils restèrent longtemps côte à côte, sans rien dire. La pluie tombait sur les toits obscurs ; les pavés, par endroits, semblaient phosphorescents. Enfin, elle demanda d'une petite voix frêle et tremblante : « Alors, ça veut dire que tu ne m'aimes plus ?

— Mais si, je t'aime. Après tout, je ne sais pas ce que c'est que l'amour... Je crois que j'aime toutes les jolies filles... Surtout toi, ma chérie. » Dick ne reconnut pas sa voix lorsqu'il parla ainsi. « Nous avons eu de bons moments ensemble », reprit-il. Elle l'embrassait tout autour du cou, au-dessus du col dur de sa vareuse. « Comprends-moi, chérie, je n'ai pas les moyens d'élever un enfant. Je n'ai pas de situation et ma mère est à ma charge. Mon frère Henry n'est pas très capable et je n'attends pas grand-chose de lui... Mais, il est temps que je te raccompagne, il se fait tard. »

Dans la rue, la pluie avait cessé, mais l'eau s'engouffrait encore à grand bruit dans les bouches d'égout, et les ruisseaux luisaient sous les réverbères. Tout à coup, elle lui donna une petite tape en criant : « C'est toi qui t'y colles ! » et s'enfuit en courant. Il la poursuivit en jurant tout bas, et la perdit de vue dans un petit square. Il allait renoncer à la retrouver et rentrer chez lui quand elle bondit soudain hors de sa cachette : un phœnix de pierre au bord d'une fontaine. « Ne fais donc pas la folle comme ça ! Tu ne vois donc pas que je suis malade d'inquiétude ? » dit-il méchamment. Elle se mit à pleurer. Devant sa porte, elle se tourna vers lui brusquement et lui dit d'un ton grave : « Ecoute, Dick, je me débarrasserai peut-être du bébé... Je vais faire de l'équitation. Tout le monde dit que ça donne de bons résultats. Je t'écrirai... Sincèrement, Dick, je ne voudrais pas nuire à ta carrière... Je sais qu'il te faudra des loisirs, pour écrire des vers... Tu as un bel avenir devant toi, je le sais... Si nous nous mariions je travaillerais aussi.

— Anne Elizabeth, tu es vraiment une très chic fille, ça pourrait s'arranger, vois-tu, s'il n'y avait pas cet enfant », dit-il. Il la prit par les épaules et l'embrassa sur le front. Aussitôt, elle se mit à sauter de joie et à chanter comme un enfant : « Chic alors ! on va se marier ! chic alors ! chic ! chic !

— Sois sérieuse.

— Je le suis, je le serai jusqu'à la mort..., répondit-elle lentement. Ne viens pas me voir demain... J'ai toute une cargaison de vivre à vérifier. Je t'écrirai. »

Dick retourna se coucher à l'hôtel où il avait passé l'après-midi. Il lui sembla curieux de s'allonger tout seul dans le lit où il avait couché avec Anne Elizabeth. Il dormit mal, dévoré par les punaises ; la chambre sentait mauvais.

Dans le train, Ed. le fit boire et lui parla de la révolution. Il savait de source sûre que le 1er mai les syndicats s'empareraient des usines en Italie. Hongrie et Bavière étaient déjà entre les mains des rouges. Bientôt ce serait l'Autriche, puis l'Italie, enfin la Prusse et la France. Les troupes américaines que le Gouvernement avait envoyé combattre les Soviets s'étaient mutinées à Archangelsk. « C'est la révolution mondiale qui commence. Nous avons de la chance de vivre à une époque aussi extraordinaire. Mais ne nous y trompons pas, nous aurons encore plus de chance si nous nous en tirons sains et saufs. »

Dick répondit qu'il n'était pas du tout de cet avis et que

les vainqueurs lui paraissaient maîtres de la situation.

« Mais, Dick, s'étonna Ed., je te croyais partisan de la révolution ? C'est le seul moyen d'en finir avec cette épouvantable guerre.

— La guerre est finie. Elle serait même définitivement finie sans toutes ces révolutions qui éclatent maintenant. On ne peut pas faire la paix en massacrant tous ses adversaires, comme le font tes rouges. »

Ils discutèrent âprement et finirent par se fâcher. Dick se réjouissait d'être seul avec lui dans ce compartiment. « Je te croyais royaliste, Ed., dit-il.

— Je l'étais, ... mais depuis que j'ai vu le roi d'Italie, j'ai changé d'opinion... Je serais plutôt partisan de la dictature maintenant... Tu sais, le type qui épate les foules sur un cheval blanc. »

Ils s'endormirent chacun à un bout du compartiment, furieux et soûls. Le matin, ils sortirent dans le couloir pour se rafraîchir, espérant que l'air frais guérirait leur mal aux cheveux. A la gare-frontière, ils burent du chocolat chaud qu'une Française à jolie frimousse leur versa dans de grands bols blancs. Le soleil se levait, couleur de vermillon sur un paysage de verglas. Ed. Schuyler parla de la belle, la douce France, ce qui les réconcilia. Arrivés en banlieue, ils décidèrent d'aller le soir même voir Spinelli dans *Plus ça change*.

Dick se rendit à son bureau, reprit une allure rigide et martiale pour donner des ordres aux sergents et retourna, ravi, vers la Rive Gauche où les bourgeons roses et gris pâle apparaissaient aux arbres et où les bouquinistes fermaient leurs boîtes dans le crépuscule bleu lavande. Quai de la Tournelle, on se serait cru revenu à des siècles en arrière. Dick monta lentement les escaliers froids qui conduisaient chez Eleanor et la trouva en robe couleur d'ivoire avec d'énormes perles autour du cou. Elle servait du thé et détaillait, de sa voix aiguë, non dénuée de malice, les derniers cancans du Crillon et de la Conférence. Quand Dick prit congé, elle lui dit qu'il ne la reverrait plus de quinze jours parce qu'elle se rendait à Rome pour la Croix-Rouge. « Quel dommage que nous ne nous y soyons pas trouvés ensemble ! s'exclama Dick.

— Quel dommage, en effet, répondit-elle... *A revederci*, Richard ! »

Dick se sentit misérable pendant tout le mois de mars. Il n'avait plus d'amis à Paris et tous les gens du service des dépêches l'exaspéraient. Quand il n'était pas de service, il s'installait dans un café pour lire parce que sa chambre d'hôtel était trop froide. Il regrettait Eleanor, son appartement confortable et intime. Anne Elizabeth continuait à lui envoyer des lettres pleines d'inquiétude. Comme elle procédait par allusions, il ne comprenait pas exactement ce qui se passait. Elle lui révéla, en phrases mystérieuses, qu'elle avait rencontré à la Croix-Rouge une amie de Dick. Et puis, il était fauché parce qu'il avait prêté tout son argent à Henry pour apaiser Olga.

Au début d'avril, en revenant de Coblence, il trouva un pneumatique d'Eleanor à son hôtel. Elle l'invitait à aller à Chantilly avec elle et J. W. le dimanche suivant.

Ils partirent du Crillon à onze heures du matin dans la nouvelle Fiat de J. W. Eleanor portait un tailleur gris. Une dame imposante, d'un certain âge, Madame Wilberforce, épouse d'un vice-président de la Standard Oil, était de la compagnie ainsi que le Monsieur Rasmussen, au long visage. Il faisait beau, on sentait le printemps dans l'air. A Chantilly, ils visitèrent le château et jetèrent à manger aux vieilles carpes. Ils déjeunèrent dans les bois, assis sur des coussins de caoutchouc. J. W. joua les boute-en-train, expliquant qu'il détestait les pique-niques et se demandait pourquoi même les femmes les plus intelligentes avaient la manie d'en organiser à tout bout de champ. Ensuite, ils allèrent jusqu'à Senlis pour voir les maisons détruites par les uhlans pendant la bataille de la Marne. En traversant le jardin du château en ruine, Eleanor et Dick se trouvèrent légèrement à l'écart. « Croyez-vous que cette paix sera signée, Eleanor ? demanda Dick.

— Je me le demande. Personne ne semble en avoir envie... En tout cas, les Italiens ne signeront certainement pas. Savez-vous ce qu'a dit d'Annunzio ?

— Pourtant, je voudrais bien que ça finisse. Le jour de la signature du traité j'abandonne la livrée du Père Sam. Depuis que je suis dans l'armée, le temps passe et je ne fais rien. Ça ne m'était encore jamais arrivé.

— J'ai rencontré une de vos amies à Rome », dit Eleanor en regardant Dick du coin de l'œil. Dick eut froid dans le dos et répondit en s'efforçant de paraître désinvolte : « Et qui donc ?

— Une petite jeune fille du Texas... Elle est bien mignonne. Elle m'a dit que vous étiez fiancés tous les deux », dit Eleanor d'une voix sèche et glacée comme un instrument de dentiste.

Dick répondit avec un petit rire froid : « Elle a exagéré un peu... Comme le disait Marc Twain quand on annonça sa mort. » Et il enragea de se sentir rougir.

« Ça vaut mieux, dit Eleanor. Voyez-vous, Richard, je suis assez âgée pour être... pas votre mère, mais votre tante. Je reconnais que cette petite fille est vraiment charmante. Pourtant, je crois que vous auriez tort de vous marier en ce moment. Certes ça ne me regarde pas... mais bien des jeunes gens ont gâché de brillants avenirs en se mariant mal ou trop tôt... Je ne devrais pas vous dire ça...

— Au contraire, je suis très flatté de l'intérêt que vous me manifestez. Sincèrement, ce que vous me dites m'est très utile... Je connais l'adage : se marier à la hâte et s'en repentir à loisir. Je n'ai guère envie de me marier... Mais... je ne sais pas... Oh ! c'est une histoire bien compliquée.

— Fuyez les histoires compliquées... c'est la meilleure manière de les résoudre », dit Eleanor sévèrement.

Dick ne répondit pas. Elle pressa le pas pour rattraper les autres. En marchant auprès d'elle, il l'observa de côté. Son profil était froid, finement ciselé. Elle tenait la tête raide parce qu'elle avait peine à marcher sur les pavés avec ses hauts talons. Brusquement, elle se tourna vers lui et dit : « Et maintenant, je ne vous gronderai plus jamais, Richard. Plus jamais. »

La pluie menaçait. Ils se pressèrent de regagner la voiture. Au retour, les faubourgs de Paris leur parurent gris et tristes sous la pluie. En disant au revoir à Dick dans le vestibule du Crillon, J. W. lui fit comprendre qu'il lui donnerait volontiers un emploi.

Exultant, Dick rentra chez lui et écrivit à sa mère :

« ... *Ici, à Paris, je rencontre des gens fort intéressants et je mène une vie intense. Mais, l'uniforme m'oblige à me casser la tête au sujet des règlements militaires, à saluer. Ça m'empêche de travailler. Il faut que je m'occupe de mon avenir. Monsieur J. Ward Moorehouse m'a promis une situation ici à Paris dès que je serai démobilisé. Actuellement, il travaille à titre bénévole pour le Gouvernement des Etats-Unis. Mais dès que la paix sera signée, il reprendra ses affaires. Il est conseiller technique en matière de propagande et de publicité pour de grosses affaires comme la Standard Oil. En travaillant chez lui je pourrais consacrer mes loisirs à mon art. Tout le monde me dit que c'est une occasion unique...* »

Il retourna au Crillon, Miss Williams l'accueillit avec un large sourire et alla vers lui, la main tendue, en lui disant : « Oh, capitaine Savage, quel bonheur ! J. W. m'a dit que vous seriez bientôt des nôtres. Je suis sûre que ce sera pour vous et pour nous une expérience excellente et profitable.

— Je n'ose pas encore vendre la peau de l'ours, répondit Dick.

— Oh, l'ours est mort, soyez tranquille », répondit Miss Williams rayonnante.

Vers mi-mai, Dick fit la noce à Cologne avec deux aviateurs et des jeunes Allemandes. De retour à Paris, il s'inquiéta car le G.Q.G. interdisait la fréquentation des Allemandes. Or ses amis et lui s'étaient conduits de manière inconvenante pour des officiers et des gentlemen. Le colonel Edgecombe le trouva pâle et nerveux. Il le taquina en prétendant que les soldats de l'armée d'occupation passaient leur temps à faire la noce.

Le soir même, en arrivant à son hôtel, il trouva un pneumatique d'Anne Elizabeth :

« *Je suis au Continental, il faut que je te voie sans tarder.* »

Dick prit un bain chaud, se coucha, dormit quelques heures et ne se réveilla qu'après la tombée de la nuit. Puis, se rappelant le pneumatique d'Anne Elizabeth, il se leva paresseusement et se rhabilla. Il ajustait ses guêtres quand on frappa à sa porte. Le garçon d'ascenseur venait de lui dire qu'une dame l'attendait dans le vestibule. A peine avait-il parlé, qu'Anne Elisabeth arrivait en courant dans le couloir. Elle était pâle et avait un gros bleu sur une joue. Dick lui trouva l'air acariâtre, et elle l'agaça dès le premier coup d'œil. « J'ai dit que j'étais ta sœur et j'ai monté les escaliers », dit-elle en l'embrassant à perdre haleine. Dick donna quarante sous au garçon d'ascenseur et chuchota à l'oreille d'Anne : « Entre, qu'est-ce qui se passe ? » Par prudence, il laissa la porte de sa chambre ouverte.

« J'ai des ennuis... on me renvoie aux Etats-Unis.

— Pourquoi ?

— Sans doute ai-je trop fait la folle... Tant mieux, j'en avais assez !

— Comment t'es-tu blessée ?

— Une chute de cheval à Ostie... J'ai fait beaucoup d'équitation. Je montais des chevaux de cavalerie italiens.

— Et, à part ça... comment va ? Il faut que je le sache. J'en suis mortellement inquiet », demanda Dick en la regardant fixement et durement.

Elle se jeta sur le lit, le visage contre l'oreiller. Dick marchant sur la pointe des pieds alla gentiment fermer la porte. Anne Elizabeth sanglotait. Il s'assit sur le bord du lit et voulut l'obliger à relever la tête. « Tout ce que j'ai fait n'a servi à rien... Je vais avoir ce bébé... Oh, j'en suis désolée, surtout pour papa. S'il l'apprend, ça le tuera... Oh, que tu es méchant ! Que tu es méchant ! que tu es méchant !

— Anne Elizabeth, sois raisonnable... Nous pourrions rester bons amis. On vient de m'offrir une magnifique situation d'avenir. Mais, je ne peux pas encore me charger d'une femme et d'un enfant. Comprends-moi... Si tu veux te marier, il y a bien des gars qui donneraient la prunelle de leurs yeux pour t'épouser... Tu sais bien que tu plais à tout le monde... D'ailleurs je n'ai jamais eu envie de me marier avec qui que ce soit, moi. » Elle se leva, alla s'asseoir sur une chaise et se releva en riant nerveusement. « Si papa et mon frère Buster étaient là, ils prendraient leur grand fusil pour t'obliger à m'épouser. Ça se passe comme ça au Texas quand un jeune homme compromet une jeune fille. Mais ce que je crains le plus, c'est précisément que papa et Buster sachent ce qui m'est arrivé. »

Bien que son rire agaçât Dick, il s'efforçait de ne pas perdre son sang-froid et de parler raisonnablement. « Et pourquoi pas J. H. Barrow ? C'est un homme important, il a de l'argent... Il est fou de toi... il me l'a dit lui-même l'autre jour au Crillon. Après tout, sois raisonnable, Anne Elizabeth, c'est ta faute autant que la mienne. Si tu avais pris les précautions qui convenaient... »

Elle retira son chapeau, lissa ses cheveux devant le miroir et alla se rafraîchir le visage au lavabo. Puis elle se relissa les cheveux. Dick souhaitait la voir partir. Tous ses gestes l'exaspéraient. « Donne-moi un baiser, Dick... et ne t'en fais pas pour moi. De toute façon, je m'en tirerai.

— Je suis sûr qu'il n'est pas trop tard pour une opération, dit Dick. Je trouverai un docteur, et demain je t'enverrai son adresse au Continental... Anne Elizabeth, tu es vraiment une chic fille de prendre ça ainsi. »

Elle secoua la tête, murmura « au revoir » et s'éclipsa.

« Et puis voilà ! » dit Dick tout haut. Le sort d'Anne Elizabeth le désolait. « Bigre, je suis bien heureux de ne pas être une fille », se répétait-il. Il avait la migraine.

Il ferma sa porte, se déshabilla, éteignit la lumière et ouvrit la fenêtre ; une bouffée d'air humide entra dans la pièce et lui fit du bien. Ed. avait bien raison : pas moyen d'être heureux sans rendre quelqu'un d'autre malheureux. Quelle putain de vie ! Les rues devant la gare Saint-Lazare brillaient comme des canaux sous les réverbères. Il y avait encore des piétons et un homme hurlait : « L'INTRANsigeant ! » par-dessus la cacophonie des trompes d'auto. Dick se représenta la petite Anne Elisabeth rentrant toute seule en taxi par ces rues humides. Il regretta de ne pas avoir plusieurs vies afin de lui en consacrer une. Il songea même à écrire un poème et à le lui envoyer. L'odeur des petits cyclamens serait un bon sujet de poème. Dans le bistrot d'en face les garçons retournaient les chaises et les posaient sur les tables. Il regretta de ne pas avoir plusieurs vies parce qu'il lui aurait plu aussi d'être un de ces garçons de café qui retournent les chaises sur les tables. Le rideau de fer tonna quand les garçons sortirent. C'était l'heure où les filles descendaient sur le trottoir, allaient et venaient, s'arrêtaient, flânaient, allaient et venaient. De temps en temps, une jeune gouape à la peau couleur de champignon passait parmi elles. Dick frissonna. Il se mit au lit. Ses draps lui parurent givrés. Que diable, à Paris on ne devrait pas coucher seul, on ne devrait pas non plus retourner chez soi le cœur brisé dans un taxi brinquebalant. Pauvre Anne Elizabeth, pauvre Dick. Il grelottait dans son lit, les yeux grands ouverts.

Peu à peu, il se réchauffa. Demain. Sept heures trente : se raser, boucler ses guêtres... café au lait, brioches, beurre. Il aurait faim parce qu'il n'avait pas dîné... deux œufs sur le plat. Bonjour ! M'ssieurs Mesdames. Le tintement des éperons en entrant au bureau. Sergent Ames, repos ! Et le jour qui passe dans un uniforme kaki ; au crépuscule, le thé chez Eleanor, pour qu'elle le rappelle au bon souvenir du sieur Moorehouse. Il avait oublié de lui parler de feu le général Ellsworth. Ils en riraient ensemble. Et les jours passeraient, en vêtements kaki jusqu'à la signature de la paix. Pauvre Dick, il lui faudra travailler après la paix. Pauvre Dick chéri, il a froid aux pieds... Richard a froid aux pieds... Il plia les jambes pour se frotter les pieds... les pauvres pieds du pauvre petit Richard... Après la signature de la paix...

Il s'endormit en se frottant les pieds.

## ACTUALITÉS XXXVII

### DISSOLUTION DE LA GARDE SOVIÉTIQUE

le Commandant en Chef américain rendit hommage aux morts et aux blessés, invita les soldats à remercier Dieu de leur avoir accordé la victoire, et déclara que désormais les citoyens de son pays observeraient leurs devoirs envers Dieu et la Patrie. Quand les numéros furent hissés on découvrit que Zimzizimi, le cheval de Monsieur A. Aumont avait disparu. Le matin même, ce poulain avait été pris d'une quinte de toux et, de ce fait, son propriétaire avait déclaré forfait au dernier moment.

### LES RÉPUBLICAINS S'APPRÊTENT A FAIRE CAMPAGNE CONTRE WILSON

L'EX-KAISER SERAIT JUGÉ A CHICAGO

*Johnny prends ton fusil*
*Prends ton fusil*
*Prends ton fusil*
*On a fini par les avoir*

Monsieur Schwab prétend que la structure sociale de

notre grand pays sera bouleversée. Dans l'avenir, les droits de l'aristocratie ne reposeront plus sur l'hérédité, mais sur les services rendus à la patrie.

## GUERRE SANS MERCI CONTRE LES ROUGES

*On les a eus,*
*On les a eus*

en même temps des cortèges de soldats et de marins apparurent devant la Chancellerie. En Allemagne nous assistons à une course effrénée entre le bolchevisme et l'arrivée des secours américains. Lloyd George Défend Le Pour Et Le Contre A La Conférence De La Paix

*Oh ! cette dame française tatouée*
*Tatouée du cou aux genoux*
*Elle valait la peine d'être vue*

## MACKAY TRAITE BURLESON DE BOLCHEVICK

la visite du Président, des souverains de Grande-Bretagne et de Belgique donnera lieu à des réjouissances populaires et à de nombreuses manifestations. Il est assez humoristique de constater que les sociaux-démocrates voient le gouvernement qu'ils ont instauré menacé par les conséquences de la liberté de la presse et de la parole, libertés dont ils furent les plus ardents défenseurs

*En travers de sa mâchoire,*
*Volaient les avions anglais*
*Sur son dos flottait l'Union Jack*
*Peut-on demander mieux ?*

le Ministère de la Guerre s'est résolu à publier aujourd'hui un rapport tenu secret jusqu'ici concernant le refus d'obéissance de certaines unités américaines du secteur d'Archangelsk, événements qui atteignirent presque l'ampleur d'une rébellion, malgré la présence de forces policières considérables l'ordre ne fut pas troublé, mais quand le cortège passa par les avenues de Malakoff, Henri-Martin, Victor-Hugo, et longea le Trocadéro c'est-à-dire traversa le quartier aristocratique où avait habité Jean Jaurès on avait l'impression de marcher sur un sol miné où le plus minime incident était susceptible de provoquer une explosion

## AUCUNE RAISON DE S'INQUIÉTER DES RENFORTS SONT ENVOYÉS A LA HÂTE

*Le long de sa colonne vertébrale*
*La Garde Royale se tenait l'arme au pied*
*Tout autour de ses fesses,*
*Naviguaient des bateaux de guerre*

les ouvriers bavarois oubliant tout sujet de discorde se sont unis contre toute domination et toute exploitation ; rassemblés dans des Conseils d'Ouvriers de Paysans et de Soldats, ils se sont emparés complètement du pouvoir.

*Juste au-dessus des reins*
*On voyait un panorama de Sydney*
*Mais ce qui me plut le plus,*
*Juste entre ses deux seins,*
*C'était ma maison au Tenessee*

## LE DOCTEUR SIMON DÉNONCE LES FOURRIERS DU BOLCHEVISME

### ON LOGERA LES OUVRIERS DANS DES PALAIS

### LES UKRAINIENS TIRENT SUR UNE MISSION ALLIÉE

on en arrive à se demander si la police n'essaie pas de mettre sur le compte de Landru toutes les femmes qui ont disparu en France non seulement au cours des dix dernières années, mais encore depuis plusieurs décennies.

## L'ŒIL DE LA CAMÉRA 40

*grève générale je parcours la ville à pied pas d'autobus pas de taxi les grilles du métro fermées Place Iéna j'ai vu des drapeaux rouges et Anatole France avec sa barbe blanche et les calicots des MUTILÉS DE LA GUERRE et les gueules immondes des* ***agents de la sûreté***

***Mort aux vaches !***

*sur la place de la Concorde les Gardes Républicains dont les casques semblent faits pour pendre aux arbres de Noël chevauchaient parmi la foule frappant les Parisiens du plat de leur sabre*

*des bribes de l'Internationale des soldats à l'air inquiet casqués flânaient autour des faisceaux sur les grands boulevards*

***Vive les poilus***

*A la* ***République à bas la guerre***

**MORT AUX VACHES à bas la Paix des *Assassins*** *ils ont brisé les grilles qui entourent les pieds des arbres et jettent cailloux et morceaux de fonte sur les gardes républicains aux uniformes extravagants ils huent, sifflent, tribulent les chevaux du bout de leurs parapluies lambeaux de l'Internationale*

*à la gare de l'Est ils chantent l'Internationale en entier la* ***gendarmerie nationale*** *se fraie un chemin lentement le long du boulevard Magenta sous une pluie de cailloux parmi les morceaux de fonte qui* *siffl**ent l'International Mort aux Vaches Barricades** il faut construire des barricades    des gamins essaient de démolir les volets d'une armurerie    coups de revolver une vieille dame est atteinte à sa fenêtre    (qui saigna sur ce pavé ?) nous courons tous dans une petite rue latérale et nous plongeons dans une cour les concierges essaient de fermer leurs portes quand charge la cavalerie douze de rang avec des têtes de feu d'artifice effrayés et méchants derrière leurs grandes moustaches sous leurs casques d'arbre de Noël*

*au coin je cogne contre un ami qui court comme moi    fais gaffe    ils tirent pour tuer et la pluie commence à tomber dru alors nous plongeons ensemble dans un petit café juste avant que le rideau de fer ne tombe devant la porte    dedans il fait sombre tout est calme quelques ouvriers d'âge mûr boivent au comptoir en râlotant    **ah les salops**    il n'y a pas de journaux    quelqu'un dit que la révolution triomphe à Marseille et à Lille    **ça va taper dure**    nous buvons des grogs américains    nos pieds sont mouillés    à la table voisine deux vieux messieurs jouent aux échecs en buvant du vin blanc*

*plus tard nous nous glissons dehors sous le volet de fer qui recouvre la porte il pleut à verse sur la rue vide déserte on n'y voit qu'un parapluie brisé et une casquette côte à côte dans le ruisseau aux pierres fraîchement lavées où traîne un billet de banque déchiré L'UNION DES TRAVAILLEURS FERA*

## ACTUALITÉS XXXVIII

**C'est la lutte finale**
**Groupons-nous et demain**
**International**
**Sera le genre humain**

COUPS DE FEU A LA DIETTE

ARRESTATION D'UN EMPLOYÉ DU Y. M. C. A.
QUI DÉROBAIT LES FONDS
DE CETTE ORGANISATION

déclare que seule la sagesse populaire peut guider la nation dans une telle entreprise. LA FLOTTE DES ÉTATS-UNIS DOIT ÊTRE LA PLUS IMPORTANTE DU MONDE. *Quand j'étais en Italie, un petit groupe de soldats italiens blessés vint à moi clopin-clopant. Je ne pouvais deviner ce qu'ils allaient me dire, et avec la plus grande simplicité, avec une bonne foi touchante, ils me remirent une pétition en faveur de la Société des Nations.*

RÉBELLION MILITAIRE A L'OPÉRA DE BERLIN

ORDRE D'EXÉCUTER TOUS LES GRECS

ÉMEUTE DE SOLDATS CANADIENS
DANS UN CAMP BRITANNIQUE

**Debout les damnés de la terre**
**Debout les forçats de la faim**
**La Justice tonne en son cratère**

**A Qui La Faute Si Le Beurre Est Cher ?**

## IMPORTANTES HAUSSES A WALL STREET

### ON DÉPASSE LES PLUS HAUTS COURS

### NE SOYONS PAS LES DUPES DU TRAVESTI BOLCHEVISTE

à Washington, on craint en général que le public américain préfère envoyer des troupes rétablir l'ordre au-delà du Rio Grande plutôt qu'en Asie Mineure. La grève paralyse complètement la vie new-yorkaise. L'ordre est rétabli à Lahore. Grève à Lille.

### LES TROUPES AMÉRICAINES SE MUTINERAIENT-ELLES ?

#### LE JURY DE CALIFORNIE SE PRONONCE EN TOUTE HATE CONTRE LES OUVRIERS DE SACRAMENTO

*C'est la lutte finale*
*Groupons-nous et demain*
*International*
*Sera le genre humain*

### UN GÉNÉRAL ÉMIGRÉ NOUS DÉCLARE QUE L'ÉCROULEMENT DU RÉGIME BOLCHEVICK NE TARDERA PAS

la censure française ne permet pas au *Herald* de dévoiler les agissements de la Délégation chinoise, mais il serait vain de nier que la situation est grave. Des hommes à qui ne s'offre aucune occasion de gagner leur vie, qui entendent leurs enfants réclamer à manger, qui voient les usines fermer l'une après l'autre et qui envisagent l'arrêt du trafic ferroviaire avec tout ce qu'un tel événement implique de désordres et de désorganisation de la vie nationale, peuvent-ils considérer la situation avec calme et sérénité ?

## LES ANGLAIS FONT DE LEUR MIEUX POUR PENDRE LE KAISER AINSI QU'ILS L'ONT PROMIS

on dit que les Coréens s'attendent à voir le Président Wilson venir en avion entendre leurs doléances. Un drapeau blanc hissé sur la colline de Séoul lui indiquerait un point propice à l'atterrissage.

## LA FILLE A SON PAPA

Pendant la traversée, Fille ne souffrit pas un seul instant du mal de mer et fut la vedette du voyage. La mer était assez mauvaise et il faisait très froid. Un certain Monsieur Barrow, chargé de mission spéciale par le Président, un homme très intéressant et documenté sur tout, prêta grande attention à Fille. Ancien socialiste, il connaissait fort bien les questions ouvrières. Fille lui raconta l'aventure qui lui était arrivée lors d'une grève du textile à New Jersey. Il manifesta un vif intérêt. Le soir, tous deux se promenaient bras dessus, bras dessous sur le pont, et de temps en temps, quand les vagues étaient particulièrement fortes. ils titubaient. Monsieur Barrow se montra entreprenant et elle eut quelque difficulté à le faire tenir tranquille. Elle procéda par persuasion, en lui expliquant qu'elle venait d'éprouver un grand chagrin d'amour et ne désirait qu'un peu d'amitié. Il se montra très bon et plein de sympathie, lui dit qu'il la comprenait fort bien, car lui-même n'avait jamais été heureux avec les femmes, ce qui avait assombri toute son existence. Selon lui, les gens devraient se montrer plus libres en amour et en fait de mariage au lieu de se plier à des tas de conventions et d'inhibitions. Mais il se déclarait capable aussi d'éprouver une amitié passionnée.

Néanmoins, le soir où ils arrivèrent à Paris, il voulut l'entraîner dans sa chambre, à l'hôtel. Elle lui tira la langue et refusa fermement. Il se montra tellement aimable durant le voyage jusqu'à Rome que Fille se dit : « S'il me demande en mariage, j'accepterai peut-être. »

Dans le train il y avait un officier américain, beau garçon et pétillant d'esprit : le capitaine Savage, qui se rendait à Rome pour y porter des dépêches très importantes. Dès que Fille le rencontra, l'Europe entière lui parut épatante. Il parlait français et italien, admirait les vieilles villes à demi détruites et les connaissait déjà. Il racontait des histoires comiques au sujet de la guerre et les terminait par un petit sourire follement drôle. Il rappelait un peu Webb, mais en beaucoup mieux parce qu'il était plus sûr de lui et plus joli garçon. En sa compagnie, elle oublia Joë et prit Monsieur Barrow en grippe. Elle sentait quelque chose fondre dans son corps quand le capitaine Savage la regardait. Avant même d'arriver à Rome, elle décida qu'elle était folle de lui.

Plus tard, avec un ami du capitaine Savage et Monsieur Barrow, Dick et Fille firent une excursion jusqu'aux ruines de la Villa de l'empereur Hadrien. De là, ils se rendirent à une petite ville où il y avait une cascade. Dick but pendant le repas, et elle en fut ravie. Fille avait envie de se jeter dans ses bras. Il y avait quelque chose, dans le paysage brumeux, dans les yeux noirs et lascifs des Italiens, dans les noms de ces villes antiques, dans les aliments parfumés d'ail et d'huile d'olive, dans les voix chantantes comme un sourire, et dans l'odeur de toutes petites fleurs sauvages qu'il appelait des cyclamens, il y avait quelque chose qui lui faisait perdre la tête. Elle faillit s'évanouir quand il la caressa. Oh, elle avait tant envie d'être caressée par Dick ! Mais non, non ! c'était impossible !

Or le lendemain, Fille faillit à la promesse qu'elle avait faite de ne pas boire d'alcool, et elle jeta son bonnet par-dessus les moulins. Jusque-là, elle craignait que l'amour fût une chose sordide, et elle espérait en même temps que ce serait merveilleux. Ce ne fut ni aussi sordide qu'elle l'avait craint, ni aussi merveilleux qu'elle l'avait espéré. Elle avait grand peur et bien froid, comme lorsqu'elle lui avait avoué que cela ne lui était encore jamais arrivé. Mais le jour suivant, il fut si doux et si fort qu'elle éprouva tout à coup un grand bonheur. Enfin, il repartit pour Paris, et Fille se sentit misérable, sans autres distractions que son travail de bureau et sans autres fréquentations que de lugubres vieilles filles.

Puis, elle comprit qu'elle était enceinte, et prit peur, mais ça ne l'inquiéta pas tellement, parce qu'évidemment, Dick l'épouserait. Papa et Buster seraient furieux d'abord, mais finalement il leur plairait. Il écrivait des vers et il avait l'intention de devenir écrivain quand il serait démobilisé. Et Fille croyait fermement qu'il se rendrait célèbre. Il n'écrivait pas très souvent et quand elle le fit revenir à Rome, il ne se montra pas aussi gentil qu'elle l'espérait. Mais ça devait être un drôle de coup pour lui aussi ! Ils décidèrent qu'il vaudrait peut-être mieux ne pas avoir d'enfant et ne pas se marier avant qu'il fût démobilisé. Cependant, il ne lui laissait aucun doute : aussitôt démobilisé, il l'épouserait. Pour se débarrasser de l'enfant, Fille essaya bien des choses et fit beaucoup d'équitation en compagnie du lieutenant Grassi qui avait fait ses études à Eton et parlait un anglais impeccable. C'était un compagnon charmant ; il disait à Fille qu'elle était la meilleure cavalière qu'il eût jamais connue. Les vieilles chattes du Comité de Secours pour le Proche-Orient se fâchèrent parce qu'elle sortait trop avec le lieutenant Grassi et parce qu'elle rentrait trop tard le soir. Enfin, elles la renvoyèrent aux Etats-Unis.

Dans le train, en allant à Paris, Fille mourait de peur. L'équitation n'avait servi à rien, et elle était couverte de bleus parce qu'elle avait fait une chute sérieuse. Un des chevaux de cavalerie du lieutenant Grassi était tombé alors qu'elle essayait de lui faire sauter un mur de pierre. Fille s'en était tirée avec des contusions, mais il avait fallu abattre le cheval qui s'était cassé la jambe. Le lieutenant avait pris ça très mal et s'était montré abominable. Fille en concluait qu'il suffisait de gratter le vernis de ces étrangers pour qu'apparût leur foncière mesquinerie. Elle était alors enceinte de trois mois et craignait qu'on ne remarquât son état. Il faudrait que Dick l'épouse sans délai. Que faire d'autre ? Peut-être vaudrait-il même mieux raconter qu'ils s'étaient mariés secrètement à Rome devant un bon vieux prêtre tout petit et tout rond.

A l'instant même où elle courut vers Dick dans le couloir de l'hôtel, Fille vit à son attitude que tout était fini. Il ne l'aimait pas le moins du monde. Elle retourna à pied vers son hôtel, le long des rues de Paris, sous la pluie, et elle était sûre de ne pas retrouver son chemin. En arrivant au Continental, elle fut presque déçue de ne pas s'être perdue. Elle monta dans sa chambre et s'assit sur une chaise sans même retirer son manteau ni son chapeau trempés de pluie. Elle voulait réfléchir.

C'était la fin de tout.

Le lendemain matin, elle alla au Bureau du Comité de Secours pour le Proche-Orient. On lui donna une feuille de route pour un bateau qui partait quatre jours plus tard. Après cela elle retourna à son hôtel et s'assit encore pour réfléchir. Comment retourner à Dallas dans cet état ? Elle reçut un pneu de Dick qui lui donnait l'adresse d'un docteur et se terminait ainsi : « Pardonne-moi, je t'en prie, tu es une fille magnifique, et je suis sûr que tout se passera très bien. » Elle déchira la mince feuille de papier bleu en menus morceaux et les jeta par la fenêtre. Puis elle s'allongea sur son lit et pleura à en avoir mal aux paupières. Prise de nausées, elle fut obligée d'aller aux cabinets, à l'autre bout du couloir. Elle se recoucha, s'endormit et se réveilla affamée.

Le temps s'était éclairci, et un rayon de soleil entrait dans la chambre. Elle descendit au vestibule de l'hôtel pour téléphoner au bureau de Monsieur G. H. Barrow. Il parut enchanté, promit de venir la chercher dans une demi-heure pour l'emmener déjeuner au Bois de Boulogne où ils oublieraient tout sauf le printemps qui rendrait leurs cœurs semblables à ceux des beaux païens de jadis. En entendant cela, Fille fit la grimace, mais elle répondit assez aimablement qu'elle l'attendait.

Il arriva, vêtu d'un complet de sport en flanelle grise et coiffé d'un large chapeau de feutre également gris. Fille regretta d'être en uniforme, gris et triste. « Oh, ma chère petite fille... vous m'avez sauvé la vie, disait Barrow. Le prin-prin-printemps me fait penser au suicide quand je n'ai pas un n'a-n'a-n'amour en tête... Et je me sentais vieux, eu... euh... vieux et sans amour. Il faut que ça change.

— Moi aussi, j'ai envie de changement.

— Qu'est-ce qui vous arrive donc ?

— Je ne sais pas si je dois vous le dire. Peut-être vous le dirai-je, peut-être ne vous le dirai-je pas. En tout cas, j'ai trop faim pour parler tout de suite. » Ce jour-là, le long nez et les joues caves de Monsieur Barrow lui plaisaient presque.

« Très bien, c'est moi qui ferai la causette, dit-il en riant, d'ailleurs, c'est tou-tou-toujours moi qui parle... Et je vous offrirai le mé-mé-mé-meilleur repas de votre vie. »

Ils prirent un taxi, et tout le long du chemin, jusqu'au Bois de Boulogne, Barrow parla avec volubilité de la Conférence de la Paix et des terribles combats que livrait le président Wilson pour maintenir ses principes dans toute leur intégrité. « Entouré de sinistres intrigants, empoisonné par les fantômes de traités secrets, face aux deux hommes d'Etat les plus habiles et les moins scrupuleux du vieux monde... il combat... et nous combattons tous à ses côtés... C'est la plus grande croisade de l'histoire. Si nous gagnons, le monde deviendra meilleur ; si nous perdons, le monde entier succombera au bolchevisme et au désespoir. Au cours d'un tel combat, comprenez, ma chère Anne Elizabeth, combien je fus charmé d'entendre votre jolie petite voix me chatouiller l'oreille au téléphone. Vous m'avez arraché pour un court instant à tous mes soucis et à toutes mes responsabilités... Mais savez-vous ce qu'on dit ? Le bruit court que le président Wilson a été victime d'une tentative d'empoisonnement à l'hôtel Murat... C'est le président des Etats-Unis, et lui seul, soutenu par quelques fidèles, dévoués et bien intentionnés, qui défend l'honnêteté, la loyauté, le bon sens. N'oubliez jamais cela, mon enfant. » Ainsi pérorait-il, comme s'il essayait les phrases d'un discours. Fille l'écoutait à peine et ne l'entendait que de très loin, comme au cours d'une communication téléphonique défectueuse. Sur les noyers apparaissaient des chatons. La foule, les enfants endimanchés, les drapeaux flottant dans le ciel bleu, les maisons élégantes aux façades sculptées, aux balcons de fer, leurs vitres brillantes au soleil de mai, tout défilait devant les yeux de Fille sans qu'elle y prêtât attention. Paris lui semblait tout petit, brillant et lointain comme une image qu'elle aurait regardée par le petit bout d'une lorgnette. Au restaurant, il la fit asseoir dehors, sous les arbres, devant une grande salle vitrée et vide. On apporta les hors-d'œuvre. Elle en mangea machinalement. Il lui fit boire beaucoup de vin, et, au bout d'un moment, elle s'entendit parler. Jusqu'alors, elle ne s'était jamais confiée ainsi à un homme. Mais il semblait si compréhensif et si bon ! Elle lui raconta combien elle avait eu de peine quand Joë Washburn l'avait abandonnée et combien elle avait regretté de quitter papa. Sur le bateau, elle sentait que son caractère se transformait. « Quelque chose de curieux s'est produit en moi... Jusqu'alors je m'entendais bien avec tout le monde, et maintenant je n'y parviens plus. A Rome, au bureau, les vieilles chouettes avec qui je travaillais m'étaient insupportables. J'ai fait la connaissance d'un jeune Italien avec qui je montais à cheval, mais je n'ai pas pu m'entendre avec lui. Vous vous rappelez le capitaine Savage qui nous a laissé voyager dans son compartiment quand nous avons été en Italie et avec qui nous sommes allés à Tivoli ? » Ses oreilles bourdonnèrent quand elle prononça le nom de Dick. Elle se retint à temps pour ne pas raconter toute la vérité à Monsieur Barrow et dit simplement : « Au début nous nous entendions très bien, nous nous étions fiancés et maintenant nous nous sommes disputés. »

Le long visage de Monsieur Barrow se pencha vers elle au-dessus de la table. Il avait de grandes dents qui lui donnaient un sourire de cheval. « Croyez-vous, Annie, ma petite, que vous pourriez vous entendre avec moi ? » Il tendit sa main, mince, striée de veines, par-dessus la table, vers celle de la jeune fille qui pencha la tête de côté et dit en riant : « Ma foi ! nous avons l'air de nous entendre assez bien pour le moment.

— Je serais si heureux si nous étions amis... et je suis si heureux d'être avec vous. Mais regardez-vous : comme vous êtes belle !... Il y a des années que je n'ai pas été aussi heureux, sinon peut-être au mo-mo-mo-ment solennel où fut signé le Covenant de la Société des Nations. »

Elle éclata de rire. « Eh bien ! je suis heureuse de vous plaire autant qu'un traité de paix... Monsieur Barrow, je suis dans de mauvais draps. » En disant cela, elle le dévisagea. Il cessa de sourire et sa lèvre supérieure s'amincit.

« Mais, qu'est-ce qui vous-vous-vous-z-arrive ? Si je pu-pu-puis vous être utile à quelque chose, je serai l'homme le plus heureux du monde.

— Vous n'y pouvez vraiment rien. D'ailleurs, ce n'est pas terrible, au fond, mais je suis désolée de m'être fait congédier et d'être obligée de retourner chez moi en disgrâce. Oh, c'est de ma faute, je me suis conduite comme une petite folle. »

Ce disant, elle faillit succomber à une crise de nerfs. Elle allait éclater en sanglots quand, soudain, prise de nausées, elle s'enfuit vers les lavabos du restaurant et arriva juste à temps pour vomir. La dame des lavabos, une femme sans formes au visage de cuir racorni, se montra pleine de sympathie et de prévenances. Fille fut terrifiée de constater que cette Française devinait de quoi il s'agissait. Fille ne savait pas bien le français, mais elle comprit qu'on lui demandait si c'était le premier enfant de **Madame...** ...combien de mois ? et qu'on la félicitait. Subitement, elle décida de se suicider. Quand elle revint sur la terrasse, Monsieur Barrow avait déjà payé l'addition et faisait les cent pas sur le gravier devant les tables. « Ma pauvre petite fille, dit-il. Etes-vous souffrante ? Vous êtes devenue si pâle tout d'un coup.

— Ce n'est rien... Je crois que je vais rentrer chez moi et m'allonger... Sans doute tous ces spaghetti et tout cet ail qu'on mangeait en Italie ne me convenaient-ils pas... C'est peut-être le vin, aussi.

— ... Je pourrais sans doute vous trouver du travail à Paris. Etes-vous sténographe ? dactylographe ?

— On pourrait tenter le coup », répondit-elle sèchement. Elle exécrait Monsieur Barrow. Pendant le retour, dans le taxi, elle ne trouva rien à lui dire. Barrow parla sans arrêt. Arrivée à l'hôtel, elle s'allongea sur son lit et pensa à Dick.

Décidée à retourner chez son papa, elle ne quitta plus sa chambre et refusa de voir Monsieur Barrow qui ne cessait de lui téléphoner pour l'inviter et lui proposer des emplois. Elle prétendit avoir une crise de foie et ne pas pouvoir sortir. La veille du jour où Fille devait s'en aller, Barrow l'invita à dîner avec des amis. Sans même se rendre compte de ce qu'elle faisait, elle accepta. Il vint la chercher à six heures et l'emmena d'abord prendre un cocktail au bar du Ritz. L'après-midi , elle s'était acheté une robe du soir aux Galeries Lafayette et se sentait en beauté. Quand elle se trouva assise au Ritz, elle souhaita que Dick la vît, et elle se proposa de ne pas ciller s'il passait auprès d'elle. Monsieur Barrow parlait de la situation à Fiume et des difficultés que les parlementaires américains suscitaient au président Wilson. Il craignait même que le merveilleux édifice de la Société des Nations fût en danger, et s'en désolait. Dick entra, en compagnie d'une femme très pâle plus âgée que lui, vêtue de gris. Dick était aussi élégant qu'à l'ordinaire dans son uniforme. Un homme de haute taille, aux cheveux blonds, vint les rejoindre. Monsieur Barrow lui dit que c'était J. W. Moorehouse. Dick l'avait certainement vue, mais il faisait semblant de ne pas la connaître. Désormais plus rien ne comptait pour elle dans la vie. Ils burent leur cocktail et sortirent. En montant vers Montmartre en taxi, elle se laissa embrasser longuement sur la bouche par Monsieur Barrow, ce qui le mit de bonne humeur. Peu lui importait, son sort était réglé : elle se suiciderait.

Monsieur Barrow avait loué une table à *L'Hermitage*, ses deux invités l'y attendaient déjà : un journaliste appelé Burnham et Miss Hutchins qui travaillait à la Croix-Rouge. Ils s'excitaient sur le sort d'un certain Stevens qui venait de se faire arrêter en Allemagne par l'armée américaine d'occupation. Accusé de propagande bolchevique, il avait comparu devant un conseil de guerre ; Mademoiselle Hutchins et Monsieur Burnham craignaient qu'on ne le fusillât. Bouleversée, Miss Hutchins suppliait Monsieur Barrow d'intervenir auprès de Wilson dès que ce dernier reviendrait à Paris. En attendant, il fallait à tout prix faire surseoir à l'exécution. Selon elle, Don Stevens, journaliste de son métier, avait des idées un peu avancées, mais n'était certainement pas un agent de propagande. D'ailleurs, pouvait-on concevoir chose plus horrible que de tuer un homme parce qu'il souhaite un monde meilleur. Très embarrassé, Monsieur Barrow bégayait, poussait des oh et des ah, et disait que ce Stevens n'était qu'un jeune sot qui parlait trop et surtout de choses qu'il ne comprenait pas. Mais il n'en promettait pas moins de faire tout son possible pour le tirer d'affaire... Quoique ce Stevens eût fait preuve d'un bien mauvais esprit... Miss Hutchins fut outrée d'entendre ça. « Mais on va le fusiller... et si vous étiez à sa place ?... Il faut le sauver à tout prix ! »

Fille ne trouvait rien à dire et ne comprenait pas très bien le sujet de la discussion. Elle regardait les garçons et le maître d'hôtel aller et venir, et les gens qui occupaient les tables voisines. En face, se trouvaient de jeunes officiers français qui lui paraissaient intéressants. L'un d'eux, grand, au nez aquilin, la regardait obstinément. Leurs regards se croisèrent. Elle ne put s'empêcher de sourire. Ces jeunes gens s'amusaient follement. Un groupe d'Américains si guindés qu'ils paraissaient endimanchés passa entre leur table et celle des Français. C'étaient Dick, la dame au visage pâle, J. Ward Moorehouse et une grosse dame d'âge mûr qui portait une robe à volants roses et des émeraudes sur la poitrine. Tous quatre s'assirent à la table la plus proche sur laquelle Fille avait remarqué un petit écriteau portant la mention : **réservée.** Il y eut des présentations, Dick lui serra la main cérémonieusement comme s'il ne la connaissait qu'à peine. La femme au visage pâle, en qui Fille reconnut une certaine Miss Stoddart avec qui elle avait entretenu d'excellentes relations à Rome, la fixa droit dans les yeux d'un regard glacé d'inquisiteur, qui la mit mal à l'aise.

Aussitôt, Miss Hutchins accapara Monsieur Moorehouse pour lui parler de Don Stevens. Elle voulait qu'il téléphonât immédiatement au colonel House pour que ce dernier fît surseoir à l'exécution. Monsieur Moorehouse, très sûr de lui et très calme, la rassura. Ce Stevens avait probablement été arrêté pour enquête. Le conseil de guerre de l'Armée d'Occupation, disait-il, se garderait bien de prendre des mesures irréparables contre un civil, surtout un citoyen américain. Miss Hutchins insista. Elle demandait seulement qu'on fît surseoir à l'exécution parce que le père de Stevens était un ami du sénateur La Follette qui ferait jouer de fortes influences à Washington. En entendant cela, Monsieur Moorehouse sourit. « Si sa vie dépendait de l'influence du sénateur La Follette, je crois, Evelyne, que vous auriez raison de vous alarmer. Mais, rassurez-vous, votre ami n'est pas en danger. » Cette réponse fâcha Miss Hutchins qui se remit à manger d'un air maussade. L'affaire Stevens gâchait la soirée. Comme Fille ne comprenait pas de quoi il s'agissait, elle se demandait pourquoi tout le monde prenait une attitude contrainte. Peut-être n'en était-il rien, et elle se demanda même si elle ne se faisait pas des idées, à cause de sa situation et de ses relations avec Dick. De temps en temps, elle jetait un coup d'œil vers lui. Ce n'était pas du tout le Dick qu'elle avait connu. Il minaudait, faisait des gestes précieux, et parlait à voix basse d'un air important à la grosse dame en rose assise en face de lui. Fille eut envie de lui jeter une assiette à la figure.

Enfin, l'orchestre se mit à jouer. Monsieur Barrow dansait mal et l'agaçait : il lui serrait la main et lui caressait le cou. Après la première danse, il l'emmena au bar boire un gin fizz. Au plafond pendaient de larges rubans tricolores. Les quatre officiers français se trouvaient là. D'autres gens chantaient **la Madelon de la Victoire** et des jeunes filles aux airs canailles riaient et parlaient français d'une voix aiguë. Monsieur Barrow ne cessait de lui chuchoter à l'oreille : « Ma chérie, laissez-moi vous reconduire ce soir... Ne partez pas demain... Je suis sûr de pouvoir arranger cette affaire avec la Croix-Rouge ou avec n'importe qui... J'ai eu si peu de chance, dans ma vie, si peu de bonheur... Je crois que je me suiciderai si vous m'abandonnez... Vous ne pourriez pas m'aimer un tout petit peu ?... J'ai consacré ma vie entière à un idéal, hélas intangible, et voilà que je vieillis sans avoir connu un seul moment de vrai bonheur. Vous êtes la seule jeune fille que j'aie rencontrée qui soit vraiment digne d'une païenne antique et qui pourrait apprécier l'art de vivre. » Puis, il lui colla un baiser mouillé sur l'oreille.

« Mais, George, je ne peux aimer personne tout de suite. Je déteste tout le monde.

— Je vous apprendrai à aimer... Donnez-m'en l'occasion.

— Si vous me connaissiez, vous ne voudriez plus de moi », dit-elle froidement, et elle surprit aussitôt sur le visage de Barrow une expression de crainte, ses lèvres se pincèrent sur ses grandes dents de cheval.

Ils retournèrent à table. Elle s'ennuya à écouter tous ces gens parler prudemment avec de longues pauses du Traité de Paix : Quand serait-il signé ? Les Allemands signeraient-ils ? Etc. N'y tenant plus, elle se dirigea vers les lavabos pour se poudrer. En revenant, elle jeta un coup d'œil dans le bar pour voir ce qui s'y passait. L'officier français au nez en bec d'aigle l'aperçut, se leva d'un bond, claqua des talons, salua, fit une révérence et bredouilla en anglais : « Charmante dame, ne voulez-vous pas rester un moment et boire un verre avec votre humble serviteur ? » Fille alla s'asseoir à leur table et dit : « Vous avez l'air de vous amuser si bien, et moi je suis avec une bande de rabat-joie... ils me fatiguent...

— Permettez, Mademoiselle », et il la présenta à ses amis.

C'était un aviateur. Les trois autres aussi. Il s'appelait Pierre. Elle leur dit que son frère était aviateur aussi et qu'il avait été tué. Ils se montrèrent encore plus aimables. Malgré elle, elle leur laissa croire que Bud avait été tué au front. « Mademoiselle, dit Pierre solennellement, permettez-moi, je vous le demande aussi respectueusement qu'il se peut, d'être votre frère.

— Tope-là », dit-elle. Et tous les quatre lui serrèrent gravement la main. Jusqu'alors, ils buvaient des petits verres de cognac, mais après ça, ils commandèrent du champagne. Ils dansèrent avec elle à tour de rôle. C'étaient des jeunes gens sympathiques qui riaient tout le temps et se montraient très aimables. Ils firent la ronde au milieu de la salle. Tout le monde battait des mains en les regardant. Soudain, en dansant ainsi, elle vit Monsieur Barrow rouge d'indignation debout sur le seuil de la porte. Elle cria par-dessus son épaule : « Je reviens dans un instant, professeur ! » Le visage disparut. Cette ronde lui donna le vertige. Pierre la soutint fermement. Il était parfumé, mais il lui plaisait quand même.

Il proposa d'aller dans une autre boîte. « **Mademoiselle Sistair,** murmura-t-il, permettez-nous de vous montrer **les mystères de Paree,** après quoi nous vous ramènerons à vos rabat-joie. Vous les retrouverez ici, ivres morts. Les rabat-joie s'enivrent toujours quand ils essaient de s'amuser. » Ils rirent. Il avait les yeux gris et les cheveux clairs, et se disait Normand. Elle lui avoua n'avoir jamais rencontré un Français aussi gentil que lui. Pour se faire donner son manteau au vestiaire, ce fut toute une affaire parce qu'elle n'avait pas de numéro. Elle passa derrière le comptoir et retrouva son manteau elle-même pendant que Pierre expliquait l'affaire à la dame du vestiaire. Ils montèrent dans une voiture grise et basse. Fille n'avait jamais roulé à une telle vitesse. Pierre conduisait comme un démon. Il s'amusait à piquer droit sur les agents, au coin des rues, à toute vitesse, et, juste au dernier moment, il faisait un petit crochet. « Et si vous en cognez un ? » demanda-t-elle. Il haussa les épaules et répondit : « San' fait rien... ce sont, comment dites-vous ça en anglais... des sales vèches » Ils s'ennuyèrent vite chez Maxim's parce que c'était trop calme. De là, ils traversèrent Paris pour aller dans un petit dancing canaille. Fille vit très bien que Pierre était connu partout et qu'on le traitait comme un As célèbre. Les autres aviateurs s'en allèrent l'un après l'autre avec des filles. Enfin, Anne Elisabeth se trouva seule avec Pierre dans la longue voiture grise. « Primo, expliqua-t-il, nous irons **à les Halles** manger une **soupe à l'oignon.** Puis, je vous emmènerai faire un petit **tour en avion.**

— Oh, oui, je vous en prie... Je ne suis jamais montée en avion. J'aimerais faire un looping. Promettez que vous ferez un looping.

— **Entendu !** » dit-il.

Ils s'assirent, un peu ensommeillés dans une petite salle vide où ils mangèrent de la soupe à l'oignon et burent du champagne. Pierre était toujours aussi gentil et prévenant, mais il semblait avoir épuisé son vocabulaire anglais. Fille songea vaguement à regagner son hôtel assez tôt pour prendre le train qui la mènerait au bateau. Mais elle ne trouvait rien d'autre à dire que : « Looping... Promettez de faire un looping. » Les yeux de Pierre s'embuaient. « Avec **Mademoiselle Sistair,** dit-il, je ne fais pas l'amour, je fais le looping. »

Le terrain d'aviation se trouvait très loin. L'aube grisaillait à peine au ciel quand ils partirent. Pierre ne conduisait plus aussi droit, et à deux ou trois reprises, elle dut saisir le volant pour redresser la voiture. Ils arrivèrent sur le terrain, Fille ne vit qu'une rangée de hangars et trois avions qui apparaissaient à peine dans la nuit bleue au-delà d'une rangée de peupliers. Fille descendit de l'auto en grelottant. Pierre titubait un peu. « Peut-être préférez-vous aller au lit... Au lit c'est très bon », dit-il en bâillant. Elle le prit par la taille et répondit : « Vous avez promis de me faire faire un looping.

— D'accord », accepta-t-il sans bienveillance, et il s'en alla vers un des avions. Elle l'entendit jurer tout bas en français en tripotant le moteur. Puis il s'en alla vers un hangar pour réveiller un mécanicien. Cependant, Fille tremblait de froid. L'aube mouchetait le ciel de reflets argentés. La tête vide, Fille n'avait plus qu'une idée : monter en avion. Le mécanicien revint avec Pierre ; elle comprit vaguement que le premier conseillait de ne pas voler. Furieuse, elle intervint : « Pierre, vous avez promis de m'emmener en avion ! » Les deux hommes discutaient d'un air endormi. « D'accord, **Mademoiselle Sistair** », répondit Pierre. Ils l'enveloppèrent dans une capote militaire et l'attachèrent très soigneusement dans le baquet de l'observateur. Pierre monta dans celui du pilote. C'était un monoplan Blériot, disait-il. Le mécanicien lança l'hélice. Le moteur se mit à tourner en rugissant. Tout à coup, les idées de Fille s'éclaircirent, elle prit peur, pensa à papa, à Buster, au bateau qu'elle aurait dû prendre le lendemain, non, c'était le jour même. Le moteur pétarada longuement. Le jour se levait. Fille essaya de se dégager des courroies qui la retenaient sur son siège. Il fallait absolument qu'elle arrive à temps pour prendre le bateau. Quelle folie que de monter ainsi en avion ! Mais, l'appareil roulait déjà en tanguant. Il roula longtemps, tangua longtemps ; elle croyait qu'il ne s'envolerait pas, quand elle vit des peupliers passer au-dessous d'elle. Le rugissement du moteur s'était adouci. Ils montaient. Un rayon de soleil la frappa en pleine figure. Au-dessous, la terre avait disparu sous un nuage blanc qui ressemblait au sable d'une plage. Elle avait grand froid et le bruit du moteur l'abrutissait. Un homme qui portait de grosses lunettes, assis devant elle, se retourna pour lui crier quelque chose. Fille ne savait plus qui était cet homme, elle tendit la main pour décrire un cercle. L'avion continua à monter lentement. Des collines apparurent dans la lumière, de chaque côté de la longue plage de sable blanc qui devait être la Seine couverte de brouillard. Où se trouvait Paris ? Puis ils plongèrent vers le soleil. « Non, non, non, ne faites pas ça ! ne faites pas ça !... Enfin c'est fini. » Les nuages blancs étaient passés au-dessus de leurs têtes, ils redescendirent sous leurs pieds. Le soleil monta à toute vitesse dans le ciel, puis il redescendit lentement. L'avion reprit de la hauteur. Fille avait mal au cœur et craignait de s'évanouir. Sans doute est-ce ainsi quand on meurt. Peut-être ferait-elle une fausse couche. La trépidation du moteur agitait tout son corps. Elle eut à peine la force de tendre la main vers l'homme et de répéter le même geste. Aussitôt, le soleil jaillit vers le haut du ciel et redescendit lentement derrière eux. Cette fois, Fille supporta beaucoup mieux le looping.

L'avion s'éleva de nouveau dans l'azur. Le vent s'était sans doute levé, parce que l'appareil oscillait un peu et plongeait de temps en temps dans des trous d'air ce qui oppressait Fille. L'homme aux grosses lunettes tourna la tête vers elle et elle crut comprendre que ses lèvres formaient les mots : « Pas bon. » Mais elle n'y fit pas attention : maintenant elle voyait Paris, semblable à une pelote d'épingles, avec ses collines, la Tour Eiffel, les tours du Trocadéro pointant dans la brume laiteuse. Le Sacré-Cœur de Montmartre, blanc comme neige jetait son ombre énorme sur le petit jardin qui l'entoure et semblait pareil à une carte de géographie. Puis le Sacré-Cœur disparut. L'avion décrivit des cercles au-dessus de la campagne toute verte. Les cercles se rétrécirent et Fille se sentit projetée contre un côté du baquet. C'était dur. Elle fut reprise de nausées. Puis elle entendit un craquement : un petit câble rompu s'agita dans le ciel bleu en sifflant. Fille cria pour attirer l'attention de l'homme aux lunettes. Il se retourna, vit qu'elle agitait la main, et plongea pour un nouveau looping. Cette fois ? Non. Paris, la Tour Eiffel, le Sacré-Cœur, les champs verts. L'avion reprit de la hauteur.

Soudain Fille vit une aile brillante glisser toute seule à côté de l'avion.

Le soleil l'aveugla.

## ACTUALITÉS XXXIX

la vue des villages en ruine et de la terre torturée « le travail des ennemis » déchire le cœur de Monsieur Hugh C. Wallace au cours de son voyage à travers les régions dévastées et bombardées.

DES CHARS D'ASSAUT FACTICES
CIRCULENT DANS LA CINQUIÈME AVENUE
POUR INVITER LE PUBLIC A SOUSCRIRE

LES AMÉRICAINS MOBILISENT EN ORIENT
CONTRE LA MENACE JAPONAISE

*Règne Britannia, règne sur les flots*
*Les Anglais ne seront jamais esclaves*

ON TROUVE LE CADAVRE
D'UNE JEUNE FEMME ÉTRANGLÉE

les socialistes révolutionnaires sont les agents de Denikine, de Koltchack, et des impérialistes alliés. Je fus un de ceux qui organisèrent le Conseil des Soldats Marins et Ouvriers de Seattle. Ici, dans cette réunion, on éprouve le même sentiment que lors de notre première assemblée, à Seattle quand cinq mille hommes en uniforme étaient parmi nous. L'EX-KAISER PASSE DES HEURES A ECRIRE. Si on essaie de voir plus loin que le bout de son nez, on comprend que le choix se limite maintenant à deux solutions : la révolution sociale ou l'anarchie. L'Angleterre s'est déjà engagée sur la voie du socialisme, la France hésite, la Belgique commence, l'Italie ne tardera pas, cependant, l'ombre de Lénine grandit et obscurcit la table de conférence

DIX NAVIRES BRAQUENT LEURS CANONS
ENTRE LES ORKNEYS ET LE SKAGGERAK

PAS DE CHARBON?
BRÛLEZ DE LA TOURBE

*Voulez-vous voir les généraux*
*Je sais où ils sont*
*Voulez-vous voir les généraux*
*Je sais où ils sont*

Maximilien Harden prétend que les masses ne savent pas encore comment la guerre commença, comment elle fut menée, ni comment elle se termine. Des manifestants envahirent le ministère de la Guerre, s'emparèrent de Herr Neuring, le traînèrent dehors, le jetèrent dans l'Elbe et le tuèrent à coups de fusil pendant qu'il essayait de s'échapper à la nage.

WILSON DIT AU CONGRÈS
QUE LES DÉPENSES INCONSIDÉRÉES
DES CITOYENS PROVOQUENT LA HAUSSE DES PRIX

*Je les ai vus,*
*Je les ai vus,*
*Tout au fond*
*D'un abri souterrain*

## L'ŒIL DE LA CAMÉRA 41

*tu ne viens pas à la goguette anarchiste      il y aura un pique-nique anarchiste      certes tu dois venir à la goguette anarchiste cet après-midi c'était très loin à Garches dans une espèce de parc il nous a fallu bien du temps pour y parvenir et nous arrivâmes en retard des jeunes filles à lunettes et des vieux messieurs à longues moustaches et crinières blanches      et tout le monde portait des lavallières noires comme les artistes      quelques-uns avaient retiré leurs souliers et leurs chaussettes et piétinaient patauds dans l'herbe épaisse      un jeune homme à lavallière noire lisait un poème      Voilà dit une Voix c'est plutôt* ***la geste prolétaire*** *c'était un bel après-midi assis dans l'herbe nous considérions* ***la geste prolétaire***

*Mais nom de Dieu ils ont toutes les mitrailleuses du monde toutes les presses tous les linotypes les bandes télégraphiques les copeaux de métal les chevaux de bois les Ritz et nous toi moi ? les mains nues quelques chansons et pas très bonnes plutôt* ***la geste prolétaire***

***Les bourgeois à la lanterne nom de Dieu***
***et l'humanité et la futurité la lutte des classes***

***l'inépuisable angoisse des foules la misère du travailleur tu sais mon vieux sans blague***

*et nous retournâmes chez nous au crépuscule par une fraîche soirée des premiers jours d'été parmi les arbres qui existaient déjà au dix-huitième siècle   j'étais assis sur l'impériale en troisième classe avec la* ***fille du Libertaire*** *(après tout c'est notre Patrick Henry   donnez-nous... ou la mort) une jolie fille son père disait-elle ne la laissait pas fréquenter de jeunes gens comme si elle avait été au couvent elle était pour la liberté la fraternité l'égalité et pour un jeune homme qui l'aurait promenée   dans le tunnel la fumée nous fit tousser et elle voulait* ***l'Amérique la vie le théâtre le fivoclok le smoking le fox trott*** *c'était une jolie fille nous étions assis côte à côte tout en haut du wagon et nous admirions la* ***banlieue de Paris*** *un désert de maisonnettes bâties en briques de pain d'épice qui s'aplatissaient écrasées par le crépuscule du soir elle et moi* ***tu sais mon ami*** *mais quelle invraisemblable direction avons-nous prise nom de Dieu*

## ACTUALITÉS XL

### UN DÉTENU S'ENFUIT EN PYJAMA APRÈS AVOIR SCIÉ LES BARREAUX ET ESCALADÉ LES MURS

Italiens ! envers tous et contre tout, rappelez-vous que la lumière vient de Fiume et que tous les discours se résument en ces mots : Fiume ou la Mort !

**Criez aux quatre vents que je n'accepte aucune transaction. Je reste ici contre tout le monde et je prépare de très mauvais jours**

**Criez cela, je vous prie à tue-tête.**

Ceux qui s'enrôleront auront droit au port d'un galon d'or, à des occasions de chasser le grand fauve, de pratiquer les sports nautiques les plus palpitants et enfin, ce qui n'est pas à dédaigner, auront l'avantage de voyager à l'étranger.

*Chi va piano*
*Va sano*
*Chi va forte*
*Va' la morte*
*Evvivva la liberta !*

UN TREMBLEMENT DE TERRE
DÉVASTE L'ITALIE
AUTANT QUE LA GUERRE

les jeunes filles du Y.M.C.A. ne voyageront que sur des transports de troupe, une partie de la flotte appareille pour se porter à l'aide de Wilson.

DEMPSEY BAT WILLARD PAR K.O.

**Ils sont sourds.**
**Je vous embrasse.**
**Le cœur de Fiume est à vous.**

## GROS BONNETS ET FORTES TÊTES 16

### *JOË HILL*

Un jeune Suédois Hillstrom prit la mer, ses mains devinrent calleuses sur les vieux rafiots à voile, il apprit l'anglais dans les postes d'équipage des vapeurs qui faisaient la navette entre Stockholm et Hull, comme tous les Scandinaves, il rêvait de pousser vers l'Ouest ;

arrivé en Amérique, il commença par fourbir les crachoirs d'un bistrot de la Bowery.

Il poursuivit sa marche vers l'Ouest, et travailla à Chicago dans une fabrique de machines.

Continuant sa route, il suivit les travailleurs agricoles pendant les récoltes, traîna autour des bureaux de placement, dépensa bien des dollars pour trouver du travail dans des chantiers de constructions, les quitta et marcha, s'embaucha ailleurs et s'en alla parce que la pâtée était trop moche, le patron trop brute, ou les punaises trop voraces dans les baraques ;

il lut Marx et le Manifeste de l'Association Internationale des Travailleurs Industriels. Il rêva de participer à la construction d'une société meilleure dans la coquille de la vieille société.

En Californie, il participa à une grève (*Casey Jones, deux locomotives, Casey Jones*) le soir, après dîner, il jouait de l'harmonica devant les baraques des grévistes (*des prêcheurs à longs cheveux sortent chaque soir*), il avait un chic particulier pour faire rimer les mots de révolte (*et l'union fait la force*).

Le long de la côte, autour des baraques où l'on distribuait à manger aux travailleurs agricoles, dans les cabanes où les bûcherons dormaient au fond des forêts, syndicalistes, vagabonds, journaliers, chantèrent les chansons de Joë Hill. Bientôt on les chanta dans toutes les prisons cantonales des Etats de Washington, Oregon, Californie, Nevada, Idaho, dans les ranches du Montana, de l'Arizona ; on les chanta aussi dans les prisons fédérales de Walla Walla, Saint-Quentin, et Leavenworth, car la nouvelle société mûrissait dans les prisons de l'ancienne.

A Bingham, dans l'Utah, Joë Hill organisa les ouvriers de l'Utah Construction Company en *Un Seul Grand Syndicat*, il obtint des augmentations de salaire, des journées de travail moins longues, et une meilleure nourriture. (L'ange Moroni[1] n'aimait pas les syndicalistes, en cela il partageait les goûts des directeurs du réseau de chemins de fer Sud-Pacifique.)

L'ange Moroni émut le cœur des Mormons et leur fit comprendre que Joë Hill avait tué l'épicier Morrison. Le consul de Suède et le Président Wilson tentèrent de faire réviser son procès, mais l'ange Moroni influença la Cour Suprême de l'Etat d'Utah qui maintint la condamnation. Emprisonné pendant un an, il composa des chansons. En novembre 1915, il se tint dos au mur dans la prison de Salt Lake City.

« Ne me pleurez pas, organisez-vous », tels furent les derniers mots qu'il fit parvenir à ses camarades de l'I.W.W. Joë Hill se tint le dos contre le mur dans la cour de la prison, vit les fusils se braquer sur lui et commanda le feu.

On revêtit son cadavre d'un costume noir, on mit un col dur autour de son cou, on y noua un nœud papillon en guise de cravate ; on l'envoya à Chicago où il fut accueilli en grande pompe, où l'on photographia son masque mortuaire dur comme de la pierre, les yeux fixés vers l'avenir.

Le Premier Mai de l'année suivante, ses camarades dispersèrent ses cendres au vent.

## *BEN COMPTON*

*L'histoire de toute société jusqu'à nos jours n'a été que l'histoire de luttes de classe*[2]*...*

1. Personnage de la mythologie mormonne. Les Mormons sont nombreux dans l'Utah qui fut leur dernier refuge.

2. Citées sans référence par l'auteur, les phrases en italique dans le chapitre de Ben Compton sont des extraits du Manifeste Communiste rédigé par Karl Marx et Friedrich Engels en 1847 pour la *Ligue des Communistes,* Société Ouvrière Internationale qui fut le noyau de la Première Internationale. Le traducteur s'est

Ses vieux parents étaient juifs, pourtant à l'école Benny disait toujours que, non, il n'était pas juif, mais Américain parce que, né à Brooklyn, il habitait 2531, Vingt-cinquième Avenue dans une maison qui appartenait à son père, en plein quartier de Flatbush. En septième, le professeur découvrit qu'il louchait. Pop qui travaillait avec une loupe dans l'œil, chez un horloger, demanda un après-midi de congé pour conduire Benny chez un opticien. Ce dernier lui mit des gouttes dans l'œil, lui fit lire des lettres minuscules sur un carton blanc, et conclut que Benny devait porter des lunettes, Pop trouva ça très drôle. « Des yeux d'horloger !... ça lui vient de son vieux Pop ! » dit-il en caressant la joue de Benny. Les lunettes à monture d'acier pesaient lourd sur le nez de Benny et le coupaient derrière les oreilles. Il se sentit tout drôle quand Pop dit à l'opticien qu'un garçon qui portait des lunettes ne deviendrait pas un voyou et un joueur de base-ball comme Sam et Isidore et qu'il s'intéresserait sûrement à ses études pour devenir un juriste et un érudit, comme les gens du bon vieux temps. « Un rabbin peut-être », dit l'opticien. Mais papa répondit que les rabbins étaient des fainéants et suçaient le sang des pauvres. Sa femme et lui mangeaient encore *kosher*[1] et observaient le Sabbat comme leurs aïeux, mais quant à la synagogue et aux rabbins... Pop fit un petit bruit avec ses lèvres comme s'il crachait. L'opticien rit et se déclara libre penseur, mais convint que la religion avait du bon pour les gens du commun. Quand ils furent de retour à la maison, Moman trouva que ses lunettes donnaient à Benny des airs de petit vieux. En rentrant de

---

contenté de transcrire ces mêmes phrases d'après la traduction de Laura Lafargue, fille de Karl Marx, parue en 1886 dans le *Socialisme* de Jules Guesde et revue par Friedrich Engels. *(N. du T.)*

1. La nourriture Kosher ou Kasher est celle qui a été préparée selon le rituel ancestral des juifs et, surtout, n'a pas été souillée par le contact de mains impures.

vendre les journaux Sam et Izzy s'écrièrent : « Allô, quat-z-yeux. » Mais le lendemain, à l'école, ils avertirent les autres gosses : Bousculer un homme à lunettes vouait à la potence. A partir du moment où il porta des lunettes, Benny sut très bien ses leçons.

A l'école supérieure, il devint la vedette du club d'orateurs. Quand il eut treize ans, Pop tomba malade et dut cesser de travailler pendant un an. Faute de pouvoir payer l'annuité sur la maison, ils perdirent tout ce qu'ils avaient déjà versé et furent obligés d'abandonner leur foyer pour s'installer dans un appartement de l'avenue des Myrtes. Benny travailla le soir dans un drugstore. Sam et Izzy quittèrent la famille : Sam pour aller travailler chez un fourreur de Newark ; quant à Izzy, en vagabondant dans les bistrots il s'était acoquiné avec un Irlandais appelé Pug Riley qui promettait de le faire monter sur le ring. Pop le jeta dehors. Moman pleura. Pop interdit à ses enfants de prononcer le nom d'Izzy ; mais toute la famille savait fort bien que Gladys, l'aînée qui travaillait à Manhattan comme sténographe, envoyait de temps en temps un billet de cinq dollars à Izzy. Benny paraissait beaucoup plus vieux que son âge. Il ne pensait qu'à gagner de l'argent pour offrir une maison à ses vieux parents. Il était décidé à devenir juriste ou homme d'affaires, à ramasser rapidement un magot, grâce à quoi Gladys quitterait son travail et se marierait et les vieux achèteraient une grande maison pour vivre à la campagne. Moman lui racontait souvent que lorsqu'elle était jeune fille, au vieux pays, elle allait cueillir des fraises et des champignons dans les bois et s'arrêtait dans les fermes pour boire du lait frais tiède et mousseux. Benny deviendrait donc riche et il les emmènerait tous à la campagne passer les vacances dans un petit village où ils boiraient du lait frais.

Pop reprit son travail, il loua la moitié d'une maison pour deux familles dans le quartier de Flatbush où ils n'eurent plus à supporter le bruit du métro aérien. La même année, Benny obtint son diplôme de sortie de l'école supérieure, et écrivit un essai sur le gouvernement des Etats-Unis, qui lui valut un prix. Très grand et mince, il souffrait de céphalées. Trouvant qu'il se surmenait, ses parents le conduisirent chez le docteur Cohen qui habitait dans le quartier mais avait son cabinet de consultations en ville, près de Borough Hall. Le docteur déclara que Ben devait cesser de travailler la nuit et de tant se fatiguer les méninges. Il lui conseilla de trouver un emploi en plein air qui lui permettrait de développer son corps. « Trop de travail, pas de jeux rend les enfants tristes », dit le docteur Cohen en grattant sa barbe poivre et sel. Benny voulait gagner de l'argent pendant l'été pour s'inscrire à l'université de New York en automne. Le docteur Cohen lui dit que, tout au contraire, il lui fallait des laitages, des œufs frais et du repos au soleil pendant tout l'été. La consultation coûta deux dollars. En rentrant chez lui, le vieux se frappait le front du plat de la main en se traitant de bon à rien : voilà trente ans qu'il travaillait aux Etats-Unis et maintenant il n'était plus qu'un vieux bonhomme usé, incapable de subvenir aux besoins de sa famille. Moman pleura. Gladys leur dit de ne pas être si sots . Benny était un garçon intelligent, un brillant écolier, à quoi lui servirait d'avoir tant appris s'il n'était pas capable de trouver du travail à la campagne ? Benny alla se coucher sans rien dire. Quelques jours plus tard, Izzy vint à la maison. « Tu as failli rencontrer Pop, dit Benny en ouvrant la porte.

— Pas de danger. J'ai attendu au coin de la rue et je l'ai vu partir... Comment va tout le monde ? »

Izzy portait un complet gris clair, une cravate verte et un chapeau de feutre taupé assorti au complet. Le samedi suivant, disait-il, il combattrait un poids plume philippin à Lancaster, Pennsylvanie. « Emmène-moi avec toi, dit Benny.

— Pas assez dur, mon petit gars... T'es trop le fi-fils à sa mé-mère. »

Mais, en fin de compte, Benny partit avec lui. Ils prirent

le métro aérien jusqu'au pont de Brooklyn et traversèrent New York à pied pour se rendre à l'embarcadère du ferry-boat. Après la traversée, ils prirent des billets jusqu'à Elizabeth. Quand le train s'arrêta dans une gare de marchandises, ils se glissèrent dans un fourgon, n'en descendirent qu'à West Philadelphia et des flics de la compagnie leur donnèrent la chasse sur les voies. Un camion de brasseur les emmena jusqu'à Westchester. Ils firent le reste du chemin à pied. Un fermier mennonite leur permit de passer la nuit dans sa grange, mais le lendemain matin il ne leur donna à déjeuner qu'après leur avoir fait casser du bois pendant deux heures. En arrivant à Lancaster, Benny était fourbu. Il alla dormir au vestiaire de l'Athlétic Club et ne se réveilla qu'après la fin du match. Au troisième round Izzy avait mis le poids plume philippin knock-out et gagné une bourse de vingt-cinq dollars. Il envoya Benny dormir à l'auberge sous la garde du clochard qui tenait le vestiaire et partit se soûler la gueule en ville avec ses copains. Le lendemain matin il avait le visage vert et les yeux injectés de sang. Il n'avait plus le sou mais avait trouvé du boulot pour Benny. Il s'agissait d'aider un bonhomme qui organisait des matches de boxe et tenait la cantine casse-croûte près d'un grand chantier de construction à Mauch Chunk.

Benny y resta trois mois ; il gagnait dix dollars par semaine et sa nourriture. Il apprit à tenir les carnets de compte. Son patron, Hiram Volle, estampait les ouvriers du chantier, mais Benny ne s'en indignait guère parce que c'étaient tous des Macaronis. Cependant il se lia d'amitié avec Nick Gigli, un cimentier. Nick passait ses soirées à la cantine jusqu'à la fermeture ; après quoi, tous deux sortaient ensemble et bavardaient en fumant la cigarette. Le dimanche, ils achetaient un magazine et allaient s'allonger dans l'herbe, au soleil, lisaient et discutaient les articles. Né dans le nord de l'Italie Nick se sentait isolé parmi ses camarades de travail qui étaient tous d'origine sicilienne. Il se déclarait anarchiste comme son père et ses frères aînés. Il parla à Benny de Bakounine et de Malatesta. Selon lui, Benny aurait dû avoir honte d'aspirer à l'aisance. Certes, il devait étudier et apprendre ; peut-être même ferait-il bien de devenir avocat ; mais il devait surtout travailler pour la révolution et la classe ouvrière ; tous ceux qui aspiraient à la richesse n'étaient que des requins et des voleurs, comme Volle, cet enfant de putain ! Il enseigna à Benny l'art de rouler les cigarettes et lui parla des filles qui étaient amoureuses de lui ; cette brunette qui distribuait les billets au cinéma de Mauch Chunk, il l'aurait eue facilement ; mais les vrais révolutionnaires se méfiaient des filles parce qu'elles leur faisaient perdre leur conscience de classe. Par leur séduction elles servaient l'économie capitaliste. Ben lui demanda s'il fallait quitter Volle parce que Volle était une abominable fripouille. Mais Nick répondit que tous les patrons étaient des brigands et qu'il valait mieux attendre le Grand Soir. Nick avait dix-huit ans, des yeux marron au regard amer, et la peau presque aussi foncée que celle d'un mulâtre. Ben l'admirait parce qu'il avait déjà beaucoup roulé sa bosse : tour à tour cireur, marin, mineur, plongeur de restaurant ; il avait travaillé aussi dans des usines de textile, des fabriques de chaussure, de ciment, il avait eu des tas de femmes et il avait même passé trois semaines en prison pendant la grève de Patterson. Quand un des ouvriers du chantier voyait Ben tout seul, il ne manquait pas de crier : « Eh, gars, où est Nick ? »

Un vendredi, une discussion éclata devant le guichet où l'entrepreneur payait ses ouvriers. Le soir même, Benny s'allongeait sur sa couchette dans une cabane en carton goudronné attenant à celle de la cantine, quand Nick vint lui chuchoter que le patron avait volé les ouvriers et que le lendemain ils feraient grève. Ben dit que s'il y avait grève il ferait grève lui aussi. Nick l'appela brave camarade, en Italien, le serra dans ses bras et l'embrassa sur les deux joues. Le lendemain matin, quand la sirène appela les ouvriers, seuls quelques manœuvres se présentèrent au chantier. Ben flâna devant la porte de la cuisine sans savoir que faire de sa peau. Volle l'aperçut et lui dit d'atteler pour aller chercher une caisse de tabac à la gare. Tête basse, Ben lui répondit qu'il ne pouvait pas, parce qu'il était en grève. Volle éclata de rire : avait-on jamais vu un youpin se mettre en grève avec une bande de Macaronis ? Ben blémit et frémit sous l'affront. « Je ne suis pas plus youpin que vous... Je suis américain de naissance... et je défendrai ma classe, espèce de sale voyou. » Volle blémit à son tour, avança vers Ben, le poing levé en déclarant qu'il le mettait à la porte et que si Ben n'avait pas été un petit youpin tordu à *quat-z-yeux*, il lui aurait cassé la tête ; de toute façon, il en parlerait à son frère Izzy qui le traiterait comme il le méritait.

Ben alla dans sa baraque, rassembla ses affaires en un petit baluchon et sortit chercher Nick. Il le trouva au bout du sentier, près du dortoir des ouvriers. Il parlait au milieu d'une bande de Ritals qui braillaient en agitant les bras. Le chef de chantier et tous les contremaîtres apparurent avec des revolvers dans des étuis noirs accrochés à la ceinture. L'un fit un discours en anglais, l'autre en sicilien. Ils se considéraient comme des honnêtes gens qui avaient toujours traité les ouvriers correctement et si ces derniers n'étaient pas contents, ils n'avaient qu'à foutre le camp. On n'avait jamais fait grève chez eux, et ils n'avaient aucune envie d'en tolérer une. Ce chantier représentait des sommes considérables et le patron ne supporterait pas de sales loufoqueries de ce genre. Ceux qui ne se présenteraient pas au travail quand la sirène sonnerait de nouveau seraient congédiés et devraient quitter le chantier sans délai. Mais il ne fallait pas oublier que les lois de l'Etat de Pennsylvanie interdisaient le vagabondage. Quand la sirène retentit, tout le monde retourna travailler sauf Ben et Nick qui s'en allèrent sur la route avec leurs baluchons. Nick avait les larmes aux yeux et répétait : « Nous sommes trop bons, trop patients... nous ne connaissons pas encore notre force. »

Vers le soir ils trouvèrent les ruines d'une ancienne école à quelque distance de la route, sur une colline qui surplombait une rivière. Ils achetèrent du pain et du beurre d'arachides et s'assirent sur le seuil de l'école en ruines pour manger en faisant des projets. Le jour baissait. A la fin du repas, il faisait nuit noire. Ben ne s'était jamais trouvé comme ça, la nuit, isolé en pleine campagne. Le vent grondait dans les arbres et la rivière roulait à grand bruit, en bas dans le ravin. Bien que ce fût le mois d'août, il faisait frais et il y avait beaucoup de rosée. Comme ils n'avaient pas de couvertures, Nick apprit à Ben à retirer son veston et à s'emmitoufler dedans en roulant les manches autour de la tête. Il lui apprit aussi à se reposer le dos au mur pour éviter de s'ankyloser sur le plancher. Ben venait à peine de s'endormir quand il se réveilla en grelottant. Une des fenêtres était cassée. Il voyait, au clair de lune, le cadre et les fragments de verre. Il se rendormit. Quelque chose tomba sur le toit, roula sur les tuiles et tomba par terre. « Hé ! Ben, pour l'amour de Dieu, qu'est-ce que c'est ? » demanda Nick d'une voix rauque. Ils se levèrent et Ben montra la fenêtre brisée. « C'était déjà comme ça avant », dit Nick en ouvrant la porte. Ils sortirent en frissonnant dans le vent frais qui faisait bruire les arbres comme s'il avait plu. En bas, la rivière tonnait comme un cortège de chariots.

Une pierre tomba sur le toit et roula jusqu'au sol. Une autre passa entre leurs têtes, et frappa le mur où elle fit une marque dans le plâtre. Ben entendit un déclic. C'était Nick qui ouvrait son couteau de poche. Il scruta la nuit avec une telle fixité que des larmes lui vinrent aux yeux, mais il ne vit rien du tout.

« Approche !... approche !... Qui es-tu ? Parle !... Enfant de salaud ! » cria Nick.

Pas de réponse.

« Qu'est-ce que tu en penses ? » murmura Nick pardessus son épaule.

Ben ne répondit pas parce qu'il serrait les mâchoires

pour empêcher ses dents de claquer. Nick le poussa dans l'école, referma la porte derrière laquelle il entassa les bancs. Il bloqua aussi le bas de la fenêtre avec les lames du plancher.

« S'ils entrent, j'en tue un ! dit Nick. Tu ne crois pas aux fantômes ?

— Non, j'y crois pas », répondit Ben.

Ils s'assirent par terre, côte à côte, le dos appuyé au mur de plâtre qui s'effritait. Nick posa son couteau entre eux. Il prit le doigt de Ben et lui fit toucher le cran d'arrêt. « Bon couteau... couteau de marin... » murmura-t-il. Ben tendait l'oreille mais il n'entendait que les feuilles des arbres qui bruissaient et la rivière qui grondait dans la vallée. Il ne tomba plus de cailloux sur le toit.

Le lendemain matin, dès l'aube, ils quittèrent l'école. Ni l'un ni l'autre n'avaient dormi. Ben souffrait des yeux. Quand le soleil se leva, ils trouvèrent un bonhomme qui essayait de remettre en route un camion dont un ressort était cassé. Ils l'aidèrent à le soulever sur un gros bloc de bois et à réparer. Il les emmena jusqu'à Scranton où tous deux trouvèrent du travail dans une sale gargote tenue par un Grec.

*... Tous les rapports sociaux traditionnels et figés, avec leur cortège de croyances et d'idées anciennement vénérées, se dissolvent ; ceux qui les remplacent vieillissent (et se démodent), avant d'avoir pu s'ossifier...*

Le métier de plongeur ne plaisait guère à Ben. En quinze jours, il économisa le prix d'un billet et retourna chez lui voir ses vieux parents. Nick resta parce qu'une marchande de bonbons était tombée amoureuse de lui. Il se proposait d'aller plus tard rejoindre son frère qui gagnait bien sa vie dans une fonderie d'Allentown. Il accompagna Ben à la gare et, en le mettant dans le train de New York, il lui dit : « Benny, étudie, apprends bien... deviens un des grands hommes de la classe ouvrière et n'oublie pas qu'il ne faut pas trop s'intéresser aux filles. »

Ben regrettait de quitter Nick, mais il était temps de rentrer à la maison et de trouver un travail qui lui permît de continuer ses études. Il passa ses examens et s'inscrivit à l'université de New York. Pop emprunta cent dollars grâce au plan Morris et les donna à Ben. Sam lui envoya vingt-cinq dollars de Newark pour acheter des livres et il gagna un peu d'argent lui-même en travaillant tous les soirs au drugstore de Monsieur Kahn. Le dimanche après-midi, il allait lire *Le Capital* de Marx à la bibliothèque. Il adhéra au parti socialiste, et quand il en avait le temps, il allait écouter des conférences à la Rand School[1]. Il voulait devenir un outil bien aiguisé.

Au printemps suivant, il attrapa la scarlatine et passa dix semaines à l'hôpital, après quoi il souffrit tellement des yeux qu'une heure de lecture lui donnait mal à la tête. Pop emprunta cent dollars de plus auxquels il convient d'ajouter les intérêts et les frais d'enquête. Dans une salle de conférences, Ben rencontra une jeune fille qui avait travaillé dans une filature de Jersey City. Arrêtée pendant la grève de Patterson, et inscrite sur la liste noire des patrons, elle était maintenant vendeuse chez Wanamaker, mais ses parents travaillaient toujours dans une filature de Passaic. Elle s'appelait Hélène Mauer, et avait cinq ans de plus que Ben ; son visage de blonde pâle était déjà ridé. Les socialistes ne lui inspiraient aucune confiance. Selon elle, seuls les syndicalistes étaient sur la bonne voie. Après le meeting, elle l'emmena prendre un verre de thé au Cosmopolitan Café, sur la Deuxième Avenue et le présenta à des gens qu'elle considérait comme de vrais révolutionnaires. Ben en parla à Gladys et à ses parents. Pop fit semblant de cracher et déclara : « Pfui... des juifs révolutionnaires ! » Il ajouta que Benny perdait son temps à de telles fariboles. Le père était vieux, endetté, et s'il tombait malade, Benny devrait être à même de les faire vivre et lui Moman. Ben répondit qu'il travaillait sans

1. Club d'études socialiste new-yorkais.

cesse mais que la famille ne comptait pas et qu'il se consacrerait au salut de la classe ouvrière. Le vieux rougit et déclara que la famille était sacrée, et, après la famille les gens de son peuple. Moman et Gladys pleurèrent. Le vieux se leva en toussant et en étouffant. La main levée au-dessus de la tête, il maudit Ben. Et Ben quitta la maison.

Sans le sou, encore très faible, il traversa Brooklyn à pied, le pont de Manhattan et l'East Side aux rues mal éclairées encombrées par la foule et les voitures des quatre-saisons qui sentaient le printemps. Il arriva chez Hélène. La logeuse ne voulut pas le laisser monter dans la chambre de la jeune fille. Hélène répondit que ça ne la regardait pas, et pendant qu'elles discutaient ainsi dans le vestibule Ben s'évanouit. Quand il revint à lui, de l'eau coulait dans le col de son veston. Hélène l'aida à monter quatre étages et l'allongea sur son lit. La logeuse criait en bas, parlant d'appeler la police. Appuyée à la rampe, Hélène répondit en criant également qu'elle partirait le lendemain matin mais que personne au monde ne la ferait partir plus tôt. Elle prépara du thé et s'assit au bord du lit. Ils bavardèrent toute la nuit, décidèrent de vivre ensemble sans se marier, et Hélène empaqueta ses affaires. Elle possédait surtout des livres et des brochures de propagande.

Ils s'en allèrent à six heures le lendemain matin chercher une chambre parce qu'Hélène commençait à travailler à huit heures chez Wanamaker. Leur nouvelle logeuse demanda en souriant : « Ainsi, vous êtes jeunes mariés ? » Ils acquiescèrent d'un signe de tête. Heureusement Hélène avait assez d'argent dans son sac pour payer une semaine d'avance. Aussitôt installée, elle s'en alla à son travail. Ben s'allongea sur le lit et lut des brochures de propagande pendant toute la journée. Le soir, Hélène apporta du pain de seigle et du saucisson qu'ils mangèrent avec joie. Bien qu'elle fût mince, ses seins étaient fort appétissants. Ben descendit acheter des préservatifs parce qu'Hélène ne pouvait pas s'offrir le luxe d'avoir un bébé, elle devait consacrer toute sa vie à la Cause. Il y avait des punaises dans le lit. Mais ils se jugèrent aussi heureux que deux ouvriers conscients pouvaient l'être sous l'oppression capitaliste. Et ils se consolèrent en pensant qu'ils combattaient pour des temps meilleurs où les ouvriers ne s'entasseraient plus dans de sales hôtels pleins de punaises, ne se disputeraient plus avec leurs logeuses et où tous les amoureux auraient autant d'enfants qu'ils le désireraient.

Quelques jours plus tard, Wanamaker réduisit son personnel et Hélène se trouva sur le sable. Elle retourna vivre chez ses parents à Jersey et Ben trouva un emploi au service d'expéditions d'une filature de laine. Lorsqu'il eut touché sa paie, il s'installa avec Hélène dans une chambre d'hôtel à Passaic. Une grève éclata, ils firent tous deux partie du Comité. Ben ne manquait pas d'éloquence. On l'arrêta plusieurs fois, un flic faillit lui casser la tête à coups de matraque et Ben s'en tira avec six mois de prison. Mais il avait remarqué que lorsqu'il se hissait sur une borne-fontaine, au coin des rues ou sur une caisse d'emballage dans un hangar pour haranguer les grévistes, tous l'écoutaient et levaient les yeux vers lui. Il leur arrachait à volonté éclats de rire ou acclamations, et pouvait dire tout ce qu'il avait sur le cœur. Au tribunal, juste avant l'énoncé de la sentence, Ben tenta de faire une conférence. Les grévistes l'acclamèrent et le juge fit évacuer la salle. Ben vit les reporters s'affairer sur leurs blocs-notes. Il se réjouit d'être la victime exemplaire de l'oppression capitaliste. Le juge le fit taire, en le menaçant de lui coller six mois de plus s'il ne se tenait pas tranquille. Des flics en civil, armés jusqu'aux dents, l'emmenèrent en voiture jusqu'à la prison du comté. Les journaux parlèrent de lui et le présentèrent comme un agitateur socialiste réputé. En prison, Ben se lia d'amitié avec un anarcho-syndicaliste du nom de Bram Hicks, un grand jeune type de Frisco, aux cheveux blonds et aux yeux clairs qui lui conseilla d'aller travailler sur la côte du

Pacifique et de s'inscrire à l'I.W.W. pour connaître la vraie situation des travailleurs. Bram, chaudronnier de son métier, s'était embarqué comme matelot sur un bateau pour voir du pays. Débarqué à Perth Amboy sans un sou, il s'était fait embaucher comme mécanicien dans une filature et s'était mis en grève avec les copains. Il avait appuyé un peu fort sur la figure d'un flic qui chargeait contre un piquet de grève, ce qui lui avait valu six mois de prison pour coups et blessures. Ben n'avait l'occasion de bavarder avec lui que pendant la promenade dans la cour. Sans ce réconfort il n'aurait pas supporté le régime de la prison.

On les relâcha le même jour. Ils s'en allèrent dans la rue côte à côte. La grève était finie. Les usines tournaient à plein. Les trottoirs sur lesquels les piquets de grève s'étaient fait rosser par les flics et la salle de réunion où Ben avait discouru, tout avait repris son aspect habituel. Il emmena Bram chez Hélène. Elle n'était pas là, mais elle arriva au bout d'un moment avec un petit Anglais au visage rouge et au nez de fouine qu'elle leur présenta en ces termes : « Billy, un camarade anglais. » Aussitôt, Ben devina qu'elle couchait avec lui. Il laissa Bram dans la pièce avec l'Anglais et attira Hélène dehors. Le palier de la vieille maison en bois sentait le vinaigre. « Tu en as assez de moi ? demanda-t-il, d'un ton acrimonieux.

— Oh, Ben, comme tu es formaliste !

— Tu aurais pu attendre que je sois sorti de prison.

— Mais, nous sommes tous camarades. Pourquoi être si vieux jeu, toi, un brave combattant ouvrier, Ben ? Billy ne compte pas pour moi. Il est steward sur un bateau et s'en ira bientôt.

— Alors, moi non plus, je ne compte pas pour toi ? dit-il en serrant le poignet d'Hélène de toutes ses forces. J'ai peut-être tort, mais je suis fou de toi... J'aurais cru que tu...

— Aïe, aïe, Ben, tu me fais mal et tu dis des bêtises. Tu sais bien que je tiens à toi. »

Ils retournèrent dans la chambre et parlèrent de la

Cause. Ben déclara qu'il s'en allait sur la côte ouest avec Bram Hicks.

... (Le producteur) *devient un simple appendice de la machine ; on n'exige de lui que l'opération la plus simple, la plus monotone, la plus vite apprise...*

Bram connaissait toutes les ficelles. Ils marchèrent, ils se cachèrent dans les wagons de marchandises, dans les cales de péniches vides, se firent transporter sur des camions de livraison et atteignirent Buffalo. Là, dans un hôtel crasseux, Bram rencontra un copain qui les fit embaucher comme matelots de pont sur un petit cargo partant pour Duluth. A Duluth, ils s'enrôlèrent dans une bande d'ouvriers agricoles qu'on expédiait au Saskatchewan. Au début, le travail épuisait Ben. Bram craignit qu'il ne tînt pas le coup. Mais, quatorze heures en plein air, dans la poussière, sous le soleil, une abondante pâtée, un sommeil de plomb dans les greniers des granges lui firent plus de bien que de mal. Allongé sur la paille, dans ses vêtements trempés de sueur il sentait, tout en dormant, le soleil lui cuire la face, le cou et ses muscles durcir. Il entendait le sifflement des faucheuses-lieuses avançant d'un bout à l'autre de l'horizon, le ronflement des batteuses et le grincement des changements de vitesse des camions qui emportaient des sacs de blé rouge vers les silos. Il apprit à parler comme un ouvrier agricole. Après la récolte, ils travaillèrent dans une fabrique de conserves où on mettait des fruits en boîte au bord de la Columbia River : un boulot dégueulasse, dans la puanteur des épluchures et des fruits pourris. Le journal *Solidarité* parlait de la grève des flotteurs de bois et des bagarres qui avaient lieu à Everett pour défendre la liberté de parole. Bram et Ben décidèrent d'y aller pour aider les copains. Au cours de la dernière journée qu'il passa dans la fabrique de conserves, Bram se coupa l'index de la main droite en réparant une machine à découper les fruits. Le docteur de l'usine lui dit qu'il n'avait droit à aucune compensation parce qu'il avait déjà donné congé « ... et de plus, n'étant pas Canadien... ». Un petit avocat fouinard vint les voir à la pension de famille où Bram gisait sur son lit en proie à la fièvre, la main dans un gros bandage. Il leur conseilla de faire un procès. Mais Bram lui gueula de foutre le camp. Ben trouva qu'il avait tort parce que la classe ouvrière devait aussi avoir ses avocats.

Quand la main de Bram commença à guérir, ils remontèrent en bateau de Vancouver jusqu'à Seattle. Le siège de l'I.W.W. ressemblait à un terrain de pique-nique. De jeunes ouvriers y affluaient de tous les coins des Etats-Unis et du Canada. Un jour, tous en bande, ils prirent le bateau pour Everett dans l'intention d'y organiser une réunion publique au coin des deux avenues principales. Mais sur les quais, les flics, en uniforme et en civil, les attendaient, armés jusqu'aux dents. « Les chiens de garde sont là », dit un gars auprès de Ben, en claquant des dents. Les flics auxiliaires ne portaient en guise d'uniforme qu'un mouchoir blanc noué autour du cou. « Tiens, voilà le sheriff McRae », dit quelqu'un. Bram s'approcha de Ben. « Tâchons de ne pas nous perdre de vue... Il va y avoir du pétard. » Les syndicalistes furent arrêtés aussitôt qu'ils débarquèrent. On les poussa jusqu'à une extrémité du quai. Les flics auxiliaires étaient presque tous soûls. Celui qui saisit le bras de Ben puait l'alcool. « Et avance, enfant de putain !... » dit-il en lui donnant un coup de crosse sur le dos. Il entendait tout autour de lui les gourdins des agents résonner sur le crâne des copains. Quiconque résistait se faisait mettre la figure en compote. On hissa les syndicalistes sur des camions. Au crépuscule il tomba une bruine glaciale. « On va leur montrer qu'on a des couilles au cul », dit un rouquin. Un flic auxiliaire l'entendant essaya de lui donner un coup de matraque, perdit l'équilibre et tomba du camion. Les syndicalistes rigolèrent. Le flic remonta, la figure violette en criant : « On verra bien si vous rigolerez quand on vous aura réglé votre compte ! »

Dans les bois, là où la route croisait la ligne du chemin de fer, on les fit descendre des camions. Les flics auxiliaires les entouraient, revolver au poing. Le sheriff, soûl à tituber, et deux messieurs d'un certain âge, bien habillés, discutèrent un moment. Ben entendit des phrases inquiétantes et crut qu'on allait les lyncher. « Hé, Sheriff ! dit un des syndicalistes, nous n'étions pas venus faire du désordre. La Constitution nous accorde le droit de nous exprimer librement. » Le sheriff se tourna vers ses prisonniers en balançant son revolver à bout de bras. « Ah, sans blague, bande d'enc... ! Eh bien, ici, vous êtes dans le comté de Snohomish, et vous ne l'oublierez pas de sitôt... Si vous y revenez, quelques-uns d'entre vous en mourront. Voilà comment ça se passe ici... Allons-y les gars ! »

Les flics auxiliaires rangèrent les syndicalistes en file au pied du remblai, le long de la voie de chemin de fer. Puis, ils les prirent un par un et les rouèrent de coups. Trois d'entre eux saisirent Ben. « Tu es syndicaliste ?

— Bien sûr que oui, sales jaunes ! »

Le sheriff s'approcha et prit son élan pour le frapper. « Attention, il a des lunettes ! » Une grosse main enleva les lunettes. « Nous allons arranger ça ! » Puis le sheriff lui donna un coup de poing sur le nez. « Tu es encore syndicaliste ? » Ben, la bouche pleine de sang, serra les mâchoires. « C'est un youpin, donne-lui un coup de plus pour moi. » « Dis que tu n'es pas syndicaliste. » Quelqu'un lui donna un coup de crosse sur la mâchoire, il tomba en avant. « Et maintenant, fous le camp ! » cria-t-on. Des coups de gourdin et de crosse achevèrent de l'assommer.

Il essaya de marcher sans courir, buta contre les rails du chemin de fer, tomba en avant et se coupa au bras sur quelque chose d'aigu. Les yeux pleins de sang, il n'y voyait plus. Quoiqu'il fût près de s'évanouir, il parvint quand même à avancer en chancelant. Quelqu'un le tenait sous le bras, puis lui fit escalader une barrière. Un autre type lui essuya la figure avec un mouchoir. Il entendit la voix de Bram qui disait : « Les gars, nous avons passé la frontière du comté. » Ben était complètement abruti ; perclus de douleurs, couvert de bleus, sans lunettes, sous la pluie, il entendit des coups de feu derrière lui. Les syndicalistes avançaient le long de la voie du chemin de fer. « Camarades, disait Bram de sa voix calme et grave, n'oublions jamais cette nuit. »

A la station du tramway interurbain, tous se cotisèrent pour acheter des billets à ceux qui ne pouvaient plus marcher. Ben était si défait qu'il parvenait à peine à tenir le billet que quelqu'un mit dans sa main. Bram partit avec les autres qui n'étaient guère moins loqueteux et moins sanglants. Ils entendaient faire quarante-huit kilomètres à pied jusqu'à Seattle. Ben passa trois semaines à l'hôpital. Les coups de pied dans le dos affectaient ses reins et il souffrait atrocement. On le piqua tant à la morphine qu'il ne vit pas ce qui se passait autour de lui quand les copains blessés au cours d'une fusillade sur les quais d'Everett le 5 novembre furent hospitalisés. En quittant l'hôpital, il avait à peine la force de marcher. A la poste restante, il trouva une lettre de Gladys contenant cinquante dollars et lui disant que Pop le rappelait à la maison.

Le Comité de défense lui dit de partir. Les grévistes avaient besoin d'un homme pour récolter des fonds sur la côte est. Il leur faudrait beaucoup d'argent pour assurer la défense de soixante-dix syndicalistes emprisonnés à Everett, sous l'inculpation de meurtre. Ben bricola pour le Comité de défense, pendant une quinzaine de jours à Seattle en se demandant comment il rentrerait chez lui. Enfin, un sympathisant qui travaillait dans une agence maritime le fit embarquer comme subrécargue sur un cargo qui se rendait à New York en passant par le canal de Panama. Le voyage en mer et le travail peu pénible le requinquèrent. Cependant, chaque nuit, il se réveillait d'un cauchemar et se redressait en hurlant sur sa couchette croyant que les flics auxiliaires lui couraient après ; il se rendormait, et rêvait alors que le fil de fer barbelé de la barrière, le long de la ligne de chemin de fer, lui déchirait le bras et que les flics lui donnaient des coups de pied dans le dos. Chaque soir, il se couchait en tremblant. Dans le poste d'équipage, on le prenait pour un toqué et tout le monde le tenait à l'écart. Enfin, les hauts buildings de New York surgirent, luisants, de la brume matinale.

*... Les antagonismes de classe une fois disparus dans le cours du développement, toute la production étant concentrée dans les mains des individus associés, alors, le pouvoir public perd son caractère politique...*

Ben passa l'hiver en famille parce que ça coûtait moins cher. Il fit part à Pop de ses intentions : étudier le droit en travaillant dans le bureau de l'avocat Morris Stein ; il avait rencontré ce dernier au cours de la campagne entreprise en faveur des gars d'Everett. Le vieux Pop exulta. « Un juriste intelligent peut protéger les travailleurs et les pauvres juifs et gagner de l'argent en même temps », dit-il en se frottant les mains. Moman acquiesça en souriant et dit : « Benny, j'ai toujours su que tu es un bon garçon, et tout ira bien parce que, dans ce pays, ce n'est pas comme là-bas où les aristocrates oppriment le pauvre monde. Ici, même un paresseux, même un vagabond, est protégé par la *Constitoution* et c'est pourquoi on a écrit la *Constitoution.* » Ben en fut écœuré.

Il travailla chez Stein, en bas de Broadway, et le soir, il parlait dans des réunions où il dénonçait le massacre d'Everett. Fanya, la sœur de Morris Stein, une femme mince, brune, d'environ trente-cinq ans, et fervente pacifiste, lui fit lire Tolstoï et Kropotkine. Elle espérait que Wilson éviterait aux Etats-Unis de s'engager dans la guerre d'Europe et envoyait de l'argent à toutes les organisations pacifistes féminines. Quand il parlait dans plusieurs meetings le même soir, Fanya le conduisait dans sa propre voiture. Son cœur battait toujours fort quand il entrait dans une salle de réunion et quand il voyait affluer le public : ouvriers de confection d'East Side, dockers de Brooklyn, ouvriers des usines de produits chimiques et métallurgistes de Newark. A la Rand School, en bas de la Cinquième Avenue, l'auditoire se composait de salonnards et de socialistes rose pâle. Ce qui l'impressionnait le plus, c'était l'immense foule anonyme de toutes classes et de toutes races et de tous les métiers de Madison Square Garden. En serrant la main du président et des autres orateurs assis sur l'estrade, il se sentait glacé. Et, quand venait son tour de parler, il était pris de panique en voyant tous les visages levés vers lui ; le brouhaha de la salle l'assourdissait et il se demandait s'il n'avait pas oublié ce qu'il voulait dire. Puis, aussitôt, il entendait sa propre voix claire et ferme résonner contre les murs. Il sentait que l'auditoire lui prêtait une oreille favorable. Hommes et femmes se penchaient en avant sur leurs chaises. Il voyait distinctement des rangées de visages, et, tout au fond de la salle, tous ceux qui n'avaient pas trouvé de places assises. Des mots tels que : *protestation, action de masse, la classe ouvrière de ce pays et du monde entier, la révolution,* faisaient luire leurs yeux comme les reflets d'un feu de Bengale.

Après son discours, il tremblait et ses lunettes étaient si embuées qu'il était obligé de les essuyer. Alors, il se sentait gauche encombré de son grand corps mince aux membres maladroits. Fanya l'entraînait aussitôt qu'elle le pouvait et lui disait, les yeux brillants, qu'il avait parlé d'une manière magnifique. Elle l'emmenait souper dans le sous-sol du Brevoort ou bien au Cosmopolitan Café. Puis il prenait le métro pour rentrer chez lui à Brooklyn. Ben devinait fort bien qu'elle était amoureuse de lui, mais ils ne parlaient guère que de la Cause.

Vint la première révolution russe, celle de février. Ben et les Stein achetèrent toutes les éditions de tous les journaux pendant plusieurs semaines, et lurent tous les rapports des correspondants spéciaux avec une passion éperdue. Ils se sentaient à la veille du Grand Soir. Dans tout East Side et dans le quartier juif de Brooklyn, soufflait un vent de fête. Les vieux Compton n'en parlaient qu'en pleurant. « Et puis ce sera l'Autriche, et puis le Reich, ensuite l'Angleterre... Partout les peuples seront libres », disait Pop. « Et le tour du Père Sam viendra aussi », ajoutait Ben en serrant durement la mâchoire.

Le jour d'avril où Wooderow Wilson déclara la guerre, Fanya eut une crise de nerfs et se coucha en larmes. Ben lui rendit visite dans l'appartement où elle logeait avec Morris Stein et la femme de ce dernier sur Riverside Drive. Elle était revenue la veille de Washington où elle avait passé la journée avec les déléguées d'un club de femmes à essayer en vain de voir le Président. Les détectives les avaient chassées du jardin de la Maison-Blanche et en avaient arrêté plusieurs. « Qu'est-ce que vous espériez donc... Bien sûr, les capitalistes veulent la guerre. Mais ils le regretteront quand ils verront leur guerre se transformer en révolution », dit Ben. Elle le supplia de rester avec elle, mais il partit en disant qu'il avait des amis à voir au *Call*[1]. En quittant la maison, il s'entendit faire un petit bruit de crachat avec ses lèvres, tout comme Pop, et résolut de ne jamais retourner chez les Stein.

Sur le conseil de Stein, Ben se fit inscrire pour la conscription mais il écrivit en grosses lettres sur sa carte d'identité : « OBJECTEUR DE CONSCIENCE ». Peu après, il se querella avec Stein. Ce dernier prétendait qu'il n'y avait plus rien à faire et qu'il convenait de courber la tête sous l'orage. Au contraire, Ben était décidé à faire campagne contre la guerre jusqu'à ce qu'on l'envoyât en prison. Il en résulta que Stein le jeta à la porte, ce qui mit fin à ses études de droit. Khan ne le reprit pas dans son drugstore ; il craignait que les flics ne pillassent le magasin s'ils apprenaient qu'un révolutionnaire travaillait chez lui. Sam le frère de Ben, employé dans une usine de munitions à Perth Amboy, gagnait beaucoup d'argent et écrivait sans

1. *L'Appel,* journal socialiste américain.

cesse à Ben de laisser tomber toutes ces calembredaines et de venir travailler avec lui. Même Gladys lui dit qu'il était vain de se cogner la tête contre les murs. En juillet, il quitta la maison et alla s'installer à Passaïc, avec Hélène Mauer. Son numéro n'avait pas encore été appelé, aussi trouva-t-il facilement à s'embaucher au service d'expéditions d'une usine qui travaillait à plein rendement et dont les ouvriers s'en allaient un à un, enlevés par la conscription.

*La Rand School* était fermée et *Le Call* suspendu. Chaque jour quelques camarades, pris d'une confiance soudaine en Monsieur Wilson quittaient les rangs du parti. Les parents d'Hélène et leurs amis gagnaient bien leur vie en faisant des heures supplémentaires ; ils éclataient de rire ou se fâchaient quand on leur parlait de grèves de protestation ou de mouvements révolutionnaires ; ils achetaient des machines à laver, des Bons de la Liberté, des aspirateurs électriques, et faisaient les premiers versements pour acheter une maison. Les femmes s'offraient des manteaux de fourrure et des bas de soie. A Chicago, les anarcho-syndicalistes refusaient de baisser la tête. Hélène et Ben se proposaient d'y aller quand, le 2 septembre, la police fédérale appréhenda tous les militants de l'I.W.W. Ben et Hélène s'attendaient à être arrêtés. Mais on les oublia. Ils passèrent un dimanche de pluie serrés l'un contre l'autre, dans le lit, au fond de leur chambre obscure, à se demander ce qu'ils pourraient bien faire. Tous ceux en qui ils avaient mis leur confiance cédaient et toutes leurs illusions s'évanouissaient. « Je me sens comme un rat pris au piège », répétait Hélène. De temps en temps, Ben sautait en bas du lit et arpentait la pièce en se frappant le front du plat de la main et en disant : « Vois ce qu'ils font en Russie, il faut faire quelque chose ici aussi. »

Un jour, un propagandiste d'autant plus convaincu qu'il était réformé vint au service d'expéditions faire souscrire à l'Emprunt de la Liberté. C'était un jeune type aux yeux bigles. Ben ne discutait pas pendant les heures de travail, aussi se contenta-t-il de secouer la tête. Il se remit aussitôt à rédiger des bordereaux d'envoi. Mais l'autre insista. « Vous ne voudriez pas faire tache dans votre service. A part vous, tout le monde souscrit. »

Ben sourit et répondit : « C'est navrant, mais je crois bien que je ferai tache. » Tous ses camarades de travail avaient les yeux tournés vers lui. Le propagandiste se balançait gauchement d'un pied sur l'autre. « Vous ne voudriez pas qu'on vous prenne pour un germanophile, ou un pacifiste, n'est-ce pas ?

— On peut me prendre pour tout ce qu'on voudra, je m'en fiche pas mal.

— Montrez-moi donc votre carte de conscription. Je parie que vous êtes réfractaire.

— Ecoutez-moi et comprenez bien, dit Ben en se levant. Je suis contre la guerre capitaliste et je ne ferai rien en faveur de cette guerre. »

Le jeune homme aux yeux bigles fit demi-tour en disant : « Oh, si vous êtes un de ces saligauds, je ne vous adresserai même plus la parole. » Et Ben se remit au travail. Le soir même, Ben pointait sous l'horloge en sortant, quand un flic s'approcha de lui : « Voyons un peu votre carte de conscription, jeune homme ? » Ben sortit la carte de sa poche intérieure. Le flic la lut avec application. « Ça me paraît en règle », dit-il avec mauvaise grâce. A la fin de la semaine, on le congédia sans explication.

Il s'en fut chez lui en proie à une crise de panique et dit à Hélène qu'il s'en allait au Mexique. « Ils pourraient m'inculper en vertu de la loi contre l'espionnage à cause de ce que j'ai dit à ce type sur la guerre capitaliste. » Hélène essaya de le calmer mais, pour rien au monde, il n'aurait passé une nuit de plus dans cette chambre. Ils bouclèrent leurs valises et prirent le train pour New York. Ils avaient économisé une centaine de dollars à eux deux. Ils louèrent une chambre sous le nom de Monsieur et Madame Gold, au bout est de la Huitième Rue. Le lendemain matin, ils apprirent en lisant le *Times* que les Maximalistes avaient pris le pouvoir à Pétrograd ; leur programme était simple : « Tout le pouvoir aux soviets. »

Ils prenaient leur petit déjeuner dans une pâtisserie de la Deuxième Avenue, Ben sortit acheter un journal au kiosque voisin et revint avec la grande nouvelle. Hélène se mit à pleurer. « Oh, mon chéri, c'est trop beau pour être vrai... C'est la révolution mondiale... Maintenant, les ouvriers verront qu'on les trompe en les faisant vivre dans une atmosphère de fausse euphorie et ils comprendront surtout que la guerre est dirigée contre eux. Maintenant, les armées de tous les pays vont se mutiner. » Ben lui prit la main sous la table et la serra affectueusement. « Et maintenant, au travail, ma chérie... J'irai en prison. Je ne fuirai pas au Mexique. Sans toi je me serais conduit comme un lâche, Hélène... Un homme ne peut jamais rien faire de bien s'il est seul. »

Ils avalèrent leur café et s'en allèrent à pied jusque chez Ferber qui habitait sur la Dix-septième Rue. Al Ferber, un médecin à grosse bedaine quittait justement son appartement pour se rendre à son cabinet de consultation. En apprenant la nouvelle, il remonta chez lui avec Ben et Hélène et aussitôt arrivé dans le vestibule, il cria à sa femme : « Molly ! viens voir tout de suite... Kerenski s'est enfui de Pétrograd avec une guêpe dans l'oreille. Il a foutu le camp habillé en femme. » Puis, s'adressant à Ben en yiddish, il promit cent dollars si les camarades organisaient un meeting pour envoyer des félicitations au gouvernement ouvrier et paysan. Mais il ne désirait pas qu'on mentionnât son nom à cause de la clientèle. Molly Ferber apparut en robe de chambre à dentelles et promit de vendre quelque colifichet pour donner cent dollars de plus. Hélène et Ben passèrent la journée à circuler par toute la ville pour essayer de trouver les camarades dont ils avaient l'adresse. Ils n'osaient pas se servir du téléphone par crainte du service d'écoute.

Le meeting eut lieu à l'*Empire Casino*, au Bronx, une

semaine plus tard. Deux agents de la police fédérale aux visages rouges comme des beefsteaks s'assirent au premier rang avec un sténographe qui prit note de tout. Dès qu'il y eut deux cents personnes dans la salle, la police fit fermer les portes. Les orateurs, sur l'estrade entendirent les flics chasser la foule dans la rue. Des soldats et des marins en uniforme se glissaient en petits groupes aux promenoirs et regardaient fixement les orateurs pour leur faire perdre contenance.

Enfin, le vieux militant à cheveux blancs qui présidait s'avança jusqu'au bord de la scène et dit : « Camarades, messieurs du ministère de la Justice fédérale, sans vous oublier, jeunes gens bien intentionnés qui nous regardez d'un si mauvais œil, nous nous sommes réunis pour adresser une motion de félicitations de la part des ouvriers opprimés d'Amérique aux ouvriers trimphants de Russie. » On l'acclama. Dehors, la foule acclama aussi. Quelque part, un groupe chantait *L'Internationale.* On entendait les coups de sifflet des flics et les cloches des paniers à salade. Ben remarqua la présence de Fanya Stein. Le visage très pâle, elle le regardait fixement d'un air fiévreux. Quand vint son tour, Ben fit comprendre que la présence des sympathisants venus de Washington l'empêchait de parler à cœur ouvert. Mais que tous les hommes et les femmes présents dans la salle qui n'étaient pas des traîtres à leur classe devinaient ce qu'il voulait dire... « Les gouvernements capitalistes creusent leurs propres tombes en entraînant les peuples au massacre dans une guerre folle et inutile qui ne profite à personne sinon aux banquiers et aux fabricants de munitions... La classe ouvrière américaine, comme la classe ouvrière des autres pays profitera de la leçon. Nos maîtres nous enseignent à manier les armes ; un jour viendra où nous nous en servirons...

— Ça suffit, allons-y les gars ! » s'exclama quelqu'un au promenoir. Soldats et marins en uniforme se ruèrent sur les auditeurs et les jetèrent en bas de leurs sièges. Les policiers qui gardaient la porte convergèrent vers les orateurs ; Ben et deux autres furent arrêtés. Les hommes en âge d'être soldats furent obligés de montrer leur carte de conscription pour sortir. Sans même avoir eu le temps de parler à Hélène, Ben fut poussé dans une limousine aux rideaux baissés. Ils s'aperçut alors qu'on lui avait mis les menottes.

On le garda trois jours sans boire ni manger dans un bureau vide du Federal Building à Park Row. De temps en temps, un groupe de détectives entrait en trombe dans la pièce. Ils l'interrogeaient. Les oreilles bourdonnantes, prêt à s'évanouir de faim et de soif, il voyait défiler ainsi de longs visages jaunes, de gros visages rouges, des figures boutonneuses, des têtes d'abrutis, d'alcooliques, de fous, qui le regardaient fixement comme s'ils avaient voulu lui voir l'intérieur du crâne ; de temps en temps ils blaguaient et s'efforçaient de l'amadouer ; parfois, ils le menaçaient, le bousculaient et l'injuriaient ; une des équipes entra avec des morceaux de tube en caoutchouc pour le rouer de coups. Il sauta sur pieds et fit front. Pour une raison quelconque, on ne le battit pas, mais au contraire on lui donna de l'eau et deux sandwiches au jambon moisi. Après ça, on le laissa dormir.

Un flic le jeta en bas du banc où il dormait et le conduisit dans une pièce bien meublée où un vieil homme, assis derrière un bureau d'acajou au coin duquel était posé un bouquet de roses, l'interrogea presque aimablement. L'odeur des roses lui donnait envie de vomir. Le vieil homme l'autorisa à voir son avocat et Morris Stein entra dans la pièce.

« Benny, dit-il, fais-moi confiance... Monsieur Watkins consent à abandonner toutes poursuites si tu promets de t'engager immédiatement. D'ailleurs, je crois que ton numéro de conscription est sorti.

— Si vous me relâchez, répondit Ben, d'une voix basse et tremblante, je ferai tout ce que je pourrai contre la guerre capitaliste jusqu'à ce que vous m'arrêtiez de nouveau. »

Morris Stein et Monsieur Watkins se regardèrent et hochèrent la tête avec indulgence. « Eh bien, dit Monsieur Watkins, je ne peux pas m'empêcher d'admirer votre courage et je regrette que vous ne vous consacriez pas à une meilleure cause. » En fin de comptes, on le relâcha contre une caution de quinze mille dollars et la promesse de ne pas faire la moindre propagande jusqu'à sa comparution devant le tribunal. Stein se portait garant pour lui. Les Stein refusèrent de lui dire qui avait versé la caution.

Morris et Edna Stein le logèrent dans leur appartement ; Fanya s'y installa aussi. Ils le nourrirent bien, essayèrent de lui faire boire un peu de vin aux repas et un verre de lait avant de se coucher. Rien ne l'intéressait. Il dormait autant qu'il pouvait, et lisait tous les livres qui lui tombaient sous la main. Quand Morris l'entreprenait au sujet du procès, Ben le rabrouait en disant : « C'est vous qui vous en occupez..., faites ce que vous voudrez, peu m'importe. Vivre comme ça ou être en prison c'est à peu près pareil.

— Vous ne nous faites guère de compliments », répondit une fois Fanya en riant.

Hélène Mauer lui téléphona à plusieurs reprises pour le tenir au courant de ce qui se passait. Mais elle lui laissait entendre qu'elle ne pouvait pas tout dire au téléphone. Cependant, il ne l'invita jamais à venir le voir. Il ne quittait l'appartement des Stein que pour aller s'asseoir de temps en temps sur un banc devant la maison, les yeux perdus sur l'Hudson gris, sur les maisons en planches alignées le long de l'autre rive, du côté de Jersey, et sur les palissades grisâtres.

Le jour du procès, les journaux ne parlaient que des victoires allemandes. C'était le printemps et le soleil luisait derrière les grandes fenêtres du tribunal. Tout se passa très simplement. Stein et le juge échangèrent de petites plaisanteries professionnelles. Le procureur se montra magnanime. Le jury revint avec un verdict de culpabilité et le juge condamna Ben à vingt ans de prison. Morris Stein interjeta immédiatement appel, et le juge laissa Ben en liberté provisoire en conservant la première caution. Pendant toute cette cérémonie Ben ne reprit goût à la vie que lorsqu'on l'autorisa à s'adresser à la Cour avant l'énoncé du jugement. Il prononça le discours qu'il avait préparé pendant les semaines précédentes en faveur du mouvement révolutionnaire. Tout en pérorant il jugeait ses propos si faibles et sots qu'il faillit s'arrêter au beau milieu. Mais il se redressa, sa voix enfla et retentit dans la salle du tribunal. Même le juge et ses vieux assesseurs somnolents se redressèrent quand il récita, en guise de péroraison, les derniers mots du Manifeste Communiste[1] :

*A la place de l'ancienne société bourgeoise, avec ses classes, et ses antagonismes de classe, surgira une association où le libre développement de chacun sera la condition du libre développement de tous.*

L'appel traîna de remise en remise. Ben reprit ses études de droit. Il voulait travailler chez Stein pour payer son logement et sa nourriture, mais Stein trouvait cela dangereux. Selon lui, la guerre finirait bientôt, la peur d'une révolution s'évanouirait et il s'en tirerait avec une condamnation beaucoup moins sévère. Il lui apporta des livres de droit, pour lui permettre d'étudier et promit de le prendre comme associé dès qu'il aurait passé son diplôme, si toutefois Ben ne perdait pas ses droits civiques. Edna Stein, une grosse femme méprisante, lui adressait rarement la parole. Quant à Fanya, elle le harcelait de mille petites attentions maladroites et agaçantes. Il dormait mal et souffrait des reins. Une nuit, il se leva, s'habilla et descendait sur la pointe de ses pieds nus les escaliers

1. Il s'agit de la dernière phrase du chapitre Ier. Le Manifeste de 47 en comporte quatre et se termine ainsi : « Les prolétaires n'ont rien à perdre que leurs chaînes. Ils ont un monde à gagner : PROLÉTAIRES DE TOUS LES PAYS UNISSEZ-VOUS. »

couverts de tapis, les souliers à la main, quand soudain Fanya, les cheveux dénoués, apparut à la porte de sa chambre. Elle n'était vêtue que d'une chemise de nuit qui soulignait sa maigreur et permettait de deviner ses seins tombants. « Benny, où allez-vous ?

— Je deviens fou ici, il faut que je sorte, répondit-il en claquant des dents. Il faut que je retourne au combat. On m'attrapera, on m'enverra en prison et ça vaudra mieux.

— Mais, mon pauvre garçon, vous n'en avez pas la force, dit-elle en le prenant par le cou et en l'attirant dans sa chambre.

— Fanya, laissez-moi partir... Je parviendrai peut-être à franchir la frontière mexicaine... d'autres y sont parvenus.

— Vous êtes fou... Et la caution ?

— Que m'importe... Mais comprenez donc ! Il faut faire quelque chose. »

Elle l'attira sur son lit et lui tapota le front. « Mon pauvre garçon... je t'aime tant, Benny. Tu ne pourrais pas penser un peu à moi ?... Rien qu'un tout petit petit peu... Je pourrais tellement t'aider, toi et ton parti... Nous en parlerons demain... Je veux t'aider, Benny. » Tout en l'apaisant ainsi, elle dénouait la cravate du jeune homme qui se laissait faire.

Vint l'Armistice. On parla de la Conférence de la Paix, des mouvements révolutionnaires qui éclataient partout à travers l'Europe, des armées de Trotsky chassant les blancs de Russie. Fanya Stein raconta à tout le monde qu'elle s'était mariée avec Ben et l'emmena vivre avec elle dans son studio de la Huitième Rue où il attrapa successivement la grippe espagnole et une pneumonie double, ce qui permit à Fanya de le dorloter. Enfin, le docteur autorisa Ben à sortir. Dès le premier jour Fanya le promena au long de l'Hudson dans son cabriolet Buick. A leur retour, au crépuscule, ils trouvèrent une lettre exprès de Morris. La Cour avait rejeté l'appel mais avait réduit la peine à dix ans. Morris Stein qui s'était porté garant pour lui devait le présenter, l'amener devant le procureur dès le lendemain. On l'enverrait probablement à Atlanta. Peu après la lettre, Morris arriva en personne. Effondrée, Fanya pleurait en proie à une crise de nerfs. Morris était pâle. « Ben, dit-il, nous sommes battus... Tu iras passer quelque temps à Atlanta... Tu y seras en bonne compagnie... Mais ne t'en fais pas... Nous porterons l'affaire jusqu'au Président. Maintenant que la guerre est finie ils ne pourront plus museler la presse libérale.

— C'est bien, répondit Ben. Autant savoir à quoi s'en tenir. »

Fanya bondit vers son frère en sanglotant et se mit à l'injurier. Ben sortit se promener pendant qu'ils se disputaient. Il regarda avec attention les maisons, les taxis, les réverbères, les visages des passants, une drôle de borne-fontaine semblable à un torse de femme, des bouteilles d'huile minérale Nujol à l'étalage d'une pharmacie. Il partit vers Brooklyn pour dire au revoir à ses vieux parents, mais en arrivant au métro il n'eut pas la force d'aller plus loin et décida de leur écrire.

Le lendemain matin à neuf heures, sa valise à la main, il alla au bureau de Morris Stein. Il avait fait promettre à Fanya de ne pas le suivre. Quoiqu'il se répétât de temps en temps qu'il allait en prison, il n'en avait pas moins l'impression de partir en voyage d'affaires. Il portait un complet de tweed anglais que Fanya lui avait offert.

Broadway était tout décoré en rouge, blanc et bleu. Des drapeaux flottaient à toutes les fenêtres. Une foule d'employés, de sténographes et de garçons de bureau faisait la haie sur les deux trottoirs quand il sortit du métro. Des flics en motocyclette contenaient la foule. Du côté de La Batterie, venait le son d'une fanfare militaire qui jouait : *Ne laissez pas s'éteindre le feu dans l'âtre.* Tout le monde semblait heureux. Ben se retenait de marcher en cadence par cette fraîche matinée d'été qui sentait le port et le navire. Il se répétait : « Voilà les gens qui ont envoyé Debs en prison, voilà les gens qui ont fusillé Joë Hill, qui ont assassiné Frank Little, voilà les gens qui nous ont roués de coups à Everett et qui m'envoyent pourrir pendant dix ans en prison. »

Le garçon d'ascenseur noir lui demanda en souriant : « Ont-ils commencé à défiler, m'sieu ? » Ben secoua la tête et fronça les sourcils.

Le bureau de Morris Stein était propre et bien astiqué. La rouquine du téléphone portait une étoile d'or. Un drapeau américain s'étalait sur le mur dans le cabinet personnel de Morris. Stein parlait à un jeune homme qui paraissait appartenir au gratin et portait un complet de tweed. « Ben, s'exclama Stein joyeusement, je vous présente Steve Warner... Il vient de passer un an à la prison de Charlestown pour avoir refusé de s'inscrire en vue de la conscription.

— Pas tout à fait un an, dit le jeune homme en se levant pour tendre la main à Ben. On m'a relâché un peu à l'avance pour bonne conduite. »

Ben le trouva déplaisant dans son complet de tweed, avec sa cravate chic ; tout à coup, il se rappela qu'il portait un costume semblable. Cette idée l'irrita. « C'était dur ? demanda-t-il froidement.

— Non, pas trop, je travaillais à la serre... Quand ils ont appris que j'avais déjà été au front, ils m'ont traité très convenablement.

— Comment ça se fait ?...

— Oh ! Je m'étais enrôlé dans la Croix-Rouge au début de la guerre, j'étais ambulancier... Alors, ils m'ont considéré comme un doux maniaque. Pour moi, ce fut une expérience très instructive.

— On ne traite pas les ouvriers de la même façon, dit Ben méchamment.

— Et maintenant, nous allons déclencher une campagne dans tout le pays pour faire amnistier les gars qui sont en prison, dit Stein en se levant et en se frottant les mains. Nous commencerons par Debs. Tu verras, Ben, tu ne resteras pas longtemps là-bas... Les gens commencent déjà à retrouver leur bon sens. »

Une explosion de cuivres monta de la chaussée et on entendit le piétinement cadencé d'une troupe en marche. Tous trois regardèrent par la fenêtre. Dans le long cañon gris de Broadway des serpentins se déroulaient et des feuilles de papier pleuvaient parmi les drapeaux dans les rayons du soleil d'été. Tout en bas, perdus dans l'ombre, des gens hurlaient à perdre haleine.

« Les imbéciles, dit Warner, c'est pas avec des trucs comme ça que les troufions oublieront les tranchées. » Morris Stein s'éloigna de la fenêtre. Une étrange lueur brillait dans ses yeux. « Je me demande si je n'ai pas raté quelque chose », murmura-t-il.

Warner leur serra la main de nouveau et dit : « Eh! bien, il est temps que je m'en aille. Compton, c'est un sale coup. Mais croyez bien que nous travaillerons nuit et jour pour vous sortir de là... Je suis sûr que l'opinion publique changera. J'ai encore confiance en Wilson... après tout, avant la guerre, les militants ouvriers n'avaient pas à s'en plaindre.

— Si quelqu'un me tire de prison, je crois que ce seront plutôt les ouvriers », répondit Ben.

Les yeux de Warner cherchaient son regard. Ben ne sourit pas. Warner se tint devant lui gauchement pendant un instant et lui prit la main de nouveau. Ben ne répondit pas à son étreinte. « Bonne chance », dit Warner qui sortit du bureau.

« Qu'est-ce que c'est, ce type-là? demanda Ben. Un jeune universitaire aux idées libérales? » Stein acquiesça d'un signe de tête. Il s'était plongé dans un tas de paperasses qui encombraient sa table. « Oui, oui, murmura-t-il vaguement. C'est un grand type... Steve Warner... Tu trouveras des livres et des revues dans la bibliothèque. Je vais te rejoindre dans quelques minutes. »

Ben alla dans la bibliothèque, prit un livre et s'efforça

de lire. Quand Stein vint le chercher, il ne savait pas ce qu'il avait lu ni combien de temps s'était écoulé. Ils remontèrent lentement Broadway encombré par la foule. Les fanfares jouaient et des soldats en kaki, casque en tête, défilaient sans arrêt. Stein lui fit signe d'enlever son chapeau quand passa le drapeau d'un régiment, au milieu des fifres et des tambours. Ben y consentit et le garda à la main pour ne plus avoir à l'enlever.

Ben respirait profondément l'air ensoleillé de la rue où flottaient l'odeur des filles parfumées et les émanations d'essence qui jaillissaient des tuyaux d'échappement derrière les tracteurs tirant les gros canons. Ses oreilles bourdonnaient au bruit des rires, des cris et de la troupe en marche. Puis, la grande porte du Fédéral Building les avala.

Enfin, ce fut fini. Un détective l'emmena par le train jusqu'à Atlanta. Ce flic était un gros bonhomme morose avec des poches bleuâtres sous les yeux. Comme les menottes blessaient les poignets de Ben, il les lui enleva et ne les lui remettait que lorsque le train entrait dans une gare. Au cours du voyage Ben se rappela que ce jour-là était son anniversaire. Il avait vingt-trois ans.

## ACTUALITÉS XLI

ceux qui sont en contact avec le ministère des Colonies britannique estiment que la mauvaise humeur des Australiens s'apaisera quand ces derniers comprendront qu'il ne faut pas lâcher la proie pour l'ombre. On a le droit de dire que les journalistes qui se donnent la peine d'envoyer leurs télégrammes dès les premières heures du jour ne sont pas satisfaits de voir d'autres télégrammes arrivés plus tard recouvrir les leurs et, en fin de compte, ce sont les derniers messages reçus qu'on lit les premiers. Mais il ne faut pas prendre ça pour une injure car si le comte von

Brockdorf-Ranzau ne s'est pas levé c'est parce que son état de santé ne le lui permettait pas.

DES SOLDATS DE DEUXIÈME CLASSE
RANÇONNENT UN CHAUFFEUR DE TAXI

*Tenez le coup, nous arrivons*
*Soldats de l'Union ne lâchez pas pied*
*Côte à côte nous avancerons*
*Au-devant de la victoire*

La Fédération New-Yorkaise Prétend Que Les Robes du Soir Démoralisent La Jeunesse Du Pays

LES SOLDATS CRAIGNENT DE PERDRE
LEURS CHEVRONS D'OR

**LE CASSE-TÊTE**
**DE LA CONSCRIPTION**

ferait-on une propagande hostile, à Paris ?

*Nous combattons pour la liberté*
*Et élevons bien haut la voix*
*Nous joindrons nos mains*
*Pour combattre ou mourir*

LES FRONTIÈRES DE LA LIBERTÉ
SONT ENCORE CELLES DE LA FRANCE

le traité prévoit que le développement et le bien-être des populations coloniales constituent un des devoirs sacrés de la civilisation et que la Société des Nations doit contrôler l'exécution de ce devoir

ON DIT A WASHINGTON
QUE LES ROUGES FAIBLISSENT

*Tenez le coup nous arrivons*
*Soldats de l'Union ne lâchez pas pied*

l'Assemblée des ouvriers du Port, réunie de bonne heure hier soir, 26, place du Parc, vota la cessation du travail à partir de six heures demain matin

BURLESON INTERDIT L'USAGE
DU TÉLÉGRAPHE
AUX AGENCES DE PRESSE

pour toute réponse, il ordonna à ses hommes de pendre les deux jeunes gens sur place. On les jucha sur des chaises placées sous des arbres et on assujettit de lourds poids à leurs pieds et des cordes à leurs cous, on les maltraita jusqu'à ce que, repoussant eux-mêmes les chaises, ils missent fin à leurs tourments

## L'ŒIL DE LA CAMÉRA 42

*pendant quatre heures nous entassons nonchalamment des ferrailles rouillées et durant les quatre heures suivantes nous déchargeons des ferrailles rouillées d'une plate-forme et nous les empilons le long de la voie c'est la devise du YMCA GARDONS LES GARS EN FORME POUR QUAND ILS RENTRERONT CHEZ EUX le matin l'ombre des peupliers s'incline vers l'ouest et l'après-midi elle pointe dans la direction de l'est vers la Perse les morceaux de ferraille déchiquetée nous coupent les mains à travers les gants de toile épaisse une espèce de poussière de scories nous bouche les narines les oreilles et colle à nos yeux quatre Hongrois deux Ritals un Bohémien des Espagnols et des nègres deux petits bonshommes à la peau foncée au menton bleu avec qui personne ne parvient à s'entretenir ce sont des pièces détachées que ne réclame aucune unité garde-boue écrasés, ressorts brisés, vieilles pioches et vieilles pelles matériel de tranchées tordu et imbriqué avec des couchettes d'hôpital une montagne d'écrous et de boulons de toutes dimensions sept millions de kilomètres de fil de fer barbelé bon à faire des clapiers et des poulaillers des hectares de toits en tôle ondulée et des camions rangés sur des kilomètres carrés un long défilé de locomotives s'étire le long des voies de garage*

*GARDONS LES GARS EN FORME POUR là-haut dans les bureaux des sergents bourrus paperassent j'saispasoù j'habite j'aiperdumonunité mon livret militaire nos plaques matricule en aluminium* no spika de Engliss no entiendo ***comprend pas*** no capisco nyeh panimaïou *jour après jour l'ombre des peupliers pointe vers l'ouest le nord-ouest, le nord le nord-est et l'est le caporal a dit que les déserteurs fuyaient toujours vers le sud sale boulot ces déchets de ferraille mais comment démobiliser un type qui n'a pas de livret militaire GARDONS LES GARS EN FORME qu'esse-çapeufoutre la guerre est finie déchets*

## ACTUALITÉS XLII

ce fut un jour de fête à Seattle. Une foule énorme défilait le long des quais et envahissait les rues. Puis, finalement, dans la soirée, des mitrailleuses furent mises en place, les soldats reçurent une volée de cailloux sans se défendre. Enfin les officiers, jugeant la vie de leurs hommes en danger, donnèrent l'ordre de faire feu. L'ELECTRICITE SERAIT COUPEE. Monsieur Lowell, Président de l'université Harvard, invite les étudiants à s'engager parmi les briseurs de grève. « Fidèle à ses traditions de civisme, l'université désire, durant la crise actuelle, participer au maintien de l'ordre et défendre les lois qui régissent notre société. »

TROIS ARMÉES SE DISPUTENT KIEV

La Situation Actuelle Est Un Crime Contre La Civilisation dit-il

**POUR NOUS RENDRE INVULNÉRABLES**

Au cours des obsèques d'Horace Traubel, exécuteur testamentaire et biographe de Walt Whitman, cet après-midi, un incendie se déclara à l'église unitarienne du Messie. Deux mille passagers bloqués au Havre par le départ de Monsieur Wilson qui s'embarque pour passer en revue la flotte du Pacifique, mais ils se massèrent par milliers de chaque côté de la rue et parurent satisfaits d'entrevoir le Président. Quand le *George-Washington* entra dans le bassin à Hoboken après avoir traversé tout l'encombrement de l'avant-port, les bâtiments qui se trouvaient en rade ou à l'ancre firent retentir leurs sirènes en l'honneur du roi Albert et de la reine Elizabeth

LES ACTIONS DES ACIÉRIES
CONTINUENT À MENER LA HAUSSE

*Mon pays c'est pour toi*
*Douce terre de liberté*
*C'est pour toi que je chante*

## GROS BONNETS ET FORTES TÊTES 17

*PAUL BUNYAN*

Quand Wesley Everest revint de la guerre et fut démobilisé, il reprit son métier de bûcheron. Ses parents, bûcherons et chasseurs d'écureuils, de vieille souche kentuckienne et tennessienne, avaient suivi la piste qui conduit au Pacifique, tracée par Lewis et Clarke à travers les brumes des forêts gigantesques. A l'armée, Everest se révéla fin tireur et gagna une médaille de tir.

(Depuis le premier établissement des blancs dans les brumes des forêts géantes qui bordent le Pacifique, les marchands de biens fonciers, les politiciens et les intrigants de Washington s'occupaient de cette région, il en était résulté que :

*dix groupes, ne rassemblant que mille huit cent deux propriétaires, monopolisaient mille deux cent huit milliards huit cents millions,*

— 1 208 800 000 000 —

*de pieds carrés de forêt... assez de bois équarri... assez de planches — en tenant largement compte, très largement même, du déchet de toute entreprise de ce genre, — pour établir un pont flottant épais de deux pieds et large de huit kilomètres entre New York et Liverpool ;*

bois pour échafaudages, bois pour villas pré-fabriquées de banlieue, bois pour les comptoirs, bois pour les baraques, bois pour les navires, pour les camps de vacances, pâte de papier pour imprimer les journaux de chantage, les journaux sérieux, les revues, les catalogues, les cartons de classeurs, la paperasse militaire, les billets de banque, les billets doux.)

Wesley Everest était bûcheron comme Paul Bunyan.

Les bûcherons, les forestiers, les scieurs de long, les ouvriers des scieries étaient les ilotes de l'empire du bois. Le Manifeste de l'I.W.W. frappa l'esprit de Paul Bunyan ; ceux qui organisaient les syndicats prétendaient que la forêt devait appartenir au peuple entier ; Paul Bunyan les approuvait et ajoutait que les ouvriers forestiers devraient être payés en argent au lieu de ne toucher que des jetons contre lesquels leurs employeurs leur fournissaient moins que le nécessaire en prenant de gros bénéfices, il réclamait aussi un endroit convenable où les ouvriers pourraient faire sécher leurs vêtements trempés de sueur après une journée de travail dans la neige par une température de zéro degré. Il revendiquait la journée de huit heures, des baraquements propres et une pâtée décente ; quand Paul Bunyan revint d'Europe où il avait sauvé la démocratie pour le compte des Quatre Grands, il adhéra au syndicat local et entreprit de sauver à leur tour les ouvriers de la côte du Pacifique. Les syndicalistes étaient des rouges. Paul Bunyan n'avait peur de rien. (Passer pour un Rouge au cours de l'été 1919 était encore plus dangereux que d'être Boche ou pacifiste au cours de l'été 1917.)

Les rois de la forêt, de la scierie et de l'équarrissage étaient des patriotes ; ils avaient gagné la guerre (au cours de laquelle le prix du bois était passé de seize dollars à cent seize dollars les mille pieds cubes ; on connaît même des cas où l'Etat paya jusqu'à mille deux cents dollars pour du spruce) ; et ces patrons, patriotes et vainqueurs entreprirent de chasser les rouges hors des camps de travail ;

il s'agissait de sauver à tout prix les libres institutions américaines :

aussi fondèrent-ils l'Association des Employeurs et la Légion des Loyaux Bûcherons, ils soudoyèrent des anciens combattants pour les lancer contre les sièges de syndicats où ils lynchaient et rouaient de coups les syndicalistes et brûlaient les brochures subversives.

En 1918, le jour de la Fête du Souvenir, les gars de l'American Légion de Centralia, conduits par quelques membres de la Chambre de Commerce, pillèrent le siège local de l'I.W.W., rossèrent tous ceux qu'ils y trouvèrent, en traînèrent quelques-uns en prison, mirent les autres dans des bennes qu'ils firent basculer au-delà de la limite du canton, ils brûlèrent les archives, les brochures et mirent en vente tout le reste du matériel au profit de la Croix-Rouge ; on peut encore voir un bureau volé aux syndicalistes à la Chambre de Commerce de Centralia.

Les bûcherons louèrent un autre local et le syndicat ne cessa de grandir. Paul Bunyan n'avait peur de rien.

Quand approcha l'anniversaire de l'Armistice, en 1919, le bruit courut en ville que, cette fois, les locaux seraient détruits pour de bon. Un jeune homme de bonne famille aux manières courtoises, Warren O. Grimm, ancien officier du Corps Expéditionnaire que l'Amérique avait envoyé en Sibérie, considéré dans son pays comme un spécialiste de la lutte anti-bolchevique et des questions syndicales, fut choisi par les hommes d'affaires afin de diriger les troupes de patriotes cent pour cent groupées dans la Ligue Civique de Protection, et d'inspirer à Paul Bunyan la crainte de Dieu.

Le premier exploit des braves patriotes consista à s'emparer d'un marchand de journaux aveugle qu'ils piétinèrent, assommèrent et jetèrent dans un fossé à la frontière du canton.

Les bûcherons consultèrent des juristes, tinrent conseil et décidèrent de défendre leur local et leurs personnes si on les attaquait. Paul Bunyan n'avait peur de rien.

Wesley Everest était bon tireur ; le jour de l'Armistice, il mit son uniforme et remplit ses poches de cartouches. Il n'était pas bavard et le dimanche précédent, quand on parlait dans le local du syndicat de lynchage possible, il faisait les cent pas sur les trottoirs environnants, vêtu d'une capote militaire par-dessus son bleu de travail et distribuant des brochures ; quand les gars disaient qu'ils craignaient une nouvelle attaque, Wesley Everest s'arrêtait, souriait, se roulait une cigarette dans du mauvais papier brun et reprenait tranquillement sa marche.

Il faisait sec et froid le jour de l'Armistice ; la brume que le vent apportait du détroit de Puget s'accrochait au feuillage sombre des pins d'Oregon et aux vitrines brillantes des magasins. Warren O. Grimm marcha en tête des Anciens Combattants de Centralia. Tous portaient leurs uniformes. Quand le défilé passa devant le local du syndicat, les bûcherons qui se tenaient à l'intérieur laissèrent échapper un soupir en voyant qu'il ne s'arrêtait pas. Mais, au retour, il s'arrêta. Quelqu'un siffla entre ses doigts. Quelqu'un cria : « Allons-y les gars ! » et tous se précipitèrent vers le local. Trois hommes passèrent le seuil de la porte. Un fusil parla. Les coups de fusils s'entendirent dans toute la ville, se répercutèrent sur les collines environnantes, et claquèrent dans le fond du vestibule.

Grimm et un ancien combattant furent touchés.

Les assaillants refluèrent en désordre, mais ceux qui étaient armés se rassemblèrent et revinrent sur les lieux. D'abord ils ne trouvèrent que quelques hommes inoffensifs cachés dans une vieille glacière et au sommet des escaliers, un gars qui levait les bras au-dessus de sa tête.

Wesley Everest tira, vida le magasin de sa carabine, jeta l'arme et s'enfuit vers les bois en forçant son passage à travers la foule qui assiégeait le local par derrière. Un pistolet d'acier bleu à la main, il escalada une barrière, traversa des ruelles, sortit de la ville. La foule le suivit. Abandonnant les rouleaux de corde qu'ils avaient préparés pour pendre Britt Smith, le secrétaire de la section locale de l'I.W.W. l'ennemi se jeta à la poursuite de Wesley Everest. Si ce dernier n'avait pas entraîné les assaillants à ses trousses, ils auraient lynché Britt Smith sur place.

Se retournant de temps à autre pour tirer quelques coups

de feu afin d'effrayer ses poursuivants, Wesley Everest s'engagea dans la rivière qu'il tenta de passer à gué. Quand l'eau atteignit sa ceinture, il s'arrêta et fit demi-tour.

Avec un drôle de sourire tranquille aux lèvres, il fit face à la foule. Il avait perdu son chapeau, l'eau et la sueur lui plaquaient les cheveux sur la figure. Tout le monde se lança contre lui.

« Arrêtez, cria-t-il, s'il y a des bourres parmi vous, je me rends. »

Mais déjà on l'entourait. D'abord, il tira quatre fois à travers sa poche, puis, son arme s'enraya. Il remit la culasse en place et visant tranquillement, il tua le plus proche de ses agresseurs. C'était Dale Hubbard, un autre ancien combattant, neveu d'un des gros propriétaires forestiers de Centralia.

Alors, Wesley Everest jeta son revolver et combattit avec les poings. La foule eut le dessus. Un homme lui brisa les dents avec la crosse de son fusil. Quelqu'un apporta une corde pour le pendre. Jouant du coude à travers la foule, une femme arracha la corde qu'on lui avait déjà nouée autour du cou.

« Vous n'avez pas assez de cran pour pendre un homme en plein jour. » C'est tout ce que dit Wesley Everest.

On le traîna en prison, on le jeta sur les dalles d'une cellule. Cependant, les flics rossaient les autres bûcherons sous prétexte de les interroger.

Cette nuit-là, le courant électrique fut coupé et la ville plongée dans l'obscurité. Les patriotes brisèrent la première porte de la prison. « Ne tirez pas, les gars, voilà celui que vous cherchez », dirent les gardiens. Wesley Everest accueillit ceux qui venaient le chercher de pied ferme après avoir fait passer un message aux hommes incarcérés dans les cellules voisines : « Dites aux gars que j'ai fait de mon mieux. »

On le jeta dans une auto pour l'emmener au pont de Chehalis River. Wesley Everest gisait assommé au fond de la voiture quand un businessman de Centralia se précipita rasoir à la main et lui sectionna pénis et testicules. Wesley Everest hurla de douleur. Quelqu'un se souvient de l'avoir entendu murmurer : « Pour l'amour du ciel, tuez-moi, ne me laissez pas souffrir ainsi. » Enfin, on le pendit au-dessus de la rivière, du haut du pont, à la lueur des phares d'automobiles.

Et on tira sur lui.

Au cours de l'enquête, le Coroner trouva ça follement marrant.

Il exposa dans son rapport comment Wesley Everest s'était émasculé lui-même avant de s'échapper de prison, de courir jusqu'à la rivière Chehalis, de s'y nouer une corde autour du cou, de sauter dans le vide ; trouvant la corde trop courte, il était remonté, en avait noué une plus longue, s'était précipité dans le vide de nouveau, et la colonne vertébrale brisée s'était encore criblé de balles.

Ses meurtriers jetèrent ses restes dans une caisse d'emballage et l'enterrèrent.

Nul ne sait où fut inhumé le corps de Wesley Everest. Mais les six bûcherons dont la foule s'était emparée au siège du syndicat furent enterrés à la prison de Walla Walla.

## *RICHARD ELLSWORTH SAVAGE*

Après avoir pris le thé avec Eleanor, Dick regardait par la fenêtre et, sous les derniers rayons du soleil, arcs et contreforts de **Nôtre Dâme** lui paraissaient avoir la même fragilité que s'ils avaient été construits en cendre de cigare. Eleanor s'affairait dans la pièce et rassemblait tasses, sucrier, petites cuillères sur un plateau pour que la bonne les emportât. « Mais, Richard, il faut absolument que vous restiez, dit-elle. J'étais bien obligée de faire quelque chose pour Evelyne et son mari avant qu'ils ne prennent le bateau... Après tout, Evelyne est une de mes plus vieilles amies. J'ai invité aussi tous ses hurluberlus d'amis qui viendront après dîner. » Une file de camions chargés de barils de vin passa en brinquebalant sur le quai. Dick continuait à regarder les bords de la Seine. « Fermez cette fenêtre, Richard, la poussière entre à flots... Evidemment, je vous permettrai de partir très tôt pour assister à la conférence de presse que J. W. donne ce soir... S'il n'avait pas été retenu ainsi il serait certainement venu, pauvre cher ami..., vous savez combien il est surmené.

— Soyez sûre que je n'ai pas de temps à perdre moi non plus... Mais enfin, je resterai pour présenter mes félicitations à l'heureux couple. Dans l'armée, j'avais perdu l'habitude du travail. » Il fit demi-tour et revint vers le centre de la pièce en allumant une cigarette.

« Vous en faites une tête d'enterrement ! remarqua Eleanor.

— Vous ne semblez pas très gaie non plus, répondit Dick.

— Je crois qu'Evelyne a commis une grave erreur... Vraiment les Américains considèrent le mariage avec trop de légèreté. »

La gorge de Dick se serra. Il ne put cacher son émotion, tira une bouffée de sa cigarette et rejeta la fumée. Les yeux d'Eleanor scrutaient son visage. Dick ne parla pas. Il essaya de rester impassible.

« Etiez-vous amoureux de cette pauvre petite fille, Richard ? » demanda-t-elle.

Dick rougit et secoua la tête en signe de dénégation.

« N'essayez pas de vous faire passer pour plus dur que vous ne l'êtes, dit-elle. Seuls les trop jeunes gens affectent tant de dureté.

— Abandonnée par un officier américain, une belle du Texas trouve la mort dans un accident d'aviation... mais la plupart des correspondants de presse me connaissent et ont fait de leur mieux pour étouffer cette histoire... Qu'aurais-je pu faire : sauter dans la tombe comme Hamlet ? L'honorable Monsieur Barrow s'est chargé de jouer les inconsolables. C'est quand même un sale coup... Je voudrais avoir le cœur assez sec pour que plus rien ne m'importe. Quand l'Histoire nous marche sur la figure, nous n'avons pas le temps de nous abandonner à nos sentiments personnels, si beaux soient-ils. » Il fit une drôle de grimace et se mit à parler en tordant la bouche. « Tout ce que je demande, ma chère sœur, c'est de parcourir le monde avec l'oncle Woodrow... **Le beau monde, sans blague, tu sais...** »

Eleanor laissa échapper un petit rire grinçant. Ils entendirent les voix d'Evelyne et de Paul Johnson sur le palier.

Eleanor leur offrit, comme cadeau de mariage, une paire de petites perruches bleues en cage. On but du montrachet en mangeant un canard aux oranges. Au milieu du repas, Dick les quitta pour aller au Crillon. Il s'assit avec une impression de béatitude dans un taxi découvert. Le Louvre paraissait énorme à la tombée de la nuit ; désertes les rues d'alentour prenaient des allures aussi antiques que le Forum de Rome. Jusqu'aux Tuileries, il lutta contre la tentation de changer de route. Il aurait dit au chauffeur de l'emmener à l'Opéra, au cirque, sur les fortifications, n'importe où : partir et ne plus jamais revenir. Mais en passant devant le portier du Crillon, Dick se raidit et prit une allure grave.

A la porte du vestibule, Miss Williams lui sourit comme si on venait de lui enlever un gros souci. « Oh, je craignais que vous ne soyez en retard, capitaine Savage ? » Dick hocha la tête et sourit. « Il y a déjà du monde ? demanda-t-il.

— Tous les journalistes arrivent en foule. Ça figurera certainement en première page », chuchota-t-elle. Puis elle répondit au téléphone.

Dans le grand salon, les journalistes étaient déjà nombreux. En lui serrant la main, Jerry Burnham murmura : « Dick, si on nous remet un communiqué dactylographié, vous ne sortirez pas vivant de cette pièce.

— Ne vous en faites pas, répondit Dick en souriant.

— Où est Robbins ? demanda Jerry.

— Robbins est hors jeu, répondit Dick sèchement. Je crois qu'il est parti finir de se pourrir le foie à Nice. »

J. W. entra par l'autre porte. Il serra à la ronde la main de tous ceux qu'il connaissait et se fit présenter aux autres. Un jeune homme aux cheveux mal peignés, la cravate de travers, mit un papier dans la main de Dick en disant : « Demandez-lui donc s'il répondrait à ces questions. » Quelqu'un d'autre lui demanda à l'oreille : « Est-ce qu'il retourne aux Etats-Unis pour faire campagne en faveur de la Société des Nations ? »

Tout le monde s'assit. J. W. se pencha en avant et déclara que cette réunion aurait le caractère d'un bavardage sans cérémonie car il se considérait lui-même comme un confrère en sa qualité d'ancien journaliste. Il y eut un instant de silence. Dick jeta un coup d'œil vers J. W. ; son visage un peu gras était pâle ; une petite flamme de cordialité brillait dans ses yeux gris. Un journaliste assez âgé demanda d'une voix grave si Monsieur Moorehouse désirait parler du désaccord qui régnait, disait-on, entre le Président et le colonel House. J. W. répondit avec un sourire froid qu'il serait préférable de poser cette question au colonel House lui-même. Quand quelqu'un prononça le mot « pétrole », chacun prêta une oreille attentive. Oui, J. W. pouvait se permettre de dire qu'un accord, un arrangement pratique, était intervenu entre certains producteurs de pétrole américains et, peut-être, la Royal Dutch Shell. Oh, non ! il ne s'agissait pas d'imposer des prix au marché mondial. Mais ces accords indiquaient que le monde était à la veille d'une ère nouvelle au cours de laquelle d'immenses réserves de capitaux se grouperaient pour travailler en faveur de la paix et de la démocratie contre les réactionnaires et les militaristes d'une part et également contre les forces sanguinaires du bolchevisme d'autre part.

« Et la Société des Nations ?

— Nous sommes à l'aube d'une ère nouvelle », répéta J. W. d'une voix pleine de confiance.

Les chaises grincèrent et les crayons coururent sur les calepins. Tout le monde manifestait une grande attention et nul n'oublia de noter que J. W. s'embarquerait quinze jours plus tard sur *Le Rochambeau* à destination de New York. Dès que les journalistes, pressés d'envoyer leurs câbles, les quittèrent, J. W. bâilla et demanda à Dick de l'excuser auprès d'Eleanor : il se sentait vraiment trop fatigué pour aller chez elle ce soir. Dick sortit. Un reste du crépuscule violet flottait encore dans le ciel. Il héla un taxi. Bon Dieu de bon Dieu ! il pouvait maintenant se payer des taxis chaque fois qu'il en avait envie.

Chez Eleanor, les invités assis dans le salon et dans une chambre à coucher arrangée en boudoir avec un grand miroir enrubanné de dentelles ne parlaient que par intermittences et manquaient visiblement d'entrain. L'heureux époux semblait avoir des fourmis rouges sous son col. Evelyne et Eleanor, debout près de la fenêtre, bavardaient avec un homme au visage décharné. C'était ce fameux Don Stevens dont Evelyne s'était tant souciée quand il s'était fait arrêter en Allemagne par l'Armée d'Occupation. « Et chaque fois que je me mets dans de mauvais draps, disait-il, je trouve un petit juif pour me tirer d'affaire... Cette fois, c'était un tailleur.

— Pourtant Evelyne n'est ni un petit juif ni un tailleur, dit Eleanor d'un ton acariâtre, mais je peux vous affirmer qu'elle a beaucoup contribué à vous tirer d'affaire. »

Stevens traversa la pièce pour venir au-devant de Dick et lui demanda ce qu'il pensait de Moorehouse. Dick rougit et souhaita que Stevens parlât moins fort. « Pourquoi ?... Je crois que c'est un homme extrêmement capable... bredouilla-t-il.

— Tiens, j'aurais plutôt cru que c'était un plastron empaillé ! J'assistais à sa Conférence pour le *Daily Herald*... Je me demande ce que ces pauvres couillons de la presse bourgeoise ont bien pu trouver d'intéressant dans ce qu'il racontait.

— En effet, je vous ai remarqué tout à l'heure, répondit Dick.

— D'après ce que Steve Warner m'avait dit de vous, je ne m'attendais pas à vous trouver là.

— Peut-être Steve Warner vous a-t-il mal renseigné à mon sujet. »

Stevens se pencha vers Dick en le regardant fixement comme s'il allait le frapper. « Enfin, le jour approche où chacun devra choisir un côté de la barricade, dit-il. Alors, il faudra se montrer à visage découvert, comme disent les Russes. Ça ne tardera pas. »

Eleanor les interrompit ; elle leur tendit une bouteille de champagne embuée de fraîcheur. Stevens retourna parler à Evelyne auprès de la fenêtre. « Un pasteur baptiste serait moins ennuyeux que ce garçon, chuchota Eleanor.

— Diable ! je déteste ces gens qui prennent plaisir à mettre les autres mal à l'aise », grogna Dick tout bas. Eleanor lui fit un sourire rapide en forme de V et lui donna une petite tape sur le bras de sa longue main blanche aux ongles pointus, roses, et marqués de lunules blanches. « Moi aussi, Dick, moi aussi », dit-elle. Dick se plaignit de névralgie et lui déclara qu'il avait l'intention de s'en aller. Elle le saisit par le bras, l'attira dans le vestibule et lui dit sévèrement : « N'allez pas me quitter maintenant et me laisser seule dans cette réunion polaire ! » Dick fit la grimace et la suivit au salon. Elle tenait encore à la main la bouteille de champagne, lui en versa un verre et murmura : « Allez distraire Evelyne, elle a déjà failli se trouver mal deux fois. »

Dick bavarda pendant des heures avec Madame Johnson. Ils parlèrent de livres, de pièces de théâtre, d'opéra. Ni l'un ni l'autre ne prêtait la moindre attention à ce que disait son interlocuteur. Evelyne regardait sans cesse son mari. Paul Johnson avait quelque chose de juvénile et de presque enfantin ; Dick ne pouvait s'empêcher de le trouver sympathique. Assis à côté de Stevens, Paul buvait beaucoup et son compagnon continuait à faire des remarques désagréables à haute voix sur les parasites, les fils à papa, les dignes rejetons de la bourgeoisie. La soirée traîna longtemps ainsi. Puis, Paul Johnson ivre eut mal au cœur et Dick le conduisit aux cabinets. Puis, Stevens prit Dick à partie au sujet de la Conférence de la Paix, et soudain, les deux poings levés, il le traita de sale lopette. Les Johnson chassèrent Stevens et le reconduisirent jusqu'en bas des escaliers. Eleanor prit Dick par le cou et lui chuchota qu'il s'était conduit d'une manière magnifique.

Les Johnson remontèrent, Paul alla chercher les deux perruches dans la cuisine. Il revint pâle comme un fantôme. Un des oiseaux était mort et gisait dans la cage, ses deux petites pattes en l'air.

Vers trois heures du matin, Dick retourna à son hôtel en taxi.

## ACTUALITÉS XLIII

policiers et anciens combattants arrachèrent calicots et banderoles que portaient les manifestants, déchirèrent leurs vêtements et leur pochèrent les yeux.

Trente-Quatre Décès Consécutifs A l'Absorption d'Alcool de Bois

La Circulation Ferroviaire Sera Peut-Etre Bientôt Interrompue En France

Gérard Jette Son Chapeau Dans l'Arène

LA COUR SUPRÊME DÉÇOIT
LES DERNIERS ESPOIRS
DES GUEULES EN PENTE

APPELÉ PAR UNE FUSÉE
LE BATEAU DE SAUVETAGE
CHERCHE EN VAIN PENDANT SEIZE HEURES

*Amérique je t'aime*
*Je t'aime comme ma bien-aimée*

LES GENS SAGES FUIENT LES RÉUNIONS POLITIQUES

FERMETURE EN BAISSE
À WALL STREET :
ON CRAINT UNE AUGMENTATION
DU TAUX DE L'ESCOMPTE

*D'un océan à l'autre*
*Pour toi mon dévouement*
*Traverse toutes les frontières*

ON AURAIT DÉCOUVERT UN NOUVEAU CARUSO

sa mère, Madame W. D. McGillicudy déclara : « Mon premier mari fut tué en essayant de traverser la voie devant un train. Mon second mari mourut de la même manière, et maintenant c'est mon fils. »

*Je suis comme un petit bébé*
*Grimpant sur les genoux de sa mère.*

A KNOXVILLE ON CALME LA FOULE
A LA MITRAILLEUSE

*Amérique je t'aime*

Ces Aviateurs Se Nourrirent de Coquillages Pendant Six Jours

la police obligea les manifestants à rouler leurs pavillons et leur interdit de brandir des emblèmes rouges excepté, évidemment, les bandes rouges de la bannière étoilée des Etats-Unis ; l'avouer n'est pas une indiscrétion, quoi qu'il en soit, ce fait ne saurait nuire à sa gloire, mais enfin, le général Pershing était obligé de rester dans sa cabine, parce qu'il souffrait du mal de mer, et c'est là qu'il reçut le message. Un Vieux Bonhomme De Quatre-Vingt-Neuf Ans Collectionne Ses Chiques de Chewing-gum Comme de Précieux Souvenirs Perdit son Sang-Froid Lorsqu'Il Déclara Clos Le Débat Sur la Société des Nations

*Et nous ne sommes pas moins de cent millions*
*à t'aimer ainsi.*

## GROS BONNETS ET FORTES TÊTES 18

### *LE CORPS D'UN AMÉRICAIN*

Attendu que le Congrès des Etats-Unis par une résolution commune de ses deux chambres votée le 4e jour de mars dernier autorisa le Ministre de la Guerre à faire venir sur le territoire des Etats-Unis le corps d'un Américain membre du corps expéditionnaire en Europe qui perdit la vie durant la guerre mondiale et dont l'identité n'a pu être établie à fin d'inhumation dans le mausolée du cimetière militaire d'Arlington Virginie.

A la morgue en carton bitumé de Châlons-sur-Marne, dans l'odeur de chlore, de chaux et de mort, on choisit une caisse de pin contenant les restes de

Am stram gram pic et pic et cologram bien d'autres boîtes entassées contenaient ce qu'on avait pu rassembler des restes de Pierre Paul et Jacques

et d'autres inconnus (contre lesquels on ne porte plus plainte).

Pin pon dor c'est Marie qui sort, on choisit Jean-Marie

Attention que ce ne soit pas un étranger, les gars, que ce ne soit pas un negro

un Macaroni

un Mexicain

un youpin

mais comment savoir si un gars est vraiment cent pour cent américain quand il n'en reste plus que quelques os, des boutons de laiton emboutis à la marque de l'aigle gueulard et une paire de molletières, le tout dans un mauvais sac de toile ?

Et l'odeur étouffante du chlore et l'âcre puanteur des cadavres conservés depuis un an ?...

D'ailleurs, cette journée avait un sens trop tragique pour qu'on se laissât aller à applaudir. Le silence, les larmes, les hymnes et les prières, les tambours voilés de crêpe et la musique en sourdine exprimaient seuls l'approbation nationale.

—

Un geste d'amour donna la vie à Jean-Marie (le sang qui coule plus vite dans le corps frémissant d'un homme et d'une femme s'envolant chacun pour soi quoique ensemble et se précipitant

seule en ce qui concerne la femme dans une fatigue et une peine de neuf mois, d'où elle s'éveille au cours d'une terrifiante agonie, dans la douleur, le sang et le désastre d'une naissance). Jean-Marie naquit,

et fut élevé à Brooklyn à Memphis au bord du lac à Cleveland Ohio, dans la puanteur des abattoirs de Chicago, à Beacon Hill, dans une vieille maison de briques à Alexandrie Virginie, sur Telegraph ill ou dans un cottage Tudor, mi-pierre mi-bois, de Portland, la ville des roses,

à l'hôpital de Stuyvesant Square entretenu par le vieux Morgan, le long d'une voie de chemin de fer, à la campagne, près du Country Club, dans une cabane sur quelque zone miteuse, dans un appartement, dans un faubourg chic ;

rejeton d'une des meilleures familles du pays, il obtint le premier prix au concours de poupons sur la plage de Coronado, champion des joueurs de billes de l'école enfantine de Little Rock, leader de l'équipe de basket de Booneville High, demi de mêlée dans l'équipe d'un pénitencier fédéral, ayant sauvé le gosse du shériff qui se noyait dans le Petït-Missouri il fut invité à Washington et en revint avec une photo sur laquelle il serre la main du Président devant la Maison-Blanche ;

Quoique ce fût une cérémonie funéraire, on remarquait des touches de couleurs sur les gradins : les ambassadeurs en grande tenue, les officiers de notre marine et de notre armée en uniforme de gala, les vêtements noirs des hommes d'Etat américains, l'infinie variété des manteaux et des fourrures portés par les mères et les sœurs de nos chers disparus, le kaki des soldats, le bleu des marins se mêlaient avec le blanc et le noir des chœurs et des instrumentistes.

— receveur d'autobus journalier agricole embauché pour les récoltes porcher boy scout égreneur de maïs du Kansas occidental groom à l'hôtel des Etats-Unis de Saratoga Springs garçon de bureau fruitier poseur de lignes téléphoniques pêcheur bûcheron aide plombier,

faillit crever à la tâche à Union City, bourra des pipes d'opium dans une fumerie clandestine de Trenton New Jersey

secrétaire du Y.M.C.A., employé d'une compagnie de tourisme, chauffeur de camion, ouvrier chez Ford, vendit des livres à Denver Colorado : Madame consentiriez-vous à aider un jeune homme qui travaille pour payer ses études ?

Le président Harding avec une dignité particulièrement remarquable en raison de sa haute taille conclut son discours.

*Nous sommes rassemblés aujourd'hui pour rendre un hommage impersonnel...*

*Le nom de celui dont le corps gît devant nous s'est envolé avec son âme impérissable... représentant typique des soldats de notre démocratie il combattit et mourut en croyant que la cause de son pays était celle de la justice irréfutable...*

Elevant la main droite, il demanda aux milliers d'assistants qui se trouvaient à portée de sa voix de se joindre à lui pour prier :

*Notre Père qui êtes aux cieux que Votre nom soit sanctifié...*

Il arriva tout nu à l'armée ; on le pesa, on le mesura, on regarda ses pieds pour voir s'ils étaient plats, on lui pressa le pénis pour voir s'il avait la chtouille, on regarda son anus pour voir s'il avait des hémorroïdes, on lui compta les dents, on le fit tousser, on écouta son cœur et ses poumons, on le fit lire à distance, on analysa ses urines et son intelligence, on lui remit un livret militaire pour l'avenir (de son âme impérissable)

et une plaque d'identité, marquée de son numéro matricule, qu'il se pendit autour du cou. On lui fournit un uniforme, un équipement, une boîte à vivres, un exemplaire des règlements militaires et du code de guerre.

gard'VOUS rentre tes tripes, efface ce sourire de ton visage, le regard à six pas, où te crois-tu ? Au patronage ? En avant, ARCHE !

Jean-Marie

et Pierre Paul et Jacques et d'autres inconnus firent l'exercice, défilèrent, manièrent leurs armes, mangèrent à la gamelle, apprirent à saluer, à flâner en bons soldats autour des latrines ; défense de fumer sur le pont, service de garde sur terre étrangère, quarante hommes huit chevaux, revue de détail, le sifflement des balles et le cri aigu des obus déchirant l'air, le tic tac affolant des mitrailleuses, la boue, la gamelle, le masque à gaz, la gale.

*DITES, LES GARS, COMMENT RETROUVER MON UNITÉ ?*

Jean-Marie avait une tête, pendant vingt années les nerfs de ses yeux, de ses oreilles, de son palais, de sa langue, de ses orteils, de ses doigts, de ses aisselles, les nerfs transmirent aux circonvolutions de son cerveau la douleur, la douceur, la chaleur, le froid, le mien, le devoir, les interdictions, les dictons et les manchettes des journaux : le Décalogue, la table de multiplication, les longues divisions.

L'heure est venue où tous les... Ne frappe qu'une fois à

la porte d'un jeune homme... La vie est belle... Durant les cinq premières années sois... Prudence... Et si un Boche essayait de violer ta... A tort ou à raison ma patrie... Prends les jeunes... Ce qu'il ne saura pas ne lui... Vas-y franco, ne leur dis rien... Il a eu ce qu'il méritait. Ce pays appartient aux hommes blancs... Du courage... Mal tourné... Si tu n'aimes pas ça... On l'a eu...

*DITES, LES POTES, COMMENT FAIRE POUR RETROUVER MON UNITÉ ?*

Quand ces trucs éclatent, je ne peux pas m'empêcher de sursauter, j'en ai la tremblote. J'ai perdu ma plaque d'identité en nageant dans la Marne en me battant avec un gars, pour savoir lequel se ferait déniaiser dans le lit d'une fille appelée Jeanne (amour cinéma cartes postales françaises le rêve commença avec du salpêtre dans le café et finit à la station prophylactique) ;

*HÉ, SOLDAT ! POUR L'AMOUR DE DIEU, TU NE POURRAIS PAS ME DIRE COMMENT RETROUVER MON UNITÉ ?*

Le cœur de Jean-Marie
pompait le sang dans ses veines :
vivant la pulsation silencieuse du sang dans les oreilles
Là-bas, dans la forêt de l'Oregon, au milieu d'une clairière, où les fleurs ont la couleur des fleurs son cœur pompait du sang jusqu'aux veinules de ses yeux et les arbres couleur d'automne et les criquets couleur de bronze sautaient dans l'herbe sèche et les petites chenilles rayées pendaient sous les feuilles et les mouches zonzonnaient, les abeilles bourdonnaient, les bourdons ronflaient et les bois fleuraient le vin, le champignon et la pomme, odeurs familières de l'automne qui pénètrent dans le sang,

et je rejetai mon casque et le sac qui me faisait suer et je m'étendis à plat sous le soleil caniculaire qui asséchait ma gorge, ma pomme d'Adam et la peau tendue sur ma poitrine.

L'obus était frappé d'un numéro

Le sang se répandit sur la terre

La copie du livret militaire tomba du classeur quand le sergent-fourrier du premier bureau reçut l'ordre de tout empaqueter en vitesse et de déguerpir sur-le-champ.

La plaque d'identité était au fond de la Marne.

Le sang coula dans la terre, la cervelle jaillit du crâne brisé et les rats de tranchée la léchèrent, le ventre gonfla et toute une génération de mouches vertes y prospéra

et le squelette incorruptible

avec des restes d'organes desséchés et de peau collée au tissu kaki

fut porté à Châlons-sur-Marne

et déposé proprement dans un cercueil de pin

puis, sur un bateau de guerre on l'expédia

au Pays du Bon Dieu

on l'enferma dans un sarcophage au Monument Commémoratif bâti en amphithéâtre du cimetière national d'Arlington

le drapeau étoilé drapait le sarcophage et le clairon sonna Aux Champs !

et Monsieur Harding pria Dieu et les diplomates et les généraux et les amiraux et les gros bonnets et les politiciens et les dames bien vêtues dont le nom paraît à la rubrique mondaine du *Washington Post* se levèrent solennellement

et admirèrent le drapeau étoilé en songeant tout attendris au pays du bon Dieu, et la sonnerie du clairon les émerveilla et les trois salves firent siffler leurs oreilles

Là où aurait dû être sa poitrine, on épingla
la Médaille du Congrès américaine, la Croix pour Services Distingués anglaise, la Médaille Militaire française, la Croix de Guerre belge, la Médaille d'Or italienne, la Vitutea Militara envoyée par la Reine Marie de Roumanie, la Croix de Guerre tchécoslovaque, une couronne expédiée par Hamilton Fish Jr. de New York, et une petite amulette offerte par une délégation des Peaux-Rouges de l'Arizona peints comme pour la guerre avec des plumes sur la tête. Tous les habitants de Washington apportèrent des fleurs

Woodrow Wilson tenait à la main un bouquet de coquelicots.

*Actualités XX,* Oh les fantassins les fantassins ! 13
JOE WILLIAMS. 15
*L'Œil de la Caméra 28,* Quand arriva le télégramme. 21
*Gros Bonnets et Fortes Têtes,* John Reed. 23
JOE WILLIAMS. 29
*Actualités XXI,* Au revoir Broadway, Salut la France ! 86
*L'Œil de la Caméra 29,* Les gouttes de pluie tombent. 88
RICHARD ELLSWORTH SAVAGE. 89
*Actualités XXII,* On nous promet la renaissance des... 118
*L'Œil de la Caméra 30,* Je me rappelle les doigts gris et tordus. 120
*Gros Bonnets et Fortes Têtes,* Randolph Bourne. 122
*Actualités XXIII,* Si tu n'aimes pas ton Oncle Sam. 125
EVELYNE HUTCHINS. 126
*L'Œil de la Caméra 31,* Pour faire un divan. 148
EVELYNE HUTCHINS. 150
*Actualités XXIV,* Il est difficile de prévoir. 162
*L'Œil de la Caméra 32,* A quatorze heures précisément. 164
*Gros Bonnets et Fortes têtes,* Un heureux guerrier : Théodore Roosevelt. 165

*L'Œil de la Caméra 33,* Onze mille filles en carte. 172
JOE WILLIAMS. 175
*L'Œil de la Caméra 34,* Sa voix semblait venir. 200
*Actualités XXV,* Les forces du Général Pershing. 202
*Gros Bonnets et Fortes Têtes,* Un Don Quichotte de l'Indiana. 204
*Actualités XXVI,* L'Europe à la croisée des chemins. 211
RICHARD ELLSWORTH SAVAGE. 212
*Actualités XXVII,* Son mutilé de guerre qu'elle prenait pour un héros. 243
*L'Œil de la Caméra 35,* Il y avait toujours deux chats. 245
EVELYNE HUTCHINS. 247
*Actualités XXVIII,* Oh, les aigles ! 260
JOE WILLIAMS. 262
*Actualités XXIX,* La nouvelle provoqua l'embouteillage. 270
*L'Œil de la Caméra 36,* Chaque soir après la dernière inspection. 272
*Gros Bonnets et Fortes Têtes,* Mistair Uilson. 273
*Actualités XXX,* A-t-on déplacé la grosse Bertha ? 283
*L'Œil de la Caméra 37,* Par ordre alphabétique. 285
*Actualités XXXI,* Après avoir fait rapidement leur toilette. 288
LA FILLE A SON PAPA. 288
*Actualités XXXII,* La voix d'or de Caruso. 322
*L'Œil de la Caméra 38,* Estampillé, signé et remis. 324
*Actualités XXXIII,* Il ne se rappelle plus avoir tué sa sœur. 326
EVELYNE HUTCHINS. 328
*Actualités XXXIV,* Pénurie de platine. 374
*Gros Bonnets et Fortes Têtes,* La Maison Morgan. 376
*Actualités XXXV,* Le Grand Prix de la Victoire. 381
*L'Œil de la Caméra 39,* Palpitant à peine. 383

*Actualités XXXVI,* A la gloire de la France éternelle. 385
RICHARD ELLSWORTH SAVAGE. 388
*Actualités XXXVII,* Dissolution de la Garde Soviétique. 442
*L'Œil de la Caméra 40,* Grève générale. 445
*Actualités XXXVIII,* C'est la lutte finale. 447
LA FILLE A SON PAPA. 449
*Actualités XXXIX,* La vue des villages en ruines. 464
*L'Œil de la Caméra 41,* Tu ne viens pas à la goguette anarchiste ? 466
*Actualités XL,* Un détenu s'enfuit en pyjama. 467
*Gros Bonnets et Fortes Têtes,* Joë Hill. 468
BEN COMPTON. 470
*Actualités XLI,* Ceux qui sont en contact avec. 501
*L'Œil de la Caméra 42,* Pendant quatre heures nous entassons nonchalamment. 503
*Actualités XLII,* Ce fut un jour de fête à Seattle. 504
*Gros Bonnets et Fortes Têtes,* Paul Bunyan. 506
RICHARD ELLSWORTH SAVAGE. 511
*Actualités XLIII,* Policiers et anciens combattants arrachèrent. 517
*Gros Bonnets et Fortes Têtes,* Le corps d'un Américain. 519

## DU MÊME AUTEUR

MANHATTAN TRANSFER.
SUR TOUTE LA TERRE.
LA GROSSE GALETTE.
42e PARALLÈLE.
L'AN PREMIER DU SIÈCLE.
NUMÉRO UN.
AVENTURES D'UN JEUNE HOMME.
LE GRAND DESSEIN.
LA GRANDE ÉPOQUE.
LE BRÉSIL EN MARCHE.
MILIEU DE SIÈCLE.

# COLLECTION FOLIO

*Dernières parutions*

| | | |
|---|---|---|
| 885. | Aragon | *Aurélien*, tome I. |
| 886. | Aragon | *Aurélien*, tome II. |
| 887. | Jean Genet | *Miracle de la rose.* |
| 888. | George Jackson | *Les Frères de Soledad.* |
| 889. | Jean d'Ormesson | *La gloire de l'Empire*, tome I. |
| 890. | Jean d'Ormesson | *La gloire de l'Empire*, tome II. |
| 891. | Crébillon fils | *Les Égarements du cœur et de l'esprit.* |
| 892. | George Sand | *La Mare au Diable.* |
| 893. | Dostoïevski | *Le Joueur.* |
| 894. | Choderlos de Laclos | *Les Liaisons dangereuses.* |
| 895. | Rudyard Kipling | *Le retour d'Imray.* |
| 897. | John Steinbeck | *Tortilla Flat.* |
| 898. | J.-K. Huysmans | *A rebours.* |
| 899. | Vladimir Nabokov | *Lolita.* |
| 900. | Marcel Proust | *Le côté de Guermantes*, tome I. |
| 901. | John Dos Passos | *42e parallèle*, tome I. |
| 902. | John Dos Passos | *42e parallèle*, tome II. |
| 903. | Georges Duhamel | *Le notaire du Havre.* |
| 904. | Guy de Maupassant | *Boule de suif, La Maison Tellier* suivi de *Madame Baptiste* et de *Le Port.* |
| 905. | Michel Tournier | *Les météores.* |
| 906. | Émile Ajar | *Gros-Câlin.* |
| 907. | Erskine Caldwell | *Jenny toute nue.* |
| 908. | Jean Cocteau | *Antigone* suivi de *Les mariés de la Tour Eiffel.* |
| 909. | Louis Guilloux | *Le pain des rêves.* |
| 910. | Barbey d'Aurevilly | *L'Ensorcelée.* |
| 911. | Paul Claudel | *L'échange.* |

| | | |
|---|---|---|
| 912. | Marcel Aymé | *Le nain.* |
| 913. | Junichiro Tanizaki | *La confession impudique.* |
| 914. | Samuel Butler | *Ainsi va toute chair,* tome I. |
| 915. | Samuel Butler | *Ainsi va toute chair,* tome II. |
| 916. | Nathaniel Hawthorne | *La Lettre écarlate.* |
| 917. | Jean Anouilh | *La Grotte.* |
| 918. | L.-F. Céline | *Féerie pour une autre fois.* |
| 919. | Victor Hugo | *Le Dernier Jour d'un Condamné* précédé de *Bug-Jargal.* |
| 920. | William Faulkner | *Sartoris.* |
| 921. | Marguerite Yourcenar | *Mémoires d'Hadrien.* |
| 922. | James M. Cain | *Mildred Pierce.* |
| 923. | Georges Duhamel | *Suzanne et les jeunes hommes.* |
| 924. | Jacques-Laurent Bost | *Le dernier des métiers.* |
| 925. | Dostoïevski | *Souvenirs de la maison des morts.* |
| 926. | Léo Ferré | *Poète... vos papiers !* |
| 927. | Paul Guimard | *Le mauvais temps.* |
| 928. | Robert Merle | *Un animal doué de raison,* tome I. |
| 929. | Robert Merle | *Un animal doué de raison,* tome II. |
| 930. | Georges Simenon | *L'aîné des Ferchaux.* |
| 931. | Georges Simenon | *Le bourgmestre de Furnes.* |
| 932. | Georges Simenon | *Le voyageur de la Toussaint.* |
| 933. | Georges Simenon | *Les demoiselles de Concarneau.* |
| 934. | Georges Simenon | *Le testament Donadieu.* |
| 935. | Georges Simenon | *Les suicidés.* |
| 936. | Pascal | *Pensées,* tome I. |
| 937. | Pascal | *Pensées,* tome II. |
| 938. | Jean-Paul Sartre | *Les séquestrés d'Altona.* |
| 939. | Claire Etcherelli | *Elise ou la vraie vie.* |
| 940. | Cesare Pavese | *Le métier de vivre,* tome I. |
| 941. | Cesare Pavese | *Le métier de vivre,* tome II. |
| 942. | Nathalie Sarraute | *Portrait d'un inconnu.* |
| 943. | Marguerite Duras | *Le marin de Gibraltar.* |
| 944. | Jean Rhys | *La prisonnière des Sargasses.* |
| 945. | Guy de Maupassant | *Mademoiselle Fifi.* |
| 946. | Romain Gary | *Les têtes de Stéphanie.* |

947. Norman Mailer — *Rivage de Barbarie.*
948. Émile Zola — *La Bête humaine.*
949. Albert Cossery — *Les fainéants dans la vallée fertile.*
950. Armand Salacrou — *Les fiancés du Havre.*
951. Honoré de Balzac — *La Femme de trente ans.*
952. Trotsky — *Journal d'exil.*
953. Patrick Modiano — *Villa Triste.*
954. Carlo Levi — *Le Christ s'est arrêté à Eboli.*
955. René Barjavel — *Colomb de la lune.*
956. Émile Zola — *Nana.*
957. Yachar Kemal — *Le Pilier.*
958. Madeleine Chapsal — *Un été sans histoire.*
959. Michel Tournier — *Vendredi ou les limbes du Pacifique.*
960. Simone de Beauvoir — *La femme rompue.*
961. Marcel Aymé — *Le passe-muraille.*
962. Horace Mac Coy — *On achève bien les chevaux.*
963. Sade — *Les Infortunes de la vertu.*
964. Charles Baudelaire — *Les Paradis artificiels.*
965. Richard Wright — *Black Boy.*
966. Henri Bosco — *Hyacinthe.*
967. Erich Maria Remarque — *Après.*
968. Chen Fou — *Récits d'une vie fugitive.*
969. Michel Déon — *Le rendez-vous de Patmos.*
970. Elsa Triolet — *Le grand jamais.*
971. Henriette Jelinek — *Portrait d'un séducteur.*
972. Robert Merle — *Madrapour.*
973. Antoine Blondin — *Quat'saisons.*
974. Ernest Hemingway — *Iles à la dérive*, tome I.
975. Ernest Hemingway — *Iles à la dérive*, tome II.
976. Peter Handke — *Le malheur indifférent.*
977. André Gide — *La séquestrée de Poitiers.*
978. Joseph Conrad — *La flèche d'or.*
979. Alphonse Daudet — *Le Petit Chose.*
980. Alfred Jarry — *Ubu roi, Ubu cocu, Ubu enchaîné, Ubu sur la Butte.*
981. Alejo Carpentier — *Le Siècle des Lumières.*
982. Prosper Mérimée — *Chronique du règne de Charles IX.*
983. Henri Guillemin — *Jeanne, dite « Jeanne d'Arc ».*

| | | |
|---|---|---|
| 984. | André Stil | *Beau comme un homme.* |
| 985. | Georges Duhamel | *La passion de Joseph Pasquier.* |
| 986. | Roger Nimier | *Le hussard bleu.* |
| 987. | Donleavy | *Les béatitudes bestiales de Balthazar B.* |
| 988. | Franz Kafka | *Préparatifs de noce à la campagne.* |
| 989. | Angelo Rinaldi | *L'éducation de l'oubli.* |
| 990. | Claude Faraggi | *Le maître d'heure.* |
| 991. | Alexis de Tocqueville | *Souvenirs.* |
| 992. | Jean-Pierre Chabrol | *Le Bout-Galeux.* |
| 993. | Jacques Laurent | *Histoire égoïste.* |
| 994. | Jacques de Bourbon Busset | *La Nature est un talisman.* |
| 995. | Michel Mohrt | *Deux Indiennes à Paris.* |
| 996. | Molière | *Les Fourberies de Scapin* précédé de *L'Amour médecin, Le Médecin malgré lui, Monsieur de Pourceaugnac.* |
| 997. | Nathalie Sarraute | *« disent les imbéciles ».* |
| 998. | Georges Simenon | *Le locataire.* |
| 999. | Michel Déon | *Un taxi mauve.* |
| 1000. | Raymond Queneau | *Les fleurs bleues.* |
| 1001. | Émile Zola | *Germinal.* |
| 1002. | Cabu | *Le grand Duduche.* |
| 1003. | Cavanna | *4, rue Choron.* |
| 1004. | Gébé | *Berck.* |
| 1005. | Reiser | *On vit une époque formidable.* |
| 1006. | Willem | *Drames de famille.* |
| 1007. | Wolinski | *Les Français me font rire.* |
| 1008. | Copi | *Et moi, pourquoi j'ai pas une banane ?* |
| 1009. | Germaine Beaumont | *Le chien dans l'arbre.* |
| 1010. | Henri Bosco | *Sylvius.* |
| 1011. | Jean Freustié | *Marthe ou les amants tristes.* |
| 1012. | Jean Giono | *Le déserteur.* |
| 1013. | Georges Simenon | *Le blanc à lunettes.* |
| 1014. | H. G. Wells | *L'histoire de M. Polly.* |
| 1015. | Jules Verne | *Vingt mille lieues sous les mers.* |
| 1016. | Michel Déon | *Tout l'amour du monde.* |

| | | |
|---|---|---|
| 1017. | Chateaubriand | *Atala, René, Les Aventures du dernier Abencerage.* |
| 1018. | Georges Simenon | *Faubourg.* |
| 1019. | Marcel Aymé | *Maison basse.* |
| 1020. | Alejo Carpentier | *Concert baroque.* |
| 1021. | Alain Jouffroy | *Un rêve plus long que la nuit.* |
| 1022. | Simone de Beauvoir | *Tout compte fait.* |
| 1023. | Yukio Mishima | *Le tumulte des flots.* |
| 1024. | Honoré de Balzac | *La Vieille Fille.* |
| 1025. | Jacques Lanzmann | *Mémoire d'un amnésique.* |
| 1026. | Musset | *Lorenzaccio* précédé de *André del Sarto.* |
| 1027. | Dino Buzzati | *L'écroulement de la Baliverna.* |
| 1028. | Félicien Marceau | *Le corps de mon ennemi.* |
| 1029. | Roald Dahl | *Kiss Kiss.* |
| 1030. | Hubert Monteilhet | *Sophie ou les galanteries exemplaires.* |
| 1031. | Georges Simenon | *Ceux de la soif.* |
| 1032. | Jean Anouilh | *Le directeur de l'Opéra.* |
| 1033. | Patrick Modiano | *Les boulevards de ceinture.* |
| 1034. | Jean d'Ormesson | *Un amour pour rien.* |
| 1035. | Georges Simenon | *Le coup de vague.* |
| 1036. | Guy de Maupassant | *Miss Harriet.* |
| 1037. | Karen Blixen | *La ferme africaine.* |
| 1038. | M. Balka | *La nuit.* |
| 1039. | Violette Leduc | *Trésors à prendre.* |
| 1040. | Edgar Poe | *Histoires grotesques et sérieuses.* |
| 1041. | Marguerite Yourcenar | *Alexis ou le Traité du Vain Combat* suivi de *Le Coup de Grâce.* |
| 1042. | Pierre Drieu la Rochelle | *Mémoires de Dirk Raspe.* |
| 1043. | Milan Kundera | *La valse aux adieux.* |
| 1044. | André Gide | *Le retour de l'enfant prodigue.* |
| 1045. | Ernst Jünger | *Jeux africains.* |
| 1046. | Louis Pergaud | *Le roman de Miraut chien de chasse.* |
| 1047. | Georges Simenon | *Le fils Cardinaud.* |
| 1048. | Romain Gary | *Au-delà de cette limite votre ticket n'est plus valable.* |
| 1049. | Anne Philipe | *Ici, là-bas, ailleurs.* |

1050. H. G. Wells — *L'amour et M. Lewisham.*
1051. Émile Zola — *L'Assommoir.*
1052. Francis Scott Fitzgerald — *Les enfants du jazz.*
1053. L.-F. Céline — *Normance.*
1054. Aldous Huxley — *La paix des profondeurs.*
1055. Michel Déon — *Un parfum de jasmin.*
1056. Honoré de Balzac — *L'envers de l'histoire contemporaine.*
1057. Jean Anouilh — *Ardèle ou la Marguerite* suivi de *La valse des toréadors.*
1058. Jacques Perret — *Les biffins de Gonesse.*
1059. Erskine Caldwell — *Un p'tit gars de Géorgie.*
1060. Jean Genet — *Les Bonnes.*
1061. Marilène Clément — *Le vent sur la maison.*
1062. Louis Pauwels — *Blumroch l'admirable* ou *Le déjeuner du surhomme.*
1063. Luigi Pirandello — *Six personnages en quête d'auteur* suivi de *La volupté de l'honneur.*
1064. *** — *Fabliaux.*
1065. Jean d'Ormesson — *Du côté de chez Jean.*
1066. Claude Roy — *Moi je.*
1067. Antoine Blondin — *L'Europe buissonnière.*
1068. Armand Salacrou — *Les invités du bon Dieu.*
1069. William Shakespeare — *Hamlet — Le Roi Lear.*
1070. Elsa Triolet — *L'inspecteur des ruines.*
1071. Jean Rhys — *Voyage dans les ténèbres.*
1072. Joseph Kessel — *Les temps sauvages.*
1073. Iouri Tynianov — *La mort du Vazir-Moukhtar.*
1074. Leonardo Sciascia — *Le contexte.*
1075. Jacques Prévert — *Grand Bal du Printemps.*
1076. Elsa Morante — *L'Ile d'Arturo.*
1077. Alphonse Boudard — *Les Combattants du petit bonheur.*
1078. Philippe de Commynes — *Mémoires sur Louis XI (1464-1483).*
1079. Jean Giono — *La femme du boulanger* suivi de *Le bout de la route* et de *Lanceurs de graines.*
1080. Adolf Rudnicki — *Les fenêtres d'or et autres récits.*

| | |
|---|---|
| 1081. Vladimir Nabokov | *La vraie vie de Sebastian Knight.* |
| 1082. Henri Bosco | *L'antiquaire.* |
| 1083. Pierre Mac Orlan | *Le chant de l'équipage.* |
| 1084. Jacques de Lacretelle | *La Bonifas.* |
| 1085. Alphonse de Lamartine | *Graziella.* |
| 1086. Henri Pourrat | *Le mauvais garçon.* |
| 1087. Mircea Eliade | *La nuit bengali.* |
| 1088. James Cain | *Le facteur sonne toujours deux fois.* |
| 1089. Richard Wright | *Le transfuge.* |
| 1090. Jules Renard | *Poil de Carotte.* |
| 1091. William Humphrey | *L'adieu du chasseur.* |
| 1092. René Fallet | *Le beaujolais nouveau est arrivé.* |
| 1093. Victor Hugo | *Quatrevingt treize.* |
| 1094. Jack Kerouac | *Big Sur.* |
| 1095. Georges Simenon | *L'évadé.* |
| 1096. Henri-Pierre Roché | *Jules et Jim.* |
| 1097. Henry James | *Les ailes de la colombe,* tome I. |
| 1098. Henry James | *Les ailes de la colombe,* tome II. |
| 1099. Didier Martin | *Il serait une fois...* |
| 1100. Nicolas Gogol | *Le Journal d'un fou. Le Manteau* et autres nouvelles. |
| 1101. Yukio Mishima | *Après le banquet.* |
| 1102. Jean Anouilh | *La foire d'empoigne.* |
| 1103. Marc Bernard | *Pareils à des enfants...* |
| 1104. Georges Simenon | *Chemin sans issue.* |
| 1105. Pierre-Jean Remy | *La vie d'Adrian Putney.* |
| 1106. Muriel Cerf | *L'antivoyage.* |
| 1107. Émile Zola | *Le Ventre de Paris.* |
| 1108. José Cabanis | *Une femme dans la ville (Juliette Bonviolle).* |
| 1109. Daniel Defoe | *Moll Flanders.* |
| 1110. Jean-Pierre Chabrol | *Les chevaux l'aimaient.* |
| 1111. Antoine Blondin | *L'humeur vagabonde.* |
| 1112. Georges Simenon | *Les trois crimes de mes amis.* |
| 1113. Erskine Caldwell | *Nous les vivants.* |
| 1114. Inès Cagnati | *Génie la folle.* |

| | | |
|---|---|---|
| 1115. | Barbey d'Aurevilly | *Une vieille maîtresse.* |
| 1116. | Émile Zola | *Thérèse Raquin.* |
| 1117. | Yachar Kemal | *Mèmed le Mince.* |
| 1118. | Georges Simenon | *La mauvaise étoile.* |
| 1119. | Albert Cossery | *Mendiants et orgueilleux.* |
| 1120. | Pierre Moinot | *Le sable vif.* |
| 1121. | Jean Daniel | *Le refuge et la source.* |
| 1122. | Lawrence Durrell | *Tunc.* |
| 1123. | Honoré de Balzac | *Béatrix.* |
| 1124. | Frederick Forsyth | *Les chiens de guerre.* |
| 1125. | Marcel Aymé | *La rue sans nom.* |
| 1126. | Isaac Babel | *Contes d'Odessa.* |
| 1127. | Henri Thomas | *Le seau à charbon.* |
| 1128. | Georges Simenon | *Le Cheval Blanc.* |
| 1129. | Rudyard Kipling | *Actions et réactions.* |
| 1130. | John Hersey | *La muraille*, tome I. |
| 1131. | John Hersey | *La muraille*, tome II. |
| 1132. | Henri Vincenot | *La pie saoule.* |
| 1133. | Guyette Lyr | *La fuite en douce.* |
| 1134. | Iouri Kazakov | *La belle vie.* |
| 1135. | Georges Simenon | *Il pleut bergère...* |
| 1136. | Driss Chraïbi | *Succession ouverte.* |
| 1137. | Gustave Flaubert | *Bouvard et Pécuchet.* |
| 1138. | Michel Tournier | *Le vent Paraclet.* |
| 1139. | George Sand | *Les Maîtres Sonneurs.* |
| 1140. | J.-P. Donleavy | *L'homme de gingembre.* |
| 1141. | Robert André | *L'enfant miroir.* |
| 1142. | Ismaïl Kadaré | *Les tambours de la pluie.* |
| 1143. | Jean Giono | *Voyage en Italie.* |
| 1144. | Guy de Maupassant | *Contes de la Bécasse.* |
| 1145. | Wolinski | *Cactus Joe.* |
| 1146. | Henri Bosco | *Le Trestoulas.* |
| 1147. | Yukio Mishima | *Le marin rejeté par la mer.* |
| 1148. | Alphonse Boudard | *La métamorphose des cloportes.* |
| 1149. | Jean Genet | *Le balcon.* |
| 1150. | *** | *La Chanson de Roland.* |
| 1151. | Hoffmann | *Contes. Fantaisies à la manière de Callot.* |
| 1152. | Anne Philipe | *Un été près de la mer.* |
| 1153. | Pierre Mac Orlan | *Sous la lumière froide.* |

| | | |
|---|---|---|
| 1154. | Catherine Paysan | *Je m'appelle Jéricho.* |
| 1155. | Zoé Oldenbourg | *Argile et cendres,* tome I. |
| 1156. | Georges Navel | *Travaux.* |
| 1157. | Roger Vrigny | *La vie brève.* |
| 1158. | Joseph Kessel | *Les enfants de la chance.* |
| 1159. | Zoé Oldenbourg | *Argile et cendres,* tome II. |
| 1160. | Daniel Boulanger | *Fouette, cocher!* |
| 1161. | Honoré de Balzac | *Louis Lambert, Les Proscrits, Jésus-Christ en Flandre.* |
| 1162. | Philippe Labro | *Des feux mal éteints.* |
| 1163. | Andras Laszlo | *Paco l'infaillible.* |
| 1164. | Erskine Caldwell | *Un pauvre type.* |
| 1165. | Marguerite Yourcenar | *Souvenirs pieux.* |
| 1166. | Aldous Huxley | *L'éminence grise.* |
| 1167. | Jules Renard | *L'Écornifleur.* |
| 1168. | Pierre Bourgeade | *Les immortelles.* |
| 1169. | Georges Simenon | *L'homme qui regardait passer les trains.* |
| 1170. | Albert Cohen | *Mangeclous.* |
| 1171. | Lawrence Durrell | *Nunquam.* |
| 1172. | Vladimir Nabokov | *Invitation au supplice.* |
| 1173. | Machiavel | *Le Prince,* suivi d'extraits des *Œuvres politiques* et d'un choix des *Lettres familières.* |
| 1174. | Jean Anouilh | *Le boulanger, la boulangère et le petit mitron.* |
| 1175. | Georges Simenon | *Les rescapés du Télémaque.* |
| 1176. | John Dos Passos | *La grosse galette,* tome I. |
| 1177. | Émile Zola | *La Terre.* |
| 1178. | René Fallet | *Mozart assassiné.* |
| 1179. | Shichiro Fukazawa | *Narayama.* |
| 1180. | Jean Genet | *Les nègres.* |
| 1181. | Jean Dutourd | *Les horreurs de l'amour,* tome I. |
| 1182. | Jean Dutourd | *Les horreurs de l'amour,* tome II. |
| 1183. | Jules Barbey d'Aurevilly | *Un prêtre marié.* |
| 1184. | Roger Grenier | *Les embuscades.* |
| 1185. | Philip Roth | *Goodbye, Columbus.* |
| 1186. | Roger Boussinot | *Les guichets du Louvre.* |
| 1187. | Jack Kerouac | *Le vagabond solitaire.* |

| | | |
|---|---|---|
| 1188. | Guy de Pourtalès | *La pêche miraculeuse*, tome I. |
| 1189. | Stendhal | *De l'Amour.* |
| 1190. | Pierre Gripari | *Diable, Dieu et autres contes de menterie.* |
| 1191. | George Eliot | *Silas Marner.* |
| 1192. | Peter Handke | *La femme gauchère.* |
| 1193. | Georges Simenon | *Malempin.* |
| 1194. | Léon Bloy | *La femme pauvre.* |
| 1195. | William Styron | *La marche de nuit.* |
| 1196. | Angelo Rinaldi | *Les dames de France.* |
| 1197. | Victor Hugo | *Les Travailleurs de la mer.* |
| 1198. | Guy de Pourtalès | *La pêche miraculeuse*, tome II. |
| 1199. | John Dos Passos | *La grosse galette*, tome II. |
| 1200. | Inès Cagnati | *Le jour de congé.* |
| 1201. | Michel Audiard | *La nuit, le jour et toutes les autres nuits.* |
| 1202. | Honoré de Balzac | *Une fille d'Ève* suivi de *La Fausse Maîtresse.* |
| 1203. | Georges Simenon | *Le rapport du gendarme.* |
| 1204. | Romain Gary | *La tête coupable.* |
| 1205. | Alfred de Vigny | *Cinq-Mars.* |
| 1206. | Richard Wright | *Bon sang de bonsoir.* |
| 1207. | Joseph Conrad | *Lord Jim.* |

*Cet ouvrage*
*a été achevé d'imprimer*
*sur les presses de l'Imprimerie Bussière*
*à Saint-Amand (Cher), le 13 août 1980.*
*Dépôt légal : 3e trimestre 1980.*
*No d'édition : 26899.*
*Imprimé en France.*
*(1229)*